용용
죽겠지

용용
죽겠지

1판 1쇄 찍음 2018년 3월 27일
1판 1쇄 펴냄 2018년 4월 3일

지은이 전유림
펴낸이 정 필
펴낸곳 (주)뿔미디어

기획 · 편집 김수정
표지 디자인 김슬아

출판등록 2002년 9월 11일 (제1081-1-132호)
주소 경기도 부천시 원미구 소향로 17, 303(두성프라자)
전화 032)651-6513 팩스 032)651-6094
E-mail bbulmedia@hanmail.net
비북스 http://b-books.co.kr

ISBN 979-11-315-8910-6 03810

용용 죽겠지

권유림 장편 소설

FEEL PREMIUM EDITION

목차

프롤로그

"두 분께서는 아드님을 너무 아끼면서 키우셨어요."

내가 왜 이 나이에 스무 살 과외 교사 같은 말을 하고 있는 걸까. 내 친구들 중에는 결혼한 사람도 있다. 정말 빨리 결혼해서 애가 있는 케이스도 있다. 내가 교육업에 종사하기로 마음먹은 적이 없는 이상, 이 나이 먹어서 다른 집 부모에게 좀 더 자식에게 엄해져야 할 필요성을 논할 일이 있을 줄은 상상도 못 했다.

그러니까 그날 내가 계약을 잘못 맺은 것이다. 나는 계약서에 사인하면서도 했던 생각을 벌써 몇만 번째인지도 모르게 반복했다. 더 잘 물어보고 할걸. 업무 내용과 환경을 잘 모르는 상태에서 계약을 맺는 것은 금전 연대 보증 계약만큼이나 위험한 일이었다.

"……참견하지 마."

만약 내가 과외 교사였다면 학생의 입장이었을 그는 툴툴거렸다. 그의 앞에 놓여 있는 음식은 아직 줄지 않은 상태였다. 나는 그 음식의 맛을 알고 있었고 그것은 훌륭하다는 평가로는 모자랄 정도였다.

열다섯 살, 아무래도 나는 요리를 하기 위해 태어난 것 같다는 사실을 깨달았을 때부터 내가 세상에서 제일 싫어하는 부류가 있었다. 그것은 바로 공짜로 나온 음식에 불평하는 사람들이었다. 물론 이 '학생'은 사람이 아니었지만 겉모습만으로는 백 퍼센트 인간이니 똑같이 싫어해도 될 것 같다.

나는 그의 손에서 숟가락을 빼앗았다. 매일 가지고 노는 게 스마트폰 정도인 연약한 도련님은 멍하니 나를 올려다보았다. 나는 빙긋 웃으며 말했다.

"밥 안 먹을 거면 치울 거예요."

"……안 먹어."

이 요리를 한 장본인인 인상 좋은 주방장은 아주 우울한 얼굴을 뒤늦게 감췄다. 나는 주방장의 얼굴을 한 번 힐끔 본 뒤 '그'에게 말했다.

"잘됐네요. 해 놓은 음식을 식을 때까지 두는 건 음식을 모욕하는 거고, 그런 사람한테는 밥을 줄 필요가 없어요. 음식에게 세 번 절하고 먹고 싶은 기분이 들 때까지 굶으세요."

솔직히 아무리 계약직이라지만 첫 출근 날에 고용주의 아들에게 이런 말을 하는 것은 비상식적이다. 그럼에도 불구하고 내가 성질대로 말한 것은 이 계약을 은근슬쩍 파기하고 싶어서이기도 했다. 일을 시작하기도 전에 차이는 건 익숙했다.

……물론, 처음부터 그런 사기 계약을 하지 않았다면 이런 복잡한 사건 따위는 일어나지도 않았을 것이니 결론은 내 탓이다.

제1장

사기 계약

요리는 사랑이 담길수록 맛있어진다.

거짓말이다. 우리 엄마가 나를 사랑한다는 사실은 의심할 여지가 없었지만 엄마의 음식이 맛있던 적도 없었다. 내가 어릴 때부터 맞벌이 가정이었던 우리 집에서는 내 밥을 내가 직접 해 먹는 일이 많았으므로 그 사실은 문제가 되지 않았다.

엄마의 나를 향한 사랑은 주로 내 머리카락에 집착하는 형태로 발현되었고 나는 처음 알바비를 받은 그날 머리카락을 뎅겅 잘라 버렸다. 솔직히 엄마가 울면 어떡하나 하는 기대를 하지 않았다면 거짓말이다.

요리는 기술이다.

사실이다. 기술이 좋을수록 요리가 맛있어진다. 사랑이 없는 요리는 뭐가 빠졌다고 우기는 인간들은 절대로 외식을 해서는 안 된다. 비싼 밥 먹고 뭔가 빠졌다는 기분을 느끼는 본인들도 불행할 테지만 요리사에 대한 그런 끔찍한 모욕을 나 또한 한 사람의 요리인으로서 견딜 수 없으니까.

요리란 그대로는 먹을 수 없는 식재료 또는 그대로도 먹을 수 있는 식재료를 맛있고 영양 성분이 흡수되기 좋은 형태로 만드는 것이며 그 행위에는 지식과 오랜 경험이 필요하다. 어떤 재료가 먹을 수 있는 것인지, 이 재료와 저 재료의 궁합은 어떤지, 어떤 재료는 어떤 방식으로 조리해야 먹는 사람이 소화하기 좋고 입에서 즐거운지, 어떤 재료가 알레르기를 일으키는 빈도가 높아 반드시 요리 전 먹을 사람에게 물어보아야 하는지 등.

그리고 나는 그런 기술을 익히고 공부하는 것이 좋았다. 전공은 양식으로 했지만 동남아니 일본 요리 따위를 공부하러 다녀오는 것이 너무 좋아서 나 자신도 어쩔 줄을 몰랐다. 그리하여 대강 세계 요리의 백과사전 1권 같은 몸의 기초를 완성해 가면서 얻은 건 인맥 없고 나이 들고 경력 없는 요리 전공자 백수라는 이름이었다.

대학 친구들의 대부분은 이미 대학 졸업 전에 인맥이 있었으므로 유학 자체를 탓하는 것은 잘못일 것이다. 고등학교 때부터 이미 업계 쪽에 발을 담그고 있었거나 졸업 후 바로 일을 하다 온 친구들은 벌써 사회인이나 다름없었고, 그렇지 않은 친구들도 여러 방면으로 장점을 발굴하며 제 갈 길을 찾았다.

다양한 문화권의 요리에 대해 모두 아는 사람을 굳이 원하는 식당은 많지 않았고 그런 곳 중 대학 졸업자 및 유학 출신자를 원할 만한 곳은 인맥이 필요했다. 내 동기들은 내가 대학원에 갈 거라고 생각했고 교수님들은 내가 추천 인터뷰를 일곱 번째 망치고 들어오자 결국은 포기했다.

'잘난 척한다'는 말을 많이 들었다는 것 또한 고백해야 할 사실이다.

그런 내게 그 계약서가 찾아온 것은 여느 때와 다름없는 봄날이었다.

— 김연지 씨 되시지요?

여러 취업 사이트에 이력서를 보내 놓고 있었으므로 이런 전화는 익숙했다. 나는 휴대폰 너머로 빠릿빠릿하게 대답했다.

"네. 제가 김연지인데요."

— 네, xx 사이트에서 이력서 보고 연락드립니다.

아자. 솔직히 저 말처럼 구직자에게 감사한 말도 없을 것이다. 일단 내

스펙이 마음에 든다는 말이니까. 나는 마음을 안정시키기 위해 목소리를 가다듬었다.

"네, 네."

— 실례지만 자격증은 이력서에 기재하신 게 전부인가요?

"아, 네."

— 유학 다녀오신 곳이 많네요. 수료증이 다양하세요.

전화한 사람은 젊은 남자였는데 목소리가 아주 부드러웠다. 나는 괜히 두근거리며 또 맞장구를 쳤다. 물론 남자라 두근거린 것은 아니었다.

"네. 제가 퓨전 요리를 좋아해서요."

그런데 전화하신 분은 그래서 어디서 전화하시는 건가요. 그걸 알아야 나를 어필하는 말을 할 수 있다. 전화 너머의 남자는 그러나 자기가 어떤 일을 담당할 누굴 찾는지는커녕 자기가 뭐 하는 사람인지도 가르쳐 주지 않은 채 내 스펙만 확인하고 면접 약속을 잡았다.

나는 약간 찜찜했지만 이미 여러 차례의 면접에 떨어진 후였기 때문에 순순히 그 약속 장소에 나갔다.

"영양가 있고 창의적인 식단을 짜 주실 수 있는 분을 찾고 있는데 김연지 씨가 적격일 것 같아서 연락드렸어요."

실제로 만나 본 그 남자는 잘생기지는 않았지만 아주 믿음이 가게 생기고 젠틀한 사람이었다. 나는 그의 그 말에 더 설레었다. '면접을 보러 가게나 회사로 오라'는 것이 아니라 그냥 카페에서 보자고 했던 이유가 있었다. 저쪽이 찾고 있는 인재가.

"매니저를 원하시는 건가요?"

물론 적성으로는 나였지만 나는 경력 없는 백수였다. 물론 아예 업장에서 일해 본 적이 없는 것이야 아니었지만, 매니저급을 맡으려면 오랫동안 일해 온 경력자를 찾아야 하는 것이 아닌가. 정말 식단만 짤 거라면 영양사를 찾았을 테고.

내 물음에 남자는 빙긋 웃었다. 어떤 여자라도 위협을 느끼지 않을 법한 착실한 미소였다. 게다가 검은 정장은 아주 깨끗하다.

"아뇨. 매니저는 아니고요."

"그러면요?"

"아, 시원시원하시네요."

이 직설적인 성격 때문에 기가 세서 못 다룰 것 같다고 면접에서 탈락한 경우는 한두 번이 아니었다. 나는 약간 찔끔하면서 웃었다.

"기분 상하셨어요?"

"아뇨. 씩씩하게 일해 주실 것 같아서 안심이 되는데요."

그러면서 남자는 가져온 서류 가방을 열었다. 나는 당연히 그의 회사를 소개하는 카탈로그나 무슨 홈페이지 소개 페이지 같은 것이 나올 줄 알았는데 정작 그가 내 앞에 민 것은 깨끗한 세 장짜리 계약서였다.

아직 설명을 듣지 않은 것이 많은데 벌써 계약서라니. 혹시 나 장기 밀매 당하나요. 나는 웃으면서도 약간 얼굴을 찌푸리고 남자를 보았다. 그는 헛기침을 하고 계약서로 눈을 내리깔았다.

"계약서를 보면서 업무 내용에 대한 설명을 드릴게요. 우선 입주로 일을 해 주셔야 해요."

더 수상하잖아. 설마 배에 탄다든가……? 나는 갑자기 약간 이 일을 무조건 거절하고 싶다는 생각이 들었지만 일단 예의 바르게 설명을 들었다. 남자는 말을 이었다. 그의 검은 정장은 어쩐지 인신매매 전문 브로커의 표식 정도로 보이기 시작했다.

"숙식 다 무료 제공이고요. 저희 사장님 사택에서 일하시게 될 거예요. 사택에 요리해 주는 분이 많은데 김연지 씨는 그분들하고는 대우가 다를 거예요. 아무래도 좋은 대학 졸업하셨고 유학도 다녀오셨고."

사택? 요리하는 사람이 많다고? 구내식당? 아니면 전속 요리사? 업무 내용이 여전히 짐작이 안 간다. 나는 계약서의 한 조항을 보았다.

"1년 계약이에요?"

"네. 계약이 끝나기 한 달 전까지 합의에 의해 연장하실 수 있어요. 원하시면 정규직 채용도 고려하고 있고요."

"네에……."

나는 슬쩍 계약서를 끌어당겨 읽기 시작했다. 일단 계약 상대방의 정체는 알게 되었다. 주식회사 청룡이란다. 을에는 내 이름을 쓸 수 있도록 괄호가 있었고.

"근무 시간은 짧아요. 김연지 씨가 하실 일이 창의성은 요구되지만 양은 많지 않거든요."

요리사에게 일하는 시간이 짧다고 하면 얼마나 열받는지 아냐. 물론 진짜 짧으면 좋지만, 대부분의 사람은 준비 시간을 다 무시하고 당장 불 앞에 서서 마무리하는 시간만 생각한다고! 나는 남자가 회사원이라고 판단했기 때문에 그의 말을 비꼬아 듣기 시작했다.

세끼 밥 차리는 게 뭐가 힘들어. 그냥 있는 거 내오면 되는데. 그래! 그 있는 걸 만드는 데 시간이 든다는 생각은! 안 해 봤지! 오픈 키친 피자집의 그 피자 도우를 반죽하느라고 막내들이 새벽부터 얼마나 죽어 가는지 아냐! 절대 순식간에 피자 한 판이 완성되는 게 아니다!

"자유 시간은 정말 자유롭게 쓰시면 되고요. 사택이 좀 멀긴 한데 한 달에 한 번씩은 집까지 다녀오시는 비용을 지원해 드리고요. 사장님 직속으로 일하시는 거예요."

마지막 말에는 갑자기 이 일의 이미지가 다시 약간 좋아졌다. 나는 고개를 갸웃했다.

"사장님이 요리를 하세요?"

"아니요. 그냥 경영자세요."

남자는 약간 웃었다. 분위기가 살짝 풀렸다.

그는 계약서를 아주 살짝 정중하게 끌어당기더니 두 번째 페이지를 펼쳤다. 그곳에는 구체적인 계약 사항이 명시되어 있었다.

"휴가는 법정 휴가 다 드리고 공휴일 쉬고 보건휴가 유급으로 나가고요,

급여랑 퇴직금은 여기 제13조에……."

슬슬 어떻게 해야 예의 바르게 거절하고 집에 갈 수 있을까 생각하고 있었던 나는 남자의 말이 이어질수록 눈을 크게 떴다. 이런 기회는 초등학생 때 하는 망상 속에나 있을 거라고 생각했는데. 남자는 제 말이 끝난 뒤에 내가 지은 표정을 보고 즐거운 듯 눈웃음을 지었다.

"급여는 계약 기간 끝나고 연장하실 때 협의해서 오를 수 있어요. 그렇게 해서 괜찮으시겠어요?"

나는 내가 들은 금액이 맞나 해서 약간 어리벙벙한 상태였다. 때문에 남자가 내게 볼펜을 은근슬쩍 쥐여 주었을 때 꼭 마법에라도 걸린 것처럼 사인했다.

"할게요. 감사합니다."

※　※　※

영의 개수가 건 마법은 시간이 지날수록 풀려 갔고 나를 마중할 차가 올 거라는 날에 나는 계약을 파기하고 튀어야 하는 것이 아닌가를 진지하게 열두 번째로 고민하고 있었다.

주식회사 청룡을 몇 번 검색해 봐도 내가 취업한 그곳으로 보이는 정보는 나오지 않았고 계약서에 있던 연락처는 내 면접관이 받았다. 그러나 계약금은 착실하게 들어왔고 나는 엄마에게 '혹시 오늘 저녁에 내가 연락하지 않으면 경찰에게 이 계약서의 전화번호를 주고 신고하라'는 비장한 메모를 남기고 집을 나섰다. 트렁크를 든 손은 무거웠다.

약속 장소인 공원 앞 길가에 도착하자 익숙한 얼굴이 보였다. 내 면접관은 평범한 4인승 자동차 옆에 서서 기다리다가 내 얼굴이 보이자 활짝 웃었다. 그 얼굴은 지금 봐도 역시 위협이 전혀 느껴지지 않아 나는 왠지 안도했다.

그는 이번에는 혼자가 아니었다. 면접관 옆에는 대충 고등학교 1학년 정도 되겠다 싶은 미소년이 있었는데 그도 역시 검은 양복을 입고 있었다. 나는 트렁크 바퀴 소리를 쿠가가강 내며 다가가서 인사했다.

"안녕하세요."

"안녕하세요, 김연지 씨."

"기다리시게 해서 죄송해요."

"아닙니다. 아, 이 친구는 유별입니다. 지금부터 연지 씨를 이 친구가 사택까지 모셔다드릴 거예요."

학생 같은데? 가까이서 보니 그 별이라는 소년은 더 곱고 사랑스러우며 피부에 티 하나 없었다.

"차로 데려다주시는 건가요?"

사실 계약 후에 이 장소와 시간을 받았을 때에도 그래서 정확히 뭘 타고 간다는 이야기는 없었다. 저 차 트렁크에 태울 거라는 말만 하지 마라. 내가 불안과 긴장을 감추며 천연덕스럽게 묻자 면접관은 하하 웃었다.

"비슷한데 차는 아니고요. 이 친구가 운전면허가 없거든요."

그럼 뭔데. 별은 초롱초롱 맑고 속눈썹이 긴 눈으로 나를 보았다. 그는 내게 머뭇거리며 그제야 고개를 꾸벅 숙였다. 나는 그 미모에 어쩐지 또 바보처럼 경계심이 없어졌다.

"그래요? 멀다고 하지 않으셨어요?"

"다 방법이 있죠."

그리고 저 차는 그럼 뭔가요. 면접관은 공원의 다리 쪽을 가리켰다.

"짐은 다 가져오셨죠? 저쪽으로 가야 합니다."

그가 가리킨 다리는 우리 공원을 지나는 강 위로 놓아 보행자가 다닐 수 있게 한 것으로 날이 괜찮을 때는 가족 단위 관광객이 많았다. 지금은 이른 새벽이라 너무 추워서 아무도 없었지만.

"저 너머요?"

고속버스라도 다니나? 내가 알기로 그런 건 없는데. 별은 내게 고개를 꾸벅 숙이고 먼저 걸어가기 시작했고 나도 황급히 그 뒤를 따랐다. 면접관은 내 옆을 걸으며 넉살 좋게 말을 걸었다.

"저 친구가 길을 잘 가르쳐 드릴 테니까 그렇게 오래는 안 걸리는데, 멀미 하실 수 있으니까 조심하시고요. 아, 혹시 멀미하는 편이세요?"

"안 해요."

"잘됐네요. 어젯밤엔 잘 주무셨어요?"

걱정돼서 솔직히 약간 악몽은 꿨다. 내가 용궁에 납치당하는 토끼가 되어서 내 간……! 내 간은 놓고 왔다고……! 하고 외치니까 새디스트 용왕이 채찍으로 날 때리면서, 그런 말에는 이제 속지 않아! 네 선배들이 다 하고 갔다고! 하지만 그들 중 돌아온 사람은 아무도 없었지……! 하고 소리쳤다. 지금 생각해 보니 남을 채찍으로 때릴 기운이 있으면 용왕은 토끼 간이 없어도 괜찮은 것 아니었을까.

하지만 그런 허무맹랑한 꿈에 대해 앞으로 같은 회사 소속으로 근무할 사람에게 말하는 것은 위험할 것 같았다. 나는 약간 얼고 굳은 얼굴로 빙긋 웃었다.

"네. 잘 잤어요. 이 근처 사세요?"

"네, 저는 근처 살아요. 저 친구 데려다주러 왔지요."

왜?

"친하세요?"

좀 과격하게 말하자면 이른 나이에 사고 쳐서 낳은 아들이라고 해도 사람들이 믿을 정도로 나이 차가 나 보인다. 남자는 어깨를 으쓱했다.

"이런 일은 좀 같이 하는 편이죠."

"이런 일이요?"

"아, 다 왔네요."

면접관은 내 말을 막듯이 갑자기 멈춰 섰다. 나는 아직 다리 한가운데인데 무슨 소리지, 하고 눈을 깜박였다. 이제 보니 우리 앞을 걷던 별도 멈춰서 다리 난간 아래를 보고 있었다.

이해하기도 전에 소름이 오싹 돋았다. 다음 순간 면접관과 별은 동시에 나를 붙잡고 난간 너머로 던져 버렸다.

16

하늘이 아득해지고 아무 생각도 나지 않았다. 나는 믿을 수 없는 현실에 눈을 몇 번이나 깜박였고 오랫동안 추락을 느끼지 못했다. 정수리가 실로 당겨지는 듯한 끔찍한 감각 이후.

······나는 물에 빠졌다.

실제로 다리에서 강에 빠지면 물에 풍덩 하는 게 아니라 콘크리트 바닥에 떨어진 것처럼 으깨진다는 말을 어디서 들은 것 같았는데, 꼭 수영장에 천천히 입수할 때처럼 부드러운 감각이었다. 충격이랄 만한 것은 없었고, 오히려 시야만이 홀로그램 영상을 보는 것처럼 현실감 없이 녹색으로 가렸다. 나는 한참 후에야 숨을 들이켰다.

한 박자 뒤에 질겁했지만 물은 밀려들어 오지 않았다. 오히려 다리 위에 있을 때보다도 부드러운 공기가 폐를 시원하게 씻었다. 면접관은 내가 무심코 꽉 잡은 트렁크를 친절하게도 나와 함께 통째로 들어 던져 준 참이었다. 나는 내가 뭔가 넓은 곳에 실려 있는 것 같다는 느낌을 받으며 트렁크를 더 세게 잡았다. 그리고 내 등 아래에 있는 것을 물 아래서라고는 믿을 수 없을 정도로 명확하게 보았다.

거대한 자라 한 마리가 나를 업고 미친 속도로 헤엄치고 있었다.

"어?"

놀랍게도 숨은 비명을 지른 후에도 계속 쉴 수 있었고 자라를 보기 위해 몸을 더 일으켰는데도 튕겨 떨어져 나가거나 하지 않았다. 안전벨트 같은 것 없이 느슨하게 그 위에 얹혀 있을 뿐이었는데도 그랬다.

내가 지른 비명에 자라가 목을 길게 뽑아 나를 돌아보았다. 나는 자라가 목을 길게 뽑는 것을 수산 시장에서 본 적이 있었지만 그 정도 되는 스케일은 처음이라 숨을 또 들이켰다.

자라의 눈은 맑고 아름다웠다. 자라가 입을 열어 내게 말했다.

"용궁까지 안전하게 모시겠습니다. 걱정 마세요."

나는 아무래도 내가 꿈을 꾸는 것 같다고 생각했다. 아니면 아주 대담한 사기 계약에 걸렸거나.

계약서 어디에도 내 간이 요리 재료라는 말은 없었다.

이동은 정말로 오래 걸리지 않았다. 원리를 알 수 없을 정도로 자라는 빠르게 헤엄쳤고 물속의 온갖 쓰레기와 찌꺼기와 물고기 따위는 형체가 보이지 않을 정도로 슥슥 내 뒤로 사라졌다. 그리고 여긴 분명히 바다겠구나 싶은 깊고 넓은 물을 얼마나 보고 있었을까.

점차 햇빛과 멀어져 시커멓고 물고기도 적었던 물의 저 먼 아래에 밝고 아름다운 빛이 있는 궁전이 보였다.

그래, 진짜다. 나는 이대로 간을 뽑히는 거야. 알량한 계약금에 속아서 정말로 장기밀매를 당할 줄이야. 나는 상황이 너무 믿기지 않아 오히려 현실적인 걱정에 한숨을 쉬었다. 헤엄치던 자라가 내게 말했다.

"거의 다 왔으니 멀미가 나셔도 조금만 참으세요. 여기 계속 머무르면 춥습니다."

멀미가 문제냐? 나는 자라가 아주 친절하다고 생각했지만 그가 자기를 믿은 토끼를 교활하게 속인 장본인이라는 사실은 분명했다. 이 자라가 그 자라인지는 모르지만 아무튼 육지 사람에게 부를 약속하더니 용궁으로 납치하는 작태는 똑같잖아.

계속 헤엄쳐 오다 보니 나는 자세를 좀 편안하게 바꾸고 있었는데 자라의 등은 내 방 정도는 될 정도로 넓었고 그 위에 트렁크를 놓아도 미끄러지거나 하지 않았다. 그러나 무엇보다 신기한 점은 그의 등 위에서 나와 트렁크가 모두 전혀 젖지 않았다는 점이었다. 물이라고는 한 방울도 묻는 기분이 들지 않았다. 휴대폰과 노트북이 모두 걱정되었으니 다행한 일이었다.

내 꿈인지 아닌지 아직 구별이 되지 않는 해저 궁전은 맑고 매끄러운 도자기로 기와를 해서 얹고 추녀 끄트머리에는 반짝이는 산호와 긴 술을 늘어뜨려 장식한 근사한 곳이었고 그 담과 전각이 가까워질수록 대단히 넓게 펼쳐졌다. 다른 광원이 없어서인지 그 궁전의 담장에는 빛나는 구슬이 등불처럼 박혀 있었고 환상적인 빛으로 반짝이는 해파리 떼가 한가로이 주변을 돌아다녔다. 나는 그 종이 식용이 아니라는 것을 알았으므로 순수하게 그 안에서 나오는 푸르고 노란 빛에 감탄했다.

"예쁘다."

자라는 대답하지 않고 궁전 입구를 향해 열심히 헤엄쳤다. 나는 궁전의 대문이 광화문의 다섯 배 정도 크기는 될 정도로 거대한 것을 보고도 놀라지 않았다. 여기까지 오면서 큰 물고기를 너무 많이 봤다. 대문의 자개로 된 현판에는 내가 모르는 글자가 쓰여 있었는데 대충 갑골 문자 시절의 상형 문자 같은 것이 아닐까 싶은 모양이었다.

대문 앞의 거대한 길에는 희고 가는 모래가 깔려 있었고 양쪽에 해저 식물이 자라고 있었다. 햇빛이 들지 않는 곳에서 식물이 자라고 있다는 사실에 놀라면서 과연 그것이 식용일지 습관적으로 고민하는 내 옆에서 자라가 아름다운 소년으로 변했다.

그는 내게 고개를 꾸벅 숙이고 아까의 자라와 같은 목소리로 말했다.

"가시지요, 김연지 씨. 어라하와 어륙께서 기다리십니다."

혹시 그게 용왕과 어의라는 뜻은 아니지? 나는 마른 바닥을 밟으며 의심스럽게 그에게 물었다.

"혹시 제가 지금 꿈을 꾸는 건 아니지요?"

그런 악몽도 있다. 내가 꿈을 꾸는 거냐고 물어보면 갑자기 주변 사람들이 그래, 꿈이다! 하면서 나를 죽이려고 달려드는 악몽. 나는 이미 추락의 충격에서 돌아와 정신이 충분히 맑은 것 같았지만 내 이성을 믿지 못하고 그렇게 물었다. 별은 사랑스러운 얼굴로 수줍게 웃었다. 그의 약간 곱슬거리는 머리카락은 윤기가 아름다웠다.

"꿈이 아니에요. 들어가셔서 식사하시면서 말씀하세요. 환영 연회가 준비되어 있을 거예요."

이거 너무 전설대로잖아. 나는 아무래도 내가 취업이 너무 안 되어서 정신이 정말로 나간 게 아닌지, 혹은 아주 깊은 꿈을 꾸고 있는 것은 아닌지 심각하게 생각하며 또 물었다.

"혹시 들어가면 제 간으로 용왕님의 병을 치료한다든가……."

별은 또 수줍게 웃었다. 그 얼굴은 어느 잡지 광고라고 해도 믿을 수 있을 정도로 예뻤다. 그는 겨우 큰 눈망울로 나를 올려다보았다.

"어라하는 건강하세요. 그 전설은 사실이 아니니까 걱정하지 마세요. 말하는 토끼가 어디 있어요."

지금 내 눈앞에 용궁하고 말하는 자라하고 자라가 사람으로 둔갑하는 일이 나타났는데 말하는 토끼가 왜 없어! 나는 끝내 표정을 관리하지 못하고 약간 울상을 지었다. 별은 부드럽고 친절하게 말했다.

"계약하신 대로 요리를 해 주시면 돼요. 계신 동안 최대한의 편의를 돌봐 드리고 손님으로 모실 테니까 걱정하지 마시고, 자, 들어가요."

토끼도 파티 중반까지는 그런 말을 들었던 것 같다. 하지만 지금 와서 내가 뭐 간을 육지에 놓고 왔다고 해서 돌려보내 줄 것 같지도 않았고, 무엇보다 나 스스로 이 바다에서 나가기는커녕 꿈에서 깨어날 방법도 지금은 없었다. 나는 울며 겨자 먹기로 별의 뒤를 따라갔다. 별은 내 트렁크를 나 대신 끌고 갔다.

거대하고 활짝 열린 성문 앞에 도달하자 성문 옆에 차려져 있던 작은 초소에서 긴 비단옷을 입고 머리에 관모를 쓴 여자가 나와 물었다.

"별 주부님. 이분이 말씀하셨던 손님이십니까?"

"네."

유별 씨의 정체는 진짜 별 주부였던 것으로 밝혀졌다. 나는 웃지 않았다. 관모를 쓴 여자는 허리를 예쁜 금속 허리띠로 여미고 있었는데 허리띠 아래로 늘어뜨린 긴 패는 아무래도 옥으로 만든 것 같았고 저 현판에 있는 것과 같은 상형 문자가 새겨진 것이었다. 별은 자기 주머니에서도 옥패를 꺼내서 그 여자에게 보여 주었고 여자는 내게 빙긋 웃으며 인사했다.

"용궁에 오신 것을 환영합니다."

올 생각은 없었지만 반겨 주시니 감사합니다. 나는 얼떨떨하며 인사했다.

"안녕하세요."

"별 주부님, 어서 들어가세요. 어라하와 어륙이 김연지 씨를 기다리고 계십니다."

"네. 감사합니다."

별은 내 트렁크를 끌고 그대로 문 안으로 들어갔다. 나는 그를 따라서 용궁 안에 발을 들였다.

두꺼운 문 너머의 밝은 곳으로 끝없는 용궁이 파노라마처럼 펼쳐졌다. 나는 명백하게 보행자를 위한 높이에 붙은 조명이 유백색의 불투명하고 거대한 구슬인데 이제 보니 전선 같은 것이 연결된 흔적이 없어 약간 놀랐다. 거대한 대문은 약 스무 걸음 정도를 걸어야 반대편으로 빠져나갈 수 있었는데 천장에든 벽에든 화려한 오색의 벽화가 그려져 있었다.

대문을 빠져나오니 내 생각보다 훨씬 많은 사람들이 허리를 금속 벨트나 긴 천으로 묶은 긴 여밈옷을 입고 오가고 있었다. 그들은 대부분 모자를 쓰고 있었는데 모자 아래로 나온 머리칼을 보니 다들 머리카락 자체는 길게 기르고 있는 것 같았다. 그들 중 어떤 사람들은 색이 화사하고 아름다운 무늬가 있는 천으로 된 옷에 장신구를 늘어뜨렸고 어떤 사람들은 비교적 짧아 무릎 위로 올라가는 여밈옷 아래로 바지를 입고 무기를 들고 있었다.

진짜 전래 동화에 나오는 용궁 같다. 나는 별의 뒤를 따라가며 사람들과 건물을 정신없이 구경했다. 사람들은 처음 볼 때는 다 평범한 사람 같았지만 계속 보다 보니 새우처럼 앞으로 뻗은 수염을 가진 키 작은 할머니도 있었고 목 양쪽으로 작은 지느러미가 나와 팔랑이는 소년도 있었다. 이마 가운데에 툭 튀어나온 점이 있었던 어떤 아주머니는 어느 순간 다시 보니 점이 아니라 심해어의 불빛을 그 자리에 붙여서 가지고 있는 것이었다.

별은 정말로 보통 사람과 똑같은데. 나는 가다 말고 도저히 궁금증을 참지 못해 별에게 물었다. 이게 꿈이든 아니든 일단 물어는 봐야겠다.

"저기, 여기 계신 분들은 다 저처럼 밖에서 오신 사람이신지……."

물론 아닌 건 안다. 별은 계속 걸으며 내게 조용히 대답했다. 스스럼은 없는 태도였다.

"김연지 씨처럼 밖에서 오신 분은 지금은 없어요. 다 저처럼 둔갑한 용궁 백성들이지만 편하게 대하시면 됩니다."

둔갑이라니. 고등학생 때 고전 문학을 공부한 이후로 처음 듣는 단어다. 나는 노파심에 물었다.

"제가 그럼 따로 조심해야 하는 건……."

평소에는 성질을 잘도 부리면서 자꾸 말끝을 흐리는 것은 여전히 너무 당황하고 있어서일 것이다. 별은 작은 목소리로 친절하게 대답했다.

"괜찮아요. 육지에서처럼 행동하시면 돼요. 숨 쉬는 데 불편한 점은 없으시지요?"

물에 빠질 때부터 그랬지.

그러니까 만약 지금 이게 꿈이 아니라면 나는 물 아래 있는 것이다. 그것도 깊은 바닷속이다. 토끼 간을 빼 드시려고 했던 줄로 우리는 모두 알고 있었지만 사실 말하는 토끼란 없으므로 누명을 쓴 것이었다는 용왕님이 계신 용궁에 계약직 직원으로서.

역시 사기 계약이다. 계약서상의 조건이 다 맞다고 해도 사람이 바다 밑에서 근무해야 한다면 그건 좀 특기해 줘야 하는 사항 아닌가. 게다가 용왕님이 건강하시다는 건 다행이지만 그럼 바닷속에서 내가 해야 하는 요리는 무엇이며 요리 재료는 뭐란 말인가. 뭐 마장동에서 돼지고기를 납품받고 있지는 않을 텐데.

저 하늘처럼 보이는 위의 어딘가는 분명히 물일 텐데도 물과 물이 아닌 곳 사이를 가르는 경계선 같은 것은 보이지 않았다. 그런데도 바닥은 말라 있으니 신기한 일이었다. 슬쩍 주머니에 손을 넣어 확인해 보니 휴대폰도 젖은 기색 없이 멀쩡하다.

별은 나와 함께 전각과 전각 사이를 복잡하게 빠져나가고 여러 벽을 따라 계속해서 걸었다. 용궁의 담은 대부분 나보다 키가 컸지만 그럭저럭 사람에게 합리적으로 보일 정도의 크기였지 대문처럼 아주 크지는 않은 정도였다. 그러나 가끔은 아주 높은 담으로 둘러싸인 곳이나 무척 높아 육지에서나 볼 것 같은 첨탑도 있었는데 다른 전각이 대부분 단층이거나 2층, 높아 봐야 3층 정도라는 점을 고려할 때 눈에 띄는 일이었다.

그는 햇빛도 없는데 어떻게 자라는 것인지 모를 식물이 아름답게 자란 정원이 시야에 들어오는 어떤 전각 앞에서 멈춰 섰다. 그 전각은 높지 않은 담으로 둘러싸여 있었고 대문이 열려서 여러 사람이 드나들고 있었다.

용왕을 만나러 가는 게 아닌가? 또 어륙인지 하는 내가 모르는 사람이 기다린다고 했던 것 같은데. 별은 막 그 전각에서 나온 예쁜 아가씨에게 말을 걸었다.

"실례합니다. 김연지 씨를 모셔 왔습니다."

그 아가씨는 한창 청소를 하던 중인 듯 손에 빗자루를 들고 있었는데 그 모양은 꼭 해초로 만든 것 같았다. 그녀는 금세 나를 보고 활짝 웃으며 고개 숙였다.

"어서 오세요. 마침 쓰실 방의 정리가 다 되었답니다."

아, 하긴 트렁크를 들고 바로 가는 것은 좀 그렇다. 그 아가씨 말고도 여러 사람이 또 대문을 건너 드나들었지만 아가씨는 빗자루를 대문 옆에 내려 놓고 별에게서 트렁크를 받아 들었다. 별은 내게 조용히 말했다.

"여기서 기다릴 테니 천천히 준비하고 나오세요. 아침 식사 아직 안 하셨지요? 어라하와 어륙이 함께 식사하시고자 하십니다."

나는 죽어도 세 끼 먹어야 하고 잘하면 네 끼 다섯 끼도 먹어야 하기 때문에 물론 먹고 왔고 트렁크 안에 간식도 있었지만 조찬 초대를 거절할 수는 없었다. 나는 네, 하고 정신없이 대답하고 예쁜 아가씨의 뒤를 따라갔다.

예쁜 아가씨는 이제 보니 목에 작고 투명한 지느러미가 있었고 아가미가 가끔 열렸다. 그러나 그 얼굴이나 몸집은 어느 하나 흠잡을 데가 없었으며 머리칼도 잘 손질한 티가 났다. 그녀는 나와 함께 전각 안으로 들어가며 붙임성 좋게 종알거렸다.

"지상에서 손님이 오신 건 참 오랜만이어요. 용궁까지 오는 길은 힘들지 않으셨어요? 방이 마음에 드셨으면 좋겠어요. 어룡께서도 몹시 즐거워하시며 방을 꾸미셨답니다."

지금까지의 분위기로 봐서 그 어룡이라는 분은 높은 분 같은데 내 방을 꾸며 주셨다고? 이 무슨 회사 사장님이 신입 사원 책상 꾸며 주는 부담스러움인가. 집에 당장 가고 싶다. 그러나 나는 이미 계약서를 여러 번 읽어 봤고 위약금이 세 배라는 사실을 알고 있었다.

"저희도 사가에서는 지상의 의복을 흉내 내어 입기도 하는데, 이렇게 진짜 지상 분이 오셨으니 많이 배우고 싶어요. 한 해 동안 계신다고요?"

위약금. 위약금이 세 배. 나는 '아뇨, 지금 돌아가고 싶습니다!' 라고 말하고는 싶었지만 일단 붙임성 좋게 행동하기로 했다.

전각은 주춧돌이 뭔지 모를 녹색의 맑고 반투명하고 매끄러운 것으로 되어 있었고 기둥은 대리석이었다. 그리고 섬돌은 내 눈이 틀린 것이 아니라면 비취 같았다.

섬돌에 자연스레 그 아가씨가 벗어 놓은 신은 재질이 뭔지 모르지만 아주 예쁜 분홍색이었다. 나는 내가 신고 온 구두를 벗고 마루에 올라섰다. 마루는 일단 나무로 되어 있었고 시원하며 깨끗했다.

"저기."

"네?"

예쁜 아가씨는 내가 겨우 말을 걸자 기쁘다는 듯 대답하며 트렁크를 마루에 올렸다. 나는 바닥을 내려다보며 물었다.

"이거 나무 바닥인가요?"

"네. 어머나, 혹시 나무 바닥을 싫어하셔요? 지상 분이시라 편하실 줄 알았는데. 바꿀까요?"

아니! 나는 고개를 절레절레 저었다.

"아니에요. 저는 나무가 좋은, 용궁에 나무가 있는 게 신기해서요."

"아, 그러셨어요. 나무는 지상에서 주문해 들여온답니다."

어떻게! 바닷속까지 배달이 돼?

아가씨는 생긋 웃으며 나와 함께 전각의 가장 안쪽에 있는 방으로 들어섰다. 솔직히 걱정했는데 실내는 바닥이 원목이었고 안이 꽤 평범하게 현대적으로 꾸며져 있었다. 겉으로 보기에는 전각 크기부터가 작았는데 일단 창호지가 붙은 꽃살문 하나와 불발기 하나를 열고 들어가니 방은 신기할 정도로 깊고 넓었다.

섬세한 무늬가 들어간 창은 잠금 고리가 은색의 무언가—차라리 은이면 나을 것이고, 백금은 아니라고 믿고 싶었다—였고 충분히 컸으며 옷장, 책장, 테이블 따위의 가구는 호텔처럼 잘 갖춰져 있었다. 그리고 방의 가장 동쪽에는 조각이 붙은 킹사이즈 베드가 있었다.

방에서 이불을 정리하던 아가씨와 장을 닦던 아가씨는 나를 보자 다가와 인사했다.

"안녕하세요."

"안녕하셔요. 어서 오세요."

너무 환영받는다. 나는 최대한 밝게 인사하며 그들의 입가의 물고기 수염이나 손에 달린 물갈퀴 따위를 못 본 척했다. 그들은 내게 잘 지내셨으면 좋겠다, 편히 쉬실 수 있는 방이 되도록 열심히 했다 따위를 종알거리다가 자기들끼리 핫 하고 놀랐다.

"어머나, 어라하와 어륙께서 기다리시겠어."

"별 주부님이 밖에서 기다리신대."

"별 주부님? 나 보러 갈래!"

"일해, 일."

"내가 모시고 나갈 거야!"

별 주부라는 말을 듣자마자 안색이 확 밝아진 아가씨가 다른 아가씨들을 진지하게 을렀다. 뭘 누굴 뭐? 나는 그제야 용기를 내서 물었다.

"저어, 어라하와 어륙이 누구신지 여쭤봐도 될까요?"

내 말에 아가씨들의 수다가 잠시 멎었다. 그녀들이 입은 옷은 소매가 많이 넓은 편이었고 허리띠는 세 명 모두 무늬 없는 천이었는데 치마는 입은 사람도 있고 바지를 대신 입은 사람도 있었다. 그녀들 중 나를 이 안으로 데려오지도 않고 별 주부라는 말에 눈을 빛내지도 않은 마지막 사람이 내게 친절하게 말했다.

"어머나, 지상 분이셔서 모르시는구나. 용왕님과 용궁부인님을 용궁 백성들은 그렇게 부른답니다. 많이 기다리셨으니 어서 가셔서 조찬을 함께하셔요."

아. 그러니까 나는 계약직이지만 용궁에서 입주로 일하기로 한 거고 사택이란 용궁을 말하는 것이었고 지금부터 용왕 부부와 함께 식사를 해야 하는구나. 그래, 거기까진 짐작하고 있었어.

나는 마지막으로 한 번만 더 확인하기로 했다.

"그, 어라하께선 건강하시지요?"

간이 필요한 동물은 정말로 없는 거겠지. 세 명의 아가씨는 깔깔 웃었다. 그녀들은 내가 착하고 예의 바른 사람이라 그런 걸 물었다고 생각하는 것 같았다.

별이 나를 데려간 건물은 용궁에서 첨탑을 제외하고는 가장 높고 그 어느 건물보다도 호화로워 보이는 3층짜리 건물의 바로 뒤에 있는 건물이었다. 그는 내가 머물기로 한 전각에서 그곳까지 가는 지름길을 세세하게 알려 주며 그 큰 건물의 이름이 월수궁이라고 했다.

월수궁은 다른 곳보다 규모만 큰 것이 아니라 장식도 화려했다. 정교하게 뻗은 청자 수막새에는 연꽃이 새겨져 있었고 추녀마다 드리운 장식은 이제 보니 옥과 산호로 만든 풍경이었다. 어디서 불어오는지 모를 바람에 스치며 풍경이 내는 맑고 웅웅거리는 소리는 무척 아름다웠다. 전각에 들어가기 위해 우리는 녹색 맑은 옥으로 된 계단을 올랐는데 그 계단의 난간은 돋을새김 장식이 화려한 수정이었다.

신을 벗고 건물 안으로 들어가니 다른 사람들보다 비교적 화려한 옷을 입은 청년들이 오갔다. 그중 한 청년이 나와 별 주부에게 정중하게 고개 숙여 인사했다.

"어서 오십시오. 어라하와 어륙, 용자님께서 기다리고 계십니다."

용자? 나는 별에게 속삭여 물었다.

"저, 용자님이라는 분은 혹시."

"어라하와 어륙의 아드님이십니다."

별이 내게 속삭여 대답했다. 그는 처음에는 수줍음을 탔던 모양으로, 시간이 갈수록 점점 내게 반응하고 대답하는 데 걸리는 시간이 짧아지고 있었다. 세상에, 용왕의 왕자도 있구나. 용왕의 아들에 대해 수업 시간에 배우긴 했던 것 같은데. 다리가 네 개라고 노래했던 그 용 아닌가. 아닌가?

고민해 봐야 중등 교육 과정은 내게서 너무 먼 과거였다. 나는 청년이 이끄는 대로 별과 함께 월수궁 깊은 곳으로 들어갔다. 월수궁 실내는 아주 모던한 퓨전 호텔처럼 붓글씨니 심플한 열매, 또 비단에 그린 그림 따위로 장식되어 있었는데 촌스러운 구석이 없고 우아했다.

몇 개인가의 문을 지나 음식 냄새가 나는 곳 앞에 서자 나는 드디어 내가 예의 장소에 왔다는 것을 직감하고 긴장했다. 어딘가에서 팬 치는 소리와 국자 소리가 나는 걸 보니 주방도 이 근처에 있는 모양이었다. 그곳이 내가 일할 곳일까. 이렇게 넓은 궁에 설마 주방이 한 군데야 아닐 테지만⋯⋯.

화려한 옷의 청년은 닫혀 있는 문의 앞에 서서 고상하게 말했다.

"어라하, 어륙, 용자님. 기다리시던 손님이 왔습니다."

흰 수염을 길게 기른 노인의 목소리를 기대했는데 돌아온 목소리는 의외로 젊게 느껴지는 남녀의 것이었다.

"어서 들어오시라 해라."

"알겠느니."

별은 그대로 말없이 물러났고 청년은 문을 열었다. 내가 불안하게 별을 시선으로 좇자 그는 내게 미소 짓고 그대로 가 버렸다. 그는 아침 식사에 초대받지 못한 모양이었다.

"어서 오세요."

부드러우면서도 무거운 여성의 목소리가 나를 불렀다.

아까 어라하와 어륙이라고 청년이 불렀을 때 대답한 목소리 중 하나였다. 나는 침을 꿀꺽 삼키고 식당 안을 보았다.

나와 가장 먼저 눈이 마주친 것은 검푸른 머리칼을 하나로 묶은 아름다운 남자였다.

잘 다듬은 상아 조각처럼 매끈한 얼굴에 깊고 긴 눈을 가진 그는 새까만 눈으로 나를 나른하게 보았다. 어떤 이유에서인지 나는 잠시 동안 그에게서 눈을 떼지 못했다.

남자도 어떤 이유에서인지 나를 계속해서 보았다. 나는 그의 무뚝뚝한 표정이 그에게 잘 어울린다고 생각했지만 동시에 그가 어딘가 기분이 상해 있는 상태라는 것도 파악했다. 저 붉은 입술은 고집스럽게도 생겼다. 길(吉) 자로 장식한 나무 의자에 대충 걸터앉아 있는 자세는 그리고…….

어쩐지 울렁거리도록 마음에 들지 않았다.

가슴이 아주 많이 뛰고 입에 침이 고였다. 방 안에 있는 세 명은 모두 식탁 앞에 앉아서 식사할 준비를 하고 있었고 나는 식탁 의자에 바르지 못한 자세로 앉아 있는 사람을 싫어했다. 얼마나 눈을 마주치고 있었을까, 저쪽이 먼저 눈을 떼자 나는 그 남자의 건너편에 앉은 두 사람에게 인사했다. 아마도 저 삐딱이가 용자일 것이다.

"처음 뵙겠습니다. 김연지입니다. 기다리시게 해서 죄송합니다."

"아니에요. 기다리지 않았어요."

용궁부인이 웃으며 말했다. 용왕 부부는 저 청년의 부모라고 생각하기에는 약간 너무 젊다 싶을 정도로 동안이었는데, 아들을 포함한 가족이 모두 대단히 아름다웠으며 눈썹은 끝으로 갈수록 짙고 약간 길었다. 나는 용왕과 용궁부인의 인상이 아주 마음에 들어 일단 안심했다. 청년이 나를 자리로 안내했다.

식탁은 원형이었고 내가 앉은 곳은 용왕과 용자의 사이이자 용궁부인과 마주하는 자리였다. 나는 식탁에 앉을 때까지는 어색했지만 일단 앉은 뒤로는 직업적 호기심으로 음식을 흘끔흘끔 보았다.

나를 안내한 청년처럼 화려한 옷을 입은 청년들이 내게도 그릇과 수저를 가져다주었다. 나는 최대한 자연스럽게 용자에게도 시선을 가끔 주었는데 그는 내게 여전히 전혀 관심이 없는 것 같았다.

"갑자기 용궁에 불러서 많이 놀랐지요? 설명은 들었나요?"

용궁부인이 먼저 붙임성 좋게 물어보았다. 그녀는 주름이 없었지만 눈이 깊었고 동작 하나하나에서 연륜이 묻어났다. 나는 얌전히 대답했다.

"조금 놀랐습니다. 설명은…… 저, 식단을 짜는 일이라고 들었는데요. 그런데 제가 용궁에서는 어떤 음식을 먹는지 모릅니다."

그러니 어서 먼저 계약을 파기하자고 말해.

둥근 식탁 가운데에는 온갖 음식이 각자의 그릇에 보기 좋게 담겨 쌓여 있었고 그걸 개인 그릇에 먹고 싶은 만큼 담아서 먹는 방식인 모양이었는데, 아침 식사라서인지 아니면 그게 용궁식인지 죽 같은 것과 부드러운 채소 요리 따위가 많았다. 놀랍게도 지금 있는 요리 중에는 내가 잘 아는 재료로 만든 것이 절반 이상이었다.

용왕도 친절하게 말했다. 시종일관 차가운 얼굴인 아들과 달리 두 사람은 내게 계속 웃었고 예의 발랐다.

"괜찮아요. 용궁에서만 먹는 음식은 우리 수라간에서도 할 수 있어요."

"김연지 씨라고 했지요? 연지 씨는 지상의 음식을 다양하게 잘 아니 지상 음식을 해 주길 바라서 초대한 거예요."

"……저, 이 식탁에도 지상에서 먹는 음식이 있는 것 같은데 혹시 제가 잘못 안 건가요?"

나는 생선구이와 당근볶음, 돼지고기조림 따위를 흘깃 보며 물었다.

용왕 부부의 얼굴이 약간 어두워졌다. 잠깐, 그보다 용궁인데 왜 생선구이야. 그거 백성을 먹는 거 아니야?

안타깝게도 내가 그 부분을 지적하기엔 용왕 부처가 너무 위엄 있었다. 용궁부인은 갑자기 한숨을 푹 쉬었다. 나는 그것이 약간 기다리던 말을 들은 사람처럼 작위적이라고 생각했다.

"사실 우리한테는 딸이 하나, 아들이 하나 있어요."

아들이 있는 건 알겠다. 그런데 왜 갑자기 가족 관계 등록부부터 보여 주는 걸까. 나는 무뚝뚝한 청년을 힐끔 보고 고개를 끄덕였다.

"네에. 따님께서는 그럼 지금……."

"결혼해서 외국으로 나갔어요."

글로벌하시구나. 용궁에서 들을 수 있는 말인 줄은 몰랐다. 나는 고개를 끄덕이며 아무 말이나 했다.

"보고 싶으시겠어요."

"네에, 정말 보고 싶지요!"

용궁부인은 아들을 약간 흘겨보았고 용왕은 부인이 하는 행동을 따라 했다. 용자는 인상을 쓰더니 소매에서 스마트폰을 꺼냈다. 저 익숙한 사운드와 손가락 동작을 보니 아무래도 같은 색을 세 개 맞추면 사라지는 그 게임을 하는 것 같았다.

잠깐, 여기 스마트폰이 있다고?

"여기 스마트폰이 터지나요?"

그러고 보니 휴대폰이 젖지 않았다는 건 확인했지만 터지는지는 보지 않았다. 오늘 저녁에 엄마한테 연락이 안 되면 나는 실종자가 될 것이다. 나는 충격을 받아 용자에게 물었다.

용자는 불퉁하게 뱉었다. 그의 목소리는 그의 외모만큼 내게 인상을 깊이 남겼지만 내용은 반길 만한 것이 아니었다.

"와이파이는 안 돼."

와이파이는 안 되는구나. 젠장.

용왕은 아들에게 준엄하게 주의를 주었다.

"먼 데서 오신 손님께 그게 무슨 말투냐, 천원아."

잘생긴 청년의 이름은 천원으로 밝혀졌다. 한자에 따라 멋진 이름일 수도 있지만 내게는 돈의 단위로 더 익숙한 발음이었다. 나는 웃지 않기 위해 잠깐 노력했다. 청년은 툴툴거렸으며 나는 그 목소리로 그가 나보다 약간 어린 것 같다고 판단했다.

"고용한 사람이잖아."

"그것이 네가 손님에게 무례한 것과 무슨 상관이란 말이냐. 용궁 백성이 아니니 네가 시종이나 시비를 대하는 것과는 달라야 하느니라."

여기 시종과 시비도 있군요. 그런 것 같았어요. 아까 그 아가씨들과 나를 여기까지 안내한 청년이 그걸까.

천원은 자기 아버지의 말을 무시하고 스마트폰에 집중했다. 이번에는 손놀림을 보니 인터넷 기사라도 보는 모양이었다. 설마 카톡을 하진 않을…… 가만, 혹시 다른 용궁의 왕자들이나 자기 누나와 만든 톡방이 있는 건 아닐까. 무시무시하다.

솔직히 혼을 낼 줄 알았는데 용왕과 용궁부인은 한숨만 함께 쉬었다. 나는 천원의 버릇없는 태도가 거슬렸지만 고용주의 아들을 가르칠 이유는 없어 못 본 척하기로 했다. 용왕이 설명으로 돌아갔다.

"유일한 딸이 시집을 가서 쓸쓸하던 차에 이 녀석이 늦둥이로 태어나서 우리가 솔직히 너무 예뻐하며 키웠지요. 그래서인지 애가 부모 말은 듣는 둥 마는 둥, 매일같이 저 조그만 수첩 같은 것에 빠져 살아서……."

수첩 아닙니다. 따님을 해외에 시집보내시는 용왕님은 그러나 스마트폰은 잘 모르시는 것으로 드러났다. 수첩 소리가 나오는 걸로 보아 휴대폰이나 삐삐도 모르실 수도 있었다. 나는 본인이 있는 데서 너무 노골적으로 공감해 줄 수가 없어 애매하게 으음…… 하고 이해한 척을 했다. 용궁부인은 그걸로도 만족한 듯 말했다.

"우리가 잘못 키운 걸 누굴 탓하겠습니까만, 그렇다고 애를 내버려 둘 수는 없으니 말이에요. 천만 다행히 이 녀석이 지상의 문물에는 관심이 있으니……."

"……내 얘기 좀 그만해."

천원은 발끈했다. 나는 그 반항이 너무나도 사춘기 수준이라 약간 놀랐다.

심지어 저렇게 멋있는 어머니의 말을 끊다니 나라면 상상할 수도 없는 일이다.

"얘가 이렇답니다."

용궁부인은 우아하게 뺨을 감싸고 한숨을 쉬었다. 용왕이 아내를 위로했다.

"너무 속상해하지 말아요, 여보."

"그만하라니까! 아침 안 먹을 거면 나 갈 거야."

천원은 그대로 일어나더니 식당을 나섰다. 나는 이쯤에서는 용왕이 아들의 머리에 그릇을 던져야 하는 게 아닐까 하고 생각했으며 우리 집이라면 아마 그랬겠지만 용왕 가족은 문명인이었다. 시종은 놀라지도 않고 문을 닫았으며 용왕과 용궁부인은 아무렇지도 않게 계속 이야기했다.

"무엇보다 애가 밥을 안 먹는 게 제일 걱정이랍니다. 가끔 먹는다고 해 봐야 먹기 편한 것만 조금 먹고 또 자기 방에서 저것만 잡고 있는데."

한국이라면 저건 라면을 부숴 먹거나 피자를 시켜 먹는다는 얘긴데 용궁에도 그런 게 있나?

"그래도 부모니 애가 안 먹어서 아픈 건 어떻게든 피하고 싶어서, 논의하다가 아들을 위한 요리를 따로 맡아 줄 분이 있었으면 좋다는 이야기가 나왔지요."

"아, 예에."

이제야 수수께끼가 풀렸다. 누나와 나이 차가 많이 나는 늦둥이 막내를 오냐오냐 기른 나머지 애가 자기 건강도 안 챙기고 스마트폰 중독에 빠졌으니 그걸 해결하기 위해 아들 전용 요리사를 모셔 왔다는. 그게 내 직무 내용이고, 그래서 영양가 있고 다채로운 어쩌고가 필요했구나.

차라리 토끼 간을 꺼내는 이야기가 인간적이었다. 그건 마지막에 신령님이 약을 줘서 모두가 행복해지지 않았나. 나는 내가 죽어라 재료 사다가 해 먹지 않으면 굶는 게 당연했던 어린 시절이 아련하게 떠오르려 했지만 일단 또 참았다. 정말로 있는 집 자식을 정말로 있게 키우는 게 뭐 나쁜가. 당연한 일이다. 우리 집도 어려운 건 아니었고.

"헌데 용궁에서 먹는 거야 늘 비슷하고, 아들이 지상을 좋아해서 매일 지상에서 먹는 요리의 사진을 보고 있으니 지상 요리를 전문적으로 하는 분이 좋겠다는 생각이 들었어요."

그냥 먹방 사진이 유행해서 본 거 아냐?

"우리 백성들은 별 주부 말고는 지상에서 오래 머물 수 있는 이가 없으니 결국은 지상 사람을 데려와야 하는데, 그…… 토끼가 나오는 망측한 이야기 때문인지 용궁 이야기가 나오면 오려는 이가 없으니 참 난처했답니다."

아닙니다. 용궁에 오려는 이가 없는 건 그 망측한 이야기 때문이 아닙니다. 나도 오늘 아침까지 계속 망설였는데 용궁 소리가 나왔다면 처음부터 계약도 안 했다.

용왕 부부는 거기까지 이야기가 진행된 다음 활짝 웃었다. 그들의 눈에는 명백하게 나를 향한 감사와 애정과 신뢰가 담겨 있었다.

"여기까지 와 줘서 정말 고마워요. 먼데 고생 많이 했지요? 우리 부부나 다른 사람들은 모두 용궁 요리사가 있으니 걱정하지 말고, 아들이 병나지 않을 정도만이라도 음식을 먹게 해 주면 좋겠어요."

"원하는 재료는 모두 주문할 수 있으니까 걱정하지 말고, 하고 싶은 건 다 해 봐요. 아이고, 손님에게 식사할 틈도 안 줘서 요리가 다 식었네. 미안해요. 어서 다시 데워 오게 하지요."

"아닙니다. 맛있어 보이는데요……."

역시 이건 내가 예상치 못했던 부분이 너무 많다. 내용이 이런 거면 계약서에 사인하기 전에 설명을 했어야지. 애초부터 내 면접관은 사기를 칠 생각으로, 돈에 살랑살랑 걸려들어 설명도 잘 안 듣고 덤벼들 만한 초짜를 골랐던 거다. 그래서 다리에서 날 집어 던질 때까지 그렇게 치밀하게 모든 것을 숨겼던 것이다.

……역시 꿈이라면 지금쯤 꿈에서 깼으면 좋겠다. 나는 멍하니 차를 마시며 그 리얼한 감촉에 묵묵히 충격을 받았다.

그러다가 문득 용자의 눈이 떠올라 혼자 흠칫했다.

"여기가 수라간, 그러니까 지상에서 말하는 부엌이에요."

일반적인 업장과는 다르게 용궁의 주방은 분위기가 좋았다. 물론 이쪽도
칼과 불이 오가기 때문에 당연히 있어야 하는 절도와 규칙은 엄격하게 지키
고 있는 것 같았지만 고성이 오가지 않는 것만으로도 내게는 놀라운 분위기
였다.

용궁의 식사 전체를 담당한다는 주방장은 키가 크고 살이 찐 사람이었는
데 아주 인상이 좋았으며 잘 웃었다. 그는 내게 친절하게 주방의 요모조모
를 보여 주었다.

"어라하께 말씀 들었어요. 지상에서 손님이 오시는 건 정말 오랜만이네
요."

나는 궁금해서 물어보았다.

"저 말고도 지상에서 사람이 온 적이 있었어요?"

물론 이렇게 큰 곳의 식사를 맡으려면 아무튼 주방이 조용해도 될 때는
없다. 지금은 다들 저녁 식사를 위해 미리 밑간해 둘 것의 손질과 점심 식사
의 이른 준비를 하느라고 큰 부대니 통 따위를 옮기는 중이었다. 이곳의 주
방도 육지에서의 주방과 크게 다르지 않아 다행이었다.

주방장은 부드럽게 말했다.

"제가 어려서 여기서 심부름할 때쯤엔 많이들 오가셨지요. 그때는 선왕께
서 위에 계셨지만요."

주방장은 대충 마흔을 좀 넘은 것 같았으니 계산해 보면 30년 정도 전이
라는 이야기일까.

"그래요? 그렇게 많이 오가는지 저는 몰랐어요. 다들 비밀로 하는 모양이
네요."

"그런가요? 다들 아실 줄 알았는데."

내 말에 주방장은 의외로 약간 놀란 것 같았다.

"용궁에 온 손님들이 그럼 용궁이 있는 게 사실이었냐고 놀라시면서 보물도 많이 가지고 돌아가셨거든요. 숨길 이유도 없는데 왜 비밀로 하셨을까?"

그 행운아들은 누구야. 나도 지금 보물 받고 돌아가고 싶다. 주방장은 나를 내려다보며 고개를 갸웃했다.

"음, 하지만 인간의 수명을 생각하면 연지 씨가 모를 수도 있겠네요."

인간의 수명……? 나는 혹시나 해서 물었다.

"실례지만 주방장님은 연세가 어떻게 되세요……?"

주방장은 벌쭉 웃었다. 그는 입술이 메기처럼 두꺼운 편이었다.

"칠백오십삼 세예요. 젊은데 나이 든 척해서 웃긴가요?"

"아니요."

진심으로 안 웃겼다. 주방장이 어릴 때 오간 사람들은 고려 시대나 조선 시대에 용궁의 이미지를 만든 사람들인 모양이었다. 용왕과 용궁부인의 동안의 비밀도 풀린 것 같다. 주방장은 내 대답이 마음에 든 것 같았다.

"이제 창고를 보여 드릴게요. 식재료는 최대한 신선하게 그때그때 들이려고 하지만 지상에서 사 오는 건 아무래도 시간차가 있지요. 정말 특별할 때는 별 주부에게 부탁해서 들여오기도 하지만 보통은 바다에서 신선한 재료를 얻고 있어요."

"바다가 바로 여긴데요, 뭐."

"그렇지요? 하하하."

아직 감이 없어서 아무렇게나 한 말이었는데 주방장은 착실하게도 웃어 주었다. 나는 주방장을 따라 넓은 지상을 가로질러 걸었다. 지금도 불이 있는 스토브가 몇 개 있었다.

"주방장님, 바다인데 어떻게 불이 있나요?"

혹시 그게 이 모든 것이 환상이라는 증거인가요? 조찬은 식었어도 맛있었고 내 볼은 몇 번을 몰래 꼬집어도 똑같이 아팠다. 나는 점점 지금 이 상황이 꿈이 아니라는 것을 어쩔 수 없이 받아들이고는 있었지만 희망을 완전히 버리지는 않기로 했다. 그래도 아까 아침 식사가 끝나고 옷을 갈아입으면서 엄마에게 안심하라는 문자를 보내 두긴 했지만.

주방장은 아무렇지도 않게 말했다.

"불이 안 켜지면 할 수 있는 요리가 적잖아요?"

그렇지요. 나는 내친김에 더 물었다. 대답이 이런 식으로 나올 거면 아무거나 물어도 될 것 같았다.

"용궁인데 왜 생선구이가 요리로 나오나요?"

"맛있잖아요? 영양가도 많고."

그렇겠지.

"휴대폰이 어떻게 안 젖네요?"

"휴대폰이 젖으면 못 쓰잖아요?"

그렇지.

"여기 백성들은 어떻게 사람처럼 둔갑하나요?"

"둔갑할 수 있는 백성도 있고 없는 백성도 있어요. 둔갑할 수 없는 백성은 용궁에 감히 못 들어오지만요."

"왜요?"

"둔갑할 수 있는 백성은 기본적으로 용의 피가 섞여 있거든요. 둔갑을 못 하는 백성들도 물론 어라하와 어륙의 백성이지만 용궁에 들어올 수 있는 자격도 없고 그럴 필요도 없지요."

"왜 필요가 없어요?"

"말을 못 해요."

그럼 필요가 없겠지. 나는 왠지 그의 단호한 논리에 설득당해 고개를 끄덕였다. 주방장은 내가 쉽게 이해하자 즐거워했다.

"지상에서 오셔서 모르는 게 많으실 텐데 뭐든지 물어보세요. 용궁 백성들이 신기하지요?"

"너무 신기해요."

나는 진심으로 고개를 또 끄덕이고 아까의 이야기를 이었다.

"말을 못 하면 용궁에 못 들어오나요? 그럼 목을 다쳐서 말을 못 하게 되면…….”

"아, 아니에요, 아니에요. 말을 못 해서 못 들어오게 하는 게 아니에요. 원래 용궁은 신성한 곳이라 용의 피가 섞여 있지 않으면 못 들어오는 거예요. 둔갑할 수 있어도 용궁에 평생 안 들어오고 사가에 사는 백성들도 많아요. 둔갑할 수 없는 백성들은 그런 사람들한테 부탁해서 알음알음으로 억울한 것에 대한 소를 제기하지요.”

"아, 용궁에는 소를 제기하러 와요?”

"그럼요. 용궁에서 일하는 게 아니면 그렇지요.”

용왕도 왕이니 그러고 보면 세금을 걷는다거나 토지 문제를 해결한다거나 백성들 사이의 다툼을 해결하는 그런 조선 시대 왕 같은 일을 할 것이다. 한 번도 생각해 본 적은 없지만 지금 그 말을 듣고 보니 당연하게 여겨졌다. 그보다.

"말을 못 하는데 어떻게 억울한지 아닌지 알려 줘요?”

"통역사 물고기들이 있잖아요.”

몰랐어요. 그러니까 그렇게 당연히 '있잖아요' 라고 하시면 놀랍니다.

"저기 정원이 있던데, 햇빛이 안 드는데도 식물이 자라나요?”

"원래는 안 자라는데 이제는 돼요. 기술의 발전이죠.”

무슨 기술인데.

우리는 주방의 뒷문을 나서 그 뒤쪽에 자리한 창고를 방문했다. 창고는 이곳에 있는 것만도 방대했는데 이곳의 것은 월수궁 및 주변 전각에서 쓰일 음식을 만들 만큼만이고 사실 용궁 전체에 수라간과 창고가 여럿 흩어져 있다는 모양이었다. 그럼에도 불구하고.

"그 모든 요리를 주방장님이 관리하시는 거예요?”

주방장은 아주 자랑스러운 것 같았다. 그는 내게 곡물 창고 안에 뭐가 있는지 보여 주면서 애써 겸손하게 말했다.

"제 아랫사람들이 보지요. 사실 저번 어라하가 계실 때만 해도 요리사는 최고 관품이 고덕이었는데 지금은 나솔까지 올라갈 수 있어요.”

사람들이 주방장을 골소마리 나솔이라고 부르는 것을 들었다. 나는 그저 어려워서 그 이름을 외우는 데 조금 걸릴 것 같다고만 생각하고 있었는데, 나솔이란 것이 알고 보니 아주 자랑스러운 타이틀인 모양이었다.

“어라하와 어륙이 참 훌륭하고 좋은 분이시고 아랫사람들이 일하면 그걸 대우해 주세요. 물론 저번 어라하께서도 훌륭한 분이셨지만 이번 어라하가 보위에 오르시면서 다른 나라 백성들도 우리를 부러워하지요.”

나도 용왕 부부는 마음에 들었다. 주방장은 일본 이름이 붙은 모 고급 백미를 보여 주면서 수줍은 표정을 지었다.

“저는 지금 어라하와 어륙을 모시는 것이 아주 큰 행운이라고 생각하고, 용자께서도 지금은 연소하시지만 윗분들을 본받아 남부러울 것 없이 성장하실 것이라고 믿어요.”

스마트폰 중독 왕자가?

나는 아침 식사 시간에 보았던 천원 용자의 태도가 떠올라 주방장의 말이 의심스럽다고 생각했지만, 오늘 아침 겨우 잠시 보았을 뿐인 나와 옛날부터 이 주방에서 생활해 온 주방장은 그에 대한 이해의 깊이가 아주 다를 것이었다.

……약간 기뻐졌다. 나는 주방장에게 부드럽게 말했다.

“오늘 점심은 준비하고 계시니까, 저녁에는 저도 뭔가 시험 삼아 만들어 용자님께 드려 보고 싶은데 그래도 될까요?”

용궁의 주방에는 내가 모르는 재료가 많았고 처음부터 모험을 하는 것은 나와 주방장 모두가 좋지 않다고 생각했기 때문에 나는 지상에서 나는 재료 및 내가 잘 아는 해산물만 넣어서 몇 가지를 만들었다. 간단하지만 내가 자신 있어 하는 레시피였고 맛을 본 부엌 식구들은 즐거워했다.

“지상 입맛하고 용궁 입맛이 그렇게 많이 다르지 않은가 봐요.”

혹시 모두가 예의상 칭찬해 준 거면 난처하겠지만, 내가 아침과 점심으로 먹은 식사는 내 입맛에도 꼭 맞았었다. 몇 가지 내가 이해 못 하는 맛도 있긴 했지만 그거야 지상에서도 얼마든지 있을 수 있는 일이었다. 주방장은 내 옆에서 벙글벙글 웃었다.

"용궁 사람들도 지상 음식을 많이 먹거든요."

놀라울 정도로 많이 먹던데. 점심에 나온 요리는 아침과는 식감이 달랐지만 여전히 무척 맛있었다. 주방장의 솜씨도 과연 몇백 년이나 이 일을 해 온 사람답게 뛰어났는데 그는 지상 재료도 저 창고에 있는 것은 모두 능숙하게 다룰 줄 알았다. 그렇기 때문에 요리 솜씨 자체보다는 특별한 식단을 짤 수 있는 사람을 원했던 것이라고 납득도 할 수 있었다.

"용궁에서는 절대 안 먹는 재료나 조리법은 없나요?"

"지상에서 먹는 건 저희도 대부분 먹는데…… 비린 건 안 되지요."

바닷속에 있는 시점에서 비리지 않나. 내 얼굴을 본 주방장이 부연했다.

"고기는 피가 안 나오게 다 익어야 돼요. 지상에서 먹는, 그, 회인가요? 그건 안 된답니다. 저희는 괜찮은데 어라하, 어륙, 용자님 세 분께 올리는 건 꼭이요."

개인적으로는 조금 아쉬운 점이었다. 핏기가 있어야 맛있는 재료는 셀 수도 없으니까. 그러나 그것이 고객의 취향이라면 하는 수 없다.

"용자님이 좋아하실지는 걱정되네요. 입이 원래 짧으세요? 어려서부터 그랬어요?"

나는 내가 만든 요리를 직접 옮기고 있었고 다행히 지금은 핏기 있는 음식을 하지 않았기 때문에 화제를 약간 바꿨다. 주방장은 멋진 바퀴가 달린 트레이를 밀며 설명해 주었다.

"더 연소하실 때는 아무거나 잘 드셨는데 사춘기가 오시면서부터 편식을 하시더라고요. 지금은 입이 많이 짧으세요. 많이 저수시는 게 없어요."

편식을 무려 '하시더라고요'라고 표현하는 것을 듣게 되다니. 아무튼 이 착하고 천원 용자를 사랑하는 주방장이 하는 말이니 사실일 터였다. 나는 천원 용자의 취향이 뭘지 고민해 보았다. 우선 재료를 다양하게 써 보면서 파악하는 것부터일까.

음식을 두러 들어가 보니 용왕 가족 세 명은 벌써 와서 앉아 있었다. 천원은 우리에게 알은척도 안 했지만 용왕과 용궁부인은 즐겁게 인사했다.

"좋은 냄새가 나던데, 골소마리 나솔."

"연지 씨가 저녁을 같이 만들었다면서요? 기대하고 있어요."

"어라하, 어룩. 그렇게 말씀해 주시니 성은이 망극합니다."

감동을 잘 받는 주방장은 울 것 같은 얼굴을 했다. 나는 내가 가져온 음식을 식탁에 내려놓고 주방장의 트레이에 있는 음식도 주방장 및 이 자리의 시종들과 함께 세팅했다.

"어머나, 고와라. 정말 맛있겠네요."

용궁부인이 내가 일부러 겉모습에 공을 많이 들인 스튜를 보고 감탄했다.

"감사합니다."

나는 인사하고 뒤에 섰다. 주방장의 말에 의하면 대덕이라는 관품에 속한다는 시종들이 내게 친절하게 말했다.

"세 분의 식사 시중은 저희가 드니 괜찮습니다."

식사 시중을 들려고 선 것은 아니었다. 나는 빙긋 웃고 말했다.

"용자님께서 어떤 것을 좋아하시는지 제가 아직 모르니 무엇을 많이 드시나 보려고요."

시종들은 아, 하며 친절하게도 내게 천원 용자가 잘 보이는 자리를 내주었다. 나는 식탁에서 세 걸음 정도 떨어진 곳에 서 천원 용자가 어떤 식으로 식사하는지 보았다.

용왕 부부는 예의 바르고 단정하게 식사하며 자주 음식의 맛을 칭찬했고 주방장은 아주 행복한 것 같았다. 그러나 천원은 음식이 나왔다는 사실을 한참 후에야 깨달았으며 젓가락은 가끔 특정한 몇 가지 반찬에만 갔다. 먹고 나서는 웃기는커녕 심지어 기분이 더 나빠진 것도 같았다.

나는 그것을 보면서 점점 짜증이 났다. 그는 자기 앞에 아예 따로 놓인 부드러운 스튜를 건드리지도 않았으며 처음에는 김이 났던 스튜는 점점 차게 식어 갔다.

결국 용왕이 아들에게 한 소리를 했다.

"천원아, 식사 시간에는 식사를 해야지. 그 수첩은 치우는 게 어떠냐."

수첩은 아니지만 수첩보다 더 많은 내용이 들어 있긴 하다. 천원은 아버지의 말이 들리지 않는 듯 멍하니 휴대폰을 보다가 세 번째로 자기 이름이 불렸을 때에야 눈을 들었다. 그는 잠깐 눈치를 보듯 상을 둘러본 뒤 버섯을 하나 집어 천천히 입에서 씹더니 또다시 인상을 쓰며 휴대폰으로 눈을 돌렸다.

울컥했다. 심장이 불쾌하게 울컥거리며 뛰고 피가 머리에 빠르게 돌았다. 나는 결국 참지 못하고 입을 열었다.

"두 분께서는 아드님을 너무 아끼면서 키우셨어요."

내가 왜 이 나이에 스무 살 과외 교사 같은 말을 하고 있는 걸까. 내 친구들 중에는 결혼한 사람도 있다. 정말 빨리 결혼해서 애가 있는 케이스도 있다. 내가 교육업에 종사하기로 마음먹은 적이 없는 이상, 이 나이 먹어서 다른 집 부모에게 좀 더 자식에게 엄해져야 할 필요성을 논할 일이 있을 줄은 상상도 못 했다.

그러니까 나는 정말로 계약을 잘못 맺은 것이다.

"적어도 저렇게 식사하는 건 요리사 잘못이 아니지요."

"……내버려 둬."

이번에는 들렸는지 천원은 툴툴거렸다. 그나마 자기 부모님에게 한 소리 하는 것은 싫은 모양이었다.

열다섯 살, 아무래도 나는 요리를 하기 위해 태어난 것 같다는 사실을 깨달았을 때부터 내가 세상에서 제일 싫어하는 부류가 있었다. 그것은 바로 공짜로 나온 음식에 불평하는 사람들이었다. 물론 이 '학생'은 사람이 아니었지만 겉모습만으로는 백 퍼센트 인간이니 똑같이 싫어해도 될 것 같다.

나는 식탁으로 다가갔다. 그리고 천원의 손에서 숟가락을 빼앗았다. 그는 잘생긴 얼굴로 멍하니 나를 올려다보았다. 나는 빙긋 웃으며 말했다.

"밥 안 먹을 거면 치울 거예요."

"……안 먹어."

이 요리를 한 장본인인 인상 좋은 주방장은 아주 우울한 얼굴을 뒤늦게 감췄다. 나는 주방장의 얼굴을 한 번 힐끔 본 뒤 천원에게 말했다.

"잘됐네요. 해 놓은 음식을 식을 때까지 두는 건 음식을 모욕하는 거고, 그런 사람한테는 밥을 줄 필요가 없어요. 음식에게 세 번 절하고 먹고 싶은 기분이 들 때까지 굶으세요."

편식하느라 굶어 죽었다는 말은 들어 본 적이 없다. 식사 시간에 식당에 오는 것까지는 아무튼 하는 모양이니 큰일이야 없을 것이다. 아마 혼이 안 나서 저러는 걸 테지.

나는 대충 그런 생각으로 한 일이었는데 저녁에 나에게 불편한 점이 없느냐고 물어보러 온 시녀는 내가 대단히 큰일이라도 한 것처럼 느껴지는 모양이었다. 그녀는 노골적으로 감탄했다.

"해야 용녀님도 그렇게 말씀하셨는데, 어라하와 어륙은 도저히 꾸짖지를 못하셨어요. 역시 손님을 모셔 온 보람이 있다고 기뻐하셨대요."

그럴 리가 있나?

"사용인이 너무 무례하게 굴었다고 싫어하신 게 아니고요?"

나는 의심스러워하며 물었다. 프레임에 훌륭한 조각이 되어 있는 침대는 푹신했다. 시녀는 진심으로 천진하게 고개를 저었다.

"그럴 리가요. 원래 천원 용자님은 한두 술만 뜨고 일어나실 때가 많아요. 어라하가 엄하게 말씀하셔도 듣는 척도 안 하시는데 오늘은 연지 아가씨 말씀에 눈을 휘둥그레지게 뜨셨다면서요."

솔직히 그 잘생긴 얼굴에서 눈이 커지니까 볼거리이긴 했다. 나는 픽 웃었다.

"엄하게 혼나질 않아서 그렇죠. 그런데 매끼 한두 술만 뜨는데 어쩜 그렇게 건강해 보여요?"

영양실조로 쓰러져야 정상인데, 천원은 키도 충분히 크고 건장해 보였다. 시녀가 고개를 저으며 한숨을 쉬었다.

"여의주가 있으니까요. 그리고 밤에 가끔 수정과 같은 걸 드리기도 해요."

"앞으로는 밤에도 주지 말라고 단단히 말해 둬야겠어요."

원인이 확실했네. 방에서 매일 끼니 사이에 과자를 먹고 있다고까지 가정하면 그림으로 그린 듯한 멍청이 한 세트가 완성이다. 나는 기분 나쁜 얼굴을 했다. 시녀는 까르르 웃었다. 그녀는 내게 낮부터 호의적이었다.

"그런데 여의주가 뭐예요?"

들은 기억은 난다. 용이 가지고 있는 구슬이라는 정도만 알지만. 그게 있는데 배가 고픈 것과 무슨 상관이지? 시녀가 아, 하고 설명했다.

"보주 중의 보주인데 모르세요? 밤에는 빛을 내고 여의주를 가진 자는 배를 곯더라도 마르지 않는답니다."

사기네. 그럼 정말로 내가 없어도 되는 것 아니었나? 나는 약간 인상을 썼다.

"그럼 특별히 식사를 하지 않으셔도 되는 것 아니에요?"

"그래도 곡기를 먹어야 힘을 쓰지요. 몸도 약해지고요. 여의주만 가지고 버티면 성격이 나빠져요."

왠지 천원의 나쁜 성격에 대한 설명을 약간 얻은 것 같다. 나는 미간을 좁히며 농담했다.

"가급적 그것도 뺏어야겠는데요."

시녀는 아까보다 더 크게 웃었다.

"연지 아가씨는 멋있네요. 용자님은 아주 귀한 핏줄이시니 신에 가까우신데, 무섭지는 않으세요?"

신에 가깝다는 건 처음 들었다.

"제 눈에는 그냥 반찬 투정 하는 사람으로 보여요."

시녀는 눈을 동그랗게 떴다가 또 웃었다. 나는 갑자기 약간 찜찜해져 확인했다.

43

"혹시 제가 혼냈다고 천벌을 내리거나 그러는 건 아니지요?"

"어머나, 아가씨도. 그럴 리가 있나요. 용자님은 그런 분 아니세요."

할 수는 있다는 거야? 나는 한숨을 쉬며 베개를 끌어안았다. 내가 침대에 책상다리를 하고 앉은 것을 보고 시녀는 눈을 또 반짝거렸다.

"연지 아가씨는 진짜 멋있으세요. 머리칼도 아름다워요."

내 머리는 간신히 묶이기만 하는 숏커트이지만 머릿결은 좋다는 이야기를 많이 들었다. 내 신체의 마음에 드는 구석 중 하나였다. 나는 빙긋 웃었다.

"감사합니다. 용궁 사람들은 다들 머리가 길던데 혹시 자르는 걸 나쁜 일이라고 생각하는 건가요?"

시녀는 고개를 저었다.

"아뇨, 그렇지는 않아요. 그냥 용궁에선 길고 윤기 있는 머리칼을 다들 좋아하니까 기르는데, 아가씨 같은 머리 모양도 예쁘다는 걸 처음 알았어요."

난 또 신체발부 수지부모를 하는 곳인 줄 알았다. 나는 예쁘다는 말을 또 듣자 약간 부끄러워져 킥킥 웃었다.

"감사합니다. 뭐 좀 여쭤봐도 되나요?"

"네, 궁금하신 건 뭐든지 물어보세요. 제가 아는 건 다 말씀드릴게요."

용궁 사람들은 다들 예의가 바르다. 나는 진지하게 물었다.

"여기 휴대폰 충전은 어떻게 하나요?"

"제가 해서 가져다드릴게요."

시녀는 선뜻 일어났다.

❋ ❋ ❋

이 시간이라면, 하고 찾아간 부엌은 새벽인데도 분주했다. 놀랍게도 용궁의 전선 없는 빛나는 구슬은 야명주라는 이름으로, 특별한 에너지원 없이 계속 발광하는 모양이었다. 덕분에 부엌을 찾아가는 길에도 전혀 어두울 것은 없었다.

"안녕하세요."

나는 부엌에 들어서며 어제부터 동료가 된 사람, 아니, 물고기? 그러니까 용궁 백성들과 인사했다. 그들은 내가 나타나자 어제와 같이 친절한 반응을 보였다.

오늘부터는 나도 그들과 같이 수라간의 조리복을 입고 있었는데 그 조리복은 시녀들의 설명에 따르면 연꽃 실로 만든 것으로 더러운 것이 묻지 않는다는 모양이었다. 나는 그저 디자인이 지상의 일반적인 업장과 비슷한 셔츠와 바지에 깨끗한 연분홍색이라는 데서 안심했다가 재봉선이 없어 신기하고 놀라웠다.

"김연지 씨, 어서 오세요."

"일찍 나오셨네요."

내가 막내이니 따지자면 말도 안 되게 늦은 것이다. 나는 한껏 미안한 얼굴로 사과했다.

"죄송합니다. 앞으로는 일찍 나오겠습니다."

내게 '일찍 나왔다'고 한 문 대덕은 문어 혼혈이라서 민머리인 것이라고들 했는데 여자라서 내게는 그 머리 모양이 약간 낯설었다. 그녀는 동그랗고 예쁜 눈을 크게 떴다.

"왜요? 일찍 나오셨는데요."

"제가 더 빨리 나와서 같이 하고 그랬어야 하는데 첫날이라 잘 몰라서 늦었네요."

나는 민망한 표정을 지었다. 문 대덕은 당황해 하며 손을 저었다. 그 손끝에는 작은 빨판이 하나씩 달려 있었는데 다행히도 손가락은 모두 열 개였다.

"아니어요. 김연지 씨는 수라간 관원이 아니라 용자님을 위해 와 주신 손님이시니 지금 오신 걸로도 충분해요. 어라하와 어륙, 그리고 용자님이 조반을 젓수실 시각은 아직 조금 남았답니다."

계약직 말단 직원이 아니었어? 나는 이게 눈치 없는 막내를 비꼬아 혼내는 것인지 아니면 진심인지 고민하다가 내 사기꾼 면접관이 했던 말을 문득 떠올렸다.

'사택에 요리해 주는 분이 많은데 김연지 씨는 그분들하고는 대우가 다를 거예요.'

그게 갑자기 나 혼자만 들어 있는 부서를 따로 개설했다는 의미였냐. 적어도 내가 대학 나왔고 해외 연수도 다녀왔다는 이유는 이제 핑계였던 것으로 밝혀졌다. 사택에서 하는 일이 오너의 스마트폰 중독 아들의 전속 영양사라고까지는 차마 치환하지 못했던 면접관이 대강 내 업무 내용을 얼버무리면서 그나마 내 일이 일반적인 업장 근무와는 다르다는 힌트만 날렸던 것이다.

지금 와서는 뭐 더 생각하는 것도 시간 낭비다. 더 열받는 것은 물론 더한 낭비고. 나는 문 대덕에게 주방장의 소재를 물었고 그녀가 대답하기도 전에 부엌 뒷문 중 하나로 그가 들어왔다. 주방장은 나를 보자 활짝 웃으며 다가왔다.

"일찍 나왔네요, 연지 씨. 잘 쉬었어요? 어제는 많이 놀랐지요?"

그건 내가 용궁에 도착한 그 순간에 누가 물어 줬어야 하는 거라고 생각합니다. 나는 빙긋 웃었다. 주방장은 어제저녁에 내게 좋은 예를 보이고 싶다면서 정말로 훌륭한 요리를 해 주었는데 그것이 줘도 안 먹을 음식이라는 말을 들었으니 아주 침울해 있을 것도 각오했다. 그리고 그런 막말까지 나온 것은 내가 분위기를 험악하게 만들었기 때문이기도 하고.

"다들 잘해 주셔서 잘 쉬었어요. 감사합니다. 아침 식사를 준비해야지요? 저는 뭘 할까요?"

주방장은 손뼉을 쳤다.

"자세가 좋아요. 용자님도 어제 그런 말씀까지 들으셨으니 오늘 조반은 조금이라도 젓수시겠지요. 어라하와 어륙이 젓수실 수라는 저희가 준비하니 걱정하지 마시고, 연지 씨는 그냥 용자님 드릴 것만 자유롭게 만들어 주면 돼요. 필요한 게 있으면 언제든지 말하고요. 어제 보니까 요리 솜씨가 아주 훌륭하던데요."

"감사합니다."

나는 팔짱을 끼었다. 주방장은 사람 좋은 미소를 지은 채 눈을 동그랗게 떴다.

"왜요? 무슨 일이 있나요?"

"드릴 말씀이 있어서요. 용궁의 음식은 주방장님께서 다 관리하신다니 주방장님께 드리는 게 맞는 것 같고요."

"무슨 말인데요?"

주방장은 '다' 부분에서 그다지 기분이 나쁘지 않다는 표정을 지었다. 역시 이 사람은 자기 일에 자부심이 있다. 그리고 그런 자존심 센 요리인의 음식을 손도 대지 않다니, 다시 생각해도 열이 받는다.

나는 아마도 약간 무시무시해졌을 얼굴로 웃었다.

"용자님 식사 말인데요. 아침 점심 저녁에 어라하와 어륙이 드실 때 같이 드시는 끼니 말고는, 제가 따로 만들어 드리는 것 외엔 나가는 게 없었으면 해서요."

주방장은 눈을 휘둥그레하게 떴다.

"그게 무슨 말인가요?"

"그러니까."

나는 오른손 검지를 들어 왼손 팔꿈치를 딱딱 눌렀다.

"용자님이 세끼 식사를 제대로 안 하시는 건 간식을 드셔서 그런 것 같거든요. 그러니 용자님의 건강을 위해서도 간식은 일단 전부 금지하고, 세끼 식사에 충실하시도록 하고 싶어요."

내 말에 주방장의 얼굴에서 웃음이 약간 사라졌다. 그는 무엇보다 먼저 난처한 눈치를 보였다.

"간식을 안 드시면 배고프실 텐데."

"식사를 안 하시니까 배고프신 거지요."

다 큰 남자가 가장 유치한 종류의 편식을 하게 만든 장본인 중에는 이 사람, 아니, 이 남자? 아무튼 주방장도 들어 있었던 것으로 밝혀졌다. 그는 내속이 터지는 소리를 하더니 나의 반박에 잠깐 눈을 감고 깊이 고민했다. 그리고 머뭇거리며 동의했다.

"……예. 용자님의 식사에 관해서는 최대한 연지 씨가 원하는 대로 해 드리라고 어라하와 어륙께서 말씀하셨으니 그리 따르지요."

그런 일이 있었어? 설리번 선생님보다는 대우가 나은 것도 같다. 나는 감사한 마음으로 고개를 숙였다.

"감사합니다. 꼭 잘 부탁드릴게요. 식사도 한동안은 제가 드리는 것만 드시도록 해서 우선은 속을 달래 드리고 싶은데, 그렇게 할 수 있을까요?"

주방장의 얼굴이 갑자기 나는 예상치 못한 감동으로 넘쳐났다. 나는 약간 찔끔했다. 설마 내가 하고 있는 생각이 들켰나?

이윽고 주방장은 제 입을 솥뚜껑 같은 두 손으로 가리며 울먹이기 시작했다. 아저씨, 제발.

"용자님께서…… 천원 용자님께서 제대로 식사를 젓수시게 하려고 정말로 안 해 본 일이 없답니다. 하지만 연지 씨처럼 단호하게 나선 분은 없었어요. 연지 씨처럼 지상 것을 많이 배운 분도 없었고요. 이제야 뭔가 좀 바뀔 것 같은 마음이 듭니다."

그렇게 너무 믿지도 말고. 효과를 보장할 수는 없다. 이러다가 그냥 잘려도 나는 모르는 일이다.

"저희는 모두 용자님께서 태어나실 때부터 뵈어 왔으니, 저렇게 늠름한 청년으로 성장하신 모습을 뵈면서 대단히 자랑스러운 생각도 드는가 하면 그저 안쓰러운 생각도 든답니다. 그래서 용자님께서 하시는 말씀에는 저희 모두 조금 맹목적으로 약해지는 감도 있지요."

용왕과 용궁부인만 혼낼 일이 아니었다는 말이다. 나는 혹시나 싶어 다짐

했다.

"다른 사람들도 절대로 용자님께 아무것도 못 가져다드리게 해 주세요. 무슨 일이 있으면 다 제가 책임을 질 테니 걱정하지 마시고."

굶기세요. 마르지도 않는다는데 뭐.

다른 경우였다면 나는 책임을 질 능력조차 없는 그냥 막내였겠지만 여기 분위기가 이 정도 책임은 주는 분위기다. 그것은 내 성격에 맞는 일이었다. 주방장은 순박하게 고개를 여러 번 끄덕였다.

"네에, 네. 연지 씨가 생각하시는 게 있겠지요. 그리 명해 두겠습니다."

"주방장님만 믿을게요."

요리는 사랑이 담길수록 맛있어지는 것은 아니지만, 먹을 사람에 대한 정보를 많이 고려할수록 만족도가 높아질 확률은 커진다. 그런 의미에서 어제 저놈의 천원 용자가 식사를 잘하면 좋겠다고 걱정하며 주방장이 만든 요리는 모두 어려서부터 천원이 잘 먹었다는 재료로 된 것이었다. 그 편식쟁이는 주방장이 그 신선하고 자기를 위한 재료를 얼마나 공들여 손질했는지 상상도 하지 못할 것이다.

물론 내 요리에는 손을 대지 않았다는 것에 대해 내가 꼭 원한을 품은 것은 아니다.

기술자가 한을 품으면 어떻게 되는지 보여 주지. 나는 어렴풋이 그런 생각을 하며 주방장에게 인사하고 곡물 창고 쪽으로 갔다. 가슴속이 어제처럼 울렁거렸다.

이 사기 계약.

내 쪽에서의 의무를 제대로 이행해 줘야 할 모양이다.

제2장

오천 원짜리

남색 앞치마를 벗으며 나는 고개를 갸웃했다.

"이 앞치마 말이에요, 문 대덕님."

백삼십년 전 설거지부터 시작해서 지금은 야채 써는 일을 맡고 있다는 문 대덕은 상냥하게 대답했다. 그녀의 자리가 내 자리와 가까워, 요 며칠간 내 의문을 해결해 주는 일은 그녀가 많이 맡고 있었다.

"네, 연지 씨."

"이 앞치마는 더러운 걸 닦으려고 입는 거잖아요?"

"네."

용궁 사람들에게는 놀랍게도 얼마 전까지 세탁이라는 개념이 없었다고 한다. 왜냐하면 그들이 입는 옷은 모두 연꽃 실로 만든 것인데 연꽃 실에는 더러움이 묻지 않기 때문이었다. 그러나 우리 주방장인 골소마리 나솔은 획기적이게도 부엌 유니폼에 앞치마를 더했고 그 앞치마는 부엌일을 하다가 손에 묻은 더러운 것을 쉽게 닦아 내고 싶은 수라간 사람들에게 신세계를 가져왔다. 그리고 용궁 일꾼들은 끼니 사이마다 수라간에서 나오는 수백 장의 앞치마를 빠는 일을 추가로 하게 되었다.

"그럼 더러운 게 묻는다는 거니까, 연꽃 실로 만든 게 아니잖아요?"

"그럼요."

문 대덕은 역시 친절하게 말했다.

"어디서 들여오는 거예요?"

연꽃 실로 만든 이곳의 조리복은 오래 입고 있어도 불편하지 않았고 오히려 안 입은 듯 가벼웠으며 대단히 매끄러웠는데 앞치마는 그냥 지상에서 쓰던 것과 재질이 비슷했다. 문 대덕이 빙긋 웃었다.

"지상에서 주문해 온답니다."

그러니까 어떻게. 나는 그간 두려워하던 것을 확인했다.

"지상에서 주문하면 바다로 와……?"

내 브로커—나는 내 면접관을 그렇게 부르기로 했다—의 손이 거기까지 뻗어 있는 건가? 아니면 설마 별 혼자서 그걸 다 나르는 건가? 이 넓은 용궁에서도 지상과 용궁 사이를 자유롭게 오갈 수 있는 건 별밖에 없다면서.

문 대덕은 손뼉을 쳤다.

"그럼요. 아, 모르셨구나. 물건이 많을 때는 일단 주문해서 바닷가로 받은 다음에 홍수를 일으켜서 쓸어 와요."

세상에. 나는 입을 딱 벌렸다.

"홍수요?"

"육지 백성들이 해를 입지 않도록 주의해서 하니 걱정 안 하셔도 돼요."

문 대덕은 그러더니 참으로 예쁘게 호호 웃었다. 용궁 건물에 쓰인 수많은 목재의 운반 루트를 이제 알았다. 어민들에게 죄송합니다. 아니, 내가 죄송할 이유는 없지만.

주방장이 다가왔다. 그도 앞치마를 벗고 있었다.

"다 됐어요, 연지 씨?"

"앗, 네, 주방장님."

다른 사람들은 그를 나솔이라고 불렀지만 나는 용궁에서의 직위가 '손님'이었기 때문에 그러지 않아도 되었다. 나 같은 외부 인사를 데려온 것이 이쪽도 처음인 모양이라 손님의 위치는 대단히 애매하면서도 정중한 대접을 받는 것이었기 때문이다.

"그럼 내갈까요."

"네."

나는 문 대덕에게 눈인사를 하고 내가 만든 요리를 쟁반에 올렸다. 월수궁의 잡다한 일 전반을 맡아 하는 시종들이 들어와 음식을 옮겼다. 그 시종들의 뒤를 따라가려 하자 주방장이 조심스레 물었다.

"저기, 연지 씨. 오늘도 가 있게요……?"

나는 고개를 단호하게 끄덕였다.

"당연하죠. 제가 한 말이니 끝까지 확인해야 하잖아요."

천원 용자는 아직 음식에게 절하지 않았다.

식당의 분위기는 어두웠다.

첫날에는 나를 매우 단순하게 환영하는 것 같았던 용왕 부부는 확실히 아들이 쫄쫄 굶는 날이 하루하루 늘어 가자 내 눈치와 아들의 눈치를 동시에 보기 시작했고 시종들은 숨도 제대로 쉬지 못했다. 나 또한 마음이 아주 편하지는 않았기 때문에 일부러 더 당당한 얼굴로 팔짱을 끼고 식당 구석에 서 있는 것이 하루 세 번의 행사였다.

그에 비해…… 여의주라는 것의 힘 때문인지 천원은 과연 마르지 않았다. 그리고 당당하게 식탁에서 휴대폰을 만졌다.

내 고집이 꺾이지 않는 이유는 저놈의 스마트폰 중독에도 있었다. 밥상에서 다른 사람들이 식사를 하고 있는데 휴대폰을 만지다니, 어디서 밥상머리 교육을 그따위로 받았나. 심지어 함께 식사하는 사람은 그의 부모님이다. 나도 아르바이트하다 잠깐 짬을 내 식사할 때는 그 짬을 유용하게 쓴다고 휴대폰을 만지기도 했지만 저렇게 방만하게 행동하지는 않았다.

"크흠, 흠."

얌전히 식사하던 용왕이 아들에게 말을 걸었다.

"천원아."

천원은 흔치 않게 금방 반응했다.

"왜."

"그…… 네 누이와는 연통이 있느냐?"

"어."

그리고 시선은 바로 돌아갔다. 그의 기분은 첫날보다 확실히 나쁜 것 같기는 했다. 아니, 그래도 그렇게만 말하고 넘어가면 어떡해. 용궁부인이 결국은 질책하는 목소리를 냈다.

"천원아, 어른이 물으시는데 그 태도가 무어니. 네 누나가 어찌 지내는지 정도는 말씀드려야 않겠니."

천원은 휴대폰을 만지던 손을 멈추고 진지하게 대답했다.

"어떻게 지내는지 얘기 안 했어."

"……그러니?"

용궁부인은 입을 다물었다.

헬렌 켈러에게 머리를 쥐어뜯기는 켈러 부부를 보던 설리번 선생님은 이런 기분으로 열정을 부었겠구나. 저것이 사람인가 뭔가 모르겠는데 일단 나라도 목줄을 채워야지 안 그러면 주변 사람들이 다 물리겠구나 하는 그런 사명감과 분노. 쫓겨날 때 쫓겨난다면야 그때는 내 일이 아니게 되겠지만 당장은 내가 돈 받고 돌봐야 하는 프로젝트였다.

천원의 눈길이 아마도 무심코인 듯 나를 힐끔 향했다. 나는 눈썹을 추켜올리고 물었다.

"식사, 올릴까요?"

그의 검은 눈은 바로 휴대폰으로 돌아갔다. 그럴 줄 알았다. 용의 아들은 자존심이 없지는 않았다.

"……됐어."

"용자님……!"

시종 중 천원을 오래 본 것 같았던 이가 안타깝게 입을 막았다. 나는 입을 비뚤게 올리며 팔짱을 꼈다. 용왕도 잠깐 내 눈치를 보더니 헛기침했다.

"천원아, 이제 그만 연지 씨에게 사과하고 식사를 제대로 하는 것이 좋지 않겠느냐."

내 이름이 나왔다. 나는 내게 여전히 잘해 주는 용왕에게 죄책감을 느꼈지만 가슴을 일부러 더 폈다. 천원은 나를 보지도 않고 딱 잘랐다.

"배 안 고파."

나는 참지 못하고 나섰다. 짜증이 폭발이다. 나도 나한테 사과 한마디 하는 걸로 밥 안 줘.

"잘됐네요."

방 안에 있던 모든 사람의 눈이 내게 쏠렸다. 나는 평온한 척을 하려고 일부러 웃기까지 했다. 천원은 잠시 나를 빤히 보다가 느리게 물었다.

"……뭐가?"

"음식은 꼭 살아 있었던 생명으로만 만들잖아요? 먹는 사람이 감사해하지 않는다면 먹히는 음식이 불쌍하니까, 음식에게 감사할 줄 모르는 사람이 배가 안 고픈 건 서로 잘된 일이라고요."

천원의 눈이 짜증스럽게 일그러졌다. 시종들은 얼른 시선을 돌렸고 용왕과 용궁부인은 웃는 둥 마는 둥 어쩔 줄 몰라 했다. 나는 턱과 아랫입술을 내밀었다. 저 천 원짜리 성질 같으니라고.

혹시 한판 성대하게 하지 않을까 하고 내심 각오도 했는데 천원의 눈길은 잠시 후 그냥 돌아갔다. 시종들은 그러나 계속 머뭇거리며 어쩔 줄을 몰랐고 용궁부인이 젓가락을 떨어뜨렸을 때에도 서로 저어하는 눈길이 몇 번이나 오갔다. 결국 내가 대신 나서 용궁부인에게 새 젓가락을 가져다주자 시종들은 표정을 관리하고 벽에 붙어 섰다.

"고마워요, 연지 씨."

용궁부인은 착하고 우아한 미소를 짓고 내가 준 흑단 젓가락을 손에 들었다. 용궁에서 쓰는 젓가락은 귀한 재료로 만들어진 것이 많았는데 자개로 장식된 흑단 젓가락은 내가 개인적으로 좋아해서 일부러 가져온 것이었다. 나는 용궁부인에게 친절하게 웃으며 대답했다.

"아닙니다. 식사하시는데 죄송합니다."

"아니에요."

용궁부인은 그렇게 말하면서도 아들을 약간 안쓰러운 듯 흘끔 보았다. 나는 시종들 옆으로 가 서서 또다시 팔짱을 꼈다. 천원은 손가락 움직임으로 보아 뭔가 랜덤으로 나타나는 것을 터치해야 하는 게임을 시작한 것 같았다.

식당의 분위기는 시작할 때보다 무거웠다. 나는 숨소리를 죽이고 심호흡했다.

얼마나 음식물 씹는 소리만 조용히 흘렀을까, 천원이 손과 시선을 멈추고 누구에게랄 것도 없이 말했다.

"야식을 들이지 못하게 한 게 너야?"

그래도 누구에게 한 말인지는 분명하다. 나는 콧방귀를 뀌었다.

"네."

"왜? 네가 무슨 권한으로?"

"천원아."

용궁부인이 부드럽게 말했다.

"내 그리 허했느니라."

"어머니."

천원은 자기 어머니에게는 아무렇지도 않게 반항적인 표정을 보였다. 그 스스럼없는 시선에 용궁부인은 잠시 내 쪽을 보았다. 아니, 자기 아들하고 얘기하는데 내 눈치를 보면 어떡해. 이번에는 용왕이 헛기침을 했다.

"연지 씨 말이 맞다. 음식은 살아 있던 생명으로 만드는 것이니 네가 좀 더 감사하게 먹어야 하지 않겠느냐."

"그걸 왜 손님이 관리하는지, 그걸 묻는 거잖아."

용왕도 나를 보았다. 저 사람들이 진짜. 답답해서 죽겠네. 나는 한 발짝씩 나서서 말했다.

"물론 용자님의 식사 예절은 낳아 주신 어라하와 어륙께서 가르치실 일이지만, 저를 고용하셔서 대리를 시키실 수도 있는 거지요. 저는 어디까지나 그런 역할을 다하고 있는 것이니."

그런 줄 알아라. 나도 나중에 아이 낳으면 예절 교육은 다른 사람에게 시키고 싶다.

천원은 어이가 없다는 듯 용왕 부부를 한 번 보더니 포기하고 나를 노려보았다. 나는 아까의 말을 이었다.

"야식도 음식이고, 용자님이 드실 건 모두 제가 관리하기로 했으니 드시고 싶으시면 저에게 말씀하세요."

"안 줄 거잖아."

그렇게 버릇이 없고 유치한데도 불구하고 천원의 목소리는 내가 가드를 내리는 순간마다 낮고 멋있게 들려왔다. 젠장. 또 가슴이 울렁거린다. 나는 표정을 최대한 관리하고 말했다.

"음식에게 세 번 절하고 사과하시면 드린다니까요."

"말이 되는 소리를 해야지."

"안 될 것도 없지요."

"용이 음식에게 절을 한다니 있을 수 없는 일이야."

"그러게 처음부터 감사한 마음으로 드셨어야죠."

"감사한 마음으로 먹지 않는다고 음식에게 절을 시키는 사람은 너밖에 없어."

천원과 이렇게 말을 길게 해 본 것은 처음이다. 의외로 상식적인 말도 하는구나. 나는 인상을 썼다.

"자신을 살아 있게 하는 음식에게 일말의 성의도 보이지 않는다는 것도 말이 안 되는 일이에요."

"용은 안 먹어도 살 수 있어."

"그럼 굶으세요."

시종 중 한 명은 웃을 뻔한 것을 내 곁눈질에 딱 걸려서 얼굴을 붉혔다.

식당이 너무 조용해서 애꿎은 내 손님들이 체하게 생겼다. 나는 손짓했다.

"식사 젓수셔야지요, 어라하, 어륙. 같은 식탁에 있는 사람이 식사를 거부한다고 해서 두 분께서도 불편을 감수하실 이유는 없답니다."

용왕 부부는 쓴웃음을 지으며 수저를 움직였다. 달각달각하는 소리에 맞춰 시종들이 얕은 숨을 쉬었다.

천원이 나를 노려보는 시선은 오랫동안 떨어지지 않았다.

"연지 씨는 대단해요."

문 대덕은 벌써 내가 몇 번째 듣는지 세기를 포기한 말을 반복했다.

"진짜 대단해요."

"고마워요."

순수한 칭찬으로 듣기도 좀 그랬지만 나는 일단 그렇게 대답했다.

밤이라 수라간은 우리를 제외하고는 비어 있었다. 내일 아침 반찬을 준비하던 주방장도 자리를 뜬 차였다. 문 대덕은 명랑하고 붙임성 있는 태도로 나를 빤히 보았다.

"뭘 만드시는 거예요?"

"아."

나는 손에 들었던 소스용 붓을 들어 보이며 예의 바르게 웃었다.

"미소 바르는 거예요."

"그게 뭔데요?"

"일본 된장이요."

"왜요?"

"맛있으라고요."

여기서 지낸 지 그리 오래되지 않아 아직 용궁 음식의 레퍼토리는 조금밖에 알지 못하지만, 광에 일본 된장이 있었으니 당연히 먹는 거라고 생각했다. 심지어 흰 일본 된장에 붉은 일본 된장까지 종류별로 있던데.

"생선에 그렇게 바르는 건 못 봤어요."

문 대덕은 호기심이 인다는 얼굴로 내 붓질을 빤히 보았다. 그녀의 민머리도 계속 보니 익숙해져 이제 신경이 안 쓰인다. 나는 생선에 빠짐없이 소스를 바르고 나서 그것을 종이로 쌌다.

"새롭다니 다행이네요. 일부러 초대해 주셨는데 누구나 다 아는 것만 할 줄 알면 죄송하잖아요."

손에 익은 기술은 여기서 몇백 년 동안 일해 왔다는 용궁 사람들에 비할 바가 아니니까. 내가 아주 대단한 요리사라고 생각한 적은 없었지만 아무리 그래도 여기 사람들의 기본기는 경지가 너무 높아서 가끔 풀이 죽을 때도 있다. 그러니 내가 어필할 수 있는 건 그나마 여기저기 돌아다니면서 배워 온 것들이고.

"아, 좋은 냄새 나요."

문 대덕은 남은 일본 된장 소스의 냄새를 맡아 보며 고개를 갸웃거렸다. 나는 슬쩍 부엌 한쪽의 솥을 가리켰다.

"저기 밥 남은 거 있죠? 내일 누룽지 한다고 두신 거요. 주먹밥 만들어서 이거 발라 먹으면 맛있어요. 할까요?"

일터에 남은 음식을 먹는다는 건 원래라면 말도 안 되는 일이지만 이제 나도 여기서 허용되는 일탈의 범위를 조금씩 배우고 있었다. 다행히 문 대덕은 반대하지 않고 기쁘게 동의했다.

"네! 그렇게 먹어 본 적 없어요. 궁금하네요."

저렇게 나온다는 건 우리가 먹을 주먹밥 정도는 해도 된다는 이야기다. 안심이었다.

나는 솥 안에 남아 있던 찬밥을 조금 퍼내서 작은 주먹밥을 만들었다. 그리고 일본 된장 소스를 발라 가며 석쇠에서 가볍게 구웠다. 지글지글, 칙, 하고 석쇠에 소스가 닿는 소리와 불에 똑 떨어지는 소리가 나며 냄새가 퍼졌다.

"맛있겠어요."

문 대덕은 내가 하는 것을 지켜보며 한숨 같은 것을 쉬었다. 나는 내가 만든 주먹밥의 냄새에 홀리며 동의했다. 이 고소하고 짭조름한 냄새는 동아시아인이라면 맡자마자 홀릴 수밖에 없다.

"흔하고 쉬운 요린데 맛있어요."

"정말 그럴 것 같아요."

구운 주먹밥은 금세 완성되었다. 나는 찬장에서 접시를 꺼내 아까까지 생선을 만지던 작업대로 돌아갔다. 문 대덕은 손뼉을 치며 좋아했다.

"감사합니다, 연지 씨."

"아니에요. 같이 먹어요."

젓가락을 가져와 잘라 먹으니 입 안에 고소한 맛이 퍼졌다. 짠 야식에 기분이 좋아져 내 얼굴이 풀렸다. 문 대덕도 음식을 즐겁게 입에 댔다. 그녀의 표정을 보니 용궁 사람들 입맛에도 맞는 모양이었다.

나는 궁금해져 물었다.

"문 대덕님은 그러고 보니 왜 오셨어요?"

아까 앞치마를 풀고 퇴근하는 걸 본 것 같은데, 내가 소스를 만들고 있을 때 다시 오더니 내 옆에서 떨어지질 않는다. 그러면서 내 옆에서 나를 칭찬하기 시작했는……데.

설마. 나는 갑자기 그녀를 빤히 보았다. 문 대덕의 얼굴이 정수리까지 급격히 새빨개졌다.

어, 저러다 먹물 나오는 건 아닌가. 좀 궁금하네. 그녀는 급기야 눈물까지 글썽거릴 것 같은 얼굴로 내게 사과했다.

"죄송해요, 연지 씨."

"왜요?"

알 것 같지만 묻기는 좀 하자. 그녀는 우물거렸다.

"저기…… 아까 용자님이…… 수라간에 있는 거 아무거나 가져오라고……."

내 이럴 줄 알았다.

"그 천 원짜리 참을성 진짜."

나는 나도 모르게 입 밖으로 내서 말하며 이를 갈았다. 그의 '백성'이라는 문 대덕 앞에서 말하기에는 상당히 부적절한 표현이었을 터였지만 갑자기 발끈해 나온 말이라 나도 막을 수가 없었다.

문 대덕은 당연하지만 눈을 약간 크게 뜨고 나를 보았다. 그녀의 얼굴은 여전히 새빨갰다. 누가 봐도 익은 문어색이었다.

"저기, 천…… 원짜리요?"

이제 와서 말을 돌리……는 게 나은가?

"아니에요. 못 들은 걸로 해 주세요."

그래도 문 대덕을 불편하게 할 필요는 없을 것 같다. 나는 한숨을 푹 쉬고 손을 저었다. 문 대덕은 젓가락을 더 움직이지 못하고 우물쭈물 눈을 굴렸다.

"저기, 연지 씨. 이거 맛있는데……."

"고마워요."

하지만 스마트폰 중독 왕자에게는 안 줄 거다. 나는 문 대덕의 말 뒤에 있는 것을 일부러 모른 척하며 감사 인사를 했다. 그녀는 입을 다물어 버렸다.

우리 사이에 침묵이 흘렀다. 부엌 한쪽에 있는 거대한 오븐에서 전자시계가 숫자를 조용히 바꿨다. 문 대덕은 젓가락을 내려놓지도 움직이지도 못하고 어물거렸고 나는 가만히 주먹밥을 젓가락으로 잘라 씹었다.

내 주먹밥만이 절반 정도 사라졌을 때 부엌 입구에서 발소리가 들렸다.

"이봐, 수라간에서 대체……."

이 목소리는 아는 목소리였다.

나는 반사적으로 발끈하며 주방 문을 보았다. 마당으로 통하는 큰 문 앞에 선 것은 화제의 주인공인 천원이었다. 그는 잠옷인 듯 흰 여밈옷에 가벼운 바지를 입고 있었는데 평소와 달리 긴 머리를 완전히 풀어 헤친 모습이었다.

나를 본 그의 얼굴도 삽시간에 굳었다. 천원은 흔치 않게도 손에 스마트폰을 들고 있지 않았고 표정도 딱딱하지 않았지만 금세 평소의 그로 돌아간 것 같았다. 문 대덕은 얼른 젓가락을 내려놓고 일어나 그에게 절했다.

"요, 용자님께 인사 올립니다."

주방의 조명은 작업대 쪽에만 켜져 있어 천원이 있는 곳은 어두웠다. 그러나 그에게서는 신기하게도 옅은 빛이 나오고 있었다.

밤에 그를 만난 것이 처음이라 괜히 이상하다. 왜 빛이 나오는 것처럼 보일까. 옷이 하얘서?

천원은 나를 가늘어진 눈으로 보았다. 이상하게도 그의 눈은 부신 빛 한가운데 놓인 새까만 돌처럼 내 망막에 아주 오랫동안 새겨졌다. 그의 팔이 천천히 팔짱을 꼈다.

"……밤에도 수라간을 지키는 거야? 열정이 대단하네."

밤에 남은 건 이번이 처음이고 평소에는 그냥 새벽에 나와서 일하지만 굳이 그에게 그런 말을 할 필요는 없을 것이다. 그보다 저 인간이 밤에 야식을 주문한 게 이번이 처음일까. 아, 전에 나한테 야식을 금지시킨 게 나냐고 했었지. 최소한 한 번은 시도하다가 실패한 적이 있었다는 말이다. 열받네.

문 대덕은 일어날 줄을 몰랐다. 나는 우리 사이에서 갑자기 흐르기 시작한 긴장감을 느끼며 일어나서 그를 빤히 보았다. 내 손에는 젓가락이 아직 들려 있었지만 팔짱은 자연스럽게 제자리를 찾아 갔다.

"모처럼 지상에서 여기까지 불러 주셨는데 일은 확실히 해야죠."

천원의 눈살이 약간 더 찌푸려졌다.

"수라간을 지키라고 부른 것은 아닌 걸로 아는데."

여긴 잠금장치도 없는데 뭐. 월수궁 자체로 들어오는 대문은 엄청 두껍지만. 나는 한쪽 어깨를 비뚤게 내렸다.

"제가 일을 좀 열심히 해서요."

"요리하라고 부른 사람이 사람을 굶겨도 되는 거야?"

너 사람 아니잖아.

"자처해서 굶고 계신 것은 용자님이신데요."

"네가 음식을 뺏어 갔잖아."

"용자님이 안 드셨잖아요."

"먹고 있었어."

이게 어디서.

"안 드신다고 직접 말씀하셨었잖아요. 기억 안 나세요?"

천원은 잠깐 침묵했다.

나는 지금까지 그가 아주 뻔뻔하고 돼먹지 못한 사람이라고 생각하고 있었기 때문에 진실을 지적받아 그가 입을 다물었다는 사실에 되레 약간 놀라고 말았다. 그의 눈이 잠깐 바닥을 향했다.

그는 몸을 돌렸다.

"……됐어. 갈 거야."

가라. 잘 가라!

"가세요. 왜 오셨는데요?"

나는 내 입을 또 통제하지 못하고 성질대로 비꼬고 말았다. 천원은 몸을 돌린 채 나를 잠깐 돌아보았다.

내 착각이 아니었다. 그의 얼굴은 분명히 이 어두운 밤의 바닷속에도 옅은 빛을 내고 있었다. 잠시 그의 새까만 머리칼이 흔들렸다.

그는 나를 불만스럽게 보고 한마디 던졌다.

"……알 거 없어."

아니, 문 대덕이 이미 불었어. 난 알고 있다고. 나는 그러나 그를 더 추궁하지 않고 입을 꾹 다물었다.

천원의 모습은 금세 사라졌다. 나는 그때까지도 엎드려 있던 문 대덕에게 투덜거리듯 말했다.

"일어나세요. 갔어요."

문 대덕의 뒤통수는 터질 것처럼 붉어지다 아예 검게 보이는 추세였는데, 안심했는지 살살 풀리기 시작했다. 그녀는 천천히 상체만 일으켜 천원이 간 자리를 보다가 일어섰다. 그리고 내 옆의 의자에 앉으며 힘이 다 풀린 듯 가늘게 말했다.

"……천원 용자님께 그렇게 말씀하시는 분은 처음 봤어요."

이 말은 벌써 여러 번 들었다. 나는 무게를 잡고 고개를 끄덕였다.

"이런 말 하는 사람도 있어야 사람이 사람이 되는 거예요."

사람 아니지만. 문 대덕은 킥킥 웃었다. 그녀의 머리가 조금 더 밝은 색으로 돌아왔다.

"하지만 연지 씨 입장에선 그렇게까지 안 하셔도 되는데."

그것도 맞는 말이다. 먹든 말든 내 계약상으로는 적당히 요리만 해 주면 되는 거니까. 나는 또다시 고개를 엄숙하게 끄덕였다.

"저도 요즘 제가 오지랖의 별 아래서 태어난 게 아닌가 의심하고 있어요."

설리번 선생님의 대단함을 하루에도 스무 번씩 느낀다. 그리고 오지랖의 별의 존재는 내가 그저껜 어느 시녀한테 농담으로 했던 말이었는데 이쯤 되니 진짜로 믿을 지경이다. 문 대덕이 이번에는 아까보다 조금 더 높고 편해진 목소리로 웃었다.

"오지랖의 별이 어땠어요."

그런 지적이 돌아올 줄은 몰랐는데. 나는 빙긋 웃었다. 그녀는 나와 천원이 싸우는 것을 처음 보았다.

"그러게요. 제가 이런 성격인 줄은 저도 몰랐네요."

뭐랄까, 밤에는 시녀가 내 휴대폰을 충전해 준다고 가져가기 때문에 심심해서 하루를 수십 번이고 곱씹어 보며 소일하고 있다. 그러면서 내가 이런 성격이었나, 이렇게 참견이 심했나 하고 자주 자책도 하고 있었다. 며칠 만에 나에 대해 발견한 새로운 사실이 너무 많아서 놀라울 정도였다. 첫인상이 워낙 안 좋아서 그럴까, 천원에 대한 이야기가 나오면 약간 비이성적으로 발끈하는 것 같다는 자각도 있었고.

역시 세 번 절은 너무했나. 한 번 절로 조건을 바꿀까.

나는 손을 저었다.

"앞으로는 용자님이 뭐라고 해도 제가 절대로 음식을 못 주게 한다고, 수라간을 꼭꼭 지키고 있다고 하고 거절하세요. 부탁드릴게요."

문 대덕은 힘이 좀 더 빠진 얼굴로 픽 웃었다.

"네에."

이번에도 그 말은 빠지지 않았다.

"연지 씨는 참…… 대단하네요."

나도 그런 것 같다.

천원의 뺨에서 나던 달빛 같은 빛이 생각났다. 나는 구운 주먹밥으로 다시 젓가락을 옮기며 고개를 휘휘 저었다.

❋ ❋ ❋

앞치마 리본을 매며 나는 물었다.

"용자님은 나이가 어떻게 되세요?"

밥을 안 먹어서 부모님 속을 썩이는 건 초등학교 들어가기 전까지 끝내야 하는 거 아닌가. 생긴 건 완전한 청년이지만, 이곳 사람들 나이도 어느 해양 생물과의 혼혈인지에 따라서 워낙 들쑥날쑥하다는 것을 나는 최근 배웠다. 우리 주방장과 비슷한 나이로 보였던 게 혼혈, 해 문덕이 알고 보니 백쉰 살이라는 이야기를 들었던 것이다. 게다가 문 대덕은 이백서른 살이랬던가.

아무튼 용궁 사람들의 나이는 눈으로 가늠하면 안 될 모양이었다. 내 옆에서 앞치마를 집은 주방장은 친절하게 대답해 주었다.

"백서른일곱 되셨지요. 해야 용녀님께서 혼인하시고 105년 있다가 태어나셨으니까요."

세상에. 그게 그러니까.

"어리시네요……?"

내가 물은 것이었지만 또 뭐라고 평가해야 할지 알 수가 없어서 나는 자신 없이 말을 맺었다. 주방장은 하하 웃었다.

"연소하시지요. 용의 일족 중에서는 가장 연소하신 분 중 하나실 겁니다. 관례를 올린 지도 30년밖에 안 되었고요."

성인이긴 하다는 얘기지? 갑자기 또 궁금해졌다.

"어라하와 어륙께선 연세가 어떻게 되시는데요?"

이번엔 대답이 나오는 게 조금 늦었다.

"어라하께선 일천오백삼 세시고 어륙께선 일천칠백팔십육 세시지요."

우와, 그건 그것대로 감이 안 온다. 그게 우리나라가 언제일 때지? 삼국 시대 때 태어났다는 건가? 나는 입을 딱 벌렸고 주방장은 빙긋 웃었다.

"인간에게는 길게 느껴지지요?"

"주방장님께는 길게 느껴지지 않으세요?"

"어라하와 어륙께선 용이시니까요. 전대 어라하께서는 이천삼백 세를 용궁에서 보내시다가 하늘로 가셨지요. 전대 어륙께서는 이천백팔십이셨고요."

기원전에 태어났다고? 아니, 전대 용왕은 주방장이 어릴 때까지 있었다니까 그거 단군 이전 아닌가? 대단하다. 역사의 풀리지 않는 미스테리 같은 걸 가서 물어보고 싶다. 나는 여전히 감이 오지 않았지만 입을 벌리고 감탄했다.

"용은 대단하네요."

그리고 중년에 태어난 어린 자식이 귀여워서 혼을 못 내는 심정도 평소보다 조금 더 이해가 간다. 얼마나 꼬물거리는 걸로 보일까. 인간이 천원의 나이라면 해외 토픽감이지만. 주방장은 앞치마를 능숙하게 걸치면서 사람 좋게 웃었다.

"저 같은 자가 대단하다고 표현한다면 오히려 실례가 아닐까 싶지만, 예, 연지 씨 말도 맞지요."

칠백오십이 이제 굉장히 현실적이고 어린 나이로 느껴지기 시작했다. 나는 고개를 절레절레 저으며 냉장고를 향했다. 냉장고에는 내가 어제 미리 넣어 놓은 생선이 무사히 들어 있었다.

"그럼 전대 어라하라는 분은 팔백 세에 지금 계신 어라하를 낳으신 거예요? 그런데 용자님은 백사십이면 늦게 낳으셨네요."

대충 계산하면 그렇지 않나? 주방장은 솥부터 확인하며 성실하게 대답했다.

"그런 편이지요. 전대 어라하께서 낳으신 분들 중 지금 계신 어라하가 위에서 두 번째 되세요. 리 용녀님께서는 용궁에 뜻이 없으셔서 연소하실 때 하늘로 가셨고, 용 어라하보다 손아랫형제로는 만 용자님⋯⋯."

이름이 여러 개 나왔다. 나는 그 이름들이 묘하게 특이해서 한참 멍하니 있다가 가장 신경 쓰이는 부분을 물었다.

"지금 어라하 성함이 용이세요?"

이 얼마나 본질을 잘 드러낸 이름이란 말인가. 주방장은 친절하게 말해 줬다.

"네. 용 용 자 써서 함자가 오 용 자 되시지요. 전대 어라하께서 아드님이 훌륭한 용이 되기를 바라시는 마음으로 지어 주신 거랍니다."

지금 뭐라고 했냐.

"오요?"

"아니, 오 용 자요."

아니.

"어라하가 성이 오씨세요?"

너무 충격적이다. 용한테 성이 있었구나. 아니, 용한테 성이 있는 것도 놀랍지만 그보다.

"그럼 천원 용자님은 풀네임이 오천원인 거예요?"

아무래도 놀라는 건 나뿐인 것 같았다. 내가 눈을 동그랗게 뜬 걸 보고 주방장은 뭐가 문제인지 전혀 모르겠다는 듯 고개를 갸웃하기까지 했다.

"풀네임이요? 아, 그거요. 네. 오 천 자 원 자 쓰시지요. 원래 용은 성이 오씨예요. 모르셨어요?"

그렇게 상식인 것처럼 말하지 마. 그런 걸 누가 아냐.

나는 웃음을 터뜨리려다 말고 미적지근하게 입술을 꼬았다. 아무래도 부엌에 있는 사람 중 그 누구도 나와 같은 부분에서 즐거워해 줄 것 같지 않았으므로, 오해를 피하려거든 지금은 얌전히 일만 해야 할 것이다.

"어, 밥이 조금 줄었네요. 연지 씨, 어제 언제까지……."

"아, 제가 야식으로 좀 먹었어요. 죄송해요."

"아니, 어차피 새로 많이 더 해야 해서 괜찮아요."

"정말요?"

잘됐다. 나는 내친김에 생선을 들고 그에게 다가갔다.

"그럼 아침에 좀 더 써도 되나요?"

"그럼요. 연지 씨 쓰고 싶은 대로 써요. 용자님 드릴 거잖아요."

어젯밤에 가볍게 한판 했다는 사실을 알리면 깨질 것만 같은 온화한 미소를 지으며 주방장은 흔쾌히 허락했다. 왠지 내가 잘못한 게 잔뜩 떠올라서 양심이 찔리지만.

"그럼 좀 쓸게요. 감사합니다."

"쓸 만큼 가져가요. 아, 그런데 연지 씨가 어제 준비하던 건."

주방장의 눈이 생선에 닿았다. 오늘 아침에 내가 하기로 그와 의논해 둔 메뉴 중에는 찬밥을 필요로 하는 것이 없었다. 나는 종이를 들어 보이며 웃었다.

"이따 보여 드릴게요."

굳이 따지자면 오천 원짜리 덫이다.

내가 차린 상을 보고 천원은 긴 눈썹을 꿈틀했다.

생각대로다. 나는 일부러 그를 좀 놀렸다. 내 성격이 나빠도 하는 수 없다. 오늘 새벽에는 나도 힘을 좀 썼거든.

"오늘도 음식에게 감사하실 생각은 없지요?"

천원의 미간이 좁아졌다. 그의 미간은 보기 드물게 매끈하고 넓이가 적당했기 때문에 나는 약간 아쉬워졌다. 용왕과 용궁부인에게 겉으로 보이는 주름이 없는 걸로 봐서 저 미간에도 나중에 주름이 안 생길 수도 있겠지만, 혹시라도 성질머리 때문에 저 인간의 얼굴에만 주름이 생기면 어떡할까. 참으로 잘생긴 얼굴이라 내가 안타까울 것 같은데.

잠시 기다려도 그는 말이 없었다. 용궁부인이 목소리를 가다듬었다.

"그럼 고맙게 먹을게요. 오늘따라 음식이 참 향기롭네요, 연지 씨. 골소마리 나솔에게도 수고했다고 전해 줘요."

주방장은 저 착한 용왕과 용궁부인의 마음을 늘 믿고 있다. 나는 평소 서던 자리로 물러나며 야무지게 대답했다.

"예, 어륙. 감사합니다."

시종들도 서로의 눈치를 보고 있었다. 천원은 식탁 앞에서 평소 늘 그러듯 휴대폰을 만졌다. 요즘 그는 그 같은 것을 세 개 맞추는 게임이 지겨워졌는지 게임보다는 뭔가를 열심히 읽는 경우가 많았다. 나도 휴대폰 만지고 싶다. 와이파이는 안 되고 나는 데이터 무제한 요금제가 아니다 보니 요 며칠간 스마트폰으로 뭔가를 실컷 할 수가 없었다.

식사가 시작되었다. 식탁의 대부분은 용궁에서 아침 식사로 많이 먹는 맑은 죽과 간이 세지 않은 채소 요리로 덮여 있었지만 내가 만든 새 요리도 확실하게 제자리를 뽐냈다.

"음."

내 특제 유자 소스를 끼얹은 연근튀김은 첫 반응부터 나쁘지 않았다. 솔직히 아직 용궁 사람들의 입맛을 파악하기 겨우 시작한 단계지만 지상의 고급 한정식집 메뉴 정도면 무난하게 모두가 받아들이는 것 같았다.

대신 역시 핏기 있는 것은 다 빠지고 진하게 간장으로 조리는 것이나 고추장을 빨갛게 버무리는 것은 아예 식단에 없었다. 장류는 내가 어디 종갓집의 비전 레시피가 있다고 소문으로나 듣던 것까지 몇백 종류가 구비되어 있었지만 뭐든 많이는 넣지 않는 것 같았다.

"이거 참 맛있는데. 그렇지요, 여보?"

용왕은 용궁부인의 밥그릇에 이번에는 깻잎튀김을 얹어 주었다. 나는 그 다정한 모습이 보기 좋아 훈훈하면서도 슬쩍 천원의 눈치를 살폈다. 그의 눈길은 아직 휴대폰 화면에 고정되어 있었다.

케이퍼와 파슬리가 들어간 소스를 끼얹은 닭고기 냉채.

실파로 장식한 작은 마전.

……천원의 눈길이 잠시 흔들렸다.

고기 완자와 도라지를 볶아서 허브로 향을 낸 것.

가볍게 튀겨서 간장과 과일청으로 간한 작은 어묵.

천원의 눈길이 이번에는 음식을 잠시 보았다. 나는 속으로 쾌재를 불렀다. 어제 생각한 것이 맞았다.

백합 뿌리를 곁들인 소 혀 구이.

"연지 씨, 이건 뭘로 만들었어요? 향기롭고 정말 맛있네요."

용궁부인의 말에 천원의 손이 멎었다. 나는 그가 들으라고 일부러 조금 크게 또박또박 대답했다.

"소 혀 구이에 백합 뿌리 찐 것을 곁들여서 제 특제 소스를 끼얹었지요. 입에 맞으세요?"

"그럼요. 용궁에선 이런 식으로 먹어 본 적이 없는데, 좋은 경험을 하게 해 줘서 고마워요."

솔직히 아침에 좀 오버했나 했는데 저런 반응이 나오니 감사하다. 몇 가지는 사실 원래 며칠 동안 준비해야 하는 것을 급히 편법을 써서 만들기도 했다. 용궁부인은 부드럽고 친절하게 치하하고 식사를 계속했다.

천원의 손은 계속 멎어 있었다.

누가 먼저 시작했을까, 어느새 식당 안에 있는 모든 사람이 숨을 죽였다. 용왕과 용궁부인도 손에서 젓가락을 놓고 서로의 눈을 보았다. 누구나가 느낄 수 있는 경직된 분위기를 그러나 천원이 느꼈는지는 알 수 없었다.

꿀꺽.

잠시 후 나온 침 삼키는 소리는 누구의 것인지 분명했다. 나는 소 혀 구이의 소스에 들어간 재료를 감안해 봤을 때 이쯤에서 반응이 나온 것은 짐작할 법하다고 생각했다. 시종들은 차례로 숨이 막혀서 이 방에서 얼른 도망가고 싶다는 얼굴을 하기 시작했다.

물론 그렇다고 해서 봐줄 생각은 없다.

아마도 스무 번 정도는 숨을 쉰 다음이었을 것이다. 그 부자연스러운 정적에 천원은 마침내 눈을 분명하게 들고 인상을 썼다.

"……뭐 하는 거야?"

용왕과 용궁부인은 서로의 얼굴을 다시 한번 보았다. 지금은 아마 그들이 어떤 반응도 보이지 않는 것이 나을 것이다. 그는 그들에게도 자존심을 세우고 있으니까.

"얼른 밥 먹고 들……."

구르르르르륵.

저 소리가 즐겁게 식사 중이던 용왕 및 용궁부인의 배에서 나온 것일 리는 없었다. 천원은 태연한 척 말하다 말고 자기 배에서 나온 소리에 아차 하는 표정을 지었다.

그 얼굴에는 우습게도 마음이 풀렸다. 나는 앞으로 나서서 그에게 다가갔다. 천원은 나를 올려다보고 경계하는 얼굴로 물었다.

"이번엔 또 무슨 일인데."

"배가 고프시면 식사하세요."

나는 웃음기를 최대한 죽이고 쌀쌀맞게 말했다. 그는 뺨을 희미하게 붉혔다.

"음식에 절할 생각은 없다고 말했어."

"알거든요. 절 안 하셔도 되니까 식사하시라고요."

그가 입을 살짝 벌렸다.

천원의 입술은 샘이 날 정도로 모양이 좋고 붉었다. 사람이 저만큼 굶었으면 입술의 구석구석까지 하얗게 갈라졌을 텐데, 용이란 정말로 대단히 운이 좋은 생물인 모양이었다. 축복을 많이 받고 태어났다. 나는 그 입술을 보지 않으려고 약간 의식적으로 노력하며 그의 눈을 보았다.

잠시 후 그의 길고 약간은 푸른 그림자가 도는 눈썹이 올라갔다.

"……네가."

그 조건을 내거는 바람에 지금까지 굶은 거잖아.

안다. 처음부터 냄새 작전으로 나갔으면 좋았을 것을. 나도 어떤 요리를 해야 할지 몰라서 그간 헤매고 있었다. 설마 달콤하고 고소한 냄새에 부엌까지 저도 모르게 찾아올 정도로 그런 냄새를 좋아할 줄이야. 빨리했으면 절 세 번도 받을 수 있었을 것도 같은데.

다시 얼마나 시선을 맞추고 있었을까. 나는 미소를 지었고 그의 눈은 그대로 흔들렸다. 천원의 배에서 또다시 꼬르륵 소리가 났다.

"……먹어도 돼?"

그렇게 묻는 그의 목소리는 아마도 그 자신이 원했을 것보다는 귀여웠고 희망에 차 있었다. 나는 이번에도 웃음을 꾹 눌러참고 말했다.

"잠시만요. 용자님이 식사하시면 드리려고 따로 준비한 거 있어요."

"여기 요리 있잖아."

그는 소 혀로 눈길을 돌렸다. 아니, 지금 보니 그가 뜨겁게 보고 있는 것은 백합 뿌리였다. 나는 고개를 저었다.

"며칠을 굶었으니까, 속 버려서 안 돼요. 어죽을 만들어 뒀으니까 드세요. 덮어 뒀으니까 아직 따뜻할 거예요."

물론 이 식탁에도 죽이 있지만 그가 어제 찾아온 냄새를 넣어서 주고 싶었다. 내가 눈짓하자 식당 문 가까이 있던 시종이 얼른 밖으로 나가더니 죽그릇을 가지고 들어왔다. 식당 안의 음식이 이제 많이 식어 있었기 때문에 아직 김이 오르는 그 어죽의 냄새는 방을 순간 가득 채웠다. 천원의 눈도 아주 짧은 순간이었지만 커졌다.

혹시 산통을 깨면 어쩌나 했는데, 용왕과 용궁부인은 천원이 숟가락을 들 때까지 침묵을 지켜 주었다.

천원이 숟가락을 입으로 가져가는 동작은 우아하기 그지없었다. 여러 번 불어 미지근할 때까지 식힌 후 소리 없이 죽을 먹은 그의 눈가가 부드러워져 나는 이번에는 결국 참지 못하고 미소를 지었다.

사실 입으로 가져가는 모든 것에 일일이 깊이 감사하며 살기는 힘들다.

음식을 먹고 기뻐하는 저, 사람들의 얼굴이 좋다. 그래서 나는 요리를 하는 것이다. 내 행보를 본 사람들이 교수나 연구가가 되는 것이 적합하겠다고 아무리 말을 해도. 매일 재료를 만지고 물과 불 앞에 서서 요리를 하고 싶다. 그리고 그것을 먹어 주는 사람이 있었으면 좋겠다.

그러니, 저 얼굴이면 된 것 같다.

천원은 아무렇지도 않게 내게 잠시 던졌던 눈길을 어떤 이유에선지 한참이나 떼지 않았다. 나는 그와 눈을 마주하다가 왠지 민망해져 고개를 돌렸다. 그 또한 그대로 시선을 다시 내렸는데, 오랜만에 음식을 먹어서인지 그 입술에 혈색이 도는 것 같아 다행이었다.

제3장
그건 오해야

처음으로 용궁에서 맞는 주말이 되었다.

용궁에서 A4 용지처럼 쓰이는 질 좋은 화선지에 항목을 기입하다 나는 발을 굴렀다. 내 방의 침대는 내가 태어나서 지금까지 누워 본 침대 중 가장 좋았다. 일단 푹신하고 부드럽고 천개의 조각도 마음에 든다.

내 방 벽과 책장에 있는 야명주에 뚜껑을 씌우면 온 방 안이 아주 먹먹하면서도 부드러운 어둠에 잠기곤 했는데, 그럴 때 침대에 돌아가 천개를 올려다보면 아무것도 생각하지 않고 바로 잠들 수 있었다.

사람이 주말이라고 밥을 먹지 않을 수 없는데, 내가 출근해서 밥을 만들지 않아도 먹을 것이 나온다니 참으로 감사한 일이다. 나는 잠시 후 올 아침 식사를 기다리며 발을 계속 굴렀다. 침대에서 내 종아리만큼의 높이로 떠 자기들끼리 부딪치는 발은 어쩐지 건조하고 따뜻했다. 아직 깨어나고 나서 한 번도 나가지 않아서 그럴 것이다.

"연지 아가씨. 기침하셨어요?"

어쩐지 누가 저 마당의 모래밭을 밟고 오는 소리가 들린다고 생각했다.

나는 얼른 머리를 손가락으로 쓸어 정리하며 처소 입구에까지 들리도록 소리쳤다.

"네, 들어오세요."

요즘 내 시중을 거의 전담으로 들어 주고 있는 걸덕 극우였다. 그녀는 침실까지 나 있는 몇 개의 섬세한 문을 얌전히 여닫으며 내게 왔다. 나는 그녀가 도착할 즈음 눈곱을 몇 개나 떼고 침대에 앉을 수 있었다.

"휴대폰 충전이 다 되었어요, 아가씨."

"감사합니다."

사실 휴대폰 충전 같은 건 당연히 직접 해야 하는데, 걸덕 극우가 콘센트를 어디서 이용하고 있는지는 모르지만 내가 새벽에 부엌에 출근하는 시간을 생각하면 어차피 내게는 아침에 찾아가는 게 불가능한 것 같긴 하다. 자기 전부터 아침에 일어날 때까지 휴대폰이 없는 것도 좀 그러니, 아예 내가 점심과 저녁 식사 후에 가서 충전을 하고 밤에 가져올까? 낮에는 일하느라 바쁘니 휴대폰 배터리가 많이 닳지도 않는데.

걸덕 극우는 내게 휴대폰을 주고는 빙긋빙긋 웃었다.

"지상에서 입으시던 옷인가요? 참 귀여워요."

수면바지는 귀엽지. 나는 미소를 지었다. 걸덕 극우는 평소와 똑같이 통이 넓은 바지 위에 치마처럼 보일 정도로 긴 저고리를 입고 있었다. 그 저고리를 여민 허리띠도 신분패 외에 색실로 만든 긴 노리개가 달려 단아하면서도 귀여웠다.

"고마워요. 오늘도 출근하시는 거예요? 주말이잖아요."

부엌은 주말 이틀을 교대로 일하는 시스템이라 오늘은 사람이 절반이다. 걸덕 극우는 아무렇지도 않게 말했다.

"전내부 17품은 한 달에 한 번만 쉰답니다."

노동 조건 완전 극악하네! 나는 휴대폰을 떨어뜨릴 뻔했다.

"한 달에 한 번이요?"

나는 최소한 일주일에 하루는 쉬는데? 사람이 효율적으로 일하면서 안 죽으려면 당연히 중간에 쉬어 줘야 하는 것 아닌가? 아, 사람이 아니지.

걸덕 극우는 아무렇지도 않은 얼굴로 말했다.

"상전이 불편하시면 안 되니까요."

그거 노예제잖아. 그거잖아. 불편킹 손님들을 위해서 감정 노동을 강요당하는 콜센터 직원. 새벽 두 시 반에 서버가 터지면 함께 밤새우며 욕도 욕대로 얻어먹는 게임 회사 기술팀. 내 표정이 계속 안 좋자 그녀는 잠시 후 손뼉을 치며 덧붙였다.

"어머나, 걱정은 안 하셔도 돼요. 시비들은 탄력적 근무제를 채택하고 있어서 하루 근무 시간이 적답니다."

상전과 탄력적 근무제가 원래 한 사람의 입에서 10초의 간격도 두지 않고 나올 수 있는 개념이었나. 나는 쓴웃음을 지었다. 이쪽의 분위기는 알수록 신기하고 내가 모르는 것투성이다.

"아가씨는 오늘 쉬는 날이셔요?"

"네. 오늘은 문 대덕님하고 정원을 돌면서 놀기로 했어요."

걸덕 극우는 흐뭇한 얼굴을 했다. 용궁 사람들은 천원을 제외하고는 모두 무척 친절해서 내가 잘 지내는지 아닌지 아직도 신경을 써 주며 저렇게 엄마 미소를 짓곤 했다.

"재밌게 노시면 좋겠네요. 그러면 저는 이만 가 볼게요."

아, 잠깐만. 잊어버릴 뻔했네. 나는 몸을 우아하게 돌린 걸덕 극우를 불렀다.

"잠깐만요. 휴대폰 충전은 어디서 하고 계세요? 계속 번거롭게 오가게 하시기도 죄송하고, 이제 제가 할게요."

그녀는 나를 돌아보고 활짝 웃었다.

"제가 좋아서 하는 일이랍니다. 별것도 아니니 신경 쓰지 마셔요."

아니, 그냥 알려 줘! 신경 쓰인다고!

그러나 걸덕 극우는 벌써 문 너머로 사라지고 없었다. 나는 침대에 앉아 한숨을 쉬고 내 방을 둘러보았다.

어딜 봐도 콘센트는 없다. 월수궁 부엌에는 콘센트가 있지만 그거야 믹서 따위 때문에 있는 것이지 사적으로 쓰는 경우는 못 봤고, 조명은 모두 전기가 필요없는 야명주를 이용하고 있다.

대체 이 용궁 어디에 휴대폰을 충전할 만한 자리가 있는 걸까?

"꽃이 참 예쁘지요?"

바닷속에 자랄 리가 없는 식물의, 필 리가 없는 흰 꽃을 가리키며 문 대덕은 아무렇지도 않게 웃었다. 나는 이미 이 정도 비상식에 놀라 봤자 아무도 내게 만족할 만한 설명을 해 주지 않는다는 것을 알았기 때문에 함께 웃었다. 좋은 게 좋은 거지.

"그러네요. 이게 무슨 꽃인가요?"

"어머나, 연지 씨는 모르세요? 강낭콩꽃이잖아요. 지상에선 안 먹나요?"

오늘이 휴일인 문 대덕은 저고리의 넓은 소매로 입을 가리며 놀라워했다. 아, 그러고 보니 어디서 본 모양이다 했다. 초등학교 때 키웠던 그거구나. 꽃만 보고는 당연히 기억이 안 나지.

용궁의 '정원'이란 지상에서 일반적으로 말하는 정원과 텃밭의 개념이 섞인 것이었다. 용궁에는 그 어느 순간에도 햇빛이 들지 않았고 아무리 먼 곳을 봐도 건물 너머로는 끝없이 짙푸른 어둠만이 넓게 펼쳐져 있을 뿐이었는데 그럼에도 불구하고 식물은 모두 싱싱하고 줄기가 굵었다.

해파리와 야명주가 내는 빛 아래로 어떤 것은 담을 타고 붉은 꽃을 흐드러지게 늘어뜨리고 어떤 것은 한쪽에서 올망졸망하게 열매를 키우고, 또 어떤 것은 줄지어서 내 키의 몇 배나 되게 뻗어 올랐다.

그나마 지상에서 익숙하게 보던 텃밭 비슷한 것은 내 숙소에서 10분 정도 걸으면 나오는 곳에 작게 꾸며져 있었다. 나는 몇 번 길을 잃으면서 이 부근이 용궁 정문에서 멀고 창고 따위가 많은 지역이라는 것을 알았기 때문에 그럴 법도 하다고 생각했다.

손님이 자주 오가는 곳이라면 당연히 관상용 식물을 많이 심을 것이다.

내 숙소에서도 예쁜 정원이 보인다.

"강낭콩은 먹지요. 꽃만 보고는 몰랐어요."

"어머나, 그럼 강낭콩을 어떻게 드세요? 지상 사람들은 도술을 써서 강낭콩을 만드나요?"

문 대덕은 진심으로 그런 것을 물었다. 아니, 도술을 쓰는 건 여기 아닌가.

"키우는 사람들이 한꺼번에 많이 키우고 저는 그 사람들이 다 키운 콩을 조금씩 사서 먹었어요. 용궁에서도 목재를 사 오잖아요?"

"그러면 연지 씨의 집에선 강낭콩이 자라질 않나요?"

문 대덕의 저 말로 미루어 보아 용궁 사람들도 바닷속에서 나무가 자란다면 그것이 비정상이리라는 사실은 아는 모양이었다. 강낭콩이 자라는 것도 비정상이라고 생각하면 안 될까. 나는 아까 배추랑 오이랑 수세미도 봤다. 여긴 빨래는 없어도—주방에서 쓰이는 앞치마를 제외하고는— 설거지는 있었는데, 지금까지 설거지에 쓰인 수세미가 어디서 왔는지 이제 알았다.

그녀는 나와 지상에 대한 대화를 나누는 것이 아주 흥미롭게 느껴지는 모양이었다. 나는 쓴웃음을 지으며 고개를 저었다. 강낭콩꽃은 정말로 새하얗고 예뻤다. 가끔 그 이파리가 일렁이는 것은 물결 때문이라는데 지상에서 바람에 흔들릴 때와 모습이 꼭 같았다.

"반드시 키우려면 못 키울 것은 없지만, 밭을 가꿔서 콩을 키우려면 손이 많이 가잖아요. 사서 먹는 게 싸고 편하니까 그렇게 했지요."

분업이라고, 현대 사회를 풍요롭게 한 공신 중 하나가 있다. 나는 갑자기 생각나서 말했다.

"용자님은 콩을 안 드시더라고요. 아니, 갈아서 만든 소스는 드시는데 형태가 있는 채로는 안 드시는 것 같아요."

천원이 식사를 시작했기 때문에 이제 그의 옆을 지킬 필요는 없어졌지만 나는 식당에서 남긴 음식의 검사는 꼼꼼하게 하고 있었다. 내가 용궁에 불려 온 것도 천원을 위해 지상에서 먹는 것 같으면서 영양가가 있는 식단을 짜라는 것이니 그의 입맛 파악은 당연히 중요했다. 주방 사람들이야 내게 워낙 잘해 주지만 이제 슬슬 주방장과 보다 스무스하게 메뉴를 협의하는 모습을 보여 주고 싶고.

그래서 나는 그가 식사를 시작하고 나서도 편식을 심하게 한다는 것을 알게 되었다. 그 난리를 치고 난 다음이니 나도 피곤해서 건드리지 않고는 있지만, 영양 균형을 생각하면 좀 고쳐 놓는 게 좋을까.

문 대덕은 나와 함께 한 걸음을 떼며 눈을 크게 떴다. 강낭콩 옆에는 수수가 자라고 있었다.

"그런가요?"

나는 고개를 끄덕였다.

"네. 그리고 오징어는 아예 입에 안 대시고, 사각사각한 채소도 안 드시던데요. 그에 비해 죽이나 수프는 국물을 다 드시는데 큰 건더기는 안 드세요. 고기도 크게 구운 건 안 드시고."

내가 구운 게 맛이 없었나 해서 얼마 전엔 불맛을 내려다가 불을 낼 뻔한 적이 있었다. 그때 배웠는데 용궁에서 쓰는 불은 음화인가 해서 지상에서 쓰는 불과는 성질이 다르다는 모양이었다. 물속에서 꺼지지 않는 것은 그래서이며 아주 조심하지 않으면 옮겨붙기 십상이라던가. 석쇠가 있는데 직화를 많이 하지 않는 이유가 뭔가 했더니.

아니, 그게 중요한 게 아니고.

"혹시 용자님 말이에요. 이가 안 좋으신 거 아니에요?"

아무튼 대단히 연한 걸 좋아한다. 편식을 한다는 이미지에 전에 냄새에 넘어갔다는 사실 때문에 달콤하게 양념된 고기 따위를 좋아할 줄 알았더니 고기는 오히려 많이 먹지 않고. 아, 말고기는 조금 먹는 것 같았지만 말고기는 내 레퍼토리에 없고 주방장이 알아서 좋은 요리를 만들고 있었다.

내 추측에 문 대덕은 잠깐 깜짝 놀라는 것 같더니 금방 부정했다.

"설마요. 이가 안 좋은 용은 들어 본 적이 없어요."

"이가 안 썩어요?"

좋겠다. 나는 내 충치 치료에 지금까지 들어간 비용을 떠올리며 물었다.

문 대덕은 당연하지 않냐는 눈치로 고개를 끄덕였다.

"혹시 이에 이상이 생기더라도 새것으로 갈면 되니 앓고 계실 이유가 없지요. 일반 백성들이야 나이가 들면 이를 앓기도 하지만요."

지금 또 이상한 말을 들은 것 같은데. 내가 국사 시간과 고전 문학 시간에 배운 용은 대체 어떤 생물이었을까. 왜 나는 이런 이야기를 다 처음 들을까.

"새걸로 갈아요……?"

문 대덕은 방긋 웃었다.

"용이잖아요. 모르셨어요?"

몰랐어요. 나는 피곤해져 화제를 다시 돌렸다.

"그럼 이가 아니라 위가 안 좋으신 게 아닐까요?"

어디든 소화 기관에 안 좋은 데가 있는 것 같다. 문 대덕은 이번에는 모르겠다는 얼굴로 고개를 갸웃했다.

"글쎄요. 위가 안 좋으실까요?"

퀴즈냐. 나한테 되물으면 어떡해. 나는 픽 웃었다.

"모르지요. 아무튼 고기도 잘게 갈면 드시니 역시 이가 안 좋으신 거라고 생각했는데, 이가 안 좋으실 리가 없으면."

식단을 어떻게 짜야 되나. 마크로비오틱은 예전에 유행이 지났고 지상 요리의 스테디셀러는 고기라고. 뜯는 걸 왜 안 먹는 건데. 문 대덕은 나를 빤히 보다가 문득 빙긋 웃었다.

"용자님을 싫어하시는 줄 알았는데, 아니신가 봐요."

이건 조금 찔끔했다. 솔직히 처음 볼 때부터 얼마 전까지는 아주 짜증스럽고 싫었다. 내 행동이 그와 관련된 것일 때는 약간 이상해진다는 것도 알고 있어서 더 그랬다. 아무튼 그를 보면 심장이 울렁거리고 그의 행동 하나하나에 신경이 쓰였으니까. 아마 잘생기고 젊고 멍청한 용을 어떻게 대할지 알 수가 없어서 그랬던 거라고 우기고는 있었지만.

지금은 모르겠다. 내가 아주 싫어하는 부분을 그는 가지고 있었지만, 그것이 내가 그를 싫어할 이유가 될까? 사실 나는 그저 이곳에 1년 동안 고용된 요리사에 불과하다.

"별로 관심 없어요."

그것이 옳을 것이다. 문 대덕은 여전히 웃는 얼굴이었다. 그녀가 이 용궁의 다른 모든 사람들과 마찬가지로 천원을 아낀다는 것을 나는 잘 알고 있었다.

"그런 것치고는 요즘 용자님 얘기만 하시는걸요."

"그야 저는 용자님 전속이잖아요. 뭘 좋아하시는지, 싫어하시는지 제가 당연히 알아야지요."

그에게 정서적으로 관심이 없는 것과 내 일을 제대로 해야 한다는 사실은 당연히 양립할 수 있다. 문 대덕은 그냥 또 웃고 말았다.

나는 어느새 저 앞에 담장이 보여 눈을 가늘게 떴다. 해파리와 야명주가 아무리 밝다고 해도 지상의 낮보다는 당연히 어두웠고 멀리 있는 것은 지상에 있을 때보다 잘 보이지 않았다.

"저기 담에 뭐가 늘어져 있네요. 희끄무레한 게⋯⋯."

몇 걸음 더 걸으니 저 담장 너머에서 이쪽으로 늘어진 흰 것이 무엇인지 눈에 갑자기 들어와 나는 말끝을 흐렸다. 내 가슴 정도 되는 높이의 담장 너머로 뭉게구름처럼 흰 꽃이 가득 핀 숲이 있었다.

생긴 것은 벚꽃 같지만 지상의 아파트 단지에서 흔히 보는 벚꽃과는 꽃이 무리 지은 모양이 약간 달랐다. 문 대덕이 손뼉을 쳤다.

"저건 복숭아밭이네요."

나무는 안 자라는 거 아니었나. 아까 밭에서도 나무를 보긴 했지만 저렇게 큰 나무는 아니고 풀과 큰 차이가 없을 정도로 키가 작은 것들이라 그땐 그러려니 했었다. 저것도 주방장이 전에 이야기한 '최근의 기술'일까.

"지금 복숭아꽃이 한창 피었어요."

용궁에 와서는 특별히 춥거나 덥다는 느낌을 받은 적이 없이 늘 쾌적한 온도였지만 저렇게 꽃이 만발한 걸 보니 봄이 맞긴 맞나 보다. 문 대덕이 밝게 손짓했다.

"같이 가 봐요. 이때를 놓치면 아깝잖아요."

다음 주 휴일에도 꽃이 저렇게 아름답게 피어 있으리라는 보장은 없다. 우리는 천천히 부엌 이야기를 하며 복숭아밭으로 갔다.

가까워질수록 은은한 향이 나던 복숭아밭은 그 안으로 들어가 걸으니 말로만 듣던 도원경 같았다. 아주 엷은 분홍빛이 나는 복숭아꽃은 섬세한 술을 흩날리며 물방울처럼 나무에서 맺히듯 피어 있었다. 가까워질수록 진해지던 향은 이제 서늘할 정도로 달콤했고 꽃잎은 가끔 이는 물결에 하느작거리며 날았다.

밭에는 마침 일하는 사람도 없었다. 시야에 들어오는 것이 온통 복숭아꽃과 오래된 둥치라 우리는 잠시 조용히 걸었다. 아주 따뜻하고 아름다운 곳이었다.

마음이 편안하게 풀려 있었기 때문일 것이다. 복숭아꽃길을 걷기 시작한 지 아마도 5분 정도 되었을 때 저 모퉁이를 돌아 나타난 사람을 보고 나는 그저 기분 좋게 인사했다.

"안녕하세요, 별 주부님."

별은 오늘은 용궁 사람들이 일반적으로 입는 그 저고리에 바지를 입고 머리에는 산호 가지가 꽂힌 모자를 쓰고 있었다. 그의 부드러운 뺨이 살짝 붉어지며 양쪽으로 올라갔다.

나는 그가 나를 처음 만났을 때도 그런 얼굴이었다는 것을 떠올렸다. 하도 혈색이 좋아 그때는 몰랐는데 지금 보니 얼굴이 상기된 것을 알겠다. 다시 처음처럼 수줍음을 타는 모양이었다.

"안녕하세요, 김연지 씨."

그도 휴일이라 쉬는 모양이다. 문 대덕을 슬쩍 보니 그녀는 별의 얼굴은 알아도 그리 친하지는 않은 듯 서먹한 눈치였다. 나는 그러나 그가 혼자라 제안했다.

"복숭아밭을 구경하시는 거라면 저희랑 같이 걸으실래요?"

아무튼 그는 내가 처음 용궁에 끌려올 때 나를 안심시켜 주려고 여러 가지 말을 해 주었다. 당연히 호감이 있었다. 문득 내가 혹시 혼자 쉬는 시간을 방해했나 싶어 아차 하는데 그는 다행히도 조금 더 웃어 주었다.

"네, 그렇게 하지요."

"용궁에서 지상의 식물을 기르는 기술의 발전으로 용궁의 식생활에도 일대 변혁이 일어났지요."

별은 보이는 나이보다 아는 것이 많았다. 가끔 그가 하는 이야기의 조각을 조합해 보니 그는 의외로 주방장보다 나이가 많을 수도 있을 것 같았다.

"이 복숭아밭은 용궁에서 제일 처음으로 생긴 단일한 지상 식물 군락입니다. 복숭아나무는 저 꽃도 아름답지만 열매와 나무가 모두 쓸모가 많기 때문에 제일 먼저 들여왔지요. 선계의 천도를 자체적으로 대량 재배하려는 것이 아닌가 하는 의혹 때문에 당시에는 하늘에서 사자가 여럿 오가며 긴장을 조성하기도 했습니다."

문 대덕도 잘 모르는 이야기였던 듯 찬탄하며 들었다. 나는 걸리는 부분을 물었다.

"천도복숭아는 육지에서도 먹는데요?"

별은 생각하느라 평소보다 더 진지하고 깊은 눈빛을 하고 있었다. 그와 잠깐 눈이 마주쳐 나는 화들짝 놀랐다. 약간 가슴이 뛸 뻔했다.

그는 말을 고르는 듯 나와 시선을 그대로 한동안 마주치고 있다가 신중하게 대답했다.

"종이 다릅니다. 육지의 천도복숭아는 선계의 천도와 전혀 상관이 없이 이름만 따 간 것이지요. 선계의 천도는 신선의 도술로 기르는 특별한 과일로, 먹으면 병으로 죽지 않고 오래 살 수 있습니다."

진짜 도술 같은 아이템이네. 내가 아는 그 천도복숭아도 그렇게 획기적인 효과가 있으면 재밌었겠다. 문 대덕이 눈을 깜박였다.

"그러면 대궁 앞의 그 복숭아나무요? 그것도 천도 아니에요, 별 주부님?"

그런 게 여기도 있다고? 별의 시선이 문 대덕에게 옮겨 갔다.

"맞습니다. 그것은 선선대 어라하께서 지위가 높은 신선에게 도움을 베푸시고 감사 선물로 받은 것이지요. 신선의 도술 덕택에 그 나무만큼은 아주 오래전부터 용궁에서 해마다 꽃을 피웠습니다."

"그래요?"

그리고 그 장수 과일이 용왕 부부의 간식이 되는 건가? 대궁은 월수궁 남쪽에 있는 아주 거대한 건물로 공적인 나랏일이 행해진다는 곳이었다. 나는 지나가다 뒤에서 본 적밖에 없었기 때문에 그 앞에 복숭아나무가 자라는지도 몰랐다.

"하지만 열매를 맺는 것까지는 신선의 기술이라 선계의 천도가 열리지는 않지요."

"그렇지요."

문 대덕도 당연하다는 듯 별에게 동의했다. 복숭아는 안 열리는구나. 문 대덕과 별이 너무 당연하게 서로 고개를 끄덕이니까 약간 소외감이 든다. 나는 내가 이해할 수 있는 방향으로 화제를 약간 틀었다.

"이 복숭아밭이 제일 처음 생긴 단일한, 그, 지상 식물 군락이었던가요? 그런 거라면 다른 곳에도 이렇게 숲 같은 곳이 있나요?"

이번엔 문 대덕이 대답했다.

"숲이라고 할 만한 건 역시 다시마 숲이나 산호 숲이지만 지상의 나무가 많이 자라는 곳은 다른 데도 있어요. 저기 유란궁 북쪽에는 매화나무를 많이 키워요."

우리 부엌 뒤 창고에 누가 담가 놓은 대량의 매실청이 어디서 나왔는지 이제 알겠다. 나는 유란궁이 어딘지는 몰랐지만 왠지 납득하고 고개를 끄덕였다. 그럼 옛날에는 매실이나 복숭아도 다 홍수로 쓸어 왔을까?

짧은 침묵이 흘렀다. 별이 내게 물었다.

"용궁 생활은 어떠세요? 불편하신 점은 없으세요?"

그 질문에는 문 대덕도 붙임성 좋은 미소를 띠고 나를 보았다. 나는 감사하게 인사했다.

"잘 지내요. 처음에 데려다주셨는데 감사하다고 인사도 못 했네요."

당시의 기분으로는 납치해다 준 것 같기도 하지만 일단 내가 여기서 잘 지내고 있으니까 그 정도로 해 둬도 될 것 같다. 별은 주름이 보이지 않는 다홍색 입술로 엷게 웃었다.

"저는 할 일을 한 것뿐이에요. 많이 당황하셨을 텐데 잘해 주셔서 감사합니다."

아, 어쩐지 정말 오랜만에 정상적인 말을 듣는 것 같다. 용궁 사람들이 다들 내게 잘해 주지만 그들의 상식과 내 상식은 많이 다르니까. 나는 얼른 손을 저었다. 이유는 모르지만 뺨도 약간 뜨거웠다.

"아니에요. 저야말로 여기서 정말 많이 배우고 있어서……."

그리고 딱히 별이 내게 감사할 이유도 없는데. 그는 비록 토끼를 잡으러 땅을 밟은 적은 없을지라도 이 용궁에 대단히 애정을 갖고 있는 모양이었다. 문 대덕이 순수한 얼굴로 끼었다.

"연지 씨가 진짜 잘해 주세요. 나솔님도 그러셨어요."

주방장이? 그 사람은 누구에 대해서든 칭찬할 것 같긴 한데 나 모르는 데서 그런 말도 했단 말인가. 나는 내가 용궁에 와서 잘한 게 뭐가 있나 뒤돌아보다 약간 혼자 절망했다.

우선 이 나라 왕자에 해당하는 사람……이 아니라 용을 한참 굶겼다. 그리고 주방에서 여러 가지 사고를 치면서 기껏해야 어느 나라에선 이런 식으로도 먹는답니다! 하고 얕은 지식으로 잘난 척을 하고 있지. 우리 주방에서 나보다 요리 못하는 사람은 없으니까.

나 같은 연체동물이 과연 월급을 받아도 되는 걸까. 갑자기 회의감이 드네. 아니, 내가 자기비하를 잘못된 방향으로 했다. 문 대덕도 연체동물 출신이지만 요리의 내공은 내 몇 배로 깊다. 난 연체동물보다 못한 영장류인가.

"그렇게 말씀해 주시니 감사하네요."

별은 여전히 엷게 웃는 얼굴이었다. 나는 일부러 그의 갈색 눈을 피하며 복숭아꽃을 보았다. 용궁의 꽃구경은 밤에 하는 것 같으면서도 저 먼 곳에는 별보다 크고 밝은 해파리 떼가 찬란하게 일렁이고 있어 조금은 만화경이 떠오르기도 했다.

그러고 보니 갑자기 생각났다. 나는 새삼스럽게 입을 열었다.

"맞아요. 제가 올 때는 별 주부님이 데려와 주셨잖아요. 한 달에 한 번 집에 다녀오는 비용을 지원해 주신다고 계약할 때 들었는데, 그럼 집에 다녀올 수 있는 거예요?"

설마 그 비용은 그냥 보너스인가? 의구심이 점점 커지는 중에 별이 조용히 대답했다.

"물론이지요. 댁에 다녀오실 때도 제가 모실 테니 걱정하지 마세요."

그건 몰랐다. 나는 복숭아꽃에서 시선을 떼고 다시 별을 보았다. 이번에는 그가 담담하게 꽃을 구경하고 있었다.

"진짜요?"

"네."

"육지에 다녀오실 수 있는 건 별 주부님밖에 없잖아요, 연지 씨. 저희도 바닷가까지는 모셔다드릴 수 있지만 시간이 너무 오래 걸리지요."

자라가 다른 생물보다 특별히 헤엄을 잘 치던가? 나는 문 대덕에게 혹시나 해서 확인했다.

"용궁에서 가까운 바닷가까지 얼마나 걸리는데요? 전 여기 올 때 새벽에 강에 빠졌고 어라하와 어륙이 조찬 드실 때에 도착했는데요."

안 그래도 의심하고 있었다. 강을 통해 바다로 나가는 데까지 걸린 시간도 사실 말도 안 된다. 만약 자가용을 이용했다면 뻥 뚫린 고속 도로를 타고 전속력으로 달렸다 해도 우리 집 부근에서 바닷가까지 그보다 오래 걸렸을 것이다.

문 대덕은 동그란 눈을 깜박이며 대답했다.

"저희 일반 백성들이 용궁을 찾으려면 한 방향으로 사흘 낮 사흘 밤을 계속 헤엄쳐야 한답니다."

상상 이상의 단위다! 세 시간도 아니야! 하긴 이 용궁이 현대 과학으로 관측할 수 있는 깊이에 있을 것 같진 않지만. 나는 내가 지금 해저 몇 미터에 있는 것일까 하고 상상하려다 그만두었다. 그런 상상은 내 취향이 아니다.

"그런데 별 주부님은……."

"제가 모시면 반 시진 정도 걸립니다."

이것도 상상 이상의 단위다. 나는 내가 들은 것이 맞나 해서 문 대덕을 보았다. 문 대덕은 고개를 심각하게 끄덕였다.

"그래서 별 주부님이 고생하시죠. 바깥 손님을 모시고 올 때도 그렇고, 지상에서 간단한 것을 들일 때는 혼자 다 하셔야 해서요."

너무하다. 별은 또 이 와중에 겸손하게 말했다.

"제 일을 하는 것뿐이니 고생이랄 것은 없습니다."

어른스럽다. 오천원이 이 사람의 반만 어른스러웠어도 가치가 만 원은 되었을 텐데. 나는 용궁의 혈족주의를 안타깝게 생각하며 나도 모르게 주먹을 꼭 쥐었다.

"바깥 손님이라면 그 조선 시대나 그럴 때 왔다가 돌아가셨다는 분들 말씀하시는 거지요?"

"네."

별의 깔끔한 대답을 들어 보니 그때 일한 것이 본인인 모양이었다. 용궁 사람들의 나이를 얼굴로 짐작할 수 없다는 건 물론 알고 있지만 그가 그렇게 나이가 많다니 갑자기 약간 충격이다. 별의 뺨에는 지금 봐도 티 하나 없는데.

"그, 그럼 진짜 손님을 모실 때는 꼭 별 주부님이 나가셔야겠네요. 용궁에 올 수 있는 다른 수단은 없어요? 어라하와 어륙의 따님은 외국으로 나가셨다면서요. 그럼 그분이 놀러 오실 때도 별 주부님이 모셔 오시는 거예요?"

심청은 인당수에 빠지니까 알아서 용궁까지 가지 않았나? 그러고 보니 구체적으로 심청이가 인당수에 빠진 다음에 용궁까지 어떻게 간 건지 기억이 안 난다. 심청이를 불쌍히 여긴 용왕님이 바다를 열었다는 식으로 묘사되어 있었던 것 같기도 하고.

그때도 별 주부가 가서 정신 못 차리는 심청을 등에 얻고 한 시간 만에 용궁에 데려다준 걸까. 아니다, 정신을 잃은 심청이 일어나 보니 여긴 어디? 나는 누구? 이런 식이었던가?

별과 문 대덕은 약간 생각하는 얼굴을 했다. 별이 먼저 심각하게 입을 열었다.

"저 같은 천한 자가 감히 용과 비견될 수는 없겠지요. 용은 여의주가 있으니 만 리도 하루에 갈 수 있습니다. 용궁에서 용궁으로 가는 것이야 눈 깜짝할 새에 하실 수 있지요."

적토마보다 빠르구나. 나는 왠지 그래야 할 것 같아 손뼉을 쳤다. 문 대덕이 깔깔 웃었다.

"왜요?"

나는 손을 거두었다.

"신기해서요. 그 여의주란 게 진짜로 뭐예요? 밤에 빛을 내는 구슬이라고는 들었어요."

용 그림에서 용이 입에 물고 있는 그거지. 무슨 용도인지는 여전히 잘 이해 못 하고 있었는데, 지상의 상식이 있는 별에게 이번에 제대로 배워 둬야겠다. 일단 빛난다는 거하고 밥을 굶어도 여위지 않게 해 준다는 것까진 아는데.

문 대덕이 부드럽게 말했다.

"보물 중의 보물이어요."

별이 이었다.

"용이 갖는 보주입니다. 그게 있어서 용이 천변지재로 둔갑하고 하늘을 날며 파도와 벼락을 다룰 수 있는 거지요."

우와, 멋있다.

"파도와 벼락도 다뤄요?"

"파도는 여의주가 없는 이무기도 다룰 수 있습니다만, 용의 힘에는 못 미치니까요."

이무기? 어디서 들은 것 같은데 기억이 안 난다. 나는 고개를 갸웃하며 물었다.

"이무기가 뭔데요?"

내가 그렇게 묻자마자 분위기가 약간 불편해졌다. 왜. 내가 꺼낸 단어도 아니잖아. 한참 있다가 문 대덕이 얌전히 속삭였다.

"용이 되는 수련을 하다가 여의주를 얻지 못한 영물이나 용이었다가 여의주를 잃은……."

"문 대덕님."

별이 약간 잘랐다. 그는 본인이 그 단어를 꺼낸 것을 후회하는 듯 얼굴이 묘하게 창백했고 그대로 입을 다물었다. 나는 미간을 찌푸렸다.

"제가 물으면 안 되는 걸 여쭌 거예요?"

아무튼 지상에서도 들어 본 개념인 것 같으니까 이따 휴대폰으로 검색해 봐야지. 문 대덕은 별의 눈치를 흘끔 살피고 나서 나한테 붙임성 있는 말투로 밝게 둘러댔다.

"아니에요. 죄송해요. 그게 조금 민감한 부분이라서요."

"그래요……?"

분위기를 보니 지금은 이유를 물으면 안 될 것 같다. 나는 그냥 어깨를 과장해서 으쓱하고 꽃을 가리켰다.

"저 꽃 너무 향기가 좋네요. 농약은 안 친 거죠? 내일 아침에 요리에 넣어 볼까요? 일단 좀 먹어 보고 싶은데 그래도 돼요?"

※　※　※

"손도 안 댔네요."

나는 솔직히 자신작이었던 양배추 포토푀를 노려보았다. 엷은 갈색으로 잘 졸여진 국물은 다 식어 있었고 고기와 야채에선 깨끗한 윤기가 났다. 똑같이 1인분씩 담아 나간 용왕 부부의 스튜 그릇은 깨끗한데.

대신 병아리콩을 갈아 메밀전병과 함께 낸 것이나 복숭아꽃을 곁들인 파스타 프리마베라는 반 이상 먹었다. 탄수화물 좋아하는 건 알겠는데 적당히 하라고. 아니, 포토푀에도 탄수화물 많잖아. 채소를 싫어하는 건 확실히 아니던데.

"맛있던데. 괜찮아요?"

옆에서 주방장이 미안한 얼굴로 물었다. 누구와 다르게 그는 참 예의가 바르다. 나는 정상인의 마음 씀씀이에 새삼 감동을 받으며 고개를 꾸벅했다.

"괜찮아요. 감사합니다."

매번 용왕 가족의 식사가 나가기 전과 그 식사가 주방으로 돌아온 후에 그는 수라간의 총책임자로서 내가 만든 음식의 평가도 해 주고 있었다. 그리고 내게 용기를 북돋워 주며 앞으로의 식단 계획에 대해서도 함께 논의해 주는데.

"제가 용자님 입맛을 영 못 맞추는 걸까요?"

그래도 손도 안 댄 요리가 끼니마다 있으니 기운이 빠진다. 물론 성질도 나고. 내가 바보처럼 묻자 주방장은 착하게도 기겁하며 손을 저었다.

"아니에요, 아니에요, 연지 씨. 그래도 용자님이 이렇게 식사를 많이 하시는 게 얼마나 오랜만인데요. 대단한 쾌거를 이룬 거예요."

그 편식왕자가 전에는 얼마나 심했길래 이런 말이 나오는 거야. 솔직히 내가 짐작하는 그의 한 끼 식사량은 나보다도 적었다. 일반적인 성인 남자가 필요로 하는 열량에 한참 못 미친다.

"……저만큼만 드셨으면 영양 균형이 안 맞을 텐데, 이따 간식 좀 보낼까요?"

나는 포토푀를 째려보면서도 물었다. 부루퉁한 목소리로 나온 말에 주방장도 열렬하게 동의했다. 바쁘신데 막내 멘탈케어까지 하시게 해서 죄송합니다.

"네. 지상에서 많이들 먹는 걸로 들이면 분명히 좋아하실 거예요."

3대 영양소의 황금비율이라는 6 대 3 대 1을 생각하면 간식으로는 닭가슴살이라도 보내고 싶지만 안 먹겠지. 아니면 내 눈치를 보면서 조금만 먹든가. 나는 갑자기 울컥하고 성질이 나서 테이블을 쾅 쳤다.

"아니, 식사 시간에 식사를 제대로 하든가⋯⋯!"

간식이 나쁜 건 아니다. 건강 상태나 체질에 따라 일부러 끼니를 셋 이상으로 나누어서 먹는 것이라면 아무 문제도 없다. 하지만 저! 내가 열심히 만든 건 좀 다 먹고! 그다음에 간식 주면 간식도 깨끗이 다 먹으면! 어디 덧나냐!

"저기, 연지 씨."

어느새 해 문덕이 다가와 있었다. 그의 모습은 내가 아는 육지의 인간들과 꼭 같았지만 혈통 때문에 옆으로 걷는 습관이 있었다. 똑바로 걷는 것도 본 적이 있으니 똑바로 걸을 줄을 모르는 것은 아닌 모양이었지만.

"네, 해 문덕님."

그리고 그는 말할 때 입에서 거품이 자주 나와 말을 잘 하지 않았다. 그런 그가 내게 말을 걸었으니 뭔가 중요한 용건이 있을 것이다. 나는 주방장에게 눈짓으로 양해를 구하고 해 문덕을 보았다. 그는 나보다 키가 작아 이쪽을 난처한 듯 올려다보았다.

"저기⋯⋯."

"네, 말씀하세요."

지금 한창 열받았으니까 빨리 말해라. 내 눈빛이 내가 생각한 것보다 날카로웠는지 해 문덕은 찔끔하며 토하듯 말했다.

"용자님께서⋯⋯ 저, 속이 허하시다고."

천원이 식사를 시작한 이후로 나는 그와 마주칠 일이 없었다. 이 용이 결국은 당당하게 간식까지 하라고 하기 시작했구나. 나는 으르렁거렸다.

"밥을 안 먹으니까 속이 허하겠죠!"

해 문덕은 두어 걸음 옆으로 움직여 갔다. ⋯⋯내가 잘못했네. 상관없는 사람한테 울컥해서 짜증을 냈다. 나는 얼른 사과했다.

"아, 죄송해요. 말씀 전해 주셔서 감사합니다."

해 문덕은 그러나 나를 은근히 두려운 눈빛으로 보며 계속 멀어졌다. 나는 그가 가게 내버려 두고 주방장에게 돌아섰다. 주방장은 난처한 듯 쓴웃음을 짓고 있었다.

"화났어요, 연지 씨?"

"······아니, 그게요."

사실 나는 그를 위한 요리사로 고용된 것이니 천원이 뭘 만들어 내놓으라고 하든 그냥 시키는 대로만 하면 된다. 그러니 내가 화를 낼 이유도 없고 내게는 어쩌면 그럴 권리도 없지만.

······이건 음식에 감사하는 마음을 전혀 안 배운 거나 다름없잖아!

"자기 식탁에 올라오기 위해서 죽은 생명을 일말은 존중해야 할 거 아니에요. 싫어하는 거 있을 수 있죠. 그냥 어떤 재료가 싫을 수 있고, 어떤 식감이 싫을 수 있어요. 하지만 그것도 적당히 해야지, 어떻게 좋아하는 것만 딱딱 맞춰서 먹고 살아요!"

내 직무 설명에는 버릇없는 편식왕자의 입맛을 백 프로 존중하라는 부분은 없었다고.

내가 속사포처럼 내놓는 말과 이글거리는 얼굴에 주방장은 쓴웃음을 보다 진하게 지었다.

"속상하죠?"

······이번엔 그 말에 성질이 다 식어 버렸다.

삽시간에 기운이 싹 빠졌다. 나는 한숨을 푹 쉬고 그에게도 사과했다.

"죄송해요."

"왜 연지 씨가 사과해요."

내 독기가 빠졌다고 생각했는지 주방장은 평소처럼 사람 좋게 벌쭉 웃었다. 나는 고개를 저었다. 설명할 기운도 없다.

"제가 괜히······. 용자님 처소에 간식 들여야지요. 저 오기 전엔 보통 간식으로 뭘 올리셨어요?"

주방장은 조금 기뻐 보였다. 그의 눈이 반짝이기 시작했다.

"죽이나 탕을 많이 올렸어요. 하지만 지상에서 많이 먹는 걸 드리면 좋아하실 거예요."

지상에서 먹는 간식……. 나는 잠깐 고민했다. 요새 인터넷에서 유행하는 음식이 뭐가 있지? 취업 준비하면서 아주 트렌디한 것에서는 좀 멀어져 있었는데. 그리고 지금 배고프다니 당장 만들어 줄 수 있는 게.

"전에 빵가루 만들고 나서 빵 남은 거 있었죠? 토스트 만들어서 가져갈게요. 계란부침 넣어서요."

아무튼 간식이라 이거지. 배고프다니 만들어 주긴 하겠지만, 내 얼굴을 좀 봐야 이 인간……이 아니라 용이 좀 긴장감을 갖지 않을까. 나는 그렇게 계산하고 결정했다. 주방장은 신이 나서 빵과 달걀이 들어간 냉장고를 가리켰다. 용궁에선 뭐 이제 놀랍지도 않게 축사에서 닭도 키우고 있었던 것이다.

"연지 씨 필요한 만큼 써요. 토스트라는 거는 나도 만들어 봤는데 용자님이 영 그게 아니신지 안 드시더라고요. 이참에 좀 가르쳐 줄래요?"

똑똑.

월수궁 북쪽에 위치한 작은 건물인 해궁은 시녀나 시종들보다는 정식 관복을 차려입은 사람들이 많이 오갔다. 그들은 입은 옷과 허리에 단 패가 수라간이 속한 내경부 사람들이나 내 생활을 돌봐 주는 전내부 사람들과 달랐는데 그럼에도 불구하고 내가 누군지 알고 있는 눈치였다.

그러나 그들이 내게 다가와서 먼저 인사하지는 않았고, 나도 손에 든 음식이 식기를 바라지 않았기 때문에 나는 조용히 지금 천원이 있다는 방의 문 앞에 서서 문틀을 두드렸다. 나와 처음 보는 사이인 해궁 시종이 나를 특이하다는 얼굴로 보았다.

"천원 길지, 수라간이옵니다."

해궁의 문살에는 꽃이 아니라 선경이 조각되어 있었는데 그 솜씨가 웅장했고 구름 일어나는 모양이 아름다웠다. 문에 바른 미색 종이 너머로 부드럽고 밝은 빛이 나왔다. 야명주가 많이 들어가 있는 모양이었다.

"들라 해라."

천원의 목소리가 문 너머의 아마도 상당히 깊은 곳에서 울렸다.

그의 그런 목소리는 처음 듣는 것이었다. 식탁에서는 한 번도 들은 적이 없고, 굳이 따지자면 예전에 그가 부엌에 찾아왔을 때 아마도 저와 비슷한 목소리를 들었을 것이다. 그러나 그때도 아주 이와 같지는 않았다.

대단히, 깊고 맑고, 가슴을 울리는 목소리.

그에 대해 아주 자주 생각하지 않았다면 어쩌면 천원의 목소리인 줄을 몰랐을지도 모른다. 해궁 시종이 문을 부드럽게 열고 내게 인사했다.

"들어가시지요."

천원이 있는 방은 문 앞에서 볼 수 있는 공간이 한정되어 있었다. 문이 열린 너머로 바로 높고 빛나는 황금색 병풍이 보였던 것이다. 나는 일단 시종에게 고개 숙여 인사하고 방으로 들어갔다. 내 등 뒤로 문이 닫혔다.

방 안에는 천원 말고도 누가 있는 모양이었다. 옷소매 스치는 소리와 함께 누군가 빠른 목소리로 입을 열었다.

"천원 길지, 나난달의 청어 떼를 그냥 두셔서는 아니되옵니다."

병풍 한쪽은 방 벽과 닿아 있었지만 다른 한쪽에는 틈이 있었다. 나는 잠깐 둘러보다가 겨우 그 틈을 발견하고 조심스레 모퉁이를 돌았다. 아까 들었던 것과 같은 천원의 목소리가 즉각 반박했다.

"불가하다. 턱부리의 거주지가 아직 정리되지 않았다 하였다."

모퉁이를 돌자 바로 보인 것은 일곱 평 정도 되어 보이는 사각형의 방이었다.

건물 깊은 곳에 만들어진 방이라서인지 이 방에는 창문이 없었고 대신 각 벽마다 밝은 야명주가 붙어 있었다. 그러나 그보다 눈에 띄는 것은 사방에 세워진 책장과 그 책장마다 가득 찬 서류니 책이었다. 아무래도 사무실 같은 공간인 모양인데.

그 사무실 한쪽에 놓인 백옥 책상 앞에서 천원이 그림처럼 앉아 눈을 내리깔고 있었다.

천원의 앞에 서서 뭔가 종이를 잔뜩 끌어안고 있는 남자는 물총새 깃털을 호화롭게 장식한 모자며 자주색 술과 산호 장식이 많이 달린 옥패, 그리고 아름다운 수의 옷소매로 보아 높은 사람인 것 같았다. 그는 내가 앞에 서자 입을 급히 다물었지만 불만스러운 것 같았고 천원은 눈을 들어 나를 보았다.

그의 까만 눈동자에 잠시 심장이 조였다.

세상에, 내가 뭐 하는 거야. 잠시 후에 나는 부끄럽고 어이가 없어서 뺨이 붉어질 뻔한 것을 딴생각으로 물리쳐 냈다. 천원이 사랑하는 스마트폰은 지금은 모습도 보이지 않았고 그는 확실히 올바른 자세로 앉아 있었다. 그래서 다른 사람처럼 보이는 모양이다.

"……간식 가져왔어요."

방이 조용해졌고 내 눈이 천원에게서 잘 떨어지지 않으려고 했기 때문에 나는 일부러 뻔뻔하고 당당하게 말했다. 천원은 평소 하나로 묶어 내리는 편인 머리를 완전히 틀어 올려 높은 관모 안에 넣고 있었다. 그의 얼굴이 갸름하고 턱과 목이 날렵해 그런 머리도 무척 어울렸다.

천원의 표정만큼은 그러나 잠시 후 평소처럼 불만스러워졌다.

"왜 네가 직접 가져왔어?"

말투도 평소 같아졌다. 나는 평소처럼 울컥하며 어쩐지 안심했다. 그가 아까 저 높은 사람을 대하는 것 같은 얼굴을 계속 하고 있었다면 나도 그를 어떻게 대할지 몰랐을 것이다.

"다들 쉴 시간이니까요."

"너는."

아, 또 울컥했다. 어디다 대고 너래.

"저도 쉬고 싶지만 용자님 드시는 건 제 소관이라서요."

용자는 한쪽 입술이 약간 옆으로 길어졌다. 내 말이 마음에 안 든 모양이었다. 물론 그가 이 말을 싫어한다는 것은 익히 알고 있었으므로 나는 신경도 쓰지 않았다.

한창 일하는 중이라면 내가 방해한 것일까. 나는 서류를 안은 남자를 보았고 그는 인간으로 따지자면 아주 나이 든 할아버지처럼 보이는 얼굴로 내게 침착하게 말했다.

"수고했으니 두고 가시게."

어. 내가 잠깐 당황하는데 천원이 곧장 그 남자를 쏘아보았다.

"연지는 용궁 백성이 아니니 자네 아랫사람이 아니다. 아랫사람 대하듯 해서는 아니 되느니."

누가 누구한테 뭐라고 하는 거야. 그러나 그 내용의 뻔뻔함보다는 그가 그런 방향의 말을 했다는 사실 자체가 놀라워 나는 천원에게 시선을 다시 돌렸다. 게다가 그가 내 이름을 부른 것도 처음이었다.

……그는 이제 내 손에 들린 옥쟁반을 보고 있었다.

"내 속이 허하여 수라간에 음식물을 들이라 일렀으니 잠시 휴식해야겠다. 걸 은솔은 나가 보라."

어, 경부 부부장이 은솔인데. 서류를 안은 남자는 정말로 높은 사람이었던 모양이다. 걸 은솔은 불만스러운 얼굴이었지만 얌전히 천원에게 인사하고 병풍 너머로 사라졌다.

사무실 문 닫히는 소리가 들리도록 나는 어쩔 줄 모르고 가만히 서 있었다. 천원은 그대로 가만히 있다가 내게 눈길을 던졌다.

"뭐 해? 음식이 식잖아. 식게 두지 말라면서."

그러고 보니 그런 말을 했던 것도 같다. 나는 순순히 사과하며 그의 책상에 쟁반을 내려놓았다. 옥끼리 부딪치는 소리는 맑고 아름다웠다.

"죄송해요. 일하시는 데 방해했나 해서요."

"내가 부른 거잖아."

천원이 또 이렇게 옳은 말을 하다니 놀랍다. 나는 가슴을 폈다. 평소 가슴과 어깨를 펴고 올바른 자세로 살려고 노력하는데 이번엔 좀 당황해서 나도 모르게 움츠렸던 모양이었다.

"이게 뭐야?"

천원은 음식을 보고 살짝 얼굴을 풀었다. 나는 그에게 설명했다.

"육지에서 일하느라 바쁜 사람들이 먹는 거예요. 길거리 토스트라고."

토스트의 종류는 셀 수도 없지만 역시 그가 좋아하는 냄새가 나고 인터넷에서 사진을 많이 봤을 법한 건 이거지. 버터를 잔뜩 바른 팬에 하얀 식빵을 앞뒤로 굽고 거기에 두꺼운 계란부침에 케첩에 마요네즈에 양배추샐러드에 설탕에. 천원이 아까 식사를 제대로 안 해서 일부러 아보카도 으깬 것을 내 나름의 변주로 더 넣기도 했다.

냄새와 비주얼이 마음에 든 모양이었다. 천원은 자기 앞에 있던 뭔지 모를 서류를 옆으로 치우고 쟁반을 끌어오더니 나를 보았다.

"휴지 있지요? 양손으로 잡고 위부터 입으로 뜯어 드세요."

뜯는 건 싫어하는 것 같지만 토스트를 한입 크기로 잘라 줄 수는 없었다. 천원은 약간 망설이는 것 같았지만 얌전히 토스트를 잡았다. 그 자세는 어설펐지만 그럭저럭 봐 줄 만했다.

그의 매끈한 미간이 좁아졌다. 천원의 입술 사이로 토스트 윗부분이 들어갔다. 카삭. 바삭하게 구운 빵과 양배추샐러드가 천천히 이로 잘리는 소리가 났다. 그는 입을 다물고 베어 문 만큼을 한참 음미하듯 씹었다.

꿀꺽. 음식이 그의 목 뒤로 넘어갔다.

천원이 정말로 식사하는 모습은 많이 보지 못했지만, 그의 표정은 알고 있다. 나는 그가 토스트를 마음에 들어 하고 있다는 것을 그 눈빛을 보고 알았다. 우선 눈가가 부드러워졌다.

사람이 밥을 먹는 것은 보기 좋다. 나는 나도 모르게 빙긋 미소를 지었다. 천원의 긴 눈이 이쪽을 흘끔 보았다. 그는 낮지만 부루퉁하게 물었다.

"……왜 보고 있는 거야?"

"이번에야말로 절을 하셔야 하나, 아니면 착하게 잘 드시나 보려고요."

나는 일부러 심술궂고 그가 싫어할 어휘를 써서 말했다. 충동적인 표현이었는데 천원은 기분이 정말로 상한 듯 토스트를 내려놓았다. 대신 나는 기분이 약간 좋아졌으니 이상한 일이었다.

　내가 한 요리를 먹는 다른 어떤 사람에게도 내 입으로 이런 말을 하지 않았으리라는 것을 나는 알고 있다.

　"일하시는데 옆에 있으면 안 되지요? 쟁반은 나중에 보내셔도 되고 가지러 올 수도 있어요. 천천히 드세요."

　하지만 계속 보고 있어도 식사하는 사람이 불편하겠지. 나는 결국은 소리 내어 킥킥 웃으며 그렇게 말했다. 천원은 턱을 들었지만 눈은 토스트로 내리깔았다.

　"⋯⋯시종 편으로 보내지."

　그럼 두 번 올 것도 없다.

　"알았어요. 전 그럼 갈게요."

　나는 손을 흔들어 인사하고 병풍과 벽 틈새를 빠져나갔다.

※　※　※

　코를 찌르는 구수한 냄새는 금세 사라질 것 같다가도 곧 머리가 어찔했다. 소매를 걷어 올린 다른 사람들도 반쯤은 취한 것 같았다.

　"이렇게 찬물을 다 붓고 나서 봉하면 다 된 겁니다."

　밑술의 사이사이에 켜켜이 넣은 꽃잎이 위로 비쳐 독 안이 붉었다. 주방장이 고운 화선지로 독을 덮었다. 진한 꽃술의 향기는 그러나 사라지지 않았다.

　"이렇게 덮고 얼마나 있으면 되나요?"

　술 빚는 건 용궁에서 처음 봤다. 아니, 여행 갔을 때 맥주 공장 따위를 견학한 적은 있었지만 그거야 기계 공정을 밖에서 대강 구경한 거니까 다르고, 저렇게 손으로 하나하나 빚는 것은.

　상상했던 것보다 훨씬 알콜 냄새가 진하고 기분이 좋았다. 내 질문에 옆의 문 대덕이 소곤소곤 대답해 주었다.

"보름 정도 걸리는데, 달외고지술은 나솔님이 보고 결정하세요."

진달래는 용궁에서 몇 그루 키우지 않으므로, 그 꽃으로 매년 봄에 빚는 술은 주방장이 꼭 책임지고 처음부터 끝까지 만든다는 모양이었다. 복숭아 꽃으로 대량의 술을 빚는 것은 며칠 전에 보았는데 그때는 여럿이 같이 하고 있었고 동이도 훨씬 컸다.

"나솔니이임!"

아까 창고에 보냈던 우리 부엌 식구 중 한 명이 갑자기 뛰어들어 왔다. 불과 칼, 무거운 솥 따위가 있는 부엌에서 달리기는 당연히 용궁에서도 엄금이라 그 근처에 있던 선배가 호통을 쳤다.

"이 녀석아, 예가 어디라고 방정맞게 큰 소리를 내누?"

하지만 선배의 주의에도 아랑곳하지 않고 막 뛰어든 사람은 금방 양팔을 마구 휘두르기 시작했다. 그는 잠시 버벅거리다 간신히 숨을 들이켜며, 헐떡거리듯 외쳤다.

"해야 용녀님이 오셔요! 지금 저기 오고 계신다고요!"

그 결혼해서 외국에 나갔다는 용 말인가. 나도 처음 듣는 이야기였지만 다른 동료들도 그런 예고를 받은 적은 없는 모양이었다. 해 문덕이 허둥대며 옆과 앞으로 동시에 걸으려 하다 진달래꽃술 동이를 쳐서 떨어뜨릴 뻔했다. 그것을 보고 있던 내가 얼른 동이를 가슴으로 받지 않았으면 난리가 났을 것이다.

"감사합니다."

해 문덕은 인사하며 입에서 거품을 약간 뿜었다. 주방장이 헛기침을 크게 했다.

"그만, 그만. 해야 용녀님이 근친 오신다면 우리도 백성 된 몸으로 나가 맞아야지, 뭘 우왕좌왕하고들 있는 게야!"

여기 공주가 뜬금없이 지금 오고 있다니 그야 놀라겠지. 점심 나절이 가까운데 식사는 어떡해야 하나. 다른 건 그렇다 쳐도 양파 트뤼플 수프를 1인 당 하나로 생각하고 지금 오븐에서 빵이랑 굽는 중인데. 아니, 뭘로 오는 거

지? 용은 용궁에서 용궁으로 순식간에 어쩌고 했으니까 별 주부가 날 데려
올 때처럼 헤엄을 쳐서 오는 걸까?

내가 식사 걱정을 하는데 부엌 식구들이 약속이나 한듯 우르르 나가기 시
작했다. 나는 눈치를 보고 그 뒤를 따랐다. 용궁 정문으로 가서 기다려야 하
는 걸까. 아니, 아무튼 외국에서 오는 거라면 오기 전에 전화 정도는 할 수
있잖아. 이쪽에서 준비할 수 있게 천원의 휴대폰에 톡 하나만 하고 온다
면……

그렇게 약간 투덜거리고 있던 나는, 부엌 바깥의 뜰로 나가자마자 내가
착각을 하고 있었다는 것을 알았다.

어느 순간 용궁은 햇빛을 받은 육지처럼 환해져 있었다. 오랜만에 느껴
보는 밝은 야외의 모습에 나는 깜짝 놀라 하늘을 올려다보았다. 바닥에 정
면으로 깔리는 짧은 그림자. 짤랑짤랑짤랑짤랑 정신없이 울려 대는 산호 풍
경. 금실이 온통 휘날리고, 목에 맨 스카프가 바닥바닥 곤두서고, 으르르르
르르르르……

천지가 울리는 소리가 났다. 하늘에는 대단히 밝은 광채를 내는 말과 그
등에 탄 키 큰 여자가 있었다.

"용녀님!"

귀청이 터질 지경이었다. 벼락인지 뭔지 모를 그 소리에 깜짝 놀란 내가
빛에 눈이 부셔 손등으로 그늘을 만들고 있는데 수라간 식구들은 신이 나서
절했다. 나는 절을 하지는 않았지만 눈부신 것이 싫어서 잠시 후 눈길을 약
간 내렸다.

말은 새하얀 백마였고 황금빛 마구가 잔뜩 달려 있었지만 여자의 모습에
비하면 대단할 것이 없었다. 이제 보니 그 빛은 여자에게서도 나오고 있었
다.

여자는 고삐를 잡고 말을 달렸다. 그녀가 입은 바지는 아주 여러 가지 색
의 세로로 긴 천을 서로 이어 만든 것 같았는데 그 긴 다리를 감싸며 바람처
럼 휘날렸다.

말은 금세 하늘을 밟듯 헤엄쳐 용궁으로 다가왔다. 말이 다가올수록 소리는 커졌다. 아, 점점 더 가까워지는 그 모습을 보니 말은 육지에서 보던 말의 두 배는 되어 보이는 덩치였다…….

단 한 번도 제대로 본 적이 없는 수라간 벽 구석구석이 다 보였다. 나는 눈이 부신 것을 더 참지 못하고 눈을 감으며 귀를 꼭 막았다. 그럼에도 불구하고 소리는 내 온몸을 꿰뚫듯 울려 댔다.

으르르르르르…….

눈을 아무리 꼭 감아도 세상은 검어지지 않았다. 저 밝은 빛 때문이다. 왜 저렇게 큰 소리를 낼까, 하고 생각하기도 전. 갑자기 그 소리가 사라졌다.

세상이 너무 갑자기 어두워져서 오히려 놀라울 정도였다. 나는 잠깐 동안 더 눈을 감고 있다가 천천히 실눈을 떴다. 그리고 내 얼굴을 들여다보는 아름다운 얼굴에 깜짝 놀라 숨을 들이켰다.

해야 용녀는 나이가 천원의 최소 두 배는 되리라고 생각했는데 얼굴에는 그런 기색이 느껴지지 않았다. 오히려 천원과 같은 나이라고 해도 겉모습만으로는 누구나 믿을 아주 젊고 피부가 매끈한 여자였다. 그리고 저 길고 짙은 눈썹과 새까맣고 모양 좋은 눈은 보통의 형제 이상으로 천원과 똑같았으나 눈길 너머에서 느껴지는 지혜가 놀라웠다.

해야는 나보다 키가 한 뼘은 컸고 자세가 아주 곧았는데 머리칼은 복잡하게 틀어 올려서 황금 비녀니 보요를 여러 개 꽂고 그 비녀에 남색 긴 댕기를 여럿 드리워 장식하고 있었다. 진주처럼 광택이 나는 긴 스카프를 목과 팔에 두르고 온통 새하얀 바탕에 남색 깃을 단 반팔 덧옷은 수가 놓여 있지 않은 대신 빛깔이 화려한 허리띠로 여몄다.

허리띠 아래로는 매화나무 모양으로 다듬은 산호, 실로 만든 공, 황금으로 만든 꽃, 일그러진 진주와 야명주……. 이런 식으로 치장한 사람도, 이렇게 아름다운 여자도 처음 보았다. 용궁부인도 무척 아름답지만 그녀가 이렇게 화려하게 옷을 입은 것을 본 적은 없었던 것이다. 말은 어디로 갔는지 이제 보이지 않았다.

그녀는 내 눈을 빤히 들여다보더니 잠시 후 인상을 썼다.

"웃전에게 인사할 줄을 모르느냐?"

……성격은 천원과 더 닮은 모양이다. 나는 잠시 무엇부터 설명해야 하는지 고민했다. 해야는 그러나 내 침묵이 마음에 들지 않은 듯 팔짱을 꼈다. 그녀의 아름다운 눈이 가늘어졌다. 해야의 목소리는 짜랑짜랑하고 깊게 울렸다.

"본 적이 없는 아이로구나. 새로 입궁했느냐? 허면 윗사람에게 어찌 절해야 하는지 제대로 배우지 못한 게로다. 아이야, 널 가르친 이가 누구냐? 혼을 내 주어야겠다."

아니야! 천원보다 성격이 더 이상해! 사정을 듣고 화를 내라고! 나는 입을 좀 벌렸다가 지지 않기 위해 인상을 썼다. 용왕과 용궁부인 앞에서도 할 말을 다 해 놓고 이제 와서 여기서 지면 내가 비겁한 거다.

"처음 뵙겠습니다. 저는……."

그러나 내 소개가 이어지기 전 멀리서 익숙한 목소리가 들려왔다.

"해야야!"

"아가!"

하기야 저렇게 난리 법석을 치면서 왔으니 월수궁에서든 대궁에서든 안 보였을 리가 없다. 이 시간이면 아마 나랏일을 돌보는 공적 건물인 대궁에 있었을 용왕 및 용궁부인이 깜짝 놀란 얼굴로 뜰 문지방을 넘었다. 해야는 그들을 보고 반가운 얼굴로 넙죽 절했다.

"어머니, 아버지. 오랜만에 인사 올려요."

용왕은 해야를 보고 감동한 얼굴이었고 용궁부인은 수라간의 다른 식구들에게 손짓했다.

"골소마리 나솔, 그만 일어나게. 수라간 식구들도 일으켜 세우고."

"해야야, 어찌 왔니. 오 서방은 어찌하고?"

오 서방은 아마도 해야의 남편일 테고 해야의 남편도 용이면 성이 오씨라는 거고 그러니 오 서방인데…… 왠지 기분이 이상하네. 해야는 용왕의 손을 잡고 일어서며 뾰족하게 말했다.

"집 지키겠죠."

"싸웠니?"

용왕은 딸의 손을 꼭 잡고는 '싸웠어도 괜찮다'는 얼굴로 부드럽게 물었다. 이 집 가정 교육은 이래저래 문제가 많다. 해야는 입술을 비죽였다.

"싸운 거 아니에요. 그냥 어머님 아버님이 뵙고 싶어서 온 거여요."

"그래, 그래. 잘 왔다. 그런데 왜 수라간으로 먼저 왔니? 대궁으로 오지 않구. 복숭아꽃이 예쁘게 피었단다."

그거 우리가 반쯤 땄는데. 미안합니다. 해야는 나를 흘끔 내려다보았다.

"여기 혼자 오똑 서 있는 아이가 있기에 얼굴을 보러 내려왔답니다."

그리고 당연히 그녀와 나는 시선이 마주쳤다. 해야는 용왕 부부 쪽으로 몸을 틀고 있었지만 도로 나를 보며 인상을 찌푸렸다.

"얘, 아직도 그리 뻣뻣이 서 있누. 내가 누구인지 알았으면 어서 윗사람을 대하는 예를 보이거라."

아니라고. 누군지도 원래 알았다고. 용궁부인이 난처한 듯 고개를 저었다.

"아니다, 해야야. 그러지 말거라. 이 아가씨는 용궁 백성이 아니고……."

"내 요리사야."

용궁부인의 말이 끝나기 전 그 목소리가 먼저 날아왔다.

나도 모르게 시선이, 아까 용왕 부부가 넘어왔던 문지방을 향했다. 전에 사무실에서 봤던 것처럼 머리를 다 틀어 올리고 높은 모자를 쓴 천원이 아름다운 자색 옷을 입고 걸어오고 있었다. 그의 얼굴이 전과 같아 기분이 또 이상해졌다. 어쩐지 괴롭히고 싶다.

동생을 본 해야의 얼굴이 확 펴졌다. 아까 용왕 부부를 볼 때보다도 몇 배나 노골적으로 반가운 표정이었다.

"천원아!"

천원은 소리 없이 걸어 우리 옆으로 왔다. 그는 해야에게 약간은 무뚝뚝하게 인사했다.

"왔어?"

"천원아, 잘 있었느냐! 이 누이가 보고 싶었지?"

그러나 해야는 동생의 무뚝뚝함에 굴하지 않고 그의 손을 꼭 잡으며 다정하게 눈을 들여다보았다. 천원은 그 눈길을 피했다. 공교롭게도 그의 눈길이 향한 것은 마침 나였다. 이번에는 내가 그의 눈길을 피했다.

해야는 동생의 뺨을 붙잡고 그의 얼굴을 구석구석 살폈는데 어차피 여위지도 않는 사람, 아니 용의 얼굴을 왜 그렇게 봐야 하는지 알 수 없는 일이었다. 그녀는 잠시 후 가슴을 펴고 물었다.

"네 요리사라니, 그건 무슨 말이니?"

그것부터 해결하라고. 사람 세워 놓고 뭐 하는 거야. 나는 표정을 단단하게 관리했고 천원은 나를 보지 않고 누나에게 말했다.

"지상에서 데려왔다고. 손님이니까 절하지 않는 거야."

"아아, 그러냐."

해야는 나를 새롭다는 듯 보았다. 그녀의 긴 눈은 깜짝 놀라니 아주 커졌다.

"헌데 어찌하여 지상에서 요리사를 데려와야 했느냐? 수라간에 뛰어난 요리사가 많거늘."

"……그건 나한테 묻지 말고."

그렇지. 천원한테 물을 게 아니지. 해야는 잠깐 생각하는 것 같더니 곧장 용왕 부부에게 눈을 치떴다. 그러나 손은 여전히 남동생의 얼굴을 잡은 채였다.

"어머니, 아버지! 설마……!"

용왕과 용궁부인은 흠칫했다. 나는 그게 귀여웠지만 해야는 눈에서 불을 뿜기 시작했다. 천원의 얼굴을 잡은 그 손에도 힘이 들어갔는지 그의 얼굴이 일그러졌다.

"제가 그리 말씀 올리지 않았어요. 귀엽고 예쁘고 사랑스럽다고 계속 어리광을 들어주시면 아니 된다고! 아직도 이 아이의 버릇을 못 고치신 겝니까!"

천원의 양뺨이 있는 대로 눌렸다. 어, 이건 생각 못 했는데. 동생을 하도 예뻐하는 얼굴로 보기에 당연히 내가 자기 동생을 굶겼다는 말을 들으면 불 벼락이 떨어질 줄 알았다. ……아니다. 자기 동생 버릇은 자기 가족만 고칠 수 있다고 생각할지도 모른다. 설마 이쪽은 진짜 천벌을 내리는 거 아니야? 그럼 용왕하고 용궁부인에게 달려가야 되나?

천원은 누나의 손을 떼어 내기 위해 씨름했지만 힘은 해야가 더 센 것 같 았다.

"놔, 이거……!"

"요 녀석이 요리사를 데려온다고 고쳐질 버릇입니까. 제 일은 자기가 하 게 하시어야지요. 차라리 그 편이……!"

"해야야!"

용궁부인이 해야의 말을 급히 끊었다. 별로 들으면 안 되는 내용이라는 생각이 들진 않았기 때문에 나는 혼자 놀라 움찔했다. 그러나 해야 용녀 또 한 자신이 하려던 말이 무엇이든 순간 화가 나서 꺼냈던 모양이었다.

그녀는 눈을 내리깔고 동생의 얼굴에서 손을 뗐다.

"……송구해요, 어머니."

"되었다."

용궁부인은 한숨을 쉬었다. 천원은 무슨 이유인지 몰라도 나를 힐끔 보았 다. 그때 마침 나도 무심코 그의 얼굴을 보고 있었기 때문에 우리는 동시에 화들짝 놀라 서로에게서 고개를 돌렸다.

"그러면 아가씨는 손님인데 내가 그만 실례를 한 모양이어요. 미안해요."

해야는 내게도 확실히 사과했다. 나는 고개를 얼른 저었다.

"아니에요. 신경 쓰지 마세요."

그보다 밥은 먹고 온 거냐. 난 그게 계속 신경이 쓰인다. 슬슬 오븐에서 수프를 꺼낼 때가 된 것 같거든.

갑자기 나타난 용궁의 공주님 덕분에 아직도 정신이 없다.

주방은 말 그대로 잠시 비상사태에 돌입했고 나는 간신히 수프를 1인분 더 만들어 냈으며 각 요리 담당은 불을 앞에 두고 씨름했다.

전쟁 같던 식사 준비가 끝나고 겨우 설거지를 할 때가 되어서야 나는 잡담을 할 수 있었다.

"해야 용녀님은 결혼해서 외국에 나가셨던 거지요?"

내 질문에 칼을 닦던 해 문덕이 고개를 끄덕였다.

"네. 페루라는 곳에 사신답니다."

어, 페루에 대해선 아는 게 없는데. 남미 쪽 요리는 미국에서 잠깐 겉핥기만 했을 뿐이고. 나는 페루, 페루 하고 몇 번 발음해 보며 인상을 썼다.

"왜요? 용녀님 친정이랑 너무 멀지 않아요? 거기 취업하셨어요? 아니면 남편분이 거기 출신이세요?"

해 문덕은 아무렇지도 않게 말했다.

"페루의 비트카스인가 하는 강의 용궁을 물려받으셔서 그 강의 백성들을 돌보신답니다. 그쪽을 돌보시던 용께서 승천하셔서요."

소천이 아니라 승천이라고 하나. 아무튼 비트카스가 어딘지는 모르고 심지어 그 이름이 맞는지도 모를 강이었지만 용궁을 물려받았다고 하니까 짱부자 같아서 멋있었다.

"외국에도 용궁이 있어요?"

"그럼요. 없으면 불편하잖아요."

아, 네. 왠지 이런 설명이 돌아올 줄 알았다. 페루 연구자들 뭐 하나, 강바닥 조사 좀 제대로 해라. 아니, 그보다.

"저는 용궁은 바닷속에만 있는 줄 알았는데 강에도 있나 보네요."

해 문덕의 둥글둥글하고 톡 튀어나온 눈이 평소보다 약간 더 불룩해졌다.

"아, 네. 요즘은 용이 살 수 있는 곳이 많이 줄었지만, 옛날에는 맑은 못마다 깊은 골마다 용궁이 다 있었대요. 저는 어려서 그런 시절은 모르지만요."

내 앞에서 그런 말 하면 민망하잖아.

"그래요? 지금은 왜 줄었는데요?"

"뭐라더라, 아마 환경 오염 때문이라고……."

나는 얼른 인간 대표로 고개를 숙였다.

"죄송합니다."

해 문덕은 눈을 휘며 웃었다.

"연지 씨가 왜 사과해요."

내 입으로 말하기도 민망하지. 해마다 날이 따뜻해지면 나타나는 괴상한 외국산 물벌레, 적조, 녹조, 기름유출, 산 깎기, 물 메우기, 억지로 댐 만들기……. 아, 댐에는 용궁이 있을 수도 있겠구나. 아닌가? 맑은 물이어야만 하는 게 조건이라면 댐은 특별히 일급수는 아니지 않나?

"그럼 예전에 계시던 용분들은 다……."

"승천하신 분이 많대요. 자리 다툼도 많았고요."

뭔가 끔찍한 이야기를 들었네. 그때 문 대덕이 내게 와 말을 걸었다.

"연지 씨, 잠깐 괜찮아요?"

"네."

나는 해 문덕에게 고개 숙여 인사하고 문 대덕을 보았다. 그녀는 내게 기묘한 얼굴로 전했다.

"해야 용녀님께서 연지 씨 괜찮으시면 이따 차라도 한잔하시자고."

왜……? 우리가 아까 가진 첫만남이 별로 좋지는 않았는데. 나는 인상을 썼다. 문 대덕은 나를 보고 자기 표정을 풀어 웃었다.

"왜요?"

그녀의 질문에 나는 눈을 굴리며 대답했다.

"지금 식사하셨잖아요."

해야도 여기서 사랑받는 아가씨인 것 같으니 '무섭다'거나 '귀찮다'고 할 수는 없고. 아니, 그보다.

"얘기하실 거 있으시면 수라간에 오셔도 되는데."

물론 불이 들어온 주방에 외부인이 드나드는 건 대단히 폐가 되는 일이니 헛소리였다. 문 대덕도 깔깔 웃었다.

"어머나, 해야 용녀님이 여길 어떻게 오셔요. 용이잖아요."

어, 이건 생각하지 못 했던 근건데. 나는 인상을 더 썼다.

"왜요?"

용이 부엌에 들어오면 비늘이 떨어지냐? 문 대덕은 웃는 채로 말했다.

"저거, 저거 다 쇠잖아요. 아무리 해야 용녀님이라도 안 되지요."

그녀가 가리킨 것은 프라이팬과 석쇠를 비롯한 주방의 수많은 집기 전반이었다. 그야 물론 쇠다. 스테인리스도 쇠가 들어간 거고. 나는 슬슬 나만 모르는 게 짜증이 났지만 문 대덕이 잘못한 것은 없어 미간을 손가락으로 폈다.

"용은 쇠 근처에 못 와요?"

오천원은 그때 부엌에 왔었지 않나. 아, 아니다. 그때도 들어오진 않고 그 앞에만 있다가 갔다.

"못 오시는 건 아닌데 싫어하시죠."

아, 그럼.

"혹시 그럼 용이 천벌을 내리려고 하면 부엌으로 도망치면 괜찮아요?"

번뜩 떠오른 생각에 그렇게 묻자 문 대덕은 잠깐 웃더니 고민하기 시작했다. 그녀도 모르는 눈치였다.

"글쎄요……."

"아니, 괜찮아요. 신경 쓰지 마세요."

천원은 괜찮지만 해야와는 오늘 무슨 일이 있을지 모른다. 그녀가 남동생의 절식에 어떤 감상을 느낄지는 여전히 모르는 일이니까. 만일을 대비해서 해야의 방과 부엌 사이의 지름길을 봐 둬야지. 나는 의지를 굳히고 고개를 끄덕였다.

"그럼 이따 오후에 차 마실 시간 즈음에 다과상 봐서 갈게요. 그렇게 전해 주실래요?"

용궁의 딸기밭은 월수궁과 약간 거리가 있고 구석진 곳에 있었다. 딸기가 마침 맛있게 익어 따야 하는 때였지만 해야의 갑작스런 근친 때문에 다들 바빠서인지 밭에는 사람이 없었다. 그리고 딸기 넝쿨은 대단히, 정말로 대단히 크고 무성하게 자라서 내 키를 넘겼다.

지난번에 딸기 따는 걸 구경하러 왔을 때 들은 말에 의하면 빛의 양을 조금만 잘못 조절해도 이렇게 웃자란다는 모양이었다. 솔직히 웃자랐다는 표현 하나로 퉁 치기엔 비정상적으로 크다는 것이 내 의견이었지만.

아무튼 열매가 달아질 시기이기 때문인지 해파리 떼도 이 근처에서 열심히 헤엄치고 있어서, 딸기밭 내부는 그럭저럭 밝았다. 나는 커다란 이파리와 굵고 가벼운 넝쿨을 헤치며 혼자 딸기를 땄다. 이따 차를 마실 때 상에 맛있는 딸기를 올리면 해야와의 어색한 첫인상을 좀 무마할 수 있을지도 모른다. 그럼 천원과 내가 싸운 이야기를 들어도 좀 봐주지 않을까.

넝쿨이 정글처럼 울창하게 우거진 데 비해 용궁 딸기의 크기는 육지에서 보통 먹던 것과 큰 차이는 나지 않았다. 아마도 보통 알이 굵다고 하는 것의 1.5배 정도가 평균인 것 같았다. 그러나 크기 차이가 심하지 않은 것과 대조적으로 맛은 아주 달고 신맛은 덜했다. 나는 용궁의 제철 과일을 아직 몇 가지 맛보지 못했지만 혹시 그것이 소금물과 관련이 있을까 하고 생각하는 중이었다.

내가 들고 간 바구니의 절반 정도가 찼을 즈음이었다. 나는 더 좋은 딸기를 찾아 점점 더 밭의 깊은 곳으로 들어갔다. 밭은 한쪽 끝에서 반대쪽 끝으로 달려가려면 10분은 걸려야 할 듯 넓었다. 이윽고 길을 찾기가 조금 힘들어져 저 위쪽의 해파리 떼를 망연히 보는데…….

어딘가에서 말소리가 들려왔다.

아마도 딸기밭 안에서 나는 소리였다. 그 목소리는 나직하고 부드럽고 작았다. 나는 남의 대화를 방해하고 싶지 않았지만 슬슬 방향 감각이 이상해져 고민했다. 저 목소리가 나는 곳으로 가 나가는 길을 물어볼까, 아니면 피해서 돌아갈까. 하지만 목소리가 어느 방향에서 들려오는지조차 명확하지 않은 것이다……

"……아."

나는 사람이 있다는 것을 미리 알리려고 일부러 발소리를 좀 내며 아무 방향으로나 걸었다. 그러나 말소리는 점점 가까워졌고 작아지지 않았다.

"……원아."

아, 하고 나는 어느 순간 멈춰 섰다. 어느 빽빽한 모퉁이를 돌자 저 너머로 해야와 천원이 서 있는 것이 보였다.

그들과 나 사이에는 굵은 넝쿨과 잎이 주렴처럼 늘어져 있었지만 뭘 하는지는 보였다. 나는 남매의 시간을 방해하고 싶지 않아 얼른 몸을 돌렸다. 그러나 해야의 목소리는 천둥처럼 귀에 들어왔다.

"미안하구나."

해야의 목소리는 울고 있는 것처럼 떨렸다. 천원의 대답은 무뚝뚝했다.

"누나가 왜."

"내가 막을 수 있었던 일이 아니냐."

"아니야. 누나는 막을 수 없었어."

무슨 일이 있었을까. 용궁의 가족사라면 내가 알아서는 안 된다. 아무리 쿨하고 프리한 용궁이라도 인격체끼리 지켜야 하는 기본적인 예의는 나도 지켜야 했다. 나는 그들의 말이 너무 잘 들려 어서 그 자리를 벗어나려고 했지만 어디서 길을 잘못 들었는지 막다른 길에 부딪쳤다.

누가 밭을 이 따위로 만들어 놨어. 당연히 질서 정연한 줄을 세워 놨어야지! 지금이 신석기 시대인 줄 아냐! 나는 성질을 내다가 그 막다른 길을 형성한 넝쿨의 딸기가 너무 예뻐서 몇 개 땄다. 툭, 툭 하고 일부러 큰 소리를 내면서 땄는데도 남매의 대화 소리는 작아지지 않았다. 아니, 주변에 신경 좀 쓰라고!

"네가 아직도 이렇게 아프지 않니."

"……누나는 잘못한 거 없어."

짤랑거리며 허리띠 장식 부딪치는 소리와 옷 소리가 들렸다. 어쩌면 해야가 천원을 끌어안았을지도 몰랐다. 나는 그들 쪽을 보지 않고 바닥만 보며 길을 더듬었다. 아, 딸기를 줄지어 정연하게 심었던 흔적이 보였다. 그것이 어디선지 관리를 잘못하면서 미로 비슷한 게 생긴 모양인데. 전에 왔을 땐 잘 정돈된 쪽만 잠깐 들렀다 가서 이런 구조일 줄 몰랐다.

"그래도 미안하다."

해야는 끝내 흐느끼는 소리를 냈다. 그 소리를 들으니 괜히 가슴이 불편하고 아팠다. 나는 그제야 겨우 시야가 트인 곳으로 나갔다.

천원은 아까 머리를 풀고 있었다. 오늘 식사는 제대로 했을까. 누나와 오랜만에 밥을 먹으면서 어땠을까. 해야는 동생의 편식이 많이 고쳐진 걸 어떻게 평가할까.

천원이 어디가 아픈 걸까.

그는 적어도 겉으로 보기에는 늘 건강해 보였다. 며칠을 굶겨도 혈색이 좋았고 짐작과는 달리 이도 멀쩡하다고 했다. 밀가루 음식을 먹는 걸 보면 그다음 추측과도 달리 위도 좋은 것 같았다. 무뚝뚝한 것은 아프다는 의미가 되지 않는다. 스마트폰을 너무 해서 허리와 엄지가 아프다면 나는 납득할 수 있었지만 그것은 해야가 울 일은 아니었다.

어디가 아픈 걸까.

남매의 목소리는 시야가 트인 곳으로 나와서도 계속 들렸다.

"울지 마. 누나가 울 필요 없어."

"내가, 그 양반을 설득할 수만 있었어도……."

"무슨 수로. 그치는 이제 여의주도 잃었어. 완전히 돌았다고. 설득할 수 있었으면 아버지가 벌써 했지."

"변명 같지만, 천원아. 나는 그때 정말로……."

"알아."

천원의 목소리에는 한숨이 섞여 있었다.

"알아, 누나. 울지 마."

"미안하다."

"사과도 하지 마. 누나는 매형을 사랑했잖아. 그리고 혹시 사랑하지 않았다고 해도 아버지와 어머니가 막았을 거야. 그치는 안 돼."

그 뒤의 말은 점점 작아져 띄엄띄엄 들렸다.

"……아……."

"……내가, 태어난……."

"그때 그 ……이, ……싸움……."

"아버……어."

나는 그들의 말이 거의 바람 소리처럼 들리게 된 딸기밭 가장자리에서 멈춰 섰다. 그리고 바구니 안의 새빨간 딸기를 들여다보고 잠깐 한숨을 쉬었다. 몇 가지 단어가 내 심장에서 뽑혀져 나오듯 귀를 울렸다.

그리고 저 방울 같던 허리띠 소리.

아프다. 막을 수 없었다. 여의주를 잃었다. 싸움.

천원과 해야에게 무슨 일이 있었던 것인지, 아마 외부인인 나로서는 알 수도 없고 알아서는 실례가 되는 일일 터였지만, 그럼에도 불구하고 나는 그것이 무척이나 신경이 쓰였다.

해야가 머무는 방은 나머지 용왕 가족 세 명과 마찬가지로 월수궁에 있었다. 용왕 가족의 주거 공간은 월수궁이었지만 낮에 용왕과 용궁부인은 보통 대궁에서 정무를 보고 천원은 해궁에서 일하곤 했는데, 해야는 지금 결혼 전까지 쓰던 월수궁의 방에서 편안히 쉰다고 했다.

나는 월수궁에 딸린 수라간에서 일하는 사람이었지만 용왕 가족은 식당에서 식사했고 내가 천원에게 간식을 가져다준 것도 해궁이었기 때문에 월수궁의 깊은 곳에는 와 본 적이 없었다. 그 때문에 낯설고 약간 긴장한 기분으로 문 앞에 서서 목소리를 가다듬자 월수궁 시녀가 내게 인사했다.

"안녕하세요, 연지 씨. 해야 용녀님 뵈러 오셨지요?"

이 시녀의 얼굴은 알고 있었다. 나는 다과상 든 것을 꼭 잡고 웃었다.

"네. 용녀님 안에 계세요?"

"그럼요. 기다리고 계셨답니다."

시녀는 모란꽃 문양으로 살을 새기고 하늘색 종이를 붙여 만든 문에 대고 얌전히 고했다. 그 고하는 목소리는 그녀가 방금 낸 것과는 달리 정중하고 낮았다.

"해야 니림, 김연지 씨가 오셨습니다."

"드시라 해라."

해야의 목소리는 문 너머로 들었는데도 대단히 카리스마가 느껴졌다. 아까 딸기밭에서 들은 것과는 완전히 다르다. 나는 무심코 다과상을 든 손에 힘이 풀리려던 것을 깨닫고 얼른 팔에 힘을 주었다. 시녀가 친절하게 문을 열어 주었다.

"드시지요."

문이 열리자마자 안에 보인 것은 금빛으로 빛나는 방이었다.

야명주의 덮개는 몇 개인가 씌워져 있었지만 신기하게도 방 안의 물건은 모두 잘 보였다. 입식이었던 내 방이나 천원의 사무실과 달리 해야의 방은 좌식이었으며 아주 넓지는 않았다.

입구를 남쪽이라고 봤을 때 동쪽 끝에는 보료가 길게 놓이고 그 뒤를 병풍이 장식했다. 그리고 병풍 맞은편에 놓인 커다란 장과 책장은 검은색과 금색으로 이루어져 있었다. 구석구석의 장식이 섬세해 아주 좋은 물건인 것을 한눈에 알 수 있었다.

그러나 다른 가구는 없으니 생활하는 방이라면 이상한 일이었다. 다른 물건은 다른 방에 둔 것일까. 내가 한 걸음 들어서자 보료에 우아하게 앉아 있던 해야가 나를 보았다. 그녀는 옷을 갈아입어 이제 편안한 흰색에 끝동이 남색인 긴 저고리와 바지를 입고 있었는데 그 모양이 천원이 이전에 부엌에 올 때 입었던 것과 같았다. 아마 그것이 해야에게도 방에서 편하게 입는 옷인 모양이었다.

그리고 빛이 어디서 나오는지도 알았다. 이전에 밤에 봤던 천원처럼, 해야는 달처럼 은은하지만 분명히 밝은 빛을 내며 아름답게 웃었다. 단지 그녀가 지금 내는 빛이 훨씬 밝았다.

"어서 와요, 김연지 씨."

저 목소리가 꼭 바닷속을 온통 울릴 것만 같다. 나는 가슴을 일부러 더 펴고 그녀의 앞으로 다가가 상을 내려놓았다. 그리고 웃으며 대답했다.

"안녕하세요, 용녀님."

시녀가 문을 닫는 소리가 들렸다. 해야는 세운 오른쪽 무릎 너머로 손짓했다.

"앉으세요. 함께 차를 들지요."

좌식 예절이, 그러니까 뭐였더라. 나는 몹시 불편하고 어색한 기분으로 해야처럼 오른쪽 무릎을 세우고 그녀의 맞은편에 앉았다. 해야는 기분이 좋아 보였지만 날카롭게 내 동작을 살펴보고 있었다.

"좋은 냄새가 나네요. 아까 나왔던 트뤼플 수프하고 뵈프 부르기뇽 맛있었어요. 연지 씨가 만든 거지요?"

"예, 제가 만들었어요. 감사합니다."

"들었는지 모르겠는데, 나는 지금은 페루 살지만 전에는 프랑스에 유학가 있었거든요. 그때 생각나서 참 좋았어요."

페루는 들었지만 프랑스는 못 들었다. 나는 또 무난하게 대답했다.

"감사합니다. 프랑스에서 배워 온 건데 아직 수라간 식구들보다 실력이 부족해요."

"아니에요. 내 아우가 맛있게 먹었으니 누구보다 훌륭하게 해 주시는 거랍니다."

이런 대사는 용궁 식구들한테 많이 들어서 배부르다. 나는 익숙한 전개에 약간 안도하고 아까보다 좀 더 풀린 얼굴로 웃을 수 있었다.

"차를 따르겠습니다."

시녀가 아까 해야에게 내 도착을 이를 때와 같이 멋있는 목소리로 말하고 내가 가져온 청자 주전자를 들었다. 해야는 다과상의 메뉴를 보고 반가워했다.

"화전에 딸기네요. 페루에선 못 먹던 건데. 반갑기도 해라."

"페루엔 딸기가 없나요?"

"우리 용궁에서 안 키워요. 가끔 육지에서 사 오게 하긴 하지만 기후가 달라서 그런지 맛이 달라요."

기후만 다른 게 아닐 텐데. 나는 아무튼 딸기를 고르길 잘했다는 생각에 조금 더 안심했다. 천벌을 받지는 않을 분위기다.

"화전은 저희 주방장님, 그러니까 골소마리 나솔님이 용녀님이 좋아하실 거라고 하신 거예요."

"어머나. 나솔이요? 고맙기도 해라."

역시 청자로 된 연꽃 모양 잔에 담긴 차는 향이 매우 깊어 주전자 밖으로 나오자마자 온 방을 채웠다. 해야는 잔을 잡고 또 아주 우아하고 품위 있는 동작으로 차를 마셨다. 나는 그녀가 한쪽 무릎을 세우고 앉았는데도 그렇게 허리를 꼿꼿이 펼 수 있다는 것에 이내 감탄하고 말았다. 난 무리였다. 아마도 코어 근육의 단련 문제인 것 같은데.

꿀꺽. 차는 그래도 맛있었다. 시녀는 차를 따르고 나서 말을 한 마디도 하지 않았고 우리는 잠시 동안 조용히 입과 목만 움직였다. 그렇게 우리 둘 다 세 모금쯤 차를 마셨을까.

"그래서, 내 아우를 굶기셨다고요."

거기서 들어오면 치사하지. 나는 찔끔했지만 최대한 티 내지 않고 눈을 들었다. 해야는 나를 강한 눈길로 빤히 쳐다보고 있었다.

그래도 난 잘못한 거 없다.

"뭔가 잘못 전달된 것 같은데요. 용자님 스스로 안 드신 거지요."

"어마, 그리하실 것 없어요. 책하고자 드린 말씀이 아니랍니다."

정말……? 나는 몹시 의심하며 그녀를 보았다. 솔직히 창피한 일이었지만 내 시선이 마구 흔들리고 있다는 것은 나 스스로도 느껴졌다.

해야는 후후 웃었다. 천원과 아주 닮은 얼굴이었지만 그녀는 그와 다르게 표정이 풍부했다.

아니, 잠깐만.

"화내실까 봐 드리는 말씀 아니에요. 용자님 스스로 안 드신 게 맞아요."

"허나 죽어 불에 올라간 고기와 채소에게 절하라 하시었으니, 용이 받아들일 수 없는 조건을 내거신 게지요. 그런 것을 자발적이라고 부를 수는 없는 법이랍니다."

아. 여기에서 나는 약간 발끈했다. 떨리던 눈이 멎었다.

"죽어 불에 올라간 고기와 채소가 왜 죽었는지, 왜 불에 올라갔는지 아시지요? 무생물이 음식이 되는 경우는 없어요. 전부 원래는 살아 있던 생명이 오로지 먹히기 위해서 죽은 거지요. 최소한의 경의를 표하는 것은 당연하다고 생각하는데요."

"그래요?"

해야는 또 빙긋 웃었다. 동의는 안 한다, 는 것이 노골적으로 느껴졌지만 정말로 생각보다 분위기가 부드러웠다. 나는 여차하면 부엌으로 달려가려던 계획은 필요가 없었을지도 모르겠다고 판단했다.

"음식에 대해 자부심이 있네요."

"제 일이니까요."

"그러면……."

"물론 요리사가 아니라도 음식을 먹는 사람은 누구든 음식을 소중하게 대해야 한다고 생각해요."

아자, 미리 막았다. 해야는 쓴웃음처럼 보이지 않는 미소 그대로 잠시 차를 마셨다. 나는 딸기를 권했다. 다리가 아픈데도 분위기 때문에 난 그냥 책상다리 하면 안 되냐고 물을 수가 없었다.

"페루에서 못 드시는 것이니 지금 많이 드세요. 제철일 때 드셔야지요."

시녀가 해야의 잔에 차를 더 따라 주었다. 해야는 점잖게 말했다.

"고마워요. 언제 딴 건가요? 싱싱하네요."

"바로 아까 따 왔어요."

해야의 손이 멈칫했다. 그녀의 표정이 처음으로 약간 딱딱해졌다.

"아까요?"

"네."

"연지 씨가 직접 따 온 건가요?"

"네."

나는 무심코 그녀의 눈가를 보았다. 그녀의 눈가는 아무튼 새하얗고 생기 있는 살이 단단하게 받쳐 만들어진 것이었고 화장기는 없었으며 화장을 할 필요도 없어 보였다. 그리고 붉은기 또한, 적어도 지금은 없었다.

내가 그녀의 눈가를 살핀 것은 잠깐이었지만 해야는 그것을 놓치지 않고 미간을 살짝 찌푸렸다. 인상을 쓴 해야는 그녀의 남동생을 대단히 많이 연상시켰다.

"……나도 아까 딸기밭에 있었는데, 어쩌면 같은 시간에 있었을지도 모르겠네요."

그 톤에는 죄책감이 들어서 갑자기 가슴이 불안하게 뛰었다. 저런 식으로 떠보는 것을 보니 내가 목격한 장면은 해야에게 있어서 남에게 보이기 많이 부끄러운 모습이었던 모양이었다. 나는 숨길까 말까 고민하다가 애매하게 대답했다.

"글쎄요."

그리고 그렇게 대답을 입 밖에 내고 나서야 내 말이 내가 해야를 보았다는 것을 짐작할 수도 있는 대답이라는 것을 깨달았다. 난 바본가. 언제 왔었냐고 물어봐야지. 방금 눈가를 살펴 놨으니 제일 안 수상하게 말했어야 할 것 아냐.

해야는 잠깐 들었던 찻잔을 내려놓았다. 나는 딸기를 다시 권했다. 일단 먹여 놓으면 기분이 좀 부드러워지지 않을까.

"드세요. 제일 맛있어 보이는 걸 골라서 따 왔어요."

"그래요. 연지 씨도 들어요. 손님이 먼저 드셔야지요."

아까 봐서 해야가 얼마나 예의범절에 엄격한지 알았다. 나는 최대한 정중한 표정으로 딸기를 집어 먹었다. 딸기는 물론 아주 맛있었지만 분위기가 더 좋았으면 지금보다 맛있었을 것 같았다.

해야는 내가 딸기를 먹는 것을 보고 나서야 자기도 딸기를 먹었다. 그녀는 열없이 딸기를 씹으며 귀밑머리를 살짝 넘겼는데 시선이 내려간 걸 보니 뭔가 생각하는 것 같았다.

내가 딸기를 두 개, 해야가 딸기를 세 개 먹었을 때 그녀는 다시 입을 열었다.

"책하려고 드린 말씀이 아니라는 건 진심이었어요. 내 아우는 음식을 먹어야 해요."

화제를 돌리기로 했구나. 나는 그녀가 지금은 나보다 불리한 기분이리라는 것을 짐작하고 일단 그 전환을 받아들이기로 했다. 그리고 조용히 물었다.

"왜요?"

천원은 먹지 않아도 마르지 않는다. 그것은 용궁 사람들이 내게 말해 준 것이다. 마르지 않는다는 건 사실 영양소의 보충에도 별 무리가 없다는 말이 아닐까.

그런데 왜.

"왜 다들 그렇게 용자님이 식사를 하는 것에 신경을 쓰시는 건가요? 여의주가 있어도 음식을 계속 먹지 않으면 죽나요?"

인간의 이상적인 에너지원 섭취 비율은 탄수화물과 단백질과 지방이 각각 6 대 3 대 1일 때 맞춰진다. 그러나 그것은 용에게도 똑같은 것일까? 무기질은 얼마나 필요한 걸까? 필요하기는 한 것일까?

페루의 어느 강에서 이 동해 바다 깊은 곳 용궁까지 순식간에 움직이는 데 드는 에너지가 여의주로 채워질 수 있다면, 사는 데 필요한 에너지도 여의주로 채울 수 있는 것이 아닐까?

그렇다면 내가 굳이 천원에게 밥을 먹일 필요가 있을까?

솔직히 요즘 그것을 자주 고민하고 있었다. 해야는 나를 이제까지 없었던 어두운 눈으로 잠시 보았다. 그 그림자는 그러나 금세 사라졌다. 나는 그녀를 진지하게 바라보았고 해야는 얼마 후 한숨처럼 웃었다.

"용은 죽지 않아요."

그건 몰랐지만.

"그건 뒤쪽 질문의 답이네요."

해야는 다시 한숨처럼 웃었다. 나는 가슴이 괜히 따끔했지만 버티며 그녀의 눈을 보았다. 한참 후 그녀는 약간 식은 차를 다시 마시고 나서 대답했다.

"먹히기 위해 죽은 생명에 대한 경의를 가져야 한다는 연지 씨 말에는 솔직히 조금 감동했어요. 내 아우는 너무 사랑받고 자라서 제멋대로인 구석이 있지요. 나는 예절을 더 가르쳐야 한다고 계속 이야기했지만 어머니와 아버지는 결국 그 애가 관례를 치르고 나서도 가족들 앞에서는 어린애마냥 행동하게 내버려 두셨어요."

"그것도 제 질문에 대한 답은 아니네요."

"그래요. 왜냐면 대답할 수가 없거든요."

그녀가 말을 돌리는 방식이 치사한 것 같아 일부러 신랄하게 지적한 것인데 의외로 솔직한 답이 돌아와 나는 약간 놀랐다. 내가 시선 처리를 어떻게 하면 좋을지 몰라 찻물을 내려다보자 해야는 한숨을 한 번 더 쉬고 말을 이었다.

"집안의 창피한 일이에요."

……이 집 아들이 편식왕자라는 것보다 창피한 일이 있을 수 있어? 그것도 이제 와서 나한테 말을 못 할 만큼?

나는 순간 어이가 없어서 잔을 약간 세게 내려놓았다. 해야는 잔을 아름다운 손으로 쥐고 빙긋 웃었다. 그녀의 동작에서는 쓸데없는 소음이 나지 않았다.

"연지 씨가 어떤 분인지 궁금해서 얘기를 나눠 보고 싶었어요. 아까 저지른 실례도 사과하고 싶었고요."

다행이다. 그럼 정말로 부엌으로 도망치지 않아도 되겠다.

우리는 또다시 차를 마셨다. 침묵이 찻물을 다섯 모금 정도 마실 정도로 흐른 뒤에 그녀는 명랑한 얼굴을 짓고 내게 말했다.

"나는 한동안 친정에 있다 갈 거예요. 언제든 시간이 괜찮다면 놀러 와 줘요. 함께 담소라도 나누지요."

그럼.

"책상다리 해도 되면 올게요."

사실 지금 허리가 부러지기 직전이라 머리가 막 어질어질하고 내 입이 조절이 안 된다. 해야가 달콤하게 웃었다.

"의자가 있는 방을 준비하지요."

용궁의 밤은 지상의 밤보다 밝았다.

햇빛 한 점 들어오지 않아 저 높은 곳이 언제나 똑같이 어둡지만 대신 밤에도 해파리 떼와 야명주가 있으니, 낮에는 어두워도 밤에는 비교적 밝았다.

야명주는 낮과 달리 절반 정도는 뚜껑을 씌워 놓지만 어두운 골목은 없었다. 슬쩍 물어본 바에 의하면 용궁 백성들도 야명주가 왜 빛나는지, 방사능 같은 게 나오지는 않는지는 알지 못하고 그저 '야명주니까 당연히 빛나겠지' 정도로 생각하는 모양이었다.

그러나 가끔 흔들리는 풍경 소리만이 울릴 뿐 행인이 없다는 점에서 용궁의 밤은 지상의 밤보다 고요했다. 바닷속이 잠든 시각이었고 응응응 하는 풍경 소리는 산에서 듣는 새소리 같았지만 더 높고 작고 가슴에 물결처럼 직접 닿았다.

꼭, 잘 자라고 심장에 대고 바로 속삭이는 것 같았다.

봄꽃은 아직 많이 피어 있었지만 빛이 적어 오므라든 것이 반이었다. 피어 있는 것 중 흰 꽃은 해궁의 기둥에 박힌 진주처럼 부드럽게 빛났고 붉은 꽃은 어둡게 일렁였다.

손님에게 내주는 객당이니 그 손님들을 돌보는 전내부 소속 궁인들이 머무는 용궁 남서쪽 구역에는 이제 노란 꽃이 지고 없었다. 처음 왔을 때는 담 벼락에 개나리가 흐드러지게 핀 구역이 있었으므로 아쉬운 일이었다.

그 조용한 모랫길을 나는 발소리를 죽이며 걸었다. 바닥에 곱게 깔린 회색 모래는 발로 밟을 때마다 사바박 소리를 내며 부드럽게 밀렸다. 풍경 소리가 잠시 강하게 울렸다.

"아."

잠시 휴대폰 화면이 변한 것 같아 나는 무심코 목소리를 냈다. 하아, 하고 추운 날의 입김처럼 목소리는 그대로 물에 흩어져 사라졌다. 그러나 금세 휴대폰은 네트워크 환경이 어쩌고 하는 메시지를 띄우고 풀이 죽었다.

평소에도 네트워크 환경이 좋은 건 아니지만 그럭저럭 끊김 없이 되는데, 오늘은 웬일일까. 마침 내일 할 요리의 레시피를 다시 확인하려고 했는데. 나는 난처해하며 휴대폰을 머리 위 높이 들어 보았다. 휴대폰 화면 오른쪽 위에 간헐적으로 뜨던 인터넷 연결 표시가 아예 사라졌다.

뭐야, 요샌 엘리베이터 안에서도 다 된다고. 지금 인터넷을 안 하면 안 되는 건 아니지만 막상 안 되니까 답답하다. 내가 이것 때문에 오늘 밤에는 충전도 부탁을 안 했더니.

솔직히 큰 차이가 없을 것 같긴 하지만 시험 삼아 어딘가 높은 곳에 올라가 볼까. 나는 그쪽에 생각이 미쳐 주변을 둘러보았다. 용궁은 기본적으로 넓은 평지에 지어져 있었지만 일부러 만들었다는 작은 언덕이 월수궁 동쪽에 있었다. 나는 그곳에 직접 올라가 본 적은 없었지만 멀리서 보았을 때엔 분명 위에 가는 탑과 정자가 있는 것 같았다.

월수궁까지 찾아가는 지름길도 알았고 일단 월수궁 동쪽 문 부근에 서자 언덕은 바로 보였다. 언덕은 육지에서 보던 여느 뒷산처럼 나무가 자라 있었는데 이제 배꽃이 피어나 희게 덮이는 중이었다.

아래에서 탑이 있는 언덕 위까지 이어진 계단은 난간을 진주와 금으로 장식하고 단을 큰 비취로 놓아 무척 아름다웠지만 야명주가 많지 않아서 약간 어두웠다. 아마도 평소에 자주 쓰는 곳이 아니라 그런 것 같았다. 나는 휴대폰 불빛으로 발치를 밝히며 천천히 계단을 더듬어 올랐다. 난간에 아로새긴 진주는 매끄럽고 따뜻했다.

아마도 백 개는 넘는 단을 밟았을 것이다. 나는 중간에 몇 번이나 그냥 돌아갈까 싶어 드는 충동을 오기로 이기고 모든 층계를 올랐다. 그리고 툭 트인 빈터를 앞에 두고 그 정중앙의 탑 아래 밝혀진 빛에 시선을 빼앗겼다.

눈길을 빼앗긴 시간이 얼마 동안인지는 알 수 없었다. 아마도 아주 짧은 시간이었을 테지만 잴 방도가 없었다.

탑 아래 뜬 달처럼 밝고 은은한 흰빛을 내며 천원은 앉아 있었다.

탑은 구층탑으로 불국사 석가탑처럼 단순한 모양이었지만 5층의 한 모퉁이에는 물고기 모양의 금으로 된 풍경과 붉은 실이 드리워져 있었고 탑 전체가 기묘한 은빛으로 빛났다. 그런 재질을 용궁의 다른 곳에서는 본 적이 없었는데 아마도 돌의 일종인 것 같았다. 탑의 가장 가까운 곳에는 석등이 다섯 개 있어 탑을 둘러싸고 있었지만 뚜껑은 덮여 있었다.

그래도 빛은 필요 없었다.

천원은 머리칼을 풀고 흰옷을 입고 있었다. 그 언젠가와 같은 차림에 발에는 신도 없었다. 그는 손에 든 휴대폰을 가만히 내려다보고 있었는데 그 자신의 몸에서 나오는 빛과 휴대폰 화면에서 나오는 빛이 서로 겹쳐 얼굴에 그림자가 없었다.

반쯤 내리뜬 눈에, 새까맣게 흔들리는 머리칼.

새하얀 저 뺨은 옷과 구별이 되지 않을 정도로 오늘따라 창백했다. 그는 내가 한 걸음 걸어 바닥의 모래를 밟자 눈만을 들었다.

그는 어딘가 피곤해 보였다. 나는 울컥 걱정이 되어 그를 이상한 표정으로 쳐다보았다. 내가 그를 그런 얼굴로 본 일은 처음이었을 것이다.

"……왜 왔어?"

천원은 어딘가 힘이 빠진 목소리로 물었다. 이번의 그의 목소리는 식당에서 듣던 고집 센 것과도, 사무실에서 듣던 낮게 울리는 진지한 것과도 달랐다. 굳이 찾자면 딸기밭에서 해야를 위로할 때의 한숨과도 같았다.

그 목소리 깊은 곳이 가르릉거리는 듯한 기분이 들어서 이상하게 가슴이 뛰었다.

나는 그와 열다섯 걸음 정도 떨어져 있었는데 이 탑의 풍경이 채앵 소리를 내자 나도 모르게 빙긋 웃었다. 그에게는 내가 잘 보일까. 내 발치가 이렇게 어두운데도 그의 목소리는 들린다. 거리가 어떻게 된 걸까.

"인터넷이 안 터져서 높은 데를 찾아왔어요."

그는 왜인지 나를 계속 보았다. 나는 충동적으로 그의 앞으로 걸어갔다. 천원의 빛이 밝히는 범위 안으로 들어가니 세상이 훨씬 잘 보였다. 바닥의 모래는 유리 가루처럼 반짝이며 눈이 부셨다.

"……오늘따라 인터넷이 안 되네요. 용자님 핸드폰은 잘 되나요?"

천원은 탑을 등지고 주저앉아 있었는데 덕분에 나는 처음으로 그의 휴대폰 화면을 볼 수 있었다. 초록색 인터넷 창이 비치고 있었다. 되는구나.

그는 나를 올려다보고 아까보다는 힘이 조금 더 들어간 목소리로 말했다.

"해상에 비가 와서 그래."

해상에 비라. 나는 새삼 위를 올려다보았다. 당연히 평소와 다른 것은 보이지 않았다. 언제나처럼 새까맣게 보일 정도로 짙푸른 심해와 그 안을 은하수처럼 흐르는 해파리 떼.

저 바다 위로 지금 비가 내리는 거구나.

천원은 표정이 없었지만 계속 나를 보았다. 나는 눈을 다시 내리고 그에게 물었다.

"밖에 비가 오는데 여기는 되는 거예요?"

"내가 구름을 뚫었어."

"어떻게요?"

"용은 원래 할 수 있어."

"그 여의주라는 걸 써서요?"

"그래."

천원은 눈을 다시 내리깔았다. 가슴이 울컥울컥 울렁였다. 정말로 내 기

122

분이 왜 이럴까. 그의 목소리가 조금 더 듣고 싶었다. 나는 그의 옆으로 돌아가며 물었다.

"여기 인터넷 되면 좀 있다 가도 돼요?"

"마음대로 해."

나는 그에게서 한 걸음 정도 떨어진 자리에 그처럼 탑을 등지고 주저앉았다. 그가 입은 옷과 달리 내가 지금 입고 있는 것은 육지에서 입던 옷이었고 그러므로 바닥의 모래가 묻을 테지만 그 정도야 괜찮을 것 같았다. 티셔츠 너머로 느껴지는 탑은 몹시 차가웠다.

"아, 진짜 되네."

인터넷이 되기 시작했다. 쓸모가 있네. 나는 휴대폰이 되자마자 아까 검색하던 것을 잊어버리고 잠시 이메일과 메신저부터 확인했다. 물론 오늘 오후에 새로 온 것은 특별히 없었고, 단체 대화방에 나와 상관없는 이야기가 몇 개 올라와 있을 뿐이었다.

잠시 후 인터넷에서 찾은 레시피에서 내가 확인하려던 부분을 보고 나자 할 일이 없어졌다. 나는 탑에 뒤통수까지 대고 가슴 깊이 심호흡을 했다. 때앵, 하고 풍경이 다시 울렸다. 이 자리에서는 용궁의 경치가 아름답게 보였다.

탑에 달린 풍경과 저 아래 다른 궁에 달린 풍경은 소리의 높낮이가 달랐다. 가는 소리와 낮은 소리가 서로 어울리며 파문처럼 몸에 스몄다. 다섯 번쯤 심호흡을 하고 나니 머리가 어찔해졌다.

좋은 향기가 난다. 이것은 배꽃의 향일까, 아니면 천원이 어딘가에 향낭을 가지고 있는 것일까.

수라간이야 음식을 하는 곳이니 향낭이 금지되어 있지만 일반적인 용궁 사람들은 그 허리띠에 각종 보석이니 조각에 향낭 따위까지 늘어뜨리고 다니곤 했다. 오늘 아침엔 걸덕 극우가 새로 산 향을 자랑했다.

그러나 아까 본 그에겐 그런 것이 없었다. 나는 잠깐 고민하다 눈만 살짝 움직여 천원의 허리춤을 몰래 보았다. 그가 내게 바로 물었다.

"……왜?"

나는 아마도 필요 이상으로 뜨끔해했다. 나를 향해 완전히 돌려진 얼굴을 보니 천원은 아까부터 나를 보고 있었던 모양이었다.

천원은 화가 나거나 이상해하는 얼굴은 아니었다. 그는 그저 담담하게 나를 보며 다시 물었다.

"왜?"

못 들은 게 아니었다. 나는 내가 우습고 민망해서 빙긋 웃으며 대답했다.

"좋은 냄새가 나서요."

말하고 나니 작업 거는 것 같기도 하다. 아니, 내가 저 오천원에게 작업이라니 그게 무슨 말이야. 말도 안 되지.

정말 말도 안 되지. 암. 순수한 마음으로 정말 좋은 냄새가 나서 말한 거다.

나는 내가 생각해 놓고도 어이가 없어서 또 웃었다. 천원은 다행히 내 말을 그런 의미로 받아들이지는 않은 듯 가만히 추측했다.

"배꽃이겠지."

그렇다. 그리고.

"매화주 향도 나는 것 같아요."

아까 저녁에 매화주에 주전부리를 이것저것 챙겨서 보냈었다. 그러고 보니 그 향이 좀 섞여 있다. 천원도 이해한 듯 날숨에 섞어 대답했다.

"……그거겠네."

나도 조금 마셔 봤는데 그 매화주는 정말 향기롭고 맛있었다. 지금 있었으면 얼마나 좋았을까.

때앵. 나는 한가로이 물었다.

"왜 나와 있었어요?"

"……어딜?"

"여길요. 술 깨려고 바람 쐬러 나온 거예요?"

탑 앞에 주저앉아 휴대폰을 만지는 주정뱅이라니 정말 내가 생각하던 그의 이미지에 딱이다. 천원은 또다시 가만히 대답했다.

"아냐. 나도 너랑 같은 이유로 여기 올라온 거야. 취할 만큼 마시지도 않았어."

그랬구나. 하긴 돌아온 상에는 술이 많이 남아 있었다. 그래서 나도 맛을 좀 더 봤던 거니까. 나는 킥킥 의미 없이 웃고 휴대폰을 꼭 잡았다. 괜히 갈피 없이 울고 싶은 마음이 들어, 뭔가 해야만 했다. 말이든 행동이든.

"……아까."

그러나 먼저 말을 꺼낸 것은 의외로 천원이었다. 그는 내게서 시선을 떼고 용궁을 내려다보며 말했다. 그 역시 탑에 뒤통수를 기댔다. 때애애……앵. 풍경이 잘게 떨리더니 잦아들었다.

"딸기밭에 있었지?"

가슴이 더 깊이 떨렸다. 나는 폐부의 마지막 한구석까지 차가운 숨을 들이마신 다음 작게 대답했다.

"네."

"우릴 봤지?"

그의 목소리가 약간 작아져 나 또한 작게 대답했다.

"……봤어요."

왠지 몰라도 감정이 고조되어 있었던 해야와 다르게 천원은 그때도 침착한 것 같았으니, 나를 보았다 해도 이상한 일이 아니었다. 나는 내가 본 일이 천원에게도 창피한 일일지 고민해 보았다. 해야는 내가 자기의 치부를 본 것처럼 행동했다. 점잖기는 했지만 분명 그랬다.

천원은 어떨까. 그는.

"……어디 아파요?"

나는 숨기지 않고 물었다. 그가 내가 본 장면을 그 자신에게 얼마나 부끄러운 것이라고 생각하고 있든 간에, 내가 얻은 정보가 어디까지인지를 먼저 알려 주는 것이 공평할 터였다. 천원은 또다시 한숨처럼 말했다.

"별거 아냐."

편식왕자 주제에 어디서 센 척이야. 나는 그가 거짓말을 하고 있다는 것을 그 목소리에서 민감하게 알아차렸다. 그는 내가 음식 냄새로 그를 유혹했을 때도 어딘가 저런 식으로 말했었다.

그리고 지금 그와 나 중 누가 이겼는지는 용궁의 누구나가 알고 있다. 나는 내게 필요한 것만 확인했다.

"위가 아픈 건 아니지요?"

그가 먹는 메뉴를 보니 만성 위 질환인 사람이 좋아할 수 있는 조합은 아니었으므로 아닌 줄 알고는 있었다. 그러나 그 말에 천원은 다행히 아까보다 조금 가벼워진 목소리로 대답했다.

"아니야."

그럼 됐다.

천원은 휴대폰을 나처럼 그저 쥐고만 있었다. 그의 휴대폰에도 대기 화면이 떴기 때문에 천원의 얼굴은 아까처럼 홀로 밝지는 않았다. 나는 그의 새까만 눈과 붉은 입술을 곧게 바라보며 그저 가만히 숨을 쉬었다.

얼마나 침묵이 흘렀을까. 천원은 내게 도로 시선을 돌리고 담담하게 말했다.

"들어가."

"왜요?"

"여기가 흔들릴 테니까."

"왜요?"

"밖에 비가 오잖아. 바람도 불기 시작했어."

"밖에 비가 오는 건 오는 거고, 바닷속이잖아요."

"바다 위에서 비바람이 불면 바닷속의 해류도 흔들려. 객당에 들어가서 문 닫고 있어. 내일 아침엔 괜찮아질 테니까."

그건 조금 걱정이 되었다. 나는 눈을 가늘게 뜨고 미간을 좁혔다.

"……많이 흔들려요? 그러면 용자님도 들어가요."

"나는 용이니까 괜찮아."

그놈의 용은 정말 편리하구나. 좋겠네. 나는 한숨을 쉬며 일어섰다. 그리고 천원을 똑바로 내려다보며 눈을 똑바로 떴다. 내가 그를 대하는 태도는 그가 어디가 어떻게 아프든 바뀔 필요가 없었다.

"들어갈게요."

그의 얼굴은 여전히 창백했다. 나는 그것만큼은 확신했다.

"들어가."

때대대대대댕……. 탑에 달린 풍경이 갑자기 부르르 떨리기 시작했다. 붉은 술이 서쪽으로 물감처럼 휘날려 번졌다.

"……맞아요."

그래도 이 말은 하고 가야겠다.

"반말하지 말아요. 용자님 말대로 난 당신 백성이 아니니까."

네 누나랑 부모님도 나한테 반말을 안 하는데 언제까지 그렇게 당당하게 반말을 하려고. 천원은 눈썹을 꿈틀했다.

"계속하면? 이번에는……."

"굶기진 않을 거고, 나도 반말할 거야."

음식은 반말 존댓말 문제에 인질로 삼아도 되는 것은 아니다. 약간 각오하고 한 말이었는데 천원은 나를 그저 지금까지와 같은 표정으로만 보았다.

"마음대로 해."

대대대대, 때대대대……댕. 붉은 술은 이번에는 하늘 방향으로 거꾸로 치솟았다. 그러나 천원의 머리칼은 산들바람에 떠오른 것처럼 잠시 찰랑였을 뿐이었고 나도 그 정도의 느낌밖에 받지 않았다. 그럼에도 불구하고 그 술의 방향이 뭔가 중요한 모양이었다. 천원은 내게 다시 손짓했다.

"어서 들어가."

그의 목소리는 속삭임 같았다. 나는 그를 뒤로하고 걷기 시작했다.

천원은 내가 계단을 다 내려가도록 어떤 소리도 내지 않았다.

제4장
반드시 죽는다

둥글고 큰 눈이 희번득 빛났다. 그 눈 가운데의 동공은 당장이라도 위아래로 길게 찢어지려는 듯 움찔거렸고 홍채는 붉었다. <u>으르르르.</u> 우레 같은 소리를 내며 그는 입에서 구름을 뿜었다. 눈이 가늘어지며 죽음 같은 그림자가 드리웠다.

그는 나를 죽일 것이다.

나는 겁에 질려 주먹을 쥐었다. 그리고 그제야 손에 무언가 쥐인 것을 깨닫고 그것을 들어 보았다. 짙은 안개에 삼켜진 손 위로 반질반질하고 흰 칼이 보였다. 세라믹 칼이었다.

구름이 웃음처럼 흔들렸다. 저 거대한 아가리 옆으로 긴 수염이 바람에 날리는 붉은 술처럼 나부꼈다. 짙은 안개 속에서 나는 절망하며 그 거대한 용의 눈을 어떻게든 쏘아보았다. 그는 그걸로 나를 대적할 수 있을 것 같냐는 듯 자신만만했다. 그야 그렇다. 이걸로는 이길 수 없다.

용은 여의주를 물고 있지 않았다. 그 입에서 다시 나온 구름은 이번에는 먹구름처럼 뿌옇고 어두웠다. 그 구름이 나를 둘러싸 숨을 삼켰다. 아니,

숨이 막혔다. 죽는다. 이대로 이렇게, 반항 한번 못 해 보고…….

"……아."

이불을 걷어 내고 나는 숨을 헐떡였다. 머리가 쾅쾅 울리고 몹시 피곤했다. 오랜만에 집에 와서 자는데 이게 뭐람. 아무래도 용궁에서 쓰던 그, 따뜻하면서 무게는 거의 없는 이불에 익숙해져 있다가 무거운 솜이불을 덮어서 악몽을 꾼 모양이었다. 사실은 잠옷도 무척 불편하다. 연꽃 실로 된 옷이 최고인데.

잠시 숨을 고르는 동안 꿈의 내용이 생생하게 다시 떠올랐다. 꿈에 나온 것은 분명히 용이었고 용이 나오는 꿈이면 용꿈인데 아무래도 복권이 당첨될 것 같지는 않았다. 용이 나한테 여의주를 주고 가는 꿈이었으면 얼마나 좋아.

그리고 대강 그런 꿈을 왜 꾸었는지도 나는 알 것 같았다.

벌써 날이 다 밝아 내 방에까지 커피 냄새가 들어왔고 얇은 커튼 너머로는 햇살이 밝았다. 용궁에서는 절대로 볼 수 없는 정말로 밝고 노란 햇살이었다. 나는 머리맡을 더듬었다. 어젯밤에 읽다 잔 책은 약간 구겨져서 침대 아래로 떨어져 있었다.

내가 어젯밤에 어디까지 읽었는지는 다시 조금 되짚어 봐야 했다. 나는 침대에 누운 채로 책을 가슴 위에 올려 몇 페이지를 파라락 넘겼다. 어젯밤에 확실히 읽었다고 기억이 나는 부분이 있는가 하면 반쯤 졸면서 읽었는지 처음 보는 것 같은 내용도 있었다. 일단 확실히 기억나는 건 한비자의 세난을 인용한 부분이었다.

용은 착한 짐승이라 길들이면 타고 다닐 수도 있다. 그러나 그 목의 아래에는 지름이 한 자나 되는 역린이 있다. 이것을 건드리는 사람이 있으면 용은 반드시 죽는다. 군주에게도 역린이 있다.

와, 무섭네. 나는 허허 웃는 우리 용왕이 자기 비늘을 건드렸다고 사람을 죽이는 것을 상상해 보았다. 당연히 상상은 되지 않았다. 용궁부인도 못 할 것 같고. 해야는 할 수 있을까?

그 역린을 만지면 무슨 일이 생기기에 용이 반드시 죽인다는 것인지는 알 수 없었지만 그 인용은 사실 용궁에서 휴대폰으로 용에 대해 검색해 봤을 때도 본 적 있는 구절이었다. 지상에 나온 김에 서점에 가서 바로 용에 대한 책을 사 왔는데 안타깝게도 더 구체적인 설명은 없었다. 사실 이 책에 없는 추가적 내용을 오히려 내가 쓸 수 있을 것 같았다.

계약 기간 끝나면 내가 용에 대한 책이나 써서 낼까. 물론 아무도 안 믿어서 안 나오겠지만.

그때 누군가 방문을 똑똑 두드렸다.

"연지야, 자니?"

"일어났어요."

나는 머리맡의 휴대폰을 확인하며 소리쳤다. 시간이 여덟 시가 넘었으니 충분히 늦잠을 자긴 했다. 용궁에서는 다섯 시도 안 돼서 일어났는데.

문을 조심스레 열고 엄마가 들어왔다. 엄마는 손에 커피 잔을 들고 있었다.

"우리 딸, 잘 잤어?"

나는 대답하기 전 아주 잠깐 고민했다. 이불에 질식사하는 줄 알긴 했지만 그건 이불 잘못이 아니라 용궁 이불에 너무 익숙해진 내 잘못이고.

"네."

아침에 잘 잤다고 하면 서로 좋지. 엄마는 기분 좋은 얼굴로 문가에서 말했다.

"엄마가 아침에 조기 굽고 계란찜 해 놨어. 엄마 오늘 친구들이랑 약속 있어서 지금 나갈 건데, 우리 딸 혼자서 밥 챙겨 먹을 수 있지?"

"엄마, 엄마 딸 요리사예요. 일찍 나가시면 그냥 엄마 볼일만 보시지 왜 힘들게 제 것까지 하셨어요."

"그래도 우리 딸이 힘들게 일하다 오랜만에 휴가 받아서 집에 왔는데 엄마가 뭐라도 해 주고 싶어서 그러지."

"엄마도 계속 일하셨을 거 아니에요."

아빠는 나를 본체만체하는데 대체 왜 엄마는 고생을 사서 하는가. 아무튼 생선을 구워 놨다니 당장 먹어야 맛있을 것이다. 나는 벌떡 일어나 앉았다. 엄마는 커피를 한 모금 마시고 나서 물었다.

"지금 먹을래? 냉장고에 명란젓도 있고 김도 있는데 꺼내 줄까?"

"제가 꺼낼게요."

"엄마가 찾아 줄게. 네가 못 찾아."

"냉장고 뒤지면 다 나오지, 못 찾는 게 어딨어요."

엄마는 보아하니 아직 샤워도 안 한 상태였다. 내가 빨리 선수를 쳐야 엄마가 엄마 할 일을 하겠는데. 나는 침대에서 빠르게 내려와 엄마를 제치고 부엌으로 향했다.

"너 머리를 좀 기르는 게⋯⋯."

뒤에서 엄마가 말하는 소리는 끄트머리가 모퉁이 너머로 사라졌다. 빨리 자리를 피해서 다행이다. 나는 부엌으로 들어서며 오른손을 괜히 쥐어 보았다. 꿈에서 나왔던 칼의 감촉이 떠올랐다.

세상에, 나는 세라믹 칼은 하도 깨져서 쓰지도 않는다. 별 웃기는 꿈이 다 있네.

❉ ❉ ❉

용의 새끼를 이무기라고 부른다. 이무기가 여의주를 입에 물면 용이 된다. 깡철이, 강철이, 영노, 이시미라고도 한다. 용 새끼는 용자라고 하는데 태어나서 오백 년이 지나면 이무기가 되고, 다시 오백 년이 더 지나면 용이 된다.

이번에 산 책이니 인터넷을 뒤져 가며 이무기에 대해 아무리 알아보려고 해도 용궁에서 들은 그 이무기의 정보와 일치하는 것은 없었다. 굳이 비슷한 것을 찾자면 이무기 더하기 여의주가 용이라니 그럼 용 빼기 여의주는 이무기가 되는 것이 아니냐 하는 나의 추측으로…… 역시 이상했다. 그건 산수지 논리가 아니잖아.

나는 책을 덮고 한숨을 쉬었다. 그리고 울리기 시작한 진동벨을 들고 일어섰다.

열두 시가 넘었지만 아직은 브런치를 운영하는 곳이 있었다. 꽃이 반쯤 지면서 쉴 새 없이 연분홍색 꽃눈깨비를 내리는 벚나무는 용궁에서는 잘 보지 못하는 것이니 이 카페를 선택한 것이 잘한 일인 것 같았다. 오픈 테라스 바로 앞에만도 벚나무가 두 그루나 있다.

용의 비늘은 여든한 개다. 여의주는 체내에서 생성된다는 설도 있고 체외에서 얻는 것이라는 설도 있다. 용은 아홉 가지 동물의 모습을 본뜬 생김새를 하고 있다.

비늘 여든한 개 설은 혹시 구 곱하기 구인가. 생긴 것도 아홉 가지 동물의 모습을 땄다니 구를 좋아하는 모양이다. 음식을 가지고 돌아와서 혹시나 해서 책의 뒷부분을 또 휘리릭 들춰 보았지만 별다른 것은 없었다. 특히 편식하는 용의 버릇을 어떻게 고치면 좋을지라거나 병든 용은 어떤 음식을 피해야 하는지 같은 이야기는 끄트머리도 보이지 않았다. 물론 처음부터 기대하지도 않았다.

나는 책을 아예 옆 의자에 내려놓고 식사를 시작했다. 크로크 마담의 보닛을 잘라 먹으니 노른자가 입 안에서 삭 흐르며 혀를 감쌌다. 용궁은 비린 것이 안 되니 이런 맛이 오랜만이다. 나는 이 카페의 맛에도 만족했다. 유명한 식료품점에서 세 시간 동안 쇼핑하고 났더니 힘들어서 사실 맛집을 찾아갈 기운도 없었다.

크로크 마담과 함께 나온 수제 소시지는 약간 짰지만 옆의 감자 으깬 것과 함께 먹기 적당했다. 나는 다음에 용궁에서 보닛을 뺀 크로크 무슈에 소시지와 감자를 내 보기로 했다.

주말 특별식으로 한번 해 볼까. 아니다. 보닛을 꼭 뺄 필요는 없고, 계란만 완숙으로 해서 크로크 마담 용궁 에디션으로 할 수도 있을 것이다. 용궁에서 기르는 닭의 계란은 비리지 않고 맛있으므로 반드시 푹 익혀야 한다는 것은 안타까운 일이었지만.

한참 브런치를 먹느라 칼과 포크를 움직이다가 시원한 자몽에이드를 마시니 쇼핑하느라 빠진 기운이 많이 돌아왔다. 나는 한가로이 심호흡했다. 카페 앞에 다니는 차 때문에 공해 냄새가 심했지만 햇빛 냄새는 정말로 오랜만이었다. 용궁에 가기 전에는 햇빛에도 냄새가 있는 줄 몰랐다. 기껏해야 햇빛에 말린 요리 재료에서 나는 풍미 정도에나 관심이 있었을 뿐이었다. ……이게 지상에 사는 맛인가 보다.

당장 내일 꼭두새벽에 별을 만나 용궁에 들어가야 하지만 짧은 외출은 기분이 좋았고 그간 아쉬웠던 것들을 할 수 있어 좋았다. 식료품점에서도 용궁에 없는 것으로 친구들에게 줄 선물 따위를 실컷 샀으니 내일부터의 요리가 기대된다.

나는 햇빛에 손을 내밀며 잠깐 일광욕을 즐겼다. 벗나무 이파리 모양의 그림자가 흰 브런치 접시니 투명한 유리컵 위에 지며 바람 따라 흔들렸다.

"쿨럭, 쿨럭, 쿨럭."

그래도 매연 냄새는 좀 심하네. 나는 버틸 수 있는 만큼 여기서 버티다가 저녁에는 삼겹살을 먹으러 가기로 결심했다. 그래, 대패삼겹살을 먹는 거야. 실제로 돼지기름에는 황사를 씻어 내는 효과는 없다고 하지만 맛있잖아. 그리고 용궁에 가서 깨끗한 공기……는 아니고 바닷물이지만 아무튼 깨끗한 호흡을 할 수 있는 곳에 계속 있다 보면 폐가 알아서 건강해지겠지 뭐.

워낙 맛있기도 하고 브런치 카페에서 나오는 음식의 양이 애초에 많지 않다 보니 접시는 금세 깨끗해졌다. 나는 희고 둥근 접시를 초콜릿색 쟁반에 담아 테이블 저쪽으로 밀어 놓고 또 책을 만졌다.

내가 산 책은 아무래도 출판된 지 좀 된 듯 군데군데 누런색이었지만 컬러 페이지가 꽤 많이 섞여 있었다. 나는 용 그림이 나오는 부분을 찾아 살펴

보았다. 컬러 페이지에 나오는 용의 모습은 어떨 때는 얼굴만 들이밀고 입에 여의주를 물고 있는 그림이기도 했고 어떨 때는 돌로 조각되어 반쯤 닳은 기단이기도 했으며 또 어떨 때는 컬러풀하고 현대적인 재해석이기도 했다.

그 그림이나 사진은 어느 것이든 아무튼 내가 꿈에서 본 무서운 용과 어딘가 닮아 있었다. 물론 내가 지금껏 흔하게 접해 온 용의 이미지가 조합되어 나왔기 때문일 것이다. 용의 눈은 토끼를 닮았고, 용의 뿔은 사슴을 닮았고, 용의 배는 신기루를 닮았고, 용의 머리는 낙타를 닮았고…….

이 책에 이무기에 대한 정보가 별로 없다고는 하지만 실제로 이무기가 존재한다는 것과 옛날에 용궁에 다녀간 사람들이 많다는 것을 고려하면 어느 정도 읽어 둘 필요가 있었다. 나는 용 그림을 팔락팔락 넘기다 멈칫했다. 눈앞의 도로에 차가 한 대 멎더니 아는 얼굴이 내렸다.

나는 책을 바로 내려놓고 전투 준비를 했다. 차는 아주 뜬금없이 인도 옆에 멈춰 선 것이었으니 내린 사람도 어쩌면 나를 보고 내린 것일 수도 있었다.

차에서 내린 남자, 그리고 나를 용궁으로 설명 하나 없이 보냈던 브로커는 나와 눈이 마주치자 테라스 아래 인도에서 손을 가볍게 흔들며 웃었다.

"이야, 김연지 씨. 안녕하세요."

죽으려고 저렇게 해사하게 웃고 있어! 나는 계속 전투 의욕을 가다듬고 있었지만 일단 점잖게 인사했다. 점심 먹는 사람들이 있으니 방해할 수는 없었다.

"안녕하세요."

"벌써 한 달이 다 됐네요. 얼굴 좋아 보이세요."

좋아 보이냐? 물론 취업했으니 좋다! 심지어 나는 밥도 잘 먹고 다니지! 매일 소금 대신 전복장을 밥에 넣어 비벼 먹을 수 있단 말이야! 그러니 할 말이 있어! 나는 그에게 빙긋 웃으며 권했다.

"어디 가시던 중이셨어요? 잠깐 올라와서 앉았다 가세요."

"어, 그럴까요. 마침 근처에서 누굴 만나기로 했는데 김연지 씨가 보였거든요."

역시 날 보고 내린 거였구나. 그건 저 남자에게 일말의 양심은 있다는 뜻일까, 아니면 일말의 양심조차 없다는 뜻일까. 나는 그가 차를 주차하고 오는 것을 기다렸다. 해가 더 높이 떠 슬슬 더워지기 시작했다.

덥지도 춥지도 않은 용궁에 익숙해졌더니 더운 것은 좀 불편하다. 브로커는 그리 오래 걸리지 않아 돌아왔다. 그가 내 앞에 앉자 나는 곧장 상체를 숙이고 쉭쉭거렸다.

"아니, 사람을 강에 던지려면 마음의 준비는 좀 하게 해 줘야 할 것 아니에요."

"어, 이렇게 불평하실 정도로 마음에 안 드셨어요?"

브로커는 아무렇지도 않게 웃음을 터뜨렸다. 그러나 내가 노려보자 금방 웃음을 그치고 약간 억울한 표정을 지었다.

"약간 도움을 드린 것뿐이에요. 미리 말씀드리면 믿으셨겠어요?"

물론 안 믿었겠지만.

"직무 설명은 좀 더 해 주셨어야 할 거 아니에요."

무슨 놈의 사옥이야. 굉장히 이미지가 다르다고! 게다가 나 하나만 계약직에 손님 취급이라 시방 나는 소속감을 잃은…… 아니, 계약직은 원래 그런가? 브로커는 조금 더 억울한 표정을 지었다.

"제가 틀린 말씀 드린 거 있었나요?"

"애 보기가 들어 있다고는 말씀 안 하셨어요."

"에이, 그거야. 설마 김연지 씨가 천원 길지한테 식사까지 하시게 만들 줄은 몰랐죠."

그러니까 애초에 내가 혼자 너무 열심히 일했다고? 내 도끼눈이 험해지자 그는 팔짱을 꼈다.

"그렇게 마음에 안 드세요? 어라하고 어룩이 잘 안 해 주세요?"

……그거야.

"……잘해 주시죠."

"일이 힘드세요?"

"……아니요."

요식업계에서 나보다 편하게 일하는 사람 별로 없을걸.

"적응이 잘 안 되세요?"

내가 생각해도 적응 잘한 것 같은데.

"아뇨. 편해요."

나는 결국 도끼눈을 풀고 한숨을 쉬었다. 사실 내가 손해를 본 것은 없었다. 그러자 브로커가 빙긋 웃었다. 그의 눈웃음은 여유가 넘쳤다.

"소문 들었어요. 처음 뵐 때부터 아, 이 사람은 되겠다, 적응 잘하고 알아서 일 잘하시겠구나 했거든요."

그건 그렇고.

"그래서 그쪽은 어디 혼혈이신 거예요? 나이가 몇이에요? 정확히 하시는 일은 뭐고요?"

나는 입을 비죽이며 목소리를 약간 낮추고 물었다. 순수한 사람이 용궁 일을 할 것 같지는 않다. 브로커는 목소리를 그렇게 낮추지도 않고 말했다.

"저는 외관 사공부 진무 벼슬을 받았긴 한데 명예직이에요. 고조할머니가 자라 혼혈이긴 하지만 저는 그냥 사람이나 마찬가지고요. 궁에도 딱 두 번가 봤나? 용궁하고 땅 사이를 연결하는 일을 맡아서 하고 있어요. 나이는 그냥 보이는 대로 생각하시면 돼요."

"자라 혼혈이면……."

"별 주부님이 제 먼 친척 할아버지 되세요."

그 반대라면 믿겠다. 물론 나이 차를 생각하면 브로커의 말이 옳겠지만.

나는 깊이 한숨을 쉬었다. 어쩐지 기운이 막 빠졌다. 외나무다리에서 원수를 만나긴 만났는데 막상 화를 내려니까 내가 너무 잘 지내고 있었다. 심지어 지금 내 옆의 빈 의자에는 내일 용궁에 가서 아는 사람들에게 나눠 줄 잼이니 과자 따위가 봉지에 가득 담겨 있고.

브로커는 빙긋빙긋 또 웃었다.

"여기서 별 주부님 만나기로 했거든요? 저는 뭐 좀 전하고 금방 또 일이 있어서 가야 되는데, 궁금한 거 있으면 별 주부님하고 얘기하세요."

"용궁 분들이 해 주시는 대답은 제가 알아듣기엔 난이도가 너무 높아요."

마침 좀 더 물으려고 했더니. 브로커는 눈을 동그랗게 떴다.

"별 주부님은 육지에 많이 왔다 갔다 해서 안 그러실 텐데."

……그런가? 하긴 전에 복숭아밭에 갔을 때 별이 했던 설명은 준수했다. 이 남자만큼은 아니겠지만 오늘 만날 수 있다면 한가하게 더 물어볼까.

"어, 오셨네요."

계란 노른자가 하나 더 있으면 터뜨리고 싶다고 멍하니 생각하고 있는데 남자가 인도를 향해 손을 크게 흔들었다. 그쪽을 보니 정말로 별이 벚나무 아래까지 와 있었다.

별은 우리를 보더니 의외라는 듯 눈썹을 살짝 들었다. 그의 색 밝은 머리칼은 햇빛을 받아 거의 금발처럼도 보였다. 그는 잠시 후 내게 고개를 꾸벅 숙이고 테라스로 올라왔다.

"안녕하세요."

나는 그에게 말로 인사했다. 별은 내게 고개를 다시 숙이고는 말없이 내 브로커를 보았다. 브로커는 허허 웃으며 가방에서 뭔가 서류를 꺼냈다.

"영수증이에요."

별은 고개를 끄덕이고 서류를 받았다. 나는 눈을 깜박이며 자몽에이드 컵의 녹은 얼음을 빨아 마셨다. 별이 입은 옷은 처음 봤을 때처럼 정장이었는데 고급스러운 옷감이 햇빛 아래서 꼭 용궁 바다의 모래처럼 자잘하게 반짝였다. 브로커는 자리에서 그대로 벌떡 일어섰다.

어, 벌써 일어나는 거야? 나와 별은 동시에 그를 보았다. 브로커는 별에게 자기 자리를 그대로 가리키며 우리 둘에게 서로를 떠넘겼다.

"김연지 씨가 궁금하신 게 많은 것 같으니까 많이 가르쳐 주세요. 저는 그럼 차 빼야 하니까 바로 가 보겠습니다."

마침 어떤 안타까운 차가 브로커의 차가 멈춘 곳 뒤에 자기 차를 대고 있었다. 주차장으로 보이는 모양이었다. 나는 열없이 손짓했다.

"안녕히 가세요."

그리고 앞으로 웬만하면 마주치지 말든가, 마주칠 거면 더 성의 있는 대답을 갖고 만납시다. 브로커는 상쾌한 걸음걸이로 테라스를 떠났다. 남은 별은 잠깐 주저하다가 의자에 앉았다.

나는 별에게는 친절하게 물었다.

"식사는 하셨어요?"

별은 식사를 하지 않았던 것으로 밝혀졌다.

용궁에서 무슨 일을 마치고 급히 나왔다는 그에게 나는 내가 먹은 메뉴가 맛있다고 권했고 그는 내 꼬임에 넘어갔다. 나는 그가 반숙 계란을 담담하게 먹는 것을 보고 신기해했다.

"별 주부님은 비린 거 괜찮으세요?"

막 자리에 앉았을 때는 처음 만났을 때처럼 말이 없더니, 몇 마디 오가고 나자 그는 다시 용궁의 숲에서처럼 확실한 목소리를 냈다. 그는 나이프 사용이 불편한 듯 포크만으로 식사했는데 그 동작에도 확신이 있어 충분히 우아했다.

"네. 비린 것을 조심해야 하는 건 용뿐이에요."

"왜요?"

용 이야기 나오는 책에 보니까 그냥 생으로 물고기 잘 잡아먹던데. 그리고 정작 용궁 수라간에선 비린 걸 아예 안 만들고. 용궁에 오갔다던 사람들은 대체 후세에 무슨 이야기를 남겼길래 책이 이 모양인가. 별은 얌전히 설명해 주었다.

"저희 일반 용궁 백성들은 사람으로 둔갑했을 뿐 속은 그냥 짐승이에요. 혼혈이기 때문에 사람 흉내를 낼 수 있지만 수행해도 신선은 될 수 없어요. 그러니까 살생할 수도 있고 저주할 수도 있지요. 하지만 용은 반쯤은 신의 반열에 있는 신령한 존재이기 때문에 그 존위를 유지하기 위해서는 비린 것을 입에 대서는 안 되는 겁니다."

뭔가 다른 사람이 말했으면 시대착오적 미신을 한 바가지 뒤집어썼다고 평가했을 것 같은 내용이었다. 푹 익혔든 육회든 살생인데 눈 가리고 아웅이냐. 나는 입을 비죽이며 별을 보았다.

……내 눈에는 별이 충분히 인간처럼 보였다. 짐승이라면 인간도 짐승이다. 말 못 하는 다른 동물과 인간 사이에 본질적으로 다른 점이 있다는 설을 나는 원래 인정하지 않는 파이기도 하고.

별은 포크를 내려놓고 나를 보았다. 그의 눈은 내가 꿈에서 봤던 용보다 훨씬 따뜻하고 인간미가 있었다.

"……연지 씨?"

아, 내가 식사를 방해했구나. 나는 고개를 저었다.

"미안해요. 저, 그럼 용은 살생도 못 하고 저주도 못 하나요?"

"할 수는 있지만 좋지 않지요."

아니, 인간도 살생과 저주 둘 다 할 수는 있지만 좋지 않거든. 나는 입을 약간 더 비죽였다. 별의 눈이 조금 동그랗게 커졌다.

"저…… 제가 설명을 잘못한 건가요?"

"조금 더 풀어서 얘기해 주시면 좋을 것 같아요. 용궁 백성들이라면 이해했겠지만 저는 지상 사람이잖아요. 그 좋지 않다는 게 어떻게 좋지 않다는 거예요? 하면 구체적으로 어떻게 되는데요?"

별은 잠시 인상을 찌푸렸다.

"죄송합니다. 그……."

"말하기 좀 그런 거면 안 하셔도 되지만요."

"아뇨. 저……."

그는 이번에는 조금 고민하는 듯 시선을 접시에 두고 인상을 썼다. 그리고 잠시 후 자신의 한 마디 한 마디를 점검하듯 느리게 말을 이었다.

"먹기 위한 것은 살생에 들어가지 않습니다. 하지만 분노로 인해 다른 생명을 해하는 것은 선(仙)의 격에 영향을 미쳐, 이어지면 결국은 용으로서의 지위를 잃게 됩니다."

그래, 이거거든. 딸기밭에서 들은 이야기가 생각났다. 나는 너무 이상하게 들리지 않도록 애쓰며, 일부러 지나가듯 확인했다.

"용으로서의 지위를 잃는다는 게 여의주를 잃는다는 건가요?"

별은 잠시 나를 빤히 보았다.

그의 시선은 내 표정을 읽으려는 것 같았다. 나는 그의 나이와 경험을 떠올렸다. 역시 눈을 빤히 마주치고 있을 자신이 없어 그의 코를 한껏 무심하게 보았는데.

그 노력이 무색하게 그는 한숨처럼 속삭여 물었다.

"뭔가 들으신 게 있나요?"

……숨길 필요는 없겠지만 다 털어놓는 것도 좀 그렇겠지. 해야가 어떻게 생각할지도 모르겠고. 나는 별이 이전에 문 대덕의 말을 막았던 것을 떠올리며 방어적으로 물었다.

"잘은 몰라요. 하지만 전에 여의주를 잃는 것에 대한 이야기를 했을 때가 생각나서요. 용이 화가 나서 남을 해치면 여의주가 없어지나요? 그럼 어떻게 되는 거예요? 용이 아니니까 이제 죽는 거예요? 이무기가 구체적으로 뭐예요?"

바람이 스쳤다.

햇빛은 여전히 따뜻했지만 그 바람은 어쩐지 싸늘하게 느껴졌다. 나는 내 눈앞에 있는 별이 꼭, 나를 태우고 이곳과 용궁 사이를 오갈 때와 같이 단단한 등껍질에 싸여 있는 것처럼 느껴졌다. 지금은 완전히 인간의 모습인데도.

이무기의 이야기가 왜 해야에게는 집안의 창피한 일일까.

얼마나 시간이 흘렀을까. 지나가는 차가 경적을 울리고 저 인도에 주차했던 차는 근처의 발레파킹 직원에게 걸려서 쫓겨났다. 꽃눈깨비가 세 번이나 눈이 부신 안개처럼 세상을 덮으며 반짝였다.

내가 결국 지루해져 눈을 책 표지에 두었을 때 별은 입을 열었다.

"……용이 화가 나서 남을 해치거나 그 외의 부정적인 감정에 연연하면 여의주가 사라져 이무기가 됩니다. 이무기가 되는 것은 두 가지 경우인데, 용이 여의주를 잃었거나 잉어가 오백 년을 수련했을 경우입니다. 잉어가 수련해서 된 이무기는 오백 년을 더 수련하면 여의주를 얻어 용이 될 수 있지만 용이 여의주를 잃어서 된 이무기는 영영 다시 용으로 돌아갈 수 없습니다."

책에 나오는 이무기 이야기도 옳은 게 있었구나. 나는 고개를 끄덕이고 재촉했다.

"용이 안 되면 어떻게 돼요? 죽어요?"

"언젠가는 죽겠지요. 승천할 수 없으니까요."

"승천이 뭔데요?"

"때가 된 용이 하늘로 올라가 다시는 내려오지 않는 것입니다."

"때가 언제 되는데요?"

"그것은 용이 원하는 시기일 때도 있고, 하늘에서 부르시는 시기일 때도 있습니다. 지금 어라하의 누님이신 리 용녀님께선 이 세상이 싫어 일찌감치 스스로 승천하셨습니다."

아, 그건 기억났다. 우리 주방장이 얘기해 줬던 것 같다. 그건 그런데.

"승천 못 하면 죽어요?"

"용도 언젠가는 늙습니다. 용궁에서 더 살기 힘들 정도로 늙으면 승천해 하늘에서 세상이 끝날 때까지 살게 되는 겁니다."

우와, 용은 사후 세계도 치사하다. 나는 전에 해야가 말했던 '용은 죽지 않는다'는 말을 이해했다. 아무튼 그럼 이무기가 된다고 해서 바로 죽는 건 아니고, 그냥 살던 데서 사는데 승천을 못 하니까 수명이 다 되면 죽는다는 거구나. 그럼 그냥 용도 승천 안 하면 죽나?

"음식은요?"

가장 잊어서는 안 될 것은 그 부분이었다. 별 주부는 나를 가만히 보았다. 나는 부연했다.

"음식을 먹지 않아도 마르지 않는 거잖아요. 용은요. 그러면 계속해서 굶어도 굶어 죽지 않는 거예요?"

"굶어 죽지는 않지요."

그렇게 말하고 나서, 그는 어딘가 쓸쓸한 미소를 지었다. 설마 그 대목에서 그런 표정을 보일 줄은 몰랐기 때문에 나는 혼자 흠칫했다. 천원의 얼굴이 떠올랐다.

뭔가 목이 말라졌는데 컵에 남았던 녹은 얼음까지도 내가 다 마셔서 없었다. 나는 한숨을 쉬고 일어섰다.

"음료 좀 더 사 올게요. 별 주부님은 더 필요하신 거 없으세요?"

분위기가 가벼워졌다.

별은 나를 보고 모호하게 웃었다.

"감사하지만 괜찮습니다. 다녀오세요."

그래, 이렇다니까. 꿈에서 봤던 용만이 아니다. 솔직히 오천 원짜리 편식왕자보다 별이 훨씬 인간미 있는 것은 내 기분 탓만은 아닐 것 같다.

"윗옷은 유라고도 하고 저고리라고도 하고 포라고도 합니다. 보통 가장 겉옷이나 소매가 너른 것, 긴 것은 포라고 하고 한 장만 입는 것이나 안에 입는 것, 또는 소매가 좁은 것은 유라고 합니다."

별이 받은 영수증은 뭐 비용 처리해 주는 것이 아니라 물건을 찾는 용도였다. 나는 그가 해 주는 알기 쉬운 설명에 감사하면서도 그가 든 물건의 양에 질겁했다.

"저도 같이 들게요."

딱 봐도 조금만 더 들면 그의 몸만큼 커진다. 물론 이건 둔갑한 거고 자라 모습이 진짜고 어쩌고 하긴 하지만 겉으로 보기엔 그냥 학대로 보이니 불편한 것은 어쩔 수 없었다. 별은 고개를 저었다.

"자라는 힘이 세니 신경 쓰실 것 없어요. 무겁지 않습니다."

"그래도 불편하실 것 같은데."

우리는 같이 지하상가를 돌고 있었다. 별이 간다는 곳이 마침 나도 갈 생각을 하던 식품 상가라 우연이 잘 겹친 것이다. 별은 나를 돌아보며 양손에 가득 쥔 봉지를 위아래로 들어 보였다. 일단 그 동작은 깃털처럼 가볍긴 했다.

"가볍습니다."

저 안에는 유리병도 여럿 있었다. 그것도 내용물 꽉 찬 걸로. 나는 인상을 썼다.

"이런 걸 별 주부님한테만 시켜요?"

"저 혼자 충분하니까요. 못 하는 것은 배달을 시키니 걱정하지 않으셔도 됩니다."

"그 홍수로 쓸어 가는 거요?"

"예."

아, 그런가. 나는 그제야 납득했다. 별은 다시 앞을 보고 재게 걸었다. 지하상가는 길이 아주 좁았기 때문에 한 번에 한 사람만 지날 수 있었고, 나는 그의 뒤에서 구경하며 걷고 있었다.

"아까 여쭤신 것에 대해 더 말씀드리겠습니다. 바지나 치마는 지상에서 쓰는 것과 같은 말을 쓰지만, 치마는 상이라고 부를 때가 있고 바지는 고라고 부를 때가 있습니다. 용궁 사람들은 치마를 잘 입지 않지만 대례복으로 넓은 치마를 옷의 맨 위에 두르기도 합니다."

내가 처음 용궁에 갔을 때 치마라고 생각했던 것들도 나중에 알고 보니 다 치마처럼 보일 정도로 폭이 넓은 바지였다. 그래서 해야가 말을 타고 올 때 입었던 바지를 보고도 저게 치마인가 아닌가 궁금해할 필요가 없었던 것이다. 나는 궁금해서 물었다.

"대례복은 언제 입는데요? 무슨 행사를 해요?"

"일반적으로는 관혼상제를 크게 칩니다. 용께서는 스무 폭, 벼슬 하는 자들의 1품은 열아홉 폭, 2품부터 5품까지는 열여덟 폭, 6품부터 12폭까지는 열다섯 폭, 12폭부터 15품까지는 열두 폭, 16품 이하는 열 폭까지 입을 수 있습니다. 색은 금색과 자색은 용에게만 허용되고 적색 바탕에 금색 수를 놓은 것은 5품 이상이어야 허용됩니다. 상이 있을 때에는 흰옷을 입고, 혼례 때는 2품까지 자색 옷이 허용되고 벼슬 하는 자는 모두 붉은 옷을 입을 수 있습니다."

고등학교 국사 시간에 배웠던 게 생각나네.

"혼례 때 하객이 붉은 옷을 입을 수 있는 거예요? 아니면……"

"혼례를 치르는 당사자에게만 허용됩니다."

색 가지고 치사하다. 나는 천원이 입었던 옷을 떠올렸다.

"그 밤에 입는 긴 가운 같은 것도 포예요?"

"밤에 잘 때 입는 것은 침의지요. 그 위에 포를 걸칠 수는 있지만요."

어, 좀 모호하게 질문했는데 바로 알아듣고 대답해 줬다.

된장찌개 뚝배기를 머리 위 쟁반에 여럿 얹은 아주머니가 어느 모퉁이에서 나와 별 사이를 비집고 들어왔다. 별은 그 구획을 지날 때까지 입을 다물고 있다가 갈림길이 나오자 그 갈림길로 들어가 기다렸다. 아주머니가 지나가 다시 우리 사이에 사람이 없어지고 나자 그는 나를 돌아보았다.

계속 앞을 보는 것 같았는데 다 아네. 나는 빙긋 웃었다. 내가 든 짐이 슬슬 무거워 힘들었지만 저렇게 많은 짐을 든 사람이 멀쩡한 것을 보니 어쩐지 기운을 내야겠다는 생각이 들었다.

"용녀님은 길고 소매 넓은 저고리 위에 반팔 덧옷을 입고 다니시던데, 그 반팔옷도 저고리라고 불러요?"

그는 도로 걷기 시작했다.

"그것은 반비라고 합니다. 귀한 분들이 입으시는 옷입니다."

"그래요? 사람들이 용녀님이랑 용자님을 니림이라고도 하고 길지라고도 하는데, 그건 어라하나 어륙처럼 용궁에서 쓰는 말이에요? 수라간에선 그냥 용녀님 용자님이라고 하는데."

"니림은 다른 용궁의 용을 높일 때 쓰는 말이고, 길지는 외관에서 용자님과 용녀님께 붙이는 존호입니다. 해야 용녀님께선 혼인하시어 일가를 이루셨으니 우리 용궁에서는 니림이라 말씀 올리는 것이 옳으나 내관에는 오랫동안 용녀님을 보아 온 이가 많아 사적으로 그리 부를 것입니다."

그는 그 대목에서 잠깐 나를 돌아보고 설핏 웃었다.

"저도 무심코 용녀님이라 여쭙다 혼쭐이 나곤 합니다."

"어, 저는 용녀님이라고 불렀는데."

그래서 해야를 보러 갔을 때 시녀가 니림이라고 꼬박꼬박 붙였구나. 나는 해야에게 혼이 날 뻔했던 것을 떠올리며 약간 식은땀을 흘렸다. 별은 다시 앞을 보고 가볍게 말했다.

"연지 씨는 손님이시니 괜찮습니다. 용궁 백성들이 쓰는 말이니까요."

다행이다. 그럼 또.

"내관 외관이 어떻게 달라요?"

무슨 부서 종류인 것은 안다. 내가 속한 수라간은 내관 내경부에 있다는 것도 많이 들어서 알고.

"내관은 용궁 살림을 맡아 보는 부서를 총칭하고, 외관은 백성들의 살림을 맡아 보는 부서를 총칭합니다."

"아아."

나는 그 설명에 납득했다. 천원의 사무실에 있었던 사람도 뭔가 청어 떼에 대한 이야기를 하고 있었고 그것은 용궁 안 이야기 같지는 않았다. 그래서 길지라는 말을 썼구나.

그에게 너무 질문을 많이 해서 미안해졌다. 별은 숨소리 하나 흐트러지지 않았지만 만약 나라면 일하는 데 누가 따라와서 계속 자기 궁금한 것만 묻는다면 아주 폐가 된다고 생각했을 것이다. 내가 입을 다물고 그를 계속 따라가며 뭐라도 살까, 하고 있는데 그가 또 나를 잠시 돌아보았다.

"김연지 씨?"

"네?"

별의 등은 아주 곧지는 않았다. 나는 그의 가는 턱을 잠시 멍하니 보았다. 그는 아까처럼 엷게 웃었다.

145

"또 궁금하신 게 있으면 물어보세요."

친절해⋯⋯! 너무 친절해! 나는 약간 감동을 받으며 말했다.

"혹시 이따 저녁에 괜찮으시면 삼겹살 먹으러 가실래요? 된장찌개도 시켜요. 제가 살게요."

방금 그 아주머니가 옮기고 있던 된장찌개 냄새가 장난이 아니었다. 별은 양손에 든 짐을 또 가볍게 슬쩍 들어 보였다.

"이걸 놓을 곳이 있다면요."

제5장

사기邪氣

"다 왔습니다."

용궁에 오는 것은 이번이 두 번째인데 이번에도 역시 정신이 하나도 없었다. 나는 내 키의 다섯 배는 되게 치솟은 해조류 숲 사이의 잘 닦인 모랫길에 내려서 인사했다. 별은 자라의 모습에서 순식간에 인간의 모습으로 변했다.

"감사합니다."

그는 어제 술을 꽤 마셨는데도 숙취 하나 없이 말짱해 보였다. 나는 약간 머리가 아팠지만 정중하게 감사 인사를 했다. 어제 내가 그에게 질문을 많이 했다.

"아닙니다. 가시지요."

별은 그가 어제 찾은 산더미 같은 물건을 아무렇지도 않게 들고 앞섰다. 나는 그의 뒤를 따라가며 내 주머니 안의 옥패를 뒤졌다. 나도 용궁 임시 신분증을 발급받긴 했지만 써 보는 것은 처음이었다.

거대한 문 앞에 서자 관모에 공작 꼬리깃을 꽂은 여자 관리가 나와 우리의 패를 검사했다.

"전내부 주부 별입니다."

"수라간 김연지입니다."

그 관리는 내가 처음 용궁에 왔을 때 본 사람과는 달랐지만 친절하게 웃었다.

"어서 오셔요, 별 주부님. 김연지 씨. 오시느라 고생하셨습니다."

내가 뭐 고생이랄 게 있나. 고생이라면 어젯밤에 내가 그렇게 만류해도 끝까지 저 짐 다 가지고 날 집까지 데려다주고, 아침에는 용궁까지 헤엄쳐 온 별이 고생했다. 나는 고개를 꾸벅꾸벅 숙이고 급히 트렁크에서 선물을 꺼냈다. 그리고 관리에게 내밀었다.

"저기, 이거 별건 아니지만 심심하실 때 하나씩 드시라고 사 왔어요. 지상에서 먹는 사탕이에요."

혹시 뇌물로 받아들여지면 어떡하나 했는데 관리는 활짝 웃으며 선물 상자를 받아 들었다.

"어머나, 이렇게 귀한 걸 다. 어서 들어가셔요."

우리는 야명주가 켜진 용궁 대문에 천천히 걸어 들어갔다.

"그러고 보니 용궁 현판에 쓰인 글자는 뭐예요? 한글은 아니고, 한자도 아니죠?"

어제 별과 아주 늦게까지 있었던 것은 아니었지만 충분히 이것저것 물었는데, 그래도 아직 궁금한 것이 있었다. 별은 앞을 보고 걸으면서도 성의 있게 대답했다.

"용궁문입니다. 하늘에서 쓰는 문자를 용궁에 맞게 정리한 것이랍니다."

"그래요?"

그 하늘이란 것은 대강 신선이 사는 나라 같은 것으로 이해하고 있었다. 승천한 용이 다 간다는 거기 말이지. 천도복숭아를 독점 생산하고 있다는.

"누가 정리한 건데요?"

"지금은 승천하신 전대 어룡께서 하셨지요. 용궁의 관료제를 크게 개혁하신 분이에요. 지금 어라하께서도 그분의 유지를 많이 이어받으시어 백성들이 보다 편리하게 살 수 있도록 노력하고 계십니다."

"그럼 지금 어라하는 저번 어라하랑 어륙의 아드님이신 거지요? 지금 어륙은 어디서 오셨어요?"

"지상에 있던 깊은 골짜기에서 태어나셨습니다. 그 골짜기는 250년 전에 없어졌습니다만."

"어머나."

그것도 환경 오염인가. 나는 약간 숙연해졌다. 내 표정을 봤는지 별이 이쪽으로 시선을 돌리고 빙긋 웃었다.

"그때도 이미 용이 살 만한 곳이 많이 없어져서 난리가 났을 때니까요. 지금 어륙의 모친 되시는, 그곳의 용궁부인 니림께서 지키고 계신 골짜기였다는데 그분의 사촌 되시는 분이 사시던 못이 메워지니 골짜기의 소유권을 두고 싸움을 거셔서, 결국 크게 다툼이 났었답니다."

스펙터클하네.

"용끼리 싸운 거예요?"

"예. 그래서 결국은 산사태로 골짜기는 완전히 무너지고 두 분은 승천하셨답니다."

우와. 승천하는 게 죽은 게 아니라니 다행이지만 만약 '그래서 둘 다 죽었답니다' 하는 엔딩이었으면 피비린내 나는 얘기잖아. 그렇게 웃으면서 할 얘기가 아니라고. 나는 입을 약간 벌렸다.

"몸싸움을 하셨어요……?"

"예. 용끼리 번개나 물은 소용이 없으니까요."

그럼 용이 다른 생물하고 싸울 때는 번개나 물을 쓴단 말이야? 책에서 그런 이야기를 본 것 같기도 하고 아닌 것 같기도 하고. 나는 이제 반쯤 잊어버린 그저께 밤의 꿈을 떠올렸다. 그 거대한 생물 둘이서 물어뜯고 싸운다면…….

"꽈배기……."

몸을 둘둘 감아서 꽈배기를 튀기고 싶네……. 술이 덜 깼나, 뜬금없이 그런 말이 나왔다. 나는 입을 얼른 다물었지만 별은 그 말을 들은 모양이었다.

"네? 꽈배기요? 빵 말씀하시는 건가요?"

사실 기름에 튀긴 과자지만 일단 그렇게도 말하지.

"……죄송해요."

용궁 사람들이 용을 얼마나 좋아하고 신성하게 모시는지 안다. 생각해 보면 용왕이나 해야를 튀긴다고 말한 것이니 끔찍한 일이었다. 나는 얼른 사과했지만 별은 아예 이해를 못 한 얼굴이었다.

"꽈배기가 왜요?"

우리는 어두운 문을 벗어났다.

한 달 전에 왔을 때와 똑같이, 용궁 백성들은 이곳의 옷과 모자를 쓰고 한껏 치장한 모습으로 바삐 걸어다녔다. 야명주의 뚜껑은 모두 벗겨져 있어 사방이 밝았고 저 위의 높은 곳은 해파리가 흐르는 어둠이었다. 허리띠에 달린 세 가지, 다섯 가지, 일곱 가지의 장식들이 술을 날리거나 서로 부딪치며 짤랑이는 소리를 냈다. 때애앵. 멀리서 풍경 소리가 들렸다.

"아뇨, 배가 고파서 생각났어요."

새벽에 간단히 뭘 먹긴 했지만 아주 잘 챙겨 먹은 것은 아니었다. 그리고 이번엔 용궁에 오는 데 시간이 얼마 걸리지 않는다는 사실을 알고 있었기 때문에 주방 사람들과 끼니를 할 생각도 하고 왔다. 별은 약간 걱정스러운 얼굴을 했다. 그의 뺨은 어둠에서 갑자기 빠져나와서 그렇게 보이는지 몰라도 어딘가 붉었다.

"그러면 수라간으로 먼저 가시겠어요? 짐은 제가 방에 가져다드릴게요."

자기 몸보다 큰 짐을 든 사람에게 양심적으로 내 짐을 맡길 수 있을 리가 있나. 나는 웃으며 고개를 저었다.

"아니에요. 원래 수라간으로 먼저 가려고 했어요. 같이 갈까요?"

"선물 사 왔어요. 드세요."

주방장은 민망해하며 쿠키를 받았고 나는 상자를 열어 개별 포장된 과자를 나누어 주었다. 과자를 받은 문 대덕은 기뻐하며 그것을 요리조리 들여다보았다.

"저건 근데 뭐예요?"

그녀는 잠시 후 내 트렁크 위쪽에 달고 온 검은 상자를 가리켰다. 나는 주방 사람들이 과자를 뜯어보며 신기해하는 자리를 피해 조금 한산한 쪽에 상자를 올렸다. 그리고 상자의 잠금장치를 열자 번쩍이고 서늘한 광택이 흘렀다.

"칼이네요?"

그녀는 감탄했다. 내가 진짜 좋아하는 독일 브랜드의 식칼 세트였다. 어제 별에게 물었더니 그가 자기 등에 실어 가져온 것은 그가 데려온 나와 마찬가지로 바닷속에서도 젖지 않는다고 했다. 그리고 바닷속에서 그간 돈을 쓸 일이 없다 보니까 쇼핑의 욕구가 한계치로 차는 바람에.

"질렀어요."

"질렀다는 게 뭐예요? 직접 여기 꽂으셨어요?"

문 대덕의 질문은 순진무구했다.

"샀다는 뜻이에요."

나는 제일 큰 칼을 들어 보이며 히죽히죽 웃었다. 그 이상한 꿈이 영향을 미치지 않았다면 거짓말일 것이다. 용과 싸울 일이 없기를 바라지만 만약 꿈에서라도 있으면 이걸 들고 싸워야지. 세라믹 칼로 싸우기는 싫다.

문 대덕도 옆에서 칼의 날 빛을 들여다보며 감탄하는데 부엌 입구가 시끄러워졌다. 아침 식사를 마친 용왕 식구의 그릇이 들어오는 것이었다. 트레이를 밀고 온 주방 식구들이 나를 보고 반가워했다.

"아, 연지 씨! 오셨어요?"

"휴가는 잘 다녀오셨어요?"

"네, 잘 다녀왔어요. 용자님은 식사 어떻게 하셨어요?"

이게 무슨 '저희 애는 잘 놀았나요' 같은 질문인가 싶었지만 정신을 차리고 보니 나는 어느새 그렇게 묻고 있었다. 당연히 평범하게 대답해 줄 줄 알았던 우리 식구들은 그러나, 잠시 입을 벌리고 서로를 쳐다보았다.

나는 인상을 썼다.

"왜요?"

"저기, 그게요, 연지 씨."

문 대덕은 내 옆에서 알아서 입 다물고 눈을 내리깔았다. 불길한 예감이 들었다. 부엌에 잠시 침묵이 흘렀다.

"뭔데요?"

부엌에서 시간을 낭비할 필요는 없다. 나는 마음의 준비를 하고 재촉했다. 트레이를 가져온 주방 식구들은 서로의 눈치와 내 눈치를 번갈아 가며 보았고 결국은 주방장이 나섰다. 그는 헛기침을 하고 말했다.

"어제부터 용자님이 식사를 안 하세요."

천원의 침실 입구는 해야의 방과 비슷했다. 다만 해야가 나를 불렀던 방은 문이 가는 것으로 네 개 있었는데 이곳은 큰 것으로 여덟 개나 끼어 있었다. 가장 중간의 문 앞에 선 시종이 나를 보고 쩔쩔맸다.

"김연지 씨."

"용자님 계시죠?"

문 안쪽에서는 야명주와 다른 색의 빛만이 비쳐 나왔고 나는 그 빛이 무엇인지 이제 알고 있었다. 시종은 나한테 뭔가 말하고 싶은 듯 입을 살짝 벌렸지만 곧 문 안쪽으로 고했다.

"용자님, 해야 니림, 수라간의 김연지 씨 오셨습니다."

해야가 있었구나. 나는 손에 든 작은 상을 확인했다. 좋아, 비뚤어진 곳 하나 없다.

"드시라 하거라."

한 박자 후 해야가 말했다. 그녀의 목소리는 꽤 먼 곳에서 울리는 것 같았다. 시종은 얼른 정중하게 문 한쪽을 활짝 당겨 열었다.

"들어가시지요."

"감사합니다."

내가 들어서자 등 뒤로 문이 가만히 닫혔다.

나는 내가 들어온 곳이 침실일 뿐만 아니라 천원이 평소에 시간을 많이 보내는 곳이라는 것을 금세 짐작했다. 큼지막한 방의 한쪽 끝에는 커다란 침대가 머리를 벽 쪽에 붙여 놓여 있었고 반대쪽에는 벽걸이 TV가 있었다. 그리고 그 아래에는 전선이 이어져 멀티탭에 꽂혀 있었는데 멀티탭은 심지어 전원을 껐다 켤 수 있는 물건이었다. 방 안의 다른 곳은 시화니 병풍으로 장식되어 있기도 했지만 기본적으로는 칠기 책장이 자리를 차지했다.

천원은 백옥으로 장식한 침대에 기대 앉아 있었고 얼굴은 이전 탑 앞에서 봤을 때보다 더 창백했다. 나는 아까까지 화가 나 있었던 마음이 그대로 가라앉아 무심코 걱정하는 표정을 지었다.

해야는 문을 등지고 앉아 있었지만 내가 들어오자 돌아보았다. 그녀는 머리에 붉은 옥 장식이 포도송이처럼 늘어진 보요 하나를 꽂고 긴 머리칼의 절반을 늘어뜨린 소박한 차림새였다. 천원도 나를 보고 입을 열었다.

"연지."

내 이름을 부르는 그의 목소리에는 특별할 것이 없었지만 나는 괜히 뜨끔했다. 놀랐다. ……왜 놀랐는지는 나도 모르겠지만, 아무튼 정말로 놀랐다.

그는 내게 조금 더 말했다.

"돌아왔어?"

"휴가는 잘 다녀왔어요?"

해야가 빙긋 웃었다. 나는 천원에게 끌려갔던 시선을 해야에게 잠시 옮기고 대답했다. 성큼성큼 걸어 천원의 침대 옆 탁자에 쟁반을 올려놓으니 해야가 아예 몸을 반 틀어 자세를 고쳤다.

"잘 다녀왔어요. 해야 용녀님도 주말 잘 보내셨어요?"

"그럼요. ……아, 죽이네요. 천원이 주려고 가져온 거예요?"

"종일 식사를 안 하셨다길래."

내가 며칠을 굶겼을 때도 멀쩡했던 혈색이 지금은 안 좋으니, 확실히 상태가 안 좋은 모양이다. 내가 없다고 신나서 강짜를 부린 거면 오천 원짜리 튀김 과자로 만들어 준다고 하려고 했는데, 그러지는 못하게 됐다. 해야의 얼굴이 조금 이상해졌다.

왜, 용은 아플 때 죽 안 먹어? 내가 왜 그런 얼굴을 하냐고 물으려는데 천원이 해야에게 무뚝뚝하게 말했다.

"이제 나가, 누나."

"어마, 이 누이를 쫓아내려는 거니? 섭섭하구나."

"시끄러워서 못 쉬겠다고. 내가 갓 태어난 치어야?"

"그래도, 얘."

천원은 문 쪽으로 턱짓했다. 해야는 볼을 확 부풀렸다.

"어머나, 그래. 이젠 안 온다, 얘."

"그래 놓고 저녁에 오지 마."

해야는 천원의 볼을 세게 꼬집었다. 보기만 해도 아플 것 같을 정도로 천원의 얼굴이 확 일그러졌다. 나는 속이 약간 시원했지만 의외로 천원이 불쌍해져서 눈을 돌렸다.

해야는 자리에서 일어나 우아하게 바지 자락을 정리했다. 그녀의 저고리는 그냥 흰색에 남색 깃이 붙어 있을 뿐이었지만 바지는 금실로 수놓은 넓은 것이었다. 아무튼 늘 멋이 있는 여자라 보기 좋다는 생각이 들었다.

"먼저 갈게요, 연지 씨. 미안해요."

"들어가세요."

저만큼 입이 산 걸 보니 당신 동생은 괜찮습니다. 나는 해야가 떠나는 것을 보고 나서 그녀가 원래 앉아 있던 의자에 앉았다. 그 의자는 청자로 섬세하게 만든 것이었는데 앉아 보니 생각보다 튼튼했다.

"식사 안 했다면서?"

반말하기로 했었지. 천원은 침의를 입고 이불 위에 앉아 있었는데 용궁은 늘 춥지도 덥지도 않으니 그래도 걱정될 일은 아니었다. 그는 이불 속에서 스마트폰을 꺼내 쥐며 대답했다.

"신경 쓰지 마."

그건 대답이 아니잖아. 그리고.

"내가 신경이 안 쓰이겠어? 네가 먹는 건 다 내가 관리하는데."

그는 스마트폰은 쥐기만 했다. 긴 눈이 내 쪽을 향했다.

"어제는 안 그랬잖아."

"휴가 나갔으니까. 내가 1년 365일 너만 관리할 수는 없는 거고."

"그럼 휴가 동안엔 관리하지 마."

"내 휴가는 어제까지였는데 너 오늘 아침도 안 먹었잖아."

"아침에 네가 만든 요리는 없었어."

그래서 안 먹었다고? 간도 크지. 나는 인상을 썼다. 그리고 죽을 가리켰다.

"이제 있으니까 먹어. 아프대서 걱정했더니 괜히 그랬네."

천원의 눈이 이번에는 죽으로 갔다. 그는 의외로 잠시 망설였다.

이유를 알 수 없는 일이었다. 나는 인상을 조금 더 썼다.

"왜, 먹어. 죽 잘 먹잖아. 아니면 지금 먹기 싫으면 이따 먹든가. 나는 갈 테니까 편하게 먹어."

그의 시선이 재빨리 내게 돌아왔다. 천원은 미간을 좁혔다.

"갈 거야? 왜?"

그야…….

"사람 밥 먹는 걸 내가 왜 쳐다보니?"

천원의 눈이 잠시 흔들렸다. 그는 죽을 가리켰다.

"지금 줘. 지금 먹을 테니까, 있다가 가."

이 말엔 놀랐다. 나는 갑자기 가슴이 마구 뛰기 시작해 어이가 없었다. 아니, 왜……? 지금 이게 내가 두근거릴 이유가 없는 상황인데.

목소리를 가다듬는 데에는 두어 박자가 걸렸다. 그가 내 대답이 왜 늦었는지를 몰라야 했다.

"내가 왜?"

다행히 그 질문은 깨끗하고 무뚝뚝하게 나왔다. 천원은 선명한 눈으로 나를 보았다.

"내가 저걸 다 먹는지 보고 싶으면 있다가 가."

잠깐, 그것도 대답이 아니잖아. 이런 마이 페이스 같으니라고. 개떡같이 물어도 찰떡같이 알아듣고 대답해 주는 이 용궁의 모 주부를 본받으라고. 나는 한숨을 쉬었다.

"알았어. 깨끗하게 다 먹는지 보고, 그릇 가져가면 되지?"

천원은 대답하지 않았지만 불평하지 않는 걸로 봐서 만족한 모양이었다. 나는 죽 그릇이 있는 쟁반을 그에게 넘겼다. 천원은 허벅지 바로 위에 죽 그릇이 닿자 잠깐 인상을 썼다.

"……뜨거워."

"식은 죽은 먹기 쉬울지 몰라도 맛은 없거든."

그는 얌전히 수저를 들어 입김을 불었다. 나는 갑자기 무척 피곤해져 한숨을 쉬었다. 이럴 줄 알았으면 어제저녁 좀 더 일찍 들어갔을 것이다. 술은 아예 생략했을 테고.

"……왜 한숨을 쉬어?"

한술을 입으로 가져가기도 전에 그가 물었다. 나는 그의 질문이 평온했기 때문에 가시 없이 대답했다.

"어제 늦게까지 나가 있어서 약간 피곤해. 맞아, 당신 주려고 카야잼 샀으니까 다음에 토스트 만들어 줄게. 요새 유행하나 봐. 가게에 있더라."

"왜 늦게까지 나가 있었는데?"

"그런 거 참견할래?"

나는 눈을 들어 그를 흘겨보았다. 천원은 불만스러운 표정으로 죽을 한입 먹었다. 그의 표정은 잠시 후 약간 부드러워졌다.

밥을 먹인 보람이 좀 느껴졌다. 나는 천원에게 수다 떠는 기분으로 말을 걸었다.

"당신 누나는 왜 쫓아내고 그래. 동생이 아프니까 걱정돼서 온 거잖아."

그의 표정이 다시 약간 일그러졌다. 천원은 입에 있던 것을 삼키고 나를 보았다.

"그렇게 참견할 필요가 없는데 저러는 건, 누나가 나를 자기 자식이라고 생각해서 그러는 거야."

"응?"

분위기는 30대에 피부는 10대인 용왕 부부도 물론 해야나 천원의 부모로는 안 보이지만, 해야와 천원은 아예 서로 몇 살 차이가 안 나 보인다. 해야가 훨씬 어른스럽기 때문에 그럭저럭 누나로 보이긴 하지만 이란성 쌍둥이래도 안 될 것은 없었다. 그런데 자식이라니, 나랑 감각이 다르다.

나는 고개를 갸웃했다.

"왜?"

"누나하고 내가 나이 차가 많이 나거든. 그리고 아직 누나하고 매형한테는 자식이 없으니까."

하긴 해야가 결혼하고 나서도 백 년은 있다가 태어났다니까 얼마나 귀여울까. 나는 예쁘고 멋있는 해야의 사생활을 약간 알게 되어 조금 기분이 좋아졌다. 본인 입으로 듣지 않은 이야기를 더 깊이 알면 안 될 것 같으니 이쯤만 해야겠지만.

"그래? 그럼 동생이 보고 싶어서 여기까지 오신 거야?"

이런 질문은 괜찮겠지. 사실 주방에서도 해야가 왜 뜬금없이 용궁에 와 있는지에 대한 루머는 몇 차례 쓸고 지나갔다. 지금 정설은.

"아니, 매형이랑 싸워서 온 거야."

어, 정설이 옳았다. 부부 싸움 맞았구나. 천원의 대답에 나는 나도 모르게 킥킥 웃었다. 천원이 나를 잠시 빤히 쳐다보았다.

"아, 미안. 해야 용녀님 귀여우시다."

내가 정색하자 그는 다시 시선을 돌렸다. 그는 죽을 더 먹었는데 속도로 보아 맛이 마음에 드는 것 같았다. 다행이었다.

"뭐 먹고 싶은 거 있으면 말해. 지상에서 재료를 여러 가지 가져왔어. 별 주부님도 뭐 많이 사 오셨더라."

"……별 주부?"

천원은 나를 보고 미간을 약간 또 좁혔다. 누군지 알 텐데.

"응. 나 아침에 별 주부님이 데려다주셨거든. ……응, 하루를 굶었다니 지금은 이거 먹지만, 다음 끼니엔 속 좀 좋아지면 고기는 작게 잘라 줄 테니까 편하게 먹을 수 있을 거야."

천원은 삼겹살 이야기에 표정을 또 풀었다. 그의 입가에 처음으로 약간 엷은 미소가 떠올랐다.

……그 아름다운 선에 이번에는 정말로 가슴이 뛰었다. 그는 내용물에 비해 포장이 너무 훌륭하다. 치사하다. 비겁하다.

"……그래, 점심에는 네 요리가 식탁에 올라오겠구나."

나는 뺨이 뜨거워지는 것을 느끼며 시선을 돌리고 일부러 밝게 종알거렸다. 들킨다면 이보다 창피한 일은 없을 것이다.

"용이 위가 안 좋은 일은 없다니까 믿고 아주 보양이 되게 한번 해 볼게. 대체 가족들이 다 밥 먹는데 혼자서 뭐 했어? 또 식탁에서 스마트폰 했어?"

"아니, 방에 있었어."

하긴 안 먹을 거면 식탁에 앉아 있을 필요가 없었겠지만.

"방에서 뭐 했어? 스마트폰 했어?"

"방에서 하는 건 네 소관이 아니지."

"그건 그래. 당신 있잖아, 휴대폰 충전 어디서 해?"

"저기."

천원은 당연하다는 듯 자기 방 TV 아래쪽 멀티탭을 가리켰다. 충전기는 안 보이니 저기 장 어디에 정리해 넣어 둔 모양이었다. 생각해 보면 이 용궁에서 휴대폰을 쓰는 사람은 나 말고는 천원밖에 몰랐다. 일단 최소한 용왕과 용궁부인이 안 쓴다는 건 알고.

나는 약간 투덜거렸다.

"용궁엔 콘센트가 너무 없어. 나도 내 휴대폰 방에서 충전하고 싶은데 콘센트가 없으니까 계속 걸덕 극우님한테 부탁해서 다른 데서 해 오거든. 있잖아, 용궁에 여기 말고 콘센트 있는 데가 또 어디어디 있어?"

천원은 마침 그때 머금고 있던 만큼의 죽을 삼키고 문득 빙긋 웃었다.

"몇 군데 없어."

"그래, 그럴 것 같았어. 자꾸 다른 사람한테 부탁하니까 미안해서 진짜."

그렇다고 부엌에서 다른 기기의 코드를 뽑을 수는 없잖아. 나는 그의 미소에 또다시 시선을 피했다. 천원은 평소보다 창백하지만 여전히 붉은 입술로 느리게 말했다.

"다 먹었어."

아, 어느새 벌써. 나는 내가 급조해 온 순무씨죽이 깨끗이 비워져 있어 놀랐다. 천원은 쟁반을 허벅지에 올린 채로 침대 등받이에 뒤통수를 댔다. 그 눈이 어딘가 평소보다 빈 것 같아 문득 이상한 생각이 들었다.

"저기, 천원."

혹시 어딘가 정말 심각하게 아픈가? 내 질문에 그는 시선만을 내게 주고 담담하게 물었다.

"왜?"

"……이따 아파서 식당에 못 내려오면 내가 또 밥 들고 올게. 사람 보내서 얘기해."

그는 우는 것처럼도 보이는 기묘한 미소를 지었다. 그것을 본 나는 이상하게도 가슴이 아파 눈을 깜박였다. 그러자 천원은 낮고 어딘가 쉰 듯한 목소리로 한숨처럼 말했다. 나는 그 목소리가 기억에 있었다.

"들어가."

그리고 천원은 점심때와 저녁때, 모두 식당에 나타나지도 않았으며 내게 사람을 보내지도 않았다.

"죽 좀 끓여서 올라갈게요."

남은 밥을 따로 담던 나에게 문 대덕이 묻는 말에 나는 인상을 한껏 쓰고 대답했다. 문 대덕의 얼굴이 약간 붉어졌다. 그녀는 놀란 듯 눈을 동그랗게 떴다.

"어디로요……?"

어디긴 어디겠냐.

"용자님 방이요."

아프면 뭐라도 먹어야 낫는 법이다. 아파서 입맛이 없다고 계속 굶으면 결국 하루 이틀 아플 걸 일주일 아픈 거고. 근처에 있던 주방장이 내게 와서 진지하게 말했다.

"아니에요, 연지 씨. 그럴 거 없어요."

이 사람은 또 왜 이래. 주방은 이제 다들 정리하는 분위기였지만 약간 어딘가 어두웠다. 나는 그것이 천원이 '또 시작' 했기 때문이라고 생각하고 있었지만.

"전처럼 안 싸워요. 아까 낮에는 죽 잘 드셨어요."

"아니, 용자님이 많이 안 좋으시다나 봐요."

주방장의 얼굴에는 그야말로 먹구름이 끼었다. 그러나 나는 오늘도 예술적으로 맛있었던 밥을 내려놓지 않았다.

"그러니까 뭐라도 올려야지요. 아니면 왜요, 토하셨대요? 뭘 못 드신대요?"

"아니, 그게."

주방장은 눈을 굴리다 입을 다물었다. 이상하네. 아니, 이제 답답해서 죽겠다. 못 먹는다면 못 먹는다고 말하면 되잖아. 이것도 무슨 집안 망신이야?

"왜요."

내 목소리가 슬슬 위험해졌다. 사람 좋고 마음 약한 주방장은 약간 눈물을 글썽이며 물러섰다. 나는 가마솥을 가리켰다.

"저 아까 육수 남겨 놓은 거 써요. 괜찮죠?"

"연지 씨이."

저 목소리 전에도 들었다. 천원에게 밥을 안 줬을 때도 저런 느낌으로 저 인간들이 안타까워했던 것 같다. 나는 눈에 힘을 주고 주방장과 문 대덕을 흘깃 노려보았다. 그들은 입을 다물고 자기들끼리 시선을 교환했다.

그래, 또 뭐가 비밀이 있으면 말아라. 나는 간다. 직접 가서 본인한테 물어보면 되겠지. 아무것도 못 넘길 정도로 아프다면 다시 들고 오면 되는 거고.

주방은 금세 정리되었다. 나는 내 필살 전복죽을 금방 끓여서 용궁에서 쓰는 훌륭한 도자기 그릇에 담았다. 그리고 쟁반에 담아서 주방과 식당 사이로 통하는 조용하고 불 꺼진 길로 나갔다.

월수궁은 오늘따라 조용했다. 이제 식당을 쓸 일이 없어서 그런지 특히 음식이 오가는 곳 부근은 야명주를 거의 덮어 놓아 낮과 많이 다르게 보였다. 그러나 문이 걸어 잠긴 곳은 없었고 나는 그럭저럭 길을 찾아 천원의 방으로 올라갔다.

천원의 방 부근에도 시종은 거의 없었고 야명주는 거의 덮여 있었다. 천원의 침실 앞을 지키는 시종은 낮에 있던 사람과 같은 사람이었는데 내가 다가가자 깜짝 놀란 얼굴을 했다.

"……김연지 씨? 여긴 무슨 일이세요?"

그의 시선이 쟁반으로 내려갔다. 천원의 침실은 이상할 정도로 어두웠다. 혹시 잠이 들어 야명주를 덮었다고 하더라도 그에게서 원래 나는 빛이 있지 않나. 혹시 그 빛도 잘 때는 잦아드는 걸까? 나는 가슴을 펴고 말했다.

"용자님 아프다셔서 죽 가지고 왔어요."

"아……."

시종은 어쩔 줄 모르는 표정을 지었다.

나는 시종의 얼굴을 빤히 보았다. 별말도 안 했는데 그의 시선이 흔들렸다. 나는 의심스러워하며 질문했다.

"용자님 주무세요?"

아무리 그래도 방 안에서 너무 아무 소리도 나지 않는다. 사람이 있으면 어떤 식으로든 소리는 나기 마련이고, 지금처럼 이 부근의 복도가 어둡고 지나는 사람이 없다면 자는 사람의 아주 작은 숨소리라도 어렴풋한 느낌처럼 들리기 마련이었다. 시종은 고개를 끄덕였다.

"네. 일부러 이렇게 와 주셨는데 죄송하지만 그냥 들어가셔야겠는데요. 쉬셔요."

"그래요?"

용이라 그런가? 그러나 시종은 그렇게 말하면서 심하게 눈이 떨렸고 나는 무척 수상하다는 느낌을 받았다. 심지어 시종은 목소리도 낮춰서 말하지 않았다.

"혹시 저 방에 안 계신 건 아니죠?"

인기척이 없어도 너무 없었다. 내 말에 시종은 어깨를 크게 움찔했다가 고개를 저었다.

"아니, 어, 당연히 계시죠. 용자님 방이잖아요."

"……그래요?"

속는 기분이지만 더 밀어붙일 수는 없었다. 혹시 정말 자는 거라면 깨우고 싶지 않다. 나는 한숨을 쉬고 돌아섰다.

그리고 복도 저편에서부터 다가오는 밝은 빛에 잠시 눈을 크게 떴다.

그 빛을 두른 사람은 잠시 후 자세히 보니 해야였다. 그녀는 남동생이 자주 입는 것 같은 흰 침의 차림이었지만 머리는 꼭 묶고 있었다. 남매가 너무 닮아서 잠깐 놀랐다. 그녀는 나를 보고 천천히 눈을 깜박였다.

"연지 씨? 아직 객당에 안 들어갔어요?"

해야는 구름 위를 걷듯 사뿐한 걸음으로 천원의 침실 방문 앞에 섰다. 그녀는 울적해 보였다. 나는 그녀에게 쟁반을 보였다.

"용자님이 식사를 안 하셨으니까, 죽이라도 드시라고 가져왔어요."

"아, 그래요. 고마워요."

해야는 죽을 보고 잠시 웃는 둥 마는 둥 입꼬리를 올렸다. 그러나 그 표정은 금세 어색해졌다.

"미안해서 어떡하지요. 지금은 천원이가 전복을 못 먹어요."

"왜요?"

"동물의 살은 사기가 강해서…… 그리고 지금은."

그녀는 분명히 한순간 멈칫했다.

"……애가 자는 것 같네요. 아무래도 며칠 앓을 것 같은데 다 나으면 그때 다시 한번 해 줄래요? 참 맛있는 냄새가 나네요."

사기……? 나는 그게 뭔지, 그리고 그러면 채소죽을 해 오면 먹을 수 있는 건지 물으려 했지만 해야는 바쁜 듯 먼저 말을 이었다.

"오늘은 들어가요. 신경 써 줘서 정말 고마워요. 그러니까…… 이 죽은 뒀다가 내일 아침에 줘도 되고, 아니면 주방 식구들끼리 먹어요."

그것은 날카롭지는 않아도 단호한 축객령이었다.

나는 납득하지는 못했지만 고개를 끄덕였다.

"아, 네. 그럼 늦었으니 용녀님도 쉬시고……."

ㅇㅇㅇㅇㅇㅇㅇㅇㅇ웅.

내 말이 끝나기 전 우레 같은 신음 소리가 지축을 울렸다.

이와 같은 소리를 나는 이전에 단 한 번 들어 본 적이 있었다. 절로 모골이 송연해지고 눈이 크게 뜨였다. 손에서 죽 그릇이 떨어질 뻔한 것을 해야가 순발력 좋게 잡았다.

"떨어뜨릴 뻔했네요."

그녀는 마치 아무 일도 없었다는 듯 빙긋 웃으며 말했지만 나는 어깨를 살짝 떨며 심장을 진정시켜야 했다. 확실히.

천원의 침실 안에서 들린 소리였다.

"저기, 지금 저 방 안에 용녀님 타고 오신 말이 있나요?"

해야는 피곤해 보였지만 눈을 잠시 크게 떴다. 이해하지 못한 것 같았다.

"달히라면 마구간에 있어요. 왜요?"

"지금 저 안에서 들린 소리가……."

"아, 아무것도 아니에요."

그녀는 퍼뜩 놀라더니 부자연스럽게 내 말을 끊고 죽 그릇을 제자리에 올렸다. 팔에 힘이 빠져 나는 하마터면 그것을 아예 놓칠 뻔했다. 해야가 내 어깨를 짚었다.

그녀는 정말로 힘이 셌다.

"신경 쓰지 말고 들어가요. 당신한테는, 그러니까."

그러나 내가 밀려 난 것이 과연 그녀의 힘 때문이었을까.

확언할 수 없었다. 나는 부끄러움을 느끼며 망연히 섰다. 시종은 얼굴이 창백하게 질려서 눈을 감았고 그것은 분명히 무슨 일이 있다는 의미로 보였다. 해야는 결국 쓴웃음까지 지었다.

"언젠가 말할 날이 올지도 모르지요."

그것으로 끝이었다.

나는 쟁반을 들고 돌아섰다.

"연지 아가씨. 주무세요?"

내게 노크를 배운 걸덕 극우는 문을 두드리더니 방문 앞에서 가만히 내 이름을 불렀다. 나는 이불을 걷어차고 일어섰다.

"안 자요. 들어오세요."

걸덕 극우는 문을 매끄럽게 열고 들어와 생긋 웃었다. 나도 그녀가 반가워 반쯤 웃었다.

"휴가는 잘 다녀오셨어요?"

"네. 선물 사 왔어요. 잠깐만요."

내가 트렁크 쪽으로 걸어가는 동안 걸덕 극우는 명랑하게 방 안으로 들어왔다. 그녀가 문을 연 사이 잠깐 풍경 소리가 들려왔다. 풍경 소리는 때대댕 하고 약간 잦게 울리고 있었다. 물결이 많이 이는 모양이었다.

"지금 밖에 바람 불어요?"

걸덕 극우가 문을 닫자 그러나 그 소리는 그대로 사라졌다. 그녀는 밝게 말했다.

"네. 지상에 봄비가 온대요. 슬슬 휴가 기간이 다가오는 모양이라 저희도 분위기가 어수선해요."

용궁엔 봄 휴가가 있나?

"무슨 휴간데요?"

걸덕 극우는 아주 당연하지 않냐는 듯 대답했다.

"산란 휴가요."

나는 깊게 묻지 않기로 했다.

트렁크 한쪽에 잘 넣어 둔 과일 모양 사탕 중 한 통을 꺼내 주자 걸덕 극우는 밝게 기뻐했다. 아무래도 용궁 사람들은 오색이 화려한 것을 좋아하는 것 같았다.

"어머나, 예뻐라. 감사합니다. 이렇게 귀한 걸 다 가져다주셨어요."

"별로 귀한 건 아니에요. 지상에는 아무 데나 있는 거예요."

"지상의 물건이니까 귀한 거지요. 용궁 어디서 받겠어요. 이건 보석 같은 건가요?"

그녀는 즐거워하며 유리 사탕통의 구석을 들여다보았다. 나는 지쳐서 도로 침대로 돌아가 앉았다.

"과자니까 드세요. 딱딱하니까 입에서 녹여 드세요."

"어머나, 세상에. 묘하기도 하네요."

걸덕 극우는 통을 열려고 노력하다가 테이프에 걸려 좌절했다. 나는 침대에 앉아 손짓했다.

"이리 주세요. 열어 드릴게요."

"아녀요. 제가 할 수 있어……요! 왜!"

결국 투명한 사탕통 뚜껑은 테이프와 함께 뻥 소리를 내며 열렸고 사탕 몇 개는 바닥에 떨어졌다. 나는 한숨을 쉬었다. 걸덕 극우가 내 눈치를 보았다.

"……저기, 연지 씨. 죄송해요. 제가 어서 치울게요."

"아니, 괜찮아요."

이 깊은 바닷속에 개미가 다니는 것도 아니다. 나는 한숨을 쉬었다. 걸덕 극우는 내 눈치를 더 보았다. 미안한 일이었지만 솔직히 너무 피곤하다.

"……걸덕 극우님."

그녀가 사탕을 주워 소매에 집어넣는 것을 보다가 나는 한숨처럼 말했다.

"네, 연지 아가씨."

"사기가 뭐예요?"

남을 속인다는 그 사기는 아닐 것 아냐. 걸덕 극우는 잠시 멈칫했다가 나를 측은하게 보았다.

"흙으로 구운 그릇이에요. 모르셨구나."

아니거든.

"아니, 아까 천원 용자님 아프다고 식사를 안 하셔서 전복죽을 끓여 갔었거든요."

"예에?"

그녀는 기겁했다. 나도 따라서 어깨를 움찔했다. 그녀는 주방 사람들보다 더 노골적으로, 내가 어떤 '금기'를 범했다는 것에 놀라워하고 있었다. 나는 그만 울고 싶은 기분이 들었다. 머리가 아프다.

그 울음소리가 지워지지 않는다.

"연지 아가씨, 앞으로 한동안은 용자님 방에 가시면 안 돼요. 절대로요."

그녀는 고개를 마구 젓고 나에게 진지하게 조언했다. 나는 사기에 대해서는 다음에 다른 사람에게 묻기로 하고 한숨을 쉬었다.

"알았어요."

걸덕 극우는 내게 인사하고 방을 얼른 떠났다. 나는 그녀의 뒷모습을 보다가, 그녀가 오늘은 내 휴대폰을 가져가겠다고 먼저 말하지 않았다는 것을 깨달았다.

※　※　※

"별 주부님!"

멀리서 보인 등에 나는 목소리를 높였다. 흰 포와 바지를 입고 있는 데다 머리 위에 진주로 장식한 낯선 모자가 있어 긴가민가했는데, 다행히 돌아본 사람은 아는 얼굴이 맞았다.

그는 나와 눈이 마주치자 빙긋 웃었다. 나와 그는 열 걸음 정도 떨어져 있었다. 나는 얼른 달려가 웃으며 인사했다.

"안녕하세요. 오늘은 전내부로 출근하세요?"

그가 용궁의 옷을 입고 있는 것은 처음 봤다. 머리가 길어 틀어올리곤 하는 다른 용궁 사람들과 다르게 별은 지상에서 볼 때와 같이 머리칼이 짧았다. 그는 내게 친절하게 대답했다.

"예. 오늘은 전내부로 출근합니다. 연지 씨는 여기 어쩐 일이세요?"

우리가 있는 곳은 내가 머무는 객당과 수라간 사이를 잇는 길은 아니었다. 별과 마주친 것은 우연이었지만 일부러 내가 전내부 건물 근처를 얼쩡거린 것도 맞다. 나는 쓴웃음을 지었다.

"오늘은 휴가예요."

"그러세요?"

그는 순순히 그렇게 되물었지만 잠깐 이상하게 생각하는 것 같았다. 그도 그럴 것이.

"용자님이 식사를 안 하셔서 뜬금없이 휴가가 됐어요."

계약할 때 있었던 휴가는 아니지. 와, 계약서에 없는 휴가도 주고, 용궁 복지 좋네. ……라고 할 것 같냐!

"주방에서 뭐라도 도우려고 했는데 다들 필요 없대요. 저 쫓겨난 거 맞죠?"

눈치로 봐서는 혹시라도 또 뭔가 만들어서 천원에게 간다고 우길까 봐 그러는 것 같다. 아니, 그게 말이 되냐고. 그리고 내가 뭐 없으면 못 갈 것 같냐?

"……아, 그러셨어요."

환장하게도 별은 이해하는 것도 같은 표정을 지었다. 설명할 필요는 없으니 다행이었다. 어젯밤에 있었던 일은 이미 용궁 전체에 소문으로 퍼진 것 같고.

"……지금 출근길이니까 시간 없으시죠?"

나는 확인했다. 별은 흰 포에 의외로 어울리는 심플한 손목시계를 들여다보았다.

"괜찮아요. 여유 있게 나왔어요."

다행이다. 나는 그의 옆에서 걷기 시작했다.

"그래도 저 때문에 지각하시면 안 되니까, 가시는 데까지 데려다드릴게요."

그는 나와 비슷한 속도로 천천히 걸음을 떼며 작게 웃음을 터뜨렸다.

"데려다주시게요?"

"평소엔 별 주부님이 데려다주시니까 저도 한번 해 보게요."

그는 또다시 웃음을 터뜨렸다. 그 웃음소리는 수줍은 느낌이 있으면서도 즐겁게 들려 꼭 저 황금 풍경 같았다.

생각해 보면 나는 천원이 이렇게 웃는 소리는 들은 적이 없었다. 만약 그가 이렇게 웃는다면 어떤 느낌일까. 아니, 용이 웃는 건 어떤 느낌일까?

"감사합니다."

"아, 그거 아세요? 용자님 아프시고 이제 제가 휴대폰 충전을 못 해요. 솔직히 말씀해 주세요. 용궁에 휴대폰 충전할 수 있는 데 따로 없지요?"

"네, 용궁에서 휴대폰을 충전할 수 있는 곳은 용자님 방밖에 없지요."

그런 것 같았다. 다음 휴가 때는 그럼 어떻게 해야 하나. 휴대용 전지를 서른 개쯤 사와서 매일 그걸로 충전해야 하나. 이제 장소를 알았으니 걸덕 극우에게 시키기엔 미안하고, 그렇다고 내가 가서 천원에게 너의 콘센트를 쓰겠으니 그런 줄 알라고 말하기엔 민망하다. 나는 한숨을 쉬었다.

"……필요하시면 제가 지상에서 배터리를 사 올까요?"

별은 내가 가만히 두 걸음을 더 걷자 나를 물끄러미 보며 물었다. 나는 얼른 손을 저었다.

"아니에요, 아니에요. 당장 휴대폰 써야 하는 건 아니에요."

"그래도 혹 필요하실지도 모르니."

"아니에요. 그러실 필요 없어요. 남은 배터리도 있고요."

혹시 몰라서 전원을 꺼 뒀고, 우리 집은 어차피 서로에게 자주 연락하지도 않는다. 나는 멍하니 조금 더 걷다가 덧붙였다.

"책 가져와서, 어제는 시간 남을 때 그거 읽고 있었어요."

별은 그 말에 성실하게 관심을 보였다.

"전에 읽고 계시던 그 책인가요?"

"네."

"책을 좋아하시네요."

"좋아하는 편이에요. 요 몇 년은 요리책하고 자격증 문제집만 보고 있었지만요."

"자격증이라면 어떤 자격증인가요?"

"요리에 관해서 제가 딸 수 있는 걸 몰아서 다 땄거든요. 저 이력서 보시면 자격증란이 길어요. 사실 보통은 그렇지만요."

자격증을 따는 것 자체는 그렇게 어렵지 않으니까. 물론 종류에 따라 난이도가 다르지만. 별은 눈을 휘며 웃었다. 그의 허리띠에 달린 세 줄의 장식이 가끔 물결을 타고 흔들렸다.

"요즘 요리는 참으로 오묘하고도 희한한 것이 많아서, 이런 세상에서 요리를 업으로 삼으시는 분들은 대단하다고 생각합니다."

"요즘 요리요?"

그러고 보니 별의 나이가…… 그랬지. 나는 궁금해서 물었다.

"별 주부님도 요리하세요?"

"근무 시간 중에는 식사를 받습니다만, 그렇지 않을 때는 제가 요리를 해야지요. 굶을 수는 없잖아요."

하긴 그렇다. 전에 삼겹살을 먹을 때 그가 자신은 계속 혼자 살았다고 말해 주었었다. 누구랑은 다르게 정말 쓸모 있네. 나는 빙긋 웃었다. 기분이 약간 좋아졌다.

"그렇죠. 어떤 음식 좋아하세요?"

별은 잠시 고민했다.

"저는 뭐든지 잘 먹습니다만, 전에 함께 먹었던 된장찌개가 기억에 남네요."

어, 그 말엔 기뻐졌다. 가슴도 잠깐 뛸 뻔했다. 나는 여전히 웃는 얼굴로 부드럽게 말했다.

"그 집 맛있었지요. 다음에도 기회 되면 같이 먹으러 가요."

"그럴까요."

그는 마주 보고 웃었다.

전내부 건물이 눈에 들어왔다. 나는 걸음을 멈췄다. 이번에는 다른 의미에서.

심장이 마구 뛰기 시작했다.

"저기요, 별 주부님."

별은 나와 같은 시간에 걸음을 멈췄다. 그는 나를 보고 평온하게 물었다.

"네?"

"그게요……."

사기가 무엇인지, 가져온 책을 샅샅이 뒤져 보았지만 그런 단어는 나오지 않았다. 결국은 휴대폰 배터리를 써 가며 인터넷을 검색했다. 인터넷은 자주 끊겼기 때문에 제대로 된 정보를 찾기 힘들었다. 그나마 내가 짐작한 것은, 그 사기가 도자기나 속인다는 의미가 아니라 아마도 몸의 기운을 저해하는 기운이라는 의미의, 한의학에서의 사기가 아닐까 하는 정도였다.

그러나 그것은 내게 어떤 정보도 되지 않았다. 인터넷에서 찾은 정보는 사람의 몸에 있는 올바른 기운인 정기와 올바르지 않은 기운인 사기가 다투다 사기가 이기면 질병이 생기는 것이라고 했다. 그렇다면 사기가 위험하다는 것은 단순히 천원이 아프다는 말 외에 무엇이 된단 말인가. 그가 앓고 있다. 그것은 나도 알았다. 용궁의 모두가 알고 있는 것 같다.

나는 머뭇거리다, 하려던 질문을 바꿨다.

"······산란 휴가라는 거 별 주부님도 가세요?"

"네. 자라 혼혈은 5월에 교대로 갑니다."

잠깐만.

"별 주부님은 결혼 안 하셨다면서요."

"여동생이 산란해서 돌보러 갑니다."

그는 웃으며 당연한 듯 말했다. 바쁘구나. 나는 한숨을 쉬었다.

그래, 그만두자. 이 사람에게 물을 일은 아니었다.

왠지 묻고 싶지 않았다.

나는 우울할 때 뭘 했더라.

평소라면 당연히 요리지만, 지금처럼 주방에서 나를 기피하는 분위기에서 그 질문을 받아 본 적은 없었다. 한참 고민하던 나는 머리를 질끈 묶고 객당에 딸린 내 부엌을 이용하기로 했다. 휴가에서 돌아온 지 얼마 되지 않아 재료랄 것은 별로 없었고 뭔가를 달라고 요구하기에도 난감했기 때문에 할 수 있는 것은 많지 않았다. 그나마 전에 지급받았던 밀가루가 남아 있어 다행이었다.

탓, 탓. 강력분에 찹쌀가루를 잔뜩 넣어 만든 반죽을 한참 주무르다 나는 당황했다. 호떡을 구울 생각이었는데 생각해 보니 객당 부엌에는 당연히 발효기가 없었다. 춥지도 덥지도 않은 용궁에서 어떻게 하면 발효를 시킬 수 있는 걸까. 내가 이불에 얘랑 같이 들어가 있으면 되는 걸까. 되는 일이 없다.

······아무래도 생각이 제대로 되지 않는 것 같다. 나는 부엌 바닥에 쪼그려 앉아 한숨을 쉬었다.

객당 부엌은 저 월수궁 수라간과 다르게 어둡고 좁고 구식이었다. 아무래도 진흙으로 만든 것 같은 아궁이는 매일 걸덕 극우가 불씨를 관리해 주고 있었지만 나는 거의 쓰지 않았다. 혹시 앞으로도 천원이 아플 때마다 이렇게 객당에 들어와 있어야 한다면 쓰는 방법을 익혀야 할 것 같았다······.

그리고 생각해 보니 반죽을 왜 여기서 하고 있는 걸까. 반죽은 그냥 저기 툇마루에서 하면 되잖아.

"김연지 씨."

그때, 부엌의 열린 문 너머 마당에서 내 이름을 부르는 목소리가 들렸다. 나는 열없이 부엌 문 쪽에서 마당을 들여다보았다. 내가 모르는 시종이 훌륭한 차림을 하고 서 있었다. 그는 나를 보고 빙긋 웃었다.

"김연지 씨?"

"네. 제가 김연지인데요."

"천원 용자님께서 부르십니다."

"네?"

나는 창피하게도 부엌 문지방에 걸려 넘어질 뻔했다. 시종은 친절하게 걱정하는 얼굴을 했다.

"괜찮으세요?"

"아, 네. 괜찮아요."

다행히 부엌 문이 달린 기둥이 바로 옆이라 심한 창피는 면했다. 나는 내 머리 꽁지를 한 번 만져 보고, 치던 반죽을 한 번 보고, 그리고 내 침실 쪽을 한 번 보고, 다시 그 세 가지를 두어 번 정신없이 반복했다. 그러니까.

"이 차림으로 가도 될까요?"

나는 후드티에 청바지 차림이었고 후드티 배 부분은 흰 가루가 범벅이 되어 있었다. 정장을 꺼내 입기도 그렇고 조리복을 입기도 지금은 좀 그런데. 아니, 그보다 왜 날 따로 부르는 걸까. 시종은 주저하지 않고 고개를 숙였다.

"그럼요. 어서 가시지요."

"아, 네."

나는 문지방을 넘어 손을 탈탈 맞부딪쳐 털며 그를 따랐다. 시종은 매끄러운 발걸음으로 객당을 나서 해궁을 향했다. 혹시 내가 지금 모르는 사람이 사탕 준대서 따라가는 건 아닌가 하고 잠깐 의심했던 나도 그 태도에 망설임이 없어 금세 그 의심을 거두었다.

172

해궁의 복도는 전에 왔던 때처럼 밝았다.

복도에는 사람이 많이 오갔고 시종은 나를 천원의 사무실 앞으로 이끌었다. 천원의 사무실 앞에는 내가 얼굴을 알지만 저번의 그 사람은 아닌 시종이 서 있다가 우리를 맞았다.

"어서 오세요. 용자님께서 기다리십니다."

"그럼 저는 가 보겠습니다."

"예, 감사합니다."

나를 데려온 시종은 그대로 자리를 떴다. 나도 그 뒤에 대고 나도 모르게 밝은 목소리로 인사했다.

"감사합니다."

천원의 사무실 문에서는 환한 빛이 나왔다. 시종은 문 안쪽에 대고 평온하게 고했다.

"용자님, 김연지 씨 오셨습니다."

아마도 숨을 한 번 쉴 정도의 시간이 흐른 다음, 깊은 목소리가 그 문 안쪽에서 나왔다.

"들라 해라."

나는 그만 웃었다. 끝까지 나에게는 하대다. 다른 사람은 하대하지 못하게 하면서. 시종은 문을 열었고 그 열리는 문틈으로 눈부신 빛이 흘러나왔다.

"드시지요."

나는 시종에게 인사하고 방 안으로 들어갔다.

천원의 사무실은 이전에 봤을 때와 다르지 않았다. 다만 전보다 종이가 많이 쌓여 있었고 그는 혼자 책상 앞에 앉아 있었다. 그의 혈색도 괜찮았다.

천원의 검은 눈은 그렇게 밝은 빛이 나오는 사람의 것이라고는 믿기 힘들 정도로 짙고 선명했다. 그는 나를 한가롭고 오만하게 불렀다.

"……연지."

이상하게, 정말로 이상하게 그 목소리에 가슴이 크게 뛰었다.

아, 무슨 일인지는 알 것 같았다. 그러나 역시 그를 향해 가슴이 이렇게까지 뛰는 것은 이상한 일이었다. 인정하면 자존심이 상할 것이다. 나는 울렁거리는 가슴에 토할 것만 같은 기분으로 웃었다. 나 자신도 이상한 기분이었으니 아마 그가 보기에는 엉망진창인 표정이었을 것이다.

그는 눈을 한 번 깜박인 후 내게 가만히 말했다.

"……배고파."

그건 그냥 월수궁 수라간에 주문해라. 나는 그러나, 여전히 울렁거리는 가슴에, 토하지 않기 위해 입을 막고 웃으며 물었다.

"뭐 해 줄까? 먹고 싶은 거 해 줄게."

천원은 내가 끓여 온 전복죽을 금방 깨끗이 비웠다.

"잘 먹네."

그간 내가 해 준 적이 없고 다른 사람들이 해 줄 때는 딱히 잘 먹던 음식이 아닌데, 왜 전복죽 이야기부터 했을까. 나는 어느새 시종이 꺼내 둔 나무 의자에 앉아 물었다.

"내가 왔을 때 안 잤어?"

자면서 앓은 게 아닐까도 생각했었는데. 천원은 담담하고 분명한 발음으로 대답했다.

"다 먹었어."

대답이 아니네. 나는 그의 옆얼굴을 보았다. 아까의 울렁거림은 많이 가라앉아 있었지만 아직 위험했다. 그에게서는 평소처럼 은은한 달빛 같은 것이 났고 눈의 흰자위는 보통 사람보다 희었다. 붉지도 노랗지도 않다. 겉만 보면 나보다 훨씬 건강하다.

"나는 요리사로 계약했지 메이드로 계약해서 온 거 아니야. 아픈 사람에게 베푸는 친절은 가져다준 데까지야."

그는 이해하지 못한 얼굴로 나를 보았다. 나는 책상의 빈 부분을 가리켰다.

"다 먹었으면 나한테 말하지 말고 빈 데 밀어 둬."

물론 그래도 아마 내가 가지고 나가겠지만.

"알았어."

그의 주변에는 종이가 너무 많이 쌓여 있었기 때문에, 천원은 일어서서 쟁반을 옮겼다. 그는 자기 자리로 돌아오더니 아까와 똑같이 바르게 앉아 나를 보았다. 나는 아마도 필요 이상으로 방어적으로 물었다.

"왜?"

"네 표정이 이상해."

그는 환장하게도 고개를 슬쩍 갸웃했다. 그의 높은 관모에는 산호 가지와 황금꽃이 장식되어 있었는데, 그 황금꽃은 끄트머리에 잔잎이 많이 달린 보요였고 그가 움직일 때마다 소리 내며 반짝였다. 나는 무뚝뚝하게 우겼다.

"어디가?"

"……모르겠어."

솔직하구나. 하긴 그는 처음 볼 때부터 솔직한 편이었다. 나 개인의 가치관으로는 뻔뻔하고 예의가 없다고 할 수도 있겠지만. 그는 눈을 가늘게 뜨고 내 얼굴을 들여다보았다. 나는 고개를 숙이지는 않았지만 시선은 돌렸다. 천원은 깊은 숨을 한 번 쉬고 나서 내게 여전히 이상하다는 투로 말했다.

"왜 그런 표정을 짓고 있어?"

"어디가 이상한지도 모르겠다면서, 그런 표정은 뭐야."

"……그래도 이상해."

천원은 여전히 분명하게 말했다. 나는 한숨을 쉬었다.

"……나 갈래."

내 표정을 감출 수 없다면 얼른 돌아가는 게 낫겠다. 천원이 식사를 다시 시작했으니 이 다음 끼니부터는 나도 주방에 합류해야 할 테고. 그는 인상을 썼다.

"왜?"

"왜긴. 배고파서 나 부른 거 아니야? 밥 줬으니까 이제 간다고. 일해."

그는 눈을 조금 가늘게 떴다. 그리고 그 자신도 모르겠다는 듯 시선을 책상으로 내렸다. 그가 보는 서류는 어떤 것은 용궁문으로 적혀 있었지만 어떤 것은 한자로, 그리고 어떤 것은 아주 옛날 방식의 한글로 쓰여 있었다.

"아니……."

나는 그가 무슨 말을 하는지 듣기 위해 기다렸지만 시선은 그의 서류에 두었다. 천원은 그 대목에서 오랫동안 입을 다물었다가 담담하게 말했다.

"……맛있었어."

그것 또한 대답은 아니었다.

그러나 그 말에 가슴이 아까처럼 또다시 울렁거렸으므로, 나는 일어나 그가 두었던 쟁반을 들었다. 그리고 얼른 몸을 돌렸다.

"갈게."

툭 던진 말은 꼭 어리광을 부리는 것처럼 나왔다. 나는 당황했지만 천원은 단정한 말투로 짧게 잘랐다.

"그래."

연지.

그가 내 이름을 불렀던 것이 떠올라 얼굴이 붉어졌다. 와, 진짜 내가 미쳤나 보다. 돌아서 있어서 다행이었다. 나는 최대한 빨리 걸음을 옮겼다. 황금 병풍을 지날 즈음 천원이 다시 내게 말을 걸었다.

"연지."

그 목소리는 메아리처럼 느껴졌다. 나는 병풍 옆에서 그를 보지 않고 멈춰 섰다.

"왜?"

이번에는 다행히 대답이 정상적으로 나왔다. 아니, 다행할 것도 없다. 그게 정상이다. 정상이었다. 나도 그의 이름을 부를 수 있다. 그리고 그것에는 아무 의미도 없었다.

"저녁에 휴대폰 보내."

맞다, 그 문제도 있었다. 나는 심호흡하고 대답했다.

"알았어. 고마워."

월수궁 복도는 야명주가 이제 절반쯤 벗겨져 있어, 이전보다 훨씬 활기차게 보였다. 복도를 걷는 사람들도 많았고 천원의 침실 문에서는 확실한 빛이 나왔다. 문 앞에 있던 시종은 나를 보고 친절하게 인사했다.

"어서 오세요, 김연지 씨. 무슨 일로 오셨습니까?"

나는 내 손의 휴대폰을 들어 보이며 떨떠름한 표정을 지었다. 시종은 그러나 여전히 친절하고 밝은 표정이었다.

"아, 그거요. 오늘은 직접 오셨네요? 걸덕 극우는 무슨 일이 있나요?"

"아뇨, 그냥 오늘은 제가 왔어요."

걸덕 극우가 아니라 나한테 무슨 일이 있었지. 휴대폰 충전을 하는 장소가 어디인지 드디어 알게 돼서, 이제는 남한테 맡길 수 없게 되었다는 일이. 하필 이곳이람. 평범하게, 모든 건물의 모든 방에 각 세 군데 정도 콘센트를 만들어 두란 말이야. 난 이제 노트북도 못 써.

"그러셔요? 그럼 고하겠습니다. 해야 용녀님도 와 계신답니다."

부엌일이 다 끝나고 왔으니 꽤 늦은 시간인데? 정성이다. 시종은 문 안쪽에 대고 멋지게 말했다.

"용자님, 해야 니림, 김연지 씨 오셨습니다."

"들라 해라."

천원의 목소리 뒤를 해야가 바로 이었다.

"그리고 너는 이따 나와 이야기를 하자꾸나. 용녀님이라 부르지 말라 그리 일렀거늘."

시종의 얼굴이 약간 파래졌다. 나는 튀어나오려는 웃음을 죽이고 그가 열어 준 문을 통해 들어갔다.

천원은 청자 의자에, 해야는 천원의 침대에 앉아 TV를 보고 있었다. 나는 오랜만에 듣는 TV 소리에 내심 반가워하며 그쪽을 보았다. 해야는 나를 보고 활짝 웃었다.

177

"어서 와요, 연지 씨. 테레비 보고 있었답니다."

해야의 우아한 입술에서 나온 '테레비'는 묘했다. 천원은 나를 보고 물었다. 그는 이제 완전히 머리를 풀고 있었다.

"직접 왔어?"

"이제 충전하는 데가 어딘지 알았으니까, 남한테 부탁하기 미안해져서."

나는 들고 있던 휴대폰을 또 그에게 보였다. 천원은 TV로 시선을 다시 돌리지 않고 나를 빤히 보았다. 해야가 경쾌하게 물었다. 그녀는 기분이 아주 좋은 것 같았다.

"어마, 연지 씨도 그 스마트폰인가 하는 거 가지고 있네요. 나도 써 보려고 했는데 끝까지 이해를 못 했답니다."

그래서……! 나는 갑자기 해야도 스마트폰을 썼다면 작금의 불편한 방문은 필요가 없었을 거라는 생각이 들어 약간 속이 쓰려졌다. 오기 전에 얼마나 혼자 민망해했는지 모르는데.

천원은 나를 보는 채로 해야에게 말했다.

"어려운 거 없어. 그냥 시키는 대로 하면 돼."

"그걸 모르겠다니까. 나는 테레비 리모콘도 아직 신기하다, 애."

격세지감이 느껴진다. 해야의 유학은 과연 언제였는가. 프랑스 혁명이 일어나기 전일까 후일까. 잘하면 메디치 가문의 요리사들이 카트린느를 따라 프랑스로 가기 전이었을 수도 있지 않을까.

남매가 좋은 시간을 보내는 것을 방해하지 않기 위해 나는 TV 아래 멀티탭으로 가서 휴대폰 충전을 시작했다. 해야가 내게 손짓했다.

"이리 와 앉아요. 같이 테레비 봐요."

네?

"봐."

천원은 내 놀란 얼굴이 겸허한 사양으로 보였는지 아무렇지도 않게 권했다. 나는 내가 이상한 것인지 고민하면서 해야의 옆으로 갔다. 천원의 침대는 크고 푹신한 베개가 있어 허리를 받치고 편하게 앉기 좋은 공간이었다.

해야는 천원과 비슷하지만 끝동이 자주색이고 전체적으로 당초문이 수놓인 예쁜 침의를 입고 있었는데 허리춤의 향낭에서 나는 것인지 좋은 향기가 났다. 그녀는 내가 앉자 이불도 내주었다.

"마침 페루 이야기가 나와서 보던 중이었어요."

"그래요?"

과연 뉴스에서 아나운서가 남미 쪽에 뜬금없이 찾아온 지진에 대해 심각하게 보도하는 중이었다. 나는 갑자기 걱정되어 해야를 보았다.

"페루에 지진이 났어요?"

"그런가 봐요."

해야의 대답은 이번에도 경쾌했다. 아니, 나한테는 남 일이지만 당신은 아니잖아.

"괜찮아요?"

그녀는 나를 보고 방긋 웃었다. 나는 천원의 무뚝뚝한 표정을 아까 혼자서 백 번도 넘게 리플레이하고 왔기 때문에 그 환한 웃음이 신기했다.

"그럼요. 별로 큰 지진도 아닌데요."

천원은 들으라는 듯 크게 한숨을 쉬었다. 해야는 남동생을 무시했고 나는 입을 다물었다. 천원은 결국 자기 목소리를 높였다.

"큰일이잖아. 빨리 누나 집에 가."

해야는 자기와 자기 남동생 사이에 있던 내 몸을 가볍게 타고 넘어 천원의 턱을 움켜쥐었다. 천원은 불평했지만 그 발음은 턱의 상태 때문에 불분명했다.

"아, 하이 멀러거."

"한 번만 더 참견하면 확 내쳐 버릴 테니 그리 알렴."

여기 누구 방이더라. 천원도 나와 비슷한 생각을 하는 것 같았지만 그는 얌전히 입을 다물었다. 해야의 눈이 번뜩이며 살벌하게 빛났다는 점을 고려하면 현명한 선택이었다.

이것도 조금 궁금하긴 했다. 나는 갑자기 마음이 조금 밝아지는 것을 느끼며 해야에게 가볍게 물었다. 그녀는 다시 자세를 고쳐 내 옆에 우아하게 앉았다.

"그러고 보니 용녀님 남편분은 지금 페루에 계신 거지요? 페루 분이세요?"

"음······."

해야는 잠깐 고개를 갸웃했다.

"지상의 국적은 인간에게만 적용되는 거지요? 산이나 물은 보통 여러 나라를 거쳐서 있으니까요. 하지만 굳이 따지자면 페루에서 발원한 강의 용왕의 아들이니까, 페루 출신이라고 할 수도 있겠지요. 저희 시부께서도 자녀가 많으시어 살 곳을 찾지 못한 이가 많은데, 저희는 운이 좋았답니다."

"복잡하네요."

나는 멍해져서 맞장구를 쳤다. 해야는 그때부터 페루의 강에는 어떤 생물들이 산다느니 어느 시누이가 최근에 동아시아를 방문했는데 그때 따라오고 싶어 좀이 쑤셨다느니 하는 이야기를 명랑하게 늘어놓았다. 천원은 가끔 끼어들려고 했지만 그럴 때마다 해야에게 눈빛으로 제지당해 입을 다물어야 했다.

"그럼 그때도 오시지. 저, 달히였던가요? 그 말을 타면 금방 오갈 수 있지 않나요?"

"아유, 시간이 문제가 아니지요."

해야는 손사래를 쳤다.

"저희 신랑이 제가 없으면 얼마나 성화를 부리는지. 하루를 그냥 내버려 두질 않는답니다."

지금 해야가 여기 온 지 얼마나 지났더라. 심지어 천원은 이번엔 코웃음을 쳤다. 해야는 동생에게 짜증을 냈다.

"왜?"

"별로."

천원은 기민하게 TV로 시선을 돌렸다. 나는 그의 시선이 겨우 내게서 떨어지자 조금 안심했다. 이불로 하반신이라도 덮어서 다행이지, 숨을 못 쉬고 있었다.

해야는 내게 붙임성 있게 말을 걸었다.

"연지 씨는 여행을 많이 다녔지요? 페루에는 와 본 적이 없다고 했던가요?"

"네. 남미는 안 가 봤어요. 미국에만 잠깐."

"유럽은 어디어디 가 봤어요?"

"일단 마르세유, 니스, 쾰른, 바르샤바, 피렌체…… 유학 중에 여행으로 방문한 데야 많죠."

"어머나, 멋져라. 나도 유학 가 있을 때 그렇게 여행을 많이 다녔어야 하는데, 나가자마자 저희 신랑을 만나는 바람에 아무 데도 못 갔어요."

남편을 만난 거랑 무슨 상관이지? 내가 눈을 깜박이자 해야가 뺨을 약간 붉히며 종알거렸다.

"루아르 용왕 니림이 저희 신랑 삼촌이시거든요. 그래서 그쪽 용궁에서 만났는데…… 만나자마자, 세상에, 아무 데도 못 가게 하고 매일 쫓아다니지 뭐겠어요. 신랑이 자주 놀러 가는 마을에서 매일 똑같은 빵 사 먹고, 똑같은 길 걷고 그랬어요. 가끔 벼락이 치는 밤에는 함께 용마를 타고 구름 위로 올라가서 별을 구경하기도 했는데……."

우와. 멋있다. 나는 괜히 간지러워져서 깔깔 웃었다.

"첫눈에 반하셨나 봐요."

"그랬대요. 솔직히 나는 여기 용궁을 이어받을 생각이었고 그런 교육을 받고 있었으니까, 결혼한다면 여기로 와 줄 사람이 좋다고 생각했지만요. 그래서 몇 번이나 거절했는데 결국은 졌지요."

해야는 예쁘게 빙긋 웃었다. 나는 그녀를 보고 첫눈에 반한 남자가 천 명이 있다고 해도 의심할 수 없었다. 그건 그런데.

"실례지만 남편분은 그럼 여기로 오시는 건……."

살 곳이 없어서 난처하기까지 할 거라면 그냥 여기로 오면 됐잖아. 해야는 손을 저었다.

"저희 신랑은 어른들하고 사는 건 싫다고, 어디 산 속의 빈 샘을 찾는 한이 있어도 우리 둘이 살아야겠다고 우겼거든요. 지금은 후회하고 있겠지만요."

"왜요?"

나는 조금 웃었다. 해야는 잠깐 멈칫했지만 곧 지금까지처럼 명랑하게 설명했다.

"페루도 요새 환경 오염이 심각해서요. 자기 자리 지키려면 용왕 부부가 동시에 자리를 비울 수는 없지요."

천원은 또 한숨을 쉬었다.

"그러니까 매형은 데리러 못 와. 빨리 가."

"어머나, 기대도 안 해. 난 여기 있을 만큼 있을 거란다."

해야는 입을 비죽거렸다. 그러니까 왜 해야가 여행을 자주 하지 못했는지 이해했다. 남편이 같이 있자고 조르는데 그렇다고 같이 집을 비울 수는 없었던 거구나. 나는 해야가 천원을 또 꼬집기 전에 TV를 가리켰다. 마침 뉴스가 끝나 새 드라마 광고가 나오고 있었다. 며칠 전의 휴가 때도 봤던 것이다.

"어, 새 드라마 하나 봐요. 용녀님도 드라마 보세요?"

"그럼요. 모래시계를 재미있게 봤답니다."

해야는 천원에게서 눈을 떼었다. 나는 천원이 또 나를 쳐다보기 시작해 시선을 TV에 고정시켰다. 새 드라마는 일식집 주방에서 일하는 여주인공과 음식을 돈벌이 수단으로만 생각하는 남주인공의 로맨스인 모양이었다. 물론 남주인공에게는 음식을 돈벌이 수단으로만 생각하게 된 어린 시절의 상처가 있겠지.

"연지 씨, 저런 이야기가 정말 있어요?"

화제 돌리기에 성공한 모양이었다. 해야는 내게 가볍게 물었다. 나는 쓴웃음을 지었다.

"있기야 하겠지만 저는 못 봤어요."

"그래요? 연지 씨는 저런 남자 어떻게 생각하는데요?"

"자기가 좋아하는 걸 돈벌이 수단으로만 생각하는 사람이 예쁠 수 있는지는 잘 모르겠어요. 저거야 드라마니까 여주인공으로 인해 남주인공 생각이 바뀌어 가겠지만, 실제로는 사람 생각이라는 게 바뀌기 힘들잖아요? 사람은 누구나 다 생각이 다르지만, 중요한 가치관은 맞는 구석이 있어야 이루어질 수 있지 않을까요."

"그러네요."

해야는 또 깔깔 웃었다.

우리는 그 후로도 시시껄렁한 이야기를 나누며 TV에 나오는 자막이니 인간 군상극을 품평했다. 이윽고 충전이 끝났는지 휴대폰에 불이 들어왔다.

늦은 시간이므로 계속 그쪽에 신경을 쓰고 있었다. 나는 얼른 일어났다.

"휴대폰 충전이 다 됐네요. 이제 전 들어갈게요. 재미있게 노세요."

"어머나, 아쉬워라."

해야는 큰 눈을 동그랗게 떴고 천원은 일어섰다. 나는 그를 무시하고 휴대폰을 멀티탭에서 분리했다. 그리고 고개를 꾸벅 숙이고 방에서 나가는데 천원이 따라 나왔다.

방 앞의 시종은 웃으며 내게 인사하려다 말고 굳었다. 천원은 문 앞에 섰다. 나는 천원에게 약간 지친 얼굴로 말했다.

"들어가. 아픈데 너무 늦게까지 깨 있지 말고."

그리고 이렇게 방 밖으로 배웅까지 나와 주는 예의가 있다니 놀랐다. 천원은 나를 묘한 얼굴로 보았다.

또 울렁거렸다. 나는 그에게 심지어 어딘가 거칠게 손을 저어 보였다.

"들어가."

그는 아주 잠시, 내가 이제껏 본 적 없는 부드러운 표정을 지었다.

"알았어. 가."

천원이 방에 들어가자 시종이 문을 도로 닫았다. 나는 시종에게 인사하고 빠른 걸음으로 그 복도를 벗어났다. 이윽고 저 남매가 내뿜는 빛이 보이지 않고 오직 야명주만이 끼워진 구역에 도달하고 나서야 숨을 제대로 쉴 수 있었다. 지친 다리가 멎었다.

안다. 그리고 나는 내일도 이렇게 똑같은 짓을 해야 하는 것이다.

혼란과 부끄러움 속에서 나는 잠시 한숨을 쉬었다. 그리고 천천히 다시 걷기 시작했다.

제6장
바다보다 크고 좁쌀보다 작은

나는 예의 책을 훑어보다 탁 소리 내어 덮었다. 한두 번 읽은 것이 아니라 이제 충분히 내용을 잘 알았다. 천원은 파이를 물고 말했다.

"또 쇠고기 간 게 들어 있네."

"응. 요새 주방에서 많이 나와."

해야는 파이를 행복한 얼굴로 씹으며 우아하게 말했다.

"그러고 보니 산란기니 그렇겠네요."

"네. 온종일 끓이고 있어요."

용궁에서 기르는 소도 닭이나 오리, 말처럼 지상의 소보다 덩치가 크고 맛있었는데 우리는 주방 안뜰에서 그걸 요 며칠 동안 죽어라 고아 내고 있었다. 듣기로는.

"가난한 백성들한테 나누어 주는 거지요?"

물고기에게 산란 잘하라고 쇠고깃국을 나눠 준다니 말이 되는 것도 같고 안 되는 것도 같은데, 나도 용궁 생활에 어느 정도 익숙해져 이제는 그러려니 하고 있었다. 해야가 고개를 끄덕였다. 해야와 천원은 천원의 침대 쪽에 앉아 있었지만 나는 TV 바로 아래의 휴대폰 옆에 있었기 때문에 거리가 좀 있었다.

"산란할 때 죽는 백성이 많으니까요. 많은 백성들에게 골고루 돌아가면서 몸을 보하게 하려면 역시 쇠고깃국이지요."

다른 이름으로는 설렁탕이지. 일반적인 설렁탕보다 훨씬 진하고 고기니 한방 재료 같은 것이 많이 들어간 국물이긴 했지만 역할로 보아 그렇게 불러도 될 것이다. 용은 용궁 백성들에게 선정을 펼치는구나. 나는 책을 그 자리에 두고 천원의 침대 쪽으로 돌아갔다. 방 주인인 천원은 오늘도 자기만 침대에 못 앉고 청자 의자에 앉아 있었다.

"지상에선 요새 가난한 백성들에게 빵과 우유를 나누어 줘요."

나라에서 하는 건 아니고. 나는 해야 옆에 앉았다. 해야는 내 다리를 이불로 덮어 주었고 천원은 평소처럼 투덜거렸다.

"여기가 누나 방이야?"

"시끄럽구나, 천원아."

그리고 그 투덜거림은 벌써 내가 보는 것만도 한 서른 번째로 저렇게 무시당하는 것 같다. 나는 괜히 가슴이 따끔거려 표정을 열심히 정리했다. 내가 미쳤지. 여기서 가슴 아파 하지 말라고.

내 나름대로 혼자 있을 때마다 계속 생각하고 있다. 이건 착각이다. 그를 볼 때 이상한 기분이 드는 것도, 그의 목소리가 가끔 아무 데나 들리는 것 같아지기 시작한 것도, 다 착각이다. 그냥 겉모양이 번지르르해서 그런 것뿐이다.

"연지 씨, 계속 얘기해 봐요. 왜 빵과 우유를 나누어 주나요? 예전에는 가난한 백성들에게 나무와 쌀을 주었던 것 같은데."

나는 설명하기 전에 약간 고민했다. 내가 기초 복지에 대해 아는 게 너무 없어서 조금 부끄러워졌다. 빵과 우유 얘기를 어디서 들었더라? 분명히 편의점에서 아르바이트하는 친구하고, 교회 봉사 나가는 엄마 친구분하고.

"급식소에선 밥도 주고, 어디 연탄 나오는 데도 있을걸요? 하지만 길에서 사는 사람들은 연탄이 있어도 땔 집이 없으니까, 일단 보이는 대로 빵과 우유를 줘서 당장 끼니를 때우게 하는 거지요. 생활 보호 대상자는 나라에서 돈도 나와요. 조금밖에 안 되지만요."

해야는 흥미로운 표정을 지었고 천원도 나를 보았다. 그러고 보니 그가 휴대폰을 만지는 경우가 전보다 적어졌다. 그는 휴대폰보다는, 그러니까.

나를 자주 보고 있었다.

그렇게 생각하자 괜히 의식되어서 얼굴이 붉어지려고 했다. 나도 참. 무슨 할 말이 있다고 저 용이 나를 본다는 말인지.

해야가 재촉했다.

"요즘도 난이 자주 일어나나요? 떠도는 백성이 많은가 봐요."

"아니요, 그러니까 지금 말한 길에서 사는 사람들은 피난하느라고 그런 게 아니고……."

신문을 좀 읽어야겠다. 나는 뭐라고 말해야 되는지 몰라서 한참 뜸을 들였다. 천원은 휴대폰으로 뭔가 찾는 것 같더니 읊었다.

"……경제적 빈곤 때문이라는데. 경제적 빈곤이라는 게 가난을 말하는 거야?"

"맞아."

원래는 여러 가지 이유가 있지만 대충 그렇게 치자. 사실 돈이 있으면 일부러 길에서 살지는 않겠지. 나는 고개를 얼른 끄덕였다. 천원과 눈이 마주쳤다.

그보다 내가 먼저 눈을 돌렸다. 해야가 한탄했다.

"가난해서 노상에서 떠도는 백성이 그리 많다니 지상도 안타깝게 되었네요. 우리 용궁도 터전을 잃고 떠도는 백성들이 있나 하면 나쁜 물을 마시고 앓는 백성들도 많으니 가슴이 아프답니다."

그거 뭔가 원인이 다른 것도 같고 같은 것도 같다. 사회환경적 이유와 자연환경적 이유는 어떤 범주까지 공통점이 있고, 어떻게 서로 영향을 끼치는 것인가. 나중에 사회학 전공한 친구한테 물어봐야지.

그리고 '우리 용궁'은 해야가 말할 때는 페루의 그 비트카스인가 하는 강을 이야기하는 것이었다. 나는 심각한 척 고개를 끄덕거렸다.

"힘드시겠어요."

"그나마 여의주가 있어서 다행이지요. 어마, 연지 씨가 만들어 준 맛있는 파이가 다 식겠네."

해야는 먹던 파이를 얼른 다 해치우고 다른 것을 손에 집었다. 천원도 파이를 들어 먹었다. 나는 그의 눈이 휴대폰으로 가는 것을 보고 가슴을 폈다.

"천원아."

나보다 해야가 먼저 지적했다. 천원은 순순히 휴대폰을 내려놓았다. 예의범절에 엄격한 누나가 있으니 갑자기 내 일이 많이 준 기분이 든다. 나는 고개를 갸웃하고 그에게 물었다.

"평소에 폰으로 뭐 해?"

해야는 스마트폰을 수첩이라고 생각하지는 않았지만, 눈치를 보아하니 아무래도 다이얼을 돌리는 전화기를 이용해 본 것이 전부인 수준인 것 같았다. 그렇다고 용궁에 달리 휴대폰 쓰는 사람이 있는 것도 아니고. 나 빼고.

그는 아무렇지도 않게 대답했다.

"여러 가지. 게임도 하고, 뉴스도 보고."

"그래? 스마트폰은 어떻게 시작했어?"

"여기 전원을 누르면 시작돼."

아니, 그거 말고.

"원래 용궁에 있는 거 아니잖아. 그런 게 있는 줄은 어떻게 알고 가입했냐고."

대체 용궁을 멸망시킬 계획을 짜고 있는 게 누구야. 천원은 TV를 가리켰다.

"텔레비전에 나오던데."

범인은 바보 상자였구나. 바야흐로 컴퓨터가 널리 보급되면서 TV의 해

악에 대한 이야기는 많이 들어가고, 모든 청소년 문제 및 엽기 범죄의 원인으로 온라인 게임이 꼭 나오게 되었지만, 그 전까지 바보 상자가 인간의 뇌에 야기하는 문제에 대해 얼마나 쉼 없이들 떠들어 댔는지 기억한다.

우리 대화에 흥미를 잃고 TV 채널을 돌리던 해야가 투덜거렸다. 리모콘이 신기하다던 그녀는 동생 방에 매일 놀러 오면서 스마트 TV의 사용법까지 금세 익히고 있었다.

"어찌 에스빠뇰로 된 방송은 없는 게냐. 내 어제 저 테레비에서 분명히 에스빠뇰로 된 재미있는 연속극을 보고 있었거늘."

"그게 뭔데."

천원이 해야에게 무뚝뚝하게 물었다. 해야는 짜증을 냈다.

"집중이 안 되니 묻지 말아라. 지금 위성을 끌어오는 중이다."

심지어 이 남매는 그 여의주를 이용해 해외 위성 방송까지 끌어다 볼 수 있었다. 우리 집 TV는 똑똑하지 않았고, 천원의 방에서 그간 해외 방송을 마음대로 끌어 쓰기 시작하면 얼마나 채널이 기하급수적으로 느는지 보았기 때문에 나는 조언을 하지 않았다. 내가 아는 분야도 아니고, 애초에 범위가 너무 넓다. 천원이 한숨을 쉬었다.

"여기가 누나 방이냐고."

"어허. 네가 어젯밤에 누이를 쫓아내지만 않았어도 연속극을 끝까지 보지 않았겠니."

"하루에 처음부터 마지막화까지 다 하는 거 아니잖아."

"하던 것을 끝까지 보았으면 내 그 채널이 어느 채널인지 기억할 정신이 있지 않았겠냐는 말이다!"

나는 해야가 천원에게 억지를 쓰고 있다고 판단했다. 나도 꽤 밤늦은 시간에 오는데 해야는 나보다 늦은 시간까지 이 방에 있다. 다음 날 아침 일찍 일어나서 일해야 하는 천원의 입장에서는 어느 시점에 손님을 쫓아내야 할 것이다.

그녀도 알 것이다. 해야는 천원을 가끔 그렇게 괴롭히다가 즐겁다는 듯 활짝 웃고는 했으니까. 나는 그 마음을 이해할 수 있어 웃었다. 그리고 접시가 빈 것을 보고 물었다.

"누나 위성에 집중하시게 가만히 있어 봐. 당신은 내일 뭐 먹을래? 쇠고기 육수 많은데 비프커리 해 줄까? 난도 만들고. 먹어 봤어?"

"……안 먹어 봤어."

나는 이 남자가 영문을 모르겠다는 얼굴일 때가 왜 이렇게 좋을까. 마침내 휴대폰에서 빛이 확 났다. 일부러 조도를 높여 놓아 이 남매에게서 원래 나오는 빛이 있음에도 불구하고 바로 보였다.

나는 침대에서 펄쩍 내려섰다.

"그럼 이제 나 간다. 용녀님, 또 봬요."

"어마, 연지 씨. 가게요?"

해야는 내게 고개를 돌리고 눈을 동그랗게 떴다. 그녀는 곧 빙긋 미소를 지었다.

"내일 기대되네요. 난도가 뭔지는 모르겠지만 잘 먹을게요. 야식도 고마워요."

"누나 먹으라고 만드는 거 아니야."

"4인분 만들 거니까 치사하게 그러지 마."

천원은 한숨을 쉬고 일어섰다. 그리고 접시를 들고 방문 앞까지 나를 따라 나왔다. 문 앞에 있던 시종이 친절하게 물었다.

"연지 씨, 들어가세요?"

"아, 네. 고생하시네요."

"요즘 야식을 많이 만들어 오시네요."

그야 휴대폰 충전하러 오는데 아무것도 안 가지고 오면 민망하니까. 시종은 답을 들으려 한 말이 아니었는지 내가 미소를 짓자 고개를 돌려 버렸다. 나는 대답을 하기가 난처해져 괜히 천원을 돌아보았다. 눈이 마주치자 그가 내게 인사했다.

"들어가."

"그래. 고마워."

나는 그의 손에서 파이 접시를 빼앗아 들었다. 그리고 손을 약간 들어 저어 보였다.

"잘 자."

맞다, 책 놓고 왔다.

※ ※ ※

"연지 씨."

나는 멍하니 흰 거품을 보았다. 보글보글 끓는 쇠고기 육수에서는 진하고 향기로운 냄새가 났고 그대로만 먹어도 대단히 맛있을 것 같았다.

"연지 씨!"

양갱이란 원래 초원의 유목민이 먹고 남은 양기름이 시간이 지나 굳은 것을 이야기하는 것이었다던가. 저 육수도 무척 진하니 고체가 될 때까지 식힌 다음에 잘라 넣고 소롱포를 만들면 맛있겠다. 밤에 먹을 때도 작게 몇 개 만들면 부담없을 것 같고, 다음 날 그 핑계로 밥을 안 먹지도 않을 것 같고.

"연지 씨!"

천원이 좋아할까. 피를 아주 얇고 쫀득하게 만들고 싶다. 넓은 숟가락 위에 만두를 옮기고 젓가락을 떼면 그 자리에서 김이 펄펄 나는 고기 육수가 흘러나오고, 그러면 숟가락 위에 입김을 후후 부는 거다. 그리고 육수가 약간 식으면 살살 마시고 속이 알찬 만두를 입에 넣어…….

"연지 씨이이."

나는 마침내 놀라 옆을 보았다. 문 대덕이 눈을 동그랗게 뜨고 있었다. 그녀는 산란 휴가를 준비한다더니 정말 요즘 어딘가 살이 피둥피둥 올라 몰라볼 정도였다. 나는 그녀가 결혼한 줄 몰랐었기 때문에 처음 그녀도 산란 휴가 리스트에 올라 있다는 말을 들었을 때는 크게 놀랐다.

"아, 미안해요, 문 대덕님. 부르셨어요?"

되짚어 보니 나를 몇 번이나 부른 것도 같다. 화를 낼 법도 한데 그녀는 그러지 않고 착하게 물었다.

"뭐 생각하실 거 있으셨어요?"

"아뇨, 별건 아니에요. 그냥 저걸로 뭐 하고 싶은 게 있어서요."

"뭔데요? 물어봐도 돼요?"

"아뇨, 그냥 간식 만들려고요."

문 대덕은 해사하게 웃었다.

"아! 용자님 드리실 간식 만드시게요? 요즘 용자님이랑 많이 가까워지셨다면서요."

그 말에 갑자기 가슴이 너무 빠르게 뛰어서 두통이 생길 뻔했다. 나는 아마도 필요 이상으로 질겁하며 손을 저었다.

"에이, 무슨……! 아니에요."

가까워지다니 무슨 그런 말이 다 있나. 아니, 왜 그런 말이 나오는 거지? 내가 모르는 사이에 이상한 소문이라도 났나? 그러자 문 대덕은 고개를 갸웃했다.

"요즘 매일 찾으신다면서요. 용자님께서 연지 씨가 만든 음식은 잘 드시니, 아예 이대로 평생 용궁 백성이 되어 주시면 좋겠다고 다들 그러세요."

정규직 전환의 가능성이 열린 건가. 혹은 평생 노예 계약 같은 기분도 든다. 나는 한숨을 쉬었다.

"제가 안 만든 것도 잘 드셔야죠. 나이가 몇인데."

"요사이는 다른 것도 잘 드시지만, 역시 연지 씨가 만드시는 게 제일 입에 맞으신가 봐요."

그녀는 방긋방긋 웃었다. 듣기는 좋지만 나는 그 말을 믿지는 않았다. 용궁에서 제일 못한다는 소리를 듣는 사람도 내가 보기엔 최소 지상에서 몇 십 년 내공의 대가 같은 요리 솜씨를 선보이는 것이다.

우리 주방장이 다가왔다. 그는 이제부터 산란 휴가로 자리를 비울 수많은 수라간 식구들의 자리를 땜빵할 궁리에 바빠 요 한동안 기분이 좋지 않았다. 다행히 가을에 산란하는 식구들이나 그와 같은 포유동물 혼혈은 봄에는 자리를 지킨다는 모양이었다.

"연지 씨, 모레 주말이라 쉬잖아요. 그런데 내일부터……."

크르르르르르르르르르.

주방장의 말 중간에 갑자기 천지가 흔들렸다. 부엌 벽에 걸린 냄비니 불 위의 프라이팬이 넘어져 쨍그랑 구르자 우리는 당황해 귀를 막았다.

으르르르르르…….

나에게도 이것은 전에 겪은 적이 있는 일이었다. 나는 우레 같은 소리에 죽지 않도록 고래고래 소리쳐 물었다.

"주방장니임! 누가 또 오세요?"

"그으을쎄에에요오오!"

지진처럼 땅이 흔들려 주방장도 얼이 빠진 얼굴과 떨리는 목소리로 대답했다. 나는 일단 달려서 주방을 빠져나갔다. 전과 같다면 저 위쪽이었다.

두리번거릴 필요는 없었다.

나는 무엇보다 먼저 그 구름처럼 펼쳐진 날개깃에 시선을 빼앗겼다. 태산보다도 거대한, 시야를 온통 채울 듯한 크기의 거대하고 내가 모르는 생물이 용궁 위에 떠 있었다. 그것은 용왕 가족처럼 몸에서 빛을 냈지만 그 빛은 달빛처럼 은은하고 고운 것이 아니라 한여름의 태양처럼 눈부시게 따가웠고 가끔 비바람처럼 명멸했다. 그리고 저 뱀처럼 길지만 사자 같은 네 다리가 붙은 몸에, 비늘 없이 깃털로 뒤덮인 허리, 점점 가늘어지면서도 끝없이 길게 뻗어 나가는 꼬리, 새까맣지만 위아래로 찢어진 홍채…….

내가 가져온 책의 용과는 다르다. 굳이 따지자면 머리는 내가 지금까지 그림에서 봐 온 용과 비슷했지만 나는 하늘처럼 거대한 두 날개를 가진 용에 대해서는 들어 본 일이 없었다. 심지어 영화에 나오는 드래곤처럼 박쥐 날개가 달린 것도 아니고 새처럼 깃털로 덮인 날개였다.

쿠르르르르르르르르르릉…….

나를 따라 뛰어나온 용궁 식구들이 으악 하고 비명을 지르며 엎드려 절했다. 나는 이번에도 절하지 않았지만 그 용은 바로 주방으로 다가오지는 않았다. 눈이 부셔 최대한 눈을 가늘게 뜨며 저것이 누구일까 하고 생각하고 있던 어느 순간.

그 이상한 생물이 모습을 감추었다.

동시에 귀가 먹먹해지던 소리도 사라졌다. 나는 그 생물이 사라지자 떨리기 시작한 다리를 주체하지 못하고 그제야 주저앉았다. 저것도 용일까. 천 원도 용이 되면 저런 것일까. 인간과 다르다. 저 눈은 당장이라도 나를 잡아먹을 듯 흉악했다. 누굴까. 뭘까.

내 옆으로 다가온 언 계덕이 안쓰러운 듯 혀를 찼다. 그녀는 몸집이 작지만 소 해체하는 것은 대단한 솜씨로 완벽하게 해낼 수 있는 은어 혼혈이었다.

"아이구, 놀랐지요? 연지 씨."

"저저저저저건 누구예요?"

중간에 하도 내 말이 더듬거려 창피했다. 나는 침을 꿀꺽 삼켰다. 언 계덕은 어쩐지 기쁜 얼굴로 말해 주었다.

"저도 전에 한 번 뵈었어요. 해야 용녀님 부군 되시는 레오 니림이시랍니다."

"왜왜왜왜 저렇게 커요!"

"용이잖아요."

"저게요?"

"저거라니요, 연지 씨. 용을 모욕하시면 큰일 나요. 천벌받으시면 어쩌시려고요."

또 천벌의 위협이야? 나는 내 가슴을 누르며 억지로 일어섰다. 아무리 그래도 최소한의 자존심은 지켜야겠다는 생각에서 그런 것인데 다리는 금세 또다시 떨렸다. 그제야 책에서 읽었던 내용이 기억났다. 용은 마음먹기에 따라 바다보다 커질 수도 있고 좁쌀보다 작아질 수도 있다고 했던가.

그리고 생각보다 무섭게 생겼다는 것을 알겠다. ⋯⋯내가 가진 책에 나오는 용은 왜 저렇게 생긴 게 하나도 없었지?

방문이 열리자마자 나는 멈칫했다.

"해야 용녀님은?"

언제나 내가 올 즈음엔 즐겁게 드라마를 시청하고 있던 해야의 모습이 없었다. 천원의 침대는 도로 그 주인의 것이 되어 있었고 TV도 켜져 있지 않았다. 천원은 보던 서류를 침대에 내려놓고 대답했다.

"매형 왔으니까 매형하고 있지."

아, 그렇구나. 나는 손을 들어 보였다.

"그래? 그렇구나. 그럼 나는 그만 가 볼게. 쉬는데 방해해서 미안해."

천원은 나를 빤히 보더니 약간 인상을 썼다.

"⋯⋯왜? 들어와."

"아니, 좀 그렇잖아."

"뭐가?"

생각을 더 깊이 하고 올걸. 나는 그야말로 깊이 후회했다.

"너 쉬는데 방해하면 미안하잖아."

"쉬는 것도 아니고, 평소에는 잘 왔잖아."

그는 심지어 자기 손에 있던 서류를 나처럼 들어 보이기까지 했다. 왜 방에 가져와서까지 일을 하는 거야. 업무 시간 끝났으면 쉬란 말이야.

내가 머뭇거리는데 문을 열어 준 천원의 시종은 친절하고 순진한 얼굴로 물었다.

"안 들어가셔요?"

⋯⋯알았다고. 들어가면 되잖아. 하긴 당장 방문 앞에 이 시종이 서 있다. 나는 방 안으로 발을 디뎠고 곧 등 뒤로 문이 닫혔다. 천원은 서류로 눈을 돌렸다.

나를 보지 않는다.

어쩐지 그것이 안심되면서도 심술이 났다. 나는 꺼진 TV 아래의 멀티탭 쪽으로 가면서 무슨 말을 하면 좋을지 고민했다. 아니, 말은 해야 하는 걸까, 하지 말아야 하는 걸까. 어색하게 침묵이 흐르는 것은 싫지만 그는 지금 일을 하고 있다. 방해하면 안 될 것이다. 그래, 역시 말 걸지 말자.

"그건 뭐야?"

내가 일단 바닥에 내려놓은 접시를 보고 천원이 문득 말을 먼저 걸었다. 나는 그 말의 내용보다는 그 목소리와 목소리에 섞인 숨소리에 괜히 찔끔하며 바보가 된 기분을 느꼈다.

"소롱포 만들어 왔어. 잠깐만."

"그게 뭔데?"

"만두. 뜨거우니까 조심해서 먹는 거야."

지금까지 관찰한 것으로 보아 천원은 뜨거운 것을 먹는 데 문제가 없었지만 나는 괜한 주의 사항을 덧붙였다. 천원은 의심스럽다는 목소리로 물었다.

"만두는 원래 뜨거운 거 아니야?"

"이건 많이 뜨거워."

휴대폰 충전이 시작되자 웅웅 하는 소리가 났다. 나는 소롱포 접시를 들고 천원의 침대맡에 있는 테이블로 갔다. 그리고 청자 의자를 끌어다 앉고 탕시와 젓가락을 그에게 건넸다.

"밤인데 왜 이렇게 바빠. 평소에도 방에서 일해?"

"이게 뭐야?"

천원은 젓가락을 받고 나를 보았다. 그와 나의 얼굴은 세 뼘 정도 떨어져 있었는데 그 새까만 눈에 잠시 심장이 덜컹했다. 나는 헛기침을 하며 시선을 탕시로 옮겼다.

"숟가락. 가끔 쓰잖아."

용궁에서는 평소에는 보옥으로 만든 한국식 수저를 쓰지만 가끔 탕시도 나가는 것을 보았다. 주방장이 말하기를 그것은 자기가 청나라 음식에 빠졌을 때 들인 것이라는 모양이었다.

"내 말은, 왜 만두를 먹는데 숟가락이 있냐는 건데."

"검색해 봐."

천원은 말을 잘 들었다. 그가 휴대폰을 들고 열심히 뭔가 입력하는 것을 곁눈질로 구경하며 나는 탕시에 소롱포를 얹었다. 그리고 젓가락으로 만두피 아래쪽에 살짝 구멍을 뚫고 뜨거운 김이 확 나오는 것을 기분 좋게 보았다. 고기와 부추 냄새가 훅 퍼졌다.

"뭘로 검색해야 하는 거야?"

내가 소롱포 피를 아랫입술에 대고 온도를 보는데 천원이 이쪽을 갑자기 보며 물었다. 나는 움찔했고 그 통에 뜨거운 국물이 넘쳐 떨어졌다. 간신히 피해 그 국물이 내 다리에 닿지는 않았지만 방바닥에는 육수가 찰박하고 흘렀다.

"괜찮아?"

천원이 놀랐는지 몸을 이쪽으로 뻗었다. 나는 얼른 오른손을 내밀어 그를 막았다. 안 돼, 가까이 오지 마. 심장에 나쁘다.

"괜찮아. 바닥에 떨어졌어."

"무슨 만두에 국물이 그렇게 많이 들었어?"

그는 인상을 썼다. 나는 쓴웃음을 지었다.

"이게 매력 포인트야. 방 더러워졌네. 미안."

"안 데었으면 됐어."

그의 한숨이 산들바람처럼 와 닿았다.

……아니, 무슨 놈의 산들바람이야! 닭살 돋아서 용계가 되겠네! 화상을 잘 피해 놓고 괜한 생각에 얼굴이 뜨거워졌다. 천원은 인상을 쓴 채 내 소롱포를 보았다. 아주 수상한 것을 보는 얼굴이었다. 나는 만두피에 입술을 또 대 보고 만두 내부가 잘 식었음을 확인했다. 그리고 일부러 좀 무뚝뚝하게 권했다.

"이렇게 숟가락에 올려놓고 국물이 좀 흘러나오게 한 다음에 식혀서 먹는 거야."

“왜?”

“그래야 맛있으니까.”

뭘 당연한 걸 물어. 나는 용궁식으로 대답하고 만두를 입에 넣었다. 아깝게도 국물은 흘렸지만 소롱포는 여전히 맛있었다. 천원은 어설픈 손놀림으로 자기 탕시에 소롱포를 하나 얹었다. 그리고 젓가락으로 만두 한쪽을 찢은 뒤 만두피에 자기 입술을 가져갔다.

그것이 괜히 귀여웠다. 나는 그가 뜨거운 듯 인상을 쓰는 것을 보고 킥킥 웃었다.

“뭐 해? 아직 뜨거우니까 조심해.”

“너도 이렇게 했잖아.”

“뜨거운가 확인한 건데, 네 건 방금 찢었으니까 당연히 확인할 필요도 없이 뜨겁잖아.”

천원은 납득한 것 같았다. 나는 갑자기 마음이 좀 편해져서 웃는 얼굴 그대로 잡담거리를 찾았다. 그는 탕시에 가득 담긴 소롱포 국물을 후 불고 천천히 그것을 홀짝였다.

“당신 매형 있잖아. 나 오늘 용 처음 봤어.”

천원은 국물이 생각보다 뜨거워서 대꾸를 못 하는 것 같았다. 나는 그 틈을 타서 더 종알거렸다.

“날개가 있는 줄은 몰랐거든. 내 책에는 용에게 날개가 있다는 말은 없었어. 드래곤이야 있지만. 하늘을 나는 건 여의주가 있어서 되는 거 아니었어? 아, 그리고 깃털이 있는 줄도 몰랐어. 용의 몸에는 비늘이 있다고 들었거든.”

그는 내가 말을 마칠 즈음 딱 입에 있는 것을 넘겼다. 그는 천천히 설명했다.

“매형은 남쪽 혈통이니까 날개가 있는 거야. 우리 집안에는 없어.”

“그래? 신기하다. 그럼 혈통에 따라 다 생긴 모양이 달라?”

“그렇지.”

너무 당연하다는 듯이 대답하지 마. 내가 용궁식으로 말한 것에 대한 보복이 빨리 돌아왔다는 기분이다. 내가 눈을 동그랗게 뜨는데 천원은 만두를 입에 넣고 천천히 씹었다. 그리고 잠시 후 그것을 목 뒤로 넘기고 말했다.

"……맛있어."

"다행이다."

나는 가슴이 폭발할 것 같은 기분으로 웃었다. 아무래도 위험하다.

"나 저쪽 가서 휴대폰 좀 하고 있을게. 일해."

그러니 간지러워서 죽기 전에 도망을 쳐야겠어. 천원은 내가 일어서는 것을 보다가 조용히 말했다.

"알았어."

※　※　※

"연지 씨!"

크고 밝고 아무튼 행복한 목소리에 나는 약간 놀라며 뒤를 돌아보았다. 그리고 경악해 허리를 곧게 폈다. 해야가 웬 모르는 남자에게 연행되고 있었다.

"연지 씨, 우리 신랑이에요. 처음 보지요?"

자세히 보니 연행은 내 착각이었고 해야는 웬 모르는 남자의 백허그를 달고 행복한 얼굴로 걷고 있었다. 모르는 남자는 원체 키가 큰 해야보다 반 뼘 정도 더 큰 거구였는데 어깨가 넓고 피부는 구릿빛에 상체는 옷이 아닌 물감으로 덮고 있었다. 머리는 칼단발에 바지는 가끔 찢어진 헐렁한 청바지, 그리고 팔뚝에는 한자로 문신을 새긴 것이…….

"헬로."

굉장히 영어를 할 수 있을 것 같았다. 그 남자는 해야의 허리를 두꺼운 팔뚝으로 감고 있었는데 눈초리가 아주 흉악해서 그렇지 천천히 보니 말끔한 미남이었다. 그는 해야의 허리에서 팔을 떼지 않은 채 오른손만 살짝 들어 흔들었다.

"안녕."

우리말 하는구나. 나는 여러 가지로 충격을 받았지만 침착하게 대응했다. 예의범절에 엄격한 해야가 친정에서 저 정도면 페루에선 어떻다는 거야. 아니, 그보다 결혼해서 외국에 산다니까 왠지 남편은 코카서스인일 거라고 상상하고 있었는데, 생각해 보니 남아메리카 원주민은 코카서스인이 아니었다. 청바지와 문신은 아주 현대 미국 청년 같은데 새까만 칼단발과 상체의 저 물감은.

잠깐, 아니다. 저거 남아메리카 아니야. 내가 미국에서 알고 지냈던 브라질 친구가 나한테 브라질 문화를 소개하겠다고 보여 줬던 엽서엔 저런 거 없었어. 남아메리카면 망토 같은 거 입어야 되는 거 아닌가. 그냥 근본이 없다.

"레오예요. 레오, C'est elle. Mademoiselle Yeonji.(이분이 내가 얘기했던 연지 씨예요.)"

그리고 이름이 그거였지, 참. 나는 그의 눈이 용의 모습일 때와 크게 다르지 않게 흉폭했기 때문에 일부러 가슴을 열심히 폈다. 레오는 빙긋 웃었다.

"Oh, la la.(이거 참.)"

둘이 왜 프랑스어 하냐. 나는 해야가 막 한 말이 나를 소개하는 말이라는 것과 레오가 거기에 답한 말이 의미 없는 감탄사라는 것은 이전에 연수했던 경험 덕분에 알아들었지만 왠지 과부하가 걸리기 시작해 침묵했다. 해야는 예쁜 눈을 동그랗게 뜨며 내게 웃었다. 그녀는 정말로 즐거워 보였다.

"아이, 참. 이이는 오려면 조용히 오지 시끄럽게 와서. 수라간 아이들도 많이 놀랐지요?"

해야도 그렇게 따지면 올 때 상당히 시끄러웠다. 나는 일단 예의 바르게 고개를 저었다.

"아니에요. 괜찮았어요. 식사는 입맛에 맞으셨어요?"

"그럼요. 수라간에서 만든 건 다 맛있지요. 어디 가요?"

"잠깐 쉬다가 다시 수라간 들어가고 있었어요."

나는 의미 없이 물었다.

"용녀님이랑 저기, 남편분은 어디 가세요?"

"자두꽃 보러 가요. 아, 어머니가 내일 저녁에 연회를 열자시는데 연지 씨도 와요. 레오한테 연지 씨 얘기를 했더니 꼭 얘기 나눠 보고 싶대요."

하지만 나는 무척 부담스럽다. 나는 그저 웃음을 터뜨렸다.

"저도 그러면 좋겠네요. 하지만 연회가 있으면 저는 음식 준비를 해야죠."

"어머나."

해야는 깔깔 웃었다. 레오는 그 와중에 해야의 귓가에 쪽쪽 입을 맞췄다. 보기 좋긴 한데 내가 한국에 들어온 지 좀 돼서 낯설다. 마이 아이즈.

"사실은 연지 씨가 프랑스 요리를 좀 해 줬으면 해서 부탁할까 했는데, 천원이가 자기 요리사라고 절대 못 하게 하지 뭐예요."

"그랬어요?"

왠지 기분이 좋아졌다. 물론 나를 편하게 해 주려면 저 오천원이 누가 해주는 밥이든 그냥 맛있게 골고루 잘 먹어야 근본적으로 될 것이었지만. 해야는 레오의 팔을 자기 손으로 다정하게 찰싹 때리고 명랑하게 웃었다.

"그리고 사실 연회에는 예법이 있으니 연지 씨가 걱정할 건 없어요. 연지씨도 손님이니 와서 같이 얘기 나누고 악을 들어요."

"악이요?"

"Mais oui! La musique.(음악 말이에요.)"

아, 음악.

"무슨 음악인데요?"

"저기 현무암 지대에서 하는 거 있어요. 지상엔 없는 거니까 연지 씨도 좋아할 거예요."

레오는 해야가 나와 계속 이야기하는 것이 싫은 듯 그녀의 귓가에 뭐라고 종알종알 속삭이기 시작했다. 해야는 깔깔 웃으며 그에게 또 빠르게 뭐라고 대답했고 나는 그들이 하는 말이 프랑스어라는 것 말고는 거의 아무것도 알 수가 없었다.

"Alors, on y va.(그럼 갈까.)"

드디어 해야의 '그럼 가자'는 말이 나오자 레오는 흉폭한 눈을 휘며 만족스럽게 웃었다. 우와, 결혼한 지 몇백 년이 되었는데 믿을 수가 없다. 나는 그들이 내게 고개를 까딱해 인사하자 혼란스러운 얼굴로 대답했다.

"Enchantee.(만나서 반가웠어요.)"

이게 만나서 반갑다는 뜻이 맞겠지? 정말로 그 말 말고는 생각나는 프랑스어가 Oignon(양파), Frites(감자튀김), Entree(전채), Poulet(닭고기)…… 같은 것밖에 없었다. 그리고 해야 부부가 나를 지나쳐 저 멀리 모퉁이를 돌았을 때에는 머릿속에 다른 것이 떠올랐다.

그러니까 천원하고 내가 저렇게 걸으면…….

일단 맥락 없이 이 생각을 떠올린 내가 미친 건 알겠다. 나는 울고 싶은 기분으로 얼굴을 감쌌다. 혹시 누가 내 마음을 읽을 수 있으면 어떡하지. 이제 용궁에는 뭐가 있어도 이상하지 않을 것 같아.

"왜 안 들어와?"

머뭇거리는 내가 우습다는 것은 알았다. 한두 번 드나든 방도 아니고. 나는 천원의 무뚝뚝한 물음에 어쩔 줄 몰라 하며 방에 들어섰다. 등 뒤로 문이 가만히 닫혔다.

"오늘도 일하네?"

천원은 오늘도 혼자였고 침대에 앉아 서류를 보고 있었다. 그는 내가 들어오자 서류에서 눈을 들고 나를 보았다. 그 시선에 왠지 죄책감이 들어 나는 잠깐 우물쭈물했다.

그의 표정이 문득 약간 부드러워졌다.

"오늘은 뭐야?"

그렇지, 오늘도 간식을 가져왔다. 나는 그에게 내가 들고 온 접시를 가져다주었다. 침대 머리맡 테이블에 그것을 내려놓을 때까지 천원은 내게서 시선을 떼지 않았다.

"그건 뭐냐니까?"

"내가 먼저 질문한 것 같지 않아? 당신은 다른 사람의 질문을 더 경청해야 할 필요성이 있어."

나는 한숨을 쉬었다.

"나초 칩스에 살사 소스랑 치즈 소스 만들어 봤어. 안 만든 지 좀 된 거라 맛이 괜찮을지는 모르겠네."

그리고 나는 또 먼저 대답을 하고 앉아 있다. 내가 언제부터 이렇게 바보였나. 천원은 나초를 흥미롭게 보았다. 나는 TV 쪽으로 가서 멀티탭에 휴대폰을 꽂았다. 그리고 괜히 TV 근처를 어색하게 어정거리는데 그가 또 불렀다.

"왜 거기 있어. 이리 와."

"알았어."

나는 한숨을 또 쉬고 그가 부른 대로 침대 옆으로 가 청자 의자에 앉았다. 천원은 뭔가 찾는 것 같았다.

"젓가락은?"

"그거 밀전병 아니야. 아니, 비슷하긴 한데 그건 손으로 먹는 거야. 손으로 칩 집어서 소스에 찍어 먹어."

"알았어."

그는 살사 소스와 치즈 소스 앞에서 대번에 고민하기 시작했다. 나는 열없이 살사 소스로 견본을 보여 주었다. 천원도 금세 나를 따라 했다.

"맛있어."

그 말에는 참으려고 해도 웃음이 나왔다. 나는 빙긋 웃고 조금 가벼워진 기분으로 서류를 다시 가리켰다.

"그래서, 일하느라 바쁘면 나 먼저 갈까? 폰은 내일 밤에 찾으러 올게."

하루 정도 휴대폰이 없다고 해도 안 될 것은 없었다. 천원은 그러나 그것이 상당히 센세이셔널하게 느껴진 모양이었다.

"……휴대폰을 두고 간다고?"

"왜, 전까지는 여기서 밤에 충전하고 아침에 가져갔잖아. 두고 갈 수도 있지."

"밤에는 자니까 휴대폰을 못 하지만 낮에는 아니잖아."

"그리고 낮에는 일하잖아. 난 누구처럼 스마트폰 중독인 것도 아니라서 하루쯤 없어도 괜찮아. 연락 올 데도 없고."

취업도 일단 1년 동안은 한 거고. 사실 얼마 전에 어디서 연락이 한 번 오긴 했는데 별로 날 내켜 하는 눈치도 아니었고 조건도 슬쩍 들어도 용궁보다 많이 안 좋았기 때문에 좋게 거절했었다. 천원은 미간을 좁혔다. 그는 진심으로 의아해하는 것 같았다.

"누가 중독인데?"

"당신 말이야. 지상엔 휴대폰 예절이라는 게 있어서 다른 사람하고 같이 있을 때는 휴대폰 만지는 거 아니야. 특히 다른 사람들하고 식사할 때는 더 그렇고."

"예의범절은 유연할 수 있는 거야."

"그리고 원칙도 있는 거고. 내일 뭐야, 파티 한다면서. 그때도 밥 먹으면서 휴대폰 꺼내면…… 아, 어차피 누나한테 혼나겠네."

천원은 입을 다물었다. 아무래도 해야에게 정말로 혼나고 있는 모양이었다. 나는 무심코 깔깔 웃었다.

"아, 해야 용녀님 계속 계셨으면 좋겠다."

"빨리 자기 집 가야지."

"남편분도 오셨으니까 슬슬 가시겠지. 싸운 건 풀리셨나 보더라? 엄청 사이 좋아 보이던데."

"모르지."

"가출할 정도로 싸웠는데 집에서 백허그 하고 다닐 정도로 풀렸으면 됐지. 아, 혹시 너 낮에 핸드폰 하느라 일 안 하다가 지금 와서 하는 거 아니지?"

천원은 쌍심지를 켰다. 그가 쓰는 인상은 무섭지 않았다. 이미 여러 번

봤다.

"요즘 일이 많아서 그래."

"아, 혹시 산란 휴가 때문에?"

"……그래. 내관 일은 해궁 관할이니까."

"그랬구나. 그럼 수라간 휴가 수리하는 것도 당신한테 올라와?"

"어."

"신기하다."

그는 서류를 뒤적였다. 뭔가 보여 주려는 것 같아 나는 얌전히 기다리며 나초를 먹었다. 과연 잠시 후 그는 용궁문과 한자가 섞인 서류를 서너 장 찾아서 들어 보였다. 나는 그가 간과한 것을 지적해 주었다.

"나 용궁문 못 읽어."

그리고 솔직히 용궁에서 쓰는 한자도 잘 못 읽겠다. 한자 교과서에서 인쇄체만 배우다가 붓글씨로 멋지게 휘갈겨 놓은 걸 보려니 당연하지만. 천원은 잠깐 멈칫하더니 서류를 읽으려는 듯 가까이 들며 입을 열었다. 나는 손을 들어 막았다.

"수라간에서 휴가 몇 명이나 가? 한 절반쯤 가?"

"거의."

천원은 서류를 내리고 고개를 끄덕였다.

"언제들 와? 보통 얼마나 시간 주는 거야?"

"사정 따라 다르지."

우문현답이다. 그렇겠지. 나는 고개를 그와 비슷하게 끄덕였다.

"그러네. 그래도 봄 산란 기간이 끝날 때는 있을 거 아냐."

"……딸기 끝날 때쯤?"

그것 참 알기 쉬운 시기다. 별한테 나중에 다시 물어봐야지. 나는 그걸로 납득하기로 하고 멍하니 한숨을 쉬었다. 별 얘기 안 했는데 심각하게 가슴이 뛰었다.

이건 역시 아니야. 내 자존심이 있지. 대체 이 용에게 내가 좋아할 만한 구석이 뭐가 있단 말인가. 반찬 투정 하지, 그리고…… 아니, 그걸로 충분하다. 요리사에게 반찬 투정 하는 사람은 좋지 않다. 직업 윤리 위반이라고. 마치 전의 그 드라마에 나왔던 납득할 수 없는 남자 주인공 같은 거다.

정신을 차리고 보니 나는 한숨을 또 쉬고 있었다. 그리고 그대로 눈앞에 새까만 눈이 다가왔다.

"어머나."

나는 퍼뜩 놀라 몸을 뒤로 뺐다. 상체를 내밀고 내 눈을 들여다보던 천원이 미간을 좁히며 물었다.

"왜?"

"내가 할 말이야. 갑자기 얼굴은 왜 내밀어?"

"왜 한숨을 쉬냐고."

"몰라도 돼."

그리고 아까 해야와 레오의 모습을 보고 내가 했던 상상이 또 떠올랐다. 얼굴이 갑자기 뜨거워져 나는 돌아 버릴 것 같은 기분으로 한숨을 푹 쉬었다. 역시 안 되겠다.

"나 갈래. 내일 올게."

아니면 앞으로는 뻔뻔해도 걸덕 극우한테 부탁을 하든가. 남자 혼자 쓰는 침실에 휴대폰 배터리 같은 것 때문에 간식을 만들어서 방문하다니 처음부터 내가 미친 거지. 천원은 미간을 더 좁혔다.

"왜?"

"일하는 데 방해될 거 아냐."

"방해 안 되니까 있어."

네가 거기서 그렇게 말하면 안 되지! 아니, 물론 예의 바른 사람이라면 누구나 그렇게 말하겠지만 너는 예의가 바르지 않잖아! 나는 내 상태가 이상한 것을 감추려고 입을 딱 벌렸다.

"내가 있어서 뭐 하게?"

그는 잠깐 고민하다가 내 팔을 잡았다.

그가 닿은 부분이 말 그대로 화상을 입는 것만 같아 나는 큰 충격을 받았다. 반사적으로 뿌리쳤지만 천원의 손아귀 힘은 열받게도 내 팔힘보다 강했다. 내가 벌떡 일어서자 그는 아주 이상하다는 듯 나를 빤히 올려다보고 고개를 갸웃했다.

"왜 그래? 이상해."

이상하겠지! 나는 거짓말을 했다.

"내가 뭘?"

"아까부터 나가고 싶어 하는데, 전에는 안 그랬잖아. 일하는 데 방해가 안 된다는데 왜 자꾸 고집을 부리는 거야?"

이상하다. 천원의 체온은 보통 사람보다 크게 높은 것 같지 않은데도 팔이 점점 더 뜨겁게 느껴졌다. 전에 요리할 때 음화인 줄 모르고 고기 직화를 시도했다가 부엌을 태워 먹을 뻔한 그 불 같다. 팔이.

심장이 그 자리에 있는 것처럼 맥박치기 시작했다. 이제 내 얼굴은 감출 수 없을 정도로 붉을 것이다. 천원은 갑자기 약간 눈을 가늘게 떴다. 그의 미간의 주름도 옅어졌다.

"……얼굴이 붉어. 열이 나? 몸이 좋지 않은 거야?"

"조조조조조조금."

"그러면 그렇게 말하지. 잠깐만 기다려."

천원은 눈을 감았다. 치이이……잉. 아주 무거운 징을 살며시 치는 것만 같은 깊은 소리가 어딘가에서 작고 부드럽게 울렸다. 나는 그의 상아색 눈꺼풀이 무척 아름답고 매끈하다고 생각했다. 문득 세상이 눈이 부셔 뜰 수 없을 정도로 환하게 밝아졌다.

각오했던 우레 소리 같은 것은 나지 않았다. 빛이 줄어들어 평소와 같은 정도로 느껴졌을 때 나는 눈을 떴고 내 눈앞에 천원이 그대로 있어 잠깐 당황했다. 그러나 다시 보니 달라진 점이 있었다. 그는 이제 손에 아기 머리통만 한 구슬을 들고 있었다.

그 구슬은 맑은 수정 같지도 않았고 탁한 옥 같지도 않았고, 심지어 단단한 금속 같지도 않았다. 내가 지금까지 봐 온 그 어느 물질과도 닮지 않은 그 연노란색 구슬은 천원에게서 나는 것과 아주 흡사한 빛이 났고 그 때문에 자세히 보기가 더 힘들었다. 다만 구슬이 어느 모로 봐도 완벽한 구이고 어딘가 신비하고 부드러운 광택이 있어서 아주 귀한 물건인 것 같다는 어렴풋한 생각이 들었다.

무엇인지 짐작은 되었다.

"그게 뭐야?"

나는 아까보다는 훨씬 가라앉은 심장과 확실히 덜 뜨거운 얼굴로 멍하니 물었다. 천원은 구슬을 자기가 잡은 내 손에 가져다 대며 무뚝뚝하게 던졌다.

"여의주."

"아."

여의주는 내가 상상했던 것보다 미지근했고 감촉은 진주를 만질 때처럼 부드럽게 매끈했다. 나는 갑자기 닿은 신기한 감촉에 나도 모르게 작게 감탄했고 천원은 내 손을 놓지 않았다.

"잠깐 그대로 있어."

그가 무엇인가를 하는 모양이었다. 나는 손바닥에서 흘러들어 오는 시원한 느낌이 마치 물에 떨어뜨린 물감처럼 금세 내 몸 전체로 퍼져 나가 놀라워했다. 꼭 피곤할 때 마시는 시원한 물처럼 그 느낌은 상쾌했고, 발가락 끝까지 시원해졌을 때에는 몸의 상태가 아주 좋아져 있었다.

책에서 여의주로 만병을 치유할 수 있다는 기록도 있다는 부분을 읽었다. 하지만 천원이 아프니 그것은 그 책에 있는 터무니없는 거짓말 쪽으로 분류하고 있었는데, 아침부터 당연히 쌓여 왔던 피로가 모든 종류를 통틀어서 사라지면서 정말 날아갈 것만 같았다. 심지어 아까부터 조금씩 있었던 배란통도 갑자기 없어졌다.

내가 눈을 동그랗게 뜨자 천원은 내 손을 놓아주었다. 잠시 눈부신 빛이 다시 한번 주위를 밝힌 뒤 여의주가 사라졌다. 이로서 용이 여의주를 입에 물고 있느냐, 턱에 끼고 있느냐, 손에 들고 있느냐 하는 오랜 논쟁에 내 속에서는 마무리가 지어졌다. 넣었다 뺐다 하는 거였어. 내가 이해할 수 없는 방식으로.

"아직 아파?"

그는 나를 보고 평소보다 가라앉은 목소리로 물었다. 그런 목소리라면 거짓말은 할 수 없었다. 나는 고개를 저었다.

"안 아파."

다만 어딘가가 반드시 아프다면 그것은 가슴이다. 이런 말을 하느니 그냥 혀 깨물겠지만. 천원은 한참 내 얼굴을 들여다보다가 아주 엷게 웃었다.

"다행이다."

※　※　※

봉, 봉, 봉. 시이이이잉. 봉, 봉, 봉.

시이이이잉⋯⋯. 큰 솜방망이 같은 것으로 두드리면 물거품이 나오며 부드럽고 귀여운 소리를 내는 작은 소라 같은 악기에, 맑은 소리가 흐느끼듯 나는 나팔 모양 악기, 가늘게 떨리는 해금, 귀를 무겁게 울리는 가야금 따위가 줄지었다. 모두가 작은 물고기 떼가 받치는 가마에 타고 있었기 때문에 나는 행차 구경에 실컷 정신을 팔 수 있었다.

용의 연회는 용궁에서 어느 정도 떨어진 화산 지대에서 열린다는 모양이었다. 그 화산은 몇백 년 전에 한 번 작게 폭발했을 뿐 그 후로는 아주 조용한 현무암 지대로, 평소에는 내버려 두어 사는 생물이 별로 없다는 모양이었다. 아주 깊은 바다에 사는 야광게가 몇천만 마리 정도 찾아들 때도 있는데 그랬다가도 물살이 너무 세 다른 곳으로 떠난다고 했다.

과연 용궁의 서쪽 문을 나서 어느 정도 행차가 이어지자 용궁의 야명주와 황금에서 나오는 불빛은 닿지 않았다. 대신 무한히 새까맣게 보이는 검푸른 어둠을 작은 해파리 떼가 점점 채워 밤하늘 속을 걷는 것처럼 풍정을 바꾸었다. 그리고 그 사소한 반짝임 틈으로 용 다섯 마리가 보름달처럼 밝은 빛을 내 시야에는 불편이 없었다.

행차의 맨 앞에는 나팔 같은 금관 악기와 타악기를 든 시종들이 스물네 명, 그리고 그 뒤로 손님들이 탄 가마와 음식을 든 시녀 및 시종이 섞인 화려한 구간이 길게 이어지고 마지막으로 금과 고와 적을 든 악사들이 각 열두 명씩 따랐다.

손님들이 탄 가마는 악기 연주하는 이들이 탄 것과 다르게 창에 얇고 투명한 비단이 달려 있었고 그 지붕은 금과 산호, 그리고 자개 장식이 된 청자로 덮여 있었다. 그중에서도 가장 화려한 것은 물론 용왕 부부가 탄 가마로 그것은 지붕의 네 귀퉁이에 용궁에서처럼 황금 풍경이 드리워져 대애앵댕하는 소리를 냈다.

내가 탄 가마는 귀한 손님을 위한 것이라며 심지어 해야 부부의 가마보다 앞에서 떠갔다. 가마를 떠받치는 물고기 떼는 가끔 바닥을 울리며 웃음 같은 소리를 냈다. 그럴 때마다 내 가마 근처에서 걷던 시녀나 시종이 엄격하게 가마 바닥 쪽을 노려보았고 그러면 금세 가마 아래는 조용해졌다.

나는 가마 창에 달린 비단을 처음부터 활짝 걷고 있었다. 진주 같은 물거품 수천 개가 알알이 휘날려 저 행렬 뒤쪽으로 금세 사라져 갔다.

우리가 가는 길은 앞으로 갈수록 검었고 길 옆에는 깎아지른 듯한 바위산이니 깊이 내려찍은 듯한 협곡이 구별 없이 도사렸다. 다만 그런 산이나 골짜기는 표면은 대단히 매끄럽게 닳아 있는 것이 많았고 바닥의 모래는 빛이 닿을 때 보니 검푸른 가루 같은 것에 희게 반짝이는 무언가가 섞여 있곤 했다.

우리 행렬을 제외한 생명이 아마도 있겠지만 내 눈에는 보이지 않았다. 아마도 이것이 용궁에서 멀어진 심해의 모습일 터였다. 꼭 깊은 바위산 속을 걷는 것만 같았다.

"불편하신 점은 없으세요?"

막 눈이 마주친 시종 하나가 친절하게 물었다. 그도 전내부 사람이라 오가면서 얼굴은 알고 있었다. 나는 고개를 숙였다.

"네. 저, 다리 아프지 않으세요?"

이미 꽤 먼 길을 왔다. 그리고 나는 저 조그만 물고기들이 떠받치는 가마에 타서 편하게 구경하는데 다른 사람들은 걷는 것을 보려니 내 알량한 양심이 따끔거렸다. 걷는 시종이나 시녀들 중에는 겉모습이 아주 노인이거나 아주 어린애인 경우도 있어서 더 그랬다.

황금 허리띠에 다섯 가지 장식을 드리운 시종은 빙긋 웃었다. 최근에 들은 것이었는데 허리띠에 달 수 있는 장식의 숫자로도 용궁 사람들의 지위를 알 수 있는 모양이었다.

"그럼요. 이런 좋은 행차에 함께하는데요."

그래서인지 이번 연회에는 주방 식구들 중에 같이 오는 사람이 별로 없었다. 물론 파티를 하는데 부엌에서 일하는 사람들이 놀 수 있을 리가 없기는 하지만. 원래 집에 손님 한 번 초대하려고 해도 제대로 대접하려면 부엌에서 한 발짝도 못 나오는 사람이 최소 한 명은 있는 법이다.

"별 주부님은 벌써 산란 휴가 가셨던가요?"

그리고 별도 직위가 낮아서인지 이번 행렬에는 보이지 않았는데, 이런 멋진 것을 못 본다니 약간 섭섭해서 나는 그 시종에게 내친김에 물었다. 이번에 따라오는 사람들은 전내부 소속이 많다니 알 터였다. 시종은 쓴웃음을 지었다.

"아뇨, 별 주부는 아직이랍니다. 이번엔 주부 벼슬을 가진 사람들은 같이 안 와서 못 보신 거겠지요."

"그래요?"

아쉽다. 행차가 반짝반짝하는 게 너무 예뻐서 친구들도 다 봤으면 좋겠는데. 그나마 주방장은 저 뒤의 조금 덜 화려한 가마 중 하나에 타고 있다는 모양이었다.

시종은 다시 행렬의 정연한 줄로 돌아갔고 나는 창밖을 구경했다. 한참 높던 산이 갑자기 사라지더니 주변 땅이 검고 낮고 울퉁불퉁한 바위 지대로 변했다. 그러나 산이 많을 때에 비해 시야가 많이 트였다고는 해도 어두워서 멀리까지는 보이지 않았다.

나는 갑자기 주머니 안의 휴대폰이 생각나서 행차를 찍었다. 플래시가 터지자 아까와 다른 시종이 눈을 깜박이며 물었다. 그도 나와 얼굴이 익은 사람이었다.

"고건 무언가요, 연지 아가씨? 야명주가 든 건가요?"

"아뇨, 카메라예요."

"아, 알아요. 안에 사람의 영혼을 가두는 거지요?"

여러 가지로 할 말은 많았지만 나는 고민하다 고개를 끄덕였다.

"네. 진짜로 들어 보셨네요."

시종은 자랑스럽게 웃었다.

"그럼요. 저희 고향 옆 동리에도 카메라를 들인 집이 있어서 혼인 잔치 때마다 빌린답니다."

아니, 말 안 하려고 했는데 하는 게 좋겠다. 나는 마음을 바꾸고 질겁했다.

"영혼을 가둔다고 생각하면서 결혼할 때 써요?"

"저희 같은 용궁 백성들은 사람의 영혼이 없으니까 괜찮지요. 사진에 나온 얼굴이 원래 얼굴하고 너무 달라서 우습기도 하고요."

"영혼이 없어요?"

말도 하고 표정도 있고 감정도 있는데? 무엇보다 마음씨가 다들 착한데. 나는 데자뷔가 들어서 인상을 약간 썼다. 시종은 빙긋 웃었다.

"짐승이니까요."

역시 그 얘기다. 나는 내가 이 시종과 별로 친하지 않았거니와 용궁에서 말하는 짐승과 혼백이 내게는 아직 확실하지 않은 개념이었기 때문에 더 따지지는 않았다. 그러나 마음이 좋지 않아 눈을 내리깔았다. 시종은 걱정스러운 얼굴로 친절하게 물었다.

"어찌 그러셔요? 미편하신 데가 있으시다면 말씀하셔요."

"아뇨, 괜찮아요. 신경 쓰지 마세요."

신비하고 교교한 음악이 아까와 어딘가 다르게 느껴지기 시작했다. 시종은 내 기색을 잠깐 살피다가 밝게 말했다.

"거의 다 왔네요. 요 가마꾼 녀석들 때문에 불편하시지요? 조금만 더 타고 계시면 되어요."

아니, 가마꾼들에게는 미안하다. 나는 고개를 열없이 끄덕였고 행렬은 계속되었다. 확인해 보니 휴대폰에 찍힌 사진은 역시 너무 어두워서 심령사진 같았다.

도깨비불의 환상 같은 행렬은 검고 높은 바위로 둘러싸인 빈터로 들어서서야 멈췄다. 행렬은 그 빈터를 세 바퀴 빙글빙글 돌았고 그사이 음악 소리는 더 높아졌다.

아마도 아주 오랫동안 빛이라고는 받은 적이 없었을 검은 바위에는 야명주가 놓이고 그 위로 작은 해파리 떼가 은하처럼 소용돌이쳤다. 그리고 그 은하의 중심은 용들이 탄 가마에서 나오는 빛이었다.

빈터는 아무래도 일부러 닦아 놓은 듯 둥글었고 바위는 병풍처럼 주위를 완벽하게 둘러쌌다. 우리가 들어온 입구 말고는 걸어 나갈 수 있을 것 같은 틈은 보이지 않았지만 바위 자체는 기기묘묘하게 뒤틀려 중간중간에 갈라진 부분이 많았고 구멍이 뚫린 경우도 많았다.

"다 왔습니다, 연지 아가씨."

걸덕 극우와는 다르지만 가끔 객당을 돌봐 줘서 나와 잘 아는 시녀가 들뜬 목소리로 말했다. 나는 가마가 땅에 천천히 내려앉자 시녀의 손을 잡고 기어 나왔다.

막상 연회 장소에 서 보니 다른 사람들은 다들 연꽃 실로 만든 용궁 옷을 입고 있는데 나 혼자만 실크 원피스를 입고 있는 것이 조금 기분이 이상했다. 파티라니까 내가 가진 것 중 가장 포멀한 옷을 입고 나온 것이었지만, 차라리 부엌에서 입는 조리복을 입는 편이 나았을까.

"어서 이리 오셔요, 자리로 뫼시겠습니다."

전내부의 다른 시녀가 나를 데리고 빈터의 중심으로 갔다. 해야 부부는 서로의 손을 꼭 잡고 서 있었고 용왕 부부는 그 모습을 흐뭇하게 보다가 나를 맞았다. 천원은 네 사람과는 두어 발짝 떨어져서 무뚝뚝하게 나를 보았다.

"오는 길 힘들지는 않았어요? 이렇게 같이 와 주니 참 좋네요."

용궁부인이 친절하게 인사했다. 아무래도 사람의 모습일 때도 용들은 자기가 내는 빛의 세기를 자유롭게 조절할 수 있는 것 같았다. 다섯 마리 용은 눈이 아주 부신 것까지는 아니라도 상당히 밝은 빛을 내며 아무렇지도 않게 서로를 보았다.

곧 음식을 들고 온 시종들이 각자의 상을 보아 연회 참석자들이 지위에 따라 앉을 수 있도록 했다. 나는 가마를 타고 왔을 때처럼 귀한 손님 대접을 받아 천원의 옆에 앉게 되었다. 해야 부부는 용왕 부부의 왼편에, 그리고 나와 천원은 용왕 부부의 오른편에 앉고 그 앞으로 용궁의 대신들이 줄지어 앉는 형태였다.

음식은 내가 용궁에 와서 본 것 중에 손에 꼽히게 아름답고 정갈한 요리들이었다. 홍화와 치자로 물들인 얇은 전병이니 실처럼 가는 녹색 해초, 고운 지단 따위가 교묘하게 얽혀 마치 모네의 그림 같은 접시가 몇 개나 상에 놓였다. 음료는 올해 특히 잘되었다는 진달래꽃술이었는데 맑게 거른 청주 위에 꽃잎을 장식으로 띄우니 아주 흥취가 있었다.

악사들이 다섯 용과 나의 맞은편에 앉아 음악을 계속 연주했다. 긴 개회사 같은 것이 있지 않을까 했는데 용왕 부부는 간단하게 고맙다는 인사만 하고 잔을 기울이기 시작했다. 나는 용궁 대신들을 이렇게 한꺼번에 본 것이 처음이라 그들을 흥미롭게 보았다.

대신들은 용들처럼 사람과 거의 흡사한 모습인 경우가 많았고 모두 허리띠에 자기 지위에 맞는 수의 장식물을 늘어뜨리고 점잖게 앉아 있었다. 남녀 구별 없이 그들이 쓴 모자 역시 관위에 따르고 있었는데 모자 장식이 다양해서 보는 재미가 있었다. 가끔 황금 나뭇잎이 포도송이처럼 늘어진 보요가 파도에 흔들리는 것도 보기 좋았다.

"연지."

내 오른쪽에 앉은 천원이 나의 이름을 불렀다. 그가 내 이름을 부를 때마다 가슴이 들썩거리는 것은 불편한 일이었다. 나는 그를 보았다.

"왜?"

"이거 맛있어."

그는 내게 청홍고추로 낸 색이 화사한 어향육사를 가리키며 그렇게 말했다.

"그래? 먹어 볼게."

우리가 언제부터 맛있는 음식 추천해 주는 사이였는지는 모르겠지만. 나는 모레 휴가 가는 문 대덕이 오늘 새벽부터 죽어라 썰었을 가는 야채와 고기를 흑단 젓가락으로 입에 넣었다. 천원의 말대로 요리는 맛있었다.

"그러게, 맛있네."

내가 그에게는 시침을 딱 떼고 무뚝뚝하게 동의하자 그가 조금 불만스러운 표정을 지었다. 왜, 뭐가 문제야.

내 왼쪽이자 상이 약간 떨어진 곳에 있던 용궁부인이 친절하게 우리 대화를 이어 주었다.

"연지 씨 덕분에 요즘 식사 시간이 즐겁답니다. 뭐가 나올지 기대하면 늘 기대보다 새로운 것이 나와요. 어쩌면 그렇게 묘한 것을 많이 아나요?"

"어머, 아니에요. 저는 하는 일도 없는걸요."

나는 오랜만에 같은 자리에 앉아 보는 용궁부인에게 친절하고 부드러운 목소리로 겸손하게 대답했다. 용궁부인은 살랑살랑 날리는 짙은 속눈썹을 부드럽게 내리깔며 웃었다.

"아니어요. 연지 씨가 와 줘서 얼마나 좋은지 몰라요. 정말 고마워요. 오늘은 모쪼록 편안히 쉬며 악과 요리를 즐겨요."

"감사합니다."

이번에 용궁 비전의 연회 요리도 몇 가지 견식할 기회가 생겨서, 비단 여기까지 가마에 모셔져 오지 않았더라도 이미 좋은 경험을 한 것이다. 천원이 내게 또 말을 걸어 나는 그를 돌아보았다.

"술도 맛있어."

"그래? 너 많이 마셔."

"너는?"

"나도 마셔야지."

천원은 왠지 몰라도 또 어딘가 약간 불만스러워 보였다. 뭐, 어쩌라고. 나는 잔을 들어 그에게 내밀었다.

"짠 하자고?"

아까 시작할 때 다들 한 번씩 잔을 위로 들었지만 잔을 부딪치는 건배는 안 했었다. 천원은 불만스러운 표정 그대로 물었다.

"짠이 뭔데?"

"검색해 봐."

나는 잔을 올린 그대로 말했다. 천원은 소매에서 스마트폰을 꺼내 검색하기 시작했다. 물론 '짠'으로 검색한다고 바로 건배가 나올 리는 없었다. 생각해 보면 나는 대학에 갔을 때부터 같은 과 사람들이 다 짠이라고 해서 그렇게 배웠지만, 드라마에서는 그것을 언제나 건배라고 불렀다. 세대 차인가? 아니면 그냥 대학에서만 짠이라고 하는 걸까? 아니면······.

그는 잠시 이것저것 눌러 보더니 미간에 깊은 주름을 만들며 나를 보았다.

"뭐라고 검색해?"

왠지 그를 괴롭히는 데 성공한 기분이 들어 갑자기 기분이 좋아졌다. 나는 킥킥 웃고 그의 술잔을 왼손으로 가리켰다.

"당신도 오른손으로 잔 들어. 술잔 살짝 부딪치면서 서로의 건강을 기원하는 거야."

우리 연약한 편식왕자님이 건강하기를 나도 바라니까. 그는 주름을 펴고 내가 시킨 대로 잔을 들었다. 그리고 보통의 건배보다 훨씬 어설픈 자세와

약한 힘으로 나와 서로 잔을 부딪쳤다.

"짠."

나는 잔이 부딪치는 맑은 소리가 나는 것과 동시에 웃음 섞인 목소리로 중얼거렸다. 천원도 흉내를 냈다.

"짠."

나는 그에게서 얼굴을 돌리지 않고 진달래꽃술을 마셨다. 입 안에서 진하고 향기로운 안개 같은 맛이 났다. 아무리 용궁이라도 진달래는 다 졌지만 아직 봄 같다. 봄을 즐기는 기분이다.

천원도 술을 마시더니 불만스러웠던 얼굴을 풀었다. 그의 입가에 올라온 미소 같은 것을 보고 가슴이 평소보다 두근거린 것은 술기운 때문일 것이라고, 나는 속으로 몇 번이나 중얼거렸다.

"매형이 춤 잘 추시네."

레오는 소고—같은 용궁 악기—니 나팔—같은 용궁 악기—소리에 맞춰 모두의 앞에서 춤을 추고 있었고 해야도 그 옆에서 춤을 추었다. 원래 환영 파티에서 손님이 일어나 춤을 추는 일은 내 상식으로는 동아시아에서 있을 수가 없는 일이었는데, 의외로 용궁 사람들은 즐거워하며 자연스레 손뼉을 쳤다. 그리고 대신들 몇 명도 일어나 합류해서 덩실덩실 어깨를 흔들었다.

내가 하고 싶은 말을 여럿 참고 함축해서 한 말에 천원은 고개를 끄덕였다. 진달래꽃술의 도수가 높아서 슬슬 차로 돌아선 나와 다르게 그는 계속 술을 마시면서도 뺨이 붉지 않았다.

"그렇지."

"해야 용녀님도 춤 잘 추시네."

"누나 잘 춰."

레오가 추는 춤은 이름이 무엇이든 현대 무용에는 속하지 않을 거라는 생각이 들었는데 그래도 보기 좋았다. 리듬을 잘 타는 것을 알겠다. 용왕과 용궁부인도 좋아하며 우리 사위를 연호하고 있어 나는 천원에게 귓속말을 했다.

"나 솔직히 당신 매형 이야기만 들었을 땐 좀 별로였는데."

천원은 음악 소리와 박수 소리 때문에 내 말이 잘 안 들린 듯 잠깐 인상을 썼다가 이내 작고 평이하게 물었다.

"왜?"

"해야 용녀님이 원래 여기 계셔도 되는 걸, 남편분이 어른 계신 데 싫다는 이유 같은 것 때문에 생판 모르는 데로 데려가신 거라고 생각했거든. 자기가 자란 데서 떠나야 했던 거잖아."

그러고 보니 천원에게 이런 말을 하는 건 좀 부적절했겠다. 나는 무심코 그에게 가족 욕을 한 것을 후회하며 인상을 썼다. 다행히 천원은 아무렇지도 않게 내게 동의했다.

"그렇지. 원래 우리 용궁 후계자는 누나였으니까."

"지금은 당신이지?"

"그래. 내가 안 태어났으면 누나도 언젠가 이 바다를 다스리게 되었을지도 모르니까, 누나는 날 원망할 수도 있었지."

잠깐, 이야기의 강도가 갑자기 확 올라갔잖아. 나는 어쩔 줄 몰라 하며 천원의 얼굴을 보았지만 그는 여전히 아무렇지도 않게 이었다.

"그래도 이쪽이 결과적으로는 잘된 거야."

"왜?"

"매형하고 같이 있는 게 누나한테 안전하니까."

점점 더 모르겠다. 그리고 나는 용궁 사람들이 나한테 이런 식으로 알 듯 말 듯 한 말을 하는 것을 전에도 겪어 본 적이 있었다. 나는 내가 확실히 아는 사실과 연결해서 슬쩍 떠보았다.

"다른 용이랑 싸울 때 얘기하는 거야? 혼자보다 둘이 안전하다고?"

……천원은 내 눈을 들여다보다가 한 박자 정도 후에 건조하게 대답했다.

"그래."

그 대답에 왜 시간이 걸리는데.

나는 이 화제를 더 이어 가기 불편해져서 해야 부부의 춤을 한동안 조용히 감상했다. 둘은 정말로 화해한 듯 춤을 추면서도 사이가 좋았다. 잠시 후 곡조가 약간 느려지면서 그들의 춤은 슬로우 댄스로 바뀌었다. 용왕과 용궁 부인도 자리를 떠 춤판에 합류했다.

역시 글로벌하시네요. 부모님 세대와 자녀 세대가 함께하는 블루스 타임이라니 대한민국에서는 들어 본 적 없다. 천원은 몇 잔이나 연거푸 술을 마셨다.

근처 자리에 있던 높은 대신들도 용왕 부부가 나가자 따라서 춤을 추기 시작했다. 이제 상석에 앉은 사람은 나와 천원밖에 없었기 때문에 나는 약간 불편해졌다. 그래서 천원에게 시비를 걸기로 했다.

"안주도 같이 먹어. 안 취해?"

"……이 정도로는 안 취해."

목소리는 과연 멀쩡했다. 나는 그의 얼굴을 새삼 보았다. 역시 심술이 나도록 잘생겼다.

아니, 이런 감상을 하려고 본 것이 아니다. 나는 그의 완벽한 뺨에서 눈을 뗄까 말까 잠깐 치열하게 고민했다. 빤히 보다가 시선을 돌리면 저쪽이 이상하게 생각할 것이다. 하지만 계속 보고 있다가 또 얼굴이 붉어진다면 그것 또한 저쪽에서는 이상하게 생각할 것이었다.

애초에 왜 본 거야. 보지 말라고. 생각도 하지 말라고.

의식을 해 버리니 내가 쉬는 숨조차 이상하게 느껴졌다. 나는 잠시 후 질식할 것 같은 상태가 되어 심호흡했다. 천원은 결국 나를 이상하게 보았다.

"……왜 그래? 또 아파?"

"아니야."

고개를 젓는 것은 시선을 뗄 좋은 핑계가 되었다. 나는 고개를 세 번 젓고 음식을 내려다보았다. 오리고기에 부추를 곁들인 냉채가 완벽하게 아름다운 꽃 모양으로 플레이팅되어 있어 먹음직스러웠지만 왠지 이제는 식욕이 돌지 않았다.

"안 먹어? 음식을 빤히 보는 건 예절이 아니야."

너한테 식사 예절 지적받고 싶지 않아. 하지만 생각해 보면.

"알았어."

나에게 제일 식사 예절 지적을 많이 받은 사람도 천원인 것 같으니 공평한 것 같기도 하다. 나는 열없이 젓가락을 집었다. 그때 갑자기 눈앞이 흔들렸다.

쿠르릉.

나는 깜짝 놀라 젓가락을 잡은 손에 힘을 꽉 주었다. 혹시 내가 어지러운가 했는데 그렇지 않았다. 땅은 다시 한번, 방금보다 강하고 확실하게 흔들렸다. 악사들은 음악 연주를 멈췄고 춤추던 사람들은 춤을 멈췄다.

"이게 뭐야?"

나는 놀라 천원을 보았다. 천원은 놀라지도 않은 얼굴로 나를 보고 있었다.

"또 누가 와?"

그의 손이 다가와 내 손목을 잡았다.

나는 숨을 들이켰다. 땅이 흔들린 것 때문에 놀란 것은 그대로 아무래도 좋게 되었다. 아니, 이번엔 이상했다. 해야와 레오가 올 때는 땅의 진동보다는 우레 같은 소리와 눈부신 빛이 더 강했다. 그런데 이번에는…….

상이 흔들려 접시가 떨어지려 하자 천원은 그것을 잡아 도로 상 위에 올렸다. 그리고 나를 잡지 않은 쪽 손으로 진달래꽃술의 잔을 들었다. 차가 들어 있던 내 옥잔은 떨어져 맑은 소리를 내며 멀리 굴러갔다. 탱그르르르…… 탕, 탕, 타당.

언제인지도 모르게 우리 뒤쪽의 땅에는 검은 틈이 벌어져 있었고 잔은 그 안으로 들어가더니 한참 후 희미하게 깨지는 소리를 냈다. 나는 깜짝 놀라 주변을 보았다.

땡땡땡땡땡땡땡땡. 멀리 둔 가마의 풍경이 저 위를 향해 거꾸로 솟았다. 현무암으로 된 작은 봉우리 위에서 야명주가 굴러떨어졌다. 물살이 세지는 것이다. 그것은 나도 이제 알았다. 나는 놀라 몸을 움츠렸다. 이상하게도 다른 사람들은 나처럼 놀라는 얼굴이 아니었다.

높은 사람들은 그대로 자리로 돌아와 앉았다. 시종들이 바쁘게 다니며 차려진 것을 싹 거두었다. 천원은 상의 다른 것이 거두어져 가는 것은 내버려 두었지만 제 오른손의 술잔은 그대로 쥐고 담담하게 말했다.

"시작하는 모양이네."

"뭐가?"

아무도 나한테 용궁에도 지진이 있다고 말해 준 적이 없다! 아니, 해저 지진이 많다는 거야 중학교 때 배웠지만 그런 법칙이 용이 있는 곳에도 적용된다는 말은 듣지 못했다! 그리고 화산 지대잖아! 지금 폭발하는 거 아냐? 나 이렇게 말도 안 되는 이유로 죽는 거야?

나는 가마의 풍경이 귀가 아플 정도로 울리자 시종 두엇이 그 풍경을 싹 떼어다가 가마 바닥의 서랍에 넣는 것을 보고 눈을 의심했다. 시종들의 걸음에는 흔들림이 보이지 않았다. 그들은 마치 평온한 땅을 걷는 것처럼…….

"안 흔들리네?"

"당연하지."

그리고 나 역시 무릎에 진동 하나 오지 않았다. 우리 부근의 땅이 점점 더 미친 듯이 흔들리고 있다는 점을 생각하면 말도 안 되는 일이었다. 나는 꿈을 의심하며 천원에게 성질을 냈다.

"뭐가 당연한데? 저기 좀 봐, 또 땅 갈라졌어! 엄마아!"

그가 너무 아무렇지도 않아 보여서 나도 용기 있는 척을 하고 싶었는데, 그러기엔 너무 무섭다. 나는 작게 비명까지 질렀다. 천원은 또 설명인 척 설명되지 않는 말을 했다.

"용의 피가 많이 섞인 백성들만 있으니까."

"그게 어쨌는데!"

용왕과 용궁부인, 해야와 레오는 목소리가 높아지는 나를 오히려 이상하다는 듯 보았다. 그들도 머리칼 하나 흔들리지 않았다.

나는 천원의 눈을 보았다. 그는 그저, 아까 연회가 시작될 때처럼 곧은 시선으로 설명했다.

"……여긴 화산 지대야."

"그건 알아!"

"그래서 가끔 뜨거운 물이 나와. 규모가 작아서 이용하기 좋아."

물론 화산에서 간헐천이 분출하는 건 규모가 큰 것보다 작은 게 좋겠지만 지금 이 상황에 할 말은 아니다. 나는 눈에 힘을 주었다. 천원은 그러나 내게 무심하게 턱짓했다. 열받게도 그의 손은 저번과 똑같이 뜨거웠고 흔들림이 없었다.

"설명하기 귀찮아. 괜찮으니까 더 가까이 와."

……더 가까이 오라니, 한순간은 내 귀가 잘못된 줄 알았다.

내 눈에서 힘이 풀렸다. 나는 그만 울 것 같은 기분으로 천원과 눈을 마주 보았다. 그의 새까만 눈에는 자신이 있었고 익숙함이 있었고.

그리고 어딘지 모를 뜨거움이 보이는 것 같았다.

천원은 내 팔을 살짝 당겼다. 그 힘은 강제성이 없이 약한 것이었지만 나는 나도 모르게 그의 옆에 다가앉았고 '그것'이 시작되었다.

우…… 우우…… 우.

우우우…… 우우우우…… 우우…….

해파리는 모두 사라지고 없었고 야명주는 시종들이 챙겨 넣어, 주위를 밝히는 것은 용들의 몸에서 나는 빛뿐이었다. 사방은 그래서 마치 해가 뜨기 직전의 새벽 같았다. 하늘에서인지 땅에서인지…… 어쩌면 바다 전체에서, 위아래 할 것 없이 나는 것만 같은 소리가 들려왔다.

소름이 돋았다.

수백 명이, 아니, 어쩌면 수천 명이 모인 오케스트라가 정연하게 연주한다면 이런 느낌일까. 현악기 같기도 하고 관악기 같기도 하다. 바닥은 이제 진동하지 않았고 갈라지던 틈은 그대로 멈추었다. 그리고 셀 수 없이 많은 영문 모를 소리가 서로를 딛고, 돋우고, 문지르며 온 세상을 울렸다.

마치 바다가 노래하는 것 같았다.

시야에 빛나는 흰옷이 다가오고 온 폐부를 내가 아는 향이 감쌌다. 천원은 내 머리를 자신의 가슴에 대고 있었고 나는 무심코 몸을 뒤틀려 했다. 바다의 노래는 조금씩 더 커져 내 심장의 가장 가는 근육마저 울렸다. 그의 양팔이 내 머리와 어깨를 감쌌다. 그가 내게 속삭이는 목소리는 그러나 그 거대한 노래 가운데서도 새긴 글자처럼 선명하게 귀에 들어왔다.

"……괜찮으니까 가만히 있어. 내가 잡고 있으면 안전해."

용이니까?

나는 나도 모르게 어깨를 떨었다. 문득 콩, 콩 하고 작고 빠른 심장 소리가 들려왔다.

누구 것인지 안다.

그 자리에서 더 이상 말을 하는 사람은 아무도 없었다. 음악은 오랫동안 자신의 멜로디를 연주했고 나는 그 어디에서 나는지 모를 소리와 천원의 심장 소리가 꼭 이중주 같다고 생각했다. 절대적인 크기로는 서로 비할 바가 아니었지만 시간이 지날수록 그의 심장 소리는 점점 더 크게 들렸다. 내 심장도 점점 더 빠르게 뛰어 잘하면 그에게 들리지 않을까 싶을 정도였다.

울고 싶은 기분.

우우우…… 우…… 우우우우…… 우.

우…… 우…… 우우우…… 우우.

그대로 토할 것만 같은 기분.

우우…… 우우우…… 우우우우…….

우우우…… 우우우…… 우우우우우…… 우우.

비겁한 기분.

노랫소리는 처음에만 두려웠을 뿐 시간이 길수록 마치 내 안에 물결이 스며드는 것처럼 편안해졌다. 분명히 향이란 맡고 있으면 금세 느낄 수 없게 되어야 하는데 심술맞게도 천원에게서 나는 시원하고 풀 같은 향은 살아 있는 것처럼 내 코끝과 폐와 머리를 채웠다. 머리가 어찔했다. 점점 더 가슴이 뜨거워지고 눈에는 눈물이 차올랐다. 그것은 무서운 일이었다.

천원이 나를 안은 힘에는 이제 변화가 없었다. 나는 그가 어떤 얼굴을 하고 있을지 궁금했다. 최소한 그의 목소리라도 듣고 싶었다. 그러나 그는 그대로 아무 말도 하지 않았고 나는 이 거대한 노랫소리 안에서 그에게 어떤 말을 하든 가닿을지 의문이었다. 아니, 거짓말이었다. 아까도 대화를 나눴으니 아마 들릴 것이다. 그러니까 나는.

혹시라도 그가 나를 놓을까 두려워 입을 다물었다.

나는 눈을 감았다. 자존심을 세울 수 있을 때는 이제 지났다. 아무리 말도 안 된다고 해도 인정해야 했다.

한참 후에야 노래는 몇 번이나 메아리를 남기면서 잦아들었다. 천원은 그러나 노래가 아주 들리지 않을 때까지 나를 놓지 않았고, 나는 그에게 나를 놓으라는 말을 하지 않았다.

가마를 타고 오는 길은 갈 때처럼 평온하고 아름다운 음악이 흘렀지만 나는 그것을 즐길 정신이 아니었다. 때문에 내가 탄 가마가 용궁 대신들이 탄 가마처럼 머무는 집으로 가는 것이 아니라 월수궁 대문을 넘고 있다는 것을 한 박자 늦게 깨닫고 말았다.

"저기, 왜 월수궁으로……."

이제 주변에는 용들이 탄 가마를 제외하고는 내가 탄 가마밖에 없었다.

모시기는 상석에 모셔 놓고 여기서 객당까지는 걸어가라는 걸까. 그것도 나쁘지는 않을 것이다. 생각을 정리할 수 있을 테니까.

내가 묻자 내 가마의 옆을 걷던 시종이 친절하게 대답했다.

"천원 용자님 분부십니다."

내가 가는 길을 왜 천원이 분부하는 거야. 나는 그 이름에 괜히 찔끔했다. 해야 부부가 탄 가마는 월수궁 서문으로 빠져나갔다. 이제는 저 부부가 한 처소를 써야 하니 월수궁이 아니라 전내부 쪽 객당, 그러니까 내 숙소와 가까운 곳에 방을 꾸몄다는 모양이었다. 내 가마도 원래대로라면 저걸 따라가야 하는데.

가마가 멈췄다. 친절한 시종은 가마 문을 열어 주고는 내가 기어 나올 때 손까지 잡아 주었다.

"감사합니다."

나는 허리를 꼿꼿이 펴고 피로를 느끼며 인사했다. 빈 가마가 둥실 떠서 월수궁 서문으로 나갔다. 야, 가지 마. 나는 주변을 둘러보았다. 노랫소리가 아직도 내 혈관 어딘가에는 남아 있는 것만 같고 다리는 몹시 피곤해 후들거렸다. 게다가 술기운도 많이 올라왔다.

월수궁 앞뜰에서 천원의 가마도 서고 그곳에서 천원이 내렸다. 용왕 부부는 벌써 궁 안으로 들어가 보이지 않았다.

천원은 내게 다가왔다. 이제는 야명주와 해파리가 모두 있어 훨씬 주위가 밝았지만 천원은 그 무엇보다도 큰 빛을 냈다. 눈이 부시지는 않았다.

"들어가서 핸드폰 충전하고 가."

그런 이유일 거라고 상상하지 못한 것은 아니다. 그러나 막상 그 말을 들으니 왠지 모르게 기분이 상해서 나는 짜증스럽게 말했다. 누구나 자기처럼 휴대폰에 푹 빠진 게 아니라고 전에도 말했는데.

"됐어. 오늘은 피곤하니까 그냥 들어가려고 했는데, 가마를 마음대로 여기로 돌리면 어떡해."

"피곤해?"

"여의주 꺼내지 마라. 그냥 가서 쉴 거야."

천원은 말짱한 얼굴이었고 취하지도 않은 것 같았다. 심술이 나고 화가 났다. 저 손을 잡고 싶다. 저 뺨을 잡고 싶다.

그가 나를 볼 때의 얼굴이, 나로 인해 어쩔 줄 몰라 하는 표정으로 가득하기를 바란다.

답답해 한숨이 나왔다. 천원은 미간을 좁혔다.

"가마 다시 부를까?"

"싫어. 이제 한밤중이고 다들 오늘 연회 때문에 피곤했잖아. 벌써 갔는데 왜 불러. 처음부터 내 의견을 물었으면 좋았잖아."

그는 대답하지 않았다. 나는 내 목소리가 약간 정도 이상으로 날카로웠다는 것을 알았지만 그렇다고 나쁜 짓을 했다고는 생각하지 않았다. 밤늦게까지 회식하고 집에 들어가려는데 다른 사람이 맘대로 내 차를 보내 버리고 '다른 데 가서 같이 더 놀자!'고 하면 얼마나 열받겠냐고. 그리고 난 좀 방에 가서 깊은 생각을 해 봐야겠다고.

얼마나 시간이 흘렀을까. 아마도 깊은 숨을 대여섯 번 정도 쉬면서 어지러운 머리를 깨려고 노력하던 와중이었다. 천원은 가만히 고민하는 것 같더니 내게 말했다.

"……그럼 내가 데려다줄게."

솔직히 귀는 번쩍 뜨였지만 나는 여전히 심술궂게 말했다.

"데려다줘서 뭐하게. 여기가 당신 사는 월수궁이고, 객당까지 같이 걸어도 아무 의미가 없잖아. 위험한 일 당할 만한 요소도 없고."

용궁은 밤낮으로 사람이 많이 다니는 편이다. 물론 밤에는 더 어둡고 사람이 적지만 그럼에도 불구하고 무서운 느낌을 받은 적은 없었다.

그러니까, 혼자서 객당까지 이 실크 원피스 차림으로 걸어가면서 고뇌할 생각을 하니 벌써 피곤했다. 내일은 밀푀유 같은 거 만들면서 스트레스를 좀 풀어야겠다. 아니면 국수 반죽을 치대든가.

그렇게 생각하는데 천원은 내 앞에서 돌아서더니 허리와 다리를 어정쩡하게 굽혔다.

인터넷 검색도 제대로 못하는 주제에 그의 '어부바' 자세는 무척 훌륭했다. 아무 설명을 듣지 않아도 알겠다. 나는 그의 머리에 올라간 높은 모자를 보고 머뭇거렸다. 피곤하다고 해서 그에게 업어 달라고 하는 것은 이상했다. 유혹적이지만.

"됐으니까 넌 들어가서 자라니까?"

아니면 이 누나가 생각을 못 해서 그냥 이성을 놓고 등을 만지는 수가 있다. 물론 이런 생각을 한 상황에서 이미 취기로 인해 이성 끄트머리가 슬그머니 느슨해지고 있는 것이 아닐까. 천원은 그대로 움직이지 않고 말했다.

"업혀. 데려다줄게."

"내가 어디 사는지는 알고?"

"……앞장서."

그는 근처에 있던 전내부 시종에게 턱짓했다. 당황한 얼굴이었던 그 시종은 그러나 싹싹하게 대답했다.

"예, 용자님."

"무슨 앞장이야. 퇴청 시간 많이 지났어. 여기서 객당까지 갔다가 퇴근하려면 얼마나 길이 멀어지는지 알아?"

"그럼 길을 네가 알려 주면 되겠네."

천원은 내 쪽은 여전히 제대로 볼 수가 없는 각도인 주제에 뻔뻔하게 말했다.

"됐어. 걸어갈 거야."

"힘들다며."

"다른 사람한테 업힐 정도는 아니야."

"됐으니까 업혀. 누나한테도 많이 해 줬어."

남동생이 태어나기 백 년도 더 전에 결혼해서 외국 나간 사람이 언제 남동생한테 많이 업히기까지 한 거야. 나는 그의 목소리가 너무 단호해서 머뭇거리면서도 걸음을 옮겼다. 지금의 내게는 그를 꼬실 수 있는 맛있는 음식이 없었다.

천원은 내가 바로 업히기엔 너무 높은 위치에 어깨를 두고 있었기 때문에 내가 그의 어깨를 몇 번 두드려 아래로 숙이게 해야 했다. 그러나 일단 업히고 나니 그 등의 각도는 대단히 편안했고 뼈대는 양쪽으로 넓고 뜨거웠다.

곧 그는 힘있게 걷기 시작했다.

나는 눈치를 보던 전내부 시종을 눈짓으로 얼른 퇴근시켜 버렸다. 천원은 월수궁 서문으로 일단 나가며 내게 물었다.

"이쪽이지?"

"……맞아."

"전내부는 잘 안 가."

"왜? 손님이 잘 안 와서? 아니면 당신 말고 다른 사람이 신경 써?"

"전내부 내에서 알아서 처리하는 일이 많고, 내가 직접 갈 일도 적어서."

무슨 강철 사다리 탄 줄 알았다. 왜 이렇게 안정적인 거지. 나는 다리가 땅에 닿지 않은 상태가 되자 괜히 몸이 더 늘어져서 천원의 등에 몸을 기댔다. 그는 잠시 내 몸을 위로 추어올렸다.

"모자 귀찮아. 벗겨도 돼?"

용궁 사람들이 쓰는 모자는 최소 한 뼘, 보통은 두어 뼘 정도 되고 양옆으로 살짝 누른 모양의 커다란 물건이었는데 지금 그것이 그야말로 내 머리에 닿아 매우 귀찮았다. 게다가 물거품처럼 달린 진주 보요 장식이 간질거렸다.

"마음대로 해."

천원은 정말로 아무래도 좋다는 투로 대답했다. 나는 살짝 취한 손으로 그의 모자를 벗기느라 고군분투했다. 모자는 연꽃 실 말고도 여러 가지 재료가 들어간 듯 새파랗고 빳빳한 물총새 깃 장식이 모자 전체에 푸른 꽃의 넝쿨을 만들고 있었고 그 주변에는 무슨 재료로 만들었는지 은은한 파문도 들어가 있었다. 그리고 그 끈을 그의 귀 옆에서부터 따라 내려가 마침내 매듭이 지어진 턱에서 풀기 시작하자 천원은 움찔했다. 나도 놀라 잠시 손을 멈추고 물었다.

"왜? 간지러워?"

사실 개나 고양이도 아니고 다 큰 남자의 턱 아래를 만지는 것은 이상한 일일 것이다. 그러나 겨우 찾은 매듭을 이제 놓는 것도 이상할 것 같아 나는 그대로 손을 멈추고 대답을 기다렸다. 천원은 잠시 후 어딘가 이상하게 끓는 듯한 목소리로 대답했다.

"아니야. 그거 풀 필요 없어. 그냥 당겨."

정말로 당길 수 있는 끈이었다. 그냥 만질 때는 단단하다는 느낌이었는데. 나는 천원의 모자를 벗기는 데 성공했다. 모자 안에 백금 따위로 만든 동곳으로 고정되어 있던 머리칼도 그 동곳을 슬쩍 빼자 출렁 흘러내려 포니테일이 되었다.

어쩐지 귀여워졌다. 술기운 때문일까, 믿을 수 없는 사람이 앞에 있기 때문일까. 나는 무심코 킥킥 웃음을 터뜨렸다. 천원은 잠깐 침묵하다가 말했다.

"……너는 연회보다 업히는 걸 좋아하는구나."

"지금 한 번 본 걸로 결론을 내리면 안 되지."

"연회 중에는 지금처럼 웃지 않았어."

머리가 복잡했으니까. 하지만.

"그 음악은 아주 멋있고 좋았어……."

나는 천원의 모자를 손에 들고 얌전히 그의 왼쪽 어깨에 턱을 올렸다. 천원은 걸으며 계속 뭔가 생각하듯 말했다.

"무서워하는 것 같았는데."

"처음엔 화산이 폭발하는 줄 알고 무서웠는데, 나중에는 괜찮았어. 거기 무너지는 건 아닌 거지?"

"무너지지 않아. 그리고 용이 다섯 마리 있잖아. 직접 물을 조종해서 연주할 때도 있어."

그럼 역시 그 간헐천하고 아까의 음악은 관련이 있는 모양이다. 나는 들떠서 빙긋빙긋 또 웃어 버렸다.

"물 때문에 음악이 나왔던 거야?"

"그래. 바위와 땅에 구멍이 많이 있잖아. 그걸 물이 빠르게 통과하면서 내는 소리야."

"그런 음악이 있을 줄은 상상도 못 해 봤어."

"아까 그곳은 용궁에서 가장 좋은 연회장이야. 화산의 뜨거운 물도 찬물에 섞이면서 온도가 낮아지고. 하지만 용의 피가 많이 섞인 백성이 아니면 그 물살에 버티지 못할 수도 있으니까 웬만하면 하급 시종들은 데려가지 않아."

"그랬구나."

그래서 지위가 낮은 내 친구들은 같이 안 갔던 거다. 내일 자랑해야지. 나는 잠시 생각하다 천원의 귀에 속삭여 물었다.

"저기 있잖아, 그럼 나는 원래 가면 안 되는 거였어? 네가 잡아 줘서 괜찮은 거면, 네가 안 잡아 줬으면 나는 물살에 휩쓸리는 거야?"

용궁은 이렇게나 평화롭고, 나는 지금도 기분 좋을 정도의 산들바람 같은 것이 저 풍경을 때린다는 느낌에 사로잡혀 있다. 천원은 무뚝뚝하지만 그럭저럭 대답해 주었다. 그의 새까만 머리칼은 가까이서 직접 닿아 보니 느낌이 아주 좋았다. 부드럽고 매끄럽고 가늘다.

"그랬겠지."

그런 건 날 연회에 초대하기 전에 말했어야지.

"그럼 나 안 데려가도 됐을걸. 당신이 귀찮잖아."

"귀찮을 것 없었어. 그리고."

그는 말을 하다 말고 끊었다. 나는 천원의 얼굴 쪽에서 진달래꽃술 향이나 미소를 지었다. 그것은 아주 맛있었다. 오늘 우리가 다 비운 것 같지만. 그럼 이제 우리 주방장은 어떤 술을 담글까?

"뭔데?"

한참 기다려도 다음 답이 나오지 않았다. 나는 결국 그를 괴롭히는 기분으로 채근했다. 천원은 한숨을 한 번 쉬고 나서 이었다.

"……보면 네가 좋아할 것 같아서."

그건 그랬다. 전에 레오의 요리를 내가 만들지 못하게 했다는 이야기도 그렇고, 요즘 기특한 소리들을 하네. 나는 킥킥 웃으며 발을 달랑이고 놀았다. 천원이 나를 업은 등은 무척이나 강해 그렇게 해도 흔들림 하나 없었다.

나는 장난이 끝나고 나서 내 체력이 허락하는 대로 조잘거렸다.

"맞아. 나 그런 경험은 처음이었어. 봤으니 망정이지 못 봤으면 평생 얼마나 귀한 걸 모르고 살았을까. 그건 사실 용궁에 온 것부터가 그렇지만."

천원이 후 하고 웃음 짓는 소리가 들렸다. 괜히 기뻐졌다. 내가 한 말에 그가 웃었다.

"그거 알아? 나는 해야 용녀님이 요즘 계속 부러워."

"왜?"

"여기랑, 루아르랑, 비트카스에 대해 많이 알잖아. 해야 용녀님하고 음식 얘기 하면 못 드시는 게 없어. 유학 가셨을 때 지상을 돌아다니면서 또 많이 공부하신 것 같고. TV 사용법도 그렇게 금방 익히는 것 봐. 지상에서도 나이 드신 분들은 요즘 나오는 기계 복잡해서 그냥 안 쓴단 말이야. 그런데 리모콘이 신기하다던 사람이 슬슬 못 하는 게 없고."

"자기 방에서 할 것이지."

"혼자 있기 싫어서 당신한테 왔던 거겠지. 아무튼 견문 넓은 거 너무 부러워. 나도 세상을 많이 여행하고 알고 싶어. 용녀님처럼 살고 싶어. 물론 결혼해서 용궁에서 못 나가게 되는 건 빼고."

천원은 그 대목에서 약간 움찔했다. 나는 개의치 않고 입을 다물었다. 혹시 입에서 술 냄새가 많이 날까 해서 그런 것이었는데 천원은 내가 숨을 두어 번 정도 얕게 쉬었을 때 지나가듯 맞장구쳐 주었다.

"너 세상 많이 봤잖아. 누나가 갔던 데 이야기하면 다 알잖아. 여행은 네가 더 많이 했을걸."

"다 아는 건 아니야. 세상은 있잖아, 배우면 배울수록 배울 게 많은 거잖아? 내가 한식에 대해 원래 잘 알지 못하는 건 맞지만 혹시 내가 한식을 30년쯤 파고든 업계 전문가라고 해도 용궁에서 먹는 음식은 문화 충격일 거야. 그리고 한식을 30년 아니라 40년 한다고 해도 일부 지방의 요리지 다른 지방 향토 음식 같은 건 또 신기하고 희한할걸."

"그래서, 너는 세상을 다 알고 싶은 거야?"

"음, 세상에 있는 모든 요리를 다 알아보겠다는 건 아니야. 불가능할 테니까. 아, 그러니까 가능하면 하고는 싶은데 그러려면 세상의 모든 지방을 다 돌아봐야 될 테니까 포기하고 있어. 하지만 그래도 새로운 건 늘 신기하고 식습관은 재미있어. 천원, 그거 알아? 여전히 식기를 쓰지 않는 나라도 있어."

"……늘 떡을 집어먹는 거야?"

"아니. 뜨거운 소스하고 밥이나 빵을 곁들여 먹는데 그걸 손으로 긁어 먹는 거야. 뜨겁겠지."

"……그러네."

"처음 진짜로 봤을 땐 놀랐어. 요리하는 사람들은 늘 불을 다루니까, 가끔 손에 온점이 없나 싶을 정도로 뜨거운 것을 막 다루는 사람들도 생기거든. 그런데 식사할 때 그러는 거니까 그런 지방은 식구들 전체가 다 뜨거운 걸 잘 만지는 거야. 그리고 또 그거 알아? 벌을 튀겨 먹는 게 간식인 나라도 있다?"

"벌? 꿀을 모으는 그 벌?"

최근에 안 사실이었지만 용궁에서도 벌을 소규모이지만 기르고는 있었다. 아직 안정기에 접어들지 않아 양봉을 맡은 이들이 늘 긴장하고 있다던가.

"응, 그 벌. 용궁에선 그렇게 안 먹지?"

"먹을 정도로 많지도 않고, 그걸 굳이 먹고 싶지도 않아."

"왜, 징그러? 벌은 좀 안 징그럽지 않아?"

"목에 걸리게 생겼어. 털도 있고 침도 있잖아."

"당신 진짜 목 한번 진찰받아 봐. 부드러운 걸 그렇게 좋아해. 이유식처럼 막 모든 걸 가루로 갈아서 우린 다음에 체에 걸러 줄까?"

"……그런 건 싫어."

"따지긴. 벌 튀기는 건 침 빼고 할걸, 아마. 아무튼 나도 벌튀김을 특별히 좋아하는 건 아닌데, 차세대의 좋은 식량이라고들 하니까 곤충의 영양 성분이나 좋은 요리법 같은 걸 연구해 두는 게 좋지 않을까 싶기도 해. 저쪽이야."

천원이 갈림길 앞에서 잠시 멈췄기 때문에 나는 올바른 길을 알려 주었다. 천원은 도로 걷기 시작하며 물었다.

"차세대의 좋은 식량이 무슨 뜻이야? 나도 홈 화면에서 봤어."

"인터넷에서 봤단 말이지? 환경 오염하고 빈부 격차가 심해지면서 우리가 지금 먹는 식재료가 나중에는 수급이 어려워질 수도 있다는 인식이 확산되고 있거든. 그러니까 종류도 많고 숫자도 많고 단백질도 많은 곤충을 그 대용으로 하는 게 어떠냐는 거지. 난 좋다고 생각해. 지금도 먹을 게 없어서 진짜 흙 퍼서 먹는 사람들 있거든. 물론 진짜 흙만 퍼먹어야 할 정도면 곤충도 그렇게 많을 거 같진 않지만. 곤충도 자기가 먹을 게 있어야 살 거 아냐?"

천원은 잠깐 멍하니 있다 대답했다.

"곤충이 그렇게 많아?"

"지상엔 진짜 많아. 새로운 종류도 계속 생긴다는 것 같고. 하지만 식재료로서의 연구는 덜 되었으니까……."

나는 그대로 아마 내 객당으로 가는 길의 절반 정도를 차세대 식량에 대해 떠들었다. 천원은 가끔은 맞장구를 치고 가끔은 되묻기도 하면서 의외로 협조적으로 이야기를 들어 주었다. 취한 기분은 점점 더 몽롱해지고 이상해졌다. 그래도 그의 목소리는 가끔은 시릴 정도로 어딘가 무관심한 것만 같아 가슴이 따끔거리곤 했다.

나는 내가 곤충 및 땅콩버터에 대해 가지고 있는 얄팍한 지식이 모두 동나자 이번에는 천원에게 물었다.

"당신은? 뭐 관심 있는 거 없어? 당신은 여기 비워도 당신 부모님이 용궁 지켜 주실 거 아냐. 당신은 유학 같은 거 안 가?"

"……나는 안 가."

이번 질문에 돌아온 답은 평소보다 쌀쌀맞았다. 나는 콧방귀를 뀌고 고민하다 물었다.

"왜? 싫어서?"

"……나는 자리 못 비워."

그것은 싫다는 의미로는 들리지 않았다.

갑자기 정신이 약간 맑아졌다. 우리는 그대로 스무 걸음 정도를 말없이 나아갔다. 객당이 금세 저 멀리 보였다.

"나 저기 살아."

나는 내가 머무는 객당을 천원의 어깨 너머로 손을 쭉 내밀어 가리켰다. 천원은 속도의 변화 없이 걸었다. 저 위를 유영하는 해파리 떼가 유성처럼 문득 빠르게 헤엄쳤다. 나는 잠깐 그쪽에 빠른 물살이 지나간 것이라고 짐작했다.

그리고 얼마나 그대로 또 침묵이 흘렀을까.

"……나는 내가 관심 있는 게 뭔지 생각해 본 적이 없어."

한숨처럼 천원은 말했다. 나는 볼을 약간 붉혔다.

"뭘 할지 정해져 있어서?"

"그래. 내가 관례를 올리기도 전에 어머니와 아버지는 나를 해궁의 주인으로 선포하셨지. 해야 할 일은 늘 많았고, 짬은 가끔 즐기는 사치였어. 굳이 찾자면 내가 관심을 가지고 있는 건 어떻게 해야 용궁 백성들이 잘 살 수 있는가, 같은 거겠지."

그러나 그의 말은 나에게는 이상하게 느껴졌다. 정말로 그렇다면 처음부터 '관심 있는 거 있냐'는 질문에 '용궁 백성들을 잘 살게 하는 데만 관심이

234

있다' 라고 대답하면 되었을 것이다. 저렇게 돌려 말하는 것을 보면.

"당신 그래서 스마트폰 하는구나? 가끔씩 나는 짬에는 그게 짱이지. 사람이 눈앞에 있는데도 게임에 빠져서 말 안 들을 정도면 중독이니까 좀 자제하는 게 좋을 거 같긴 한데."

"……별로 문제가 있다는 생각은 안 해."

"그렇겠지. 용궁이 뭐 스마트폰 중독이 사회 문제가 되지는 않을 거 아냐. 쓰는 사람도 당신밖에 없고. 아니, 내가 하려던 말은 이게 아닌데."

객당 대문은 친절하게 열려 있었다. 도둑이 없으니 사실 늘 그랬다. 천원은 문지방을 성큼 넘어 들어갔고, 나는 드디어 온 익숙한 집과 저 창호지 사이로 나오는 야명주의 빛에 즐거워졌다. 얼른 세수하고 자야지.

"그러니까."

"……이제 다 왔어."

천원은 섬돌 앞에 나를 내려 주었다. 내가 신발을 신고 있으니 당연한 선택이었다. 나는 잠깐 구두 굽 때문에 휘청거렸는데 그가 팔을 뻗어 내 허리를 잡아 주었다.

아까부터 그에게 업혀 있어 체온이 익숙했기 때문에 이번에는 과잉 반응을 하지 않을 수 있었다.

나는 천원이 나를 놓자 그를 올려다보았다. 그는 머리를 깨끗하게 올린 것도 멋지지만 지금처럼 하나로만 묶은 것도 무척 잘 어울렸다.

"내가 하고 싶은 말이 그러니까 뭐냐면."

내가 활짝 미소를 짓자 그는 나를 곧은 시선으로 응시했다. 그가 아까 여의주를 꺼내지 못하게 하길 잘했다. 만약 지금 내가 이만큼 피곤하지 않았다면 이렇게 입이 자기 마음대로 움직이지는 않았을 테니까.

"기운 나게 맛있는 거 해 준다고. 먹고 싶은 거 있으면 얘기해."

천원은 문득 눈을 약간 휘었다. 나는 그 아름다운 눈이 휘어지는 모습이 이지러진 달 같아 잠시 감탄했다.

"너는 내가 뭔가를 맛있게 먹는 것을 좋아하는구나."

자기가 만든 요리를 맛있게 먹는데 누가 안 좋아한단 말인가.

그러나 내가 당연하다고 말하기 전 천원은 평소의 표정으로 돌아가 몸을 돌렸다. 나는 그를 대문 앞까지 당황해서 배웅하고 손을 흔들었다.

"들어가! 잘 자."

천원은 가다 말고 나를 돌아보았다. 그의 얼굴은 어쩐지 무척 부드러웠다.

"잘 자."

제7장
연등회

"약산춘은 사월 초에 열면 가장 맛있지요. 조금 늦었지만 향이 괜찮지요?"

주방장은 그렇게 말하며, 오랫동안 광에 들어가 있던 독을 조리대에 올리고 뚜껑을 열었다. 과연 이루 말할 수 없이 좋은 향기가 금세 부엌을 채웠다. 저 술은 지상에서도 이름은 많이 들었지만 마셔 본 적은 없었고, 용궁에서는 내가 여기 취업하기 전에 담근 것이라 광에 출입할 때 독을 본 적은 있었지만 약산춘인 줄은 몰랐다. 나는 감탄했다.

"향이 정말 좋네요. 이것도 주방장님이 담그신 거예요?"

산란 휴가 시기를 지내며 얼굴이 반쪽이 된 주방장은 고개를 저었다.

"아뇨, 이건 경 시덕이 잘 담가요. 연지 씨도 한 번 배워 볼래요? 술을 담글 줄 알아야 음식에 쓰죠."

용궁은 술을 자주 담가서 벌써 몇 번이나 구경했는데 그러면서 배운 게 많다. 경 시덕은 고래 혼혈로 목소리가 대단히 높은 소프라노로만 나왔는데, 별로 이야기를 나눠 본 적은 없지만 그가 술을 담글 때 내가 옆에서 보면 친절하게 몸을 틀어 잘 보이게 해 주곤 했다. 나는 기쁘게 고개를 끄덕였다. 지상에서는 요리할 때 술을 내가 직접 담글 필요는 없지만, 그래도 재미있을 것 같다.

"다음에 기회 되면 꼭 배우고 싶어요."

"알았어요. 경 시덕한테 말해 놓을게요. 이번 연등회 때 다 꺼내고 아예 새로 담글 거니까 그때 배워요."

주방장은 술을 동이에서 덜어 멋진 청자병에 담았다. 당초문이 상감된 저 청자병이 오늘 식사에 나가는 것이다. 나는 술 냄새에 흥미를 느끼며 더 물었다.

"연등회 때 다 꺼내요?"

이제 산란 휴가도 거의 끝나 가면서 대부분의 용궁 구성원들이 돌아왔는데, 그들은 '연등회'와 '탑돌이'라는 두 단어를 자주 쓰기 시작했다. 나는 그것이 어떤 행사인지 아직 정식으로 설명을 들은 적이 없었지만 눈치를 보면 대충 산란기를 무사히 마친 용궁 백성들에게 많이 먹고 마시고 쉬라는 의미로 베푸는 이벤트인 것 같았다. 주방장이 착하게 웃었다.

"그럼요. 평소엔 마시지 못했던 좋은 술에, 평소엔 먹지 못했던 좋은 재료가 다 나간답니다. 특히 이번엔 널부리 쪽에 녹조가 발생하는 바람에 안타깝게 목숨을 잃은 이들이 있어요. 그들의 혼을 위로하는 의미에서라도 성대하게 제를 지내고, 무사히 돌아온 백성들에게는 몸을 보할 음식을 대접하라는 어라하와 어륙의 분부셔요."

널부리가 어딘지는 모르지만 거기 녹조가 발생해서 여럿 죽었다는 이야기는 들었다. 다행히 죽은 건 용궁에서 나와 같이 이야기하고 지내는 용 혼혈들이 아니라 그냥 구워 먹는 생선이었다고는 하는데, 그래도 지상에서 매년 녹조 뉴스를 들을 때와는 느낌이 달랐다. 나는 약간 숙연해졌다. 주방장은 사람 좋고 부드러운 미소를 지었다.

"슬픈 일이지만 하는 수 없지요. 연지 씨가 너무 신경 쓰지 말아요."

"네. 그러고 보니 주방장님 댁은……."

"아, 저희 아내는 사군부에서 한솔 벼슬을 하는데요, 똑같이 해우 혼혈이라 산란기 비낄 수 있어요. 집도 용궁에서 별로 안 멀고요."

서로 바쁘니까 자녀 계획은 신중하게 해야죠, 하고 그는 하하 웃었다. 나도 기분이 조금 밝아졌다. 한솔 벼슬이면 대단히 높은 것인데, 그럼 나도 저번 연회 때 그의 부인을 보았을까.

"자, 여긴 괜찮으니까 어서 가요. 점심 내간 다음에 시간이 좀 나면 향설고 하는 거 가르쳐 줄게요."

"네. 감사합니다."

나는 내 자리로 돌아갔다. 오늘 점심 메뉴로는 양배추 포토푀에 봄나물 파스타 샐러드가 준비되어 있었다. 아마도 저 약산춘과도 잘 어울릴 것이고, 포토푀가 조금만 더 졸면 바로 나갈 수 있었다.

그때 주방 대문 쪽에서 큰 목소리가 짜랑짜랑 울렸다.

"그간 강녕하셨습니까! 다녀왔습니다!"

지쳤지만 힘 있는 목소리였다. 요 몇 주간 이어진 인사라 우리는 놀라지 않고 문 쪽을 보았다. 나는 대문 앞에 선 사람이 문 대덕인 것을 보고 반갑게 웃으며 맞으러 갔다.

"어서 오세요, 문 대덕님. 오랜만이에요."

"아, 연지 씨. 안녕하셨어요."

문 대덕은 가기 전보다 조금 더 상태가 안 좋아 보였지만, 그러니까 얼굴이 창백하고 어딘가 살이 흐물흐물해 보이는 데다 눈이 충혈되어 있었지만 그래도 씩씩하게 웃으며 인사했다. 다른 주방 식구들도 여자일 경우 산란 휴가에서 막 돌아올 때 보통 이런 느낌이었기 때문에 나는 많이 걱정되지는 않고 그녀의 손을 꼭 잡았다. 연분홍색 조리복을 입은 그녀는 눈에서 빛이 났다.

"잘 다녀오셨어요? 산란은 잘 마치셨어요?"

"그럼요. 감사합니다. 연지 씨는 잘 지내셨어요?"

"그럼요. 애기 귀엽겠네요."

"네? 애기요? 아, 알들이요. 아직 안 깨어났어요."

나는 당연히 출산 휴가 다녀온 사람에게 이런 말을 하면 되지 않을까 해서 한 발언이었는데, 문 대덕은 후후 웃으며 또 놀라운 말을 했다. 나는 문 대덕의 손을 끌고 주방 안으로 데려왔다.

"천천히 얘기해 주세요. 언제 깨어나요?"

멀리서 작은 등이 보였다. 모자에 미처 다 들어가지 않은 밝은 갈색의 머리칼을 보며 나는 확신하고 소리쳐 불렀다.

"별 주부님!"

용궁의 의복을 입은 그가 걸음을 멈추고 뒤돌아보았다. 열다섯 걸음 정도 떨어져 있던 그는 잠시 주변을 둘러보다 내 얼굴을 발견하자 미소를 지었다. 나는 반갑게 달려가 그에게 인사했다.

"안녕하세요. 진짜 오셨네요."

똑같이 산란 휴가를 다녀온 사람들이라 해도 남자들은 얼굴이 여자들만큼 나빠져 있지는 않았다. 별은 약간 야위긴 했지만 그래도 건강한 얼굴로 수줍게 웃었다.

"그럼요. 이제 휴가 끝났으니까 들어와야지요. 잘 지내셨어요?"

"네, 그럼요. 별 주부님은 별일 없이 잘 다녀오셨어요?"

"예에. 저 없을 때 휴가는."

"아, 저 이번 달 휴가는 좀 미뤘어요."

별이 없는 동안 내가 한 달에 한 번 받는 그 휴가가 있었지만 주방도 바쁘거니와 사흘 낮 사흘 밤을 다녀오고 싶지는 않았다. 별은 무척 미안한 얼굴을 했다.

"제가 없어서 못 다녀오신 건가요?"

"아뇨, 그럴 리가요. 그냥 제가 자체 반납 한 거예요. 이번에 몰아 쓸까 해요."

"……다행이네요."

그는 다시 수줍게 웃었다. 나는 그의 옆에서 별이 원래 가던 방향을 가리 켰다.

"전내부 쪽 가시던 거죠? 같이 가요. 저는 저쪽 광에 가는 길이었어요."

"네, 같이 가지요."

우리는 걷기 시작했다. 담 너머로 나팔꽃이 피어 있었다. 나는 나팔꽃을 가리키며 재잘거렸다.

"나팔꽃도 용궁에서 자라는 건 참 크고 예쁘네요. 주먹 두 개는 될 것 같 아요. 나팔꽃도 먹던가요?"

용궁 음식을 어깨 너머로 배우면서 보니 의외로 먹고 죽는 게 아니면 거 의 다 요리 재료가 되는 듯했는데 나팔꽃은 아직 먹은 적이 없다. 하지만 용 궁에서 잡초가 저만큼 자랄 리는 없다. 다 일부러 빛을 주면서 기르는 거니 까. 별은 약간 웃었다.

"약재로 쓰지요. 꽃도 쓰고, 씨앗도 쓰는데 귀한 약이랍니다."

"그래요?"

몰랐다. 나는 나팔꽃을 아까보다 자세히 보았다. 빳빳하게 부풀어서 둥글 게 치마를 펼친 나팔꽃은 빛깔이 곱고 아주 예뻤다. 별이 덧붙였다.

"가끔 신선들이 저걸 뜯어서 나팔로 쓰기도 하는데, 나팔꽃을 불어 내는 소리는 커다란 구름을 가득 채울 수 있다더군요."

"그래요?"

멋지다. 나는 활짝 웃으며 별을 다시 보았다. 그는 내 시선이 너무 강하게 느껴졌는지 또 조금 수줍은 얼굴이 되었다. 그러나 걸으면서 계속 재미있는 이야기를 해 주었다. 무엇은 어디에 쓰고, 또 무엇은 어디에 쓰고…….

"……뱀무라 하는 것도 약재로 기르는데, 그것은 꽃이 사람 귀에 들어가 면 소리가 들리지 않게 된다 합니다."

"어머, 신기해요. 그것도 꽃이 피는 거예요?"

"여름에 피지요. 작고 노란 꽃이 피는데 별로 눈에 띄지는 않습니다."

"그래요?"

아쉽다. 나팔꽃은 지상에도 피는데, 뱀무라는 것도 그럴까. 나는 잠시 조용해지자 화제를 별에게 돌렸다.

"별 주부님은 여동생분이 이번에 산란하셔서 다녀오신 거라고 했던가요?"

별은 고개를 끄덕였다. 의외로 그의 표정이 여기서 잠시 굳어져 나는 놀랐다. 다른 사람들은 산란 휴가에 대해 이렇게 물었을 때 민감한 반응을 보인 적이 없었다. 그래서 나는 이것이 아주 사교적인 화제라는 인상을 받았는데, 사실은 아닌 걸까.

"네."

"여동생분을 많이 아끼시나 봐요."

별 외의 다른 사람들은 여동생이나 누나가 산란한다고 휴가를 받은 경우를 들은 적이 없었으므로 솔직히 이 부분이 궁금했다. 보통은 산란하는 당사자와 그 남편이 휴가를 받았고, 문 대덕의 말을 들어 보면 보통은 알이 깨기 전 부모는 일로 돌아오고 집에 남은 다른 사람들이 알을 돌보는 모양이었는데.

별은 잠시 침묵하다가 사교적인 미소를 섞어 대답했다.

"돌볼 사람이 저밖에 없으니까요."

"네에?"

나는 깜짝 놀라 바로 되묻고 나서야 이것이 실례되는 질문일지도 모른다는 생각이 들어 입을 꽉 다물었다. 그러나 이미 천둥 같은 목소리를 낸 다음이었고, 내 말을 분명 들었을 별은 빙긋 웃었다.

"제 누이는 혼인을 싫어하여 자식만을 홀로 낳고 있는데, 더 아래 동생들도 있습니다만 그 애들은 모두 먼 곳에 살아서요. 이 바다에 남은 것은 저희 둘뿐이니 제가 돌보아야지요."

상상 이상으로 내가 물어서는 안 되는 이야기였다. 나는 그에게 캐물은 것이 미안해져 얼른 사과했다.

"죄송해요. 제가 괜히 사적인 일을 여쭈어서……"

"아닙니다."

별은 고개를 곱게 저었다. 그의 모자에 달려 있던 흰 술 장식이 잠시 물결에 찰랑였다.

"사실이 그러하니 부끄러울 일은 아닙니다."

"아, 네. 저도 부끄러울 일이라고는 생각 안 해요. 요즘은 그러고 싶어 하는 사람 많이 있잖아요. 제 친구 중에도 결혼 안 하고 아이만 낳고 싶다는 사람 있어요. 그래도 말씀하시기 싫으셨을 수도 있는데, 제가 계속 물어봐서……."

"괜찮습니다."

그의 모자에 달린 술이 멎었다. 나는 별의 얼굴이 그러나, 그의 대답과는 다르게, 어딘가 괴로워 보인다는 생각이 들었다.

……부끄럽게도 그것이 얼굴에 드러난 모양이었다. 별은 부드럽고 애교살이 도톰한 눈을 휘며 내게 웃어 주었다.

"……누이는 자식을 낳아 기르는 것이 삶의 재미고 재산도 있으니 그리 살아도 됩니다. 이전에는 사랑하는 남자가 있었습니다만, 바라선 안 되는 것을 바랐으니 그 교훈을 얻은 게지요."

"사랑하는 남자가…… 만나면 안 되는 분이었어요?"

나는 이제 이 화제를 덮을 수가 없어 조심스레 그의 눈치를 보며 물었다. 별의 눈웃음이 갑자기 사라졌다.

그는 놀랍도록 쌀쌀맞고 매끄럽게 말했다.

"사람이었지요. 제 여동생이 자라라는 것을 알자 떠났습니다."

……으아악, 이건 환경 파괴가 아니잖아. 다른 사람들이 했어요, 전 그냥 이익만 얻고 있었을 뿐이에요, 가 아니라 완전 적극적인 가해다! 나는 그 누구인지도 모르고 언제 사람일지도 모르는 남자를 머릿속에서 일단 무조건 욕했다.

"죄송해요."

"아뇨, 연지 씨가 죄송하실 일이 아니지요."

별은 눈을 동그랗게 뜨고 손을 저었다. 그는 심지어 씁쓸하나마 다시 웃음을 터뜨리기까지 했다.

"천 년은 된 이야기입니다. ……그때 여동생은 이미 그 남자의 아이를 가진 상태였지만, 아이의 후손들까지도 먼 옛날에 사라졌지요. 아마 지금 묻는다면 아이의 이름도 기억하지 못할 겁니다."

천……! 이번엔 내가 눈을 동그랗게 뜰 차례였다.

"별 주부님은 천 살이 넘으셨어요?"

별은 잠시 눈을 아주 가늘게 뜨는 눈웃음을 지었다.

"……제 나이는 하잘것없는 것이니 잊었습니다."

아니, 최소한 천 살은 넘었는데 그게 왜 하잘것없어! 그보다 그럼 천원의 최소 다섯 배는 나이가 많다는 건데.

내가 이야기의 문맥에서 벗어나 입을 벌리고 있는데 별이 고개를 저으며 먼 곳을 보았다.

"아무리 사람처럼 보이고 천 년을 살아도 짐승은 짐승이니 넘보지 말아야 할 것이 있습니다. 이제 여동생은 그것을 잊고 행복하게 살며 여러 조카들은 장성해 저희와 가까이 지내니 저도 만족합니다."

나는 활짝 웃지 못해 입꼬리만 당겼다.

"사람도 짐승이잖아요."

별은 고개를 저었다. 그의 술이 다시 날렸다.

"사람은 신선이 될 수 있지만 짐승은 그러지 못합니다."

"신선이 되지 못하고 죽는 사람은요? ……지상에선 그런 것을 배우지 못해서, 저는 신선이 뭔지는 정확히 모르겠어요. 수염을 길게 기른 할아버지가 구름을 타고 도술을 쓰는 그건가요? 무엇이든 제가 될 수는 없는 거 아닌가요?"

별의 모자에 달린 흰 술은 마치 피었다 지는 벚꽃처럼 아름답게 하느작거려 내 시야에서 사라지지 않았다. 그는 나를 보고 무척이나 조용한 눈으로 미소 지었다.

"신선은…… 오래 도를 닦거나 신선의 음식을 먹어 늙지 않고 오래 살고 도술을 쓸 수 있는 사람을 말합니다. 용조차도 신선의 앞에서는 그저 짐승일 뿐이지요. 사람의 몸에만 오행의 조화가 있고 깨달음은 멀고 가까운 것이 없으니 연지 씨도 언젠가 신선이 될 수 있겠지요. 그러나 짐승은 천 년 아니라 이천 년을 수련해도 영물이 되어 승천은 할 수 있을지언정 신선은 될 수 없답니다."

그게 뭐야.

"……그게 뭐예요."

치사하다.

"……치사하잖아요."

나는 혼란스러워 말마저 떨었다. 별의 밝은 눈과 절망적인 미소가 내게는 남의 일인데도 어째서인지 무척이나 절망스럽게 느껴졌다. 우리는 어느새 걸음을 멈추고 서로의 눈을 들여다보고 있었다.

얼마나 그 자리에 있었을까.

별은 문득 씁쓸하지 않은 미소를 부드럽게 지으며 내게 손을 뻗었다. 그 동작은 무의식적인 것으로 보였고 그의 시선에는 하등 흔들림이 없었다. 꼭 맑은 살구편처럼 아름다운 색의 그 홍채에 빨려 들어갈 듯해 나는 가만히 있었다.

내 뺨에 닿은 그의 손은 따뜻했고 사람과 다를 것이 없었다. 별은 내 뺨에 자기 손이 정말로 닿았을 때에는 잠시 본인도 놀란 듯 눈이 흔들렸지만 이내 그대로 그 자리를 쓰다듬었다. 나는 마지막으로, 고집스럽게 중얼거렸다.

"……신선이 되는 인간은 아주 적을 거예요."

적어도 내 주변엔 없다. 별의 눈이 약간 더 휘어졌다. 넘어가기로 해 준 모양이었다.

"그 말씀은 옳습니다."

"신선이 뭐야?"

나는 천원의 청자 의자에 앉으며 물었다. 천원은 이제 바쁜 시기가 지난 듯 방에서는 일을 하지 않았다. 그는 내가 가져온 시리얼 바에 손을 뻗으며 물었다.

"이게 뭐야?"

"내 말부터 대답해. 내가 먼저 물어봤잖아."

사람 말 엄청 안 듣지. 천원은 포크로 시리얼 바를 찍으며 대답했다.

"사람이 오랫동안 수련해서 깨달음을 얻거나 선계의 음식을 먹으면 되는 거. 그냥 늙지 않고 오래 사는 인간이야."

그것은 별에게 들은 바와 일치했다. 나는 입을 비죽거리며 물었다.

"진짜 있어?"

"선계에 많지."

"당신도 봤어?"

"가끔 용궁에 드나들어서 봐. 신선들도 한가하거든."

"누가 또 한가한데?"

"원래 잘 죽지 않는 것들은 다 한가해. 해 놓고 가야 하는 게 없거든."

"할 일이 왜 없는데?"

"할 일은 많지만 반드시 지금 해야 하는 게 아니니까, 언제까지든 미루는 거야."

그는 의외로 순순히 다 대답하나 싶더니 그즈음에서 눈썹을 약간 찌푸렸다.

"그래서 이건 뭐야?"

"시리얼 바. 안 먹어 봤어?"

"안 먹어 봤어. 이거 잣이야?"

천원은 약간 기분이 좋아진 듯 다시 눈썹의 인상을 풀었다. 나는 한숨을 쉬었다. 문득 입으로 시리얼 바를 가져가던 그의 손이 멈췄다.

"……왜?"

나는 천원을 똑바로 보았다. 그와 함께 있으면 늘 그러듯 가슴이 울렁거렸다. 믿을 수 없을 정도로 제멋대로라는 것과 빛이 나온다는 것을 제외하면 그의 겉모습은 보통 사람과 같다. 그리고 그 빛이 나오는 부분은 야명주가 많이 있는 곳에서는 별로 눈에 띄지 않았으므로 이제는 신경 쓰이지도 않았다.

무엇보다, 그의 등과 손은 모두 따뜻하다.

나는 또 한숨을 쉬었다. 천원은 눈을 가늘게 뜨고 손을 내렸다.

"왜?"

"……아냐. 얼른 그거나 먹어 봐."

천원은 내가 딱 그와 내가 먹을 만큼만 만들어 온 야식을 입에 집어넣고 우물거렸다. 그의 표정이 약간 의기양양해졌다.

"맛있다."

이 녀석 아무래도 그거 같지. 나는 그간 의심하던 것을 입 밖에 냈다.

"당신 말이야, 꼭 날 보면서 맛있다고 하는 거, 그러면 내가 좋아하니까 그런 거야?"

천원의 눈이 잠시 흔들렸다. 복잡한 기분이 들었지만 나는 아무튼 웃었다.

"당신이 요리사의 마음을 생각하게 되었다니 장족의 발전이네. 축하해."

처음 만났을 때는 그야말로 최악이었는데. 역시 이건 내 교육의 성과일까? 나는 그 '맛있는' 간식을 입에 넣고 씹었다. 물론 그의 칭찬을 부끄럽게 여길 이유가 없는 맛이었다. 우리 주방 식구들에게 댈 것은 아니지만.

천원은 내가 내 입에 든 것을 반쯤 씹었을 때 자기도 입에 있는 것을 삼키고 평소처럼 말했다.

"……특별히 축하받을 일은 한 적 없어."

"자기를 위해 행동해 준 사람에게 감사의 말을 할 줄 안다는 건 굉장히 중요한 거야. 다 커서도 못 그러는 사람 많아. 아니다, 당신은 다 컸지."

나이가 백서른 살이 넘었다고 하지 않았나? 새삼 신기해서 나는 천원을 뚫어지게 보았다. 그는 뻔뻔하게 나를 마주 보고 물었다.

"……왜?"

"아니, 젊어 보여서 신기해서. 그러고 보면 당신 부모님도 당신보다 열 몇 살이나 많아 보이지 부모님으로 보이기엔 너무 젊어 보이셔. 팔자 주름 하나 없잖아."

천원은 나와 계속 마주치고 있던 시선을 약간 돌렸다. 기분 탓인지 그의 뺨이 약간 붉어진 것 같아 나도 눈을 살짝 돌렸다. 계속 보고 싶으면서도 계속 보고 있으려니 심장에 부담스러워, 이건 뭐 어쩌자는 건지 모르겠다.

"그래도 나이 먹을 대로 먹었어. 싸움도 못 해."

"싸움?"

짚이는 것이 있어서 확인한 것인데, 천원의 눈은 아까처럼 잠시 흔들렸다. 꼭 자신이 말실수를 한 것을 그제야 깨달은 것 같은 얼굴이었다.

"……아니, 뭐."

"아니, 뭐가 아니네. 싸움이란 거 그거야? 이 용궁도 뺏으려고 오는 다른 용이 있고 막 그런 거야?"

천원의 예쁜 눈이 커졌다. 나는 잠시 기다려도 그가 입을 열지 않자 답답해져서 투덜거렸다.

"뭐야, 그냥 말하면 되잖아. 요즘은 용들이 살 곳이 없어서 다른 용이 사는 보금자리를 빼앗으러 오고 그런다면서. 다 들은 얘기야."

"그걸 들었다고?"

"왜? 부끄러운 이야기인 거 같지는 않은데."

천원은 침대 등받이에 등을 기대며 한숨을 가볍게 쉬었다.

"이상한데. 나도 부끄럽다고 생각하지는 않지만, 우리 용궁 백성 중에는 그 이야기를 쉽게 입에 담을 아이가 없을 텐데."

아이라니 우습다. 나는 미소를 지었고 천원은 눈을 들어 나를 다시 보았다.

"아이라고 불러? 당신보다 다들 나이 많지 않아?"

"그렇진 않아. 그리고 아이라고 부르는 건 원래 그러는 거야."

"알았어."

"그보다 누구한테 들은 거야?"

이미 비슷한 이야기가 이 방에서도 나온 적이 있었고, 전에 화산 지대에 갔을 때 '다른 용과 싸울 때' 어쩌고 하는 내 질문에 천원이 순순히 대답했었기 때문에 이런 식으로 캐물어 올 줄은 생각도 못 했다. 나는 괜히 솔직히 대답했다가 내 정보통에게 불이익이 갈까 봐 얼버무렸다.

"전에 해야 용녀님이 자기 자리 지키려면 둘이 자리 못 비운다고 하셨었잖아. 그래서 추론한 건데. 왜, 내 추측이 틀린 거야?"

천원은 깨달은 얼굴을 했다. 솔직히 별이 이런저런 이야기를 해 주지 않았어도 해야와 한 이야기만으로도 조금만 상상력을 발휘하면 알 수 있지 않나. 그는 이마를 짚었다.

"아, 누나 진짜."

그러고 보니 전에 천원이 아플 때 해야는 내게 언젠가 뭔가 이야기할지도 모른다고 했었다. 혹시 그녀가 말하겠다고 했던 게 이 이야기였던 걸까? 그러면 집안 망신 어쩌고 할 이야기는 아니지 않나? 아니다. 그때는 천원이 아픈 것에 대한 이야기였으니까 용궁의 지배권에 대한 이야기와는 상관이 없었겠구나.

"그때 당신도 같이 있었잖아. 뭘 새삼."

"……그런가?"

"그래."

나는 분위기가 무거워지는 것이 싫어 킥킥 웃었다. 천원은 내 입가를 보았다.

끈적하게 들러붙는 음식을 앞에 두고 있으니 신경이 쓰였다. 나는 얼른 손수건을 꺼내 입가를 닦으며 물었다.

"뭘 물었지?"

그러나 그는 고개를 천천히 저었다. 천원의 얼굴은 평소처럼 깨끗하고 무뚝뚝한 것으로 돌아와 있었다.

"아니."

"그래?"

신경이 쓰이는데. 나는 손수건을 다시 집어넣었다. 그리고 그대로 이야기를 끝낼 줄 알았던 천원은 검지로 내 입가를 가리키며 눈을 약간 가늘게 떴다.

"보조개를 보고 있었어."

……얼굴이 갑자기 확 뜨거워졌다. 나는 그를 깜짝 놀란 얼굴로 보았고 천원은 내 얼굴에 자기도 놀란 것 같았다. 나는 입을 두어 번 뻐끔거리다 목소리를 냈다.

"보보보보보보보조개 처음 봐?"

내고 보니 내 목소리는 노골적으로 높고 날카롭게 쉬어 있었다. 해야와 천원의 이야기가 얼마나 부끄럽든 지금 이 목소리보다 부끄럽지는 않으리라고 자신한다! 아악!

천원은 내 기세에 눈을 다시 약간 크게 뜨고 몸을 뒤로 뺐다.

"아니, ……보면 안 돼?"

"아아아안 되는 건 아닌데!"

그래, 자기 눈으로 뭘 보든! 내가 다 내놓고 다니는 얼굴에서 보조개를 보는 건 자기 자유지! 모르는 사람이 훔쳐보는 것도 아닌데! 하지만 그래서 내 기분이 이상해지는 건 누가 책임질 건데! 나는 간지러운 기분으로 얼굴을 가렸다. 천원은 잠시 후 나보다 일억 배쯤 깔끔한 목소리로 말했다.

"얼굴 가리지 마. 안 보이잖아."

"안 보이라고 가리는 거거든."

"왜?"

"지금은 안 봤으면 좋겠어……."

내 손이 아주 차갑게 느껴질 정도다. 지금 그가 본다면 틀림없이 내 상태가 어떤지 알 테니까.

내가 손바닥을 살살 눌러 얼굴을 식히고 있는 동안 천원은 착하게 아무 말도 하지 않고 있어 주었다. 그리고 내가 간신히 얼굴을 들었을 때에야 천천히 물었다.

"신선이 뭔지는 왜 궁금해졌어?"

그의 얼굴은 심술이 나도록 평온했다. 나는 갑자기 해야처럼 그의 뺨을 죽 잡아당기고 싶어졌다. 그러면 저 잘생긴…… 아니, 귀여운…… 아니, 사랑스러운…… 얄미운 얼굴이 좀 일그러지는 걸 볼 수 있을 텐데…… 중증이다. 내가 미쳤나 봐.

다 포기하고 싶어졌다. 손잡고 싶어. 내가 미치기 전에 여길 안 오든가 해야지. 나는 시리얼 바를 또 하나 입에 넣고 씹으며 기운 빠진 목소리로 말했다.

"오늘 별 주부님하고 얘기하다 신선 얘기가 좀 나왔어."

"별 주부?"

안다는 목소리였다. 천원은 눈을 다시 약간 가늘게 떴다.

"별 주부는 전내부 소속이고, 너는 수라간 소속이잖아. 둘이 얘기할 일이 왜 있었는데?"

"왜긴. 나 용궁까지 데려온 게 별 주부님이잖아. 그리고 나 관리하는 것도 전내부고. 그러니까 알지."

"오늘 지상에 다녀왔어?"

"아니, 오늘은 열심히 일했지."

"그런데 왜?"

얘가 왜 기분이 나쁜 것 같지. 내 기분이 좋게. 나는 갑자기 나도 조절할 수 없는 들뜬 기분이 들어 빙긋 웃었다. 천원의 눈이 움찔 떨렸다.

"친구야. 왜? 불만이야?"

그는 그 친절한 물음에 대답하지 못했다.

기분이 더 좋아졌다. 나는 키득거리며 부드럽게 종알거렸다.

"친군데 별 주부님은 산란 휴가 다녀오시느라 오래 못 봤지. 산란 휴가가 끝났으니까 이제 그놈의 소 고는 냄새도 한동안 안 맡아도 될 것 같아서 좋아. 당신도 식탁에 맨날 쇠고기 육수로 된 것만 올라와서 지겨웠지?"

"아니……."

"이제 며칠 있으면 연등회 하잖아? 저번 연회 때는 좋은 구경을 했지만 내 친구들이랑 같이 보지 못해서 아쉬웠어. 걸덕 극우님도 어제 오셨으니까 연등회는 같이 가서 구경할 수 있겠지. 이번에도 음식 차려 놓고 앉아서 구경해? 춤추는 자리도 따로 있나?"

용궁 백성들 모두가 앉아서 먹을 자리가 있을까? 천원은 잠깐 복잡한 눈으로 나를 보더니 고개를 저었다.

"아니, 먹을 건 차려 놓고 앉을 자리도 있지만 춤보다는 탑돌이가 중심이야."

"탑돌이?"

그러고 보니 그런 이야기들을 했었다. 나는 그를 보고 빙긋 웃었다. 천원은 시선을 TV로 돌렸다.

"용은 하늘에 감사하는 제를 지내고, 그게 끝나면 백성들이 탑 주위를 돌며 자기들 나름대로의 제를 지내는 거야. 무용수가 음악에 맞춰 춤을 추고 노래도 하지만 다들 탑을 돌러 오는 거지."

"그래? 어디에서 하는데?"

"저기 동편에 있는 동산 말이야. 동산 전체를 연등의 불로 밝혀서 예뻐."

전에 우리가 만났던 그곳을 이야기하는 모양이다. 배꽃은 거의 다 졌지만 그곳에 연등을 달아 밝힌다고 상상하니 무척 아름다울 것 같았다. 나는 지상에서도 불교 신자가 아니라 탑돌이를 옛 설화에서나 들었지만 꼭 구경하고 싶어졌다.

"당신도 돌 거야?"

천원은 고개를 저었다.

"용이 있으면 일반 백성들이 마음 편하게 떠들고 놀 수가 없어. 용들은 제 지내고 나면 들어갈 거야."

아쉽다. 나는 최대한 어른스럽게 고개를 끄덕였다.

"알았어."

※　※　※

아름다운 화원을 돌며 나는 한숨을 쉬었다.

"꽃이 정말 예쁘네요. 무슨 꽃이에요?"

용궁에서 키우는 식물은 기본적으로 먹는 것 위주라 당연히 내가 가리킨 다홍색의 화려한 꽃도 그게 지면 흔한 열매가 맺힐 줄 알았는데, 돌아온 대답은 상상과는 달랐다.

"그거요? 모란이잖아요."

어쩌다 쉬는 시간을 맞춰 전내부 부근을 함께 걷고 있던 세 용궁 시녀는 모두 들뜬 얼굴이었고 즐거워 보였다. 셋 중 둘이 이번에 산란 휴가를 다녀와 얼마 전까지만 해도 무척 피곤해 보였으므로 그것은 다행한 일이었다. 걸덕 극우는 내게 다가와 모란을 한 번 더 확실하게 가리켜 보였다.

"지상에도 자라지 않나요?"

물론 하냥 섭섭해 울 만큼 자란다. 나 중학교 때 학교 교화가 모란이었던 것도 같은데. 하지만.

"봐도 몰라요. 먹는 게 아니라."

나는 후후 웃으며 말했다. 아니다, 특별히 독이 있다는 말은 못 들은 것 같으니 한번 따서 먹어 보고 결정해야지.

지금 함께 나온 세 명, 그러니까 걸덕 극우, 솔은 극우, 홍 극우는 내가 처음 용궁에 올 때부터 이쪽에 관심을 갖고 잘해 준 사람들이었는데 이제야 대화를 좀 나눌 시간이 생겼다. 걸덕 극우야 내 방 담당이니 매일 본다지만 솔은 극우와 홍 극우는 겨우 이름을 알고 지나가면 인사나 하는 정도였던 것이다.

"어머나."

늘 친절한 솔은 극우가 후후 웃었다. 그녀는 은어 혼혈이라 피곤하면 입술이 은색으로 물들었다. 용궁 사람들은 그것을 '둔갑이 약간 풀려서' 그렇다고 설명했다. 둔갑도 피곤하면 풀리는 모양이다. 머리만 생선으로 변한다거나 하는 게 아니라 다행이었다.

나는 그 자리에 서서 모란을 잠깐 보았다. 사람보다 큰 나무에 손바닥 세 개만 한 꽃송이를 활짝 펼친 모란은 적어도 내가 다녔던 중학교의 정원에는 저런 크기로 피지 않았다. 저보다 작은 건 본 것 같기도 하지만. 홍 극우가 눈을 귀엽게 깜박이며 내게 물었다.

"모란 좋아하셔요? 어여쁘지요?"

"네. 예쁘네요."

관심은 없지만. 나는 다시 그들과 함께 걷기 시작했다. 저 멀리 높은 곳은 언제나처럼 검푸르고 어두워서 꼭 밤의 화원을 걷는 것 같은 기분이었지만 여기저기 놓인 야명주 덕분에 꽃은 잘 보였다. 희고 가는 모랫길 양쪽으로 모란나무 숲이 한동안 이어졌다.

세 사람은 꽃 피는 계절에 어울리게 화사한 옷을 입고 있었다. 색색의 끝동이 달린 긴 저고리에 허리에는 한 개의 요패가 늘어진 띠를 띠고, 통이 넓은 바지에 고운 대님을 매고 신에는 귀여운 수가 놓여 있다.

내 조리복도 색은 예쁘지만 그들과는 많이 달라 나는 그들의 옷을 슬쩍 보았다. 나만 빼면 셋이 일부러 차려입고 봄나들이를 나왔대도 믿을 수 있었다.

"어머나, 세상에!"

갑자기 홍 극우가 양손을 입에 대고 걸음을 멈췄다. 그녀는 모란 뒤에 얼굴을 숨기면서도 눈은 그 위로 빼꼼 내밀었다. 다섯 발자국 정도 앞, 모란이 끝나고 자두나무가 이어지기 전의 길목에서 별이 모퉁이를 돌아 나왔다.

그를 보니 반갑다. 별은 별 목적 없이 걷고 있었던 듯 우리를 보자 걸음을 멈췄다. 나는 그에게 빠른 걸음으로 다가가 인사했다. 그는 오늘은 몸에 잘 맞는 정장을 입고 있었다.

"안녕하세요, 별 주부님."

그는 용궁 옷도 잘 어울리지만 역시 지상의 옷도 잘 어울린다. 별은 나를 보고 빙긋 웃은 뒤 다른 세 아가씨에게도 한꺼번에 인사했다.

"안녕하세요. 이런 데서 뵙네요."

홍 극우는 모란 뒤에 얼굴을 숨겼다고 해도 물론 이쪽에서는 다 보였다. 그녀가 비명 같은 환성을 질러 솔은 극우가 깔깔 웃었다.

"뭐 해, 어서 이리 와서 인사드려야지. 별 주부님, 안녕하셔요."

그리고 보니 처음 용궁에 왔을 때 별이 객당 앞에서 기다린다는 이야기에 무척 기뻐했던 게 홍 극우였던가. 그녀는 얼굴을 내밀더니 방긋 웃으며 다가왔다.

"안녕하세요, 별 주부님."

"안녕하세요."

그러나 보아하니 별은 그녀와 그리 친하지 않은 모양이었다. 그는 예의 바르게 말하면서도 나와 처음 만났을 때 보여 주었던 것처럼 수줍은 미소를 엷게 지었을 뿐이었다. 걸덕 극우가 홍 극우를 곁눈질하더니 눈치 빠르게 물었다.

"어디 가시어요?"

별은 고개를 살래살래 저었다.

"별일은 없고, 그저 잠시 짬이 나 모란을 구경하러 왔습니다. 네 분께서는 어찌."

나, 걸덕 극우, 그리고 솔은 극우는 홍 극우에게 대답할 기회를 주었고 그녀는 명백하게 들뜬 얼굴로 말했다.

"어머나, 저희도 실은 그렇답니다!"

하지만 그 이상은 기다려도 나오질 않는다. 나는 별을 보는 것이 반가워 대신 제안했다.

"저희랑 그럼 같이 구경하실래요?"

별은 내 눈을 똑바로 보며 웃었다.

"좋지요."

"자, 치즈 하세요."

내가 하는 말이 무슨 소린지도 못 알아들으면서 뷰파인더에 잡힌 네 명 중 두 명은 미소를 지었다. 나는 기분 좋게 칭찬하며 셔터를 눌렀다.

"웃는 얼굴이 근사하게 잘 나오네요. 홍 극우님, 걸덕 극우님, 웃으셔야 예쁘게 나와요."

카메라를 처음 봤다는 홍 극우와 내 것처럼 작은 카메라는 처음 봤다는 걸덕 극우는 긴장한 얼굴로나마 입꼬리를 당겨 올렸다. 그에 비하면 집에 카메라가 있다는 솔은 극우는 아주 1970년대쯤 사진관에서 볼 수 있을 것 같은 고운 미소를 지어 주었고 별 주부는 많이 웃지는 않았지만 휴대폰 카메라에 익숙해 보였다.

차캉. 물속에 있어서인지 이상하게 어딘가 먹먹하게 들리는 소리와 함께 나의 네 친구가 만개한 모란을 배경으로 선 사진이 찍혔다. 조명 때문에 아주 예쁘게 찍히지는 않았지만 그것은 하는 수 없었다. 나는 나온 사진을 휴대폰 화면에 띄우며 친구들에게 다가가 보였다.

"잘 나왔네요."

걸덕 극우는 휴대폰 카메라를 처음 봤다는 사람치고는 아주 자연스럽게 내 옆으로 와 찍힌 사진을 확인했다. 그녀는 눈을 반쯤 감고 있었지만 지상 사람들과 다르게 그저 천진하게 즐거워했다.

"어머나, 신통하기도 하여라. 이리 작은 수첩인데 테레비처럼 선명하게 나오지 않아요. '현상'을 하지 않아도 나오는 건가요?"

프린트하는 걸 현상이라고 해도 되지 않나? 나는 다른 세 명이 사진을 확인하려 들지 않아 그냥 웃으며 휴대폰을 주머니에 넣었다.

"이번에 휴가 다녀올 때 프린트해 올게요."

"푸린트요?"

홍 극우는 그게 아예 뭔지 모르겠다는 얼굴로 고개를 갸웃했다. 내가 용궁 사람들에게 프린트를 어떻게 설명하면 좋을지 몰라 별을 보자 그가 대신 짧게 말해 주었다.

256

"작은 종이쪽에 사진을 옮겨 책에 끼울 수 있게 해 주신다는 뜻입니다."

홍 극우는 아아, 하고 뺨을 붉히며 고개를 몇 번이고 주억거렸다. 이야기를 해 보니 홍 극우는 아주 사이좋은 남편이 있었고 별은 그냥 팬의 기분으로 동경하는 것 같았는데, 내가 보기에 조금만 더 수위가 올라가면 위험했다. 다행히 별은 적절한 거리를 유지하는 데 능숙한 것 같았다.

"연지 씨."

별은 내게 손을 내밀었다.

"이제 네 분을 찍어 드릴까요?"

그것도 좋겠다. 나는 그에게 휴대폰을 넘기고 다른 세 친구와 함께 섰다. 내 머리 왼쪽으로 거대한 분홍색 모란이 꽃잎을 살랑였다. 나는 활짝 웃으며 별에게 말했다.

"꼭 일부러 만든 것처럼 예쁜 배경이네요."

카메라를 들여다보던 별도 웃으며 동의했다.

"그러네요. 병풍보다 아름답습니다."

모란이 아름답다고 한 것인데도 그의 그 말은 무척이나 친절하고 부드러워서, 우리 네 여자는 모두 얼굴을 약간 붉혔다. 그러나 그 와중에도 나는 천원의 사무실에 있는 금색 병풍이 떠올라 그를 생각했다.

오늘 저녁엔 뭐 해서 갈까. 슬슬 레퍼토리가 떨어졌다. 뭐든 그가 좋아하는 것을 해 가고 싶다. 아, 치킨이라도 좀 해 갈까. 고기이긴 하지만 어차피 그의 편식도 좀 고쳐야 하고, 튀김에다가 강황 가루가 들어간 양념을 부어서 주니까 잘 먹던데.

아니, 딴생각을 하면 안 되지. 나는 나도 모르게 표정이 풀려 있었다는 것을 깨닫고 재빨리 사진에 맞는 표정 관리를 했다. 별이 셔터를 눌렀다. 차캉.

"감사합니다."

나는 별에게 얼른 다가가 그에게서 휴대폰을 받아 들었다. 사진은 초점이 약간 미묘했지만 나쁘지 않았다. 그러니까, 다시 찍어야 할 정도는 아니었다. 나는 다시 감사 인사를 했다.

"감사합니다, 별 주부님."

"아뇨. ……연지 씨가 웃는 것은 참 어여쁘신데, 제가 실력이 부족해 사진에 담지 못했습니다."

이 남자가 이런 말을 할 줄은 몰랐다. 나는 약간 부끄러워하며 웃음을 터뜨렸다.

"그렇게 말씀해 주셔서 감사합니다."

세 여자들도 달려와 어설프나마 아까 내가 시켰던 것처럼 사진을 확인했다. 걸덕 극우는 친절하게도 특히 좋아해 주었다.

"연지 아가씨가 같이 나오시니까 좋네요."

나도 좋은데, 솔직히 약간 합성 사진 같긴 했다. 별은 그렇다 쳐도 세 자 친구들은 차림새가 모두 지금으로부터 최소 천 년은 전에 입었던 것 같은 모양이니까.

저 대단히 거대한 모란나무 숲을 배경으로 찍힌 것을 보면 시간 여행이라도 해서 아주 옛날 사람들을 찍었다거나 아니면 영화 촬영장의 배우들을 찍은 것만 같았다. 그리고 그 옆에 서서 혼자 머리가 짧고 현대적인 옷을 입고 있는 것이 나. 조리복도 물론 용궁 옷이긴 하지만.

내가 잠시 대답하지 못하고 있자 걸덕 극우는 눈을 동그랗게 뜨고 나를 보았고 홍 극우는 밝게 말했다.

"연지 아가씨, 이것도 그 '푸린트'를 하실 거여요? 우리 넷이 꼭 친자매처럼 허물 없어 보이지 않아요?"

"어머, 얘는. 손님께 버릇없이."

솔은 극우가 홍 극우의 어깨를 소리만 날 정도로 살짝 때렸다. 홍 극우는 볼을 부풀렸다. 그녀는 가오리 혼혈이라 얼굴이 다른 사람들에 비해 많이 납작한 편이었는데 볼을 부풀리니 아주 귀여웠다.

"아뇨, 정말 친해 보여서 좋네요. 꼭 프린트해 와서 드릴게요."

액자도 선물하면 좋겠다. 나는 홍 극우의 어깨를 부드럽게 두드리며 웃었다. 홍 극우도 볼 부풀린 것을 풀고 내게 방긋 웃어 주었다.

"이제 조금만 있으면 연등회를 하잖아요? 그때도 함께 어울려요. 예?"

홍 극우는 그리고 내게 애교 있게 말했다. 천원이 안 온다니 나도 친구들과 함께 시간을 보내고 싶었다. 나는 감사한 마음으로 고개를 끄덕였다.

"네, 그럼 좋겠네요. 그럼 연등회 날에 그냥 저 동쪽 동산으로 가면 되나요?"

솔은 극우가 동쪽 동산이 어딘가 하고 잠깐 헷갈리는 얼굴을 하다가 손뼉을 쳤다.

"아, 탑이요. 네, 탑으로 오셔요. 탑돌이를 하다 보면 다들 만나니까요. 그때는 저희 남편들도 같이 올 거예요."

"하지만 사람이 아주 많으니 조심해서 찾으셔야 해요? 아, 별 주부님도 오실래요?"

걸덕 극우는 친절하게 별에게도 물었다. 그도 의외로 바로 동의했다.

"예. 저도 그때 뵙겠습니다."

홍 극우의 남편은 과연 별을 보고 어떻게 생각할 것인가. 나는 킥킥 웃으며 휴대폰 화면을 대기로 돌렸다. 그리고 다음에는 어떤 이야기를 할까 궁리하기 시작했을 때였다.

"에야!"

크고 낮고 으르렁거리는 듯한 목소리가 모란나무 숲 너머로 들렸다. 그 소리가 하도 커서 나는 나도 모르게 움찔했다. 보아하니 친구들도 놀란 것 같았다. 누구 목소리인지 착각할 일은 없었다. 그것은 분명히 레오의 목소리였다.

모란꽃의 그림자가 우리에게 아주 엷은 물결처럼 드리웠다.

"Cheri.(여보.)"

해야의 목소리도 저 너머로 들렸다. 나는 레오가 아까 부른 '에야'가 해야이리라고 그제야 짐작했다. 해야라고 제대로 부르는 것도 들은 것 같지만, 둘은 서로 프랑스어를 쓸 때가 많은 것 같으니 '에야'라고 할 수도 있을 것이다.

해야의 목소리는 평소와 다르게 날카로웠다. 나와 네 친구는 서로의 눈치를 보고 숨을 죽였다.

모란나무 숲과 아마 저 뒤로 있을 담장 너머로 한동안 빠르고 높은 프랑스어와, 스페인어와, 내가 어느 나라 말인지도 모를 언어 몇 가지가 오갔다. 레오의 목소리는 많이 변하지 않았지만 해야의 목소리는 자주 높아졌다가 작아지기를 반복했고 점점 울음이 섞였다.

이거 혹시 무슨 일이 나는 건 아닐까. 사랑싸움을 훔쳐보는 것은 예의가 아닐 터였지만 나는 만약의 일이 신경이 쓰여 잠시 모란나무 숲 옆의 트인 길로 돌아갔다.

그쪽에는 낮은 담장과 작은 문이 있었고, 문 너머로 눈을 빼꼼 내밀어 보니 과연 주위가 번쩍이느라 난리인 뜰이 하나 있었다. 그 뜰에는 자두나무가 몇 그루 심겨 있었고 다행히 해야와 레오는 그 틈에 있느라 이쪽에 시선을 주지 못했다.

"연지 아가씨이."

나를 따라온 걸덕 극우가 몹시 불안해하며 내 소매를 당겼다. 나도 혹시 가정 폭력이 일어날까 봐 확인한 것이지, 엿볼 마음은 없었다. 해야가 눈을 부릅뜨고 당당하게 가슴을 편 것이나 레오의 분위기를 보니 다행히 그런 일이 있을 것 같지는 않았다. 나는 걸덕 극우가 눈으로 하는 애원에 고개를 가만히 끄덕였다.

"여기는 더 있으면 안 될 것 같으니까, 그만 자리를 피할까요."

✻ ✻ ✻

해야는 왜 가출했을까.

용왕 부부는 그저 딸 부부가 와서 좋은 것 같았고 천원도 솔직히 누나를 반기는 눈치였지만, 그간 방문하고 싶어도 하지 못했던 친정에 이렇게 와서 한 달을 넘게 있는 것은 어쩌면 평범한 일이 아니었다.

레오가 오기 전에 천원은 해야가 이렇게 친정에 있는 것을 '매형이 데리러 오길 기다리기 때문'이라고 해석했었지만, 그 남편이 온 뒤로도 그녀는 계속 이곳에 있었고 떠난다는 이야기는 들리지 않았다. 용은 바다 사이를 순식간에 건널 수 있다니 먼 여행이 엄두가 안 나서 그러지는 않을 터였다. 게다가 용궁을 비우면 원래 안 되는 거라고 하지 않았나.

그러니 저 부부의 문제는 아주 심각한 일이고, 사실은 해결되지 않았고, 그래서 해야는 집에 돌아가지 않고 있는 것이 아닐까. 그렇다면 무슨 일로 그렇게 싸운 걸까.

남의 부부 사정을 깊이 캐는 것은 내 취미가 아니었고 정말로 궁금한 것은 아니었지만, 그렇게 사이 좋아 보이던 둘이 정원에서 남들이 듣거나 말거나 소리 높여 싸우는 것을 보고 나니 때때로 생각이 났다. 나는 문득 정신이 들어 칼을 내려놓았다. 다듬던 닭고기는 아주 아름다운 튤립 모양이 되어 있었다.

역시 비싼 칼은 다르다. 새로 산 보람이 있네.

"연지 씨."

내가 잠시 숨을 돌리는 틈에 주방장이 다가와 친절하게 말을 걸었다. 나는 고개를 들어 그를 보았다. 용왕 가족의 점심 식사가 끝나 식기가 들어올 무렵이라 주방은 어수선하긴 했지만 아주 바쁘지는 않았다.

"네, 주방장님."

"월차 말인데, 연등회 바로 다음 날부터 이틀인 거 맞죠? 변동 사항 없는 거지요?"

"네, 맞아요."

산란 휴가 때 미뤘던 월차를 이번 달에 주말 끼고 합쳐서 써 아예 며칠 동안 집에 가 있기로 했다. 주방장은 사람 좋은 얼굴로 쓴웃음을 지었다.

"아이구, 우리 사정 때문에 휴가도 마음대로 못 가게 해서 정말 미안해요. 이번에 가면 정말 푹 쉬다 와요."

"아뇨, 괜찮아요. 오래 다녀와서 죄송해요."

"아유."

주방장은 내게 몇 마디 더 확인하고 거대한 등을 돌려 자리를 떴다. 나는 닭을 우유에 담그며 잠시 한숨을 쉬었다. 이번에는 해 문덕이 쭈뼛쭈뼛 다가왔다.

"저기, 연지 씨. 혹시 지금 괜찮아요?"

"네. 괜찮아요."

나는 숨을 가다듬고 웃으며 응대했다. 해 문덕은 앞치마를 쥐고 나를 올려다보며 눈치를 보았다. 뭐지, 혹시 나한테 시킬 거 있나?

나는 일단 '나는 지금 바쁘지만 너에게 반드시 할 말이 있다면 시간을 억지로 내 이야기를 들어 주겠다'는 표정을 짓기로 했다. 해 문덕은 소심한 데다 이 수라간에서 내가 천원의 음식을 준비하는 걸 방해할 사람은 없었지만 그래도 일이 많은 업장에선 언제나 유연함이 적용되기 마련이었다.

"그게요."

그러나 해 문덕의 입에서 나온 말은 내가 상상하지도 못한 것이었다.

"레오 니림이 부르시는데요."

급히 앞치마만 벗어 걸어 놓고 찾아간 레오의 거처는 내 숙소처럼 전내부에 있었지만 무척 으리으리했다. 황금색 기둥 사이로 올린 솟을대문은 거대했고 그 너머로 보이는 뜰에는 나무와 풀이 많이 심겨 있었다. 집 건물 자체도 기둥은 모두 황금색에 구름이 옥으로 새겨져 있었고 불쑥 솟아 나온 높은 누각이니 너른 대청마루가 세련된 구조였다. 그리고 아무래도 부엌도 큰 것 같았다. 부엌이 큰 게 제일 부럽다.

나는 레오와 해야가 머무는 건물의 활짝 열린 대문으로 들어가자마자 전내부 소속의 시종에게 안내받아 섬돌을 밟고 마루에 올라섰다. 대청마루 오른쪽에 있는 문을 열고 작은 방 두어 개를 이해할 수 없는 순서로 지나자 멋진 입식 방이 나왔다.

레오는 그 안에서 번쩍이고 있었다. 늘 일정한 조도의 빛이 나는 이 용궁의 용들과 달리 그에게서 나는 빛은 수시로 바뀌고 자꾸만 깜박였다. 천원은 저걸 뭐랬더라, 혈통 때문이라고 했던가?

나는 레오가 나를 초대한 방에 해야가 없어 신경이 쓰였지만 일단 문 앞에서 인사했다.

"……부에노스 디아스?"

이거 맞나? 오는 길에 휴대폰으로 검색한 인삿말인데.

이 방은 응접실인 듯 실생활에 쓸모 있는 가구는 별로 없었다. 멋진 책가도가 그려진 비취색 병풍에 나전 칠기로 장식한 장식장, 그리고 청자로 만든 의자 몇 개와 역시 나전 칠기로 된 탁자가 전부였다. 활짝 열린 창 너머로는 아직 작은 자두가 막 맺히려는 자두나무와 역시 작은 매실이 겨우 영글기 시작한 매실나무가 보였다.

레오는 늘 입는 그 청바지만 입고 있었다. 그는 무뚝뚝한 표정으로 내게 말했다.

"Non.(아니.)"

안녕하세요, 라고 했는데 아니, 라고 대답하면 나보고 어쩌라고. 나는 울컥했지만 레오가 더 빨랐다. 그는 빠른 프랑스어로 뭐라고 지껄였고 나는 그가 내 프랑스어 실력이 일천함을 몰라서 그러리라는 것을 이해했다. 나는 손을 들어 그의 말을 멈췄다.

"Je ne parle pas beaucoup de francais.(프랑스어 잘 못해요.)"

내가 뭐라고 하는지 솔직히 나도 모르겠는데, 아마 프랑스어 잘 못한다는 뜻이 맞을 것이다. 레오는 알아들은 듯 고개를 끄덕이고 아주 유창한 한국어로 말했다.

"앉아. 그리고 espagnol(스페인어)은 쓰지 마. 싫어하니까."

나는 더 울컥했다. 물론 내가 여기서 참을 사람 같았으면 처음 천원을 만났을 때부터 참았을 것이다.

"왜 반말이세요?"

너희 장인 장모님도 나한테 반말은 안 하는 거 아냐? 그리고 너도 스페인어 가끔 쓰는 거 들었거든. 페루 살면서 스페인어를 싫어하면 어쩌라는 건데. 레오는 미간을 좁히며 손짓했다. 그의 눈은 처음 용의 모습을 보았을 때처럼 험악했다.

"내가 나이가 많으니까. 나는 육백스무 살이야."

젠장, 이건 반박할 수가 없잖아. 몇백 살 나이가 아무렇지도 않은 이 용궁에서 설마 이 대답이 돌아올 줄 모른 나는 억울해서 혀를 한 번 차고 그가 손짓한 의자에 앉았다. 레오의 미간에 잡혔던 주름이 약간 가늘어졌다.

"Bon.(좋아.)"

좋긴 뭐가 좋아. 나는 여전히 널 좋아하진 않는다.

"아직 봉 아냐. 네가 나한테 반말하면 나도 너한테 반말할 거야."

설마 날 죽이진 않겠지. 그러면 바로 이 집 부엌으로…… 가도 쇠로 된 게 있겠지? 내 객당에도 가마솥 있었으니까 여기도 있겠지? 제발 그래라.

처음에 반말할 때도 의외로 순순히 받아들였던 천원과 달리 레오는 눈에 쌍심지를 켰다.

"Quoi?"

프랑스어로 '뭐가 어쩌고 어째?' 하고 묻는 그 목소리는 지상에 있었다면 거대한 해일이라도 만들었을 것이다. 잠시 방 안의 장식장과 의자가 흔들리고 나는 뒤로 넘어져 머리를 박을 뻔했다. 청자 의자가 뒹굴었고 창밖의 자두가 몇 개나 힘없이 떨어졌다. 나는 자존심 때문에 바로 일어났고 본능 때문에 도망칠 준비를 했다. 레오의 눈은 살벌하게 나를 노려보았다. 그의 몸에서 나오는 빛이 눈이 따가울 정도로 환해졌다.

얼마나 시간이 흘렀을까, 다행히 빛은 잦아들었고 2차 충격파는 없었다. 꼿꼿이 서서 팔짱을 낀 나에게 레오는 지친 얼굴로 손짓했다.

"……그래, 이 바다는 인간에게 관대하지. 내 사랑하는 아내를 보아 네 건방진 태도는 용서하겠다."

해야를 봐서 참는 건 이쪽도 마찬가지거든. 나는 용기를 모아 코웃음을 쳤고 레오는 나를 또 노려보았지만 그 눈에는 아까와 같은 뜨거운 노기는 없었다.

그는 내가 의자를 세워 다시 앉자 나지막하게 확인했다.

"너, 지상에서 왔다고 했지."

"그런데?"

"……내 인내심을 너무 시험하지 마라. 인간이 용에게 건방지게 구는 것을 용서하는 건 내 집에선 있을 수 없는 일이다."

별이 한 말이랑 뭔가 다른데. 이건 문화 차인가? 나는 나도 모르게 내가 그의 시선을 피하려는 것을 알고 자존심과 용기를 또 열심히 끌어모아 레오를 마주보았다. 그는 이제 나를 아주 희한하게 보았다.

잠시 동안 분노보다 호기심을 많이 담은 눈이 내 얼굴을 샅샅이 훑었다. 나는 표정을 관리하기 위해 눈을 가늘게 떴다. 그는 나를 충분히 본 후 관심이 없어졌다는 듯 손으로 턱을 괴었다.

"바보 같은 짓은 그만하지."

"Bonne idee.(좋은 생각이야.)"

좋은 생각이다. 나는 갑자기 또 떠오른 짧은 프랑스어로 그렇게 받아쳐 준 다음에 프랑스어로 생각이 안 난 말은 그냥 한국어로 했다.

"시간 낭비 하려고 부른 거야? 나는 일하던 중이야."

솔직히 내가 맡고 있는 막중한 임무를 생각하면 레오가 나를 백번 불러도 내가 올 이유는 없다. 편식하는 애 밥 먹이기가 얼마나 힘든지 네가 아냐. 그건 절대 아무도 폄훼해서는 안 되는 숭고한 일이란 말이다. 그냥 네 맘대로 굶어 죽든지 말든지 마음대로 하라고 하고 싶다가도 상대방의 건강과 음식의 신성함을 생각해서 어쩔 수 없이 내 수명을 깎아 먹는 그런 위대한 일이라고. 그리고 사실 요리사의 업무가…… 아닌 건 아닌데.

레오는 눈을 가늘게 떴다. 웃는 것은 아니었다.

"나도 바쁜 몸이야. 지금쯤 내 집에는 일이 쌓여 있겠지."

"그렇겠지."

나는 진지하게 동의했다. 레오는 내가 비꼬는 건지 아닌지 확인하려는 듯 잠시 내 얼굴을 살핀 뒤 이었다.

"샤논이 널 아끼는 것 같은데."

"샤논이 누군데."

"네 고용주 말이다. 사랑스러운 내 아내의 남동생. 내 형제…… 아니, 처남이라 하던가."

천원? 나는 갑자기 얼굴이 나도 어쩔 수 없을 정도로 뜨거워져 발가락을 뒤틀었다. 레오는 내 얼굴을 보더니 오늘 이 방에서 보는 것으로는 처음으로 웃었다. 내 얼굴이 상당히 이상해진 모양이었다.

"솔직한데."

"아니거든!"

나는 그에 대한 두려움도 잊고 버럭 항의했다. 외국인이 발음하기 힘든 건 알겠는데, 남의 이름 함부로 바꿔 부르지 마라! 괜히 두 배로 부끄럽다! 레오는 이를 보였다. 이번에도 웃는 것은 아니었다.

"뭐가 아니라는 거지?"

"……아끼는 거 아니거든! 그리고 내가 솔직해지고 말 것도 없거든! 아니, 그런 멍청한 얘기 하려고 나 불렀어?"

화는 냈지만 저 쓸데없는 소리 때문에 머릿속이 핑크빛 망상에 마구 점령당하기 시작했다. 손을 잡고 걷는 우리, 나를 보는 천원, 그 볼을 꼬집어 주는 나, 그리고……. 아, 미쳤나 봐. 나는 더 견딜 수가 없어서 손으로 입을 가렸다.

눈까지 웃는 것이 다 보였을 것이다. 나는 지금 당장 부끄러움을 이유로 죽는 것이 어떨지 진지하게 고려하기 시작했다. 레오의 눈이 부드러워졌다.

"잘됐군."

그러나 그의 말은 차가웠다.

나는 그 차가운 목소리에 문득 물을 뒤집어쓴 것 같은 기분으로 허리를 꼿꼿이 세웠다. 뜨거워졌던 얼굴은 조금 천천히 식는 것 같았지만 웃음은 들어갔다. 나는 레오를 똑바로 노려보고 물었다.

"말하고 싶은 게 있으면 똑바로 말해. 아까부터 뭘 확인하려는 거야?"

"네가 할 수 있을지."

이번 대답 역시 차가웠다.

"뭘?"

"그것 또한 확인한 후에 말해야 한다."

"용궁 사람들은 왜 이렇게 돌려서 말해? 그냥 말해. 뭔데. 할 수 있으면 내가 할 수 있다고 말할 테니까."

레오는 여전히 쌀쌀맞은 미소를 지었다. 아무래도 그의 따뜻한 눈빛은 해야 한정, 친절한 인사는 해야 앞 한정인 것 같았고 그것은 다행한 일이었다.

"말하면 너는 두려워서 도망칠 거다."

"내가?"

웃기지 말라는 투로 받아쳐 주긴 했지만, 나는 내가 방금 레오에게서 도망치기 위해 부엌으로 갈 계획을 짜고 있었다는 사실을 어쩔 수 없이 떠올렸다. 누구에게도 인정하지 않을 것이지만 솔직히 그는 두려웠다. 어떻게 그렇지 않을 수 있을까.

인간의 모습으로도 나는 그에게 한 주먹거리도 안 될 텐데, 하물며 용인 것이다. 그가 그 거대한 용의 모습으로 나를 슬쩍 밟기만 해도 나는 어찌할 도리도 없이 죽을 텐데.

하지만 설마 용과 싸울 일이 나에게 있지는 않겠지. 나는 잠깐 생각하다 그렇게 확신하고 코웃음을 쳤다. 나한테 용궁이 있는 것도 아닌데 용과 왜 싸우겠어.

"안 칠 테니까 말해 봐. 어차피 나 계약 기간 남아서 그동안은 못 도망쳐. 꽤 받았거든."

레오는 오만하게 고개를 기울였다. 그가 입을 막 열려고 했을 때였다.

"……레오!"

저 창밖에서 해야의 목소리가 들리는 것과 동시에 나는 레오의 차갑고 쌀쌀맞고 기괴하던 얼굴이 부드럽게 붉어지는 것을 보았다. 싸웠어도 뜨거우시네요. 커플 좋겠다.

내가 통과해 들어왔던 문이 탕탕탕 차례로 열렸다. 해야는 성큼성큼 우리가 있는 방으로 들어왔고 나는 얼른 일어나 그녀에게 인사했다.

"안녕하세요, 용녀님."

"안녕하세요, 연지 씨."

해야는 우리가 이 방에 같이 있다는 사실이 매우 놀라운 듯 눈을 동그랗게 뜨고 있었다. 솔직히 나라도 놀랍겠다. 레오는 턱을 괸 손을 치우고 자기가슴 앞에서 팔짱을 꼈다. 해야는 레오를 흘겨보았는데 그 얼굴이 아직 딱딱한 걸 보니 최근에 싸운 것은 아직 화해가 안 된 모양이었다.

그녀는 그러나 나를 보고는 잠시 후 방긋 웃었다.

"여긴 어쩐 일이에요, 연지 씨?"

"아, 부르셔서요."

나는 레오를 어떻게 불러야 할지 몰라 주어를 생략하고 그렇게 말했다. 엿 좀 먹어 봐라. 레오는 콧방귀를 뀌었지만 해야는 그 말만으로도 뭔가 이해한 것 같았다. 그녀는 내게 부드럽게 말했다.

"어머나, 일하는 시간에 미안해요. 저희 신랑이 폐를 끼쳤네요."

"아녜요."

솔직히 폐였지만 나는 해야를 보아 그렇게 말하고 웃는 소리를 냈다. 그 작위적인 소리에 레오는 또 콧방귀를 뀌었고 해야는 그를 한순간 매섭게 흘겨보았다. 그리고 그녀는 잠시 나를 빤히 보다가 친절하게 부탁했다.

"미안해요. 얼른 다시 들어가 봐요. 오늘도 연지 씨가 한 음식 참 맛있었어요. 이따가도 기대할게요."

이제 부부 싸움을 하도록 자리를 비켜 줘야 할 모양이었다. 나는 잽싸게 레오에게 무례한 눈짓을 하고 해야에게 인사했다.

"그럼 들어가 볼게요. 다음에 또 뵈어요."

레오는 입을 잠시 벌렸고 해야는 내게 손을 발랄하게 흔들었다. 내가 얼른 그 방을 빠져나오자 방 앞에 대기하고 있던 시종이 문을 도로 닫아 주었다.

산유화야 산유화야
어여여 상사 뒤 어여뒤여 상사 뒤

옷을 결정하는 데 시간을 너무 오래 썼는지, 배나무가 많은 동산에 도착했
을 때는 이미 사람이 많았다. 용궁 백성들은 평소보다 화려한 차림에 남녀
모두 말끔하게 화장한 모습이었는데 일이 끝난 한밤이라 그런 모양이었다.
　동산의 배꽃은 모두 졌지만 때죽나무꽃과 아카시아꽃이 곳곳에 피어 짙
은 향내가 났고 탑과 가까운 곳은 연등이 걸려 화사했다. 탑 주변에는 그저
께부터 주방장을 필두로 수라간 식구들이 죽어라 차려 낸 제사 음식과 제사
에 사용한 모란꽃, 그리고 돌탑이 있었다. 그 부근을 수많은 사람들이 거대
한 줄을 이뤄 천천히 기원하듯 돌았다.

저 달 떠서 들에 나와
저 달 져서 집에 간다

소매에 긴 천을 덧대고 대님을 꼭 맨 바지를 입은 사람들이 저 한쪽에서
소매를 구름처럼 휘날리며 춤을 추었다. 어디선가 때죽나무꽃 향과 함께 가
야금이니 피리 소리도 들렸지만 사람이 너무 많아 악사가 어디에 있는지는
알 수 없었다. 다만 곡은 용궁 백성들이 모두 아는 노래인 듯, 누구나가 그
박자에 맞춰 걷거나 노래하거나 서로에게 인사했다.

어여여 상사 뒤 어여뒤여 상사 뒤

나는 처음 듣는 곡이었다. 사람들이 부르는 노래의 가사도 설었다. 그러
나 이 음악은 어딘가 이전 화산 지대에서 보았던 음악회처럼 땅과 가슴을 모

두 울리는 데가 있었고 가락은 단순하면서도 부드러웠다.

꽃 말고 사람들이 찬 향낭에서도 가지각색의 좋은 향이 뿜어져 나왔다. 세상은 온통 알록달록하게 물들이거나 수놓은 옷과 은은하게 빛나는 연등의 색으로 오색찬란했다.

나는 태어나서 처음 느껴 보는 신이한 분위기에 즐거워하며 탑돌이 줄이 어디부터 시작되는지 찾아 걸었다. 내가 예전에 밤에 혼자 올라왔던 계단도 지금은 끊임없이 밀려드는 사람들로 가득 차 어지러웠다.

아까 용들이 제를 올리는 것은 먼발치에서 보았는데 그때도 나와 그들 사이에 사람들이 워낙 많아 잘 보이지 않았다. 다만 용 다섯 마리에게서 나는 빛은 제를 지낼 때라서인지 몰라도 대단히 찬란해 주변이 바다 같지 않게 밝아졌었다.

어차피 연등이 많이 밝혀져 잘 알 수는 없었지만 혹시나 하는 희망에 주변을 둘러봐도 그런 빛이 보이지 않는 걸 보니 천원은 정말로 들어가 버린 모양이었다.

"아."

탑돌이는 시계 방향으로 하는 사람도 있고 시계 반대 방향으로 하는 사람도 있었는데 그러면서도 묘하게 줄이 평화롭게 이어졌다. 나는 간신히 시계 방향으로 도는 줄의 끝을 발견하고 잽싸게 그 뒤에 섰다. 오기 전 탑돌이가 무엇인지 인터넷으로 검색은 해 봤지만 사실 용궁에서 탑을 도는 의미는 알 수 없었다.

저 탑에 고승의 사리 같은 것이 안치되어 있진 않은 모양이었고, 용궁 사람들이 불교 신자인 것도 아닌 것 같았는데. 이렇게 도는 이유가 뭘까.

그래도 일단 일정한 흐름에 들어오고 나니 주위가 조금 더 눈에 편하게 들어왔다. 나는 환하게 밝혀져 풍경이 땡땡 울리는 탑과 그 주위를 도는 고운 옷의 용궁 백성들을 질리도록 구경했다. 오늘도 나는 역시 실크 원피스였는데 그게 눈에 띄어서인지 나를 알아보는 사람들이 자꾸만 친절하게 웃으며 고개를 꾸벅꾸벅 숙여 인사했다.

내 친구들은 어디 있을까. 나는 한참 둘러보다가, 홍 극우가 아주 고운 삼색 치마를 차려입고 어떤 남자와 다정하게 웃으며 걷는 것을 저기 나와 반대 방향으로 도는 줄에서 발견했다. 그 남자가 아마 홍 극우의 남편인 모양이었다. 나는 머뭇거리다 그녀를 향해 손을 흔들어 보았지만 그녀는 나를 발견하지 못하고 남편과 이야기하는 것에 빠져 있었다.

꽃 피었다 자랑 말라
어여여 상사 뒤 어여뒤여 상사 뒤

달구산도 바다 되고
깊은 물도 산이 된다
어여여 상사 뒤 어여뒤여 상사 뒤

역시 남편하고 저렇게 다정한 시간을 보내는 사람을 방해할 필요는 없겠지. 나는 두어 번 더 손을 흔들어 본 다음 포기하고 이번엔 다른 사람들을 찾아보았다. 걸덕 극우와 솔은 극우도 남편과 즐거워 보이면 알은체를 하지 않는 게 나을 것 같다는 생각이 들어 탐색에선 열의가 빠졌다.

산유화야 산유화야
어여여 상사 뒤 어여뒤여 상사 뒤

노래는 같은 가사로 계속 반복되었다. 몇 번 더 듣다 보니 가사가 입에 익어 나도 모르게 흥얼거리기 시작했다. 나 말고도 혼자 행사에 온 사람들이 많은 것 같아 쓸쓸하지는 않았다.

어여여 상사 뒤, 어여뒤여 상사 뒤……

탑 주변을 천천히 돌면서 무용수들이 있는 자리 앞을 지날 때 보니 악사들도 그쪽에 있었다. 악사들도 다른 사람들처럼 화사한 옷을 입고 우아하게 앉아 음악을 즐겁게 연주했다.

무용수 중에는 가는 허리가 뒤로 아주 많이 젖혀져 깜짝 놀랄 정도인 사람도 있었는데, 민머리인 것으로 보아 아마 우리 주방의 문 대덕처럼 문어 혼혈인 것 같았다. 무용수의 복장을 하고 있지 않은 사람들도 그 부근에서 어깨를 흔들며 신명 나게 춤을 추었다.

걸덕 극우가 나와 같은 방향으로 도는 줄의 맨 앞에서 문득 눈에 띄었다. 그녀는 혼자인 것 같았는데 잠시 후에 웬 남자가 다가오자 그를 향해 줄에서 쏙 빠져나갔다. 나는 그녀와 그 남자가 즐거운 시간을 보내기를 빌며 모른 체했다.

또 무슨 의미인지는 몰라도 연등회에 온 사람 중에는 가면을 쓴 사람이 꽤 있었다. 그렇게 가면을 쓴 사람들은 일행 같은 다른 사람들과 그냥 평범하게 웃고 춤을 추었기 때문에 나도 곧 그들을 신경 쓰지 않게 되었다.

탑을 열 번을 더 돌며 찾았는데도 솔은 극우는 보이지 않았다. 나는 그녀를 찾는 것을 포기하고 탑을 올려다보았다. 은빛 돌탑의 5층에서 붉은 술이 잔잔하게 살랑였다. 오늘은 파도가 세지 않은 모양이었다.

"저 달 떠서 들에 나와, 저 달 져서 집에 간다. 어여여 상사 뒤 어여뒤여 상사 뒤……."

이 노래는 용궁에서 만든 노래일까. 오늘 같은 밤에 어울린다. 꽃 피었다 자랑할 수가 없이 모두가 저렇게나 화사하다.

나는 목이 말라 줄을 빠져나왔다. 그리고 다른 사람들이 그러듯이 빈터 한쪽에 가서 술을 얻어 마셨다. 용궁의 술독이란 술독은 다 찾아 내놓은 것이라 마실 것이 많았다.

곧 기분이 들떴다. 술을 얻어 마시는 곳도 사람들이 하도 밀려와 오래 있을 수가 없었다. 나는 그대로 인파에 휩쓸려 다시 탑돌이 줄을 찾아갔다. 그리고 이번에는 아까와 반대 방향으로 걷기 시작했다.

이번에는 걸덕 극우가 내가 있는 곳을 어느샌가 보고 손을 흔들고 있었다. 그녀가 내게 뭔지 모를 손짓을 했는데 나는 그것이 그녀가 이쪽으로 올지 묻는 것이라고 알아듣고 손을 저었다. 처음 보는 그녀의 남편도 고개 숙여 내게 인사했다. 걸덕 극우의 남편도 그녀처럼 꼴뚜기 혼혈일까. 궁금했지만 먼발치에서는 알 수 없었다.

어여여 상사 뒤. 노랫소리는 점점 더 커졌다. 높은 빈터에서 내려다보는 용궁은 오늘밤도 아름다웠지만 그곳에 원래 있어야 하는 사람들이 다 여기 모여 있다. 나는 월수궁에 눈길을 조금 오래 주었다. 천원이 이 노래가 시끄러워서 잠을 못 잘지도 모를 일이었다.

그가 이곳에 있다면 얼마나 좋을까.

나는 혼자 부끄러워서 킥킥 웃었다. 맑고 순한 것 같았던 술의 기운이 어느새 속에서 올랐는지 더웠다. 수라간 식구들이 여기저기서 발견되었다. 그들은 하나같이 기분 좋은 얼굴을 하고 있었다.

나도 그들과 같은 얼굴일 것이다. 발걸음이 둥실둥실 가벼워졌다.

"연지 씨."

또다시 누군가 나를 불러 나는 목소리가 들려온 쪽을 돌아보았다. 오늘 만나기로 했던 마지막 사람인 별이 용궁 옷을 입고 있었다.

"별 주부님."

서서 인사하고 싶어도 다른 사람들이 밀려와 그럴 수가 없었다. 우리는 탑돌이 줄에서 천천히 걸으며 서로의 얼굴을 보았다. 별의 얼굴도 약간 붉었다.

"겨우 찾았네요."

"저 걸덕 극우님하고 홍 극우님 봤어요. 다 남편분들하고 같이 계신 것 같아서, 오늘은 그냥 우리끼리 놀아야 할 것 같은데요."

별은 뭔가 말하려는 듯 입술을 움직였다가 그냥 그대로 미소를 지었다.

"그런가요."

"네. 가족하고 있는데 방해하면 미안하잖아요."

"그렇지요."

별도 고개를 끄덕였다. 노랫소리가 높아 대화가 어려웠다. 우리는 잠시 입을 다물고 탑 주변을 돌았다. 나는 그러다 갑자기 생각나서 별에게 물었다.

"별 주부님, 탑 돌면서 소원 비는 거죠?"

"예? 예. 많이들 그러지요."

인터넷에서 그랬는데. 별은 내 말의 맥락을 잠시 놓친 듯 한 번 되물었다가 고개를 끄덕였다. 나는 더 종알거렸다.

"별 주부님도 소원 비실 거예요?"

"예."

"뭔지 물어봐도 돼요?"

그는 내 질문에 눈을 많이 휘며 맑게 웃었다.

"소원은 말하면 안 이루어져요."

나는 눈을 동그랗게 떴다.

"정말요?"

"그렇게들 말하지요."

하긴 내 소원도 말하기 좀 그렇다. 오천원이 앞으로도 밥을 잘 먹게 해 주세요, 오천원이 말을 잘 듣게 해 주세요, 오천원이 건강하게 해 주세요, 오천원하고 앞으로 더 많이 얘기할 수 있게 해 주세요…….

이런 이야기를 하면 별은 어떻게 생각할까. 여동생에게 그런 일이 있었으니 역시 좋지 않게 생각할지도 모를 일이었다. 나는 산유화 노래를 또 흥얼거리며 별과 함께 조용히 걸었다. 별의 얼굴이 시간이 지날수록 붉어졌다.

"별 주부님, 술 드셨죠?"

"네."

그는 아까처럼 맑게 웃었다. 이 사람도 취했구나. 나는 킥킥 웃었다. 우스울 것이 없는데도 분위기 때문인지 기분이 계속 들떠 있었다.

"연지 씨도 드신 것 같네요."

"별로 안 마셨는데 이상하게 아까부터 계속 술기운이 오르네요. 저 얼굴 빨갛죠?"

"평소보다 붉네요. 그래도."

별은 다음 말을 잇기 전에 잠시 주저했다.

"아리따우세요."

우와, 세상에. 나는 하하 웃어 버렸다.

"감사합니다. 별 주부님도 얼굴 빨개져도 잘생기셨어요."

별도 수줍은 웃음을 터뜨렸다. 나는 탑을 보았다.

손목이 붙잡혔다.

계속 움직이는 줄 안에서 내 손목을 붙잡은 그것은 홀로 움직이지 않았다. 나는 몇 번 팔을 당겨 본 후에야 나를 잡은 사람이 별이 아니라는 것을 깨닫고 돌아보았다. 어떤 키 크고 가면 쓴 남자가 내 왼손 손목을 붙잡고 서 있었다. 내 뒤에서 걷던 사람들이 나를 돌아서 앞으로 나아갔다.

별이 먼저 눈을 똑바로 뜨고 나섰다.

"누구십니까?"

아, 나는 그가 누구인지 바로 알 수 있었다. 이 수많은 사람들 가운데서, 다른 사람들과 다를 바 없는 옷을 입고 있는데도. 가면 너머로는 평소의 빛이 단 한 줄기도 나오지 않았지만 그럼에도 불구하고 알 수 있었다. 그것은 이성이나 추리보다 빠른 직감이었다.

"왜 둘이 있어?"

"무슨 상관이야?"

나는 괜히 심술궂은 마음이 들어서 부루퉁하게 대답했지만 손을 빼려던 것은 그만두었다. 별은 인상을 쓰고 가면 쓴 남자를 힐긋거리며 내게 물었다.

"아는 분이세요, 연지 씨?"

"네, 알아요. 죄송한데 별 주부님, 잠시 먼저 가고 계실래요? 사람들이……"

이 복잡한 데 세 명이 서 있으니까 교통 방해가 장난이 아니다. 별은 마음에 영 걸리는 듯 머뭇거렸지만 가면 쓴 남자는 행동력이 있었다. 그는 내 손을 당기며 말했다.

"여기는 시끄러워. 저쪽으로 가자."

"누가 간대?"

나는 투덜거리면서도 그를 따라 줄에서 빠져나갔다. 별이 몇 걸음 따라오는 것 같았지만 금세 수많은 인파에 밀려 떨어졌다.

가면 쓴 남자는 나를 데리고 아예 빈터에서 빠져나가 숲에 들어갔다. 탑 주변의 깨끗한 빈터에서 자리를 잡지 못한 사람들이 숲에도 많이 들어와 있었지만 그것도 연등이 없는 어두운 곳까지 가자 없어졌다.

사람들이 없는 어두운 산기슭에 도착한 다음 남자는 가면을 벗었다.

나는 그 안에서 나온 천원의 얼굴이 그제야 빛이 나기 시작해 신기해하며 웃었다.

"오늘은 빛이 안 난다고 생각했어."

"조절할 수 있어. 용이 있는 걸 알면 다른 백성들이 불편하니까 억눌렀어."

천원도 얼굴이 약간 붉고 땀이 약간 나 있었다. 얘도 술을 마셨나? 가면 쓰고는 못 마셨을 텐데. 나는 주변에서 갑자기 때죽나무꽃의 향만이 짙게 나 숨을 깊이 들이쉬었다. 어둡고 빛이 없는 숲에서 천원에게서 나는 빛 때문에 흰 꽃이 점점이 별처럼 떠올랐다.

머리가 약간 맑아지나 싶더니 기분이 도로 좋아졌다.

"안 올 줄 알았어."

"……네가 기다릴 것 같아서 왔어."

"기다리긴 누가. 안 온다고 했으니까 안 오는 줄 알고 있었지."

천원의 새까만 눈이 잠시 받아칠 말을 생각하듯 멍해졌다. 나는 그가 여전히 잡고 있는 손목을 보았다. 천원은 자신이 지금 뭘 하고 있는지 모르는 것 같았다.

새까만 머리칼.

밝은 뺨.

······충동이 이겼다.

산유화야 산유화야

어여여 상사 뒤 어여뒤여 상사 뒤

노래는 이만큼 떨어진 곳에서도 하늘을 울리듯 들려왔다. 나는 내 손을 내 쪽으로 잡아당겼다. 내 손목을 잡은 천원의 손도 딸려 왔다.

입술을 댄 그 손은 뜨거웠다.

잠시 내 입술을 그 손등에 눌렀다 떼고 얼굴을 드니 천원의 얼굴은 아까보다 더 멍해져 있었다. 그는 나를 보고 천진하게 물었다.

"······이게 뭐야?"

"뭐 한 것 같은데?"

이건 좀 상천데. 나는 목소리가 떨리는 것을 드러내지 않으려고 애쓰며 되물었다. 다리에서 힘이 빠졌다. 그는 여전히 천진하게 물었다.

"내 손은 먹을 게 아니잖아. 그런데 왜 먹으려고 한 거야?"

용궁엔 이런 게 없냐? 아닌데. 레오가 해야한테 하는 거 봤는데. 나는 반쯤 술기운으로 헛소리를 했다.

"먹으려고 한 게 아니라, 따뜻한지 본 거야."

"왜?"

"네가 건강한지 확인한 거야. 차가우면 안 되잖아."

천원의 눈이 의심하듯 가늘어졌다. 그러나 그는 확신은 하지 못하는 것 같았다. 드디어 손목이 놓여 나는 묘하게 흔들리는 기분으로 그의 얼굴을 향해 양쪽 손을 내밀었다. 그리고 손짓했다.

"이쪽으로 와 봐."

"왜?"

그렇게 물으면서도 그는 순순히 하라는 대로 했다. 탑이 소원을 잘 들어주네. 말을 잘 듣게 해 달라는 부분은 기가 막히게 들어줬어.

나는 눈을 반쯤 감고 그의 입술에 키스했다.

달구산도 바다 되고
깊은 물도 산이 된다
어여여 상사 뒤 어여뒤여 상사 뒤

정말로 달이 질 때 들어갈 수 있으면 좋겠다.

그의 입술은 부드러웠고, 정말로 오기 전에 뭘 좀 마시기는 한 듯 꽃향기가 어렴풋이 섞인 술 냄새가 났다. 나는 천원의 양쪽 뺨을 가만히 붙잡고 잠시 눈을 감았다. 그는 나를 뿌리치지 않았다.

얼마나 지났을까. 내가 혼자 휘청이느라 입술이 떨어졌을 때 천원이 내 허리를 단단히 부축했다. 눈을 떠 똑바로 올려다보자 그는 눈을 내리깔고 말했다.

"거짓말쟁이."

할 말이 없다. 내가 비참한 기분으로 사과하려 하자 천원은 작게 중얼거리고.

"먹으려고 한 거 맞잖아."

내 입술에 자신의 입술을 눌렀다.

그의 혀는 정말로 내 입술과 그 안의 모든 것을 맛보려는 듯 거칠면서도 신중하게 움직였다. 나는 어느새 힘이 풀린 몸이 그의 팔힘에 완전히 기대고 있다는 것을 알았다.

손이 다시 올라갔다. 그의 뺨은 아까보다 확연히 뜨거웠고 그 때문인지 더 부드러웠다.

산유화야 산유화야

어여여 상사 뒤 어여뒤여 상사 뒤

저 달 떠서 들에 나와

저 달 져서 집에 간다

어여여 상사 뒤 어여뒤여 상사 뒤

꽃 피었다 자랑 말라

어여여 상사 뒤 어여뒤여 상사 뒤

달구산도 바다 되고

깊은 물도 산이 된다

어여여 상사 뒤 어여뒤여 상사 뒤

머릿속이 새하얗게 비는데도 노래는 사라지지 않았고 오히려 내 안에서 어떤 리듬이 되었다. 천원은 우리 둘 모두가 숨을 몰아쉬게 되었을 즈음에야 입술을 뗐다. 그의 눈가는 몹시 붉었고 눈은 기묘하게 젖어 있었다. 그는 내 얼굴을 잠시 들여다보다가 내 입술을 마저 한 번 핥았다.

나는 그의 혀가 스치는 동안 눈을 감았다. 천원은 내 얼굴을 들여다보며 낮게 물었다.

"달아. 연지, 나도 그래?"

그야 그렇다. 나는 반쯤 감긴 눈으로 그에게 속삭였다.

"그래."

숨이 약간 가라앉았다. 다시 천원의 입술이 내게 닿았다. 그는 이번에는 내 뺨을 입술과 혀로 핥었다. 나는 키득거리며 그의 목을 끌어안았다. 화장품 맛 날 텐데.

"……여기도 달아……."

흰 꽃이 반짝이며 별처럼 일렁였다. 나는 짙은 향기에 숨이 멎을 것 같아 깊이 심호흡했다. 나를 붙잡은 그의 손에 힘이 점점 더 세게 들어갔다. 간지럽고 황홀한 감촉에 얼굴이 점점 더 붉어졌다.

마침내 입술을 뗀 그의 얼굴을 나는 멍하니 올려다보았다. 천원은 어딘가 불가해하다는 얼굴을 하고 있었고 그 모습은 사랑스러웠다. 그는 내 허리를 꼭 잡은 채 속삭이듯 물었다.

"달아서 먹으려고 한 거야?"

나는 고개를 끄덕였다. 까만 눈동자가 가슴에 쐐기를 박는 것 같았다.

"⋯⋯더 먹어도 돼?"

그 목소리는 놀랍도록 낮고, 쉬고, 욕심 사나웠다. 그런 목소리로 묻는 것을 어떻게 거절할까. 나는 아득한 수렁으로 빠지는 것만 같은 기분으로 그에게 입을 맞췄다.

제8장
용궁 판타지아

뉴스는 장마 전선을 보여 주면서 앞으로 최소 닷새는 올해 첫 무더위에 시달려야 한다고 음울하게 예고했다. 나는 한숨을 푹 쉬었다. 내가 휴가 나와 있는 동안은 어차피 덥겠네. 소파의 가죽이 과연 피부에 달라붙는다 했다.

옆을 지나가던 엄마가 혀를 찼다.

"우리 딸이 왜 그렇게 한숨을 쉬어?"

"……더워서요."

나는 반쯤만 사실을 말하며 소파에 누운 채로 몸을 뒤틀었다. 덥지도 춥지도 않은 용궁에 익숙해져 있다가 집에 오니까 낮에는 엄청나게 덥고 밤에는 엄청나게 더운 데다 눈이 부셔서 죽겠다. 그리고 무엇보다.

천원이 보고 싶어 죽겠다.

미치겠네. 나는 얼굴을 소파에 눌렀다.

엄마는 창고로 쓰는 방에 들어갔는데 아무래도 소리로 보아 선풍기를 꺼내는 것 같았다. 과연 잠시 후 윙 소리와 함께 내 몸에 선풍기 바람이 골고루와 닿았다.

주말이라 엄마도 휴일이었다. 엄마는 거실에 널브러진 옷가지를 줍느라 돌아다니며 물었다.

"뭐 먹고 싶은 거 없어? 우리 딸 일하느라 고생하는데, 집에서라도 잘 먹고 가야지."

집에서보다 열 배 좋은 재료로 된 거 먹고 다녀서 죄송합니다. 나는 얼굴이 아직 이상할까 봐 고개를 들지는 못하고 목소리만 높였다.

"괜찮아요."

먹고 싶은 거라면 용궁 딸기? 용궁에서 철이 지나서 이제 어디서도 먹을 수 없다. 내년에도 용궁이 나와 계약해 줘서 내가 또 딸기철에 용궁에 있는 수밖에. 내가 그렇다고 앞으로 계속 해마다 용궁과의 계약을 갱신하고 싶은 거냐 하면 그건 내 커리어적인 측면에서 좀 미묘하지만.

"그래도. 아, 전복 사 올까? 너 좋아하잖아."

"아니요."

난 이제 용궁 전복에 길들여져서 지상의 수산물 시장에서 만족할 수 없는 몸이 되어 버렸다. 이거 생각해 보니까 엄청 손해인 것도 같은데. 앞으로 평생 산지 시장에 가서 최고급품을 사 먹어도 만족할 수 없는 거잖아. 아니다. 수산물 시장뿐만이 아니다. 기본적으로 쇠고기 돼지고기 닭고기 오리고기 계란 우유 등등도 용궁 게 맛있어……! 나보고 어쩌라고!

나는 내 인생에 앞으로 남은 식생활이 너무 불쌍해서 우울하게 한숨을 쉬었다. 엄마는 그대로 부엌으로 들어갔고 선풍기 바람은 책장을 팔락팔락 넘기듯 내 몸을 가볍게 스쳤다. 한숨이 나왔다.

천원은 뭘 하고 있을까.

입술이 자기 마음대로 우물거렸다. 나는 그것을 깨닫자마자 부끄러워져 잠시 몸을 뒤틀었다. 으아악, 미쳤나 봐. 근데 보고 싶다. 엄청나게 보고 싶다.

우리는 이제 사귀는 거 맞을까?

어제 새벽에 숙취에 시달리며 별의 등에 타 지상에 올라온 이후로 내 머릿속에는 최소 10분에 한 번씩 그 생각이 떠올랐다. 연등회 날 밤, 그는 집요할 정도로 오랫동안 내 입술을 '먹었다'.

하지만 키스했다고 다 사귀는 건 아니니까.

용궁에 돌아가면 바로 물어봐야지. 그리고 메신저 아이디도 물어봐야겠다. 메신저 아이디를 알면 지금 여기서 복잡해하고 있지 않아도 되는데 왜 우린 아직 번호 교환도 안 한 거냐고. 그리고.

……혹시 아니면 어떡하지?

그런 생각이 들 때마다 가슴은 심장병이 의심될 정도로 무겁게 조여들었다. 먼저 키스한 건 나였고, 그는 키스가 갖는 사회적인 의미는 잘 알지 못하는 것 같았다.

천원은 그냥 술기운에 그런 걸지도 모른다. 그럼 나는 어떡하지. 네가 날 좋아하는 게 맞냐고 물었을 때, 천원이 그게 무슨 소리냐고 하면 어떡하지. 혹은 좋아하긴 하지만 그런 의미로 생각해 본 적은 없다고 하면 어떡하지.

그럼 일단 나는 용궁을 떠나야 할지도 모른다. 아니, 물론 꼭 떠나야 하는 것은 아니지만 내가 창피하고 괴로워서 많이 힘들 것 같다. 갑자기 일을 그만둔다고 하면 내 친구들은 어떻게 생각할까. 용왕과 용궁부인은 어떻게 생각할까. 해야는 어떻게 생각할까.

천원은 내가 그랬을 때 이해할 수 있을까.

연등회의 밤을 떠올렸을 때와는 반대로 기분이 무작정 곤두박질쳤다. 나는 한숨을 푹푹 쉬며 소파 가죽을 손톱으로 긁었다. 돌아가면 천원에게 물을 것이 많지만 동시에 묻는 것이 두렵다. 그냥 이대로 선풍기 바람이나 쐬면서 여기 있으면 안 될까.

"연지야."

부엌에서 나온 엄마가 내게 다가와 서성였다. 엄마의 손이 소파 등을 넘어 내 머리칼에 닿았다. 엄마는 내 머리칼을 쓰다듬으며 약간 기쁜 듯 말했다.

"머리 많이 길었네. 너 계속 길러라. 너는 어릴 때부터 머리를 기르면 그 렇게 예뻤어."

"안 기르면 안 예뻐요?"

나는 습관대로 받아쳤다. 엄마는 내 머리칼을 손으로 빗으며 투덜거렸다.

"무슨 말을 그렇게 하니. 당연히 우리 딸은 뭘 해도 예쁘지. 그래도 기르 면 더 예쁘니까 그렇지."

"길면 귀찮아서 싫어요. 지금도 귀찮으니까 이따 자르러 갈 거예요."

즉흥적인 생각이었지만 마음에 들었다. 내가 머리카락에 대해 가지고 있 는 철학은 단 하나였다. 딱 묶일 만큼만 짧게. 그보다 짧으면 요리할 때 귀찮 고 그보다 긴 건 싫다. 엄마는 내 머리칼에서 손을 뗐다.

"그래라, 뭐."

엄마의 목소리는 포기한 체하고 있었지만 불만이 섞여 있었다. 나는 속으 로 심술궂은 만족감을 느꼈다. 그리고 잠깐 심술을 누르고 최대한 부드럽게 물었다.

"이번 엄마 생일에 어떡하실 거예요?"

엄마는 툭 던졌다.

"다른 날하고 똑같지, 뭐. 엄마는 생일에 혼자라도 괜찮아."

속이 다시 좀 뒤집어졌다. 나는 머리카락 건으로 시비를 좀 더 걸어 볼까 슬쩍 고민했다. 아빠와 동생이 엄마 생일을 기억하지 못하는 것은 내 탓이 아니다.

……하지만 가족 내에서 엄마 생일을 기억하고 챙기는 유일한 사람인 나 는 그런 내 입장에 짜증과 동시에 책임감도 느끼고 있었고, 그러므로 여기 서는 입을 다물기로 했다.

억울하지만.

그새 유행이 몇 바퀴는 돌았는지, 시내에는 새로운 가게가 몇 개나 문을 열었고 그 앞에는 사람들이 줄을 길게 서 있었다. 특히 모양이 예쁜 튀김을 잔뜩 파는 가게는 색이 깔끔하고 멋있는 간판 아래로 대단히 맛있는 냄새가 자욱했는데 그래서인지 다른 어느 가게보다 줄이 길었다.

나는 그런 사소한 지상의 사치를 하나씩 체험하며 거리를 걸었다. 갑작스러운 더위에 벌써 에어컨을 추울 만큼 틀어 놓은 가게들이 있었다. 특히 시내에서 가장 큰 마트형 슈퍼에선 아이스크림 할인 행사를 한다고 현수막을 걸어 놓고 광고하고 있었다.

희어진 햇살이 나뭇잎 틈새로 내려와 보도블록 위에서 살살 흔들렸다. 여름을 기다릴 시기의 바람에는 땀을 식힐 만한 힘이 없었다.

아마도 이번 주의 최신 가요가 온 거리를 채웠다. 바로 저번 휴가까지만 해도 익숙했던 것이 지금은 시끄러웠다. 용궁이라면 이보다 아름답고 고즈넉했을 것이다. 아, 그리고 날은 정말로 더웠다…….

나는 중간에 팬시점에 들러 액자를 사고, 중고 물품을 판매하는 가게에서는 충동적으로 포토프린터를 샀다. 그리고 양손에 종이 가방을 든 채로 평소 이용하는 미용실 문을 열고 들어갔다.

미용실에는 내가 아는 직원들이 있었다. 내가 어릴 때부터 이 자리에서 가게를 해 왔던 주인아주머니가 반갑게 웃으며 나를 반겼다. 머리를 최대한 본인이 직접 해결하는 엄마와 어디 비싼 체인점을 이용하기 시작한 동생과 달리 나는 이곳에 자주 들르는 단골이었다.

"어, 연지가 왔구나. 언제 왔어?"

"어제요."

나도 빙긋 웃으며 인사했다. 주인아주머니는 나를 바로 빈자리에 안내해 주었다. 오래 일한 직원 언니가 내 짐을 문에서 먼 구석에 잘 가져다 둔 다음 내 머리카락을 묶고 있던 고무줄을 풀었다. 주인아주머니는 그 옆을 서성이며 안부를 물었다.

"연지 취직했다며? 멀리 내려갔다던데, 어디서 일하는 거야?"

아무도 내게 용궁 위치를 정확히 알려 준 적은 없지만, 동해 바다 깊은 곳이 아닐까. 울릉도라고 대답할까? 나는 직원 언니가 내 목에 이것저것 두르기 편하게 고개를 움직이며 적당히 대답했다.

"진짜 멀어요. 주식회사 용궁이라고 아세요?"

"용궁? 잠깐만, 들어 본 것 같은데?"

아주머니가 들어 보신 곳이 어디든 제가 일하는 곳이 아니라는 건 보증할 수 있습니다. 직원 언니는 머리 자르는 데 필요한 걸 가지러 갔고 주인 아주머니는 내 머리에 물을 뿌리기 시작했다.

"어떻게 해 줄까? 평소처럼 커트?"

"네."

"머릿결이 좋아졌다. 연지 머리에 영양제 했니?"

"아뇨. 걔……숙사 물이 좋아서 그런가 봐요."

나는 하마터면 객당이라고 말할 뻔했다. 용궁의 내 방 욕실에는 수도꼭지가 달려서 물이 잘 나왔는데 그게 뭔지 몰라도 바닷물이 아닌지 머릿결이 요즘 좋아지고 있었다. 샴푸도 원래 구비된 걸 썼다. 질감은 지상에서 쓰던 것과 다르게 묽은 기름 같았지만 사용하면 좋은 향기가 나고 개운해서 불만이 없다. 지상에서 쓰던 샴푸도 물론 맨 처음 용궁에 갈 때 가져갔었지만 그것은 바닷속에서 쓰려니 새삼 환경을 엄청나게 오염시킬 것만 같은 기분이 들어 손을 안 댄 지 오래였다.

"기숙사 살아?"

"네."

"독방이야? 아니면 누구랑 같이 써?"

"혼자 써요."

"거기서 무슨 일 하는데? 연지 같은 인재를 데려가다니 보는 눈이 있다아."

나는 또 웃었다. 아주머니는 내 머리칼의 일부를 핀으로 올렸다. 그리고 가위를 대고 슥슥 자르기 시작했다.

평소보다 긴 텀을 두고 왔기 때문인지 잘려 나가는 머리칼은 낯설 정도로 길게 보였다. 나는 가게 한쪽에 있는 익스텐션 모형을 흘끔거렸다. 아주머니는 그 시선을 날카롭게 캐치했다.

"연지도 머리 길러 볼래? 머리 길렀을 때 예뻤는데. 아니, 물론 지금도 예쁘지만."

"전 지금이 좋아요."

나는 엄마에게 했던 것보다 부드럽게 대답했다. 그러나 이전에는 자주 오갔던 대화인데도 지금은 전만큼 단호한 기분이 들지 않았다. 용궁에서 일하는 사람들은 정말 다들 기르고 있다. 문 대덕 같은 예외를 제외하면 정말 다들 그렇다. 그리고 해야가 풍성한 머리채를 틀어 올려 보요를 잔뜩 단 것은 아주 예뻤다.

……아니, 아니다. 어차피 요리하는 사람이 해야처럼 길게 기를 수도 없다. 수라간 사람들이 기르는 거야 용궁 문화라지만 나는 1년 있으면 또 이 지상에 돌아와 여기서 취직해야 하는데. 지금의 머리가 제일 좋다.

내가 생각하는 동안 아주머니는 내 머리칼의 절반을 벌써 짧게 만들어 놓았다. 아주머니는 살갑게 더 잡담을 이었다.

"직장은 어때? 일 안 힘들어?"

"다들 잘해 주셔서 좋아요."

"연지는 착하니까 다들 좋아하겠지."

그 부분에 대해서는 좀 이견의 여지가 있는 것 같지만. 나는 일단 또 웃었다.

"감사합니다."

"정직원이야?"

"아뇨, 계약직이에요."

"그럼 돈을 적게 줘?"

"돈은 일단 다른 데에 비해서 많이 줘요. 거기서 밥도 다 나오니까 생활비도 안 들고요. 근데 내년에 계약 끝나요."

"그럼, 나와야 돼?"

"그렇죠? 거기서 계약 갱신하자고 하면 더 있을 수도 있지만요."

요즘 천원이 밥 안 먹는다는 얘기가 없는 걸 보니 1년 있으면 내 일은 그냥 끝일 것 같지만.

그렇게 생각했더니 나도 모르게 무척 우울해졌다. 오천원이 밥 잘 먹게 해 주세요 같은 소원은 빌지 말 걸 그랬나. 그것을 본 아주머니가 오해한 듯 눈을 동그랗게 떴다. 머리칼이 사각사각 잘려 내 목덜미에 내려앉았다.

"요즘 뉴스 보니까 직원 구하는 데가 별로 없다더라. 하긴 이렇게 경기가 어려운데."

"그렇죠?"

"우리도 요새는 손님이 확 줄었어."

"그래요?"

용궁은 경기와 상관이 없지만, 미용실은 아주 상관이 있을 것이다. 나는 이쪽에서 미안한 표정을 지었다.

"그래도 실력이 있으시니까."

"어머나, 고맙다, 얘."

아주머니는 활짝 웃었다.

한동안 조용히 머리칼을 잘리며 나는 거울 속의 나를 보았다. 죄책감 같은 것과 시원함 같은 것이 동시에, 모호하게 들었다.

❈ ❈ ❈

하루 중 가장 차가운 시간의 공기를 헤치고 도달한 강가에서, 별은 맑은 새벽을 등에 지고 서 있었다. 나는 트렁크의 짧은 손잡이를 바투 쥐고 계단을 달려 내려갔다.

언제부터 그 자리에 있었을까, 아마도 트렁크 바퀴 소리가 저 멀리서 들릴 때부터 이쪽을 보고 있었을 그는 내 걸음을 보고 깜짝 놀라 뛰어왔다. 그리고 계단 중턱쯤에서 내 손에서 트렁크를 가져가며 인사했다.

"안녕하세요, 연지 씨. 뛰시면 위험해요."

"안녕하세요, 별 주부님. 감사합니다."

별이 기다리던 자리에는 지난번처럼 짐이 많았다. 그에 비해 내 짐은 이제 다음에 나올 때 입으려고 넣은 여름옷 몇 벌밖에 없다. 물론 친구들에게 줄 선물이 들어가서 무게가 늘어나긴 했지만. 별은 엷게 웃었다.

"짐이 가볍네요."

"필요한 건 다 갖다 놨으니까요. 별 주부님은 이번에도 짐이 많으시네요. 다 수라간 가는 거예요?"

"전내부에 가는 것이 절반, 수라간에 가는 것이 절반입니다. 그러면 갈까요."

우리 둘 다 시간에 맞춰 만났지만 아침 시간을 낭비하는 것은 좋지 않을 것이다. 나는 내 트렁크 손잡이를 오른손으로 꼭 잡았고 별은 내 왼손을 잡았다. 그리고 다른 짐을 모두 끌고 초록색 강물에 그대로 들어갔다.

그의 손을 잡은 채로 물에 들어가면 그다음부터는 젖지 않았다. 나는 눈으로 보기에는 분명히 물에 들어와 있는데 전혀 젖지 않는 내 다리와 옷을 신기하게 보며 차차 물에 잠겼다. 다음 순간 우리는 빠른 속도로 물을 가르고 있었다.

나는 남색 앞치마를 허리에 묶으며 물었다.

"그래서, 이번엔 용자님이 식사를 제대로 하셨어요?"

내가 지상에서 가져온 과자를 먹으며 즐거워하던 해 문덕이 명랑하게 말했다.

"네. 잘 드셨어요."

다행이다. 나는 복잡한 안도의 한숨을 쉬었다. 혹시 이번에도 밥을 잘 안 먹었다고 하면 어떡하나 했다. 그랬으면 내 계약 기간의 연장을 희망할 수는 있었겠지만 내가 성질이 났겠지. 그새 부기가 많이 빠진 문 대덕도 천진하게 웃으며 말했다.

"연지 씨가 해 놓고 가신 양식 갈비찜을 첫날에 깨끗하게 드셨어요."

"많이 해 놓고 간 보람이 있네요. 그거 떨어진 다음에도 잘 드셨어요?"

"둘째 날부터는 연지 씨 언제 오시냐고 찾으셨다는데, 그래도 식사는 다 하셨어요."

애가 나를 찾았대. 나는 내가 어떤 표정을 지을지 알 수가 없어 일단 온 힘을 다해 순진하게 웃었다. 밥하라고 찾은 거면 내가 요리사지 보모냐고 혼내 줄 거고, 다른 이유로 찾은 거면…… 좋다. 나 혹시 엄청 쉬운 여자인 가.

사실 '쉬운 여자'라는 것의 정의가 분명한 적은 없었던 것 같지만 그럼에 도 불구하고 왠지 자존심이 상했다. 내가 갑자기 허리를 꼿꼿이 세우자 나 보다 키가 많이 작은 해 문덕은 눈을 동그랗게 뜨며 뒷걸음질쳤다. 문 대덕 도 어느새 지상에서 가져온 다른 과자를 맛보러 가 다른 주방 식구들과 함께 떠들고 있었다.

지상의 날씨를 참고해 오늘부터는 찬 간식을 가끔 내갈까 하던 참이고, 그러기 위해서는 준비가 필요했다. 나는 집에서 가져온 아이스크림 메이커 를 꺼내 구석구석 닦았다. 주방장이 다가와 호기심 어린 눈으로 물었다.

"연지 씨, 이번에도 저렇게 선물을 많이 사다 주고 고마워서 어떡해요. 그 것도 지상에서 가져온 거예요?"

"별로 대단한 것도 아니고, 제가 맛보여 드리고 싶어서 사 온 건데요, 뭐. 이건 아이스크림 메이커예요."

우리 용궁에 웬만한 건 다 있지만 이건 너무 요즘 유행하는 것이라 그런 지 없었다. 주방장은 감동한 얼굴로 손뼉을 쳤다.

"그게 뭔데요?"

알고 손뼉을 치셔야지. 나는 아이스크림 메이커의 예쁜 뚜껑을 열어 보이 며 설명했다.

"저 그릇을 얼려서 과일하고 우유를 넣으면 아이스크림이 되는 거예요. 얼린 그릇하고 얼음에다 해도 되는데 그건 손이 너무 아프잖아요."

"아이스크림 알아요. 나도 딱 한 번 먹어 봤는데, 이런 게 다 있었네요.

연지 씨, 그거 새로 산 거예요? 그럼 비용 처리할게요, 영수증 제출해요."

"저희 집에서 그냥 가져온 거니까 괜찮아요. 용자님 입맛에 안 맞으면 다시 가져갈 거예요."

"그래요? 어라하와 어륙도 좋아하실 것 같은데. 좋은 걸로 하나 들여야겠네요. 묘하기도 해라, 이렇게 작은 게 어떻게 크림도 만들고 얼리기도 하지요?"

그거 아니지만 나는 설명을 생략했다. 앗싸, 좋은 거 들인대. 문 대덕이 그때 우리 옆으로 다시 돌아와 알짱거렸다. 주방장은 엄격하게 헛기침을 했다.

"문 대덕, 자네는 쉬었으면 가서 일해야지."

"그것이 말이어요, 골소마리 나솔님. 생각해 보니 아까 해궁에서 시종이 와 전한 게 있었답니다."

"내게 말이야?"

"아니요, 연지 씨요."

"뭔데요?"

해궁에서 월수궁 주방에 연락이 온다면 나와 관련되었을 확률이 그야 높겠지. 여전히 천원을 위해 만드는 음식은 내가 모두 관리하고 있으니까. 사실 밤의 야식을 이제 좀 줄여 볼까 싶어 낮에 그가 일할 때 간식을 조금씩 내가려 하는데, 그럼 역시 저녁 준비할 때 내 동선이 망가질까?

문 대덕은 내게 천진하게 말했다.

"연지 씨, 해궁에서 그러시는데요, 연지 씨 오시면 이따 오후에 용자님께 찬 다과상을 좀 내달라 하시었어요.

……일 얘기다. 나는 가슴이 말을 안 듣고 뛰는 가운데서도 왠지 섭섭해져 확인했다.

"왜요? 손님 오신대요?"

골소마리 나솔이 웃었다.

"해궁은 손을 맞는 곳이 아니잖아요, 연지 씨. 용자님이 나랏일을 보시다가 입이 궁금하신 모양이네요. 그래요, 이걸로 아이스크림이라도 내가면 어떨까요?"

"이거는…… 얼리는 시간이 있어야 돼서 오늘 오후는 안 되고요, 과일 뭐 맛있는 거 있어요? 스무디 내가죠, 뭐."

나는 주방장에게 스무디가 뭔지 화채와 다른 점이 뭔지 그 후로 10분 동안 설명해야 했다. 그리고 용왕 가족의 내일 점심 간식은 스무디가 되었다.

해궁은 오늘도 점잖고 낯선 사람들이 오갔다.

나도 이제 용궁에 머문 지 상당한 시간이 흘렀지만 해궁은 자주 오는 곳이 아닐 뿐더러 건물의 용도도 특별해 어쩐지 긴장이 되었다. 월수궁이라면 익숙하다. 매일 아침부터 저녁까지 월수궁에 딸린 부엌에서 일하고, 밤에는 천원의 방에 있으니까. 그러나 해궁은 월수궁이 아니었고, 생활하는 공간도 아니었고, 드나드는 사람은 모두 용궁 살림을 돌보는 내관 사람들이 아니라 바다를 통치하는 외관 사람들이었다.

"김연지 씨 아니셔요. 어쩐 일로 오시었어요?"

그래서 이렇게 내가 모르는 높은 사람이 나한테 말을 거는 경우도 생겼다. 젠장. 요패가 여러 개 달린 황금꽃 허리띠에 화려한 장포를 걸친 것으로 보아 외관의 관리인 것 같은 아주머니가 내게 친절하게 묻자 나는 우리가 초면인지 아닌지 전속력으로 고민했다. 그리고 도저히 알 수가 없어서 최대한 예의 바르고 모호하게 대답했다.

"안녕하세요. 용자님이 다과를 들이라 하셔서 다과상을 차려 왔는데요."

천원의 사무실은 입식이었기 때문에 나는 그에 맞게 옥쟁반이 올라간 트레이를 밀고 있었다. 원래는 쟁반만 들고 오려 했는데 무거운 스무디에 간식까지 들고 오는 건 너무 힘들 것 같아 계획을 수정했다.

관리는 반가운 표정을 지었다.

"어마, 그러셨어요. 저도 마침 용자님을 뵈러 가는 일인데 함께 가시겠어요? 고생이 많으셔요. 아, 제 소개를 하지 않았지요? 저는 사군부에서 한솔 벼슬을 하는 부리소마리라 한답니다."

한솔, 소마리. 나는 갑자기 떠올라 아, 하고 감탄했다.

"저기, 혹시 저희 수라간의 골소마리 나솔님하고……."

"네에, 그 사람 아내여요."

그러고 보니 이 관리도 키가 크고 코는 약간 소처럼 폭이 넓다. 나는 다시 한번 고개 숙여 인사했다.

"제가 남편분께 신세를 많이 지고 있어요."

"아이, 저희야말로 늘 신세를 지고 있지요. 연지 씨 덕분에 남편이 요즘은 참 좋다 하네요. 감사합니다."

우리는 걸으면서 꾸벅꾸벅 고개를 숙였다. 우리 주방장도 좋은 사람인데 그 아내도 착한 사람인 것 같았다. 나는 그것이 보기 좋아 많이 웃었다.

그러나 천원의 사무실 앞에 막상 다다르자 모든 생각은 머릿속에서 날아갔다.

어떡하지. 며칠 만에 보는 천원이 지금까지와 다르면 어떡하지.

아니, 지금까지와 같으면 어떡하지.

어느 쪽이 좋은 것인지 갈피를 잡을 수 없어 나는 울렁이는 기분으로 망설였다. 당장에라도 돌아서서 가 버리고 싶었다. 토할 것 같다.

"천원 길지."

가슴이 아파서 숨을 쉬기가 힘들다. 나는 호수처럼 고이는 침을 몇 번이나 꿀꺽꿀꺽 삼키면서 허리를 꼿꼿이 세웠다. 사무실 앞에 서 있던 해궁 시종이 점잖게 문 안쪽을 향해 일렀다.

"수라간의 김연지 씨와 사군부의 부리소마리 한솔이옵니다."

사무실 밖으로는 내가 늘 보아 온 부드러운 빛이 새어 나오고 있었다. 심장이 락 콘서트장에 있을 때처럼 마구 뛰었다. 부리소마리 한솔은 나를 보고 친절하게 웃었다. 그녀는 나와 달리 긴장할 이유가 없었다.

"들라 해라."

아.

천원의 목소리에 갑자기 코끝이 아렸다. 시종은 가만히 문을 열었다. 눈부신 금색 병풍 너머로 달빛 같은 것이 흐르듯 쏟아져 나왔다. 부리소마리 한솔은 내가 먼저 들어가라는 듯 예의 바르게 박자를 맞췄다. 나는 어쩔 수 없이 한 걸음 방으로 들어섰다.

다리가 휘청거렸다. 아, 안 된다. 이런 모습으로 본다면 천원은 또 아프냐는 둥 속을 뒤집는 말을 할 것이다. 부리소마리 한솔도 내가 이상할 정도로 느리자 어딘가 걱정하는 얼굴로 잠시 이쪽을 살폈다.

등 뒤에서 바람이 불어왔다. 내가 간신히 방 안으로 들어서자 시종은 바로 문을 닫아 버렸다.

이젠 어떻게 할 수가 없다. 나는 침을 꿀꺽 삼키고 태세를 다졌다. 그리고 트레이를 방패라도 되는 양 밀고 저벅저벅 들어갔다. 부리소마리 한솔은 내 걸음이 갑자기 빨라지자 잠시 당황하는 것 같더니 그냥 내 뒤를 따라왔다.

병풍 너머 천원의 사무실은 언제나와 같았고, 그 가운데에 그가 있었다.

새까만 머리를 단단히 틀어 올려 높고 산호 가지가 장식된 모자에 넣고.

황금과 녹옥으로 된 허리띠로 자주색 저고리를 여미며 그 위에 푸른 장포를 입고.

그저 검은 눈썹 아래로 빛이 나는 검은 눈을 빛내며, 그 자리에 있었다.

나는 그를 보자마자 지금까지와 비교가 되지 않게 빠르게 뛰기 시작한 심장 때문에 아주 잠시 멈칫했다. 그러나 발걸음은 다행히 억지로라도 나아갔고 트레이도 중간에 걸리는 일 없이 굴러갔다. 천원은 나를 보고 있었다. 그의 얼굴은 내가 휴가 가기 전보다 약간 창백한 것 같았지만 나쁘지 않았다. 밥을 잘 먹었다니 내가 신경 쓸 일은 아닐 터였다.

내가 천원의 책상 옆에 트레이를 세우는 동안 부리소마리 한솔은 그에게 절했다.

"천원 길지, 부리소마리이옵니다. 분부하신 사군부 일지를 가져왔사옵니다."

"수고했다."

천원은 사무실에서 쓰는 침착한 목소리로 부리소마리 한솔을 치하하고 그녀가 내민 두루마리를 받아 들었다. 나는 그가 내게서 눈을 뗀 것이 어쩐지 슬퍼서 기분이 가라앉았지만 그야 그로서는 당연한 일일 터였다.

트레이에서 연약한 비취 컵받침과—연잎 무늬가 새겨진 것으로, 얇은 끄트머리가 깨지는 걸 여러 번 보았다— 수정으로 만든 스무디 잔을 꺼내 책상에 올리자 천원은 그것을 바로 들어 한 모금 마셨다. 그리고 여전히 내게는 눈길을 주지 않은 채 부리소마리 한솔에게 말했다.

"이제 물러가라. 더 필요한 것이 있으면 시종을 보낼 것이다."

"예, 천원 길지."

나는 책상 옆에 서서 천원의 옆모습을 구경하다 부리소마리 한솔의 뒷모습으로 시선을 돌렸다. 그녀가 금병풍 너머로 우아하게 사라진 뒤 사무실 문이 여닫히는 소리가 옷자락 소리처럼 조용히 들렸다.

딱. 스무디 잔이 비취 컵받침 위에 얌전히 놓였다. 나는 어지러운 기분으로 천원에게 물었다.

"맛있어?"

그게 얼마나 비싼 과일이 많이 들어갔는지 아냐. 천원의 모자는 높아 내 목 위까지 올라왔다. 그는 스무디를 더 마신 뒤 무뚝뚝하게 말했다.

"맛있어."

평소엔 내가 안 시켜도 잘하면서. 나는 뭔가를 포기하며 우울하게 돌아섰다. 그래, 내가 뭘 기대한 걸까. 내가 바보였다. 저렇게 나를 대하는 태도가 전과 다를 것이 없다. 그때는 그냥 술김에 그런 것이다. 그냥, 전처럼 그렇게 지내면 되나 보다.

한숨이 나오고 힘이 빠져도 하는 수 없다. 내가 그를 좋아한다고 해서 저쪽에서도 똑같은 마음을 줘야 할 이유는 없으니까. 그날도 사실은 내가 먼저 키스한 것이니 많이 취해 있던 천원에게 책임을 요구할 수는 없었다.

아니, 그날 이후로 처음 보는 것이니 어쩌면 저쪽은 기억을 못 할지도 모르는 일이다. 그리고 사실 나는 그에게…….

"어디 가?"

내 등에 대고 천원이 물었다. 나는 트레이를 움직이며 말했다. 바퀴 구르는 소리가 났다. 걸음이 성큼성큼 빨라졌다.

"수라간. 나 바빠."

네 저녁밥 준비도 하고 있다고. 그러니까 스무디 마시고 배부르다고 하기만 해 봐.

딱. 천원이 스무디 잔 내려놓는 소리가 맑게 울렸다.

"잠깐은 괜찮아."

"내가 바쁜데 네가 왜 괜찮아."

"잠깐 거기 서 봐."

나는 그대로 자리에 섰다.

그러나 그를 돌아보지는 않았다. 돌아보면 그에게 이상한 말을 할 것 같았다. 그리고 틀림없이 이상한 표정도 보일 것이다. 그래서야 창피한 일이다.

휴가 내내 생각했다고, 보고 싶었다고. 그런 말에 무슨 의미가 있을까.

의자 끌리는 소리가 났다. 천원이 일어선 모양이었다. 나는 그를 여전히 돌아보지 않았다. 천원이 다가오자 그에게서 늘 나는 그 향이 났다. 시원하고 은은하고 익숙한, 이제는 울 것 같은 향이었다.

그는 내 손을 잡아 트레이에서 떼어 놓았다. 그리고 무뚝뚝하게 물었다.

"왜 화가 났어?"

"화난 거 아니야."

솔직히 안 난 것도 아니지만 그에게 낼 것은 아니었다. 천원은 나를 아프지 않게 잡아당겼다. 나는 균형을 잡기 위해 그를 돌아보아야 했다.

천원은 나를 빤히 들여다보고 있었다. 그의 거침없는 시선에 가슴이 무거운 것으로 꿰뚫리는 것 같은 기분이 들었다. 큰일이다. 이대로 있다간 구멍이 날 것이다.

그는 이상하다는 듯 말했다.

"나 네가 없는 동안에 잘못한 거 없어."

나는 시선을 내리깔아 그의 목을 보았다. 잘못된 선택이었다. 천원의 목은 예뻤다. 젠장.

"알아. 들었어."

"그런데 왜 화내는 거야?"

"화 안 났다잖아."

그러니까 도망쳐야겠다. 나는 그의 손을 뿌리치려 했지만 천원은 다년간의 주방 일로 단련된 나보다 힘이 더 셌다. 책상 앞에만 앉아 있는 주제에 왜 힘이 센 거냐. 치사하다.

그는 내 양손을 다 꼭 잡았다. 아프지는 않았지만 도저히 뿌리칠 수는 없는 정도였다.

"연지."

그가 내 이름을 부르는 목소리에 꼭 가슴속에 누가 뜨거운 물을 뿌린 것 같은 기분이 들었다. 간지럽고 뜨겁고, 아프고 화끈하고 애매하다. 나는 어쩔 수 없이 시선을 들어 그를 보았다. 아무래도 눈을 안 봐서 화가 났다고 생각하는 것 같았다.

아, 이번에도 잘못된 선택이었다. 그의 눈은 생각보다 가까운 곳까지 내려와 있었고 당연히 예뻤다. 젠장.

천원은 나를 보며 또박또박 말했다.

"네가 없는 동안에 배고팠어."

"밥 잘 먹었다며 무슨 소리야."

"밥 말고."

"야식?"

"야식도 말고."

"그럼."

그는 잠시 생각하는 것 같은 얼굴로 눈을 내리깔고, 고개를 숙였다.

눌러 닳은 입술에서는 이제 스무디에 들어간 과일과 꿀의 맛이 났다. 나는 그가 당연한 듯이 내 입술을 핥고 혀를 맞대자 숨을 살짝 들이켰다. 그는 눈을 아주 감지는 않고 있었다. 살짝 비틀린 각도로 우리의 눈이 마주쳤다.

짧은 키스가 끝나고 천원은 내게서 떨어지며 빙긋 웃었다.

"네 입술이 먹고 싶었어."

내 얼굴이 확 뜨거워졌다. 나는 손을 거칠게 휘저었고 천원은 이번에는 내 양손을 놓아주었다. 그는 그래도 웃는 얼굴이었다. 나는 천원이 저렇게 길게 웃는 것은 처음 보았다.

우리 둘 다 미쳤나 봐.

완전히 헝클어진 머릿속에서 겨우 지금 해야 할 것 같은 말을 꺼내며 나는 눈을 깜박였다.

"사사사사람은 먹는 거 아니야."

"삼키진 않았어."

당연하지. 그는 내게 얼굴을 또 가까이 대고 입을 맞췄다. 나는 하도 머리가 복잡해서 바보처럼 가만히 있었다. 천원은 아예 내 허리를 꼭 끌어안았지만 한참 동안 내가 그에게 응하지 않자 귀 쪽으로 입술을 옮기고 볼을 비비며 물었다.

"이렇게 하면 싫어? 그래서 화난 거야……?"

"화화화 안 났다니까."

내 입술도 각도상 그의 귀와 가까운 곳에 있었다. 나는 목을 가다듬으며 그렇게 말했고 천원은 이번에는 내 귀와 뺨 사이를 핥았다. 그는 잠시 그러다가 의기양양하게 말했다.

"역시 착각이 아니야. 너에게서 단맛이 나."

"그러니……?"

난 가만히만 있어도 설탕 통에 빠진 것 같다. 좋아하는 사람이 사귀자고도 하기 전에 이러면 반칙이겠냐, 아니겠냐.

나는 한숨을 쉬고 그의 귓바퀴에 입을 맞췄다. 천원은 쿡쿡 웃는 소리를 내며 다시 돌아와 내 입술에 키스했다.

겨우 의자에 앉으며 천원은 즐거운 듯 말했다.

"테레비에서 봤어."

"뭘."

"서로의 입술을 먹는 거."

하긴 방에 스마트 TV가 있는데 못 봤으면 이상하지. 그리고 생각해 보니 해야가 있을 때 드라마에서 같이 그런 장면을 본 적이 있는 것도 같았다. 나는 그가 내준 다른 의자에 앉으며 괜히 퉁명스럽게 말했다. 빨리 가서 저녁을 해야 한다는 건 진짜였다.

"그랬어?"

"그땐 사람끼리 왜 잡아먹나 했는데, 단맛이 나서 그런 거였어."

넌 순수하게 의문이 풀려서 즐겁냐. 나는 그를 볼 때면 일어나는 익숙한 심술궂은 감정을 느끼며 콧방귀를 뀌었다. 천원은 나를 보며 잠시 놀란 듯 눈을 찌푸렸다.

"왜?"

"보통은 단맛 안 나."

"알아. 내 손에서는 아무 맛이 안 났어."

그리고 잘 안 씻으면 짠맛도 난다. 우리가 지금 바닷속에 있다는 사실을 고려할 때 실은 잘 씻어도 짠맛이 나는 게 정상인 것 같긴 하지만. 나는 한숨을 쉬었다.

"그래? 해 봤구나?"

"응. 너는 나한테서도 단맛이 난다고 했잖아. 그거 거짓말이지?"

"아니거든?"

나는 천원의 왼손이 나에게서 제일 가까운 곳에 있었기 때문에 그것을 잡아당겼다. 천원은 순순히 왼손을 내주었고 나는 그 손에 입을 대 보았다.

……사실이다.

"진짜 달아."

"아닌데."

"맞거든. 아니면 내가 그때 왜 먼저 했겠어?"

나는 '뭘' 했는지는 의식적으로 생략하며 당당하게 물었다. 천원은 냉철하게 납득하는 눈치였다.

"그런가."

왜 저 얼굴도 예쁘지. 지금은 좀 바보 같다고 느껴야 하는 타이밍인 것 같은데. 나는 안심해야 할지 말아야 할지 혼란스러워하면서도 침착하게 설명했다.

"원래 사람 살은 그냥 고기야. 별맛이 안 나거나 살짝 짜야 정상이야. 그런데 왜 단지 알아?"

"왜 단데?"

천원은 진심으로 흥미로워하는 눈치였다. 나는 꼭 내가 말해야 하는 건지 오랫동안 고민하다 잘랐다. 드라마에서 키스하는 걸 봤으면 어떤 사이끼리 하는 건지도 좀 이해하지 그러냐. 내가 설명하기 좀 그렇잖아. 특히 그의 감정은 내가 맘대로 규정할 수 있는 것도 아니고.

"그건 알아서 생각해야 돼."

천원은 나를 희한하게 보았다. 나는 자리에서 일어섰다.

"나 이제 진짜 가야 돼. 나머지는 알아서 생각해. 이따 봐."

물론 그에게 줄 지상의 과자도 사 왔기 때문에 저녁에 가져다줄 생각이었다. 그가 이렇게 부르지 않아도 보았을 것이다. 천원은 고개를 엄숙하게 끄덕였지만 아직 할 이야기가 남은 듯 손을 뻗었다.

"가기 전에 잠깐만 이리 와 봐."

"왜?"

나는 천원이 손짓하는 대로 그가 앉은 의자에 다가갔다. 그는 내 손을 잡더니 짓궂은 눈빛으로 그대로 잡아당겼다.

이번에는 나도 망설이지 않았다.

"어서 오셔요, 연지 씨."

반쯤은 반발하면서도 반쯤은 어쩔 수 없다는 마음으로 방문한 해야와 레오의 객당에서, 문 앞을 쓸고 있던 전내부 시종은 반갑게 나를 맞아 주었다. 나는 손에 든 종이 가방이 갑자기 조금 민망해졌지만 일단 예의 바르게 인사했다. 저 안에서 밝게 깜박이는 빛과 은은하게 밝은 빛이 당당하게 흘러나오는 것으로 보아 일단 해야 부부는 안에 있는 모양이었다.

"안녕하세요. 늦게까지 고생 많으시네요."

시종은 하하 웃었다.

"아니어요. 제 근무 시간인데요. 그런데 무슨 일로 오셨어요? 안에 말씀 올릴까요?"

"아, 네. 휴가 다녀오면서 선물을 좀 사 와서요……."

해야와 레오는 평소 신세 진 사람들이 아닌 것 같긴 하지만, 다른 사람들 다 주면서 이쪽에만 아무것도 안 가져오긴 좀 그랬다. 무엇보다 해야는 천원의 누나이기도 하고.

내가 기묘한 기분으로 말을 어떻게 끊을지 고민하는데 저 안쪽 건물의 대청으로 통하는 문이 활짝 열렸다. 그리고 주위를 환하게 비추며 아름다운 해야가 달려 나왔다.

"어머나, 연지 씨!"

그녀는 천원의 방에서 놀 때 입던 흰 침의에 위에는 반투명한 연분홍색 포를 걸치고 있었다. 용의 몸에서 나오는 빛 때문에 그 반투명한 포는 석영 섞인 모래처럼 아름답게 반짝였다. 나는 그녀의 얼굴이 오랜만에 봐도 역시 천원과 닮아 괜히 부끄러워하며 기분 좋게 웃었다.

"안녕하세요. 늦은 시간에 죄송합니다."

이번 휴가 기간에 집에서 보았던 드라마 주인공들 목소리가 들리는 걸로 보아 그녀는 TV를 보고 있었던 모양이었다. 그러나 해야는 방해받아 언짢은 기색이라고는 없이 환하게 웃었다. 그 태도는 묘할 정도로 다정하고 친절했다. 레오도 그녀의 뒤를 따라 느지막이 나와 보았다.

"아니어요. 휴가는 잘 다녀왔어요? 어서 이리 들어와요. 차라도 들고 가요."

왜 이렇게 반가워하는 걸까. 나는 레오를 슬쩍 살피고 그와 눈이 마주치자 움찔했다. 레오는 평범하게 무표정이었지만 탐탁지 않아 보였다.

"저, 아니에요. 늦은 시간이니 죄송해서."

"아이, 섭섭하게 무슨 말이어요. 내 꼭 연지 씨와 차를 마시며 천천히 이야기를 나누고팠는데 이리 먼저 와 주니 고마와요. 아니면 혹시 할 일이 있나요?"

당신 남동생을 만날 일이 있습니다. 하지만 그렇게 생각하니 갑자기 엄청나게 민망해져서 나는 고개를 저었다. 해야는 내 손을 잡고 객당 안쪽으로 끌어당겼다.

매끈하게 닦인 대청마루에 금세 주안상이 나왔다. 이 집의 부엌에는 전내부 소속일 것 같은 시종들과 시녀들이 드나들었고 장작도 들어가는 걸로 보아 최소한 가마솥은 있을 것 같았다. 나는 레오가 또 나한테 이상한 말을 하면 거기로 도망가야지 하고 길을 봐 두었다. 그러나 레오는 해야 옆이라 그런지 다른 말은 없이 그녀의 허리만 끌어안고 있었다.

상은 굽은 다리가 달린 옥소반이었고 술은 차고 맑으며 솔향이 났다. 함께 나온 떡은 연자와 말린 대추가 들어간 부드러운 것이었는데 솜씨가 좋아 만드는 법이 궁금해졌다.

한쪽 무릎을 세우고 푸른 잔을 기울이며 해야가 명랑하게 말했다.

"지상은 어떻던가요? 가족분들은 건강히 잘 지내셔요?"

"아, 네. 감사합니다. 두 분도 잘 지내셨어요?"

해야는 빙긋 웃었다. 역시 이 마루에 앉아서 봐도 그녀는 어딘가 좋아 보였다. 레오는 떡은 잘 먹지 않았지만 술은 잘 마셨고 계속 자기 아내의 어깨에 턱을 얹었다.

"그럼요. 고마워요. 그러고 보니 연지 씨는 가족이 어떻게 되나요?"

"부모님하고 여동생 하나 있어요. 여동생은 학교를 멀리 다녀서 자취하고요."

"그래요? 아우가 있는 건 참 좋은 일이지요?"

그녀는 손뼉을 치며 좋아했다. 그녀가 천원을 아주 좋아하는 것은 안다. 나도 동의했다.

"동생은 귀엽지요."

"아우분도 연지 씨처럼 요리사인가요?"

"아뇨. 제 동생은 요리 안 해요. 사실 권하고 싶은 직업은 아니니까요."

"어머, 그래요? 왜요?"

해야는 눈을 동그랗게 떴다. 그러고 보면 해야도 천원처럼 태어날 때부터 당연히 가야 할 길이 정해져 있었을까. 이 용궁의 주인이 되는 길. 결혼하면서 다른 용궁의 주인이 되는 걸로 궤도가 수정되긴 했지만 그것은 진로를 바꾸는 일은 아니었다. 나는 생각하면서 대답했다.

"요리사는 일은 힘든데 돈을 못 벌거든요."

"연지 씨처럼 솜씨가 좋고 많이 배웠는데도 말인가요?"

"시장이 그래요."

해야와 레오는 둘 다 내가 무슨 말을 하는지 전혀 이해하지 못한 얼굴이었다. 사실 이 용궁에는 시장이라는 것이 없으니 당연했다. 용궁에 필요한 물건을 납품하는 업자들도 상인이 아니라 그냥 대대로 기술을 이어받은 장인들이었다. 해야는 잠시 내 말을 곱씹더니 눈을 반짝이며 물었다.

"시장이란 저자를 말하는 거지요?"

"지금 제가 말한 시장은 업계를 얘기하는 거였어요. 음, 그러니까, 사람은 밥을 먹어야 하니까 요리는 아무리 불황이어도 시장이 있기는 해요. 하지만 누구나 할 수 있는 것이기도 하니까 고용주는 어설프게 경력이 있는 사람 안 쓰고 싼 사람을 쓰려고 하지요. 요즘은 외국인 인력이 많이 들어오니까 주방에서 싸게 일할 사람은 많고요."

해야와 레오는 내 말을 이해하느라 잠시 고민하는 것 같았다. 나는 빙긋 웃고 설명을 빨리 넘기기로 했다.

"돈이 많으면 자기 식당을 차리면 좋지만, 경험이 많지 않으면 길거리에 그냥 나앉기 십상이지요. 당장 그때 어떤 스타일이 먹히는지도 봐야 하고요."

"연지 씨는 식당을 내고 싶은 건가요?"

해야는 그제야 이해했다는 얼굴이었다. 설령 용궁에 식당이 없다 해도 드라마를 보면서 그 정도 개념이야 배웠을 것이다. 나는 잔을 들었다. 잘생긴 시종이 술을 따라 주었다.

"사실 아직은 잘 모르겠어요. 제가 요리를 하고 싶은 건 확실하지만, 어떻게 하고 싶은 건지, 어떤 요리를 하고 싶은 건지는 잘 모르겠거든요."

나는 술을 마시며 빙긋 웃었다. 음식을 만드는 것이 즐겁다. 음식에 관한 이야기는 무엇이든 재미있다. 정신을 차리고 보면 늘 음식만을 보고 있다. 맛있는 음식을 먹는 것은 행복하지만 내 마음속 한구석에선 그 음식을 어떤 기술로 했는지 언제나 바삐 생각하고 있다.

하지만 그것으로 되었나. 그것은 너무 막연하다.

내가 잠시 생각하느라 멍하니 시선을 내리깔자 해야와 레오는 자기들끼리 잔을 부딪치며 조용히 시선을 교환했다. 나는 갑자기 다시 생각나 내가 가져온 종이 봉지를 밀어 주었다.

"이게 뭐여요, 연지 씨?"

"선물이요. 별건 아니고 그냥 과자 좀 사 왔어요."

"어마, 기뻐라."

해야는 깔깔 웃었다.

"어찌 쉬러 가서 이런 것을 챙겼어요. 마음 써 줘서 고마워요."

"아니에요."

천원과 꼭 닮은 그녀가 기뻐하는 걸 보니 역시 뭐라도 챙겨 오길 잘했다는 생각이 들었다. 나는 빙긋 웃고 떡을 먹었다. 해야가 고개를 저었다.

"정말 기뻐요. 연지 씨는 손님이니 내가 선물을 해야 하는데."

"해야 용녀님도 손님이잖아요."

"오늘은 연지 씨가 내 머무는 곳을 찾아 준 거잖아요. 아, 그래요. 별것은 아니지만 진주를 드릴까요? 아니면 산호를 드릴까요?"

갑자기 뭐라는 거야. 유학할 때는 그야 가정집을 방문하면 집에 돌아올 때 선물을 받아 오긴 했다. 하지만 그건 보통 사탕 같은 거였지 금은보화가 아니었다! 나는 용궁의 선물 스케일에 웃음이 나왔다.

"그런 건 너무 비싸요. 신경 쓰실 필요 없어요. 대단한 것이 아니라 그냥 과자를 가져온 건데요."

"아니, 내 아우에게 연지 씨가 해 준 일을 생각한다면 정말 뭐라도 드리고 싶은 마음이랍니다. 자두만 한 진주를 상자로 드릴까요? 황금으로 된 귀걸이는 어때요? 야명주와 향낭이 달린 허리띠도 있어요."

자두만 한 진주라. 자연에서 그런 게 나왔단 말인가. 굉장히 기네스북에 올라갈 것 같다. 그거 하나 있으면 큰 가게를 차릴 수 있을 것 같아.

나는 킥킥 웃었다. 너무 상상을 초월해서 그런지 의외로 그리 유혹도 느껴지지 않았다.

"그런 건 저한테 과분해요. 정말 괜찮아요. 월급 받고 일하는데요, 뭐."

레오가 그때 처음으로 해야에게 속삭였다.

"에야, Tu as la robe.(자기한테 그 드레스 있잖아.)"

뭐가 뭐? 내가 이해하지 못해 고개를 갸웃하는데 해야는 레오에게 눈을 곱게 흘기면서도 손뼉을 쳤다. 그녀는 남편의 손을 풀고 일어났다.

"맞아, 전에 만들어 놓은 치마저고리가 있어요. 연지 씨에게 잘 어울릴 것 같네요. 새것이니 부디 싫다 하지 말고 받아 주세요. 아이, 그게 어디 있더라."

그녀는 시종과 함께 자리를 바람처럼 비웠다.

레오는 해야가 사라지자 무뚝뚝하게 떡을 집어먹었다. 나는 웃음 짓던 것을 멈추고 말했다.

"사이 좋네."

부럽다. 레오는 입술을 실룩였다.

"Bien sur. Tous les jours.(당연히 늘 좋다.)"

"그래. 늘 사이 좋겠지. 저번 일은 화해한 모양이지?"

"대충. 너에게 쓸데없는 말을 하지 말라는 경고는 받았지만."

젠장. 나는 이를 갈았다.

"전에 하던 얘기 계속하러 온 거 알았어?"

"내가 바보로 보이나."

"운 떼 놓고 입을 다물면 어떡해. 비밀로 해 줄 테니까 하려던 얘기 해."

그는 한쪽 눈을 찌푸리며 유쾌하지 않게 웃었다.

"너에게 반드시 말한다고 한 적은 없다."

"말 못 할 이유가 있다고도 안 했어. 궁금하다고."

"너에게는 터무니없어 감당할 수 없다고 해도 말인가."

나는 잠시 고민했다. 그리고 눈살을 찌푸리며 천천히 말을 골랐다.

확인할 것이 있었다.

"용궁의 집안 사정이라고 들었어. 맞아?"

"따지자면 그렇게 볼 수도 있다."

"해야 용녀님은 언젠가 나한테 얘기할 수도 있다고 했어. 그건 절대 말하면 안 되는 비밀은 아니라는 거지?"

레오는 떡을 삼키며 씩 웃었다. 그에게서 깜박이는 빛 때문에 들보가 생선의 뼈처럼 희게 밝아졌다가 다시 어두워졌다.

"그래. 언젠가는 말할 수도 있다고 생각하더군."

그러면 제일 중요한 건.

"천원이 왜 아픈지와 관련이 있는 거야?"

비약일지도 모르지만, 적어도 현상은 연결되어 있었다. 내가 확인하는 말에 레오는 내게 술을 따라 주며 씩 웃었다. 나는 그에게 잔을 받을 줄은 꿈에도 몰랐기 때문에 아주 떨떠름하게 그것을 마셨다.

"찾았다!"

집 뒤쪽에서 해야의 밝은 소리가 들렸다. 레오는 자기 잔에는 직접 술을 따라 쭉 마셨다. 좋은 술인데 그렇게 빨리 마시다니 아깝다. 나는 소리 없이 입맛을 다셨고 레오는 눈을 내리깔며 말했다.

"주기로 보아, 미뤄지고는 있지만 머지않았다. 알고 싶다면 직접 찾아봐라."

"뭘?"

이게 무슨 셜록 홈즈가 처음 만난 존 왓슨에게 인도는 어땠냐고 묻는 소리야. 나는 으르렁거리고 싶었지만 해야가 품에 뭔가 아름다운 것을 안고 돌아왔기 때문에 얼른 표정을 관리했다. 레오는 기다렸다는 듯이 해야의 허리를 끌어안았고, 해야는 내게 그녀가 가져온 옷을 보이기 전 그에게 잠시 날카로운 눈빛을 보였다.

레오는 그 후로 내게 눈길을 주지 않았지만 나는 뛰는 심장 속에서 깊이 생각했다.

분명히 빛이 나오는 것을 보았는데, 시종이 열어 준 문안에는 당장 보기에는 천원이 없었다. 나는 일단 방 안에 발을 디디면서 혹시 그가 기둥 뒤나 TV 앞에 있나 해서 주변을 둘러보았다. 등 뒤로 문이 닫히는 것과 동시에 옆에서 누군가 나를 끌어안았다.

"우왁!"

나는 깜짝 놀라 작게 비명을 질렀지만 나를 안은 사람의 냄새가 익숙했기 때문에 곧 몸에서 힘을 풀었다. 천원은 그가 보통 방에 있을 때 하는 그 차림이었는데, 하나로 묶었을 뿐인 머리칼이 내 몸에 닿아 찰랑이니 기분이 간질간질했다. 천원이 내 뺨에 입술을 대고 불만스러운 듯 중얼거렸다.

"늦어."

그건 내 탓이 아니다. 아니, 완전히 아닌 건 아니고, 그의 방에 오는 시간에 일단 다른 볼일을 보고 오기로 결정한 건 나지만 거기서 생각보다 시간을

307

끈 건 네 누나가 신났었기 때문이라고. 나는 고민하다 사과했다.

"미안."

하지만 다른 게 아니라 이렇게 늦은 시간에 남의 방을 찾아온 것에 대해 사과하는 것이다. 아무렴. 우리가 몇 시에 만난다고 약속한 건 아니니까.

천원은 그대로 내 뺨이니 눈가에 천천히 입을 맞추며 즐거워했다. 나는 그의 팔을 살짝 때렸다. 그는 떨어져서 눈을 가늘게 떴다.

"왜?"

"내 생각에, 우리가 좀 의논을 먼저 해야 하는 것 같아."

"무슨 의논?"

"일단 앉아서 과자부터 먹고 얘기하자."

이미 해야와 레오가 머무는 곳에서 떡과 술을 먹고 왔기 때문에 간식을 더 먹을 기분은 들지 않았지만, 나는 일단 천원에게 선물하려고 들고 온 지상의 과자들을 들어 보였다. 그는 얌전히 침대로 가 앉았지만 불만스러운 얼굴이었다.

"오늘은 네가 만든 게 아니야?"

"나도 밤에는 쉬기도 해야지."

나는 어느새 늘 그의 침대맡에 있는 청자 의자에 앉고 협탁에 과자를 대충 아무거나 집어 펼쳤다. 관심을 가질 줄 알았는데 그는 의외로 과자에는 눈길도 주지 않았다.

"필요 없어. 그보다 네가 먹고 싶어."

심장이 자기 마음대로 뛰었다. 나는 침대에 시선을 최대한 주지 않으며 침착해지려 애썼다. 좋아, 일단 애국가부터다. 동해물과 백두산이.

"해야 용녀님한테 이른다. 손님이 가져온 음식에 손도 안 댔다고."

천원은 별로 무섭다는 얼굴은 아니었지만 내가 그에게 순순히 '먹힐' 생각이 없다는 것을 알았는지 과자에 손을 댔다. 전에 TV에서 이 과자를 광고하는 것을 같이 보았다. 이 대화가 어떻게 되는지에 따라 앞으로는 이 방에서 TV를 볼 일이 영영 없을지도 모르지만.

부스럭부스럭하며 과자를 입에 집어넣은 그가 고개를 갸웃하며 나를 살폈다. 인상을 쓰면 무척 날카로워지는 눈은 새까맣게 도장을 찍는 것처럼 충격적이었다.

"저기 말이야."

그리고 한숨. 천원은 문득 내 머리칼을 보고 선수를 쳤다.

"머리는 왜 짧아졌어?"

"잘랐어."

"빨리 자라니까? 그래서 자른 거야?"

빨리 자라나? 나는 고개를 갸웃했다.

"내 머리 평범하게 자라는데."

"빨리 자라. 용궁에 오고 나서 이만큼 길었어."

그리고 천원은 손가락으로 내 생각보다 긴 한 뼘을 만들어 보였다. 나는 인상을 쓰며 고개를 저었다. 지금은 그런 이야기를 할 때가 아니었다.

"그만큼 많이 자라진 않았어. 몇 달밖에 안 됐는데, 뭐. 그보다 할 얘기가 있으니까 잠깐 기다려 봐."

천원은 입을 다물었다. 나는 한참을 고민하다 일단 물었다.

"천원, 당신 있잖아."

아니, 못 물었다. 그는 나를 보았고 나는 심장이 떨려서 입이 마르는 것을 느꼈다. 무섭다. 실은 처음 용궁에 올 때보다 더 무서운 것 같다.

"당신 말이야."

날 좋아하냐고.

그렇게 묻는 것이 맞을까. 아니, 물론 맞을 것이다. 내가 하자는 의논에서 가장 중요한 부분 중 하나가 그것이니까. 하지만 그가 어떤 대답을 하든, 나는 어떻게 반응하면 좋을까.

이렇게 불확실한 질문은 정말로 싫다. 내가 해야 할 일을 모두 확실히 정한 다음에, 단지 흑백을 가리기 위해서만 질문할 수 있으면 좋겠다.

상대가 용이 아니기만 했어도. 나는 한숨을 푹 쉬었다. 입술은 계속 마르고 뱃속이 뒤집어졌다. 불안했다.

얼마나 지났을까, 나에게도 영원처럼 느껴졌지만 천원에게도 침묵이 길었던 모양이었다. 그는 나를 이상하다는 듯이 보기 시작했다. 그는 내게 손을 뻗으며 먼저 물었다.

"……왜 그러는 거야, 연지? 또 몸이 안 좋아?"

나는 그 말에 간신히 약간 웃는 척을 했다. 자주 아픈 건 너잖아.

"그런 건 아닌데."

"의논할 게 있다면서. 어서 말해."

그는 그렇게 말하고 자리에서 몸을 일으켰다.

다음 순간 시야에 가득 찬 희고 부드러운 연꽃 비단의 색에 나는 눈을 감았다. 천원은 자기 가슴에 나를 안고 있었다.

사위에 가득한 연꽃 향.

뜨거운 가슴에서 나오는 체온과, 내가 아까 마신 술에서 나는 솔향이 섞여 미치도록 오르는 취기.

……어지럼증.

나는 그의 허리에 손을 둘렀다. 이것으로 대답을 받았다고 착각해서는 안 될 것이다.

"뭐 해……?"

"의논할 게 그거야?"

그의 목소리는 심술이 날 정도로 말짱했다. 왜 나만 마음고생을 하는 거야. 나는 짜증이 나 그를 끌어안은 팔에 힘을 주었다. 더 열받게도 그는 아파하는 것 같지 않았다. 오히려 내가 귀여운 짓이라도 한다고 생각했는지 내 머리칼을 쓰다듬었다.

이 감촉도 답이 되지는 않을 것이다.

"너는 신기하구나."

내가 겨우 결심하고 입을 열려는데 천원이 속삭였다. 나는 말이 막혀 잠시 가만히 있다가 되물었다.

"……신기해?"

나에겐 천원이 신기하다. 용궁의 모든 것이 신기하다.

별의 여동생을 버리고 떠났다는 나쁜 놈은 그저 신기하고 이상해서 떠났던 걸까. 왜 그냥, 좋아하는 사람 옆에 있어 주지 않았을까.

천원은 속삭이며 천천히 몸을 숙였다. 나도 그의 허리를 안은 팔에서 힘을 약간 뺐다.

"네가 웃는 것을 보면 좋아……."

나 역시 그가 웃는 것이 아주 좋았다. 내 얼굴 앞에는 이제 그의 어깨가 와 있었다. 나는 그에게 보이지 않으리라는 것을 알면서도 반쯤 열을 띤 웃음을 지었다.

"……천원."

그의 코가 뺨을 찔렀다. 천원의 숨결이 닿았다.

"왜?"

"이렇게 입을 맞추는 게 무슨 뜻인지 알아?"

"……무슨 뜻인데?"

역시 몰랐구나. 그는 멈추지 않고 내려와 나와 입술을 포갰다. 나는 그 부드러우면서도 어딘가 심지가 강한 감촉에 어쩔 줄 몰라 하며 속삭였다. 천원의 손이 내 목과 팔을 잡았다.

"너를 특별히 좋아한다는 뜻이야."

놀랍게도 그는 그 말에 아무렇지도 않게 동의했다…….

"그러면 맞네."

❈ ❈ ❈

나는 아침에 일어나 반쯤 정신이 나간 상태로 어젯밤을 회상했다. 꿈은 아닌 것 같다.

"아아아아악!"

내 방엔 당연히 아무도 없었다. 나는 그대로 침대에서 몇 번을 구르며 이불을 걷어찼다. 입이 벌어지며 웃음이 나왔다.

그러면 맞네.

그러면 맞네. 좋은 대답이다. 백 점짜리는 아니지만 커트라인은 넘겼다. 나 혼자 하는 짝사랑은 아니었다. 가슴속에서 파스텔핑크색 바탕에 펄이 들어간 풍선이 터질 듯이 부푸는 것 같았다. 어릴 때 친구의 생일 파티에 장식된 것을 보고 아주 많이 부러워했고, 오랫동안 조른 뒤에야 겨우 하나 손에 넣은 적이 있었던 그.

몸이 간질간질해서 계속 누워 있을 수도 없었다. 나는 일어나 시간을 보았고, 어젯밤 늦게까지 천원과 있다가 방에 들어오는 바람에 평소보다 약간 늦게 일어났다는 것을 깨달았다.

얼른 욕실로 뛰어가 세수하고 머리를 빗는데 걸덕 극우가 저 밖 마당쯤에서 나를 부르는 소리가 들렸다.

"연지 아가씨, 일어나셨어요?"

"아, 네! 들어오세요!"

이제 휴대폰 충전을 직접 하니 걸덕 극우가 일찍 올 일은 없었다. 나는 무슨 일인가 싶어 빗을 내려놓고 욕실을 뛰어나갔다. 걸덕 극우는 새까만 마당에 서 있다가 내가 대청마루 쪽으로 얼굴을 내밀자 허리 숙여 절했다.

"연지 아가씨, 기다리시는 분이 계시어요."

"네?"

누가 왜 날 기다려? 나는 내가 머무는 객당의 뜰이 걸덕 극우 말고는 텅비어 있었기 때문에 솟을대문 너머를 보았다. 그러고 보니 그쪽에서 밝은 빛이 나고 있었다. 저 색은 야명주가 아니었다.

"잠깐만요!"

나는 당장 문을 닫고서 옷을 갈아입고 머리를 묶었다. 연분홍색의 고운 조리복을 입자 몸이 편안해졌다. 마당에서는 찍소리도 들리지 않았다.

나가기 전에 거울을 세 번이나 다시 보고 겨우 나선 마당에서 걸덕 극우는 나를 보고 활짝 웃었다.

"아리따우셔요, 연지 아가씨."

그 말을 신호로 천원이 대문을 넘어 들어왔다. 그의 발걸음은 그야말로 자기 방에라도 들어오는 듯 거침이 없었다. 머리칼을 올려 모자에 넣고 금실로 수놓인 보라색 장포를 걸친 그 모습은 꿈처럼 훤칠했고 나는 그에게 나도 모르게 빙긋 웃었다.

"아침부터 웬일이야?"

"배고파서."

"여기 밥 없다."

천원은 미간을 좁히며 거만하게 턱을 들었다. 나는 얼굴을 붉히며 모른 척 걸덕 극우에게 말했다.

"감사합니다, 걸덕 극우님. 걸덕 극우님은 아침부터 어떻게 오셨어요."

"등청하는 도중에 용자님을 뵈었는데, 이리 이른 시간에 객당을 찾겠다 하시니 예가 아닌지라 제가 뫼셨지요."

뜬금없긴 했다. 좋기도 하지만. 나는 걸덕 극우에게 미안하다는 의미로 고개를 숙였다.

"죄송합니다."

"네? 연지 아가씨가 어찌 그러셔요?"

그리고 물론 문맥을 이해하지 못한 그녀는 사랑스러운 눈을 동그랗게 떴다. 천원이 귀찮은 듯 손짓했다.

"월수궁에 갈 거잖아. 이리 와."

아니, 안 좋은 예감이 들어서 그렇지. 나는 아침부터 일어나는 급전개에 머리가 따라가지 못해서 내가 혹시 뭘 놓고 가나 고민하며 머뭇머뭇 그에게 다가갔다. 그러자 천원은 나를 끌어안고 내 코에 입을 맞췄다.

"야야야야."

그가 나를 끌어안은 각도에서부터 내 안 좋은 예감이 맞을 것 같아 반항해 보았지만 그의 힘은 여전히 열받을 정도로 셌다. 나는 얼굴을 붉히며 그를 밀어 내고 걸덕 극우의 눈치를 보았다. 그녀는 그저 고개를 갸웃했다.

"용자님, 연지 아가씨는 음식이 아니어요."

이런 이야기 정말 남 앞에서 하고 싶지 않아. 나는 걸덕 극우에게 두 손 모아 빌었다.

"예를 지켜 주셔서 감사합니다. 걸덕 극우님도 이제 출근하셔야죠. 저희 이제 월수궁으로 갈게요. 들어가세요."

걸덕 극우는 아무렇지도 않은 얼굴로 네, 하고 대답한 뒤 대문을 나섰다. 나는 우리 둘만 뜰에 남자 천원에게 으르렁거렸다.

"남들 앞에서 하면 어떡해."

"왜 안 돼?"

"부리소마리 한솔님 앞에서는 안 했잖아."

"네 표정이 무서워서 그랬지."

얘 좀 보게. 그러니까 다른 사람 앞이라 자제한 게 아니라.

"원래 키스는 남들 앞에서 하는 거 아니야. 몰랐어?"

"키스가 뭔데?"

몰랐냐.

"입 맞추는 거. 네 식으로 하면 먹는 거. 검색해 봐."

"매형하고 누나는 하는데."

"다른 사람들은 남들 앞에서 안 하잖아."

"안 하는 거야. 우리 용궁엔 키스가 없어."

그래서……! 뭔가 많은 것을 안 것 같다. 그러니까 걸덕 극우가 얼레리 꼴레리 하고 소문을 내지는 않을…… 아니다. 끌어안는 것도 했잖아. 천원이 갑자기 찾아오기도 했고.

내가 머리를 감싸 쥐는데 천원은 다시 나를 끌어안고 내 입 안을 핥기 시작했다. 머리가 순식간에 희게 비었다. 그놈의 펄핑크색 풍선은 이제 터지기 직전이었다. 혀끝으로 간지럽게 긁힌 입천장 때문에 숨이 문득 급하게 차며 손에 힘이 들어갔다.

그는 얼마 후 나를 놓아주고 엷게 웃었다. 그의 얼굴도 붉었다.

"……배고팠어."

나는 혹시 내가 너무 숨을 이상하게 쉴까 봐 양뺨을 손으로 누르며 대꾸했다.

"밥 먹어. 지금 네 밥 하러 가는 거야."

"밥보다 키스가 좋아."

지금 무슨 고백을 듣는 거야. 나는 천원의 얼굴을 차마 똑바로 쳐다보지 못하고 그의 가슴에 얼굴을 묻었다. 천원은 내 손을 잡아 올려 손가락에 아쉬운 듯 입을 맞추며 말했다.

"어젯밤에 네가 가고 나서 계속 네가 보고 싶었어. 참다가 네가 일어날 시간인 것 같아서 온 거야."

얼굴이 정말로 뜨거워졌다. 나는 그의 가슴에 뺨을 대고 입을 비죽였다.

"……네가 언제부터 그렇게 나를 좋아했는데?"

"네가 웃는 걸 처음 봤을 때부터."

얘가 미쳤나 봐. 지금 이 용이 오천원이 맞는 건가, 아니면 레오가 빙의한 건가. 나는 입을 딱 벌리고 천원을 올려다보았다. 그 단정하고 무뚝뚝하고 고집 센 얼굴은 내가 아는 용궁 왕자 오천원이 맞았다.

그는 내 표정이 우습다는 듯 살짝 웃고 물었다.

"왜?"

"놀라서."

"그런데 어젯밤에 의논하려던 건 뭐야?"

나는 고개를 저었다.

"아냐. 해결된 것 같아."

"그래?"

그는 더 묻지는 않았다. 나는 퍼뜩 정신을 차리고 얼른 천원의 손을 대문 쪽으로 끌어당겼다.

"얼른 출근하자. 나 이러다 늦겠어. 오늘 너만 밥 안 나와도 나 모른다."

"그래도 괜찮은데. 너 먹었잖아."

너무 충격적인 말을 들어서 손에서 힘이 빠질 뻔했다.

"헛소리 하지 말고 밥 좀 꼬박꼬박 먹어. 빨리 이리 와."

천원은 킥 웃더니 나를 따라 성큼성큼 걷기 시작했다.

※　※　※

과일 다듬는 것을 담당하는 부 대덕은 요사이 일에 치여 흐늘흐늘했다. 나는 거대한 돌절구 안에서 앵두가 으깨지는 것을 보며 그 예쁜 색에 감탄도 했지만 동시에 얼마나 손이 갔는지 눈에 보여 오싹해졌다. 요리는 손이 갈수록 맛있다는 것이 내 지론이긴 하지만, 아무리 그래도 저건 양이 너무 많은데. 물론.

"예쁘네요."

예쁘긴 하다.

씨가 싹 빠져서 말랑하고 꼭 핏방울 같은 색의 앵두가 절구 안에서 젖은 소리를 내며 파도쳤다. 백설공주의 어머니가 흰 눈밭에 떨어뜨렸다는 그런 맑은 핏방울이다. 나는 잠시 눈길을 빼앗겼다가, 부 대덕이 절구에 앵두를 더 붓자 얼른 내 목적을 말했다.

"앵두 좀 가져가도 돼요? 파이 필링 만들게요."

"파이가 뭔가요?"

부 대덕은 그야말로 생선 눈깔이 되어 힘없이 물었다. 그는 키가 많이 작은 편이었고 용궁의 거대한 절굿공이는 그 자신보다 많이 컸다. 그럼에도 불구하고 절굿공이 다루는 솜씨를 보면 감탄할 따름이다. 이건 마치 문 대덕이 채소를 써는 모습을 볼 때나 느끼는 베테랑의 향기였다. 조금만 더 레벨이 올라가면 냄비에 알아서 타타타타 하고 날아 들어가 줄 것 같은 그거다.

"서양 과자 있어요. 밀가루 반죽으로 그릇을 굽고 그 안에 달콤한 걸 넣어서 잘라 먹는 거예요."

"밀가루로 그릇을 구워요?"

"나중에 보여 드릴게요."

부 대덕은 너무 힘들어서인지 설핏 웃고 말았다. 나는 그가 안쓰러웠지만 부 대덕의 기술이 나보다 훨씬 좋다는 것을 알고 있었기 때문에 도와드릴 거 없냐느니 하는 건방진 말은 차마 할 수가 없었다. 내가 손을 댔다가 그가 지금까지 기껏 해 놓은 앵두가 다 망가질 수도 있다.

"필요한 만큼 가져가세요. 이때 지나면 못 먹으니 실컷 써야죠. 으깬 게 필요한 거예요?"

"감사합니다. 여기 씨 뺀 거 좀 가져갈게요."

나는 그의 마음이 바뀌기 전에 얼른 그릇을 가져와 씨 뺀 앵두를 필요한 만큼 담았다. 도톰한 백자 대접에 담긴 앵두는 돌절구에 있을 때보다 더 발 갛고 예뻤다. 이걸로 파이를 만들고, 좀 남으면 아이스크림에도 넣어 봐야지.

지상에 있을 때 우리 동네 시장에는 앵두가 너무 짧은 시기에만 살짝 나왔다 들어가서 영 쓰기가 힘들었다. 용궁에선 과일을 직접 길러 바로 따 오니 편한데 심지어 수확 기간도 지상보다 약간 길다는 느낌이었다. 아마도 기온이나 일조량의 변화가 심하지 않아서가 아닐까.

국수를 반죽하는 쪽에서는 녹말국수를 만들어 오미자국에 말고 있었다. 남은 것을 맛본 해 문덕이 감탄했다.

"시원하고 좋네."

좋겠다. 이제 용궁 식구들이 먹는 메뉴도 여름에 어울리는 것으로 바뀌고 있었다. 나도 오늘 점심은 육수에 약간의 변주를 가한 츠케멘과 상큼한 음료였다. 천원이 좋아하면 좋을 것이다.

천원이 좋아하면.

얼마나 좋을까. 그 이름을 떠올리자 얼굴이 뜨거워졌다. 나는 내 표정이 망가지고 있다는 것을 알았기 때문에 얼른 딴생각을 하기 위해 노력했다.

레시피, 레시피를 생각하자. 그래, 이걸 냄비에 넣어 설탕 넣고 졸여야지. 그리고 필링이 식는 동안 파트 쉬크레를 구우려면 지금 버터를 꺼내야 한다.

아니, 브리제를 만들까. 바삭바삭하고 사이에 레이어가 많고 버터 냄새가 진하게 나는 파트 브리제. 설탕은 조금만 넣는데 왜냐하면 그 풍미에서 나오는 고소한 맛이 있기 때문이다. 필링이 남으면 그걸 얹어서 치즈 케이크를 구워 볼까.

나는 수플레 치즈 케이크에게 사랑을 받는지 묘하게 처음 시도해 봤을 때부터 지금까지 수플레 치즈 케이크는 늘 성공했다. 식힐 때 특히 까다로워서 주저앉거나 갈라지기 십상인데도 실패한 적이 없어서, 친구들은 내가 치즈 케이크에 재능이 있다고 했었다. 하지만 달콤한 과일 조림을 얹으려면 뉴욕 치즈 케이크처럼 무거운 것이 균형이 맞지 않을까.

얼굴이 다시 식었다. 나는 뺨을 확인차 한 번 만져 본 뒤 내가 쓰는 작업대에 앵두를 놓았다. 반으로 갈라져 씨를 뺀 앵두는 고르르 고르르 굴러다니지도 못했다. 과일의 풋풋하고 달착지근한 냄새가 났다. 앵두 같은 입술이라는 말들을 하는데, 용궁에서 나는 앵두는 너무 붉은…….

"연지 씨."

"네."

갑자기 옆에서 난 목소리에 나는 화들짝 놀랐다. 옆에 와 있던 문 대덕도 덩달아 놀란 듯 눈을 커다랗게 떴다.

"왜 그렇게 놀라셔요?"

좀 민망한 생각을 하고 있었으니까. 나는 쓴웃음을 터뜨리고 손을 저었다.

"아녜요. 무슨 일이세요?"

"나솔님께서 저 냉장고의 아이스크림 언제 꺼내냐고 하셔서요."

"아, 이따가 내갈 때 꺼내려고요. 왜요?"

"아뇨. 옆에 치워 두려고요."

그녀는 주방장에게 쪼르르 달려갔다. 나는 앵두를 보며 또 망상에 빠지려다가 고개를 휘휘 저었다. 여긴 일터다. 일이나 제대로 해야지. 하지만.

보고 싶다.

미치겠다. 휴가 나갔을 때도 보고 싶었지만 그때는 두려운 게 있었는데, 지금은 그냥 보고 싶다. 그것도 심장이 끈적끈적하니 설탕통에 담근 것 같은 이상한 기분으로 보고 싶다.

아, 이거 그거다. 크렘 브륄레다. 오븐에 구웠던 찰랑찰랑한 크림을 냉장고에 굳혔다가 그 위에 굵은 설탕을 뿌리고 토치로 설탕 막을 만드는 것이다. 그러면 뜨거운 것 같으면서도 차갑고, 바삭한 것 같으면서도 부드러운 신기한 맛이 나온다.

아주 알기 쉬운 맛은 아니다. 그 모든 디테일이 다 중요하고, 이렇게 불안하면서도 따뜻하고 또 죄책감을 느낄 때처럼 빠르게 가슴이 뛴다. 커스터드 크림 표면의 설탕이 토치에 녹으면서 이슬처럼 맑게 지는 물방울은, 참을성을 얼마나 많이 요구하는가.

아무튼 생각은 일이 끝날 때까지 미뤄야겠다. 나는 냉장고로 가 버터를 꺼냈다. 그리고 차갑고 깨끗한 볼에 버터와 밀가루를 비율 맞춰 넣고서 날카로운 스크래퍼로 반죽을 자르기 시작했다. 역시 더 가볍고 바삭하게 하는 게 천원이 좋아할 것 같다.

"천원 길지, 수라간이옵니다."

"들라 해라."

어제와 꼭 같이 들어선 천원의 사무실은 역시 어제와 꼭 같이 금색 병풍이 반짝였다. 나는 그 뒤로 돌아가자마자 나를 붙잡은 팔에 깜짝 놀라 쟁반을 꼭 잡았다. 천원은 그것을 보고 혀를 찼다.

"간식이야?"

"내가 열심히 만든 거 앞에 두고 혀 차지 마."

"알았어. 미안해."

그는 내가 들고 온 옥쟁반을 자기가 받아 책장에 대강 올려놓았다. 나는 눈을 부라렸다.

"음식을 아무 데나 두는 거 아니야. 나중에 떨어트리면 어떡해?"

그는 한숨을 쉬었지만 순순히 말을 들었다. 아까 쓰고 남은 앵두로 만든 앵두잼과 막 구워 온 스콘은 얌전히 책상의 빈자리로 올라갔다. 그리고 이제야말로 사이에 아무것도 걸릴 게 없어지자 나를 끌어안았다.

"보고 싶었어."

나도 보고 싶었는데, 저쪽이 먼저 그렇게 말하니 부끄러워서 대꾸를 못하겠다. 왜 아침에 봤는데 이렇게 종일 보고 싶은 거야.

연꽃 비단으로 된 포는 감촉이 부드러웠고 천원과 비슷한 좋은 향이 났다. 그는 천천히 내게 입을 맞추고 입술 안쪽을 대담하게 핥았다. 그의 매끈한 눈이 내리깔렸다.

"연지, 월수궁 수라간은 너무 멀어……."

"옆 건물이잖아."

말하느라 떨어진 입술을 이번엔 내가 맞댔다. 손을 올려 천원의 목을 잡는데 그가 크게 움찔했다. 나는 화들짝 놀라 눈을 크게 떴다.

"왜? 어디 다쳤어?"

"……아니, 아니야. 뒤쪽은 괜찮아."

나는 얼굴을 붉히며 그가 말한 대로 목 뒤쪽을 가만히 잡았다. 그리고 다른 손으로 뺨을 쓰다듬자 그가 소리가 거의 없는 웃음을 지었다. 숨결이 인중에 닿았다.

당겨 올라간 입술을 입술로 물고 빨아들인다.

그의 숨소리가 달라졌다. 나는 어렴풋한 만족감을 느끼며 빙긋 웃었다. 그때 밖에서 누군가 걸어가는 소리가 들려 우리의 동작이 딱 멎었다. 얼굴이 떨어졌다.

"……여기 오는 거 아니야."

잠시 후 천원은 그렇게 속삭이고 다시 눈을 내리깔았다. 나는 킥킥 웃으며 물었다.

"어떻게 알아."

"지나가는 거야."

억지다. 나는 그렇게 생각하면서도 그의 목을 부드럽게 쓰다듬었다. 천원은 그것이 몹시 이상한지 약간 떨었다. 입술이 다시 열리고 혀끝이 닿았다.

얼마나 지났을까, 그는 입술을 귓가로 옮겨 가며 속삭였다.

"월수궁은 너무 멀어. 해궁으로 오면 안 돼?"

"난 네 식사를 만들라고 고용된 건데, 해궁에 오면 무슨 소용이야."

해궁에도 주방은 있지만 그곳은 해궁에서 근무하는 시종 및 관리들을 위한 음식을 만드는 곳이지 천원을 위한 음식을 만드는 곳이 아니었다. 전에는 천원의 간식 정도는 해궁에서 만들기도 했다지만 내가 온 후로는 모든 것이 월수궁 수라간에서 내 허가를 받아 나가고 있는데.

내가 웃으며 그렇게 말하자 천원은 약간 뾰로통해진 듯 입술을 비죽였다. 내 턱과 귀 사이에 그의 입가가 닿아 있었기 때문에 보이지 않아도 알 수 있었다.

"내 요리를 만들지 않아도 되잖아."

그게 지금 누구 입에서 나오는 말이야. 나는 얼굴을 확 떼고 그의 팔을 때렸다. 그는 아, 하고 투덜거렸다.

"네가 요리해 주는 것보다 너 자신이 가까이 있는 게 내게 좋은 것 같아."

죽는다. 나는 그의 팔을 또 때렸다. 이번엔 자존심이 상했기 때문에 얼굴이 굳었다.

"그게 요리사한테 얼마나 모욕적인지 말인지 알아? 내가 한 음식이 나보다 좋다고 말해 줘야 하는 거야."

"왜?"

그는 정말로 모르겠다는 눈치였다. 아, 이 용은 자기가 원해서 용궁을 돌보는 게 아니었지. 하지만 그래도 일에 대한 프라이드는 있을 수 있지 않나. 천원은 워낙 음식에 집착이 없어서 그런가.

"원래 그래."

물론 남자 친구가 내 음식이 나보다 좋다고 하는 건 일반적으로는 문제가 있는 것 같지만, 지금의 그와 나는 요리자와 먹는 사람의 입장이기도 하니까. 그리고 내가 여기서 입주로 일하는 계약 기간 동안은 후자가 더 중요하다. 연애 때문에 고용주에게 퀄리티가 낮은 서비스를 제공할 수는 없으니까.

나는 길게 설명하지 않고 그렇게만 말했다. 방 밖에서 나던 발소리는 정말로 이쪽을 그냥 지나쳐 갔다. 천원은 이해할 수 없다는 듯 미간을 좁혔지만 반박하지 않았다.

아무래도 저 탑이 영험한 것인가 보다. 다음에 또 탑돌이를 한다고 하면 그때는 부자가 되게 해 달라고 빌어야지. 그래서 세계 모든 음식을 취미로 배우는 거다. 완전 좋은 미래상인데.

"알았어."

"그래. 가서 스콘 먹어. 식으면 맛없는 거야, 저거."

천원은 그 말에는 더 불만인 것 같았지만 아쉬운 눈치로나마 떨어졌다. 나는 그가 책상 앞에 앉자 이 방에 놓여 있던 다른 의자를 주워 와 그가 잘 보이게 앉았다. 그는 스콘을 처음 본다는 얼굴로 냄새를 맡아 보았다. 담백하게 구운 스콘의 버터 냄새는 언제나 그렇듯 유혹적이었지만 그는 잠시 낯설게 느끼는 것 같았다.

"연지, 이게 뭐야?"

"스콘. 좀 뜯어서 잼 발라서 먹어."

"잼?"

그는 눈치 빠르게 앵두잼을 보았다.

"이게 잼이야?"

"그래. 버터도 여기 있으니까 둘 다 발라 먹어 봐. 버터 나이프가 있어서 다행이었어."

월수궁 주방에는 놀랍게도 평범한 포크와 파이틀뿐만 아니라 파인 다이닝 중에서도 프렌치 풀코스에서나 다 쓸 것 같은 아름다운 은 커틀러리 세트가 갖춰져 있었다.

주방장이 양식을 잠깐 해 본다고 사다 놓았다가 도저히 복잡해서 못 하겠다고 광에 넣어 두었댔던가. 내가 그 덕을 지금 보고 있다. 은이니까 여기까지 가져올 수도 있고.

천원은 스콘을 우선 집고 반으로 찢었다. 그리고 어설픈 동작으로 잼을 떠서 스콘에 발랐다. 앵두잼은 일부러 과육을 덜 으깨고 살짝 졸였기 때문에 주르륵 흘러내리는 부분이 있었다. 손에 붉은 잼이 살짝 묻었다.

장난기가 들었다. 나는 그 손목을 잡아채 그의 손에 묻은 잼을 핥았다. 과연 단맛이다.

나는 그를 올려다보며 빙긋 웃었고 천원은 내가 손을 놓아주자 스콘을 입에 넣고 씹었다. 그의 표정이 좀 풀렸다.

"맛있어."

그 말은 언제 들어도 좋다. 나는 즐거워져 활짝 웃었다. 천원의 표정이 더 풀렸다. 그는 나를 잠시 보다가 말했다.

"오늘 밤에는 오지 마."

"왜?"

방금까지 보고 싶다고 어리광 부려 놓고? 나는 놀라 그를 보았다. 천원은 아주 잠시 동안 인상을 썼다가, 이내 담담하게 설명했다.

"아침에 해상에 태풍이 왔어. 이따 밤이 되면 물살이 세서 위험해."

"그러면."

그가 오면 좋을 텐데. 용은 괜찮다면서. 나는 자존심 때문에 그 말을 하는 것을 잠시 주저했고, 말해도 될 것 같다는 판단이 들었을 때에는 타이밍이 어색하게 지나 있었다. 천원은 엷게 쓴웃음을 지었다.

"사실은 그것 때문에 한동안은 나가 있을 거야. 너도 쉬고, 내가 돌아오면 시종을 보낼게. 휴대폰은……."

"쓸 일 없으니까 괜찮아. 그런 건 신경 쓸 거 없는데, 출장을 이렇게 갑자기 가?"

"출장?"

그는 출장이 뭔지 모르겠다는 얼굴로 눈을 깜박이다가 깨달은 듯 고개를 주억거렸다.

"……아, 갑자기 그렇게 됐어."

나는 한숨을 쉬었다. 그러면 아까 그렇게 예쁜 말을 하는 걸 사제하지. 괜히 우울해졌다.

"……보고 싶겠다."

"그래. 보고 싶을 거야."

내가 그를 보고 싶다는 의미에서 한 말이었지만 천원은 그렇게 말하고 스콘의 남은 반쪽을 입에 넣었다. 그의 눈이 잠시지만 아주 먼 어디로 가 있는 것 같아, 나는 가슴을 똑바로 폈다.

"연지 씨, 내일부터 좀 쉴 수 있을 것 같은데, 어때요?"

그리고 저녁 식사 준비를 간신히 마쳤을 때 주방장은 내게 와서 그렇게 말했다. 나는 내가 주말 끼고 쓴 긴 휴가가 끝난 지 얼마나 됐다고 또 이렇게 쉬게 되는 건지 기분이 이상했지만 고개는 끄덕였다.

"네. 용자님께 들었어요."

"어? 그래요?"

주방장은 생각보다 크게 놀라워했다. 어쩌다 옆에 있던 경 시덕도 같이 놀랐다.

"용자님이 직접 말씀해 주셨어요?"

"네? 아, 네. 아까 간식 드리러 갔을 때요."

"정말요?"

그럼 정말이지. 경 시덕과 주방장은 서로의 얼굴을 보다가 내 어깨를 동시에 두드렸다. 뭐 하자는 건지 이해가 되지 않아 나는 얼굴을 기묘하게 일그러뜨렸다. 뭐야, 왜. 아까 간식 가져다주고 오는 거 다 봤잖아. 그때 들을 수도 있지.

"연지 씨도, 그렇군요……."

어?

"……참 의연하네요. 대단해요."

뭐가. 주방장과 경 시덕은 내가 못 알아들을 말을 나누며 나를 대단하다는 듯 보았다. 나는 이걸 캐물어야 하나 아니면 용궁에서 늘 있는 나만 모르는 이야기의 일종이니 그냥 넘어가야 하나 고민했다.

역시…… 천원에 대한 일은 뭐든 궁금하긴 하지만, 주방 식구들한테 물어봐서 내가 알아들을 수 있는 대답이 나오는 걸 본 적이 없다. 나는 그냥 넘어가기로 하고 그들과 같이 고개를 심각한 척 끄덕였다.

"연지 씨는 용궁에 처음 올 때부터 대단한 사람인 줄은 알았어요."

"역시 사람이라 그런가 보네요."

"사람은 원래 다들 연지 씨처럼 용감하고 착실한가요?"

환경 오염으로 인해 녹조로 많은 물고기가 죽고 어쩌고 하는 이야기를 했던 바로 그 자리에서 인간 칭찬을 들으니 기분이 이상하다. 나는 점점 더 이야기를 이해할 수 없었지만 그냥 계속 고개를 끄덕였다. 주방 식구들이 퇴근 준비를 시작했다.

"그럼 다음에 와서 봐요, 연지 씨."

"네, 편안히 잘 쉬고 와요. 내일은 과편을 좀 할 건데 객당에도 보낼게요. 먹어 봐요."

"감사합니다."

경 시덕과 주방장도 자기들이 맡은 자리를 점검하고 퇴근 준비를 하기 위해 나를 놓아주었다. 나는 내가 쓴 자리로 가서 문제될 것이 없는지 훑어보았다. 팬은 잘 닦아서 정리되어 있고 스토브도 깨끗했다. 바닥도 누가 치웠는지 어느새 깨끗하다.

그래도 내가 지상에서 가져온 물건을 비롯해서 나만 쓰는 것들은 내가 정리해야 했다. 물론 조리 끝날 때 깨끗하게 해 뒀지만, 다음에 올 때 바로 쓸 수 있도록…….

보고 싶다.

내가 살짝 짜증이 나서 한숨을 쉬는데 옆에 문 대덕이 슬쩍 다가왔다. 그녀는 눈을 동그랗게 뜨고 내게 슬쩍 물었다.

"연지 씨, 연지 씨. 아까 그 말 진짜여요?"

"네? 뭐가요?"

아까 내가 무슨 말을 했던가? 내가 고개를 갸웃하자 그녀는 주변을 둘러보았다. 그리고 우리 부근에 다른 사람이 없다는 것을 확인하고는 손을 모아 내게 귓속말했다.

"용자님께 말씀 들으셨다는 게 정말이어요?"

"아, 네."

출장을 다녀온다는 말을 들었다. 문 대덕은 경탄한 얼굴로 입을 가렸다.

"어머나."

그리고 어쩐지 기묘하게 눈시울이 붉어지면서 입가가 올라가는 것이······ 잠깐, 그게 뭔데! 나는 입을 벌렸다.

"왜요, 뭐 이상한 점이라도 있는 건가요? 제가 직접 얘기 들으면 안 돼요?"

가 아니구나! 우리가 사귄다는 게 눈치 빠른 사람들에게는 밝혀질 수도 있었구나! 아니, 하지만 주방에서 티 낸 적은 없는데. 저번에 천원이 날 데리러 온 게 역시 소문의 시발점이었나 보다. 나는 갑자기 온 깨달음에 얼굴을 붉히고 황급히 시선을 돌렸다. 그것을 본 문 대덕은 더 확신한 얼굴로 감동한 듯 입가를 꼭 눌렀다.

"그렇군요. 저도 연지 씨가 언젠가는 아실 줄 알았어요."

뭘? 천원이 날 좋아한다는 걸? 나는 문 대덕의 눈치를 살피며 물었다.

"문 대덕님은 아셨어요?"

"용궁 식구들이야 다들 알죠. 말 못 하는 물고기들 중에는 모르는 이들도 있지만······."

뭐?

"진짜요?"

"네에, 다른 일도 아니고 용자님 일이잖아요."

나는 역시 창피해서 죽는 게 어떨지 좀 진지하게 고민해 보기로 했다. 내가 연예인 만나냐. 왜 용궁 식구들이 다 아는 거야.

"용자님은 프라이버시도 없어요?"

"푸라이버시가 뭐여요, 연지 씨?"

문 대덕이 눈을 또 동그랗게 떴다. 나는 고개를 일단 휘휘 저어서 당황한 마음을 약간 다스렸다.

"다른 사람들이 알면 용자님이 부끄러워하실지도 모르잖아요."

"그야…… 그렇죠. 해서 해야 용녀님께서도 그 이야기를 싫어하시지만요. 하지만 용자님 당신께서는 정말로 늘 의연하시고 늠름하시어서."

어, 그건 좀 상처받는다. 하지만 그보다 이야기에서 위화감이 느껴져 나는 고개를 갸웃했다.

"해야 용녀님은 싫어하세요?"

"싫어하시지요. 그래 매번, 다들 알면서도 쉬쉬하고……."

왜…… 쉬쉬한 건데. 매번이 뭐야. 나는 역시 의심이 생겨 물으려 했다.

"잠깐만요, 문 대덕님. 지금 제가 아는 이야기를 하시는 건지 모르겠는데……."

"문 대덕."

주방장이 다가와 문 대덕을 잡았다. 주방장은 늘 착하지만 이 거대한 수라간을 지휘하는 사람답게 일에 있어서는 물론 엄격했다. 지금의 표정을 보니 뭔가 잘못을 꾸짖으려는 기세라 문 대덕은 나와 하던 이야기를 모두 잊은 듯 히이익 하고 숨을 들이켰다.

나는 보아하니 문 대덕을 추궁할 상황이 아닌 것 같아 그녀를 보내고 내가 쓰는 주방 집기를 다시 정리했다. 그리고 더 할 일이 아무래도 생각나지 않아 앞치마를 벗고 주방을 나섰다.

❋ ❋ ❋

과연 저 위에 떠다니는 해파리 떼의 흐름이 빨랐다. 휴대폰은 서비스 지역이 아니라고 나왔다. 해상에 비가 많이 내리거나 구름이 많이 낀 모양이었다.

땡, 때대대댕, 하며 그 언젠가처럼 경쾌하게 울리는 풍경 소리를 들으며 나는 객당 주방에 쪼그려 앉아 있었다. 가마솥은 많이 다뤄 본 적이 없었지만 뚜껑을 뒤집어 놓고 돼지기름에 녹두전을 튀기는 기분은 나쁘지 않았다. 내가 좋아하는 숙주나물이 기름과 녹두전 반죽의 물에 젖어 반들거렸다.

역시 여기다가도 조리 도구를 좀 더 가져다 놔야겠다. 파다닥 파다닥, 빗소리처럼 보글거리는 기름 소리를 들으며 나는 약간 쓸쓸하고 고립된 기분으로 그렇게 생각했다.

객당 주방에 있는 도구는 그리 다양하지 않았다. 그리고 우리 수라간에서도 정작 주방장이 쓰는 도구는 그것으로 충분하다는 것을 안다. 하지만 나는 도구에 익숙해진 현대인이라 프라이팬도 용도별로 필요하다. 부젓가락도 길이별로 필요하고 이번에 사 온 부엌칼 세트는 내게 신세계였다고.

부스스스스. 내가 머무는 객당에서 조금 떨어진 곳에 있을 숲에서 나뭇가지 흔들리는 소리가 날려 왔다. 이곳도 장마철이 되기 전에 과일을 잘 따지 않으면 당도가 빠진다는 이야기를 들었다. 빨리 잘 수확했으면 좋겠는데.

타닥 하고 녹두전 가장자리가 바삭하게 익었다. 나는 젓가락으로 전을 살짝 흔들어 얼마나 익었는지 확인해 보았다. 위쪽 가운데가 아직 묽게 찰랑였다. 불조절이 잘 안 되는 것일까. 나는 그 고소한 냄새를 맡으면서 멍하니 무릎을 끌어안았다. 바닷속에서 빗소리를 들을 수 있는 곳은 지금 여기뿐이다.

누군가 객당 안으로 들어오는 소리가 들렸다. 나는 미적미적 일어나 부엌 밖으로 얼굴을 빼꼼 내밀었다. 혹시 걸덕 극우인가 했는데, 온 사람은 의외로 별이었다.

"연지 씨."

별은 용궁 옷을 입고 있었고 손에는 뭐가 많이 들려 있었다. 나는 깜짝 놀라 뛰어나갔다.

"별 주부님!"

"안녕하세요, 연지 씨. 맛있는 냄새가 난다 했는데, 역시 부엌에 계셨군요."

그가 든 짐은 무슨 거대한 가마니 몇 개를 쌓은 것 위에 광주리가 또 몇 개였는데 그의 몸보다도 컸다.

"네, 점심 하고 있었어요. 무슨 일로 오셨어요?"

별은 내 뜰을 가로질러 부엌 앞에 자기 짐을 내려놓았다. 그의 동작은 세심했고 짐을 상하게 할 만한 흠 하나가 없었다. 나는 어쩔 줄 몰라 하며 가마니와 광주리를 보았다. 전에도 이런 게 온 적이 한 번 있어서 뭔지는 아는데.

허리를 편 그는 내게 살짝 웃었다.

"저는 전내부 주부이니 손님이신 연지 씨를 돌보는 것은 제 일이지요. 지급해 드리는 쌀과 밀가루, 그리고 고기와 채소입니다. 더 필요하신 것이 있으시다면 언제든 전내부로 말씀해 주세요."

"아니, 그렇다고 이 많은 걸 혼자 들고 오셨어요."

별이 물론 전내부 소속이긴 하지만 이렇게 짐 옮기는 건 우리 수라간에서도 더 직급이 낮은 사람이 한다. 별은 부드럽게 고개를 저었다.

"저는 힘이 센 걸 아시잖아요."

"그래도 힘들잖아요. 아, 혹시 시간 괜찮으시면 녹두전 드시고 가실래요? 반죽 좀 많이 했어요."

간 조절을 약간 실패하는 바람에 반죽이 생각보다 늘었다. 별은 아름다운 눈을 휘며 웃고, 의외로 냉큼 받아들였다.

"그리 말씀하시면 사양하지 않겠습니다."

"네, 드세요. 너무 많아요. 저기 마루에 좀 앉아 계시면 금방 가지고 나올 게요."

이쯤 되면 녹두전이 좀 탔을 수도 있다. 나는 말을 던져 놓고 부엌으로 부랴부랴 뛰어 들어갔다. 그리고 정말 다행히도 아직은 타지 않은 전을 뒤집었다. 호박 조각에 적신 기름을 추가로 두르자 치이이익 하는 소리와 함께 연기가 피어오르고 고소한 냄새가 진동했다.

대충 둘이 먹을 만큼 전을 부친 나는 객당에 원래 있던 백자 접시에 그것을 담고 상에 얹어 마루로 나갔다. 마루에 앉아 있으라고 했더니, 별은 부엌 문 옆에 서성이고 있다가 내가 나오자마자 상을 받아 들었다.

"제가 들겠습니다."

"아니에요. 제 손님이신데."

"이렇게 맛있는 식사를 대접받는데요."

나는 그래도 손님에게 상을 들게 하고 싶지는 않았지만 별은 정말로 힘이 셌다. 그가 살짝 힘을 주자 상은 그의 손아귀로 훌쩍 옮겨 가 버렸다. 나는 이참에 산호로 된 병에 맑은 물을 좀 떠 담아 그와 함께 대청마루로 올랐다.

별은 섬돌을 밟은 채 마루에 걸터앉았고 나도 그가 일하는 중이라 신을 벗고 올라올 수 없다는 것은 이해했다. 나는 상에 챙겨 둔 백자 잔에 물을 따르며 사교적으로 말했다.

"입맛에 맞으실지 모르겠네요. 어서 드세요."

"연지 씨 먼저 드셔야지요."

별은 예의 바르게 내가 젓가락을 먼저 드는 것을 기다렸다. 나는 그의 경우 밝음에 감동하며 전을 잘라 먹었다. 객당에 있는 간장도 용궁의 역사에 걸맞게 맛있는 것이어서, 사실 내 솜씨가 부족해도 그 간장만으로도 기분이 좋을 것 같았다. 별은 내가 전을 입에 넣자 그제야 자신도 젓가락을 들었다.

녹두전 몇 장 중에서 아까 별을 맞느라 오랫동안 두었던 것은 확실히 약간 오버쿡되어 있었다. 타지는 않았지만 원했던 것보다 너무 안까지 푹 익어 딱딱했다. 나는 부끄러워 살짝 인상을 썼지만 별은 전을 얌전히 먹고 나서 빙긋 웃었다.

"아주 맛있어요, 연지 씨."

"감사합니다."

오버쿡된 건 내가 다 먹어 치워야지. 나는 예의상 웃으며 덧붙였다.

"간장이 참 맛있어요."

"간장도 맛있지만, 녹두전이 더 맛있어요."

그는 웃는 얼굴 그대로 나를 보며 말했다. 이 사람은 정말 착하다. 오천원의 식사 예절이 이 사람의 반만 따라왔으면 내가 용궁에 올 일이 없었을 텐데. 나는 더 감동받아서 얼굴이 약간 뜨거워졌다. 부끄러우면서도 고마운 기분에 웃음이 나왔다.

"감사합니다."

때대대대댕. 용궁 전역에서 시간차를 두고 풍경이 한없이 흔들리는 소리가 났다. 간장이 찰랑이고 별의 옷자락이 날렸다. 나는 후드티의 모자를 고치며 마루 너머를 보았다. 어쩐지 불안한 기분이 들었다. 물살 때문에 어젯밤에는 기와가 날아가거나 나뭇가지가 부러지기도 했지만 다행히 피해가 심하지는 않았다고 했다. 무엇보다 본격적인 태풍은 아직 며칠 남았다는 모양이었는데.

왜 저렇게 사방이 이상하게 일렁일까.

별이 젓가락을 내려놓았다. 나는 사방이 이상하게 보인 것은 불규칙하게 점멸하는 어떤 밝은 빛이 이쪽을 향해 오고 있었기 때문이라는 것을 잠시 후 깨달았다. 그 빛이 내 대문을 들어서자 별은 섬돌에서 내려서 절했다.

"어이."

레오는 언제나처럼 찢어진 청바지만 입고 얼굴과 상체에는 물감을 칠하고 있었다. 그러나 그의 낯빛은 어딘가 창백했고 표정은 딱딱했다. 물론 그는 언제나 딱딱하고 무례하지만, 오늘은 그보다 더…….

"Tu as un invite.(손님이 있군.)"

내가 낭비를 한다고? 못 알아듣겠다. 대문의 기둥에 멋있는 척 그 거구를 기대 선 레오는 나를 꼿꼿이 쏘아보았다. 깊숙이 절한 별과 달리 나는 그를 심드렁하게 노려보았다. 이래서 불안했나. 아니, 하지만 이것은 끝이 아니었다.

가슴속이 술렁인다. 마치 무언가를 두려워하는 것처럼, 나 자신은 전혀 이해하지 못하는 무언가가 움직여서, 내 예감에 직접 속삭이는 것처럼.

"뭐라고?"

"나와라."

나는 레오가 한 말이 프랑스어로 무슨 뜻인지 잠시 고민하다가 겨우 그것이 한국어였다는 것을 깨달았다.

"내가 왜?"

"네가 궁금해하던 것을 보여 주지."

해야는 어디 갔길래 이 무례한 남자가 혼자 자기 처가집을 휘젓고 다니게 두는 거야. 원래 둘이 백허그 하고 다니는 거 아니었냐고. 나는 한숨을 쉬며 신을 고쳐 신고 마루 아래로 내려섰다. 별이 내게 다급한 듯 속삭였다.

"연지 씨."

가지 말라는 것 같다. 나는 웃으며 별을 안심시켰다.

"저희가 하던 이야기가 있으니까 마저 하고 올게요. 이렇게 돼서 죄송해요. 천천히 드시고 전내부 들어가셔요. 정리는 제가 할 거니까 하지 마시고요."

"C' est long."

"알았다고."

뭔지는 모르겠지만 길다 이거지. 나는 레오에게 퉁명스럽게 던진 뒤 뜰로 내려섰다. 별이 나를 불렀다.

"연지 씨."

이번에는 왜 나를 부르는 걸까. 나는 별을 돌아보고, 그가 든 얼굴이 어쩐지 무척이나 당황하고 슬픈 것 같아 나도 모르게 우울한 얼굴을 했다.

"다녀올게요."

내가 두려워 도망칠 것이라고 레오가 예언한 것이 뭔지.

내게 말하면 안 되는 것이 뭔지.

해야가 그토록 슬퍼하며 울었던 것이 뭔지.

……천원은 무엇이 그렇게 의연한지.

지금 알 수 있다면, 레오가 말해 줄 마음이 들었을 때 모두 묻고 싶다. 그 밖에 내게 말해 줄 사람이 없는 것 같으니까.

"용감한데."

나보다 열 걸음 정도를 앞서서 한참 걷던 레오가 문득 뒤도 돌아보지 않고 던졌다. 물살 때문인지 거리에는 사람이 없었다. 나는 갑자기 내 머리칼을 온통 헤집고 지나간 바람 때문에 후드티 자락을 앞으로 잡아당기며 투덜거렸다.

"내가 좀 용감해."

아니었으면 심장마비 안 걸리고 이 용궁에서 아직까지 살아남았을 것 같냐. 레오는 픽 하는 웃음소리를 냈다.

"네가 계속해서 용감하길 빈다."

"당신이 안 빌어도 알아서 할 거야."

"기도가 필요할 거다."

이건 잠깐 못 알아들었다. 나는 그의 말을 영어로 번역해 본 다음에야 레오가 '아무리 용기가 있어도 혼자서는 부족할 거다' 라는 의미로 그런 말을 했다고 해석해 냈다. 뭐야, 기분 나쁘게. 왜 걱정하는 척이야.

그리고 그렇게 해석하는데 정신을 팔고 있었기 때문에 나는 레오가 가는 길을 잠시 동안 알아보지 못했다. 그는 내가 따라오든지 말든지 상관없다는 태도로 성큼성큼 발걸음을 옮겼는데 나보다 훨씬 다리가 길었기 때문에 속도가 무척 빨랐다. 그리고 가끔 이해할 수 없는 골목으로 마구 접어들었다. 그를 따라가다가 마침내 넘어질 뻔한 나는 씩씩거리며 이를 갈았다.

오기로 줄달음질치다 보니 우리는 어느새 월수궁 근처에 와 있었다.

낮이니 월수궁에 사람이 많을 때는 아니었지만, 그럼에도 불구하고 여기까지 오는 길에 호기심에 가득 찬 시선들을 마주치지 않은 것은 이상한 일이었다. 아무리 심해의 물살이 센 날이라 해도 가장 기본적인 생활은 계속 이루어진다. 우리 주방장은 나에게 과편도 보낸 것이다. 나는 레오에게 의심스럽게 말했다.

"월수궁에 오는 길은 더 가까운 게 있었어."

내 출근길에 비해 많이 돌아온 것 같은데. 레오는 무뚝뚝하게 바로 대꾸했다.

"그리고 귀찮은 놈들도 있었겠지."

"그게 무슨 뜻이야?"

레오는 거의 처음으로 나를 잠시 돌아보았다. 그의 눈빛은 언제나 그렇듯이 쌀쌀맞았는데, 어딘가 평소보다 더 딱딱한 느낌도 들었다.

"우리가 가는 길이 비밀스러워야 한다는 뜻이다."

알아는 듣겠는데 반밖에 못 알아듣겠다. 혹시 우리가 어딜 가든 해야에게 들키면 반드시 막히리라는 뜻일까.

"당신은 비밀스럽고 싶으면 그 빛을 좀 줄여. 당신이 가는 데마다 빛이 번쩍거려서 어딜 가는지 저 멀리서도 보이겠어."

"내 사랑스러운 아내와 달리 나는 빛을 줄이는 것이 어렵다."

나는 그를 비꼬려다 참았다. 레오는 아주 잠깐 멈춰 섰다가 월수궁 북문으로 궁 안에 들어섰다. 북문은 해궁 방면으로 트인 문이었는데 나는 해궁으로 갈 때 수라간의 문을 통해 아예 야외로 나선 다음 갔기 때문에 북문을 이용해 본 적이 없었다. 북문은 작고 사람이 없었다.

"오늘 무슨 일 있어? 사람이 없네."

나는 아까부터 느꼈던 불안이 점점 더 커져 초조해하며 물었다. 실내에 들어와서도 레오의 걸음은 느려지지 않았다. 월수궁의 야명주는 반 이상 닫혀 있었다.

그래, 꼭 그때 같았다.

레오는 대구하지 않고 계속 걸었다. 그가 가는 길은 여전히 내가 처음 가
보는 길이었으며 사람이 없었고 어두웠다. 하지만 이윽고 멈춰 선 층은 나
도 아는 층이었다. 용왕 가족의 침실이 있는 층이다. 저 복도 어딘가를 걷다
보면 천원의 방이 나올 터였다.

으르르르르······.

멀리서 문득 모공이 송연해지는 낮은 울음소리가 들렸다. 아니, 오히려
명확한 소리라기보다는 그저 떨림 같은 것이었으나 그것은 내 몸 전체를 흔
들었다. 나는 내 심장 부근에 손을 올렸다.

각오하고 온 것이다. 그러나 여전히 두렵다.

레오는 계속해서 걸었다. 나는 그를 따라가다가 내가 마침내 잘 아는 구
역에 접어들었다는 것을 알았다. 천원의 침실로 통하는 복도는 오늘은 야명
주가 거의 덮여 있었고 다른 빛이라고는 레오에게서 나오는 것밖에 없었다.

그리고 침실에서 늘 나오던 그 빛은 없었다.

아니길 바란다.

아니길 바랐지만, 레오는 천원의 침실 앞에서 우뚝 멈춰 섰다. 지키는 사
람도 없었다. 그는 나를 돌아보고 물었다.

"두렵나?"

으르르르르르······.

소슬하다. 용궁은 춥지도 덥지도 않은데 이게 무슨 조화일까. 꼭 시기를
맞춘 것처럼 그 거대한 울림이 다시 왔다. 나는 그 느낌이 그러고 보니 해야
와 레오가 용궁에 왔을 때와 비슷한 것도 같다고 생각했다. 그러나 그, 용의
느낌과 꼭 같지는 않다. 그보다 어딘가 두렵고······.

빛이 없다.

불안해서 가슴이 터질 것 같았다. 나는 당장 도망치고 싶었지만 꼿꼿이
섰다. 그것은 자존심 때문이기도 했지만 이제 지쳤기 때문이기도 했다.

천원의 일이라면 알고 싶다. 아무리 무서워도 알고 싶다.

어쩌면 내가 아직 '그 비밀'이 얼마나 두렵고 끔찍한 것인지 상상하지 못해서일지도 모르지만, 적어도 나는 알고 나서 두려워하고 싶었다. 뭔지 모를 것이 그저 불안해서 울고 싶지는 않다. 그런 것은 지금이 아닌 다른 때에도 많이 마주치는 위기다.

"해야 용녀님은 자기 때문에 천원이 아픈 거라고 했어."

그 말에 레오의 눈에서 불꽃이 튀었다.

"내 사랑스러운 아내는 잘못한 것이 없다. 사악한 자의 소행이다."

"천원도 그렇게 말했어. 그건 누구야?"

"두렵냐고 물었다."

"정리하고 말하려고 했어."

"아직도 정리되지 않았다면 이 이야기는 끝이다. 돌아가라. 쓸모없는 것."

이번엔 내 눈에서 불꽃이 튀었다. 누가 쓸모가 없어?

"처가에서 놀고먹는 용한테 그런 말 듣고 싶지 않아. 당신네 용궁에 빨리 돌아가."

레오는 팔짱을 끼었다. 그가 선 모습은 마치 거대해 끝이 보이지 않는 바위처럼 보여서, 나는 그가 사람이 아니라 용이라는 것을 새삼 실감했다. 그는 흉포한 짐승이었다.

내게 관용을 베풀고 있을 뿐이다.

"이곳은 내 아내의 집이고, 내 아내의 부모의 집이다. 두려워 망설이는 것은 부끄러울 일이 아니지만 효용이 없다. 너는 이곳과 상관이 없는 자니 돌아가라."

"아니, 나도 상관이 있어."

나는 인상을 썼다.

"천원에 대한 일이면 나도 알아야겠어. 출장 간 사람의 침실은 왜 온 거야? 저 안에 들어가서 일기장이라도 찾는 거야? 미안하지만 그런 거라면 다른 때 슬쩍 말만 해 줘도 됐을 거야. 난 저 안이 어떻게 되어 있는지 알거든."

"하, 하, 하."

레오는 무척 우습다는 듯 나를 비웃었다. 그는 나를 한껏 경멸하는 얼굴로 보았다. 꼭 그가 처음 나를 불렀을 때와 같았지만 어딘가 더 진저리를 치는 것만 같다.

"저 안이 어떻게 되어 있는지 너는 모른다."

심장이 뛴다.

"그게 무슨 말이야?"

가슴이 아파.

"당신보다는 내가 잘 알 거야."

천원은 그래서 어디가 아픈 거야. 내, 검은 눈의 용에게 어떤 비밀이 있다는 거야.

왜 이렇게 불안한 거야. 나는 왜 이전에 도망친 걸까. 그때 문을 열었어야 했다. 해야가 말리기 전에 그렇게 했어야 했다. 아니, 적어도 도망은 치지 말았어야 했다. 충분히 생각한 다음 '예의 바른 일이 아니기 때문에' 죽을 들고 돌아갔어야 했다.

"너는 모른다."

레오는 무겁게 선언했다. 나는 그에게 고집스럽게 강한 얼굴을 했다.

"나는 두렵지 않아."

그것은 나 자신에게 들려주는 말이기도 했다.

"두렵지 않아. 그러니까 말해 봐. 뭘 하라는 거야? 왜 여기에 왔어?"

으르르르르르르르르르…….

진동은 아까의 두 번보다 훨씬 더 거대하고 분명하게 나를 덮쳤다. 머리 끝부터 심장의 아주 깊은 곳까지 얻어맞는 듯한 느낌에 나는 심호흡했다. 가까이서 느끼니 이것은 '소리'가 맞았다. 그리고 그 소리는 천원의 침실 안쪽에서 나고 있었다.

레오는 입꼬리를 빙긋 올렸다. 그의 표정이 기대하는 사람의 것으로 바뀌었다.

"저 문을 연 다음에는 두려울 것이다. 그러나 지금 그렇게 말한 것은 높이 산다."

"문을 열어야 해?"

천원은 며칠 동안 나간다고 했다. 그것도 아주 갑작스럽게 그렇게 말했었다.

다른 것은 몰라도 천원의 침실이라는 공간 자체는 내게 아주 익숙한 곳이었다. 나는 그 문 앞에 섰다. 안의 야명주를 거의 덮었는지 문의 나무 조각이 이쪽에서 더 잘 보였다. 복도가 이만큼 어두운데도.

레오의 빛이 번쩍이며 순간 벼락이 친 것처럼 문이 환하게 빛났다. 으르르르. 폭풍우가 치는 것만 같았다. 때대대댕 하고 풍경이 미친 듯이 흔들리는 소리가 어렴풋하게 들렸다. 나는 문에 손을 댔다. 문은 차가웠다.

"그래."

레오는 속삭이듯 선언했다. 그 또한 흥분하고 있는 것 같았다. 나는 침을 꿀꺽 삼키고 문을 꽉 잡았다. 늘 여기 오면 서 있는 시종이 있었고 그 시종이 문을 열어 주었기 때문에 내가 이 문을 만져 본 적은 없었다. 차갑다. 아니, 뜨겁다. 아니, 어느 것도 아니다.

두렵다.

나는 천천히 문을 열었다. 문은 늘 그렇듯이 정교한 솜씨로 만들어진 것이었고 관리가 잘되어 있어 매끄럽게 열렸다.

용은 아홉 가지 동물을 닮았다.

아, 나는 책에서 읽은 그 말을 무심코 거짓이라 생각했던 것이다.

푸르고 늘씬한 비늘은 오색의 광택을 내며 뱀 같은 몸을 타고 끝없이 이어졌다. 물안개와 같이 축축한 땅의 구름은 배에 자욱하고 눈은 토끼처럼 아몬드 모양으로 찢어져 아름다웠다. 뒤로 뻗은 짧고 섬세한 뿔은 비취와 같은 색. 낙타처럼 길게 나온 입은 길게 찢어져 섬뜩한 이가 드러나고, 귀는

338

소처럼 부드럽고 크다. 고양이과 동물처럼 끝이 뭉툭한 발은 그러나 호랑이의 주먹이라는 말에 걸맞게 단단하고 역동적이었고 그 끝에 튀어나온 날카로운 발톱은 매의 것처럼 단단하고 매서웠다.

내 눈에 바로 들어온 그것은 레오가 순간 낸 밝은 빛에 비친 모습이었다. 레오의 빛이 약간 어두워지자 '그것'의 비늘은 자개 같은 오색의 광택을 푸른색보다 강하게 내며 물결쳤다. '그것'이 나를 보았다.

새까맣고 내가 아는, 그러나 흉포한 눈이 그곳에 있었다.

나는 들어가 등 뒤로 문을 닫았다. 나도 모르게 눈물이 차올랐다. 새까만 눈은 내게 못 박힌 듯 고정되어 움직이지 않았다. 그 시선은 거칠었고 내가 이제껏 본 어느 것보다 폭력성에 차 있었다. 눈에는 검은자가 아주 많았지만 조금 보이는 흰자는 충혈되어 붉다는 것이 확실히 드러났다.

"천원."

나는 그의 이름을 불렀다. 그는 다시 진동했다.

으르르르르르르르르……

그의 눈은 우는 것처럼도 보였다. 나는 그 신비하고도 두려운 모습에 다시 눈물이 차오르는 것을 느꼈다. 저 소리는 이제 보니 울음이었다. 자기 안의 어떤 감정인가 아픔인가를 이기지 못해서인지, 아니면.

나는 그에게 천천히, 잘 들릴지 의심하게 물었다. 방 밖에서 종이를 통해 들어오던 빛이 점점 어두워졌다. 레오가 떠나는 모양이었다.

"야명주 열어도 돼? 네가 잘 안 보여."

방을 가득 채운 거대한 청룡은 또다시 울었다. 그 신음에는 도저히 사람의 말이랄 것은 없었지만 나는 조심스레 두 손을 들어 보였다.

"알았어. 그냥 이대로 있자."

으르르르. 이번에는 비명 같은 소리가 났다. 다리에서 힘이 풀렸다. 크기는 다르지만, 저 '용'의 눈은 처음 레오를 보았을 때와 다름없이 나를 적대적으로 쏘아보고 있었다. 아니, 오히려 그보다 더했다.

천원에게 그런 눈빛을 받는 것은 이제는 아주 마음 아픈 일이었다. 나는 그에게 속삭였다.

"내가 갔으면 좋겠어?"

으르르르르르르르르르르르르르……

긴고 아까보다 약한 소리가 마치 아픈 사람의 헐떡이는 숨소리처럼 흘렀다. 나는 청룡의 목을 보았다. 턱에서 한 뼘 정도 내려간 곳에는 정말로 다른 비늘과 다르게 거꾸로 나 있는 비늘이 하나 있었다. 그것은 나이 든 애완용 물고기의 비늘처럼 탁했고 광택이 없었지만 당장 떨어질 것 같지는 않았다. 그러나 그보다 그 비늘이 눈길을 끄는 것은.

비늘 한가운데를 관통하는 세 뼘 길이의 새카만 바늘 때문이었다.

청룡은 문득 몸을 뒤틀었다. 눈물이 그대로 흘러나왔다. 나는 그에게 다가가지도, 그에게서 물러서지도 않고 천천히 말했다.

"네가 오지 말라고 했는데 와서 미안해."

어째서 그렇게 말했는지 이제는 알겠다. 천원이 지금 일부러 빛을 조절하고 있을 거라고는 생각하지 않는다. 그가 눈을 부릅떴다. 나는 눈물이 계속 흘러 닦지도 못하고, 점차 숨을 헐떡이며 말을 뱉어 냈다.

"미안, 해. 하지만 나, 는, 알아서, 사실은 기뻐. 흑, 그래서 더, 미안해."

그의 모든 것이 알고 싶었다. 하지만 그러면.

"그래서, 음식을 먹, 으면, 목이 아팠구나."

안 되었다는 걸, 이제 알겠다.

"네가, 가라고, 흐윽, 하면, 갈게."

어쩌면 아까 청룡이 낸 울음 소리가 그런 내용이었을지도 모른다. 청룡의 눈에 있던 뜨거운 것이 부드럽고 슬픈 빛으로 바뀌었다. 그에게서 천천히 빛이 나기 시작했다.

그 부드러운 빛은 언제나 보던 것이었다. 처음에는 한밤의 방에 커튼을 통해 든 별빛 같았던 그것은 점차 밝고 분명해지더니 마침내 촛불과 같이 붉어졌다가, 이내 오색의 구름을 휘감은 태양빛처럼 바뀌었다.

청룡은 상서로운 빛과 천둥 같은 소리를 내며 내게 전했다. 쿠구구궁. 천지가 흔들렸다.

「……가지, 마」

그것은 말이 아니었음에도 불구하고 마치 내 마음에 직접 말하는 것처럼 이해할 수 있었다. 나는 울며 고개를 끄덕였다. 오색의 구름을 감은 청룡은 조금 전과 달리 너무나도 훌륭해 내가 감히 다가가거나 말을 걸어서도 안 될 것만 같았다. 그는 다시 전했다.

「……울지, 마」

눈물을 흘리고 싶어서 흘리는 것은 아니었다. 나는 그 말 때문에 더 격하게 흘러나오는 눈물을 간신히 닦았다가 그 즉시 얼굴 전체가 다시 젖어 버리는 것을 느끼고 포기했다. 머리가 점점 아팠다.

청룡의 눈이 가늘어졌다. 그것은 내가 아는 천원이 나를 보며 의아해할 때와 비슷한 분위기였다. 그는 천천히 떠오르다가 한순간 아주 부신 빛을 냈다.

내가 눈을 떴을 때 청룡은 없었고 침대 위에는 천원이 침의를 입고 앉아 있었다. 그의 얼굴은 창백했고 그는 조금 슬픈 얼굴을 하고 있었다.

"미안, 해. 보여 주기 싫었던, 거지?"

나는 다시 사과했다. 그는 일어서 내게 다가왔다. 놀라울 정도로 그의 걸음은 평소와 변함이 없었다. 그는 내 눈물을 닦아 주며 쉰 목소리로 말했다.

"나는 괜찮으니까 울지 마."

"네, 네가 아픈, 건……."

"괜찮아."

그는 내 눈물이 아무리 닦아도 계속 다시 흐르자 그냥 내 머리를 자기 가슴에 끌어안았다. 나는 그가 귀찮아서 그런다는 것을 알았지만 그대로 그의 허리를 마주 안았다.

제9장
오래전에 있었던 일

해야의 머리칼은 구름처럼 아름답게 늘어졌지만 그 얼굴은 납처럼 차가웠다. 나는 그녀의 앞에서 슬픈 기분으로 그저 입을 다물고 있었다. 그녀의 손에 들려 있던 연꽃 모양의 백옥 찻잔이 새까만 상에 놓였다. 딱.

태풍이 휩쓸고 지나갔는데도 해야가 머무는 객당은 매실 하나 제멋대로 떨어진 것이 없었다. 그녀의 가련한 뺨이 잠시 떨렸다. 가늘고 긴 손가락은 완벽하게 부푼 빵 반죽처럼 희고 부드러워 완벽했다. 나는 이전에 레오가 나를 불렀던 이 방이 그녀에게 어울린다고 생각했다.

"애자라는 용을 아나요?"

"아뇨."

전에 샀던 용에 대한 책에서 봤던 것도 같지만 잘 기억나지 않았다. 나는 내가 아까 이 방에 도착해서 대접받았을 때 예의상 한 모금 마셨을 뿐인 찻잔을 내려다보았다. 맑은 찻물의 색은 백옥 잔과 잘 어울렸다.

해야는 한숨처럼 설명했다.

"처음으로 승천한 용에게는 아홉 자녀가 있었는데, 그 이름이 포뢰, 수우,

치문, 조풍, 애자, 비희, 폐한, 산예, 패하라 해요. 아홉 용이 모두 성품이 달 랐다는데 애자는 살상을 좋아했다 하여 지상의 사람들이 칼에 애자의 그림 을 새겨 넣곤 했지요."

그런 내용이 있었던가. 나는 무감각하게 맞장구를 쳤다.

"그런가요."

"그들이 있었던 것은 용의 기준으로도 오래전 일이지만 우리는 우리가 그 아홉 용의 자손이라는 것을 알아요."

해야는 또다시 차를 마셨다. 목이 타는 것 같았다.

"이름은 만이라 하고, 내가 어릴 때는 삼촌이라고 불렀던 이가 있어요."

"네."

나는 한숨을 쉬었다.

"그이는 애자의 성정을 그대로 물려받았는지 싸움을 좋아하고 무엇이든 마음에 드는 건 힘으로 빼앗았는데, 힘이 세서 그이가 눈독을 들인 것은 누 구나 뺏길 수밖에 없었지요. 그리고 내가 자라나 관례를 치렀을 때 그이는 이번에는 이 용궁에 눈독을 들였어요."

주인과 후계자가 있는 용궁을.

"살 곳이 없었나요?"

"살 곳이 없기도 했지요. 그래선지 이 용궁에 자주 드나들었고 객당에 오 래 머물곤 했어요. 가끔 지상에서 마음에 드는 못이니 골짜기를 빼앗아 살 기도 했지만 영 마음에 안 들었던 모양이에요. 물론 그랬다는 건 모든 일이 끝나고 나서 안 것이고, 내가 어릴 때는 그저 내게 웃으며 잘해 주는 친척 아 저씨였지만요."

"배은망덕한 경우가 다 있네요."

나는 고개를 기계적으로 주억거렸고 해야는 슬쩍 웃는 척을 했다.

"그렇지요. 배은망덕한 자였지요. ······하지만 우리는 그때 그것을 몰랐어 요. 그이가 본색을 드러낸 것은 내가 유학을 다녀와 레오와 결혼하겠다고 말했을 때였어요."

그녀의 얼굴에 있던 미소가 도로 사라졌다.

"어떻게 드러냈는데요?"

"……나를 납치해 강제로 혼인하려 했어요."

이 말에는 너무 놀라서 입이 딱 벌어졌다. 나는 눈을 부릅뜨고 해야를 보았다. 그녀는 씁쓸하고 작위적인 미소를 지어 보였다.

눈이 떨리는 것을 보니 아직 그때의 상처는 감정으로 남아 있는 것 같다.

"오래전 일이지만 생생하게 기억나요. 그때는 내가 이 용궁의 후계자였으니 나와 혼인하면 그이도 다음 대의 이 용궁의 주인이 되는 것이었지요. 다행히 무슨 일이 생기기 전 아버지와 어머니가 구해 주셨지만, 쉬운 싸움은 아니었어요. 평화로운 용궁에서 백성들을 돌보며 세월을 보내 오신 두 분과 다르게 그이는 평생 싸움질을 하며 살아왔지요. 덕분에 아버지와 어머니는 큰 상처를 입고 오랫동안 앓으셨어요. 지금도 겉으로는 건강해 보이지만 싸우는 것은 힘드세요."

나는 가만히, 깊은 한숨을 쉬었다.

"끔찍한 일을 겪으셨네요."

"나는 괜찮아요."

해야는 강하게 이번에야말로 빙긋 웃었다.

"……레오는 인정하지 않지만, 아마 레오가 나를 페루로 데려간 것도 불안해서였을 거예요. 내가 상처에 계속 시달릴까 봐."

"그때는 아직 동생분이 태어나기 전이지 않았나요?"

"그래요. 그래서 많이 슬프고 내가 비겁하다는 생각이 들었어요. 연로하고 아프신 부모님을 두고 멀리 가 버리다니, 가슴이 아프잖아요. 혹여 그이가 또다시 이 용궁을 노린다면 그때야말로 나라도 나서서 죽기를 각오하고 싸워야 하는 건데. 나 없을 때 아버지와 어머니가 그이의 손에 죽고 나는 너무 멀리 있어 그것을 모르는 꿈을 몇천 번을 꿨는지."

나는 인상을 썼다. 용왕 부부는 착하다. 나도 그들을 좋아하므로, 내 할머

니의 할머니가 태어나기도 전에 그들이 억울하게 죽을 수도 있었다는 상상
은 유쾌하지 않았다.

해야는 또 차를 마셨다.

"우습게 들릴지도 모르지만, 솔직히 나는 레오와 둘이서 사는 것이 행복
해요. 이제는 그런 악몽을 거의 꾸지 않게 되었고요. 나를 경멸하나요?"

"아니요."

해야가 왜 자신의 잘못이 아닌 일로 죽기를 각오하며 악몽을 꿔야 한단
말인가. 그녀는 순전히 피해자였다. 나는 그녀가 그만큼의 이야기만 듣고도
그녀가 과거를 잊고 행복해질 수 있기를 진심으로 바랐으므로 고개를 저었
다. 요 며칠 잠을 제대로 자지 못했으므로 피곤하고 힘들었지만 그것은 확
실히 구별할 수 있었다.

그녀는 반짝이는 눈을 내리깔았다.

"말이라도 고마워요. ……그래, 내가 혼인해서 떠났을 때 그이는 속으로
쾌재를 불렀겠지요. 이제 용궁에는 연로한 용왕 부부만이 남고 이렇다 할
후계자가 없었으니까요. 조금만 기다리면 자기가 이 궁에 들어앉을 수도 있
겠다고, 그렇게 믿었을지도 모르지요. 그런데 그때."

딱. 잔이 상에 내려앉았다.

"내 아우가 태어났어요."

나는 겨우 잔을 들어 차를 한 모금 마셨다. 차의 맛은 느껴지지 않았다.

해야는 슬프게 계속 이야기했다.

"나는 무척 기뻤고 어머니와 아버지도 행복해하셨어요. 두 분은 늘그막에
자식을 기르는 재미에 순수하게 푹 빠지셨지만 나는 그이가 이 용궁에 손을
대기 어렵게 되었다는 것에도 통쾌함을 느꼈어요. 나는 그것이 미안해서,
어머니와 아버지는 외롭고 쓸쓸할 때 얻은 자식이라 천원이를 너무 관대하
게 길렀다는 점은 인정해야 할 거예요."

그의 이름이 나왔다. 나는 그녀에게 들키지 않도록 일부러 숨을 죽여 심
호흡했다. 또, 아프다.

"이해할 수 있어요. 늦게 얻은 자식일수록 귀엽다고 하지요."

"그래요. 그리고…… 내 아우가 건강하게 자라 일찌감치 관례를 치르려 하자 그이가 초조했나 봐요. 아주 강하고 끔찍한 저주를 걸었어요."

"그것은 동생분의 목에 있는 바늘을 말씀하시는 게 맞나요?"

"네. 그거예요."

해야는 또 차를 마시려는 듯 손을 잔에 댔지만 제대로 마실 수 있을 것 같지는 않았다. 잔이 부들부들 떨렸던 것이다. 나는 그것을 잡아 주려고 했지만 손에 힘이 없어 잔을 오히려 깨뜨릴 뻔했다. 그녀가 도리어 나를 걱정스럽게 보았다.

"괜찮아요, 연지 씨? 몸이 안 좋은 거 아닌가요?"

"아니에요."

해야는 그러고도 잠시 나를 빤히 들여다보았다. 다행히 내 얼굴색이 합격인 모양이었다. 그녀는 잔을 드는 것을 포기하고 한숨을 깊이 쉬었다.

"……용에게 역린은 가장 중요한 약점이에요. 어린아이는 역린을 다치는 것만으로도 다시는 회복할 수 없게 되기도 하지요. 몸싸움을 할 기회가 있었다면 그이는 제 아가리로 그 아이의 목을 물어뜯고 싶었을지도 몰라요. 하지만…… 정확히 언제인지는 몰라요. 내가 결혼했을 때와 천원이가 관례를 치를 때, 그사이의 언제인가 그이는 여의주를 잃고 이무기가 되었어요. 분노와 상실감이 아주 심하면 그런 경우도 있어요. 마음이 온통 사기로 물들어 용으로서 있을 수 없는 거예요."

"이 용궁은 처음부터 자기 것이 아닌데 어째서 그렇게까지 분노해야 하나요?"

불합리하다. 나는 우울하게 물었다. 해야는 한숨을 또 깊이 쉬었다.

"……나도 정확히는 몰라요. 여의주를 잃는 것은 한순간에 일어나는 일이 아니라 어느 정도 긴 시간에 거쳐 일어나니까요."

"사기라는 것은 전에 말씀하셨던 동물의 살에 있다는 그 사기 말씀하시는 건가요?"

해야는 잠시 생각하다 고개를 끄덕였다.

"그랬었지요. 네, 맞아요. 용은 익히지 않은 동물은 먹지 않는데, 그런 살에는 사기가 너무 많아서 그것이 체내에 쌓이면 이무기가 되기 때문이에요. 연지 씨가 가져왔던 전복은 익혔으니 나는 먹을 수 있었지만 아픈 내 아우에게는 위험했어요."

그런데도 일어나자마자 전복죽이 먹고 싶다고 해 줬었구나. 나는 또 한숨을 쉬었다.

"아프면 위험한 건가요?"

"……나는 '아프다'고 하고 있지만, 일반적으로 백성들이 말하는 아픈 것과는 달라요. 연지 씨와 같은 지상 사람이 말하는 '아프다'는 우리 백성들이 말하는 '질병을 앓는다'는 것과 같은 의미겠지요. 맞나요?"

"예, 그런 뜻으로 말했어요."

"그때도, 그리고 레오가 이번에 연지 씨에게 보여 줬을 때도 천원이가 통증으로 몹시 앓은 것은 맞아요. 하지만 그것은 질병과는 조금 다르지요. ……내가 말해 주었던가요? 용은 음식을 먹지 않아도 죽지 않지만 성격이 나빠진다고."

해야에게 들었던 것인지는 모르겠지만 분명 그런 말을 들었다. 나는 고개를 끄덕였다.

"신통력이 있는 짐승은 중용을 걸어야 해요. 하지만 계속 아프고 음식을 먹지 못하면 화가 나고, 그것이 계속되면 힘을 잃지요. 용은 여의주를 잃어요. 그래서 어머니와 아버지도 어떻게든 천원이에게 음식을 먹이고 싶어 온갖 수를 써 오셨고, 나도 연지 씨에게 감사하는 거예요. 음식을 잘 먹어야 한다는 것을 아무리 알아도, 그 아이가 하다못해 죽 한 모금 삼킬 때마다 목이 아파 힘들다는 것을 아니 강제하기 힘들었거든요."

그럼 나는 강제해도 되냐고. 천원이 그간 내가 만든 음식을 먹으면서 계속 목이 아팠을 것이라고 생각하니 가슴이 아렸다. 나는 인상을 쓰고 고개를 숙였지만 해야는 손을 저었다.

"그런 얼굴 하지 말아요. 말했잖아요. 연지 씨에게 감사하고 있다고."

"하지만 그렇게 아프다면."

"음식을 먹을 때의 통증은 음식을 먹지 않았을 때 생기는 문제보다 작으니, 이무기가 되는 것보다는 나아요. 승천하지 못하는 것도 끔찍하지만, 이무기가 되는 것은 모든 용에게 있어 죽는 것보다 싫은 일이니까요."

승천하지 못하는 게 죽는 거 아닌가. 나는 용의 가치관을 이해할 수 없었지만 깊이 파고들지 않았다.

"……그리고."

해야는 손을 내리고 이번에도 살짝 미소를 지었다.

"연지 씨가 온 후로 천원이가 앓는 경우가 줄었어요. 분노하는 대신 다른 생각을 할 수 있게 된 거예요. 그것 또한 고맙게 생각하고 있어요."

나는 이번에야말로 고개를 푹 숙였다. 해야는 나와 천원의 관계에 대해서는 더 이야기하지 않았다.

"……그래요. 내 아우는 언제나 아파요. 역린을 꿰뚫는 침 때문에 언제나 괴롭지요. 그 아이의 방에 테레비를 놓아 준 것도, 휴대폰을 사 준 것도 모두 조금이라도 다른 생각을 해 보라는 의미에서 어머니와 아버지가 하신 일이에요. 하지만 그 무엇이 있어도 그 아이가 고통스러워한다는 사실은 없앨 수가 없고, 분노와 슬픔에서 오는 사기는 그 아이를 좀먹고 있어요. 가끔 아주 아플 때…… 아마도 그이가 분노로 그 아이에게 또다시 저주를 퍼붓고 있을 때는 다른 이를 만나지도 못하고 방에 틀어박혀 자기와 싸우고 있지요."

눈이 뜨거워졌다. 나는 살짝 잠긴 목소리로 말했다.

"……방에 들어갔을 때 동생분은 무서운 얼굴을 했고 배를 감싼 구름은 먹구름 같았어요. 그런데 그 구름이 나중에 오색으로 변했어요."

"우리 혈통의 용은 본모습일 때 오색구름을 두르지만 이무기는 그럴 수 없지요."

그래서 그런 무서운 얼굴을 한 것이었다. 해야는 쓴웃음을 지었다.

"그이는 아주 잔인한 저주를 건 거예요. 어쩌면 한 번 당했으니 용궁에 직접 쳐들어오기는 무서워서 그런 수를 쓴 것일지도 모르고, 어쩌면 우리 가족이 죽도록 괴로워하고 더 오랫동안 슬퍼하라고 일부러 그런 수를 쓴 것일지도 몰라요. 아무튼 우리는 알고 있어요. 내 아우는 아직은 잘하고 있고 우리도 모든 수를 다 쓰고 있지만 언젠가는 사기가 쌓여 여의주를 잃을 테고, 그러면 우리는 영원히 그 아이를 잃게 되겠지요."

"저주를 풀 방법은 없나요?"

눈물이 흘렀다. 나는 해야도 함께 울고 있었기 때문에 그나마 부끄러움을 덜었다. 그녀는 절망한 얼굴로 나를 보았다.

"그이가 직접 풀거나 그이가 죽는 수밖에는 없어요. 하지만 우리 가족은 누구도 그와 싸워 죽음까지 몰아넣을 힘이 없고 그이는 절대로 풀어 주지 않을 거예요."

"해 본 건가요?"

그녀는 고개를 저었다.

"어머니와 아버지는 쇠약해 바로 살해당할 테고, 나는 혼자서 싸울 용기를 낼 수 없었어요. 나도 제대로 싸워 본 적이 없고, 그이에게 납치당할 때는 반항했었지만 쉽게 제압당했거든요."

이 용들 봐라. 나는 순간적으로 화가 나 벌떡 일어섰다. 싸우다가 한쪽 용이 승천한 싸움에 대해서는 별에게 들었다. 이미 한번 자신을 납치한 적이 있는 상대를 혼자 찾아가는 것이 두려울 것도 물론이다. 하지만.

그를 잃는 것을 이렇게 슬퍼하는데.

……나는 기운이 빠져 도로 앉았다. 실은 내게는 그럴 권리도 없었고, 더 생각하니 해야의 말이 옳았다. 싸울 수 없는 상황이었다. 그저 그를 속절없이 잃을 거라는 말에 견딜 수 없을 만큼 화가 났을 뿐.

해야는 내게 씁쓸하게 말했다.

"……내가 왜 부끄러워 말하지 못했는지 이제 알겠지요. 나는 부끄러워요. 나의 삶이 최선을 다한 것이 아닌 것 같아 부끄럽고, 그이를 내가 어릴 때 죽이지 못한 것이 부끄러워요. 아직도 상처를 안고 있는 것이 부끄럽고, 그러면서도 내 남편과 둘이 살며 내 아우와 내 부모님을 버려두고 그저 행복한 것이 부끄러워요. 너무나도 부끄러워 내 아우를 보러 왔지만 그 아이는 나보다 훨씬 의연하게 잘하고 있어요. 부끄러워 모두에게 말하지 못하게 한 내 이기심이 또한 부끄러우니 나를 경멸해도 어쩔 수 없겠지요."

나는 그 자리에서 그녀의 말을 오랫동안 생각했다. 그리고 한숨을 쉬고 고개를 저었다. 눈물은 닦아 냈다. 뺨은 금세 말랐다.

"······용녀님은 잘못하신 것이 없어요. 말씀해 주셔서 감사합니다."

해야는 웃으려다 만 얼굴로 내게 고개를 끄덕였다.

"고마워요. 이제 나도 하나 물어봐도 될까요?"

"네."

그녀가 아는 모든 것을 말해 준다고 불렀고, 이제 다 말해 주었으니, 나도 그녀가 묻는 어떤 것에든 대답해야 할 것이다. 그녀가 아직 안은 상처는 저렇게나 컸다. 나도 고개를 끄덕였다.

그녀는 음울하게 물었다.

"내 아우를 좋아하나요?"

녹초가 되고, 중간에 심지어는 넘어지기까지 하며 돌아온 객당의 뜰에는 용궁 옷을 입은 별이 서 있었다. 언제부터 그 자리에 있었던 것인지, 멀리서 보았을 때는 키 작은 나무 같았던 그는 내가 발소리를 내며 대문을 넘자 그제야 이쪽을 돌아보고 인사했다.

"안녕하세요, 연지 씨. 주인 없는 집에 허락 없이 들어왔습니다. 죄송합니다."

나는 간신히 웃었다. 솔직히 다른 사람인 줄 알고 잠깐 기대했었다.

"아녜요. 문도 다 열어 뒀는데요. 무슨 일이세요?"

그는 용건을 말하기 전에 잠시 머뭇거렸다.

"그것이······."

아니다. 내가 먼저 해야 할 말이 있다.

"저번에는 죄송했어요."

그를 아주 이상하게 두고 가 버렸다. 내가 사과하고 들어와 뜰을 가로지르려는데 별이 내게 다가와 나를 올려다보았다. 나는 이제 와서 그의 눈이 얼마나 깊은가를 생각했다. 그것은 내가 상상할 수도 없을 만큼 오래 살아온 현명한 자의 눈이었다. 저것을 안다. 용왕 부부와 해야도 저런 눈을 하고 있다. 아, 그리고 언젠가 천원도 지금과 완전히 같은 얼굴로 저런 눈을 하게 될 것이다.

내가 마루에 앉아 신을 대충 벗어 던지는데 별이 그 앞에 서 물었다.

"……괜찮으세요?"

"네?"

별은 그대로 내 앞에 무릎 꿇고 앉았다. 그리고 조심스럽게 내 무릎과 팔에 묻은 모래를 털어 주었다. 내가 바보같이 아까 넘어졌을 때 묻은 모래를 그냥 달고 온 것이다. 모래를 다 턴 후 그는 나를 잠시 동안 올려다보다가 천천히 몸을 일으켜 내 뺨을 부드럽게 쓰다듬었다.

그의 분홍색 입술이 부드럽게 움직였다.

"레오 니림께서 뭔가 무례한 행동이라도 하셨나요?"

나는 고개를 저었다. 물론 레오는 무례했지만, 그런 것은 정말로 지금 별의 입에서 레오의 이름을 듣고 나서야 어렴풋이 떠올랐다.

별은 내 옆에 앉아서 더 천천히 내 얼굴을 닦아 주었다. 아직 눈물 자국이 남아 있는 모양이었다. 연꽃 비단은 정말이지 더러움이 묻지 않아서 뭔가를 닦는 데에는 적합하지 않았다.

갑자기 입이 터진 것처럼 말문이 열렸다.

"별 주부님."

"예."

나는 울렁거리는 기분으로 물었다.

"여동생분에 대해 여쭤봐도 되나요?"

"예."

그는 정말로 괜찮아 보였다. 나는 가슴이 아파 주먹을 말아 쥐었다.

"떠난 남자는, 왜 떠난 건가요? 사랑하는 여자가 사람이 아니면 어때요. 이렇게 사람하고 똑같은데. 오히려 사람보다 현명하고 할 수 있는 것도 많은데. 자기가 뭐라고 떠난 거래요? 자기는 신선이 될 수도 있는 대단한 사람이니까 짐승은 안 된대요?"

별은 내 마지막 표현에 슬픈 얼굴로 빙긋 웃었다.

"아뇨……. 그 남자는 아마 자신이 신선이 될 수 있다는 생각은 안 했을 겁니다. 마음에 특별한 점이 없는 평범한 사람이었으니까요."

"그러면 왜요?"

"……그 남자가 죽고 나서 이렇게 오랜 세월이 흘렀는데도 제 여동생은 젊고 아름다우니까요."

"그러면 안 돼요?"

"그 남자에게 있어서의 인생이자 미래가 제 여동생에게는 한순간……. 그런 것을 반려라고 부르지는 않으니까요. 그 남자가 하루하루 조금씩 변하는 것이 인간에게는 거의 느껴지지 않지만, 저희처럼 오래 사는 이들에게는 눈앞에서 강산이 바뀌는 것처럼 선명합니다."

별의 얼굴이 잠시지만 대단히 딱딱해졌다. 마치 내가 타는 그의 등껍질처럼 오래되고 세월의 더께가 쌓여 이제는 살아 있는지 아닌지 남이 구별할 수조차 없는, 그런 분위기를 띤 표정이었다.

별은 이윽고 한숨을 쉬었다.

"……그러므로 짐승은 처음부터 인간을 넘보아서는 안 되는 것이었습니다. 그 남자의 생은 순식간에 흘러갔고, 제 여동생은 그를 잊었고, 저는 아직도 그를 기억합니다. 서로에게 불공정한 일입니다."

내가 용궁에서의 계약 기간을 마치고 지상에 돌아가서, 그때부터 50년이 지난다면. 나는 중간에 심장 마비 따위의 원인으로 돌연사했을지도 모르고, 아니라도 지금과는 완전히 다른 모습과 마음을 가지고 있을 것이다. 그리고 또다시 20년이 지난다면 죽어 있을 확률이 높다.

그리고 그때 용궁을 방문하는 사람이 있으면 우리 주방장은 또 그 사람에게 '최근에도 오셨던 분이 있는데' 라고 아무렇지도 않게 나에 대해 언급할 것이다.

현기증이 났다. 나는 별의 눈을 보았다. 그는 맑고 슬픈 눈으로 나를 보았고, 나는 그에게 내 머리칼을 들어 보였다. 지금은 고무줄을 풀고 있었던 것이다.

"별 주부님, 전 이번에 지상에서 머리를 자르고 왔어요."

"예, 압니다."

그는 걱정스러운 눈빛으로 담담하게 대답했다.

"얼마나 잘랐는지 혹시 아세요?"

"예."

별은 아무렇지도 않게 고개를 끄덕였다. 대답이 너무 빨리 나와 막상 내가 다음 질문을 하는 것이 주저되었다.

"……얼마나 잘랐는데요?"

머뭇거리며 한 질문에 별은 고개를 살짝 갸웃하며 엄지와 검지 사이를 벌렸다. 그 길이는 전에 천원이 내게 보여 주었던 것과 거의 비슷했다.

그때는 아무 생각이 없었다. 나는 양손에 얼굴을 묻었다. 별은 당황한 듯 내 옆에 앉으며 부드럽게 물었다.

"……왜 그러셔요, 연지 씨? 왜 우시나요?"

눈물은 나오지 않았지만 내 어깨는 이제 떨리고 있었다. 우는 것이나 다름없다.

"별 주부님."

"예."

"인간과 짐승은 무슨 일이 있어도 이루어질 수 없나요? 결혼해서, 아이를 낳고, 한쪽이 죽을 때까지 같은 집에 살면…… 그렇게 살면 되는 거 아닌가요? 그게 이루어지는 거 아닌가요? 어째서 그렇게 말씀하세요. 지금 이

순간에 우리는 같은 곳에 있고, 서로의 말을 이해하고, 서로의 감정을 이해하잖아요."

그것은 나에게 하는 말이었다.

눈을 감은 것이 아니었기 때문에 땅에 드리운 그림자가 보였다. 별은 몇 번이나 머뭇거리다 내 어깨에 손을 살짝 얹었다. 그의 손은 따뜻하고 부드러웠다.

"연지 씨."

"네."

"용자님이 아프신 걸 보셨지요?"

"네."

"무서우셨어요?"

"네."

"이무기는 살아 있는 것을 통째로 잡아먹으며 사람도 먹이에 들어가니, 그 두려움은 옳습니다. 하지만 연지 씨는 그래서 두려우셨던 것은 아니지요?"

말로 하려고 했지만 잠시 목에서 바람이 나오지 않았다. 나는 고개를 세차게 끄덕였다. 별은 소리 작은 한숨을 쉬었다. 그는 답을 알고 있었다.

"다시 여쭙겠습니다. 어째서 두려우셨어요?"

"······흑."

눈물은 여전히 나오지 않았지만 턱과 혀가 모두 떨렸다. 나는 몹시 추운 날처럼 몽롱한 기분으로 부들부들 떨며, 천천히 더듬어 말했다. 따뜻한 것은 오직 어깨에 닿은 별의 손뿐이었다.

"······보자, 마자, 알았어, 요. 용자님, 은, 저랑 달라요. 너무, 달라요. 제가, 일생의 꿈이라고 하는 것이, 용자님에게는 하루살이가 오늘은 저기까지 날아가겠다고 하는 것처럼, 보일 거예요. 저에게, 일생의 사랑이, 용자님에게는 잠깐의 꿈, 일 거예요. 하물며 짧은, 사귐은, 먼 훗날에는, 흔적조차 남지 않겠지요."

천원에게 내가 어떤 의미가 있을까.

불행을 염두에 둔 관계는 싫다. 나는 욕심이 많아, 내가 좋아하는 사람이 나를 그만큼은 좋아해 주지 않는다면 몹시 슬프고 힘들 것이다. 어쩌면, 아니, 반드시 화를 내고 그를 힘들게 할 것이다.

100년 후에도 지금처럼 아름다울 천원에게 50년 후의 나를 보여 줄 수 있을까. 30년 후에 지쳐 왈칵 화를 낼 나를 그는 어떻게 생각할까. 그는 삼백 년이 지난다 해도 초조함 따위는 느끼지 않을 텐데.

그 결론을 내릴 수 없어 나는 며칠 동안 천원의 방에도 사무실에도 가지 않고 있었다.

＊ ＊ ＊

그의 본모습을 보았을 때 처음 느꼈던 것 중 하나는 경외감이었다.

이지(理智)보다는 분노와 흥포함에 차고 먹구름 같은 물안개에 너울너울 감싸여 있었지만 그의 아름다운 비늘은 용궁에 와서 본 그 어떤 보화보다 아름답게 반짝였고 이목구비는 일부러 조각한 듯 완벽했다.

거대한 절벽을 보고 아찔해질 때처럼 소름이 돋고, 오싹하고, 이질적인 그 기분은.

내가 지금까지 알아 온 천원의 본질과 연결되어 있다는 것을 보자마자 알았다. 그가 평소에 아무리 내 또래의 평범한 청년처럼 보인다 해도 어쩔 수 없었다. 처음부터.

나는 왜 하필이면 그를 좋아하게 되었을까. 차라리 레오의 본모습에서는 그렇게까지 이질적이고 멀리 떨어진 느낌은 받지 않았다. 레오는 오히려 강하고 난폭하여 저어될 뿐 천원만큼 '다르게' 느껴지지는 않았다. 해야도 천원과 같을까. 용왕 부부도 천원과 같을까. 아마 그럴 것이다. 그러니.

……만나지 말아야 할까.

그러나 나는 그를 만나고 좋아한 것을 후회하지는 않았다. 그를 좋아한 그 짧은 시간 동안 얼마나 행복했는지. 그리고 그를 생각하며 만드는 모든 음식이 얼마나 사랑스러웠는지 알고 있다.

"연지 씨."

나는 눈앞에 있던 아티초크가 어느새 변명의 여지 없이 오버쿡되었다는 것을 깨닫고 움찔했다. 내게 말을 걸어 준 문 대덕은 내 어깨가 너무 크게 흔들려서인지 먹물을 약간 뿜었다. 나는 내 조리복을 매끄럽게 타고 내려가더니 앞치마를 적시는 먹물을 보고 멍하니 아티초크를 웍에서 꺼냈다. 젠장, 이따 내놓을 거였는데. 문 대덕은 어쩔 줄 몰라 하며 사과했다.

"어머나, 미안해요, 연지 씨. 제가 그만 실례를……."

"아니에요. 놀라게 해서 죄송해요."

다행히 아티초크의 절반은 아직 기름에 들어가지 않고 남아 있었다. 이거 지상이었으면 당장 주방에서 쫓겨났겠네. 나는 한숨을 손바닥으로 가리며 표정을 관리했다. 그리고 애써 멀쩡한 척 그녀에게 물었다.

"왜요? 무슨 일 있으세요?"

"아, 네. 실은 아까 주신 저어…… 수투인가요? 그게 아무래도 비린내가 난다고, 못 낼 것 같다고 주방장님이 그러셔서요."

그 말을 듣자마자 짚이는 것이 있었다. 나는 무심코 그대로 우리 주방장을 보았고 그는 잠시 어쩔 줄 모르는 표정을 지었지만 얼굴이 딱딱했다. 그야 용궁에 온 첫날에 받았던 경고를 어긴 것이니 그가 화가 날 만도 했다. 이제 와서 더 끓이면 너무 짤 테고.

"저어, 어떻게 하지요?"

비참한 기분으로 나는 고개를 숙였다. 차라리 수플레를 오븐에 넣고 오븐 불을 안 켜는 건 귀여운 수준이었다.

"죄송해요. 어디 있어요? 제가 버릴게요."

그러고 보니 상어 지느러미를 제대로 익혔는지 기억나지 않았다. 문 대덕은 손을 저었다.

"저어기, 그릇에 나간 건 제가……."

"감사합니다. 냄비에 있는 건 버릴게요."

냄비에 있는 건 조금 조절해서 살릴 수 있을지도 모르지만 그럴 기운이 없었다. 스튜에 들어간 재료들에게 미안해 마음이 무거웠지만 나는 이제 내가 냄새를 맡아도 확실히 비린 냄비를 비웠다. 그사이 이번에는 아티초크를 튀기던 냄비에서 연기가 나기 시작했다. 기름도 태워 먹었다.

내가 미친다.

결국 나는 내가 생각해도 끔찍한 임시방편으로 토마토 스파게티에 약간의 구운 아티초크를 곁들여 내놓고 주방을 비웠다. 주방장을 비롯한 여러 사람은 내가 잠깐 쉬고 오겠다는 말에 난색을 표하기는커녕 오히려 반색했으며 몸이 좋지 않으면 오늘은 그냥 들어가라는 말까지 나왔다. 웬만한 건 보면 그냥 따라서 만들 수 있는 주방장은 벌써 내 레퍼토리를 대강 꿰고 있었기 때문에 저녁 식사 준비에 대한 걱정도 없었다.

그대로 내 객당으로 돌아가도 될 터였지만 일단 아직은 낮이었다. 나는 갈피를 잡지 못하고 조리복 차림으로 용궁의 과수원을 거닐었다. 그리고 어느 순간 그대로 걸음을 옮겨 해야와 레오가 머무는 건물을 향했다.

레오를 찾기 위해서 그 건물의 안까지 들어갈 필요는 없었다. 레오는 자기 거처 부근의 뜨락에서 허리를 숙이고 사랑에 빠진 얼굴로 꽃이 핀 가지와 풀을 따 모으고 있었다. 그에게서 나는 빛이 늘 그렇듯 아무렇지도 않게 깜박거리고 있었고 해야의 빛은 근처에 보이지 않았기 때문에 헤맬 필요도 없었다.

바삭. 토끼풀은 용궁에서 보기 힘든 식물에 속했지만 이렇게 손님에게 자랑해야 하는 곳에는 자라 있기도 했다. 나는 풀 밟는 소리를 내며 레오에게 다가갔다. 모두가 일할 시각이었으므로 주변에는 사람이 없었다.

레오는 내가 그의 바로 두 걸음 앞까지 다가가도록 꽃만 내려다보고 있었다. 나는 그에게 무뚝뚝하게 말했다.

"그거 맘대로 따면 안 돼. 관리하는 사람들이 일부러 가지치기하고 남겨 둔 애들인데."

나중에 거기서 뭐 열린다고. 토끼풀로 반지나 만들라고. 레오는 나를 보고 한쪽 눈썹을 올렸다.

이제 나는 그가 무섭지 않았다. 기운이 쭉 빠졌다. 나는 한숨을 쉬고 그와 눈을 마주쳤다. 레오는 허리를 세우고 나보다 무뚝뚝하게 대답했다.

"내 사랑하는 아내가 기뻐만 한다면 황금으로 만든 꽃이라 해도 아까울 것 없다."

"당신 거야?"

"값이 필요하다면 지불하면 된다."

"……좋겠네."

나도 저런 말 듣고 싶다. 나는 한숨을 또 쉬었다.

"해야 용녀님은 좀 괜찮으셔? 그때 우시던데."

레오는 고개를 끄덕였다. 그의 원래도 인상 나쁜 눈이 더 사나워졌다.

"옛날 일이 생각났을 뿐이다. 집으로 돌아가면 다시 좋아질 거다."

"그래. 그러면 다행이고."

가슴이 답답해졌다. 나는 잠시 망설이다 레오의 새까만 눈을 올려다보고 물었다.

"당신 말이야. 나를 왜 천원에게 데려가 준 거야?"

그렇게 해서 레오에게 어떤 이득이 있나. 해야에게 어떤 이득이 있나. 내가 천원이 받은 저주에 대해 알았다고 해서 뭐가 달라진단 말인가.

"당신이 나한테 원하는 게 뭐야?"

레오는 이를 드러내며 웃었다. 아니, 그것은 웃음과 오래된 분노가 반씩 섞인 기묘한 표정이었다.

"샤논이 네가 보고 싶어 병이 났지."

그 이름에 나는 반사적으로 숨을 들이켰다. 물론 병은 과장일 테지만.

"……당신 처남한테 접근하지 말라, 뭐 그런 의미였어?"

"아니. 샤논이 너를 아낀다고 하지 않나."

레오는 이번에는 그냥 명백하게 비웃기만 했다. 나는 비참한 기분을 분노가 조금씩 누르는 것을 느끼며 눈에 힘을 주었다.

"천원이 왜 아픈지 내가 알면 무슨 일이 생기지? 왜 알려 줘야 했던 거야? 당신은 굳이 나를 거기까지 데려갈 필요가 없었어. 해야 용녀님이 안 좋아 하시는 줄 알면 더더욱."

레오의 까맣고 찢어진 눈이 아마도 분노로 약간 붉어졌다. ……이조차 내 게 다른 감흥을 주지 못했다.

"내가 말했지. 너는 두려워 도망칠 거라고."

나는 움찔했다. 아마도 레오가 생각한 두려움의 원인은 다른 것이겠지 만…….

"용감한 체해도 그 정도밖에 안 되었던 거다. 나는 처음부터 인간에게 기 대를 걸지 않았지만, 네가 하도 건방지고 당돌하여 기회를 주었다. 그때 도 망치지 않은 것을 후회하고 있을 테지."

"아니야."

그는 나를 그런 식으로 평가할 권리가 없다. 나는 눈을 부릅떴고 레오는 내 눈에서 불타는 것을 차갑게 내려다보았다.

"발끈할 것 없다. 그래도 너는 내가 원하는 것은 해 주었다."

"그게 뭔데?"

"에야는 자신에게 아무런 책임도 없는 일로 인해 오랫동안 괴로워했다. 그 저주받을 자의 만행이 곪아, 응당 오래전에 나았어야 하는 것이 큰 상처 가 되고 흉터가 되었으니 곪은 것을 터뜨려야지."

"그걸 왜 당신이 하는데? 당신 상처야?"

"그게 뭐든 에야를 낫게 할 수 있는 거라면 내가 해야지, 누가 한다는 말 이냐."

"그래서, 내가 용녀님 상처를 어떻게 터뜨렸는데?"

레오는 이제 나를 아주 멍청해서 불쌍한 것을 보듯이 내려다보았다. 그 깔보는 느낌에 이제는 분노의 비율이 비참함보다 훨씬 높아졌다. 나는 그를 노려보았다.

"뭐야?"

"……우리 사이에는 자식이 없다. 왜인지 에야에게 들었나."

"그런 사적인 이야기는 못 들었어. 이유가 있어?"

해야 부부 사이에 자식이 없다는 것은 이전에 천원에게 들었다. 그리고 천원의 말에 따르면 해야는 그를…….

뭔가 떠오를 듯 말 듯 했다. 나는 눈살을 찌푸리며 더듬어 생각했고 레오는 잠시 후 웃음기 없이 말했다.

"나는 아이를 가지고 싶어 했지만 내 사랑하는 아내는 아니었지. 그녀가 원하는 것이 내가 원하는 것보다 우선이고, 둘이 사는 것이 충분히 행복했기 때문에 우리는 아이를 낳지 않았다. 하지만 그녀가 아이를 가지고 싶어 하지 않았던 것이 샤논을 향한 죄책감과 연민 때문이라는 것을 알고 나는 그녀에게 그래서는 안 된다고 말했다."

"심각하네."

"그렇다. 샤논이 그렇게 된 것에 대해 에야가 죄책감을 가질 필요가 없는데도 그것이 그녀를 좀먹고 있다. 나는 그게 무엇이든 내 아내를 좀먹게 놔둘 수 없어 생각을 다시 하라고 했다."

"그래서 싸웠어?"

레오의 눈에 잠시 약한 것이 스쳐 지나갔다. 싸울 만도 했다. 내가 해야였어도 참견하지 말라고 했을 것이다.

그러나 내가 레오였어도 그냥 둘 수는 없었을 것이다. 그들에게는 앞으로 영원이 있다.

그는 한숨을 한 번 쉬고 꽃가지를 쓰다듬었다. 놀랍게도 그 가지에는 아까까지 없었던 노란 꽃망울이 무수히 맺히더니 그대로 활짝 피어났다. 그가 꺾기 전에는 꽃이 두어 송이 피어 있을 뿐이었던 그 우아한 가지는 이제는 레오처럼 보였다. 온몸이 생명으로 넘치고, 어디로든 눈을 번쩍이며 몸을 뒤트는 거대한 날개 달린 용.

그렇다면 아까의 우아한 모습은 천원과 같을까.

"……마음만 같아선 에야가 떠나자마자 나도 따라가고 싶었지만, 용궁을 완전히 비울 수는 없었다. 그래서 정리할 수 있는 모든 것을 정리하고, 누이를 불러다 궁을 맡기고 그녀를 찾아왔다. 샤논은 이전과는 다른 모습을 하고 있었다. 내가 보기에 그것은 너 때문이다."

보통은 '너 때문인 것 같았다' 고 맺을 말을 그렇게 확신에 차서 선언하는 것은 레오라서 가능한 일이다. 나는 천원을 생각하자 가슴이 아파 오른손을 심장 부근에 댔다. 가지에서 꽃 두어 송이가 물결에 휩쓸려 떨어졌다. 노란 꽃송이가 춤추며 이내 담장 너머로 날아갔다.

"너는 샤논을 구할 수 있을지도 모른다. 혹은 아닐지도 모르지. 하지만 어느 쪽이든 이제 예전에 있었던 일은 비밀이어서는 안 된다. 이제 샤논을 제 방에 가두고 에야가 지키는 멍청한 짓은 끝낼 때가 되었다."

나는 우울하게 물었다.

"당신 아직 확실하게 대답 안 했어. 그래서 당신이 원하는 게 뭐야."

레오는 꽃가지를 끌어안고 말했다. 해야를 생각한 것인지 그의 뺨이 살짝 붉어졌다.

"내 아내와 함께 내 용궁으로 돌아가 행복하게 사는 것."

그리고 그는 자신의 바람을 위해 뭐든 할 것이다.

……이제 들을 말은 다 들었다. 나는 그에게서 돌아섰다.

"그럴 수 있으면 좋겠네."

지키는 사람이 없었기 때문에 기대하지 않았는데, 내가 그 문 앞에 서자 천원의 침실 안에서는 바로 목소리가 들려왔다.

"들어와."

나는 쓴웃음을 지으며 문을 열었다. 우스워서는 아니었고, 그저 그것밖에 할 수 있는 일이 없었다.

천원은 침대에 앉아 있었다. 그의 눈은 평소와 다를 것이 없이 평온한 것으로 돌아가 있었으나 나는 기묘하게 나쁜 예감을 느꼈다. 어쩌면 그것은 그가 나를 노려보았던 기억이 아직도 선명하기 때문일지도 몰랐다.

나는 침실로 한 걸음 들어서 등 뒤로 문을 닫았다. 다앗 하고 아주 부드럽고 작게 나무 문틀이 서로 부딪치는 소리가 들렸다. 우리는 그동안 서로의 눈에서 시선을 떼지 않았다. 방에서는 연꽃 같기도 하고 소나무 같기도 한 향이 났다.

그의 눈이 잠시 가늘게 일그러졌다.

"……이리 와."

나는 그에게 순순히 다가갔다. 아, 내가 얼마나 그를 그리워했는지.

마치.

깊은 물에.

빠져들어 가듯.

이 가슴은 얼마나 따뜻하고 편안한가.

무척이나 슬프고 가슴이 찢어지는 것 같아, 나는 그에게 안긴 지 얼마 되지 않아 몸을 움츠렸다. 천원은 그것을 어떻게 받아들였는지 나를 놓아주었다. 눈을 떠 그를 올려다보니 천원은 상처받은 눈길이었지만 표정은 담담했다.

"미안해. 무서웠구나."

사과는 그가 해야 하는 것이 아니다.

나는 의자를 가져와 그의 침대맡에 앉았다.

"아직 아파?"

"괜찮아."

거짓말이다. 아프지 않았다면 그는 지금 이 시간에는 해궁에 있었을 것이다. 자기가 좋아하지도 않는 일을 하고 있었을 것이다. 나는 그의 눈을 들여다보았다. 이렇게 앞에 있는데도 어째서 쓸쓸할까.

"네 목에 이상한 게 있었어."

해야에게 경위는 들었지만 이제 와서 이상하게 느껴졌다. 용에게 역린이란 무엇일까. 책에서 봤던 것을 아무리 떠올려 봐도 그것을 만진 자는 반드시 용이 죽인다는 대목밖에 없었다. 아, 그리고 군주에게도 역린이 있으니 신하가 비위를 잘 맞추라는 이야기가 있었다.

역린이 중요하다는 것은 확실한 것 같지만, 용의 몸에서 어떤 역할을 하는 걸까? 사람의 심장 같은 걸까? 아니면 위치로 보아 목일까? 어쩌면 정수리?

표정을 관리할 자신이 없었다. 씁쓸하나마 떠올렸던 웃음은 사라진 지 오래였다. 나는 시선을 이불로 내렸다. 천원은 담담하게 말했다.

"역린이야. 거슬비늘."

"그건 알아. 하지만 가운데 바늘이 꽂혀 있었어."

"그래. 저주받아 찔린 거야. 솔직히 약간 억울하긴 하지만."

그는 자신의 목에 손을 가져가다 멈칫하고 그 손을 가슴에 얹었다.

"그래도…… 이게 나아."

천원의 눈이 감겼다.

대체 무엇보다 낫다는 거야. 다시 눈물이 쏟아지려고 했다. 오면서, 아니, 며칠 동안 나는 마음을 단단히 먹었다. 그런데도 저 얼굴을 보고 있으니 그럴 수 없을 것 같았다. 옆에 있고 싶다.

그가 가지 말라고 해 줬으니, 계속 손을 잡고 있어 주고 싶다.

잠시 동안 나는 눈을 감은 그를 가만히 보았다. 천원은 느린 숨을 다섯 번쯤 쉰 다음 눈을 도로 뜨고 나를 올려다보았다.

"연지."

"왜?"

"배고파."

"기다려. 내려가서 뭐 좀 가져올게."

식사 시간은 아니지만 뭐든 있을 것이다. 그가 뭐라도 먹겠다고 하는 것은 기쁜 일이었다. 내가 걸음을 내디디려 하는데 천원의 손이 내 손목을 잡아챘다.

나는 그를 홱 돌아보았다.

"네가 먹고 싶어."

이전에 그런 말을 들었다면 그저 설레었을 마음이 지금은 대단히 아팠다.

그러나 뭐라고 대답하기 전에 그는 나를 당연한 듯 잡아당겨 품에 안고 입을 맞췄다. 나는 가만히 그를 밀어 내리다 당황했다. 평소에는 떨어지라는 신호를 보이면 바로 떨어졌던 그가 지금은 힘을 꽤 주었는데도 꿈쩍도 하지 않았다. 머리를 뒤로 빼려 하자 팔이 뒤통수를 막았다.

나는 몸에서 힘을 빼고 기다렸다. 입술을 물고 혀를 빨아들이는 일련의 과정은 평소보다 성급하고 거칠었다.

숨이 막혔다.

천원은 한참이 지난 후에야 입술을 내 목으로 미끄러트렸다. 나는 다시 한번 그를 밀어 내려 했지만 이번에도 그는 밀려 나지 않았다. 대신 입술이 내 살갗에서 잠시 떨어졌다.

"……연지, 역린에 꽂힌 바늘이 아파. 너무 아파. 그래서 목으로 뭘 넘기는 것이 싫어."

몸이 뜨거워졌다. 내 목에 닿은 그의 뺨이 차갑게 느껴지지 않는 것으로 보아 그 역시 그런 모양이었다. 지금은 위험하다. 나는 눈시울이 또다시 차올라 훌쩍였다.

천원도 우는 것 같았다.

"내가 무서워서, 그래서 이제는 안 좋아하는 거지? 그래서 오지 않은 거지? 그래서 연지는 나를 먹지 않는 거지?"

그런 것이 아니다.

목에 눈물이 닿았다. 그러나 나는 그에게 그렇게 말해야 할지도 모른다는 생각이 들었다. 천원은 내 목을 들어 정말로 물어뜯는 것처럼 한입 가득 물었다. 이가 아닌 입술과 혀가 닿은 것이라 아프지는 않았다. 나는 숨이 차아, 하고 바람을 들이켰다.

"네가 보는 것은 괜찮았어."

내 목에 대고 하는 말은 간지러운 감촉과 함께 가슴에 바로 와닿았다. 그는 우울하게 입술을 더 아래로 가져갔다. 입술이 오므라지는 감촉과 뜨거운 숨결이 몇 번이나 내 목덜미를 헤집었다.

"누나가 슬퍼하고 두려워했기 때문에 감췄지만, 나는 창피하다고 생각한 적은 없어. 연지, 나는 아파서 둔갑이 풀릴 때는 쓸쓸해. 그리고 아파서 힘들어. 배가 고픈데도 목이 아파서 뭔가를 넘길 수가 없어. 너는 목 너머로 넘기지 않아도 달콤하고, 좋은 향기가 나고, 마음이 진정돼. 꼭 네가 웃는 얼굴 같아."

천원의 입술이 내 쇄골 사이에 닿았다. 그 이상은 옷이 늘어나지 않았다. 나는 마침내 다시 울면서 고개를 저었다.

"……네가, 무서워서, 안 좋아하, 는 게, 아니야."

"그러면."

그의 입술이 내 살갗에서 다시 떨어졌다. 나는 힘껏 발버둥 쳤다. 천원은 나를 놓아주었지만 그 얼굴은 비참해 보였고 일부가 젖어 있었다. 나는 며칠 전에 그가 얼마나 흉포하게 찢어진 눈으로 나를 노려보았는지 또다시 떠올렸다.

역시, 무섭기 때문에 안 좋아하는 것이 아니다.

그랬다면 그가 나를 만지는 것이 얼마나 싫었을까. 나는 천원과 함께 있는 것이 여전히 좋았다. 이렇게나 마음이 끌린다. 손을 잡는 것이 좋고 입을 맞추는 것이 좋다. 할 수만 있다면 계속해서 그를 끌어안고, 그대로 시간이 멈췄으면 좋겠다고 다시 생각한다.

좋아하는 사람에게 당연히 그러듯이.

다만 그는 사람이 아니라는 것을 내가 훨씬 더 빨리 깨달았어야 했다. 신의 반열에 있다고, 동물이라고, 짐승이라고, 몇백 살을 살았다고, 죽지 않고 승천한다고, 먼 바다도 한순간에 건널 수 있다고.

용궁 사람들이 그간 말해 준 것을 차마 내 눈앞의 천원에게는 적용시키지 못했던 것은 그의 겉모습이 너무나도 인간과 다를 바가 없어서였을까.

아이처럼 밥상에서 게임을 하고 있고, 부모님에게 툴툴거리고, 맛있는 음식 냄새에 넘어가고, 자기 앞에 있는 여자가 아프다는 말에 불쑥 친절을 베풀고.

눈물이 턱에서 방울져 떨어졌다. 나는 뺨을 거칠게 문지르며 헐떡였다.

"나는, 흑, 너를, 좋아해. 아주 좋아해."

"거짓말."

그는 나를 서글프게 보며 잘라 말했다. 나는 고개를 마구 저었다.

"아니야. 거짓말, 아니야. 나는 너를, 흑, 좋아해."

"거짓말."

천원의 눈에서도 눈물이 흘렀다. 그것이 못내 가슴이 아팠다. 나는 내 가슴을 움켜쥐고 고개를 숙였다. 왜 이렇게 아픈 거야. 우리가 뭐라고.

차라리 심장을 꺼내서 찢어 버리고 싶다.

"거짓말, 아니야. 나는, 너한테, 거짓말, 안 할 거, 흑, 야."

"그러면."

그는 나처럼 바보같이 훌쩍이지는 않았다. 그러나 갑자기 격렬하게 화가 난 듯한 눈으로 나를 쏘아보았다.

"키스해 줘. 아직 내가 단맛이 난다고 해 줘."

"안 돼."

나는 침대에서 떨어지는 방향으로 뒷걸음질 쳤다. 청자 의자는 넘어져 깨졌고 천원은 상처받은 얼굴이 되었다.

가슴과 배의 중간에 있는 것 같은 어딘가가 이토록 뜨겁게 부글거린다. 나를 대단히 아프게 할 수 있는 무언가가 부푸는 것처럼. 그리고 그것은 펄 핑크색 풍선 따위는 아무것도 아니라는 것처럼 그 자리를 모두 차지할 것이다……

"연지."

그는 내 이름을 불렀다. 도저히 방에서 나갈 수가 없었다. 나는 아야, 하고 무심코 작게 비명을 질렀다. 얇은 샌들을 신고 있어서인지 청자 파편을 밟은 발이 화끈거렸다. 천원은 나보다 더 아픈 것 같은 표정을 짓고 정신없이 물었다.

"왜? 왜 그래?"

"아니야. 나 이제 갈 거야. 네가 아프다는 말을 들어서 왔는데, 이제 너도 괜찮을 거야."

"피 냄새가 나. 다쳤잖아."

그는 일어나 내게 구르듯 다가왔다. 그의 맨발이 도자기 조각을 밟았지만 그는 신경 쓰는 것 같지 않았다. 그 모습을 본 내 가슴이 찢어지는 듯 아파 나는 뱃속의 모든 것을 짜내듯 흐느꼈다.

"그러지, 마. 네가 다쳐."

그는 이런 상처가 더해지지 않아도 이미 아픈 것이다. 천원은 그러나 나를 안아 들고 자기 침대로 옮겼다. 그는 내 앞에 무릎 꿇고 맑은 눈물을 흘리며 여의주를 꺼냈다. 곧 눈과 발이 모두 편해졌지만 그의 발과 다리에서는 피가 뚝뚝 떨어져 바닥을 적셨다. 나는 고개를 저었다.

"뭐 하는, 거야. 얼른 일어나. 너, 다쳐."

"나는 괜찮아."

그는 코를 크게 한 번 훌쩍이고 일어났다. 그의 발목 너머와 옷 찢어진 틈새로 흐르던 피가 멎었다.

그래도 아플 것이다. 나는 답답한 가슴을 쥐고 싶었지만 그의 앞에서 차마 뻔뻔하게 그럴 수가 없었다. 천원은 나를 내려다보며 말했다. 그는 포기한 것 같았다.

"내가 무서우면 오지 않아도 돼."

"무섭지, 않다고, 했잖아."

"거짓말이잖아."

"왜 안 믿어."

"누구나 그러니까."

그는 나를 안아 들었다. 나는 고개를 허망하게 저었다.

"아니야. 아무도 너를 무서워하지 않아. 다들 너를 좋아해."

천원의 옷 위로 눈물 방울이 구슬처럼 굴러 땅으로 떨어졌다. 그는 청자가 깨진 곳을 돌아서 문 쪽을 향했다.

무섭지 않아도 나는 이제 돌아오지 않을 것이다. 혹은 돌아오지 못할 것이다. 나는 그의 목을 나도 모르게 빤히 바라보았다. 젖어 반질거리는 그 목에는 끔찍한 것이 있었다. 내가 좋아하는, 용궁의 내 친구들 중 어느 누구도 하지 않은 잘못으로 인해 억울하게 겪어야 하는 고통이 있었다.

이상하다. 여의주는 몸의 모든 아픔을 치유해 주는데도 이렇게 내가 아프다. 발이 아프다. 그와 닿아 있는 모든 곳이 아프다.

"연지. 네가 나한테 무슨 짓을 한 건지 모르겠어."

그건 부조리한 일이었다. 어디가 어떻게 부조리한지 따지기 시작하면 밤을 새울 수 있을 정도로 부조리한 일이었다.

"전에는 너를 생각하면 어쩐지 즐거웠어. 마음이 편해졌어. 아픈 것에 신경을 쓰지 않을 수 있었어. 그런데 지금은 아니야."

그의 눈물이 이번에는 내 가슴을 타고 흘러내려 배에서 잠시 은빛으로 구르다 떨어져 내렸다. 그가 울어야 한다는 것 또한 부조리한 일이었다.

"너를 생각하니까 가슴이 아파. 역린보다 더 아파. 따끔따끔해. 숨을 못 쉬겠어."

나는 얼마든지 울어도 좋다. 좋아하는 사람과, 가까운 사람과 헤어지는 일은 지상에서 몇 번이나 겪었고 지금의 이 눈물이 이전과 다른 점은 헤어지는 이유가 너무 터무니없다는 것뿐이었다.

하지만 그가 이렇게 아픈 것은 화가 나는 일이었다.

"아파하지 마."

나는 흐느끼며 그렇게 속삭였다. 내 눈물이 그의 눈물과 섞여서 울렁였다. 천원은 나를 내려다보며 또다시 가슴 아프고 혼란스러운 얼굴을 했다.

"연지, 왜 우는 거야? 울지 마. 안 잡아먹을 거야. 내려 줄 거야."

말해야 할까.

말하지 않는 게 좋을까.

그것 또한 몇 번이나 고민했다. 헤어질 때 상대방에게 이유를 말하는 거야 당연하지만, 나는 천원에게 '우리는 사는 세계가 다르니까 헤어져야 한다'는 드라마 대사 같은 소리를 하면 그가 못 알아들을 거라고 의심하고 있었다. 혹은 애초에 헤어진다는 게 무슨 의미인지도 모르고 있을 거라는 의심까지도 하고 있었다. 말하면 그는 어떤 반응을 보일까.

알아듣는다면, 어떤 반응을 보일까.

"천원."

그는 눈물을 계속 흘리면서 눈을 깜박였다. 팔이 멋대로 움직여 그의 목을 끌어안았다. 나는 그에게 속삭이려다 말았다. 따뜻하다. 뜨겁다. 그를 만지고 있는 내 팔이, 마땅히 있어야 하는 곳에 있는 것처럼 편안하다.

"왜?"

천원은 슬프게 물었다. 나는 마지막으로 그의 어깨에 이마를 묻었다. 떨어지고 싶지 않아서인지 그 동작은 발버둥 치는 것처럼 강했다. 천원은 그것을 내려 달라는 의미로 받아들였는지 나를 조심스레 내려놓았다.

가슴속이 갑자기 내려앉은 땅처럼 텅 비었다. 나는 내게 남아 있는 그의 온기를 생각하며 뒷걸음질 쳤다.

"나 갈게."

방문이 다시 열리고 닫히는 순간까지 천원은 나를 우울하게 바라보았다.

※　※　※

"이것 좀 맛봐 주실래요?"

나는 지나가던 주방장을 붙잡았다. 저번 스튜의 일도 있고 해서인지 주방장은 약간 긴장한 얼굴로 선뜻 걸음을 멈췄다. 나는 일단 보기에는 멀쩡한 생선 살 튀김을 하나 집어 손바람으로 식히며 주방장의 입에 넣어 주었다. 그는 그것을 몇 번 신중하게 씹어 보았다.

표정만 봐도 알겠다. 나는 인상을 썼다. 물론 주방장을 비난하는 의미로 그런 것은 아니었다.

"이상한가요?"

"미안한데요, 연지 씨. 이거 반죽에 뭐 넣었어요?"

반죽은 일단 눈으로 보기에는 괜찮았었다. 나는 평소 내가 반죽에 넣는 것을 꼽아 보았다.

"식용유 조금하고, 밀가루하고, 소금, 감자전분⋯⋯."

거기에 계란에 뭐 이것저것 들어간다. 주방장은 인상을 펴지 않았다.

"연지 씨가 직접 먹어 봐요."

난 학교에서도 교수님이 그 말 할 때가 제일 싫었어. 하지만 가릴 때는 아니었다. 주방장의 분위기는 심각했고 나는 튀김을 먹었다. 물론 내가 먹어 보지도 않고 주방장을 부른 것은 아니었다.

"어때요, 연지 씨?"

"⋯⋯모르겠는데요?"

주방장의 원래부터 큰 눈이 더 커졌다. 그는 내가 너무 담담하게 말해서 인지 오히려 약간은 믿을 수 없다는 얼굴이었다.

"모르겠어요?"

"네. 그래서 잘 모르겠어서 여쭤본 거예요."

주방장은 입맛을 다시며 약간 생각하는 얼굴을 했다. 그리고 지나가던 문 대덕을 불렀다.

"문 대덕. 이리 좀 와 봐."

"네, 나솔님."

무슨 단지를 옮기던 문 대덕은 그것을 내려놓고 쪼르르 달려왔다. 주방장 은 내 튀김을 가리켰다.

"한번 먹어 보게."

"아, 네, 나솔님."

이제 손으로 바람을 만들어 식힐 필요는 없었다. 문 대덕은 튀김을 집어

한 번 불더니 입에 넣고 씹었다. 그녀의 표정이 잠시 후 미묘해졌다.

"이거 뭐예요? 어? 왜 쓴맛이……."

나는 눈을 내리깔았고 주방장은 내게 친절하지만 확실하게 말했다.

"전분이 아니라 건이스트 넣었네요. 안은 너무 익었고."

그건 심각하다. 문 대덕은 눈을 동그랗게 떴다.

"이거 연지 씨가 튀긴 거예요?"

"네……."

나는 한숨을 쉬었다. 주방장은 이제 숫제 걱정하는 얼굴이었다.

"이걸 진짜로 모르겠어요? 안 이상했어요? 이건 아예 못 먹어요. 버려야 돼요."

"죄송합니다."

식재료에게 죄송합니다. 두 사람에게도 죄송합니다. 나는 고개를 숙이고 튀김을 치웠다. 주방장이 한숨을 쉬었다.

"연지 씨, 몸 안 좋은 거 아니에요? 연지 씨가 원래 음식을 이렇게 하는 사람이 아닌데."

나는 반복했다.

"죄송합니다."

문 대덕은 우리 눈치를 보다가 슬쩍 비켜섰다. 주방장은 나를 찬찬히 보다가 또 한숨을 푹 쉬었다. 그는 눈만큼이나 코와 입도 커서 그 한숨에 땅이 꺼질 것 같았다.

"연지 씨, 연지 씨는 비록 우리 용궁의 손님이라고는 하지만 나는 우리 수라간 식구라고도 생각해요. 그러니까 내 말 너무 섭섭하게 듣지 말고, 쓸데없는 참견이라고 하지 말고, 그냥 더 오래 요리하면서 산 동물이 하는 말이라고 생각하고 들어 주면 좋겠어요."

"네, 주방장님."

혀가 까끌까끌했다. 내가 먹은 튀김에서 나는 정말로 평소와 다른 것을 느끼지 못했다.

"연지 씨가, 내가 보기에는 요즘 몸이 안 좋은 것 같아요. 그리고 그럴 만도 하지요. 지금 이만큼 하는 것도 의연하고 용감한 거예요. 하지만."

그들이 말하는 용감하다는 것은, 내가 천원의 본모습을 보고 두려웠을 거라는 의미였음을 이제 알았다. 나는 고개를 더 푹 숙였다.

"지금 여기는 음식 하는 곳이에요. 연지 씨는 여기 일하러 온 거지 소꿉놀이하러 온 거 아니죠. 그렇죠?"

"죄송합니다."

나는 앵무새처럼 그 말을 세 번째로 반복했다. 대단히 지당한 말씀이었다.

나솔은 더 말하기도 싫은 듯 눈살을 찌푸렸다. 나는 그가 다른 사람에게 안 좋은 말을 하는 것을 얼마나 꺼려 하는지 알았기 때문에 무척 미안했다.

"칼도 있고, 불도 있는 곳에서 정신 빼놓고 있으면 연지 씨뿐 아니라 다른 식구들한테도 위험한 거 알지요?"

"네. 정말 죄송합니다."

정말로 민폐였다. 나는 허리까지 몇 번이나 숙였다. 주방장은 결국 손을 저었다.

"지금 저걸 맛을 모를 정도면 연지 씨가 상태가 안 좋은 게 맞아요. 오늘 용자님 찬으로 올리기로 한 건 내가 알아서 할 테니까 가서 좀 쉬어요. 그리고 좀 나아지면 다시 와요."

엉망이다.

용궁의 정원을 가로지르는 길을 대단히 한가한 사람처럼 거닐면서도 나는 나무에 열린 여름꽃이니 영글어 가는 열매에 시선을 둘 수 없었다. 머릿속은 응당 복잡해야 했지만 진실을 말하자면 당장은 그저 텅 비어 있었다. 아무 생각도 제대로 나지 않았다. 뭔가 제대로 생각하려 하면 두통이 일었고 그것을 견딜 만큼의 기운도 없었던 것이다.

나는 여기서 계속 일할 수 있을까.

지상에서 그런 고민을 했던 것도 같은데, 지금은 내가 그만두느냐 마느냐의 문제가 아니라 저쪽에서 나를 자르느냐 마느냐의 문제로 변한 것 같았다. 잘려도 나쁘지는 않을 것이다. 용궁에서 하고 싶은 것과 배우고 싶은 것이 너무나도 많지만, 적어도 내가 용궁을 떠나면 일하는 모든 순간에까지 그를 생각할 필요는 없을 것이다…….

다른 것도 아닌 요리를 엉망으로 망쳐 놓았는데도 지금 내가 하는 생각이 천원과 멀어지는 것이라니 어처구니가 없다.

"이래서……."

남친하고 헤어지고 시험 망치는 이야기에 진심으로 공감한 적은 없었다. 물론 연애는 어떤 의미로든 공부에는 방해였지만, 나는 언제나 상실감을 분노로 승화시키고 요리에서 위안을 받을 수 있었던 것이다. 그런데 그것을 이제 와서 내가 느껴 보는구나. 징그럽다.

기운이 너무 없어서 이대로는 과수원 한가운데서 움직이지 못하게 될 가능성도 생각해야 할 것 같았다. 그것만큼은 무조건 피하고 싶어 나는 얼른 발에 힘을 주고 빠르게 걷기 시작했다. 희고 고운 모래가 부스럭거리며 발목에 튀었다.

"연지 씨."

누가 내 이름을 부른 것 같은 기분이 들었다. 물론 나도 할 수만 있다면 주방에 돌아가고 싶다. 일하고 싶다. 나는 왜 튀김을 그렇게까지 망쳤을까. 혹시 내일도 그렇게 하면 어떡하나. 무섭다. 그러니 지금 당장이라도 내 객당의 주방에 돌아가면 뭐라도 만들어서, 내가 일할 수 있는 인간이라는 것을 증명해야 할 것이다. 아, 하지만 그러기에 필요한 힘이 지금 나에게 있느냐면 나는 그것조차도 의문인 것이다…….

"연지 씨."

내 이름을 부르는 목소리가 더 가까워졌다. 나는 흠칫해 멈춰 섰다. 내 소매가 뭔가에 걸린 듯 당겨졌다.

"연지 씨."

나는 무심결에 소매를 휘둘러 떨쳐 내려다 내 뒤에 별이 서 있다는 사실을 깨닫고 멈췄다. 그는 약간 난처한 듯 눈썹을 모으며 나를 보았다. 그의 손이 내 소매에서 떨어져 나갔다.

"죄송합니다."

"아뇨, 제가 죄송해요. 소매가 어디 걸린 줄 알고……."

별은 오늘은 지상에 다녀온 듯 지상의 옷을 입고 있었다. 그와 같이 외근이 잦으면 아주 피곤할 것 같다. 나는 민망해하며 손을 모아 잡았다. 그제야 그가 오른팔에 안고 있던 복숭아 두 개가 보였다.

복숭아는 아직 주방에 들어오지 않았다. 나 모르는 사이에 수확했나? 아니면 설마 지상에서 사 온 건가? 나는 잠깐 신기해하며 복숭아를 흘깃거렸고 별은 나를 계속해서 빤히 쳐다보다 쓴웃음을 지었다.

"이 시간에 객당에 들어가셔요?"

"아, 네."

나는 잠깐 고민하다 그와 같은 쓴웃음을 지으며 털어놓았다.

"사고 쳐서 쫓겨났어요."

그의 미소는 변하지 않았다.

"연지 씨가요?"

"햇병아리잖아요. 노력해야죠."

그래도 그런 식으로 말해 주니 고마운 일이었다. 나는 얼마 전에 그를 붙잡고 주정처럼 부렸던 어리광이 생각나 얼굴을 살짝 붉혔다. 별은 내게 복숭아를 들어 보였다.

"쫓겨나신 것은 안타까운 일이지만, 마침 연지 씨를 뵈러 가는 길이었으니 저에게는 행운이네요."

"네? 저요? 왜요?"

복숭아는 이제 보니 넓게 멍이 들어 있었지만 향이 좋았다. 그는 내게 복숭아 하나를 내밀었다.

"아까 도원을 지나는데 낙과가 있다 하여 두 개 얻어 왔습니다. 연지 씨 생각이 나서 드시라고 가져왔어요."

"아, 감사합니다."

내게 올해 첫 복숭아였다. 따뜻한 말과 배려에 가슴에 있던 것이 조금은 풀렸다. 나는 미소 지으며 별이 주는 복숭아를 받아 들었다. 복숭아 향이 향긋하게 올라오고 말랑한 과육이 손바닥에 입술처럼 닿았다.

나는 잠시 후 문득 든 생각에 웃음을 가볍게 터뜨렸다.

"제가 어디 있는 줄 아시고 들고 오셨어요. 지금은 원래 저 근무하는 시간인데."

별의 미소가 조금 더 부드러워졌다. 그의 부드러운 눈가가 차올랐다.

"압니다. 객당에 안 계실 줄 알고 대청에 두고 가려 하였지요. ……그리하면 이상하게 여기셨을 건가요?"

"용궁 분들이 주시는 거라면 뭐든지 이상하게 여길 건 아니겠지만, 이렇게 직접 뵙는 게 더 좋네요. 감사 인사도 할 수 있고요."

복숭아 향이 싱그럽게 느껴져 가슴이 약간 들떴다. 향이 느껴진다면 혀의 기능도 조금은 걱정을 덜 해도 된다. 나는 훨씬 가벼워진 마음으로 내 객당 쪽을 가리켰다.

"시간 괜찮으시면 차라도 드시고 가실래요? 아마 찻잎 남은 게 좀 있을 거예요."

"저는 퇴청했으니 시간이 있지요."

"어, 퇴청하셨어요? 그럼 얼른 들어가셔야 하는 거 아니에요?"

별에게는 산란 휴가 때 태어난 조카와 아이를 낳은 지 얼마 안 되는 여동생이 있는 거 아닌가. 그는 신비로운 미소를 지었다.

"괜찮습니다. 복숭아와 차가 기대되네요."

"아, 전에 앵두편 받은 것도 남았어요. 그것도 꺼내서 같이 먹어요."

나는 그와 함께 걷기 시작했다. 봄에 아름답게 피었던 복숭아꽃처럼 내가 쥔 복숭아는 모양 좋고 매혹적이었다. 낙과가 이렇다니 오늘 당장이라도 수확해서 주방에 들어올지도 모른다. 그러면 이걸로…….

잠시 걸음이 멈출 뻔했다. 나는 얼른 그런 일이 없었던 체 평범하게 다시 걸음을 옮겼지만 별은 뭔가 이상하다는 생각이 들었는지 나를 올려다보며 물었다.

"왜 그러세요, 연지 씨?"

"네? 아뇨, 아무것도 아니에요."

나는 그에게 입꼬리만 당겨 미소 지어 보이고 계속 걸었다. 가슴속이 도로 부글거리기 시작했다. 복숭아를 넣어서 만들 수 있는 것은 많다.

그래, 잘라서…….

그리고 그다음은 어떻게 하더라.

얼굴이 차가워졌다. 나는 내가 너무 노골적으로 창백해졌으면 어떻게 하나 걱정하느라 아무것도 없는 길에서 내 발에 걸려 넘어질 뻔했다. 다행히 별이 그 전에 내 팔을 붙잡아 주었기 때문에 아까운 복숭아는 떨어지지 않았다.

그는 걱정스러운 듯 인상을 쓰고 물었다.

"왜 그러세요, 연지 씨?"

"아뇨, 아뇨. 잡아 주셔서 감사합니다."

나는 고개를 얼른 젓고 똑바로 섰다. 별은 뭔가 의심하는 것 같았지만 예의 바른 사람이라서인지 더 묻지는 않았다. 나는 그의 옆을 다시 걸으며 멍하니 복숭아의 뽀얀 잔털을 힐끔거렸다. 복숭아는 그냥 먹는 것도 아주 맛있다. 그리고 다른 방식으로도 즐기고 싶으면.

잘라서, 그리고…….

……대체 어떻게 하더라?

제10장
공중 산책

너무 아름다워서 눈물이 난다는 말을, 예전에 들은 적이 있었다.

꿈속의 그는 그야말로 너무나도 우미하여 가슴이 에였다. 향기로운 때죽나무꽃이 등불처럼 켜졌던 그 밤, 혼자서도 빛이 나며 떠오른 그 모습. 상아색의 따뜻한 뺨은 그러나 동시에 푸른 비늘이었다. 크고 매끈하고 오색의 광택이 나는 비늘은 긴 몸통의 움직임에 따라 저들끼리 부딪혔다. 배를 가린 것은 오색의 단단한 구름. 연꽃 향기. 아, 새까만 눈. 붉고 힘 있는 입술.

그러나 동시에 찢어발길 듯 날카로운 짐승의 이빨.

나는 그의 앞에 서는 것이 몇백 번째인지 셀 수 없었다. 꿈은 놀라울 정도로 계속해서 같은 것을 보여 주었다.

어느 밤에는 아무리 달려도 그에게 가까워지지 않았고 어느 밤에는 그의 앞에 가서 서면 바로 땅이 무너졌다가 바로 그다음 순간 그에게 다시 걸어가고 있는 나를 발견하기를 여러 번 반복했다. 어느 밤에 나는 이것이 꿈인 줄을 몰랐고 어느 밤에는 이것이 꿈임을 뒤늦게야 깨달았다. 그리고 또 어느 밤에는 몇 번이나 잠에서 깨어나 진짜 그를 찾아갔다가 그조차도 꿈이라는 것을 깨닫는 꿈을 꾸었다.

그는 대부분의 경우 나를 보았지만 그뿐, 움직이지 않았다. 저 경이롭고 신이한 생물이 나를 보는 것은 처음에는 부끄럽게 느껴지는 일이었지만 이제는 익숙해져 그렇지 않았다. 나는 그저 그와 눈을 마주치고 가슴을 쥐어 뜯었다. 답답하다.

저 아름다운 것이 내게는 몹시 슬프게 느껴졌다.

'가지 마.'

그가 나를 먼저 떠나는 일은 단 한 번도 없었지만 나는 다른 말을 꺼낼 수가 없었다. 눈에서 결국은 눈물이 떨어져 바닷물에 휩쓸려 올라갔다. 내 머리칼도 어느새 물결에 따라 흔들리고 있었다. 현실에서는 없는 일이었다. 아아, 하지만 나는 그 때문에 이것이 꿈임을 알고 있는 것은 아니었다…….

'가지 말라고 하면 내가 나쁘지?'

먼저 밀어 낸 건 나니까.

어둡고 푸른 심해에서 그만은 형형했다. 이것이 현실이라면 좋았을까. 꿈에서 그는 나 때문에 울지 않았다. 나를 끌어안아 주지도 않았다. 하지만 적어도, 꿈이라면 나는 그에게 말을 걸 수 있었다. 이런 말을 할 수도 있었다…….

신성을 모독하는 기분으로.

'그렇지?'

내 입에서 나온 말은 들리지 않았다. 소리 없는 꿈이었다. 나는 혹시 어떤 꿈에서 그러하듯이 내가 하려던 말과 내 입에서 나온 말이 심술궂게 뒤틀린 것이 아닐까 불안해했다. 그의 모습에 가슴이 점점 더 아팠다. 너무 아름다워서 눈물이 난다는 것은 아마도 이런 기분이었다.

무수한 물거품이 일었다.

수억 마리 야광게처럼 찬연하게 반짝이는 그 물거품 너머로 문득 흉포하게 찢어진 파충류의 눈이 보였다. 그것은 천원이 용 모습일 때 본 것과 모양이 달랐다. 다른 사람이었다. 나는 그 눈길에 숨을 들이켰다가 입 안에 물이 밀려들어와 발버둥 쳤다. 숨이 막혔다. 정수리까지 치솟는 소름.

으르르르르르르르르……

세상이 뒤집히는 것만 같은 무서운 소리가 들렸다. 땅이 흔들리고 시커먼 용이 나를 노려보았다. 그 입에서는 시커먼 비늘과 같은 색의 어두운 농무가 끝없이 뿜어져 나왔다. 나는 뭐든 손에 잡히는 것을 꼭 쥐었다. 다행히 그것은…….

바닥에 굴러떨어질 것만 같은 아득한 감각 속에서 나는 깨어났다.

몸은 잠에서 깨어나고도 한동안 그저 두려움에 떨며 어지러이 경련했다. 나는 몸을 몇 번이나 떨고 이불을 덮었다. 무겁지 않은 용궁 이불은 지금 보니 실체감이 덜해서 나를 두렵게 했다. 단지 나 자신의 존재를 확인하기 위해 나는 눈을 떴다.

격자무늬로 장식한 천장은 반쯤 열린 야명주 하나의 빛 반대편으로 울렁울렁 그림자를 드리웠다. 침대 속으로 한없이 빠져드는 것 같은 기분이 들면서 몸에서 힘이 쭉 빠졌다. 악몽에서 깼을 때 종종 그러듯 신경은 날카로워져 있었지만 피로해 눈이 뻑뻑했다.

잠시 생각해 봤지만 다시 잘 수 있을 것 같지는 않았다. 혹시 다시 잘 수 있다 해도 방금 같은 꿈을 다시 꿀지도 모른다는 생각이 드니 싫어졌다.

나는 억지로 몸을 일으켜 옷을 갈아입었다. 자느라 몸이 식었기 때문인지,

그럴 리가 없는데도 어쩐지 추운 것 같은 기분이 잠시 들었다. 시계를 확인해 보니 지금 주방에 가면 너무 이를 것 같았다.

그것은 괜찮았다. 할 일은 있었다.

침대 옆 바닥에는 내가 어젯밤 쓰다 잔 것이 흩어져 있었다. 나는 종이 다발과 펜, 그리고 내 요리책이니 수첩 따위를 주워 침대에 대충 올렸다. 그리고 침대 옆에 앉아 상체를 침대 옆구리에 기대고 종이 다발을 펄럭였다. 그것은 매일 뭘 만들었는지 일기처럼 써 놓은 기록으로, 혹시 내가 만드는 음식의 레퍼토리가 너무 겹치지 않는지 확인하고 다음 식단을 짜는 데 참고하기 위해 필요했다.

동그라미와 별을 쳐 놓은 음식의 리스트를 확인하다 보니 어느새 눈이 다시 저절로 감겼다. 단지 눈이 뻑뻑하게 말라서이기도 했지만 피로하기 때문이기도 했다. 이제 악몽의 여운에서 조금은 벗어났는지 신경이 살짝 느슨해졌다. 이상한 꿈이었다. 다행히 이번엔 세라믹 칼이 아니라 내가 얼마 전 지른 그 새 식칼을 들고 있긴 했지만.

나는 그 자세로 잠시 동안 다시 눈을 붙였다가 바깥이 밝아질 즈음 방문한 솔은 극우가 놀라는 소리에 깨어났다.

※　※　※

"연지 씨, 조금 야위신 것 아닙니까?"

지나가는 길에 들렀다는 별은 내가 권하는 대로 툇마루에 올라앉으며 조심스럽게 물었다. 그의 얼굴이 너무 걱정스러워 보였기 때문에 나는 반성하며 빙긋 웃었다.

"아뇨, 괜찮아요."

지금 내가 처한 상황을 가장 잘 아는 사람은 별이었다. 아마도 그래서 이렇게 별다른 용무 없이도 객당에 들러 주고는 하는 것일 터였다. 나는 얼른 일어나며 일부러 밝게 떠들었다.

"주말이라 한가해서, 아까 석류탕을 연습하면서 오미자국 만들어 놓은 게 있어요. 창면이나 떡은 없지만 시원하게 한잔 드실래요?"

별은 내 얼굴을 한 박자 정도 빤히 보더니 부드럽게—그러나 내가 잘못 본 것이 아니라면 어딘가 씁쓸하게— 웃었다.

"네, 그러면 감사히."

나는 얼른 내가 만든 오미자국을 작은 옥쟁반에 받쳐 들고 왔다. 별은 감사합니다, 하고 작게 인사하고 음료를 마셨다. 나는 툇마루에 앉아 발을 잠시 흔들었다. 대애애앵, 하고 아주 느리고 작은 풍경 소리가 들렸다. 저 위의 해파리 떼는 요즈음 전보다 서로에게서 멀리 떨어져 헤엄치다 보니 정말로 밤하늘 같았다.

"지상에 바람이 안 부나 봐요."

"예, 요즘은 바람이 거의 없습니다."

"여름이라 그런 걸까요?"

"잠시 그럴 뿐이지요."

별은 눈만으로 살풋 웃고 잔을 내려놓았다.

"맛있네요. 감사합니다."

"저야말로 감사합니다."

내 입에서 느껴지는 맛이 남에게는 어느 정도 통용되는 맛인지, 그것에 자신이 없어지니 아주 난처한 지경이었다. 나는 진심으로 인사했다. 별은 나와 잠시 눈을 마주치다가 다시 나처럼 저 바다 위쪽을 보았다.

"연지 씨는 지상에 계실 때 여름에 태풍을 겪지 않으셨나요?"

"제가 겪는 피해래 봐야 비가 많이 와서 길이 막히는 정도였어요. 신발이 젖거나요."

나는 생각해 보니 재미있어 잠깐 웃었다. 요 며칠 동안 그다지 뭔가 재미있다는 생각을 하지 못했는데, 별이 있어 주니 이렇게 웃기도 하는구나. 신기한 일이었다.

"하지만 태풍이 아무리 거세게 와도 용궁에서 제 신발이 젖는 일은 없겠네요."

별도 눈웃음을 지었다.

"예, 비가 오지도, 신이 젖지도 않겠지요. 하지만 태풍이 지나가면 바다 백성들은 많이 고생한답니다."

"그렇겠네요."

저번 장마철에도 그런 이야기를 하지 않았나. 해궁에서 난리였던 것 같다. 여름에 적도 부근에서 발생하는 해상 태풍이 이 용궁 부근에는 몇 개나 지날까. 나는 약간 걱정이 되어 한숨을 쉬었다. 별이 선한 눈으로 미간을 좁혔다.

"죄송합니다. 괜한 얘기를 해서 연지 씨가 마음 쓰시게 했네요."

"아니에요. 별 주부님 댁은 괜찮으세요? 태풍이 오면 물살이 세져서 힘든 거지요?"

그는 다시 미소 지으며 나를 보았다.

"저희 집은 괜찮습니다."

"태풍이 올 때도 별 주부님은 지상에 오가는 일을 하셔야 되나요?"

"그럼요. 나라의 녹을 받고 있으니 언제나 임무를 마쳐야지요."

"무슨 일이 생기면 어떡해요."

원래 태풍이 올 때는 바닷가에 가는 게 아니지 않나. 해일 같은 것에 쓸려가면 어떡하나. 나는 작고 몸이 가는 별이 2미터 정도 되는 파도를 맞는 장면을 여러 가지 영화의 재난 장면을 짜깁기해서 상상하고 인상을 썼다.

별은 남은 오미자국을 조금 더 마시며 말을 고르는 것 같았다. 그의 등은 옆에서 보기에 둥글었다. 마치 보이지 않는 등껍질을 지금도 지고 있는 것만 같았다.

"저는 괜찮습니다."

용궁의 품계는 거의 용의 피가 진한 순으로 되어 있고, 아주 오랫동안 용궁에서 일해 온 별은 아직도 주부인 걸로 보아 정말로 용의 피가 적을 것이다. 오래 살고도 젊은 것은 아마도 자라의 피 때문일 것이라고 나는 짐작하고 있었다.

용의 피가 적은 사람들은 그래도 역시 힘들다던데 그는 저렇게 강하게 말한다.

나는 존경스러운 기분으로 그를 찬찬히 보았다. 별은 잠시 나와 눈을 마주치다 시선을 살짝 돌리고 수줍게 가벼운 웃음을 터뜨렸다.

"어찌 그리 보십니까."

"존경스러워서요."

그는 또 웃었다. 그의 뺨이 약간 빨개졌다.

"어찌 갑작스레 그런 말씀을 하셔요."

"아뇨. ……제가 요즘 제 일을 제대로 못하는 게 한심해서 그런가, 자꾸 그런 생각이 들어요. 이제 돈 버는 어른이니까 저한테 무슨 일이 있더라도 고용주와 계약한 만큼의 퀄리티는 맞춰 줘야 하는데. 안 그러면 정말 너무 창피해서 얼굴도 못 들고 다닐 일인데. 혹시 그렇게 못 하면 어떡하나. 나는 왜 그렇게 못 하고 있나. 힘들어도 열심히 해야 하는데."

별의 얼굴은 여전히 약간 붉었지만 웃음기는 사라졌다. 그는 나의 눈을 가만히 들여다보았다. 그 맑고 깊은 눈은 용들과는 달리 오로지 침착하고 고요했지만 오히려 그래서인지 나는 잠시 심장이 지끈거리는 기분을 느꼈다. 이건 뜨끔했다고 불러야 하는 걸까, 아니면.

뭔가 나와 같으면서도 나보다 훨씬 어려운 것과 마주했을 때의 초라함일까.

복잡한 감정과 상념이 동시에 소용돌이쳐 나는 한순간 어찌할 바를 모르고 음울하게 어깨를 늘어뜨렸다.

아마도 그는 나를, 셋을 셀 정도의 시간 동안 그저 보고만 있었을 것이다. 그러고는 눈가와 입가를 약간 일그러뜨리며 무척이나 상냥하게 웃었다.

"연지 씨가 왜 힘들어하시는지 알 것 같다고 하면, 아니라 하실 건가요?"

"아뇨, 별 주부님이 다 아시는 거 알아요."

오히려 지금의 내 감정은 그가 나보다 잘 알 수도 있다. 나는 가슴이 뻥

383

뚫린 것 같은 느낌에 허덕이며 눈을 내리깔았다. 별은 상체를 조금 내게로 숙였다. 그의 눈이 나를 도망칠 곳 없이 옭아매듯 빤히 올려다보았다.

"연지 씨는 참으로 책임감이 강한 분이로군요."

"책임감이 정말 강했으면 딴생각 안 하고 일만 했을 거예요."

"어느 누구도 마음을 어찌할 수는 없는 거지요. 그리고 어느 누구도 늘 똑같이 잘할 수는 없는 법입니다. 삶은 늘 개인적인 것이고 일은 평생 하는 것이니, 감정의 사정으로 인해 힘든 것이 반드시 도덕적으로 옳지 못한 일은 아닙니다. 그것은 어쩔 수 없는 일에 가깝지요."

나는 그의 말에 동의하지는 않았지만 마음이 약간 가벼워지는 것을 느꼈다. 아마 그도 그저 나를 위로하기 위해 이렇게 말하는 것일 터다.

"고맙습니다."

무슨 말을 덧붙이든 변명이 될 것 같아 나는 그렇게 짧게만 인사하고 고개를 숙였다. 별은 또다시 부드럽게 웃고 내게서 약간 멀어져 아까처럼 앉았다.

……문득 묻고 싶어졌다.

"별 주부님도 이런 적이 있으세요? 가까웠던 사람하고 같이 있으면 안 된다고 생각해서 먼저 도망쳐 놓고, 그게 너무 슬퍼서 다른 생각이 아무것도 안 나는 거요."

혹시 또 마주치지 않을까, 말도 안 되는 상상을 종일 하고 있다거나.

혹시 이대로 마음이 안 나으면 어떡하나, 그러면 앞으로 어떻게 살아야 할지가 막막하다고 고민하고 있다거나.

그것이 내게 세상에서 가장 중요한 것까지 영향을 끼친다거나.

전부 내게는 어렵고 처음 있는 일이었다. 별은 마치 아까처럼 어딘가 얼굴을 기묘하게 일그러뜨렸지만 동시에 무척이나 부드럽게 웃었다.

"……긴 삶에서나 짧은 삶에서나, 그런 일은 질리지도 않고 찾아오는군요. 예, 연지 씨. 누구나 그런 일을 겪고 많은 이는 반드시 넘어섭니다. 시간이 흐르면 꽃은 다시 피고 눈은 다시 나립니다. 그러니 부디."

웃으며 평소처럼 살아 달라고.

이어지지는 않았지만, 아마도 그는 그렇게 말을 맺고 싶었을 것이다. 나는 얼굴을 붉히며 무릎을 끌어안았다. 물론 그에게 내가 어리광을 부리는 것도 부끄러워해 마땅한 일이었다…….

나의 지상에는 꽃이 다시 필 것이다.

나도 그 사실은 알고 있었다. 그렇지 않았다면 처음부터 갈등하지 않았다. 언젠가는 괜찮아질 것이고, 나는 돌아가 나이를 먹는 짧은 삶을 계속해서 살아갈 것이었다. 내가 가질 것이라고, 혹은 가지고 싶다고 생각했던 미래와 경험을 하나하나 손에 넣으면서.

그런데 정작 그 미래는 뭐였을까.

잃어버린 것은 아니다. 그것은 알았다. 원래 미각이란 컨디션에 따라 유동적인, 몹시 변덕스러운 감각이었다. 감기에 걸려서 냄새를 못 맡았을 때도, 체해서 입에서 계속해서 신맛이 났을 때도 있었다. 지금은 단순히 스트레스로 인해 방황하는…… 그래, 급성 슬럼프였다. 그 너머엔 내가 금방 또다시 기쁘게 느낄 무언가가 기다리고 있었다.

정말로 조금만 기다리면 된다. 나는 그것 또한 믿었다.

하지만 그 전의 안개비가 이렇게 울적하고 차가울 줄은 몰랐던 것이다.

꽃이 희고 처연하게 지는 계절은 이미 용궁에서도 끝난 지 오래였다. 지금은 여름 것을 거두고 가을 과실이 파랗게 맺힐 때. 나는 젖지 않을 신을 신고 젖지 않는 옷을 입고, 희게 눈 내릴 계절이 오고 가기를 기다려야 했다.

그러나 새로 올 봄은 너무도 아득했다.

나는 땀에 젖어 깨어나 씁쓸한 혀로 입술을 핥았다. 그리고 침대 머리맡에 두었던 물을 마른 입술에 댔다.

평소에 나던 약간의 단맛은 느껴지지 않았다. 팔다리의 감각이 모두 둔하니 아마도 혀 자체의 문제는 아니었다. 악몽의 감촉이 아직 남아 있어 머리가 조금 지끈거렸다.

어제저녁에는 통통하게 익은 완두콩을 잔뜩 받았다. 오늘은 삶아서 크림을 넣고 진한 수프라도 만들어 먹으면 좋을 것 같았다. 그제 내 메모를 뒤지다가 그럴듯한 레시피를 보았던 것이다. 그래, 그렇게 침착하게 떠올리면 다시 할 수 있었다.

요리 생각을 하고, 물이 몸속에 천천히 퍼지자 기분이 훨씬 나아졌다. 며칠 만이었다.

악몽의 끈적한 여운이 저 비현실의 영역으로 스며들며 식은땀도 멎었다. 시간을 확인해 보니 아직 일어날 때가 아니었다. 나는 눈을 감고 다시 억지로 잠을 청했다.

앞으로 만나지 않을 사람에게는 그 이유를 얼마나 길게 설명하는 것이 적당할까.

좋아한다는 감정은 억지스러울 정도로 자기 외의 모든 감정을 물들이고 마구잡이로 휘저었다.

관심을 받고 싶다. 나를 보아 줬으면 좋겠다. 눈만이 아닌 모든 가슴으로. 머릿속이 풍선으로 가득 찬 것처럼 둥실둥실 떠오르고, 가벼운 두통은 꽃잎처럼 아무것도 아닌 척을 하며 늘 떠나지 않는다. 그래서 내가 나답게 행동할 수가 없다. 최소한의 존엄을 지키는 것조차 한껏 의지를 끌어모아 도망쳐야 가능한 일이었다.

내가 그런 것처럼, 그 또한 나를 좋아하기를 얼마나 바랐나. 그렇게 바랐는데도 그것만으로는 아무것도 통하지 않았다. 좋아한다는 것은 결국은 다른 모든 감정처럼 일방적이었다. 내가 그를 얼마나 좋아하든 그것은 내가 그에게 갖는 의미에 아주 약간의 영향조차 미치지 못했다.

불공평하다.

해야도, 불공평하다고 생각했을까. 그래서 내게 그런 질문을 했던 것일까.

※　※　※

밤은 꿈과 같았다.

어쩌면 너무 많은 밤 동안 너무 여러 번 자고 깨는 일을 반복했기 때문일 것이다. 지금은 내가 깨어 있는 시간이라는 것이 분명한데도 나는 내가 꿈을 꾸는 것이 아니라는 것을 확신할 수가 없었다. 툇마루에서 흔들던 다리는 허공을 정말로 물속처럼 무겁게 갈랐고 머리는 살짝 아팠다.

대애애애앵…….

저 아름답고 고요한 풍경 소리 때문에 더 몽롱한지도 모른다. 나는 별보다 화려하게 날아다니는 해파리 떼를 올려다보다가 그냥 훌쩍 일어섰다. 그리고 객당을 나서 정처 없이 걷기 시작했다.

지나가는 길에는 늦은 나팔꽃이 오므라든 흔적과 떨어진 잎이 있었다. 야명주도 거의 닫혀 있는 시간이었고 화사하게 쌓아 올린 굴뚝은 연기가 나는 것이 없었다. 바닥의 모래는 밟을수록 바스락거리며 가볍게 부서졌다. 내 머리칼을 문득 한 줄기 바람이 스치고 지나갔다.

분명히 물살인데도 젖은 기분이 들지 않았다. 나는 오랫동안 나부끼다 가라앉은 머리칼을 다시 귀 너머로 정돈해 넘기며 계속해서 걸었다. 지나는 사람은 없었다. 어쩌면 그것은 태풍 때문일지도 모를 일이었지만 나는 풍경 소리가 여전히 조용했기 때문에 아직은 안심해도 될 것이라고 판단했다. 물살이 거세지면 어떤 소리가 나는지 나도 이제 잘 알고 있었다.

저 먼 곳에서 월수궁은 정말로 달이 잠든 것처럼 새카맣고 고요하게 우뚝 서 있었다. 나는 그쪽에 가끔 시선을 주다가 끝내는 쇠무릎이 잔뜩 돋은 자리에 서서 하염없이 여러 가지를 생각했다.

건물 밖에 붙은 야명주도 많이 닫아 놓았기 때문에 월수궁의 우아한 추녀나 멋있는 기둥은 보이지 않았지만 실루엣 정도는 해파리 떼 사이로 웅장하게 드러났다. 나는 그 안에 잠자고 있는 것이 세 마리 용이라는 것을 알았지만 누군가에게 달이 잠든 궁전이라고 소개해도 부끄러울 것 같지 않았다.

내일은 저 안에서 뭘 할까.

내가 뭔가를 할 수 있다면 좋을 텐데.

누구도 천원을 잃지 않게. 그가 아파하지 않게. 계속해서 뭐든 맛있는 것을 해 주면 그에게 좋은 일이라니 그저 내가 할 수 있는 것은 다 해 주고 싶다.

내게 그럴 능력이 있었다면 좋았을 텐데.

내가 뭔가를 할 수 있는 줄만 알았는데, 그렇지 않았다. 나는 나도 모르게 눈물을 흘리고 있었다. 자존심이 무척 상하고 슬프고 안타까웠다. 그가 주방을 찾아왔던 그날 밤처럼 가벼운 주먹밥이라도, 즐겁게 만들고 그를 놀릴 수만 있다면. 내가 아직 그에게 상처를 주지 않았던 그때로 돌아갈 수만 있다면 얼마나 좋을까.

부스럭. 누군가 풀 밟는 소리가 옆에서 들렸다. 나는 아무 생각 없이 고개를 돌려 보았다가 손을 꼭 쥐었다.

이건 아무래도 꿈이었던 모양이다.

"왜, 울고 있어?"

천원은 부드럽고 엷은 빛을 내고 있었는데 그 밝기는 평소에 비하면 아주 낮았다. 그러나 그의 표정이 잘 보이지 않을 정도는 아니었다. 열다섯 걸음 정도 떨어진 곳에서 속삭이듯 한 그의 물음은 천둥처럼 내 귀에 쏟아져 들어왔다.

나는 그의 모습에 가슴이 무척 아린 것을 느끼며 말했다.

"여기서 뭐 해?"

꿈이니 만나도 돼서, 그래서 왔다고. 그렇게 말해 주면 좋으련만. 만약 그렇다면 이것은 그의 꿈이라면 좋겠다. 나의 꿈이라면 그는 또다시 금세 사라져 버릴 터였다. 요사이 계속 꾼 꿈이 늘 그러했듯이.

하지만 천원의 꿈에서 그는 나를 마음껏 만날 수 있는 걸까. 만약 그렇다면 그것은 약간 불공평했다.

나는 생각보다 내 얼굴이 많이 젖어 있다는 것을 알았다. 천원은 기묘한 얼굴로 조용히 말했다.

"내가 먼저 물어봤잖아."

"그건 그러네."

입씨름을 하기에는 그를 볼 수 있는 시간이 아까웠다. 나는 천원의 얼굴과 머리칼과 목과 옷매무새를 모두 조각처럼 눈에 새겨 넣었다. 일부러 그러는 것은 아니었다. 그저 그가 그렇게 내게 새겨졌다.

그는 내가 가만히 있자 천천히 다가오며, 본인 스스로도 확신이 없어 하는 목소리로 느리게 말했다.

"……아파서 잠이 안 와서, 산책을 하고 있었어."

그가 아프다는 말에 말 그대로 심장이 미어질 것 같아졌다. 내 얼굴이 일그러지자 천원은 눈을 가늘게 떴다. 이상하게도 그는 그대로 상처받은 얼굴을 했다.

"그런 얼굴 하지 마."

나는 그가 어떤 얼굴을 말하는 것인지 묻지 않았다. 혹시 물어봤다가는 이 꿈이 깰지도 모른다.

그는 내게 세 걸음쯤 더 다가오고 나서 내게서 시선을 잠시 뗐다. 그러나 그 눈길은 금세 다시 내 얼굴로 돌아왔다.

"가슴 아파 하는 얼굴 하지 마."

아. 이 말에는 대답하지 않을 수 없었다. 만일 꿈이라 해도 반드시 이 말만은 전하고 싶었으므로. 나는 눈물을 더 흘리며 말했다.

"하지만 가슴이 아파."

"그런 얼굴을 보니까 네가 나를 아끼는 것 같아. 내가 착각하게 돼."

그는 아직도 내 말을 믿고 있지 않았다.

꿈이라면 진심을 다 설명해도 될까. 나는 입을 살짝 벌렸지만 그보다 천원이 더 빨랐다.

"누나는 네가 나를 좋아한대. 네가 그렇게 말했대."

"그랬어."

"왜 그랬어?"

그의 말은 어딘가 원망하는 것처럼도 들렸다. 나는 그에게 한 걸음 다가서려고 다리를 움직였다.

그리고 땅을 밟는 순간 알았다. 이것은 역시 꿈이 아니었다.

"네가 무엇이든 나는 너를 좋아하니까."

"그런 말 하지 마."

천원은 고개를 저었다.

"그런 말 하지 마, 연지."

왜.

"네가 날 좋아할지도 모른다는 말을 들으니까 아주 아파."

네가 울 것 같은 얼굴을 할까.

"보통은 반대잖아."

그가 울어야 할 이유가 너무 많아서 무엇부터 골라야 할지 알 수가 없었다. 나는 반쯤 웃으며 그렇게 지적했다. 그는 눈이 아픈지 자신의 손으로 한쪽 눈을 가렸다. 그리고 잠시 침묵한 뒤 조금은 가라앉은 목소리로 다시 물었다.

"왜 울고 있었어?"

나는 일단 거짓말은 아닌 핑계를 댔다.

"오늘이 우리 엄마 생일인데 축하한다고 전화로 말하는 걸 잊어버렸어."

아빠와 동생이 챙기리라는 기대는 한 적이 없었다. 천원은 성실하게 놀란 것 같았다.

"그러면 만나러 갔다 올래?"

"내가 어떻게 집에 다녀와."

"다녀와. 내가 괜찮다고 할게."

나는 웃으며 고개를 저었다. 눈물이 약간 들어갔다.

"집에 다녀오려면 시간이 너무 많이 걸려. 휴가도 아닐 때 별 주부님한테 부탁할 수도 없고."

"내가 데려다줄게."

그런 방법은 생각해 본 적이 없었다. 나는 약간 충격을 받아 그를 멍하니 쳐다보았다. 천원은 내게 더 가까이 다가와 조심스럽게 설명했다.

"내 본모습으로 움직이면 너무 소리가 커서 안 되지만, 달히를 타면 천둥 소리 정도밖에 나지 않아. 지금 지상에는 태풍이 오려고 하니까 천둥 소리 한두 번 난다고 해도 문제될 건 없겠지. 약간 느리지만 어디든 오늘 밤 안에는 다녀올 수 있어."

역시 대단하다. 나는 잠시 고민했다. 내가 운 이유는 그것이 아니었지만 집에 다녀올 수 있다는 생각을 하자 갑자기 그의 제안이 무척 유혹적으로 느껴졌다. 밤이었지만 정말로 빨리 간다면 엄마가 자기 전에 얼굴 정도는 볼 수 있을 것이다.

천원은 내 얼굴을 들여다보았다. 나는 다시 고민하다 고개를 끄덕이고 말았다.

귀를 꼭 막고 있으라는 천원의 조언은 옳았다. 달히는 벼락처럼 거대한 소리로 울며 물살을 갈랐고 내가 어깨를 움츠리는 새 벌써 비 내리는 바다 위를 날고 있었다.

오랜만에 나온 지상은 후텁지근했지만 동시에 차가운 밤비 때문에 추웠다. 내 옷은 금세 젖기 시작했다. 천원은 내가 귀에서 손을 떼고 뭔가 말하려 하자 자기 양손을 내 귀에 대고 막았다. 그리고 허리를 굽혀 달히에게 뭔가 속삭였다.

다음 순간 우리는 아스팔트가 깔린 우리 집 앞 주차장을 내려다보고 있었다.

달히와 천원이 내는 빛으로 주차장에 있는 모든 차가 대낮처럼 환하게 비쳤다. 나는 귀를 막은 채 질겁해서 고함을 질렀다.

"빛 줄여!"

가만, 천원은 그렇다 치는데 달히도 그렇게 할 수 있나? 문득 검은 연기 같은 것이 스멀스멀 다가오더니 달히와 천원을 모두 감싸 빛을 줄였다. 그 연기가 몹시 차가운 물안개 같은 것이라 나는 기침을 하기 시작했다. 더운 데 몸이 덜덜 떨린다. 이러다 여름 감기에 걸리는 것이 아닌가.

가로등 불빛만 남은 주차장은 그래도 지금은 인적이 없었다. 달히는 비교적 조용해진 소리만 내며 가만히 땅에 내려앉았다. 천원은 나를 잡아 말에서 내려 주며 일렀다.

"어머니 뵙고 와. 난 여기서 달히를 가리고 있을게."

귀에서 손을 떼자 빗소리가 사방을 적셨다. 나는 새카맣고 번들거리는 내 세계 속에서 아직도 반신반의하는 기분으로 천원을 올려다보았다. 일단 달히에서 내리고 보니 그와 달히 모두가 아주 어두운 그림자에 가린 것처럼 잘 보이지 않았다. 이것도 그의 재주인 모양이었다.

하고 싶은 말은 많았지만 튀어나온 것은 일단 두 마디였다.

"알았어. 금방 올게."

가만히 있는 달히에게선 소리가 나지 않았고 천원은 말 한마디 하지 않을 터였다. 나는 이상한 기분으로 달음질쳐 아파트 안으로 들어갔다. 엘리베이터를 기다리는 동안에도 감히 천원이 있는 곳을 쳐다볼 용기는 나지 않았다.

빗물이 아파트 하수구로 흘러들어 가는 소리가 쉬지 않고 우렁차게 났다. 잠시 빛이 번쩍하더니 3, 4초쯤 후 저 멀리서 콰광 하는 천둥 소리가 났다.

엘리베이터가 땡, 소리를 내며 내 앞에서 흔들리는 문을 여는데도 아직 실감이 나지 않았다. 나는 엘리베이터 안에 몸을 싣고 내가 사는 층수를 눌렀다. 이이이이잉 하며 기계가 돌아갔다. 이윽고 문이 닫히고 엘리베이터가 움직였다.

내가 사는 층에 내리자 또다시 빗소리가 났다. 나는 어깨가 다 젖은 옷을 손으로 팔락거리며 집으로 달려갔다. 다행히 우리 집은 불이 아직 다 꺼져 있지 않고 텔레비전 소리가 났다. 나는 초인종을 누르며 약간 재채기가 섞인 목소리로 소리쳤다.

"엄마? 엄마!"

아파트 복도로 통하는 불투명한 문 쪽에서 초인종 소리가 민망할 정도로 크게 울렸다. 누군가 일어나 문 쪽으로 다가오는 소리가 들리고, 잠시 후 현관문이 끼익 열렸다.

엄마는 나를 보고 잠시 눈썹을 올렸다. 다른 사람의 목소리는 들리지 않았다.

"우리 딸이 왔네? 오늘 못 온다고 하지 않았었어?"

물론 휴가 기간은 아니었다. 나는 내가 예쁜 옷을 입고 엄마를 데리고 나갈 준비가 되어 있기는커녕 손에 알량한 케이크 하나 들고 있지 않다는 사실에 완전히 바보가 된 기분을 느꼈다. 내가 이틀 정도 공들여 만든 삼단 케이크는 못 가져온다 해도 그 흔한 체인점 홀 케이크 하나 정도는 사 와 놓고 생일 축하한다고 해야 하는 것 아닌가. 젠장할, 오늘 내가 이렇게 오지 않았으면 우리 엄마는 생일날 저녁을 완전히 혼자 보낼 뻔한 거잖아?

그러나 아마 엄마 생일을 기억하지 못하고 있거나 기억해도 며칠 후쯤 '당신 생일이었는데 뭐 필요한 거 없어?' 같은 말이나 잘난 척한 다음 밥 한 끼 가볍게 사고 끝낼 아빠나 거의 아빠와 비슷할 동생을 지금 욕해도 의미는 없었다. 나는 신경질적으로 이마를 누르며 엄마에게 말했다.

"바로 다시 갈 거예요. 오늘은 잠깐 이쪽에 온다는 사람이 있어서 차 얻어 타고 온 거예요."

엄마는 무슨 그런 경우가 있냐는 얼굴이었다. 물론 저도 그렇게 생각합니다. 나는 뭔가 변명을 찾다가 포기했다.

"생신 축하드려요. 엄마 얼굴 보고 얘기하려고 온 거예요."

"그래? 고마워, 우리 딸. 힘들게 안 그래도 되는데. 휴가 나왔을 때 천천히 보지."

이렇게 멍청하고 배은망덕한 딸을 낳아 키우시게 해서 죄송합니다. 나는 다음 휴가 때는 뭔가 비싼 케이크를 사 와야겠다고 결심하고 머뭇거렸다.

엄마는 현관 밖으로 한 걸음 내디디며 내게 손짓했다.

"들어와서 옷 갈아입고 가야지. 바로 가려고 짐도 안 가져왔어? 우산은?"

"저기 아래에 지금 사람 기다려서 안 돼요. 차 타고 갈 거라 우산은 필요 없어요."

"그래도 차 탈 때까지 우산은 쓰고 가. 누가 기다리는데?"

내가 그건 죽어도 말을 못 하지. 나는 엄마가 내미는 우산을 손짓으로 거절하며 눈을 미친 듯이 굴렸다. 엄마는 명백하게 수상하다는 표정이었지만 캐묻지는 않았다.

일단 내려와서 아까 달히가 있던 곳을 찾아 고개를 이리저리 돌리니 주차장 한쪽에 부자연스러울 정도로 어두운 안개 같은 것이 진하게 끼어 있는 것이 보였다. 나는 그쪽으로 터덜터덜 걸어갔다. 내가 그 바로 앞에 서자 안개 속에서 나온 두 팔이 나를 잡아 자기 앞쪽에 태웠다.

천원에게서 나는 향은 여전히 좋았지만 지상의 비와 섞이니 어쩐지 일반 향수처럼 나와 가까운 무언가 같은 느낌이 들었다. 혹은 저 화단에 봄이면 피는 익숙하면서도 달콤한 꽃향기다. 그는 나를 똑바로 앉히고 나서 물었다.

"어머니는 뵙고 왔어?"

"응. 고마워."

어디선가 번개가 또다시 쳤다. 천원은 내 손을 올려 귀를 막게 했고 나는 다음 순간 달히가 내지른 소리에 어깨를 적시는 비도 잊었다. 안개를 떨어내듯 힘찬 도약, 그리고.

우리는 금세 높고 높은 하늘 위를 날고 있었다.

아무리 막았다지만 귀가 약간 먹먹했다. 나는 침을 삼키고 주변을 보았다. 저 아래 선명하고 눈이 아프고 화려한 불빛이 빽빽하게 들어찬 도시가 보였다. 그 풍경은 회색의 비와 까만 아스팔트에 젖어 있었다.

불빛의 숫자는 이쪽이 훨씬 많았지만 야명주를 두른 용궁에 비하면 그 위용은 어쩐지 보잘것이 없어 나는 약간 실망했다. 나는 원래 도시의 야경을 꽤 좋아하는 편이었던 것이다.

하아. 내가 한숨을 쉬자 천원은 달히를 멈춰 세웠다. 그리고 내 귓가에 대고 물었다.

"왜 한숨을 쉬어? 또 해야 할 일이 있어?"

"아니야."

나는 기운 없이 고개를 저었다. 천원은 그대로 잠시 입을 다물었다. 그가 뭘 하는가 싶어 슬쩍 훔쳐보니 그의 시선은 저 아래의 도시를 보고 있었다.

그 시선은 내 짐작보다 오랫동안 그대로 머물렀다.

달히는 멈춰 서 있을 때는 큰 소리를 내지 않았지만 빛이 밝아 신경 쓰였다. 이렇게 먹구름이 잔뜩 끼고 바람이 부는 밤이다. 지상의 불빛이 밝아 사람들이 이상하게 여기지 않을지도 모르지만, 혹시 어딘가의 드론이나 비행기의 시야에라도 들어가면…….

"헤치."

나는 반쯤 느슨한 재채기를 내뱉었다. 시원하게 나온 것이 아니라 코가 울리고 눈시울이 뜨거워졌다. 내가 목소리를 가다듬으며 코를 막는데 천원의 눈길이 내게 돌아왔다. 그는 미간을 좁히고 물었다.

"추워?"

"옷이 젖었잖아."

연꽃 실로 만든 천원의 침의와 달라서 내 옷은 이제 거의 다 젖어 있었다. 천원은 잠시 망설이다가 내 허리에 팔을 둘렀다. 나는 숨을 들이켰다.

그 긴장이 등 너머로도 노골적으로 전해졌을 것이다. 천원은 떨어지지 않고 내 귀에 속삭였다. 그와 닿은 부분은 뜨거웠고 젖었던 옷은 놀랍게도 그의 팔 언저리부터 시작해 순식간에 말라 보송보송해졌다.

"내가 잡고 있으면 안 젖을 거야. 너만 무섭지 않다면……."

"무섭지 않, 다니까."

두려움이 아닌 이유로 몸을 약간 떨며 나는 고개를 저었다. 그가 나를 잡으니 주변의 기온도 내게 맞춰 변하는 것만 같았다. 용궁에 있을 때처럼, 덥지도 않고 춥지도 않고 젖지도 않았다. 저 비가 이렇게 내게 분명히 닿는데도 연잎에 구르는 것처럼 미끄러져 사라진다.

"하지만 여기선 달히가 내는 빛이 너무 밝아. 사람들이 볼지도 몰라."

"보면 안 돼?"

……사실 이대로 사진 백 장이 찍힌다 해도 누가 믿을까. 나는 쓴웃음을 지었다. 그간 난도질당한 것처럼 불안하고 약했던 가슴이 그의 체온에 금세 또 밝게 부푸는 것만 같아졌다. 하지만 동시에 여전히 아프다.

오랫동안 입씨름을 하고 있는 것은 내게 좋지 않을 것 같았다. 나는 생각하다 대답했다.

"네가 지상을 구경하고 싶으면 더 있어도 돼. 이제 안 추우니까."

천원은 대답 없이 나를 조금 더 꼭 끌어안았다. 그의 가슴과 내 등이 조금 더 꼭 맞닿았다. 나는 '잡고' 있다는 게 꼭 이런 의미일 필요는 없지 않냐고 지적하고 싶어졌다. 그리고 나는 '무섭지' 않다고 했지 만져도 된다고 한 적은 없다. 물론 이렇게 높은 곳에서 바람을 맞고 있으니, 그가 정말로 나를 놓는다면 금세 감기에 걸릴 테지만…….

"지상을 보는 건 처음이야. 저게 네가 사는 곳이지?"

목소리가 들려온 각도로 보아 그는 또 땅을 내려다보고 있었던 모양이었다. 나는 그가 눈치 채지 못하게 목소리를 가다듬다가 실패하고 약간 쉰 목소리로 대답했다.

"응. 저 중에 아주 조그만 상자 같은 것 한 칸이 내 거고, 다른 데는 또 수없이 많은 사람들이 살아."

"야명주가 많네."

"야명주가 아니라 전기 조명이야. 네 휴대폰에서 나오는 것 같은 빛이야."

"이 시간까지 다들 휴대폰을 보고 있는 거야?"

"아니. 그냥 조명을 켠 거야."

"왜? 밤이잖아."

"일하고 있을 수도 있고, 놀고 있을 수도 있고. 하지만 저렇게 키 큰 건물에서 한꺼번에 빛이 많이 나오면 일하고 있는 거야."

휴가철인데 비도 오고 야근이라. 게다가 이 계절은 정부가 전기를 아끼자면서 냉방도 맘대로 못 하게 하는 시기 아닌가. 힘들겠다.

슈휘……이이이. 순간 눈에 보일 듯할 정도로 거대한 바람이 우리가 뜬 허공과 저 아래의 지상을 차례로 훑고 지나간 것 같았다. 나와 달히, 그리고 천원은 바람의 영향을 받지 않았지만 바람 소리는 귀를 의심할 정도로 거대했고 저 아래서는 잠시 빛 여러 개가 깜박였다. 뭔가 부러지는 것 같은 소리도 어렴풋이 여러 개 줄지어 들려왔다.

천원은 잠시 그 아래를 더 보다가 내게 물었다.

"구름 위로 올라가 봐도 돼?"

"그래."

어차피 달히는 내가 하는 말은 듣지 않았다. 아까도 천원이 태워 주고 내려 주지 않았다면 나를 태우지 않았을 것이다. 건방진 용마 녀석. 천원은 한 팔로는 나를 끌어안은 채 다른 한쪽 팔로는 달히의 고삐를 만졌다. 나는 간신히 때맞춰 귀를 막았다.

괴로워하는 것도 같이 들렸던 달히의 우렁찬 함성은 그가 정말로 빛처럼 먹구름을 뚫고 올라가 달빛을 쏟아지듯 받자 이제는 신이하게 들렸다. 먹구름 위에는 저 한참 더 위로 흰 새털구름이 몇 점 있기는 했지만 전체적으로 텅 비고 고요한 편이었다. 그리고 지상의 빛이 먹구름에 막혔기 때문인지, 나는 태어나서 지금까지 본 적이 없는 수많은 별의 아름다운 빛에 잠시 말을 잃었다.

천원은 크게 숨을 한 번 쉬었다. 그는 이렇게 아름답고, 우리 말고는 아무도 없는 밤하늘이 저 먹구름 위에 있을 줄을 알고 나와 함께 올라온 것일까.

알 수 없는 일이었다. 나는 발 아래를 흘긋 보았다가 어지러워져 고개를 쳐들었다. 달은 완전히 둥글지는 않았지만 거의 꽉 차 있었고 마치 천원의 여의주처럼 약간 노란 빛을 띠었다. 그리고 얼굴처럼 가깝고 눈이 부시도록 밝았다. 달히가 문득 다리를 움직였다.

저 아래가 온통 먹구름으로 빽빽이 가려져 있어, 달히가 한 걸음 내디딘 것이 얼마나 되는 거리인지는 알 수 없었다. 그러나 달히는 울부짖지 않았고 말발굽 소리 하나 없이 느릿느릿 허공을 밟았다. 나는 무심코 천원에게 꼭 달라붙었다. 그는 나를 여전히 꼭 잡고 가만히 물었다.

"아직도 추워?"

"아니."

나는 작게 웃음을 흘렸다. 천원은 깊은 한숨을 또 쉬었다.

"저게 달이구나."

"네 여의주 같다."

"그래."

그도 나와 같은 생각을 하고 있었다. 나는 빙긋 미소 짓고, 달히가 헤엄치듯 공중을 자유롭고 가볍게 달리는 동안 하늘을 보았다. 가끔 저 발밑에서 산봉우리 같은 것이 슥 올라올 때도 있었지만 그런 것은 금세 또 멀어져 갔다.

짙고.

또 짙은 군청색의 하늘 한가득.

수많은 별이 흘렀다.

그대로 보고 있으면 그 사이로 풍덩 빠져들어 버릴 것만 같이 어떤 것은 가깝고, 또 어떤 것은 아득히 먼 별이 셀 수도 없었다. 어떤 아주 밝은 별들은 저들끼리 뭉쳐 있었고 어느 쪽에선 어둡고 작은 별들이 깜박였다. 어릴 때 배웠던 별자리도 찾을 수 있을 것 같았다.

하아. 이번엔 내가 한숨을 쉬었다. 천원은 또 내용은 똑같은 질문을 했다.

"힘들어?"

"아니."

나는 고개를 저었다. 할 수만 있다면 이대로 계속 있고 싶다. 해야와 레오가 그랬다는 것처럼, 이렇게 매일 밤 나와서 별을 구경하는 게 아무렇지도 않았다면. 그리고 몇백 년이나 행복하게 살면서 앞으로의 영원도 확신할 수 있었다면.

"……나도 안 힘들어."

천원은 짧은 침묵 후 내게 그렇게 속삭였다. 나는 그보다 훨씬 더 오랫동안 가만히 있다가 대답했다.

"하지만 너무 오랫동안 여기 있으면 내일 일을 못 할 거야."

"알아."

이번엔 그가 한숨을 또 쉬었다. 그의 숨결이 목에 닿아 소름이 돋았다. 나는 나도 모르게 내가 또 울고 있었다는 것을 알았다.

천원도 그것을 깨달은 모양이었다. 그는 나를 안고 있지 않은 쪽의 손을 앞으로 뻗어 내 얼굴을 뒤로 돌리려 했다.

"연지, 왜 울어? 왜 그래?"

나는 그가 내 얼굴을 만지려는 것을 고개를 저어 거부했다. 그는 나를 안고 있던 쪽 팔에서도 힘을 좀 빼며 얼른 설명하기 시작했다.

"내가 널 잡고 있지 않으면 춥고 바람도 불고, 여기는 숨도 쉬기 힘들어. 그래서 잡고 있는 거야. 싫으면 지금 당장 내려갈까? 객당에 갈래? 아니면 어머니가 또 보고 싶은 거면 또 보러 다녀올래? 데려다줄까? 네가 원한다면 내일 아침 일찍 별 주부에게 널 데리러 가라고 할게. 그러니까……."

"아니야."

대체 이 용은 왜 이렇게 사람 말을 못 알아듣는 걸까. ……물론 제대로 설명하지 않은 내가 잘못일 것이다. 나는 훌쩍이며 얼굴에서 눈물을 좀 닦아 내고, 목소리가 떨리지 않을 자신이 생겼을 때에야 그의 이름을 천천히 불렀다.

저 아름다움이 아득하고 슬프다는 감각을 그가 알 수 있을까.

"천원."

"응."

그는 당황한 목소리로 대답했다. 달히는 더 위로 달려 올라가 어느 작고 희고 달빛을 가득 받은 구름 위에서 쉬었다.

"몇 번이나 말했지만 나는 너를 싫어하는 게 아니야. 무서워하는 것도 아니야. 너를 아주 좋아해. 하지만 너와는 이제 더 사적으로 만날 수가 없어."

그도 이제 더는 우길 수가 없을 것이다.

오랜 시간이 흐른 후 천원이 가만히 물었다.

"왜?"

"너는, 네가 나를 좋아한다는 게 어떤 의미인지 확실히 한 적 있어?"

'아주 좋아한다' 는 말은 그의 솔직한 마음이리라고 나는 믿는다. 그러나 그것이 얼마나 많은 것을 담보할까.

"나는 1년이 끝나면 지상에 돌아가야 하고, 1년이 또 지나면 지금과 다른 사람이 되어 있을 거야. 너를 내가 그때까지 좋아할까?"

나는 대답을 기다리지 않고 일부러 빨리 이었다. 나조차 모를 일이었다.

"나는 모르겠어. 아마 그땐 내 옆에 있어 주는 다른 사람으로 머리가 가득 찰지도 모르지. 지금보다 더 누군가를 좋아한다는 건 상상할 수 없지만 아마 그럴 수 있을 거야. 그리고 몇 년이 더 또 지나면? 지금으로부터 4년, 5년이 지나면 내 주변 사람들은 슬슬 결혼하기 시작할 거고 나도 누군가와 결혼할 생각을 해야 할 거야. 너를 내가 그때까지 좋아할까?"

그럴 것 같지는 않았다. 그럴 확률은 아주 낮을 것이다.

"나는 모르겠어. 아마 아닐 거야. 너는 내 옆에 없을 거고 나는 누군가 옆에 있어 주길 바라겠지. 좋아하지 않을 거라고 우기고 내가 왜 좋아하는지 이해 못 하겠다고 우기면서도 또 똑같이 누군가의 방을 찾아갈지도 몰라. 그때 넌 뭐 하고 있을 거야? 네 머리카락조차 요만큼도 안 자랐을 거야. 그리고 만약 나를 다시 본다면 너는 내 머리칼이 얼마큼 자랐는지 알 거야. 내 얼굴에 주름이 몇 개가 생겼는지도 알걸. 내 입술 색이 얼마나 변했는지도

알 거야. 그때도 네가 나를 지금처럼 좋아할까?'

저 별빛조차 실은 지금은 없는 것일지도 모른다. 저 눈에 보이는 별들 중 하나를 향해 가는 데에 걸리는 시간마저도 견딜 수 없는 것이 인간의 수명이다. 나는 이제는 너무나도 마른 눈을 깜박이고서, 달을 올려다보며 내 뒤의 천원에게 물었다.

"네가 날 좋아한다는 건 어떤 의미니? 그걸 다 감당할 수 있어?'

천원은 잠시 가만히 숨을 쉬었다.

······그리고, 다음 순간 나를 다시 끌어안았다.

"좋아한다는 것에 어떤 다른 의미가 있을 수 있는지 모르겠어. 나는 그냥 너하고 있으면 기뻐. 아프지 않아. 어쩌면 이 침이 없이 살았다면."

그랬다면 어땠을까.

나는 그가 무슨 말을 하고 싶은지 몰랐기 때문에 기다렸고 천원은 한참 동안이나 나를 기다리게 했다. 그의 심장은 내 생각보다 훨씬 빠르게 뛰었다. 등 뒤로 전해지는 가슴과 내 허리를 온통 굳게 붙잡은 팔은 시간이 지날수록 뜨겁게 느껴졌다.

우주는 한없이 아득했고, 그는 결국 어딘가 떨리는 목소리로 속삭였다.

"어쩌면 이 침이 없이 살았다면 변화한다는 게 뭔지 몰랐을지도 몰라. 그래, 연지. 나는 용이고, 아주 오랫동안 변하지 않고, 앞으로도 이무기가 되기 전까지는 계속해서 같은 모습을 가지고 살 거야. 하지만 궁에서 일하는 시종들과 시녀들은 내가 잠시 잠드는 것 같은 새에 여러 세대가 바뀌겠지. 나도 알아. 그리고 너도 그들과 같이 사라지리라는 것도 알아. 나는 그것이 슬프고 안타깝고 생각하고 싶지 않아."

그가 변신한 모습을 보았을 때 바로 떠올랐던 생각인데도 그의 입을 통해서 듣자 가슴이 무척 아팠다. 나는 침을 꿀꺽 삼켰다. 그가 내 말을 끝까지 들었으니 나도 그의 말을 끝까지 들어야 했다.

"하지만 연지. 나는 계속해서 상실에 대해 생각하고 살았어. 내가 원하지 않는다고 해서 상실이 찾아오지 않는 게 아니라는 것도 알고 있어."

그렇다. 그가 괴로워하던 모습이 떠올라 나는 무심코 움찔했다. 내가 잘 못 생각했다. 그가 자기보다 먼저 가는 이들을 보지 못했을 리가 없다……. 천원은 내 머리칼에 자신의 얼굴을 묻었다.

그는 알고 있었다.

"사라지면 싫어. 잃는 건 싫어."

"그럼……."

"너를 잃으면 죽을 것 같아. 지금 안 잃을 수 있다면, 안 잃고 싶어. 너하고 있으면 안 아파. 아니, 가끔은 아주 아프지만 그래도 너하고 같이 있는 게 좋아."

나는 나도 모르게 아까 그가 했던 숨 어쩌고 하는 말을 잊고 몸을 뒤틀었다. 다행히 그는 나를 놓지 않고 그대로 붙잡았다.

"도망가지 마."

"왜 도망가지 말라고 해?"

"네가 없으면 죽을 것 같아서."

나는 몸을 뒤트는 것을 멈췄다.

"우리가 더 오래 같이 있으면 우리는 서로를 더 좋아하게 될 거야."

그의 대답은 저 아래의 구름에서 나는 어두운 빗소리처럼 나직했다.

"나도 그렇게 생각해."

"그러면 나중에 헤어질 때 더 힘들 거야."

"지금 못 헤어지겠어. 지금은 안 헤어져도 되잖아."

말이 통하질 않는다. 나는 결국은 웃다가 그의 팔을 꼭 붙잡았다. 천원은 내 머리칼과 목덜미를 지나서 내게 천천히 입을 맞췄다. 그리고 살며시 입술을 뗀 뒤 하늘을 가리키며 속삭였다.

"저기 봐. 저렇게 고운 건 너 말고는 처음 봐."

제11장
사람들이 길에서 말하네

달히를 타고 용궁으로 돌아오는 짧은 비행 동안 우리는 —주로 꽹음 때문에— 대화를 나누지 않았지만, 나는 달이 더 예쁜지 내가 더 예쁜지 물을까 말까 마음속에서 몇 번이나 갈등했다. 그리고 천원이 나를 객당에 내려 주었을 때는 결정을 내리고 그에게 그저 웃어 보였다. 역시 그런 질문은 너무 유치한 것 같다.

"오늘은 고마워."

소음 때문에 용궁 여러 군데가 약간 이르게 깨어나고 있었다. 지상도 갓 새벽이 되는 것을 보고 온 참이다. 나는 오늘은 잠을 자지 않아도 출근해서 멀쩡하게 일할 수 있을 것 같다고 생각했다. 그야 이렇게나 힘이 넘친다. 당장이라도 팔짝팔짝 뛰어오르고 싶을 정도로.

천원은 달히에서 훌쩍 내려 내게 입을 맞췄다. 그 또한 여러 가지 이유에서 오늘은 평소보다 훨씬 들뜬 것 같았다. 눈이 반짝이고 손길에도 힘이 있다. 나는 입술이 떨어지자 빙긋 웃으며 물었다.

"지상은 재밌었어?"

"재밌었어."

그는 고개를 끄덕였다. 나는 또 웃음이 주책없이 흘러나와 입을 살짝 가렸다. 천원은 그걸 보고 고개를 갸웃했다.

"왜?"

"아냐. 얼른 가. 오늘도 일해야지."

"그래."

그는 달히 쪽으로 돌아섰다가 멈칫했다. 그가 간다고 생각하니 영 아쉬웠던 참이다. 나는 눈을 동그랗게 뜨고 물었다.

"왜? 뭐 잊어버린 거 있어?"

"어차피 월수궁에 갈 거니까 기다릴게. 네가 수라간에 갈 때 같이 가자."

"그럴래? 그럼 옷 갈아입고 나올게. 마루에라도 앉아 있어."

그는 내 말대로 툇마루에 걸터앉았다. 달히는 알아서 고개를 수그리고 바닥을 탐색하기 시작했다. 저러다 화초를 반드시 뜯겠군. 나는 얼른 방으로 뛰어 들어가 조리복으로 갈아입었다.

혹시나 했는데, 옷을 갈아입고 머리를 묶고 나왔을 때도 천원은 그대로 툇마루에 앉아 있었다. 나는 섬돌에서 신을 주워 신고 그의 옆으로 가 앉았다. 천원은 그새 뭔가 생각에 빠져 있었는지 내가 다가앉자 가볍게 숨을 들이켰다.

용궁에 다시 와서 보니 저 깊은 바다는 밤하늘과 또 다른 매력이 있다. 나는 무수한 해파리 떼가 무리마다 다른 방향으로 헤엄치는 것을 보며 말했다.

"이제 물살이 세지네."

아닌 게 아니라 풍경 소리도 잦아졌다. 천원은 고개를 끄덕였다.

"더 세질 거야."

"피해가 크지 않으면 좋겠다. 그치?"

그는 나를 보고 슬쩍 웃었다.

"그러게."

달히에게서 나오는 빛 때문에 내 객당만큼은 야명주를 다 열지 않아도 밝았다. 달히는 정말로 정원의 화초를 물어뜯기 시작했다. 아까는 구름을 뜯어서 물을 마시더니 고상한 식생활을 즐기는구나.

……역시 궁금해졌다. 나는 천원의 오른팔에 **뺨**을 기대며 물었다.

"아까 달을 많이 보고 있었잖아. 달이 그렇게 예뻤어?"

높이 날아올라 본 달은 정말로 대단히 아름다웠으니 내가 달보다 예쁘다고 주장하려는 것은 아니지만, 아까의 그 분위기에서 넌 내가 달보다 열 배쯤 예쁘다고 사탕발림을 해야 하는 입장 아니었냐.

천원은 눈을 깜박였다.

"그래. 달이 곱다는 말은 노래로 많이 들었지만 상상 이상이었어."

그건 정답이 아니다. 나는 새초롬하게 입술을 내밀었다. 괴롭혀 볼까. 그가 어떻게 대답할지 고민하는 얼굴을 상상하니 기분이 약간 좋아졌다.

"저기, 근데 있잖아."

"연지 아가씨, 혹시 여기에……!"

으악.

갑자기 들려온 순수하고 밝은 목소리에 나는 깜짝 놀라 움찔했다. 눈을 동그랗게 뜨고 마당에 한 걸음 들였던 걸덕 극우도 내 바로 다음 박자에 어깨가 크게 흔들렸다. 그녀는 그 자리에 마치 머리를 얻어맞은 생선처럼 우뚝 섰지만 눈은 굴러가며 객당 안에서 살아 숨 쉬는 모든 것을 몇 번이나 반복해서 보았다.

"어, 그러니까……."

나는 설명하려고 했다. 그러나 걸덕 극우가 몸을 돌려 자리를 피해 주는 것이 더 빨랐다.

"소인은 잠시 후에 다시 오겠어요!"

그 뒤에 어렴풋이 남은 먹물의 양이 적은 것은 아마도 그녀가 꼴뚜기이기 때문이리라. 나는 손을 뻗어 그녀를 잡아 볼까 했지만 이미 벌어진 거리를 생각하면 그것은 그저 허무한 발악이었다.

"세상에!"

아니야, 기다려, 오해야!

……아니, 오해는 아니고.

❈ ❈ ❈

"연지 씨가……."

"용자님께서 세상에……."

"그간 그리도 내외하시더니."

"다 부끄러와 그리하셨던 게지요. 우리 다 젊었을 때에는……."

우리가 언제 내외를 했어. 싫어했지. 내게 놀라운 점은 천원이 전에 뜬금
없이 아침부터 객당에 찾아왔던 날에는 조용하더니 이제 와서 가까이 좀 앉
아 있었다고 온 용궁이 시끌시끌해졌다는 것이었다. 물론 이번에는 심각성
이 좀 다르긴 한데.

"어젯밤에 천지가 깨어지는 소리가 났던 것이 용자님과 연지 씨, 두 분이
나들이를 즐기러 나가시며 난 소리였다면서요?"

"귀한 용마에 태우시다니……."

"경사네요."

"어딜 다녀오셨을까요?"

"용자님께서 다스리시는 바다를 보신 것 아니겠어요? 막 관복을 입은 젊
은이들도 그러잖아요. 괜히 패를 길게 늘어뜨리고 다니구. 연모하는 이 앞
에서는 뭐든 가진 것을 자랑하고 싶어지는 법이지요."

"경사네요."

"혼례에는 오색 국수를 올려야겠지요? 흰 꿩이 충분히 살이 올랐나 봐야
겠어요."

"아이, 촌사람처럼 왜 이러시오. 요즘 젊은이들은 밤 나들이 한 번 다녀왔
다고 혼례를 올리지는 않소."

"아니, 날이 새도록 연지 씨 방에 함께 계셨다지 않아요."

"그것이 구식이라니까. 자유연애 모르시오? 전에 내 큰 말 큰집의 테레비에서 보니 요즘 지상의 신여성들은 연지 씨처럼 머리도 짧게 허고……."

"경사네요."

나는 나도 모르게 파인애플을 으깰 뻔했다. 뮤지컬이야? 왜 후렴을 붙여? 그리고 방에 있었던 거 아니거든! 소음을 만든 건 죄송합니다! 옆에서 웃고 있던 문 대덕이 내게 애교스럽게 말했다.

"연지 씨, 정말로 그리하셨어요? 용자님이 다스리시는 바다를 돌아보셨어요?"

"아니요."

나는 인상을 쓰며 속삭였다. 문 대덕의 얼굴이 약간 붉어져 있는 걸 보니 꽤 신이 난 모양이었다. 하지만 나는 재미가 없다. 다들 일하라고. 지금 점심 내갈 시간이 얼마 남았는지 아냐.

"그러면요? 그러면요? 아이, 참, 저도 신이 나네요. 그때는 그리 용자님을 싫어하시었는데."

나도 믿을 수가 없다. 나는 약간 고민하다 대답했다.

"저희 집에 일이 있어서 급히 데려다주셨던 거예요."

"예에?"

문 대덕의 되물음은 내 생각보다 훨씬 날카로웠고 경악에 가까웠다. …… 적어도 놀리는 투는 확실히 아니었다. 나는 이번에는 놀라서 손을 멈췄다. 그리고 눈을 가늘게 뜨고 물었다.

"왜 그렇게 놀라세요?"

문 대덕은 금세 얼굴을 더 붉히고 내게 속삭였다.

"연지 씨 댁이면 지상이잖아요."

"지상이죠."

"용자님이 지상엘 다녀오신 거여요?"

"네. 좋아하시던데요."

잘하면 달을 따라서 우리도 지구를 공전할 뻔했다. 나는 달까지도 천원이 나를 잡으면 갈 수 있을지 잠깐 고민했다. 용도 있고 신선도 있으니까 혹시 정말로 달에 가면 월궁에 항아가 있을까? 옥토끼도 있고? 그러면 나는 토끼에게 떡방아 찧는 스킬을 전수받아서…….

"와아……."

문 대덕은 여전히 필요 이상으로 놀라워했다. 나는 용궁 사람들의 이런 반응에 이골이 나 있었기 때문에 이번엔 깔끔하게 물었다.

"왜 그렇게 놀라세요? 용자님이 지상에 가면 안 돼요?"

"아니, 저, 물론 안 되는 것은 아니지만요, 지상에 가시면 언제 누구의 눈에 뜨이실지 모르니."

……필요 이상으로 놀란 것이 아니었다. 나는 칼을 아예 내려놓았다. 물론 그녀가 말하는 '누구'는 안다. 아주 들떠 어딘가 둔하게 부풀어 있던 가슴속이 금세 식어 날카로워졌다.

해야가 삼촌이라 불렀다는 그 이무기가 죽거나 저주를 풀어 주지 않으면 언젠가 천원은 그와 같이 된다.

그뿐만이 아니라, 혹시 천원이 달히 없이 홀로 이 용궁을 벗어나면 그 이무기가 보다 직접적인 공격을 해 올 가능성도 있다는 것을 생각해야 했다. 어디에 있는지도 모르는데, 바로 저 하늘 위에서 지금도 이곳을 노려보고 있는지 누가 아나.

그래서 그는 지상을 본 적이 없는 것이다. 달이 뜰 때 나와 달이 지면 집에 간다는 노래를 부르는 용궁에서 늘 자신에게 주어진 일만을 하고 살아온 것이다. 그가 용궁 바깥의 것을 접할 수 있는 기회라 해 봐야 저 알량한 현대 문명의 똑똑한 이기 정도였다.

그것은 슬프고 답답한 일이었다. 나는 약간 풀이 죽었다. 어느새 다가온 주방장이 헛기침을 했다.

"문 대덕, 자네 일 안 하고 여기서 뭐 하나?"

"어머나, 나솔님!"

문 대덕은 질겁하더니 얼른 내게서 떨어졌다. 주방장은 헛기침을 하며 나를 보았다. 나는 그의 눈이 휘어진 것을 보고 쓴웃음을 터뜨렸다.

"연지 씨, 얘기했던 사부란 여기 있어요."

세계에서 제일 비싼 향신료를 이상하게 발음하는 주방장에게서 나는 완전히 말라 삼베 주머니에 든 사프란을 받아 들었다.

"감사합니다."

이렇게 많은 사프란은 처음 만져 보았다. 금보다 비싸다는 게 이렇게 우리 광에 많이도 처박혀 있었다니. 주방장은 관심 있는 얼굴로 내 도마에 있는 잘린 파인애플을 보았다. 나는 사프란을 옆에 두고 파인애플을 마저 썰었다.

"저걸 그래서 어떻게 쓴다고요? 사 두기만 하고 어떻게 쓰는지도 몰라서 계속 뒀네요."

"다양하게 쓸 수 있는데, 이번 점심엔 생선에 사프란 폼을 곁들여 내려고요. 이따 쓸 때 보여 드릴게요."

"그래요. 연지 씨가 요즘 얼굴이 안 좋았는데 기운이 난 것 같아서 나도 기쁘네요."

바쁜 시간에 할 일은 아니었지만, 나는 그 말에 부끄러워서 쓴웃음을 또 지으며 잠시 멈춰 서 있었다. 주방장은 내 어깨를 두드리고 목소리를 가다듬었다.

"나도 우리 아내하고 싸우면 그렇게 일이 안 됐어요."

우린 싸운 건 아니었지만 나는 얼굴을 붉히며 웃었다. 부끄럽다.

"그러셨어요?"

"그럼요. 그리고 처음 연서를 나누었을 때는 또 좋아서 일이 안 됐죠. 아, 연지 씨 이따 내가기 전에 꼭 나한테 검사받아요."

"네, 네."

좋아서 일이 안 되는 것도 뭔지 안다.

주방장이 내 옆에서 얼쩡거리자 문 대덕 쪽에서 불만의 목소리가 나왔다.

나솔니이임.

"알았어, 가겠네."

주방장은 나를 놀리던 것을 멈추고 걸음을 옮겼다. 나는 얼굴이 제 색으로 돌아오는 것을 기다리며 파인애플을 마저 손질했다. 그리고 계란을 깨서 풀다가 다시 손을 멈췄다. 파인애플볶음밥을 맛있게 하려면, 지금의 내 상태로는, 대단히 집중해야만 했지만…….

달이 상상 이상으로 예뻤다고.

그는 그렇게 말했다. 꿈에 나온 그 찢어진 동공이 누구의 것인지 나는 확신하고 있었지만, 그것은 동시에 다른 사람의 것이 될 수도 있었다. 그리고 나는, 그런 결말은 싫었다.

나와 천원의 관계가 어찌 되었든 요리가 다시 마법처럼 잘되진 않아서, 나는 요즈음 자주 그랬듯이 살얼음판을 걷는 기분으로 점심 시간을 '치러' 냈다. 다행히 혀가 좀 돌아온 듯 내가 만족스럽다고 느끼는 결과물은 다른 주방 식구들에게도 평이 괜찮았다.

"이 사부란 봄이라는 것은 참 생김새도 고운데 향도 좋네요."

"사프란 폼이에요."

"대구도 담백하면서 촉촉하게 잘됐어요. 망고 주스라고 했나요? 그것과 잘 어울리네요."

그럼 오늘의 점심은 성공인 모양이다. 천원이 좋아하는 스타일 위주로 짠 메뉴니 제대로 만들어졌다면 식당에서도 괜찮지 않았을까. 물론 어떤 그릇이 얼마나 비워져서 돌아오는지를 봐야 알지만.

주방에 남은 음식을 작업대 앞에 둘러앉아 화기애애하게 먹고 있는데 저 구석에서 지잉 하는 진동 소리가 들렸다. 나는 맛있게 먹고 있던 부드러운 죽순찜을 내려놓고 냉장고 콘센트 쪽으로 달려갔다. 오랫동안 쓰이지 않고 남아 있던 콘센트 한 칸에서 마침 내 휴대폰이 충전을 완료했다며 환하게 대기 화면을 띄우고 있었다. 정말 그뿐이라 조금 김이 샜다.

"연지 씨, 뭐가 왔나요?"

요즘 휴대폰을 부엌에서 충전하다 보니 주방 식구들도 21세기 지상 문명의 이기에 조금씩 익숙해져 가고 있었다. 나는 남에게 방해가 되지 않도록 휴대폰과 충전 코드를 선반에 올려놓으며 대답했다.

"아뇨. 그냥 얘가 밥 다 먹었대요."

"빨리도 먹네요. 우린 다 안 먹었는데."

주방 식구들은 농담인지 뭔지 모를 말을 아주 기특해하는 어조로 했다. 나는 자리로 돌아와 앉으며 쓴웃음을 지었다.

"요즘은 기술이 잘돼 있어서요."

"괜찮으면 다음에 테레비 또 보여 주실 수 있을까요? 저렇게 작은 것이 어찌 활동사진도 보여 주고 그러는지, 신통하기도 하네요."

활동사진으로 분류되던 때의 영화가 요즘 TV에 나오나? 흑백을 넘어서서 무성 영화 때 아닌가? 나는 일단 사교적으로 대답했다.

"그럼요. 아, 하지만 요즘은 지상에 태풍이 부는 것 때문에 연결이 잘 안 돼요. 다음에 날씨 맑을 때 보여 드릴게요."

주방 식구들은 기뻐하며 다른 화제로 넘어갔다. 나는 휴대폰 쪽을 나도 모르게 흘끔거렸다. 물론 연락 올 곳은 없다.

❈ ❈ ❈

"아."

그와의 마주침에 대해 생각한 적이 아예 없다면 거짓말이다. 나는 월수궁과 해궁을 잇는 길의 모퉁이에서 정확히 마주친 별의 모습에 잠깐 멍하니 입을 벌렸다. 그는 지상의 복장을 하고 있었다.

아마도 필요한 정도보다 약간은 더 오래 머뭇거린 것은 저쪽도 마찬가지였다. 별은 그러나 나보다 훨씬 어른이었고, 내가 눈을 두어 박자 깜박이자 먼저 미소 지어 주었다.

"연지 씨. 여기서 뵙네요."

"그러네요."

나도 그의 부드러운 미소 덕분에 웃을 수 있었다. 별은 내 손에 들린 쟁반을 보고 친절하게 웃는 채 눈길을 들었다.

"용자님께 올리시는 건가요?"

"아, 네. 오늘 오후 간식이에요."

"그러면 어서 가 보시어요. 아이스크림이 녹겠네요."

그의 말이 맞았지만 나는 그 자리에서 바로 움직이지 않고 잠시 머뭇거렸다. 역시, 힘들 때 실컷 위로받고 고민 상담을 해 놓고서 덜컥 쉽게도 해결한 데다 그게 소문이 난 상황이다. 그에게는 내 솔직한 마음에 대해 많이 이야기했고, 민망하고…….

슬쩍 눈을 마주치니 별은 여전히 평소처럼 부드럽게 미소를 짓고 있었다.

"저기, 별 주부님."

그가 소문을 들었든 아니든 나 스스로 확실하게 말하고 그간 신경 써 준 것에 대해 감사하는 것이 예의일 터다. 나는 그 역시 먼저 움직이려고 하지 않는 것에 속으로 안도하며 말을 재빨리 정리했다.

"들으셨는지 모르겠는데요."

"용자님과 화해를 하시었다 들었습니다."

대답은 내가 딴죽을 걸 구석 하나 없이 깔끔하고 빠르게 돌아왔다. 나는 별의 표정을 읽으려고 해 보았지만 실패했다. 그의 표정은 언제나처럼 부드럽고 예의 발랐고 그뿐이었다.

그럼 할 수 없다.

"네."

그 대답에 그제야 그의 표정이 약간 변했다.

별은 기묘한 표정으로 나를 잠시 빤히 바라보았다. 그의 얼굴은 슬픈 것도 같고 안타까운 것도 같았다. 나는 그가 그런 표정을 짓는 이유를 알고 있었기 때문에 애써 쓴웃음을 지었다.

별의 생각은 여전히 옳다.

"용자님에게 제 삶은 하루살이의 비행처럼 보이겠지요."

"예."

그는 고개를 끄덕였다.

지금은 작은 얼음 결정이 보석처럼 반짝이지만 저 커피를 부으면 금세 녹아 버릴 아이스크림처럼. 순식간에 타올라 사라지는 불씨처럼.

나는 그것을 알고 있었고 순식간에 가슴이 아려 쓴웃음마저도 짓기 힘들어졌다. 그러나 신비한 일이었다.

아직 나의 1년은 끝나지 않았고 아직은 이 용궁에 천원과 함께 있다고, 그리고 그는 지금 나를 기다리고 있다고.

그렇게 생각하는 것만으로도 그 통증은 뒤집어진 카드처럼 멀어졌다. 여전히 그 자리에 있지만, 당장은 보지 않아도 된다. 별은 나보다 먼저 다음 말을 했다.

"그럼에도 불구하고 함께하고자 하십니까."

그럼에도 불구하고.

나는 어쩐지 울음을 터뜨리고 싶은 기분이 들었다. 별은 나를 놀라울 정도로 곧게, 그리고 가만히 계속해서 보았다. 그의 맑고 색이 옅은 눈은 예전에 해야의 방에서 마셨던 찻물처럼 가만히, 아주 가만히 일렁였다.

나는 그의 눈에 비친 나의 얼굴이 아마도 슬픈 표정을 짓고 있을 거라고 생각했다. 왜냐하면 그 또한 어딘가 슬픈 표정을 금세 지었기 때문이었다.

"어찌 그런 얼굴을 하십니까."

"별 주부님은요."

"저는 생각난 것이 있습니다. 제가 좋아하지 않는 것입니다."

그럴 것이다. 나는 별이 나를 보는 시선에 잠시 망설이며 죄책감을 느꼈다. 내가 그에게 죄책감을 느끼기까지 해야 할 까닭은 없으니 이상한 일이었다. 오히려 내가 해야 할 말은······.

"저희 역시 슬프게 끝날지도 모르지만, 제가 떠나고 몇백 년 후에 용자님은 저를 완전히 잊고 다른 여자하고 결혼할지도 모르지만, 그래도 지금은 함께 있을 수 있어서 행복하니까 같이 있을 거예요. 나중 일을 생각하면서 지금의 행복을 버리고 싶지는 않아요."

그러기에는 1년은 너무 순식간에 지나간다. 내 말에 별은 미소를 지었다. 대단히 슬퍼 다시 죄책감이 드는 미소였다.

어째서 그런 표정을 하는 걸까. 나의 문제는 그렇게까지 그에게 과거를 떠올리게 하는 것일까. 누이는 이제 행복하다고 하지 않았나. 나는 가슴이 아파 기묘한 기분을 느꼈다. 별은 문득 시선을 다시 쟁반으로 내리깔고 전혀 슬픔이 느껴지지 않는 평소의 목소리로 말했다.

"……아이스크림이 녹겠군요. 어서 가 보십시오. 다음에 또 뵙겠습니다."

"아, 네, 별 주부님. 그간 감사했어요. 괜찮으시면 또 복숭아 같이 먹어요. 이번엔 제가 얻어 올게요."

복숭아가 이제는 한창 쏟아진다. 달고 향기롭고 말랑말랑한 용궁 복숭아는 어떻게 먹어도 지상의 것보다 훨씬 맛있었다. 그러나 그중에서도 가장 맛있었던 것은 내가 그것을 처음 먹었을 때, 그러니까 별이 가져다주었던 그 복숭아였다. 그것은 참으로 위로가 되었던 것이다.

나는 표정을 관리하고 웃으며 별에게 인사했다. 그는 다시 내 눈을 보고 이번에는 정말로 완전히 평소처럼 미소 지었다.

"……예. 철이 지나기 전에."

"철이 지나기 전에요."

나는 또 빙긋 웃었다. 그리고 별의 옆쪽으로 걸음을 내디디려 하는데 뒤쪽에서 어느샌가 나타난 흰 손이 쟁반을 빼앗아 들었다. 익숙한 향도 났다. 나는 깜짝 놀라 손의 주인을 돌아보았다.

관복을 입은 천원이 약간 날카로운 눈으로 나를 내려다보고 있었다.

"여기서 뭐 해?"

"너야말로 뭐 해? 일 안 해?"

밤을 새워서 피곤한 나와 달리 천원은 눈도 충혈되어 있지 않았다. 낮 시간에 봐도 잘생겼네. 별은 한 걸음 물러서 정중하게 절했다.

"아, 별 주부님……."

"가자."

"아, 저, 별 주부님, 그럼 다음에 뵈어요!"

천원은 그 절을 본 척도 안 하고 쟁반을 든 채 성큼성큼 해궁 쪽으로 걸어가기 시작했다. 나는 어쩔 줄 몰라 하며 별에게 인사를 던지고 그를 쫓아갔다. 별이 있을 뒤쪽에서는 한참 동안 일어서는 소리도 들리지 않았다.

해궁 남문으로 들어서 뜰을 가로지르는데 지나다니던 해궁 사람들이 이쪽을 보고 서로 뭔가 수군거리는 모습이 보였다. 나는 낯이 뜨거워 천원의 등만 보고 재게 걸었다. 천원의 걸음은 평소보다 훨씬 빨랐고 나는 그가 계단을 다 오를 즈음 쉭쉭거렸다.

"천천히 좀 가. 못 따라가겠어."

천원은 돌아보지도 않고 계속 빠르게 걸었다. 나는 약이 올라 달음질치기 시작했다. 그리고 겨우 그의 옆에서 걸을 수 있을 만큼 따라잡았을 때 그를 올려다보며 성질을 냈다.

"천천히 가자고 했지. 내가 너처럼 천리를 눈 깜짝할 새에 갈 수 있는 줄 알아?"

천원은 걸음을 딱 멈췄다. 나는 그가 나를 내려다보는 얼굴에 불만이 있어 조금 놀랐다. 아이스크림이 정말 많이 녹을 정도로 서 있었던 것은 아니다.

"왜?"

나는 팔짱을 끼고 물었다. 천원은 몸을 내 쪽으로 완전히 돌렸다. 그리고 몸을 낮춰서 나와 눈을 맞추고 물었다.

"별 주부하고 가깝게 지내?"

응?

"친한데?"

"왜?"

"왜냐니."

나는 뭐가 문제였는지 그제야 알 것 같은 기분이 들었다.

"친구라니까. 내가 처음에 용궁에 와서 적응하기 힘들어할 때 많이 도와 주셨어."

"복숭아는 왜 같이 먹는데?"

"너 어디부터 들은 거야? 아니, 뭐 하고 있었어? 일하는 시간이잖아. 월수 궁에 들렀었어?"

천원의 미간에 주름이 잡혔다. 나는 비죽비죽 웃음이 나오려는 것을 눌러 엷은 쓴웃음으로 바꿨다. 화는 내가 내도 되는 것 같은데 화가 나지 않다니, 내가 생각해도······.

천원은 잠시 입을 다물고 있다가 툭 던졌다.

"네가······ 오다가 별 주부하고 둘이 얘기하고 있는데······ 길어서, 마중 나갔는데."

그러나 그의 설명은 불친절하고 뚝뚝 끊겼다. 나는 인상을 썼다.

"못 알아듣겠어. 그게 무슨 소리야?"

"네가 별 주부하고 얘기하고 있었잖아."

"알아. 그런데 그걸 네가 어떻게 알았냐고."

그는 고개를 살짝 갸웃했다.

"용이니까 알지."

음······ 그래.

"그래. 그래서 마중 나왔어?"

나는 일단 용이니까 어쩌고 하는 부분에 대해서는 나중에 구체적으로 묻기로 하고 이야기를 진행시켰다. 천원은 눈을 깜박였다.

"······응."

"왜?"

그는 또 눈을 깜박였다. 불만은 사라졌고, 대신 어딘가 혼란스러워 보이는 눈이었다.

"왜······나하면."

"응."

"보고······ 싶어서?"

"그래서 마중 나왔어?"

웃음이 나왔다. 나는 결국 킥킥 웃었다. 천원은 더 혼란스러운 얼굴로 잠시 나를 보다가 쟁반으로 시선을 돌렸다.

"······이건 뭐야?"

"아포가토. 피곤할 것 같아서 진한 에스프레소하고 달콤한 아이스크림하고 같이 먹으라고."

나는 친절하게 에스프레소와 아이스크림을 모두 가리켰다. 전에 천원의 TV에서 커피 광고가 나온 적이 있으니 그도 에스프레소가 뭔지 알고 있을 터였다. 그는 커피 냄새를 맡다가 얌전히 고개를 끄덕였다.

"알았어. 너도 같이 와."

"그러니까 나도 같이 가고 있지. 아니었으면 너한테 쟁반 주고 나는 수라간에 돌아갔겠지."

눈치를 보니 천원은 기분이 약간 좋아진 것 같았다. 나는 걸음이 확연하게 느려진 그의 옆을 걸으며 다정하게 말했다.

"저기, 있잖아."

"응."

"들어가면 휴대폰 좀 줘 봐. 연락처 교환하자."

이번에는 그의 입가에 미소 비슷한 것이 살짝 떠올랐다.

"······알았어."

천원의 사무실에는 평소보다 서류가 많이 쌓여 있었다. 나는 책상 가득 쌓아 둔 종이 더미를 보고 내심 질겁했지만 천원은 아무렇지도 않게 간식 쟁반 놓을 자리를 만들었다. 그리고 내게 휴대폰을 내밀었다.

"여기."

"응."

일단 주소록에 들어가 보니, 그럴 줄은 알았지만 등록된 번호가 없었다. 나는 내 연락처를 입력하며 단축키도 함께 등록했다. 그리고 메신저 앱이 뭐가 있는지 살펴보니 놀랍게도 메신저 앱은 여러 종류가 이미 설치되어 있었다. 아마도 게임 때문에 그렇게 해 둔 모양이었다.

스마트폰 이용법을 가르쳐 줄 사람도 없는데 혼자 여기까지 해낸 의지에 박수다. 요즘은 매뉴얼도 제대로 안 되어 있지 않나. 나는 천원의 책상에 걸터앉아 그의 메신저 앱에서 내 연락처를 검색했다. 그는 내 옆에 다가서며 호기심 어린 얼굴로 물었다.

"그게 뭐야?"

"여기 이게 나니까, 앞으로 나한테 하고 싶은 말 있으면 여기 채팅방 들어가서 해. 타이핑할 줄은 알지?"

그는 타이핑의 타 자도 들어 본 적이 없다는 얼굴을 했다. 나는 채팅방을 만들어서 일단 접속했다. 그리고 키보드를 띄워서 그에게 보여 주었다. 천원은 그제야 깨달은 표정이었다.

"여기에 글을 쓰라고?"

"응. 게임할 때 닉네임 만들어 본 적 있지?"

열심히 타이핑하는 걸 보니 해 본 적은 있지만 어지간히 서툰 모양이었다. 천원은 한참 악전고투하더니 손을 멈췄다. 그리고 나를 보고 뭔가 기대하는 얼굴을 했다.

나는 킥킥 웃었다.

"지금은 휴대폰 안 가지고 있어. 이따 볼게."

"휴대폰이 있어야 보이는 거야?"

"당연하지. 휴대폰으로 보내는 편지 같은 거야. 내 휴대폰으로 배달을 받아야 보지."

"얼마나 걸리는데?"

"……지금 도착했을걸?"

"아직 여기 있는데 도착해?"

나는 그만 귀찮아졌기 때문에 그에게 손을 내밀었다.

"휴대폰 다시 줘 봐. 뭐라고 썼는지 지금 볼게."

천원은 순순히 휴대폰을 내게 내밀었다. 나는 그가 타이핑만 열심히 해 놓고 내게 아직 메시지를 보내지는 않았다는 사실을 알고 슬쩍 발송 버튼을 눌렀다. 이거 앞길이 험난하겠는데. 심지어 메시지 내용은 [동틀 녘에 헤어진 것이 아득하고 아득하니]였다.

평소 말투와 너무 다르기도 하거니와, 아득해서 뭘 어떻게 하라고. 나는 목소리를 가다듬은 다음 천원의 얼굴을 훔쳐보았다. 그는 기대하던 얼굴 그대로 나를 보고 씩 웃었다.

"답신은 언제 줄 거야?"

"답신이 뭔데? 답장? 이따 저녁에 일 끝나고 줄게."

그때까지 저 시조의 앞부분만 떼 놓은 것 같은 알 수 없는 문구에 뭐라고 대답해야 하는지 고민해 보겠다. 혹은 대답을 해야 하는지 말아야 하는지도. 나는 휴대폰을 그에게 돌려주고 또 헛기침했다.

"아이스크림 너무 녹기 전에 아포가토 먹어. 이제 가서 저녁 준비 해야 돼."

"알았어."

천원은 책상 뒤로 돌아가 의자에 앉았다. 나는 그 옆으로 자리를 옮겨 아이스크림에 에스프레소를 부어 주었다. 천원은 잠시 망설이다가 호화로운 은제 티스푼으로 아이스크림을 떠 먹었다.

그의 얼굴이 기묘하게 변했다.

"단맛과 탄 맛이 나는데."

"커피 안 마셔 봤어?"

"안 마셔 봤어."

그러면 그렇게 느낄 수도 있지. 나는 킥킥 웃고 그의 티스푼을 빼앗아 그것으로 아이스크림 녹은 부분과 에스프레소를 조금 더 섞었다. 그리고 그것을 한 모금 떠서 천원의 입에 다시 넣어 주었다.

그의 표정이 아까보다는 약간 부드러워졌다. 일단 입을 오물거리는 것을 보니 먹을 만한 모양이었다.

"어때?"

"……신기해. 맛있어."

그의 눈이 흘긋 내 얼굴을 보았다. 나는 그가 원하는 대로 기쁘게 웃어 주었다.

"지상에선 다들 일할 때 커피를 마셔. 나는 커피는 솔직히 자신이 없는데 혹시 네 입맛에 맞으면 연구해 볼게. 기계도 좀 새로 나온 걸로 들이자고 해 볼까?"

"네가 해 주는 간식은 원래 맛있어."

갑자기 그를 위해 해 주고 싶은 간식의 아이디어가 불쑥불쑥 솟기 시작했다. 요즘의 내 슬럼프는 뭐였을까. 나는 신기하고도 조금은 억울한 마음으로 그 아이디어들을 착착 기억해 두었다. 천원은 다시 실험이라도 하는 듯한 얼굴로 아포가토를 보았다. 나는 빼앗았던 티스푼을 다시 그에게 돌려주었다.

"자. 아이스크림이 너무 녹기 전에 먹어야 맛있어."

입 안에서 섞이는 게 좋은 거니까.

우리 수라간 광에서 사프란과 약간 떨어진 장소에 오랫동안 함께 잠들어 있던 바닐라빈을 썼다. 바닐라빈이 우유에 우러나면서 퍼진 향이 얼마나 좋았는지 다른 사람들도 관심을 보였었다. 거기다 에스프레소는 언제 개발된 건지 모를 클래식한 디자인의 머신으로 추출했는데 내 폐가 함께 즐거워질 만큼 근사한 향이 났다.

부드럽고 매끈한 바닐라 아이스크림과 묵직하고 쌉싸름한 에스프레소가 적절한 비율로 혀 위에서…….

내가 아포가토를 너무 빤히 쳐다본 모양이었다. 천원은 간식을 먹다 말고 내게 물었다.

"먹고 싶어?"

물론 먹고 싶지만 지금 것은 내가 프로페셔널하지 못했다. 고용주가 먹는 음식을 쳐다보는 요리사라니. 나는 부끄러움을 느끼며 시선을 슬쩍 돌렸다.

"아니, 주방에 있으니까 나는 맛보고 왔어."

"그래?"

천원은 그 말에 가만히 티스푼을 내려놓고 내게 손을 뻗었다. 나는 그가 내 뺨을 만지는 온기에 잠시 놀랐지만 금세 눈을 감고 몸을 떨었다. 그는 마치 내 얼굴 모양의 작은 구석까지도 확인하려는 것처럼 느리고 스스럼없는 손길로 나를 한동안 쓰다듬었다.

미소가 나왔다. 나는 눈을 살짝 뜨고 고개와 허리를 숙였다. 천원은 내가 그에게 입을 맞추는 대로 가만히 있었다.

그의 입술은 아이스크림 때문에 약간 차가웠지만 입 안은 미지근했다. 커피 향이 나는 달콤한 혀와 녹은 바닐라 아이스크림이 약간 남은 입천장을 더듬고 나서 얼굴을 살짝 떼자 그는 약간 한숨을 쉬었다. 머리칼처럼 검은 눈이 나를 보았다.

"계속 네 생각을 했어."

"일해."

"그리고 지상에 대해서도 생각했어."

나는 이번에는 얼굴을 붉힌 채 웃었다. 천원은 내 허리에 팔을 두르며 머리를 묻었다.

저 소맷부리에서 나는 향기에 취할 것만 같다. 나는 그의 머리를 살짝 끌어안고 관모의 푸른 물총새 날개 장식을 턱으로 눌렀다. 우리 둘 다 근무하는 시간인데, 이래도 되는 걸까 하는 죄책감이 들지 않았다면 거짓말일 테지만……

"밤하늘?"

내가 떠보듯 묻자 천원은 나직하게 중얼거렸다.

"밤하늘, 지상의 공기, 땅에서 빛나던 것들도."

말투는 떠오르는 대로 툭툭 던지는 것 같았지만 그가 정말로 계속 그것들에 관해 생각하고 있었다는 것이 전해졌다. 나는 천원의 어깨를 오른손으로 쓰다듬었다.

"지상이 마음에 많이 들었구나."

"응. 너랑 같은 느낌이 들었어."

"그게 어떤 느낌인데?"

그는 고개를 들었다. 새까만 눈과 시선이 마주쳤다.

"이제야 처음으로 보는 거지만…… 사실은 그간 내가 계속 꿈꿔 왔던 것 같아."

그가 속삭이는 목소리는 안쓰러웠다. 나는 천원의 눈이 아름다워 계속 바라보다가, 가만히 물었다.

"네가 보고 싶을 때 볼 수는 없는 거야? 밤하늘은."

천원은 내 말을 듣고 한 박자가 지난 후에 아까처럼 혼란스러운 표정을 지었다. 그가 오랫동안 입을 열지 않았기 때문에 나는 기다리다 결국 먼저 말을 이었다.

"네가 직접 나가면 그 나쁜 놈이 나타나는 거지?"

"……아마도."

그는 여전히 혼란스러운 얼굴이었다. 그것은 다행이었다. 만약 그가 당연히 그렇다고, 그게 무서워서 그간 꼼짝도 안 한 거라고 대답했다면 나는 조금 실망했을까? 나는 미소를 짓고 그의 뺨을 아까 그가 내게 한 것처럼 쓰다듬었다.

"나타나면 어떻게 할 것 같아?"

"죽기로 싸우겠지."

그리고 이번 대답은 내 생각보다 훨씬 빨랐다.

내 표정이 나쁜 방향으로 변한 모양이었다. 천원은 약간 미간을 좁히고 나를 빤히 보았다. 나는 뭐라고 말해야 할지 한참을 고민하다 물었다.

"싸우면 이길 수 있어?"

천원은 이번에는 잠시 고민했지만 확실하게 대답했다.

"모르겠어."

"질 확률이 높은 거야?"

"모르겠어. 나는 그치를 한 번도 직접 본 적이 없어."

잠깐 침묵이 흘렀다. 나는 또 고민하다가 물었다.

"네 그 역린에 있는 침 있잖아, 그냥 뽑을 수는 없는 거야? 원래 몸에 뭐 꽂힌 건 함부로 뽑지 말라지만, 넌 여의주가 있잖아."

그는 고개를 저었다.

"저주로 생긴 거라 그렇게 할 수 없어. 침은 만질 수도 있고 흔들 수도 있지만 뽑히지는 않아. 억지로 그렇게 하려다가는 역린 자체가 떨어져 나갈 거야."

기분이 상한 모양이었다. 역시 저주를 건 녀석을 어떻게 하는 수밖에 없나. 나는 그에게 아포가토를 또 한입 먹였다. 그는 내가 떠먹여 주는 대로 순순히 입을 열고 아이스크림과 커피를 받아먹었다. 그리고 눈을 가늘게 뜨고 나를 빤히 올려다보았다.

"연지."

"왜?"

천원의 새까만 눈은 가늘어져도 작은 심해가 담긴 것처럼 진했다.

"또 해 줘."

나는 그가 요구하는 바를 얌전히 이루어 주었다. 그는 스푼을 입에 잠깐 물었다가, 스푼이 입에서 빠져나가자 내 쪽으로 목을 뻗었다.

아이스크림은 이제는 정말로 많이 녹아 물렁했고 혀끝으로 누르는 대로 달콤하게 녹았다. 아이스크림이 끝난 자리에서 진한 커피 향을 내며 혀가 서로 닿았다. 무겁고, 부드럽고⋯⋯ 어렴풋이 신맛이 났다.

떨어졌을 때엔 아포가토 녹은 것이 입가에 한 줄기 흘렀다. 나는 그것을 얼른 문질러 닦고 뜨거워진 얼굴을 눌렀다. 천원은 잠시 후 빙긋 웃었다.

"맛있지?"

"응."

그의 눈가도 붉어져 있었다. 나는 몸을 똑바로 세우고 일어섰다. 천원은 불만스럽게 물었다.

"왜? 다 먹을 때까지 있다 가는 거 아니었어?"

"이대로 있다간 저녁 준비를 못 하겠어."

여러 가지 의미에서.

"안 하면 어때."

"최소한의 직업 정신이야. 그리고 빨리 먹으라고 일어난 거지, 지금 간다는 건 아니었어."

천원은 의자 등받이에 몸을 기댔다. 그의 표정은 여전히 불만스러웠는데 나도 가고 싶어서 가는 것은 아니었다. 나는 머뭇거리다 다시 책상에 걸터앉았다. 그리고 그의 표정에서 아직 불만이 사라지지 않았기 때문에 화제를 돌렸다.

"아까 내가 오는 길인 걸 용이라서 알았다고 했지? 그게 무슨 말이야? 용은 눈도 좋은 거야?"

내가 샀던 용 책에는 그런 말은 없긴 했지만, 천리안 정도 있다고 해도 이상할 것은 없었다. 온도 조절 기능도 있고 조명 기능도 있는데 그 정도야. 천원은 고개를 저었다.

"아니야. 눈으로 본 게 아니라 기척을 느낄 수 있어."

기척이라. 나는 그런 단어를 평소에 쓰지 않았기 때문에 와닿지 않는 설명이었다. 나는 입술을 비죽 내밀었다.

"어떻게?"

"수염으로."

"너 수염 없잖아."

"지금은 둔갑했으니까 안 보이는 거지, 둔갑을 풀었을 때는 있잖아."

그러고 보니 그랬다. 나는 매끈하기 그지없는 천원의 턱을 만지며 신기해했다. 그러니까 고양이나 메기가 수염의 진동으로 주변을 탐지하는 것 같은 원리일까? 하지만 그렇다면 걱정이 된다.

"그럼 뭘 얼마나 알 수 있는 거야? 내가 어디에 있는지, 뭘 말하는지, 무슨 행동을 하는지 그런 걸 다 알 수 있는 거야?"

천원은 시선을 내게 맞추지 않았지만 양심에 거슬리는 것이 있는 얼굴로는 보이지 않았다.

"용은 기본적으로 자신에게서 나는 소리가 너무 크기 때문에 귀가 들리지 않아. 지금도 네가 말하는 건 귀로 듣는 게 아니라 수염으로 전달받고 있는 거야. 웬만큼 멀리서 나는 소리는 다 알 수 있지만 무슨 행동을 하는지는 모르지."

그러고 보니 용은 귀가 들리지 않는다는 설이 있다는 말을 내 책에서 읽은 것도 같았다. 하지만 천원과 대화할 때는 한 번도 그런 생각을 해 본 적이 없었다. 나는 천원의 귀를 만져 보았다. 그는 곧 쓴웃음을 지었다.

"사실은 안 그러려고 해도 자꾸 네가 어디 있는지 알게 돼. 매형은 누나가 어디 있는지 언제나 알 수 있대."

그거 많은 과거의 미스테리를 한 번에 설명해 주는데. 나는 일단 내가 무슨 행동을 하는지까지는 그가 모른다는 것에 안심했다. 아무리 그래도 우리는 아직 서로 보여 주고 싶은 모습만 보여 줄 단계다.

갑자기 한 가지가 떠올랐다.

"그럼 어젯밤에도 그랬어? 내가 어딨는지 알았어?"

천원은 이번에는 조금 찔려 하는 얼굴이었다. 나는 웃음을 터뜨렸다.

"알고 왔어? 그냥 지나가다 마주친 게 아니야?"

"……네가 우는 것 같아서. 멀리서 보기만 할 생각이었는데, 나도 모르게 가까이 갔어."

내 얼굴이 아까처럼 뜨거워졌다. 천원은 내가 얼굴에 손등을 대서 식히는 것을 보다가 천천히 물었다.

"그래서, 하루살이가 뭐야? 별 주부하고 그런 얘기를 하고 있었잖아."

뜨끔했다. 이번에는 내가 시선을 피했다.

"어젯밤에 했던 거랑 같은 얘긴데."

"그래도 설명해 줘."

"정말로 한 얘기라니까. ……하루살이는 지상에 사는 벌렌데 수명이 아주 짧아. 사람은 보통 70년 정도는 사는데 하루살이는 하루이틀만 살고 죽으니까, 1분짜리 비행이 사람에게는 짧은 것으로 보이지만 하루살이의 삶에서는 아주 길고 중요한 것이 아니겠냐고, 그런 얘기를 하고 있었어."

천원은 한동안 아무 말도 하지 않았다. 그리고 한숨을 한 번 짧게 쉰 뒤 나를 똑바로 올려다보았다.

"……연지."

그가 내 이름을 부르면 가슴속이 베이는 것 같다. 나는 심호흡하고 대답했다.

"응."

"설령 하루살이의 비행처럼 보인다 해도, 그것이 내 마음을 잡고 놓지 않아. 어떻게 해야 돼?"

이번에는 목이 베이는 것 같았다. 나는 천원의 양쪽 귀를 손바닥으로 꾹 눌러 막았다. 그리고 내 최선을 다해 웃으며 말했다.

"놓치지 말고 봐. 나중에 후회하지 않도록. 그래, 수명이 비슷한 사람끼리도 한순간만 스쳐 지나가는데, 수명이 다르다고 해서 그 한순간의 행복을 느끼지 않을 것도 없지."

❊ ❊ ❊

"연지 아가씨, 여기 대에 드리울 장식이어요."

걸덕 극우가 펼친 비단 조각에서 나온 것은 진주가 포도송이처럼 달린 장신구였다. 나는 그 둥글고 황홀한 진주 더미가 용궁에서는 큰 값어치가 없다는 것을 알고 있었지만 동시에 그것이 지상에서라면 대단한 보물이리라는 것도 알고 있었기 때문에 잠깐 쳐다보고 감탄하기만 했다.

"정말 예쁘네요. 이렇게 예쁜 걸 제가 혹시 망가트리면······."

"아이, 당치도 않아요. 연지 아가씨가 지상에 다녀오실 때마다 보물들을 한아름 선물해 주시는데, 외려 소녀가 빈한하여 보답이 되지 않네요."

이제 태풍의 후유증도 어느 정도 지나갔으니 얌전히 달고 다니면 큰일은 없을 것 같기는 한데. 나는 감사한 마음으로 고개를 숙였다.

"감사합니다. 감사하게 쓰고 잘 돌려드릴게요."

"편안히 쓰시어요."

우리가 서로에게 미소 지으며 훈훈한 분위기를 연출하는데 내 머리를 빗던 솔은 극우가 빗을 내려놓았다. 그녀가 내려놓은 빗은 대모갑으로 장식된 참빗이었는데 새하얀 은을 반달 모양으로 부어 만든 것이었다. 솔은 극우는 내 머리칼을 쓰다듬으며 한숨을 쉬었다.

"연지 아가씨의 머리칼은 아름답고 멋있어요. 하지만 비녀를 꽂지 못한다는 것은 조금 아쉽네요."

"어차피 비녀도 없어요."

"소녀들의 것이라도 괜찮으시다면 언제든 빌려드릴 수 있는걸요. 아, 물론 이 아름다운 의복에 걸맞지 않을 테지만요."

솔은 극우의 겸손에 걸덕 극우는 고민하는 얼굴로 자기가 가져온 진주 요패를 쳐다보기 시작했다. 나는 웃으며 그녀를 만류했다. 모처럼의 축제 날에 본인의 보물을 빌려줬는데 기분 상할 필요는 없다.

"너무 예쁘니 제발 빌려주세요."

허리의 비단이 너울거렸다. 해야가 내게 선물한 옷은 저고리, 바지, 비단 허리띠, 그리고 반비와 치마가 다 딸린 용궁 예복 한 세트였다. 선물받을 당시에는 그냥 '치마저고리' 라고 들었던 것 같은데 다 풀어 보니 너무 큰 선물을 받은 것 같아 당황했었다. 하지만 오늘 이렇게 입고 보니 정말 대단히 색과 결이 모두 고와 나도 모르게 즐거워졌다.

걸덕 극우는 비단 허리띠에 자기가 가져온 요패를 끼워 드리우고 내 저고리를 여며 주었다. 백련처럼 새하얀 바탕색에 홍련과 같은 분홍색 끝단을 두른 저고리는 스스로 빛을 내는 것처럼 눈이 부셨고 안 입은 것처럼 그저 가벼웠다.

"어여쁘셔요."

솔은 극우는 약간 떨어져서 내 모습을 위아래로 보더니 방긋 웃었다. 그녀도 내게 오기 전 치장을 마쳤기 때문에 어디 한 군데 부족한 짐 없이 곱고 우아했다.

"연지 씨 계시어요?"

갑자기 마당에서 들려온 생각지도 못한 목소리에 내 방에 있던 우리 세 명은 눈을 동그랗게 떴다. 걸덕 극우는 잠시 먹물을 뿜을 것처럼 얼굴을 붉혔고 솔은 극우는 당장 문을 열려다 내 눈을 보았다. 나는 그간 앉아서 바지 대님을 묶고 있었기 때문에 정신이 없어 한 박자 늦게 고개를 끄덕였다.

환한 빛이 방문 너머에서 비치다 문이 열렸다. 해야는 상쾌한 얼굴로 들어와 인사했다. 나도 그즈음에는 일어서 있었다.

"안녕하시어요, 연지 씨."

"해야 니림."

솔은 극우와 걸덕 극우는 바닥에 늘어진 것들을 헤치고 급히 절했다. 해야 뒤로 그녀를 모시는 시녀들이 뭔가 손에 잔뜩 들고 따라 들어왔다.

해야는 구름처럼 풍성한 머리칼에 나무니 붉은 구슬, 그리고 황금을 섞어 만든 보요를 우아하게 여럿 꽂고 아름다운 옷을 차려입은 모습이었다. 그녀의 바지는 정말로 스무 색은 들어간 듯 길고 좁은 색색의 천이 가로로 이어져 만들어진 것이었는데 전체적으로 금색의 화사한 수가 들어가 통일감이 있었다. 자색 바탕에 금색 수가 들어간 긴 저고리 같은 형태의 붉은 포와 아주 잘 어울렸다.

"어머나, 연지 씨. 전에 선물했던 그 옷을 입어 주었네요."

"안녕하세요."

그녀는 기분도 좋아 보였다. 나는 웃으며 그제야 인사했다. 해야는 솔은 극우와 걸덕 극우에게 손짓해 그들을 일어나게 했다.

"어서 일어나렴, 아이들아. 연지 씨가 오늘 제에 오는데 불편한 점은 없을까 궁금하여 와 보았는데 잘되었네요. 함께 치장해요."

해야를 모시는 시녀들은 두 극우와 같은 전내부 소속이었지만 품계가 높았다. 두 극우는 어쩔 줄 몰라 했고 해야는 그것을 보고 또 손짓했다.

"아이들아, 그리 놀랄 것이 없느니. 이리 와 함께 앉자꾸나. 오늘은 좋은 날이고, 편안한 시간이니 여인들끼리 즐기는 데에 격의는 필요 없지 않으냐. 그래, 손을 정성스레 모시는구나. 이리 늦었는데 오늘 너희는 퇴청하지 아니하는고?"

두 극우는 쭈뼛거리면서도 해야의 말에 복종했다. 나는 해야와 마주 앉아 웃으며 정정했다.

"친구라서 와 준 거예요."

"어마, 그런가요. 지상에서 온 이는 이 너른 용궁에서도 오직 연지 씨 혼자 몸이니 적적하였을 터인데, 벗과 함께 치장을 할 수 있다니 참으로 훌륭한 일이네요. 그 진주 요패는 웬 것인가요? 용궁의 물건 같은데."

"여기 걸덕 극우님이 빌려주신 거예요."

나는 해야의 허리띠는 어떤지 보았다. 해야가 찬 허리띠는 물론 점점이 누금 장식이 잔뜩 된 황금제에 화려한 요패가 셀 수 없이 드리워져 있었다. 야명주, 산호, 흑단 조각, 황금알 포도, 맑고 둥근 호박……. 해야는 내 말에 손뼉을 치며 우아하게 웃었다.

"어마, 마음씨가 곱기도 하여라. 헌데 나도 연지 씨 쓰라고 허리띠를 가져왔어요. 그 요패도 내가 가져온 허리띠에 달아서 같이 하면 어떨까요?"

해야가 데려온 시녀 중 하나가 얼른 자기가 가져온 나무 상자를 내밀어 모두에게 보이도록 열었다. 그 안에는 해야가 띤 것처럼 누금 장식이 된 금제 허리띠가 고이 들어 있었다. 다른 시녀도 자기가 가져온 상자를 그 옆에 슬쩍 밀었다. 그 상자에서는 수십 가지는 될 것 같은 찬란한 장신구가 나왔다. 두 극우와 나는 입을 약간 우아하지 못하게 벌렸다.

"마음에 드는 것을 선물하고 싶어요. 요패를 다 고르면 목걸이, 귀걸이,

비녀, 팔찌도 있답니다."

저런 걸 받을 수 있겠냐! 나는 입을 여전히 벌리고 해야를 보았다.

"용녀님, 갑자기 웬……."

"연지 씨가 내 아우를 사랑하고 아껴 주니 내 고마워 이래요. 또 내 아우에게 소중한 이라면 내게도 소중하지요. 머리는 다 정돈한 건가요? 가채를 얹고 비녀를 꽂아 꾸미는 건 어때요? 장식으로 물총새 깃을 길게 드리운 것이 있어요."

"아뇨, 전 긴 머리는 싫어서……."

"그래요? 하지만 제를 올릴 때에 맨머리는 어울리지 않으니, 연지 씨가 정 그렇다면 가벼운 관을 얹는 것은 어때요? 이마에서 목까지 흐르듯이 장식하는 보석 띠가 있답니다."

해야는 어디선가 황금 빗을 꺼내 그것으로 내 머리의 각도를 재기 시작했다. 솔은 극우와 걸덕 극우도 어느새 보물을 구경하면서 즐거워하고 있었다. 나는 결국 웃음을 터뜨렸다.

"머리 장식 없이 가는 게 안 되는 줄은 몰랐네요."

"연지 씨는 손님이니 원하는 대로 해도 예에 어긋나는 것은 아니지만, 예복에 보다 아름답게 어울리는 것이 좋지 않겠어요? 반비와 군도 입을 거지요? 아, 꽃신도 가져왔어요."

그러려고 꺼내 놓았다가 입을까 말까 고민하고 있었다. 나는 누가 나로 인형놀이를 하는 것을 싫어했기 때문에 고민하다 빗은 손짓해 밀어 냈다.

"감사합니다. 그러니까…… 머리는 다 빗었는데 간단한 모자나 머리띠 같은 게 있다면 부탁드릴게요."

"아이, 그럼요. 얘들아, 저기 뜰에 머리채 꾸밀 것을 담은 상자가 있으니 적당한 것을 찾아 오너라. 그래, 너희 둘도 어서 가려므나."

해야는 바쁘게 손짓해 시녀들을 모두 내쫓았다. 아니, 지금 가져온 이게 다가 아니라고……? 얼마나 가져온 거야. 그러나 해야가 나를 보고 활짝 웃으니 역시 그녀의 동생 생각이 나서 다른 말을 할 수가 없었다. 나는 그 해맑은 얼굴에 대고 쓴웃음을 지었다.

"신경 써 주셔서 감사합니다."

"아니어요. 연지 씨가 우리에게 해 준 일을 생각하면 별것도 아니지요."

그녀는 갑자기 내게 다가앉았다. 나는 해야의 눈이 생각보다 진지해서 놀라고 침을 삼켰다. 혹시……가 아니다. 요즘 분위기를 생각하면 그녀가 떠도는 소문을 듣지 못했다는 쪽이 이상하다.

꿀꺽. 나는 침을 또 삼켰다. 해야의 눈은 언제 봐도 천원과 비슷한 생김새를 하고 있었다. 완벽하게 아름답고, 새까만 속눈썹이 짙고, 푸른 기운이 돌고…….

"연지 씨."

문득 그녀는 다정하게 속삭였다. 바깥에서 뭔지 몰라도 대단한 것을 보고 즐거워 비명을 지르는 시녀들에게는 들리지 않도록 일부러 낮춘 목소리였다. 나는 해야의 눈을 보며 작게 대답했다.

"네."

나는 그녀에게 천원을 좋아한다고 분명히 말했었지만, 그러고도 그와 헤어져 시간을 보냈다. 레오의 말에 따르면 그가 앓아누웠을 정도로. 그가 내 마음을 당연한 듯 의심하고 괴로워하게 내버려 두고. 남동생을 무척 아끼는 그녀는 나를 원망하지 않을까.

그러나 그녀는 또 빙긋 웃었다.

"어떤 이에게 연연할 수 있는 것은 큰 복이랍니다. 그러나 자신이 꾸려 온 삶과 믿음 또한 대단히 중요하지요. 나는 연지 씨에게 어떤 것도 강요하고 싶지 않고 천원이도 그리하지 못하게 할 거여요. 그러니 자신을 희생하지는 말아요."

그것은 생각지도 못했던 말이었다.

나는 약간 당황하며 해야에게 말했다. 내가 생각하던 우리의 문맥과 핀트가 다르기도 하고, 너무 심각하잖아. 주방에서 나왔던 혼례 음식 어쩌고 하는 이야기는 그냥 다들 재미로 떠들고 있는 것뿐이라고 생각했는데.

"저어, 용녀님. 저희는 아직 만난 지 얼마 안 돼서 앞으로 어떻게 될지 잘 몰라요."

잘이 아니라 아예 모른다. 그러니까 그렇게 결혼하는 딸에게 해야 할 것 같은 조언은 그만둬 주시면 고맙겠다. 해야는 놀라지 않고 웃었다. 지혜가 담긴 미소였다.

"예, 나도 안답니다. 그래서 지금 말하는 거여요. ······용궁의 그 어떤 것도 당신에게 앞으로의 길을 선택하도록 강요하지 못하게 할 테니 연지 씨는 부디 본인의 행복만 생각하기를."

바란다고.

나의 행복을 바라 주는 사람이 이렇게나 많다. 나는 어떤 표정을 지어야 할지 몰라 잠시 울음과 웃음이 반반 섞인 얼굴로 해야의 눈을 빤히 올려다보았다. 그리고 끝내는.

"감사합니다."

완전히 이해하지는 못한 채로, 고개를 끄덕였다.

결국 걸덕 극우가 빌려준 진주 요패 하나만 노리개처럼 드리우고 그 아래 일곱 색 치마와 진분홍색 반비를 입은 나는 친구들과 함께 예의 탑으로 향했다. 해야는 나를 치장해 주다가 제가 시작될 시간이 되어 먼저 자리를 떴지만 걸덕 극우와 솔은 극우는 나와 함께 걸어 주었다. 나는 그 언젠가처럼 계단 아래까지 사람이 많은 것을 보고 벌써 질려 입을 벌렸다.

"어마, 서둘러야겠어요. 제를 올리고 계시네요."

걸덕 극우가 얼른 난간을 잡고 계단을 오르기 시작했다. 나는 친구들과 함께 계단을 오르다가 그만 치맛자락을 밟고 미끄러질 뻔했다. 긴 치마를 입지 않으니 어떻게 하면 좋을지 알 수가 없다. 솔은 극우가 친절하게 조언해 주었다.

"치맛자락을 왼손으로 휘어잡으셔요, 연지 아가씨."

그들은 현명하게 그냥 바지만 입고 있었다. 선물받은 거니까 세트를 다

입어야겠다고 생각한 나는 바보다. 나는 치맛자락을 솔은 극우의 말대로 왼손으로 당겨 잡았다. 자락은 생각보다 꽤 많이 올려야 밟히지 않았다.

"저것 좀 보셔요. 꽃등이 떠가네요."

그들의 말대로였다. 느리고 장중한 음악이 탑 근처에서 흐르기 시작하자 붉고 밝고 아름다운 무언가가 그쪽에서 하나씩 둥실둥실 떠올랐다. 그것은 잘 보니 붉은 연꽃 모양으로 만든 무언가 안에 불을 피운 진짜 꽃등이었다.

백중이라는 것을 지상에서는 치른 적이 없는데 신기하다. 하기야 탑돌이도 용궁에 와서 처음 구경해 봤지. 붉게 빛나는 꽃등은 곱게 떨리며 저 높은 곳으로 떠올라 갔다. 어쩌면 저대로 저 바다 위까지 올라갈지도 모를 일이었다. 옛날이야기에서처럼.

"저게 꽃등이에요?"

나는 그 아름다운 광경에 감탄하며 걸덕 극우에게 물었다. 그녀는 내가 눈을 계속 위에 두자 걱정이 되는 듯 내 손을 잡아 주며 말했다.

"예에. 백중에는 꽃등을 하늘에 바쳐야지요."

아니, 나는 그런 거 몰라. 연꽃 모양의 등은 내게 있어서 왠지 절 근처를 지나가면 도로에 달아 놓는 그것이다. 우리 주방 식구들이 열심히 백중 상을 차리길래 그게 뭔지 검색해 봤더니 자료도 별로 없었다. 솔은 극우가 위를 향해 손을 우아하게 흔들었다.

"여보!"

아내가 도착한 것을 어떻게 알았는지, 저 언덕 위쪽에서부터 솔은 극우의 남편이 재빠르게 내려오고 있었다. 나와 걸덕 극우는 솔은 극우를 보내고 사이좋게 계단을 다 올랐다.

다섯 마리 용은 모두 탑 앞의 빈 자리에서 환한 빛을 내며 제를 지내고 있었다. 둥실둥실 올라가는 연꽃등은 이제 보니 시종들이 엄숙하게 하나씩 띄워 올리는 것이었다. 물살에 실린 꽃등은 공중에서 하염없이 원을 그리기도 하고 춤추듯 오르내리기도 하다가도 결국은 멀리 떠갔다. 용들과 그 부근의 제관들도 머리나 몸에 꽃을 달고 있었다.

"저도 저쪽에 남편이 있어서 가 볼게요, 연지 아가씨."

사람들이 둥글게 서 비운 자리의 가운데를 보려고 내가 애쓰는데 걸덕 극우가 속삭였다. 나는 그녀에게도 인사를 하고 제를 지내는 천원을 보았다. 해야와 레오는 손님이기 때문인지 차림은 훌륭했지만 옆에 비켜서 있었고 뭔가 축문 같은 걸 읊다가 절하는 것은 용왕 부부와 천원이었다.

오늘 저녁까지 주방에서 열심히 차린 제사상에는 지금이 철인 과일이니 열매, 이른 곡식 따위와 비단으로 만든 꽃이 장식되어 있었다. 천원은 그것이 승천해 이제는 만날 수 없는 선조 용들에게 보내는 안부 인사 같은 것이라고 표현했다. 선계에는 훨씬 좋은 것이 많지만, 그런 것과 상관없이 이쪽에서 준비할 수 있는 최선을 다해 마음을 보이는 것이라고.

축문은 너무 옛날 말로 되어 있어서 나는 알아들을 수 없었지만 용궁 사람들은 감동받은 얼굴로 가끔 울먹였다.

나도 천원의 목소리를 들을 수 있는 것은 좋았다.

몇 개나 만든 것인지 연꽃등은 쉴 새 없이 떠올랐다. 가끔 그 등에서 연잎 한두 장이 떨어져 우리 사이에 내려앉을 때도 있었는데 아무래도 그것은 비단인 것 같았다. 부적 같은 게 되는 것일까, 가끔 그런 꽃잎을 잡은 사람들은 그것을 소중하게 갈무리해 주머니나 소매에 넣었다.

나는 꽃잎을 잡는 데에 관심이 없었기 때문에 어쩌다 내 바로 앞에 떨어진 것을 옆의 어린애가 얼른 가져가도록 두었다. 아이는 나를 빤히 올려다보다가 꽃잎을 쥐고 방긋 웃었다.

"아씨가 지상의 손님이신 연지 아씨지요?"

아이는 생긴 것은 어렸는데 목소리가 점잖았다. 모습도 인간과 거의 완전히 똑같은 것으로 보아 용의 피가 많이 섞였고 내 첫 짐작보다 나이가 많은 모양이었다. 나는 그렇게 어딘가 어색해 보이나, 하고 고민하다 아이가 어떻게 나를 알아봤는지 깨달았다.

"머리가 짧아서 알았니?"

"예. 그리고 의복으로 보아 귀한 분이신 듯한데 예복에 관위를 나타내는 패를 차고 계시지 아니하시어."

"그렇구나."

"인사 올립니다. 저는 골소마리 나솔의 종제 됩니다. 연지 아씨, 아씨께서는 사람이시지요?"

"그렇지."

"하시면 연지 아씨의 선조께서도 저 꽃등을 받아 보고 계신 게지요?"

"글쎄, 그럴지도 모르지?"

"하온데 어찌 저기서 어라하, 어륙, 용자님과 함께 제를 올리지 않으십니까?"

아이가 너무 똑똑하고 나보다 말투가 점잖아서 뭐라고 대답해야 하는지 모르겠다. 나는 또 고민하다 웃어 보였다.

"저건 어라하, 어륙, 용자님, 해야 용녀님이 조상님들을 생각하면서 하는 가족 행사니까."

"그러신가요."

아이는 납득한 듯 고개를 끄덕였다. 나는 다시 천원을 보았다. 제가 끝나가는지 축문은 이제 돌돌 말려서 상에 얹혔고 해야와 레오도 함께 절하고 있었다. 그때 피리 소리가 구슬프고 크게 울렸기 때문에 나는 아이가 또 한 말을 놓치고 말았다.

"미안해, 잘 못 들었어. 뭐라고 했니?"

시선을 내리니 아이는 나를 신비한 눈으로 여전히 올려다보고 있었다.

"연지 아씨께서도 용자님과 혼인하시면 제를 함께 올리시게 되는 것이냐고 여쭈었습니다."

오늘 이런 말을 또 듣네. 나는 이번에는 킥킥 웃었다.

"글쎄, 혼인할지 아닐지는 모르는데."

이크, 그러고 보니 천원에게 이것도 들리나? 내가 갑자기 흠칫해서 천원의 눈치를 힐끔 살피는데 아이가 또랑또랑하게 또 물었다.

"연지 아씨께서는 어찌 그런 말씀을 하십니까?"

"음, 나는 사람이라 얼마 못 살거든. 너는 몇 살이니?"

"올해로 구십칠 세가 되었습니다."

생각보다 많다. 사람 기준으로는 열 살이 좀 넘었을 것 같은 얼굴인데. 나는 쓴웃음을 지었다.

"네가 언니구나. 나는 서른도 안 되었어. 구십칠 세가 되면 세상에 없어."

우리 세대는 평균 수명이 백오십 살 어쩌고 하는 전망에 따르면 그보다는 좀 더 살 수도 있고. 내가 말하면서도 기운이 조금 빠졌다. 아이는 그러나 내가 준 어두침침한 전망에 슬퍼하거나 두려워하기는커녕 눈을 동그랗게 떴을 뿐이었다.

"어찌하여 그렇습니까?"

"사람은 원래 그만큼밖에 못 살아."

대신 내가 슬퍼졌다. 나는 우울하게 심호흡했고 이 불편한 대화는 다행히도 아이의 아버지로 보이는 사람이 등장하면서 끝이 났다.

"요 녀석아, 어디 혼자 돌아다니는 게야!"

아이 아버지는 우리 주방장과는 별로 닮은 얼굴이 아니었다. 그럼 아이 어머니가 주방장의 이모나 고모 같은 걸까? 아이는 아버지에게 문답무용으로 손을 잡혀 끌려갔고 나는 아이에게 손을 흔들어 주었다. 아이는 내게 고개를 꾸벅 숙여 의젓하게 인사했다. 하지만 제 아버지에게 투덜투덜 불평하는 표정은 정말로 어린아이다웠다.

붉은 연꽃등은 바다에 별자리를 만들며 한없이 쏟아져 올라갔다. 나는 그것을 보다가 느린 음악이 멎었다는 것을 문득 깨달았다. 대신 밝고 활기찬 가락이 흐르기 시작했다. 용들은 어느새 자리에 없었다.

다만 내 손을 가만히 잡는 이가 있었다.

"연지."

언제나의 그 향이 났다. 나는 어쩐지 그 향과 손의 감촉만으로도 주책없이 눈물이 날 것 같아 일부러 굳은 표정을 했다. 천원의 얼굴은 가면에 가려져 거의 보이지 않았지만 눈매가 살짝 굳은 것 같아, 나는 그가 나와 아이의 대화를 들었다는 사실을 짐작했다.

그러나 그는 그 화제를 꺼내지는 않았다. 대신 나에게 가면 너머로 말했다.

"가자."

잔치하는 사람들의 노랫소리는 시간이 지날수록 흥겨워졌고 이번에도 춤을 추는 무용수들이 구석에서 흥을 돋웠다. 언제 날렸는지 모를 꽃등에서 떨어진 꽃잎이 저 멀리 숲속에도 보였다. 나는 천원의 손을 잡고 조용히 걸으며 그 노랫소리에 귀를 기울였다.

정 든 오날 밤 더듸 새오시라 더듸 새오시라……

"나 이 노래 아는 것 같아."

가락은 이번에도 귀에 설었지만 가사는 어디서 들은 것 같았다. 용궁 노래를 내가 어디서 들었을까.

나는 내 옆에서 걷는 천원을 올려다보았다. 그는 다른 사람들처럼 색을 적게 쓴 옷을 입고 여전히 가면을 쓰고 있었다. 제를 올릴 때는 꽃을 장식했던 높은 관모도 이제는 다른 것으로 바꿔 눈에 띄지 않았다.

"그래?"

천원은 이상할 것 없다는 투로 대답했다. 얼굴이 눈에 보이는 것 같다.

"용궁 노래는 지상에서 가져온 것이 많으니까 그럴 수도 있지."

"그래? 저런 곡을 지상에서 들은 것 같지는 않은데."

어디 추석 때 TV에서라도 들은 민요일까? 가사가 심상치 않긴 하지만 생각해 보면 춘향전에 나오는 노래 같은 것은 저보다 훨씬 심상치 않았다.

천원은 내 손을 조금 더 꽉 잡았다.

경경고침상에 어느 자미 오리오
서창을 여러하니 도화 발하두다……

그 손의 온기는 숨이 막힐 만큼 확실했다. 나는 멍하니 걷다가 치맛자락을 밟고 또 넘어질 뻔했다. 다행히 볼썽사나운 모습을 보이기 전 천원이 내 허리를 잡아 주었다.

"그 옷은 뭐야?"

"너희 누나한테 선물받았어."

"곱다."

뭐가! 옷이? 나는 갑자기 빙글빙글 머릿속이 돌아가 시선을 저 멀리 다른 곳에 두었다. 천원은 나를 제대로 세우고 아무것도 모르는 사람의 목소리로 복장 터지게 물었다.

"왜? 뭘 보는 거야, 연지?"

"아무것도 안 봐."

나는 그의 손을 당기며 한 걸음 앞서 걷기 시작했다. 천원은 얼른 나를 따라잡아서 나란히 걸었다.

"조심해, 연지. 사람이 많아서 넘어지면 다칠 거야."

"알았어. 넌 가끔 이렇게 혼자 나와서 구경해?"

"아니. 평소엔 제가 끝나면 그냥 들어가."

"백성들이 불편해할까 봐?"

"응."

"착하네."

백중 행사에 참석한 용궁 사람들은 천원과 나를 힐끔힐끔 보기는 했지만 전반적으로 확실히 마음 편한 얼굴로 놀고 있었다. 아까 처음 얼굴을 본 우리 주방장의 사촌 동생이 나를 바로 알아볼 정도이니 아마 내가 누군지는 다들 알 테고, 그렇다면 내 옆에 있는 남자가 누구인지도 짐작할 만할 것이다.

그러나 그들은 친절하게도 알은체를 전혀 하지 않았다. 대신 저들끼리 뭔가를 소곤거린다는 것은 알 수 있었다.

"저기서 술 나눠 주는 것 같은데, 마시러 갈까?"

기분이 약간 들뜨면서도 불편해졌다. 나는 천원을 재촉해 지난번 축제 때와 같은 곳으로 가 술을 얻어 마셨다. 천원은 술잔을 받아 마실 때 가면을 아주 살짝 올렸는데 그 드러난 흰 턱을 보면서도 음료를 나눠 주던 사람은 역시 아무 말도 하지 않았다.

꽃등이 날아오르는 것은 정신을 차리고 보니 그쳐 있었다. 우리는 탑돌이를 하는 사람들 사이에 낄까 하다가 인파에 질려 물러났다. 치마가 또 밟혔기 때문에 나는 왼손으로 아예 치마를 꼭 말아 쥐고서 들쳐 올려 버렸다. 천원은 나를 힐끔힐끔 보면서 물었다.

"불편해? 업어 줄까?"

"아니, 됐어."

치마가 밟혀서 그렇지 복장 자체는 몸에 불편함이 전혀 없었다. 그리고 사람들 앞에서 업혔다가는 아무래도 내일쯤 '두 분이 어제 양가 가족끼리만 모여서 작은 결혼식을 치르셨다면서요?' 내지는 '아이가 둘 있다던데' 하는 소리가 나올까 봐 두렵거든.

천원은 작게 한숨을 쉬었다.

"네가 안 웃어. 재미없어?"

"재밌어. 너는?"

"나도 재밌어."

"평소에도 가끔 나와서 보지 그랬어."

"너하고 보니까 재밌어."

옆구리를 찌른 기분이기는 했지만, 나는 나도 모르게 빙긋 웃었다. 천원도 아무래도 웃은 것 같았다. 가면의 눈구멍 안으로 보이는 두 눈이 예쁘게 가늘어졌다.

"웃었네."

"너도 웃었네."

이거 안 되겠다. 나를 보고 흐뭇한 눈치로 길을 비켜 주는 사람들이 생겼어. 나는 표정을 열심히 관리하고 저 멀리 위쪽을 올려다보았다. 연꽃등이 만드는 별자리는 천천히 작아지다가 결국 사라질 운명이었지만 아직은 꽤 남아 있었다.

"별 같다."

천원도 나와 같은 생각을 한 모양이었다. 그는 그렇게 말하고 말없이 나와 같은 곳을 오랫동안 바라보았다.

어름 우희 댓닙 자리 보와 님과 나와 어러 주글만뎡
어름 우희 댓닙 자리 보와 님과 나와 어러 주글만뎡……

아, 저 노래가 무엇인지 알았다. 제목은 기억나지 않았지만 분명히 고등학교 때 배운 옛날 시의 일종인 것 같다. 나는 잠시 가사에 귀를 기울였다. 이 노래는 저번 탑돌이 때 들은 것과 달리 옛날 말로 되어 있어서 거의 알아들을 수 없었지만 그래도 한번 들어 보았다는 것을 인식하고 나니 친숙한 느낌이 들었다.

천원은 내 어깨를 끌어안았다.

내가 기댄 그의 어깨와 목은 곧게 뻗어 있었고 뜨거웠다. 단단하게 구운 머랭처럼 흠 없이 매끈하여 조각 같다. 나는 그 가슴에 손을 살짝 얹고 눈을 감았다.

"연지, 할 말이 있어."

"뭔데?"

그의 목소리가 낮아졌다. 그러나 신명 나는 음악과 사람들이 춤추는 소리가 천지를 울릴 듯 들려오는 그 가운데서도 나는 그가 내는 소리는 하나도 놓치지 않았다.

"구십칠 세가 되어도 네가 살아서 내 옆에 있고 싶다면, 그렇게 할 수 있어."

"어떻게?"

나는 놀라 눈을 떴다. 천원은 내 귀에 대고 지금까지보다 더 낮게 속삭였다.

"신선이 되면 돼."

남산에 자리 보와 옥산을 벼여 누어……

나는 천원에게서 몸을 뗐다.

그는 내가 몸을 뒤틀자 팔을 풀었는데, 눈을 보니 조금 당황한 것 같았다.

"신선이 싫어?"

"싫고 좋고가 문제가 아니라, 그게 마음대로 되는 거야? 난 평범한 사람이고 마음에 특별한 점이 없는데."

뭔가 특별한 사람이 수련해서 도를 깨달아야 하는 거 아닌가? 천원은 고개를 저었다.

"될 수 있어. 물론 구하는 게 쉽지는 않지만, 천도를 먹으면 사람은 누구나 신선이 될 수 있다고 어머니가 그랬어."

"어륙이?"

"응. 어제 물어봤어."

행동력이 참. 지금까지 지상에도 안 나가 봤던 용이 왜 이런 건 빠른 거야. 그리고 보니 그런 이야기를 예전에 들었던 것도 같다.

나는 뭐라고 대답해야 하는지는커녕 그 말을 어떻게 받아들여야 하는지조차 당장은 결정할 수가 없었다. 내 멍한 얼굴을 본 천원은 잠깐 다시 웃었지만 즐거워 보이지는 않았다.

"생각해 봐, 연지. 아직 시간은 있어."

그의 얼굴이 보이지 않는 것이 몹시 답답해졌다. 나는 천원의 손을 다시 꼭 잡고 끌었다.

"알았어."

금수산 니블 안해 사향 각시를 아나 누어
약든 가삼을 맛초압사이다 맛초압사이다……

그는 평소처럼 순순히 내 손을 잡았고 그 쥐는 모양새에는 단단한 힘이
있었다. 그리고 나는 그 온기에 무심코 목을 놓아 울고 싶은 기분이 들었다.

지상에는 내가 소중하게 여기는 것이 너무 많았다.
그런 의미에서, 해야의 경고는 아주 적당한 때에 이루어진 것이었다. 내
가 지금 이 순간 느끼는 충동에 따라 결정하라면 답은 대단히 명확했던 것이
다.
여기 있고 싶다.
……천도든 뭐든 먹고, 여기 있고 싶다. 언제까지나 이대로. 시간이 멈추
기를 바랄 정도로. 나는 그렇게 생각하면서 동곳을 뽑았다. 그의 정수리에
서 머리를 묶은 비단 끈은 당기니 금세 스르륵 풀렸다. 무릎과 무릎 사이로
비단이 스치는 소리에서는 어쩐지 신맛이 나는 것 같았다. 가슴이 뛰고 침
이 고였다.
천원의 검은 머리칼이 폭포수처럼 흩어졌다. 그는 내 머리에 얹혀 있던
머리띠를 서툴게 풀어내고 짧은 머리칼 안쪽을 손가락으로 더듬었다. 손가
락 끝에 아마도 무심코 들어간 힘에 우리의 코끝이 맞닿았다. 뜨겁고 아까
마신 술의 잔향이 남은 입김이 순식간에 식으며 내 폐부에 얽혀 들었다.
그의 표현이 맞다. 그의 살갗은 설탕을 잔뜩 넣어 구운 체리 케이크보다
달았다. 살짝 벌렸다 오므리며 맞춘 입술 사이로 선명한 소리가 났다. 천원
은 손으로 내 머리와 허리를 바짝 끌어당겼다. 살짝 내민 혀를 비비자 그가
순간 기절할 것처럼 숨을 삼켰다.
그의 팔에 힘이 들어왔다. 나는 킥킥 웃으며 그의 어깨를 쓰다듬었다.

"잠깐만. 할 거 있으니까 힘 좀 풀어 봐."

천원의 검은 눈은 몹시 흔들렸지만 그 팔은 말을 잘 들었다. 나는 쪽쪽 소리 내어 입을 맞추며 그의 턱선을 따라 내려갔다. 그리고 그의 포를 반쯤 벗겨 낸 뒤 목을 입술로 물어 보았다.

생각대로다. 머랭처럼 단맛이 난다. 비교도 되지 않을 만큼 좋은 냄새가 나고, 매끄럽고, 단단하고, 동시에 부드럽지만. 내 아래 앉아 있던 천원이 숨을 또 들이켰다. 나는 그의 목선에 입술을 댄 채 물었다.

"여기 앞쪽 가운데가 역린이지?"

"흑…… 응."

그는 제대로 대답하기 위해 숨을 조금 가다듬어야 했다. 이런, 귀엽다. 나는 일단 확인했다.

"내가 만지면 침 때문에 아파? 역린은 절대로 만지면 안 되는 데야?"

"살살 만지면…… 하, 괜찮아."

"용은 역린을 만지는 사람을 죽인다던데."

"……넌, 괜, 찮아."

어떡하지. 진짜 귀엽다. 나는 빙긋 웃었다. 웃느라 밀려 난 볼살이 역린 부근에 살짝 닿은 모양이었다. 내 눈에는 그냥 평범한 목젖으로 보였지만 그에게는 그것이 자극이 큰 듯, 천원은 어깨를 들썩이며 숨을 뱉었다.

"여, 연지."

"응. 잠깐만."

"뭐, 하려, 고?"

"네가 전에 나한테 한 거."

나는 입술을 살살 옮겨 역린이 있는 자리를 혀끝으로 가만히 핥았다. 다른 곳과 특별히 다른 맛이 나지는 않았지만 그는 거의 몸을 퉁겨 올리다시피 하며 놀랐다.

예민한 곳이긴 한 모양이다. 그리고 그 기다란 침을 혹시 내가 건드리면 안 될 테니 조심해야 할 것이다. 나는 그보다 세게 핥으면 안 되겠다는 것을 기억해 두고 더 아래로 입술을 옮겼다. 입술을 크게 벌려 그의 쇄골을 살짝 물자 그는 목 속에서 앓는 소리를 냈다.

그는 내 왼손을 떨며 붙잡았다.

너무 세게 쥐지 않으려고 애쓰는 것이 그 떨림에서 느껴졌다. 나도 등골이 오싹하다. 나는 허리를 펴고 숨을 가다듬었다. 어쩔어찔 하늘을 산책할 때보다도 강렬하게 뒤집어지는 시야.

천원은 내 왼손에 입을 맞추고 나서 다시 내 얼굴을 끌어당겼다. 급박하고 약간은 거친 키스가 이어졌다. 너무 놀란 모양이었다.

누가 먼저 시작했는지, 누가 했는지도 모르게 허리띠와 겉옷이 벗겨져 나갔다. 치마는 어느새 이불 옆으로 미끄러져 떨어졌고 긴 저고리의 허리를 여민 비단 허리띠도 아까의 머리끈처럼 매끄럽게 풀려 떨어졌다. 천원의 뺨은 붉었고 눈가는 더 붉었다. 눈의 검은자위에는 푸른 기가 돌았다.

"연, 지……."

몇 번이나 이어진 긴 입맞춤 사이사이로 그는 내 이름을 속삭여 불렀다. 숨이 점점 받아졌다. 아아, 하는 안타까운 한숨. 나는 그의 흰 어깨를 가만히 손으로 쥐었다. 그의 눈은 눈물이라도 새로 고이는 듯 젖어 반짝였다.

나의 눈은 마르는 것 같은데, 내 침도 마르는 것 같은데. 이상한 일이었다. 나는 목이 메는 기분으로 요구했다.

"키스, 더 해."

둘 다 앉아 있었던 자세가 무너졌다. 아까까지 그의 무릎 위에 앉아 있던 나는 침대에 누워 천장을 올려다보았고 금세 눈을 감으며 천원의 목과 어깨에 두 팔을 감았다. 닿은 맨살은 뜨겁고 단단했다. 귓가의 으응, 으응 하는 앓는 소리.

"다 먹어, 버리고 싶어."

나도 같은 기분이었다. 나는 한껏 고양된 기분으로 쿡쿡 웃었다. 천원은 그러나 진지했다.

"연지, 아무…… 데도, 가지, 마."

"오늘 밤엔 자고 갈게."

"오늘 밤만이 아니라 계속."

어리광 부리는 것 같은 말투인데도 반쯤 쉰 그의 목소리는 내 귀를 참을 수 없이 간지럽혔다. 그날의 에스프레소처럼 시고 쓰고, 무엇보다 진하고 무거워 한없이 나를 아래로 가라앉히고 사로잡기만 했다. 그가 침을 삼키며 목울대가 움직이는 것을 나는 반쯤은 희석되어 무엇인지 모를 정신 속에서 바라보았다.

"네 시간이 흐르는 물 같아. 아까워서 견딜 수가 없어. 조금이라도 더 같이 있어."

아아, 그럴 것이다. 나에게도 그러니 그에게는 끔찍한 속도가 아닐까. 나는 그의 귀를 당겨 입술로 부드럽게 물었다. 그리고 귓바퀴를 핥으며 입술을 움직이자 천원은 어깨를 떨고 신음했다.

"그래. 조금이라도 더 같이 있자."

"아니면 천도를 먹고 신선이 돼서 더 오래 같이 있어."

나는 이번에는 움직임을 멈췄다. 천원은 슬슬 내 눈을 살피더니 이번에는 부드럽게 키스하고 상체를 일으켰다. 그리고 내 다리를 구부려 올리더니 발목의 대님을 풀며 유혹적으로 우겨 댔다.

"응……?"

저렇게 조르는 법은 언제 어디서 배운 걸까. 눈이 이번에는 어딘가 노란 광채를 내다가 다시 검게 돌아왔다. 나는 양 발목의 대님이 풀리고 버선이 부드럽게 벗겨지자 목이 타서 손을 뻗었다. 그는 친절하게 다시 몸을 숙이고 나를 끌어안았다.

하지만 이걸론 부족하다.

"더 해."

그는 군말 없이 다시 입을 맞춰 왔다. 부드럽게 입천장을 핥고 숨결과 함께 혀를 누르는 키스는 금세 정말로 잡아먹을 듯이 깊어졌다. 하아, 하아 하고 헐떡이는 거친 숨소리에 머리가 점점 더 어지러워졌다. 차라리 이대로 우리가 서로에게 정말로 잡아먹히고 끝난다 해도.

아무런 아쉬움이 없을 듯한 아쉬움과.

욕망과.

속박에.

어깨가 절로 움츠러들었다. 내 어깨와 쇄골을 한꺼번에 쥐었던 그의 손이 귀는 제 힘을 어찌해야 하는지도 모른 채 아래로 내려갔다. 왼쪽 가슴 위쪽을 살짝 누르는 손길은 서툴렀지만 방향을 모르는 애정으로 차 있었다. 알수밖에 없었다. 그만큼이나 분명히, 모든 것에 경탄하며 조심스럽다.

나는 이번에는 내 목의 한가운데를 입술로 물고 혀로 찌르는 그의 숨결에 손가락을 어찌해야 할 바를 몰랐다. 제멋대로 펼쳐졌다 오므라드는 열 손가락을 들어 다섯 개로는 그의 머리칼을 쓸어 넘겨 주고 다른 다섯 개로는, 아, 그것으로는 어찌할까.

"이쪽, 손, 잡아 줘."

그는 차라리 탄식하듯이 말했다. 나는 그의 말대로 했다. 단단히 깍지 끼어 잡힌 두 손은 몹시 아팠지만 점점 더 강하게 서로를 쥐었다. 더 강하지 않으면 싫었다. 오히려 그 잡은 손만이 우리를 이 방에 계속 남아 있게 붙잡아 주는 유일한 표식이라고 한다면 이상할까.

이곳에 있고 싶다.

나는 눈을 감고 몇 번이나 생각했다. 깊이 생각할 필요도 없이 그것은 너무나도 분명한 소망이었다. 그러나 그것을 이루기 위해서는, 혹은 이루지 않기로 결정하기 위해서는.

……해야 할 일이 몇 가지 있었다.

나를 끌어안은 그의 팔은 흔들림이 없었다. 나는 부드러운 연꽃 비단 이불과 그의 단단한 몸이 내 맨살에 닿아 있는 감촉과 어딘가 아직 붕 떠 있고 늘어진 몸의 감각을 실컷 즐겼다. 시간이 이대로 멈출 수 있다면 참 좋을 것이다.

그래도 천원에게 말하지 않고는 일이 진행되지 않는다. 천원은 내 머리칼을 자기 손가락으로 빗으며 잠시 장난을 쳤다. 아직 잠들지 않았다는 것이니 마침 잘된 일이었다.

"저기 말이야, 천원."

그는 맛있는 음식을 배부르게 먹은 짐승처럼 기분이 좋아 보였다. 물론 틀린 말은 아니었다.

"왜?"

나는 바로 약간 위에 있는 그의 얼굴을 보며 분명하게 말했다.

"나는 속박을 아주 싫어해. 그러니까, 내가 뭔가 결정을 내려야 하는데 거기에 외부의 압력이 있어서 선택지가 좁아지는 것을 아주 싫어해. 결정만으로도 피곤한데 거기에 다른 사정까지 고려해야 하는 거 스트레스받고 자존심 상해."

천원은 내 머리를 빗던 것을 멈췄다. 그는 약간 심각한 얼굴이 되었다.

"……응."

"내가 처음 알바비 받자마자 한 일이 뭔지 알아? 머리를 자르는 거였어. 왜냐면 그때까지는 내가 머리를 기를지 말지 여부를 엄마가 그러길 원하는지 아닌지라는 외부 사정의 압력을 받아 가면서 결정해야 했거든. 그 꼴을 보느니 다 잘라 버리는 게 낫지."

내가 그에게 한 적 없는 이야기였기 때문에 천원은 진지하고 놀라워하는 표정으로 경청하고 고개를 끄덕였다.

"그랬구나."

"그러니까 내가 하려고 하는 말이 무슨 말인지 혹시 알겠어?"

그는 눈을 두어 번 깜박이다가 풀이 죽었다.

"나는 강요하지 않을게. 연지가 신선이 되는 쪽을 선택하는 길도 있다는 의미로 말한 거였어. 물론 내 입장에서는 네가 계속 내 옆에 있기를 바란다는 것이 사실이지만……."

"지금 내가 하려는 건 다른 얘기야."

천원은 이해할 수 없다는 얼굴이었다. 눈이 반쯤 감기려는 걸 보니 이제 잠이 들락 말락 한 상태인 모양이다. 나는 그가 제대로 듣지 못하는 일이 없도록 당장 분명하게 말하기로 했다.

"지금 나는 계약 기간 끝난 다음에 너와의 관계가 어떻게 되었으면 좋겠는지를 결정해야 하는데, 내가 그냥 떠난다고 하면 너 또 아플 거잖아. 우리의 성격이나 애정관이나 문화 차이가 아니라, 내가 떠났을 때 네게 일어날 수 있는 실질적 신체적 위협이 방해돼. 그게 내 결정을 한쪽으로 기울이려고 하고 있다고."

이제 편식은 고친 것 같다고는 생각하지만, 모를 일이다. 잠깐 헤어졌을 때 앓아누웠다고 레오도 말했었으니.

천원은 잠이 좀 깬 듯 멀쩡한 눈으로 미간을 찌푸렸다. 나는 이어 말했다.

"해야 용녀님의 복수도 없다고는 말 안 해. 하지만 과거 일에 대한 적절한 처벌은 용녀님이 생각하시겠지. 지금 나는 나로서, 오천원이라는 용을 사랑하는 사람으로서, 내가 사랑하는 남자를 이렇게 괴롭힌 놈을 용서 못 하겠어. 그리고 언젠가 네 가족들이 다 승천해서 오늘처럼 선계에서 꽃등을 받아 보는데 너만 승천을 못 하고 사라진다는 건 절대로 못 참아. 그렇게는 안 둘 거야."

이번엔 그의 눈이 동그랗게 커졌다.

나는 선언했다.

"파렴치한 오만 씨를 잡아다 꽈배기를 좀 튀겨 줘야겠어."

제12장
오만과 꿈

나는 일단 하나씩 궁금증을 풀기로 했다.

"오만이 평소에 뭐 하고 사는지, 아는 거 있어?"

"없어."

그럴 것 같았다.

"어느 지역에 사는지는?"

"몰라."

"일단 그 나쁜 놈도 이 용궁에서 태어났을 거 아냐. 그렇게 미련이 있으면 이 근처에 살 수도 있지 않을까?"

"그건 아니야."

"어떻게 알아?"

"이 해역에는 가까이 안 올 거야. 아버지와 어머니가 보장했고 누나도 그렇게 생각하고 있어."

"그럼 지상인가? 한국에 있긴 할까? 아니면 아시아?"

"몰라."

내가 지금 누구 때문에 이런 걸 궁금해하고 있는 것 같냐. 나는 무성의한 천원의 팔을 살짝 쳐서 항의했다. 내 허리를 감고 있던 그 팔은 꿈쩍도 하지 않았지만 팔의 주인은 투덜거렸다. 그리고 침대에 나를 안고 앉아 있던 자세 그대로 상체를 앞으로 숙여 내 어깨에 자기 이마를 묻었다.

"아파, 연지."

"너희 가족을 쑥대밭으로 만들어 놓은 녀석한테 복수를 할 생각도 없었어? 어떻게 그렇게 알아봐 둔 게 없어."

"그런 식으로 생각하면 더 아파지니까."

나는 잠시 침묵했다. 용은 다 좋다고 생각했는데 그런 답답한 제약이 있었다. 천원은 이윽고 내 어깨에 이마를 그대로 비비기 시작했다. 어리광 같으면서도 어렴풋이 유혹이 섞인 몸짓이었다.

"연지는 그런 거 신경 쓰지 마. 잊어버려."

"내가 말했지."

솔직히 마음이 약해졌고, 두려웠고, 고민되었지만 나는 목소리를 가다듬고 차분하게 말했다.

"말했잖아. 우리가 앞으로 어떻게 할지 결정하려면 오만을 치워야 돼."

"그치는 지금 우리 옆에 없어. 신경 쓰지 말고 그냥 결정해, 연지."

"신경을 어떻게 안 써."

가슴이 아파졌다. 나는 천원의 손 위에 내 손을 두었다. 그는 금세 다른 쪽 팔을 풀어 내 손 위에 자기 손을 또 겹쳤다.

"아하하."

천원이 내 목덜미를 핥기 시작했다. 나는 처음에는 간지러워서 작게 웃음을 터뜨렸지만 금세 얼굴을 붉혔다.

"나 지금 진지한 얘기 하고 있었는데 그러면 집중이 안 되는데."

"그런 얘기 할 필요도 없어."

"우리에게 중요한 일이야."

"나에게만 중요한 일이야."

"그게 어떻게 너한테만 중요해."

"네가 천도를 먹고 내 옆에 있는다고 해 주지 않는 이상 어차피 내가 변하는 것은 네가 나를 떠나고도 아주 오랜 후가 될 테니까."

그의 말은 내 귀와 살을 모두 통해서 동시에 들려왔다. 나는 목 뒤쪽의 머리칼을 쓸어 올리며 또 약간 웃었다.

"그걸 결정하기 위해서 이 문제를 해결해야 한다는 거잖아. 잔말하지 말고 말해 봐. 용과 싸울 때는 어떻게 해야 해? 싸울 때 용의 크기는 얼마나 돼? 어디가 약점이야? 얼마나 때려 줘야 말을 들을까? 응? 응? 응?"

천원의 입술은 가만히 더 아래로 내려갔다. 그는 그쪽에서 장난을 치다가 화제를 노골적으로 돌렸다.

"그보다 연지, 나한테 답신은 언제 주는 거야? 왜 답신 안 줘? 휴대폰으로 연문 보냈잖아."

"조금만 더 기다려 봐."

답장 뭐라고 해야 하는지 아직 모르겠다고. 나는 키득키득 소리 내서 웃었다. 그의 혀의 감촉이 간지러우면서도 뜨거워 몸이 떨렸다. 그리고 다시 내가 하고 싶은 이야기로 돌아간다.

"어떻게 해야 네 저주를 풀어 줄까? 수갑을 채워 볼까? 아니면 족쇄를 채워 볼까? 용궁에 그런 거 있어?"

❋ ❋ ❋

"……그래서, 나한테 물어보러 온 거냐?"

레오는 그야말로 귀찮아 죽겠다는 얼굴로 말했다. 묻는 것도 아니고, 저건 '네 말 들었으니 혹시라도 귀찮게 반복하지 말라'는 경고에 가까웠다. 나는 그에게 예의를 갖추라고 요구할까 하다가 일단 두고 보기로 했다. 지금은 그에게 듣고 싶은 말이 있다. 그것도 저쪽이 먼저 나에게 말할 기미가 보이지 않는 말이.

"Oui.(맞아.)"

내가 고개를 끄덕이며 긍정하자 레오는 잠시 코웃음을 쳤다. 그의 자세는 팔짱 끼고 다리 꼬고 의자 등받이에 한껏 느슨하게 기댄 것이 그야말로 방만하기 그지없었다.

"용과 싸우는 방법이라니, 터무니없는 것을 묻는구나."

"언제는 나보고 겁이 많다고 뭐라고 했잖아."

"그런 적 없다."

나는 기억을 더듬어 보았다. 그러고 보니 겁이 많다고 비난한 건 아니었고, 그냥 두려워할 것이며—내가 여러 가지를— 그게 당연하다는 말만 여러 번 들었다. 레오가 갑자기 몸을 일으켜 제대로 앉았기 때문에 나는 그를 수상하게 보았다.

"왜?"

"내 사랑하는 아내가 올 것이다."

해야는 아직 레오와 냉전 중이라고 알고 있다. 나는 인상을 쓰며 문 쪽을 보았고 해야와 레오의 응접실 문은 잠시 후 슥 열렸다. 그리고 해야가 보무당당하게 걸어 들어왔다.

"에야."

레오는 기뻐하며 그녀에게 다가갔지만 해야는 그를 무시하고 내게 와 인사했다. 그래도 일단은 레오의 옆자리에 앉는 것을 보니 아주 일촉즉발은 아닌 모양이었다.

"연지 씨, 어서 와요. 어찌 먼 걸음을 해 주었어요."

내 객당에서 해야와 레오의 객당까지는 먼 길이 아니지만 월수궁에서 여기까지는 거리가 좀 있었다. 내가 요즘 천원의 방에서 생활하고 있다는 것은 용궁에서 이제 공공연한 사실이었다.

"여쭤볼 게 있어서 왔어요. 해야 용녀님도 계시니 잘됐네요."

그렇게 말은 했지만 솔직히 낭패였다. 나는 일부러 해야가 용궁부인과 차를 마시는 틈을 타 레오를 방문한 것이었다.

452

물론 해야도 내가 오만을 잡으려고 한다는 이야기를 언제든 들을 수야 있었지만, 그 못된 이무기에 대한 이야기를 그녀가 있는 데서 직접적으로 해도 되는지 아닌지 나는 아직 잘 몰랐다. 사실은 레오에게 그런 질문도 할 생각이었는데.

그러나 해야는 침착하게 빙긋 웃었다.

"그래요? 내가 답할 수 있는 거라면 뭐든 말해야지요. 레오에게 물으러 온 것을 보니 '그이'에 대해 궁금한 게 있는 게지요?"

한 방에 맞췄네. 그렇게 짐작하기 쉬운 일인가? 아니지 않나? 나는 잠깐 망설였고 해야는 여전히 웃는 얼굴로 내 눈을 보았다. 레오가 헛기침을 했다.

"에야, Elle a dit(이 여자가 무슨 얘기를 했냐면)……."

"Non(그만), 레오. 연지 씨가 직접 말해요. 나는 뭐든 개의치 않을 거여요."

레오는 얌전히 입을 딱 다물었다. 나는 눈을 살짝 굴리다가 물었다.

"요즘 그 사람은 어디 살아요?"

"사람이 아니라 이무기여요, 연지 씨. 어찌 그것이 궁금한가요?"

이걸 뭐라고 해야 하나.

"튀겨 버리게요."

어지간한 해야도 내가 그런 표현으로 대답할 줄은 몰랐던 듯 잠시 입을 다물었다가 쿡쿡 웃기 시작했다. 레오는 팔짱을 다시 끼고 차갑게 말했다.

"끓는 기름으로 싸우겠다는 거냐? 자살하기 좋은 방법이로구나."

"왜?"

"여의주를 잃어 자신을 치료할 수 없다고는 해도 그자에겐 비늘이 있다. 기름이 비늘 사이로 흘러들어 가 화상을 입기를 기다리는 것은 아주 효과가 없는 전략은 아니나, 그 전에 연약한 인간인 네가 기름을 뒤집어쓰고 구를 테지."

처음부터 진짜로 기름을 갖다 부을 생각은 없었지만 내가 지금까지 들은 용과의 싸움에 대한 정보 중 가장 쓸모 있는 소식이었다. 나는 수첩을 꺼내 들고 열성적으로 물었다.

"그래? 그 비늘은 얼마큼 단단한데? 비늘이 없는 틈은 없어?"

이번엔 해야가 쓴웃음을 짓고 설명했다.

"노화하면 비늘이 떨어져 나가기도 하니 비늘이 헐겁거나 빠진 곳이 있을지도 모르지만, 직접 보지 않았으니 모르지요. 연지 씨, 우리 일족 용의 비늘은 강철처럼 단단하고 가장 두꺼운 곳은 반 뼘도 된답니다. 몸집이 커지면 물론 더 커지고요."

일단 알량하게 너겟 튀길 기름 정도를 부어서 화상을 입힐 수는 없으리라는 건 알겠다. 그게 뭐야, 탱크야?

"열전도율은요?"

"아직 기름으로 싸울 셈이냐?"

"아니, 처음부터 진짜로 기름에 튀긴다는 의미는 아니었어. 그냥 알아 두는 게 좋을 것 같아서 물어보는 거야. 애초에 살아 있는 거한테 어떻게 뜨거운 기름을 붓냐. 징그럽게."

"열전도율이 뭔가요, 연지 씨?"

"뜨거운 걸 비늘에 붙이면 속까지 익냐는 거였어요. 그러니까, 화상을 입히는 게 유용한 전략일까요?"

해야는 인상을 썼다.

"용에게 통하는 불은 음화밖에 없어요. 뜨거우면 금세 주변의 물에 들어가서 식힐 수 있으니까요."

"그러니까 뜨거우면 다치기는 한다는 거네요?"

"그렇죠, 살아 있는 생물이니까요. 하지만 그 정도가 되려면 아주 뜨거운 음화를 정통으로 쐬어야 할 거예요. 약한 불은 비늘에서 그냥 미끄러져 나가요."

갑자기 평화로운 주방에서 아티초크를 벗기고 싶어졌다. 불이 미끄러질 정도면.

"그럼 사람 주먹으로는 때려도 아프지도 않겠네요?"

"네, 웬만해서는 느낌도 없겠지요. 비늘이 없는 부분을 때려도 맨주먹이라면 큰 효과는 없을 거여요. 용의 가죽은 두꺼우니까요."

이번엔 평화로운 주방에서 죽순을 벗기고 싶어졌다.

"혹시 소금을 부어서 문지르면 효과가 있나요?"

"아뇨, 왜요? 소독하게요?"

내 궁여지책에 해야 레오 모두 영문을 모르겠다는 표정을 지었다. 그래, 아마 소금도 비늘에 미끄러져 떨어지겠지. 나는 수첩을 급히 뒤적거렸다. 내가 찾던 것은 최근에 작성한 부분이라 금세 나왔다.

"사람이 용을 죽이거나 잡은 이야기가 지상에 전승으로 좀 내려오거든요. 백제가 망할 때 백마로 용을 낚시한 얘기, 용이 왕을 놀라게 하니까 옆에 있던 도사가 매질해서 피가 났다는 얘기, 장사가 활을 쐈더니 맞은 용이 도망간 얘기……."

용 앞에서 사람이 용에게 해코지한 이야기를 하려니 민망하기 그지없었기 때문에 뒤로 갈수록 말이 저절로 좀 빨라졌다. 레오는 별 관심이 없는 얼굴이었지만 해야는 쓴웃음을 또 지었다.

"옛날에 어린 용녀 용자가 많을 때는 사람이 말고기로 유혹하면 넘어가 잡히는 경우도 있었다고 해요. 지금은 용이 사는 곳이 많지 않고 그리 어린 이들도 적으니 그런 일이 없지만요. 그이도 말고기를 좋아하긴 하지만 낚시에 걸리지는 않겠지요."

백마 낚시는 진짜였어?

"하지만 도사가 매질한 이야기는 잘 모르겠네요. 신선이 지상의 왕을 돌보고 있었던 건가요?"

"아뇨, 아마 왕의 권위를 높이고자 만든 이야기가 아닐까 하는데……."

"그럴 것 같네요. 용이 지상의 인간을 놀라게 한다 하여 매질을 하는 신선이 어디 있겠어요."

"하지만 신선이 때리면 피는 날 수 있나요?"

"그 신선이 어떤 도술을 가졌는지에 따라 다르지요."

도술……. 물론 나는 못 쓴다. 나는 갑자기 생긴 가능성에 손뼉을 쳤다.

"도술을 잘 쓰는 신선들한테 그 나쁜 이무기를 잡아 달라고 하면 안 될까요?"

레오가 코웃음을 쳤다.

"그자들은 하늘 아래 일에 관심이 없다."

승천한 용들 중에 아는 사람이 다 있을 텐데 여기 이렇게 안타까운 사연을 다들 모른 체한단 말이야? 나는 해야에게 눈으로 호소했고 그녀도 고개를 저었다.

"신선들은 하늘 아래 다툼에 잘 관여하지 않아요. 자기 제자 따위가 직접적으로 관련된 일이 아니면 그래요."

"그런 의미에서 도술 잘 쓰는 신선의 제자 중에 그 이무기와 관련된 사람은……."

"전혀 없어요."

도움이 안 되는구나. 이래서야 싸우는 건 고사하고 천원이 말한 대로 복숭아를 얻는 것도 가능한 일일까 싶다. 수첩을 든 손에서 약간 힘이 빠졌다. 내가 다음엔 또 뭘 물어야 하나 고민하는데 해야가 아까 하던 이야기를 이었다.

"그래요, 하지만 지상의 장사에게 당하여 낭패를 본 용들은 있어요. 조건이 맞는다면 화살 한 대에 도망칠 수도 있지요."

나는 한숨을 쉬었다.

"저 활은 못 쏘고 장사도 아니에요."

"꼭 활일 필요는 없지요. 중요한 건 쇠로 된 화살촉에 약점을 맞았다는 부분 아니겠어요?"

하긴 화살촉은 쇠로 만들어져 있겠지. 나는 해야가 무슨 이야기를 하려고 하나 해서 그녀의 눈을 보았다. 레오는 약간 인상을 썼지만 모든 이야기에 납득하는 얼굴이었다.

"용끼리는 벼락과 비바람, 불이 서로 통하지 않으니 주로 몸싸움을 해요. 그이는 이제 벼락과 비바람을 맘대로 다룰 수는 없지만 싸움에 익숙하고 몸이 튼튼하여 웬만한 벼락에는 어차피 꿈쩍하지 않을 거예요. 바다에서 태어났으니 지상의 짐승들처럼 비를 내려 물에 빠뜨려 항복하게 할 수도 없죠. 그러니 어차피 다른 술수는 통하지 않고 물리적인 무언가로 싸워 이겨야 해요."

"용의 몸집은 좁쌀처럼 작을 수도 있고 바다처럼 커질 수도 있는 것이 아닌가요?"

"예, 하지만 용에게도 자신이 둔갑할 수 있을 때까지 익혀 온 평시의 크기가 있고 싸울 때는 그 크기로 있기 마련이어요. 우리 일족 용의 평시 크기는 연지 씨가 이미 보았을 거여요. 그이는 내 아우의 두 배 정도 된답니다."

무려 두 배냐. 천원만 해도 충분히 컸다. 나는 상상하다가 인상을 심하게 찌푸렸다. 해야는 내 얼굴을 보고 아름답게 웃었다.

"나도 둔갑을 풀었을 때는 내 아우보다 약간 클 뿐이고, 그 일이 있었을 때는 몸집을 있는 대로 불려서 싸우려 했었지만 싸움에도 큰 몸에도 익숙지 않아 져 버렸지요."

레오가 주먹을 쥐었다. 나는 그 말을 본인에게서 들으니 새삼 열이 받았다. 게다가 갈수록 답이 없는데. 아니, 그럼 그 이야기를 조합하면……

"용끼리는, 이라고 하셨지요?"

"그래요."

레오는 이제 나를 흘긋 보았다. 해야는 내 손을 가리켰다.

"용이 무엇보다 싫어하는 것 중 하나는 쇠예요. 피비린내가 나고 사기가 강하기 때문이기도 하지만, 심지어 용의 가죽을 베고 치명상을 입힐 수도 있거든요. 연지 씨는 쇠를 두려워하지 않는 인간이니 쇠로 된 무기를 들고 싸우면 승산이 있어요."

나는 머릿속에서 천원의 본모습의 덩치를 두 배로 불린 다음 내가 그 앞에서 어디 게임에 나올 법한 검을 휘두르는 모습을 상상해 보았다. 굉장히 입김 하나만으로 날아갈 것 같다.

해야는 문득 턱을 당겼다.

"심려 말아요. 나도 연지 씨와 함께할 거여요. 내가 그자를 땅에 떨어트려 억누르면 그때 연지 씨가 꼬리라도 땅에 꽂아 버려요."

나는 꼬리 어찌고 하는 말보다 그 전에 놀라 입을 벌렸다. 레오는 이미 알고 있었던 일인 듯, 시선을 가만히 내게서 해야에게 돌렸을 뿐이었다. 해야는 의연하게 말했다.

"레오의 말이 옳아요. 나는 옛일을 너무 오래 끌었어요. 용서하고 잊을 수가 없다면, 복수하고 잊겠어요. 이기지 못한다 해도 하는 수 없지요. 내 삶에서 이 부분만큼은 마침표를 찍고 지나가야 할 것 같다는 느낌을 아나요?"

"이기지 못할 리는 없다."

레오가 옆에서 끼었다. 해야는 제지하지 않았다.

"내 아내가 가는 곳에는 나도 간다. 부부는 한 몸이니."

천원은 내가 싸우는 것 자체에 여전히 말도 안 된다는 반응을 보이고 있지만, 해야와 레오가 함께한다면 승산이 있는 게 아닐까. 그러면 천원 역시 동의해 줄지도 모른다.

그런 생각에 희망이 부풀었다. 나는 침을 꿀꺽 삼키고 씩 웃었다.

"그거 해 볼 만하겠네요."

❉ ❉ ❉

나는 이제는 표지가 뜯어지려고 하는 내 용 책을 팔락거렸다.

특별히 더 도움이 되는 내용은 없었다. 그것은 알고 있었다. 이미 이 책의 내용은 외우고 있고, 쓸모가 있어 보이는 것은 해야에게 모두 묻고 확인한 것이다. 하지만 미지의 계획에 대한 긴장과 혹시나 하는 노파심은 내게 같은 책을 열 번이고 스무 번이고 다시 뒤져 보게 만들었다.

쇠. 비늘. 꼬리. 불.

옛이야기에서 용을 잡은 사람들은 중간 과정을 남에게 설명한 경우가 거의 없었다. 물 밖에서 용의 꼬리에 화살을 쐈더니 피가 나며 용이 죽었다는 이야기는 그나마 가장 구체적으로 당시 상황을 묘사한 것으로, 옛날 어디 살던 누구에게 용을 잡으라 했더니 그가 잡아 왔더라 하는 기록이 표준적이었다. 용의 몸 중에 어디가 약점이고 어느 정도 힘으로 얼마나 공격해야 제압할 수 있는지 따위는 그 어디에도 없었다.

천원의 두 배가 넘는 거대한 짐승을 내가 어떻게 할 수 있을까. 해야와 레오가 싸울 참이라니 운이 좋다면 정말로 내가 할 일이래 봐야 다 잡은 이무기에게 가서 말로 협박이나 하는 정도일지도 모른다. 그러나 운이 좋지 않다면? 아무튼 용끼리 싸우다가 계곡이 무너졌다는 이야기를 나는 듣지 않았나.

"연지."

천원은 머리에서 물을 뚝뚝 흘리며 욕실 문을 나섰다. 나는 책을 텁 소리 나게 덮어 옆에 내려놓고 그를 보았다. 그가 청룡이기 때문일까, 천원의 새까만 머리칼은 물에 일부러 적셨을 때에는 묘하게 푸른 광택을 냈다. 그러면서도 뭐든 빨려 들어갈 것만 같은 짙은 검은색.

그의 눈도 푸른 광택이 나는 검은색이다. 이 깊은 바닷속 같다.

스윽, 하고 침의가 침대 시트에 스치는 소리가 났다. 천원의 머리칼은 순식간에 말라 산들바람처럼 하늘거렸다. 이것도 좋지만 아까는 정말로 색이 예뻤다. 나는 약간 아쉬워하며 그의 머리칼을 손을 뻗어 만졌다. 내 옆에 앉은 그는 편안한 얼굴로 눈을 감았다.

"머릿결 좋다. 좋은 냄새 나."

"연지한테서 더 좋은 냄새가 나는데."

"같은 비누 쓰잖아."

"그래도 연지한테서 더 좋은 냄새 나."

음식 냄새일까? 나에게는 천원에게서 원래 나는 기이하고 신비한 향이 아주 좋게 느껴지는데, 그에게도 내게서 어떤 특별한 향이 느껴지는 걸까.

나는 기분이 좋아서 빙긋 웃었다. 천원도 눈을 뜨고 나를 보며 슬쩍 웃었다.

"불안해 보여, 연지."

"불안하니까."

이무기란 얼마나 용과 가까운 것일까. 나는 눈을 내리깔고 한숨을 쉬었다.

"불안하면 하지 마. 네가 할 필요 없는 일이야."

"내가 하고 싶은 일이야."

"목숨을 걸어서라도?"

"죽어도 싫은 게 있는 거잖아."

"내가 여의주를 잃는 건 연지가 내게서 떠나고도 한참 후의 일이라고 했잖아."

"그것도 싫지만, 내가 지금 죽어도 싫다고 하면서 염두에 둔 건 다른 일이야."

"뭔데?"

천원은 내 어깨를 끌어안고 목덜미에 이마를 댔다. 그 역시 불안한 모양이었다. 나는 그의 팔에 손을 얹고 가만히 말했다.

"도망치는 거."

그는 한숨도 쉬지 않고 말했다.

"그치는 너를 쫓아오고 있지 않아. 연지는 그 무엇으로부터도 도망치는 게 아니야."

"아니, 네 목의 그 바늘을 빼는 건 지금 내가 우리에 대해 결정하기 위해 필요한 일이야. 그리고 그 언제가 되든 나는 네가 아픈 것이 싫어. 외면하는 건 잘해 봐야 도망치는 거고 최악의 경우엔 묵인하는 거야. 그 나쁜 놈은 우리를 쫓아오고 있어. 너도 쫓아오고 있지만 나도 쫓아오고 있어."

천원은 결국 입을 다물었다. 나는 몸을 돌려 천원의 몸을 마주 끌어안았다. 그는 아주 따뜻했다.

"해야 용녀님과 레오가 같이 싸워 주기로 했어."

"들었어."

"나는 맨몸일 수가 없어서 칼을 들고 싸우기로 했어. 레오와 해야 용녀님은 칼 때문에 나를 들고 있을 수가 없다고, 어디 작은 섬 같은 델 찾아 거기서 오만을 불러내는 게 좋겠대. 나도 동의해. 땅에서 싸우면 주변이 망가질 테고 바다에서 싸우면 내가 낄 수가 없으니까."

아무튼 용끼리의 몸싸움은 범위가 무척 거대해지기 십상이라는 모양이었다. 여의주를 잃은 만이 날 수 있는지 여부는 잠시 논쟁이 있었는데, 아주 높지는 않아도 구름 아래의 범위까지는 분명히 자유로이 날 수 있을 거라는 결론이 났다. 그러니 대단히 스펙터클한 삼차원 배틀이 되게 생겼다.

천원은 대답하지 않았다. 숨소리를 들으니 뭔가 생각하는 것 같았다.

적어도 뭔가 불만이 있다는 것은 알겠다. 놀라운 일은 아니었다. 나는 그를 더 세게 끌어안았다.

"용 두 마리하고 같이 가니까 나는 솔직히 할 일도 없을 거야. 방해되지 않게 조심해서 다녀올게. 내 일은 기껏해야 그 나쁜 놈이 흠씬 얻어맞고도 말을 안 들으면 칼을 보여 주는 정도밖에 안 될 거라고."

식칼아, 미안해. 내가 널 샀을 때는 사람을 살리는 음식을 만드는 용도로 샀지 절대 사람을 두렵게 하려는 용도로 산 게 아니었는데. 이번 일 끝나면 너는 내가 땅에 묻어서 잘 장사를 치러 줄게……. 대충 그런 느낌으로 직업상의 양심의 가책을 느끼고 있는데 천원이 문득 깊은 한숨을 쉬었다.

"누나는 전에 그치에게 진 적이 있고, 어머니와 아버지 둘이 함께 싸워서야 겨우 물러나게 했었지. 미움은 누군가에게 그게 나쁘다는 충고를 듣는다고 해서 그칠 수 있는 감정이 아니야, 연지. 그치에게 목숨의 위협 정도는 느끼게 해야 저주를 풀어 줄 거야."

"진짜 무섭게 해 줄 거야. 무슨 일이 있어도 네 저주를 풀 거야."

"연지."

천원은 다시 한숨을 쉬었다.

"나는 너와 오랫동안 함께 있고 싶어. 괜한 일로 널 잃고 싶지 않아."

"쇠칼에 용 두 마리가 같이 있는데 날 왜 잃겠어. 해야 용녀님은 전에 진적이 있다지만 레오는 엄청 세 보이지 않아?"

"매형과 누나는 모두 강해. 하지만 너는 아주 간단한 수로도 죽을 수 있어."

"해야 용녀님이 꼭 지켜 주신대."

"그 정도면 네가 꼭 가지 않아도 되잖아."

"나는 용녀님과 레오가 없어도 갈 거였어. 가장 먼저 싸우겠다고 결정한 건 나니까. 둘이 간다고 해서 빠질 수는 없어. 내가 있어서 그 둘이 신경 쓰이고 방해가 된다면 둘은 다음에 하라고 하고 내가 먼저 싸우는 걸로 할게. 보호 안 받아도 난 이건 해야겠어."

"너는 정말 고집이 세구나. 연지."

나는 천원을 끌어안은 팔의 힘을 풀었다. 그는 어차피 계속해서 부정적인 반응만 보이고 있었다. 그의 마음을 전부 이해하지만 계속 설득만 하고 있을 수는 없다. 그럴 시간에 싸울 방법을 더 찾아야 했다.

천원은 그러나 나를 놓지 않고 한참 동안 그대로 숨을 쉬었다.

❈　❈　❈

용왕과 용궁부인을 만나는 것은 아주 오랜만이었다. 나는 그들이 나를 부른 월수궁 응접실이 아주 우아하고 고상하게 꾸며져 있는 데다 엄숙한 정적이 흘러 약간 긴장하며 인사했다. 내가 근무하는 건물이어도 이런 공간이 있는 줄은 몰랐다.

"부르셨다고 들어서 왔습니다. 어라하, 어륙."

심지어 나는 한참 점심을 만들던 중에 불려 온 것이라 옷도 조리복에 앞치마 차림 그대로였다. 손이 왠지 뜨겁게 느껴졌다. 이렇게 긴장하는 일은 많지 않은데.

하지만 어쩔 수 없다. 내 결정에 따라 그들은 나의 앞으로의 삶에도 계속 남아 있을 가능성이 있었다. 그런 생각이 자꾸 들어서 표정이 자연스럽게 풀어지질 않았다……

멋진 청자 의자에 앉은 용궁부인이 먼저 우아하게 웃었다.

"그리 긴장하지 말아요, 연지 씨. 실은 벌써 이야기를 했어야 하는데 차일피일 미루다 보니 너무 늦게야 이리 시간을 갖네요."

그야, 내가 왜 그들과 차 마시는 시간을 따로 가져야 한단 말인가. 아무튼 부딪칠 일이 많았던 해야 부부와는 다른 것이다. 나는 빳빳하게 서서 내가 뭐라는지도 모르고 대답했다.

"아, 예."

용왕 부부는 친절하게 하하 웃었다. 용왕이 내게 자리를 권했다.

"어찌 그리 서 있어요. 어서 앉아요."

"아, 예."

이런 대답밖에 못 해서 죄송합니다. 잘 보여야 하는데 어떡하지. 나는 나답지 않게 눈치를 보며 의자에 엉거주춤 앉았다. 잠시 침묵이 깔렸다.

용궁부인이 먼저 말을 꺼냈다.

"그래, 어려운 결정을 했다고 들었어요."

나는 반사적으로 대답했다.

"아, 예."

죽고 싶어졌다. 용왕이 부드러운 미소를 지어 주었다.

"긴장하지 말래두 그러네요. 처음 보았을 때는 참으로 당찬 모습을 보여 주었는데, 어찌 오늘은 이리 불편해하나요?"

"아…… 불편하지 않습니다. 감사합니다."

나는 침을 삼키고 표정 관리를 했다. 시녀가 들어와 우리 앞에 차를 한 잔씩 내주었다.

"어서 들어요."

"아, 예."

나는 바보인가 보다. 나온 차는 향기롭고 맛있었다. 용왕 부부는 잠시 저

들끼리 눈길을 주고받았다.

"해야와 천원이가 이야기해 주었어요. 천원이의 저주를 풀려 한다면서요."

맞는 말이었지만 어쩐지 내가 했던 표현들보다 정의로워진 것 같다. 나는 이번에는 아, 예라고 하지 않기 위해 온 힘을 다했다.

"대충 그렇지요."

에라이. 용왕의 얼굴이 어두워졌다.

"마음은 고맙지만, 이무기를 상대한다는 것은 가벼운 마음으로 할 말이 아니랍니다."

이번에는 아, 예 소리를 할 걱정은 없었다.

"가벼운 마음으로 한 말이 아니니 말리셔도 소용이 없습니다."

용궁부인은 아름다운 얼굴로 쓴웃음을 지었다.

"그이는 용들 가운데서도 강하고 빛나는 자였지요. 세월이 흐르고 여의주를 잃었다 해도 아직은 강할 거여요."

"싸움을 잘한다는 말은 들었어요."

"성정이 그러하고 힘이 셌지요."

"원래 잘 아셨던 거지요?"

"예. 우리 친지고, 해야가 혼인하기 전까지만 해도 자주 드나들었으니까요."

다시 들어도 뻔뻔하고 아주 나쁜 놈이었다. 나는 미간을 좁혔다. 이번에는 용왕이 말했다.

"우리 형제들이 어리고 철없을 때엔 자주 동생들을 때려 혼이 났는데, 그래도 툭하면 싸웠고 힘이 세서 실은 큰누님도 당할 재간이 없었어요. …… 해야가 시집을 갈 때, 그때는 우리 부부가 함께 싸웠는데도 솔직히 말해 이겼다고는 할 수가 없답니다."

이건 나쁜 소식이다. 2 대 1로는 유리하다고 할 수가 없다는 건가? 나는 심각하게 고민했다. 해야는 오히려 별것 아니라는 듯이 말하지 않았던가?

용궁부인이 문득 슬픈 얼굴로 시선을 멀리 두었다.

"우리가 아직 젊고 힘이 있었다면…… 그랬다면 지금 당장이라도 우리가 가서 싸워 담판을 지었을 터인데, 그러지도 못하는 늙은 몸이 늘 한스러웠지요. 내 자식이 저리 앓고 괴로워하는데도 고쳐 주기는커녕 아무것도 해 주지 못하니 부모가 자식을 죽이는 격이 아닙니까."

"그게 왜 그렇게 돼요."

마음이 안 좋아졌다. 천원도 해야도 이 둘을 원망하지 않는다는 것을 안다. 나는 짧고 어설프게 위로했고 용왕은 용궁부인의 손을 잡았다.

"연지 씨를 보니 참으로 우리가 그간 잘못하였다는 것을 깨닫게 되어 반성도 많이 하고, 진심으로 감사하고 있어요. 해야와 레오는 젊으니 우리 부부보다 잘 싸울 수 있을 테지요. 하지만 연지 씨는 연약한 인간의 몸인지라 적이 심려가 되는군요."

나는 다른 할 말이 없어서 몇 번이고 댄 핑계를 내놓았다.

"올해 새로 산 비싼 쇠칼을 들고 갈 거예요."

"예, 그것이 있다면 그이도 연지 씨에게 함부로 다가가지 못하겠지요. 하나 싸움터에서는 언제 무슨 일이 있을지 모르지 않아요."

"그리고 만약 칼이 없었어도 저는 가만히는 안 있었을 거예요."

용궁부인은 시선을 도로 내게 주었다. 그녀는 나를 당황스러울 정도로 따뜻하게 보았다. 나는 어느새 긴장이 모두 풀려 있었다는 사실을 알았다.

"우리 부부가 죽지 않고 저 어린것이 왕의 몫을 하기까지 가르쳐야 한다고, 그렇게 말하며 살았지요. 그러나 기다리지 아니하고 용기를 내어, 죽더라도 할 일을 해야 했던 것인지도 모르겠어요. 연지 씨는 우리 손이고 주인이 손의 할 일을 강제할 수는 없으니 더는 말리지 않으렵니다. 그저."

나는 용왕과 용궁부인이 내 생각보다 훨씬 늙은 이들이라는 것을 문득 깨달았다. 그들은 젊은 얼굴을 하고 있었고 뺨을 붉히며 웃을 수 있었지만 지금은 마치 돌처럼 보였다. 이전의 그 음악회에서 보았던 그 구멍 뚫린 암벽에게 '어리다'고 할 수 있는, 그런 연배의 돌이었다.

건강해 보이는 그들이 왜 싸울 수 없다고 하는지 이해할 수밖에 없는 연배의.

"꼭 다시 돌아와요. 아니 그러면 천원이도 더 살지 못할 것 같더군요."

※　※　※

나는 식칼의 날을 확인했다.

익숙하지 않은 길이의 날붙이를 급히 만지면 다치는 것은 나라는 것은 이미 수차례 몸으로 체험해 알고 있었으므로 이번에 선택한 것은 내가 가장 자주 쓰는 적당한 길이의 셰프 나이프였다. 이번에 쓰고 나면 직업 윤리적 이유에서 더는 주방에 들이지 않을 예정이었는데, 그 사실이 아까울 정도로 내가 좋아하는 칼이었다.

날은 자주 쓴 대신 열심히 갈아 놓기도 해서 소름이 돋을 정도로 날카로웠다. 다만 해야의 말에 따르면 용의 비늘과 가죽은 모두 단단하다니 혹여라도 부러지지 않도록 조심해야 할 것이다. 일단 해야와 레오가 싸우는 동안 혹시라도 이무기의 공격에서 나를 지켜 주는 것은 이 칼 하나일 테니까.

"연지 아가씨."

문밖에서 걸덕 극우가 나를 불렀다. 나는 내가 오랫동안 머물지 않아 썰렁한 침실에서 홀로, 정신이 무척 곤두서는 것을 느끼며 대답했다.

"네, 들어오세요."

침실 문이 열리고 걸덕 극우가 들어왔다. 이른 새벽이었으므로 그녀가 올 시간이 맞기는 했지만, 내가 천원의 방에서 거의 살다시피 하면서 그녀에게도 따로 말하기 전에는 내 방에 괜히 들러서 고생하지 말라고 일러두었었는데. 그녀도 알고 온 것일까.

그녀의 표정을 보니 알고 있는 것이 맞았다. 걸덕 극우는 새빨개지다 못해 새까매져서 금방이라도 먹물을 뿜을 뿐을 것 같은 얼굴로 나를 보았다. 그녀의 눈에는 눈물이 그렁그렁했다.

그 모습에 이번엔 내 긴장이 풀렸다. 나는 칼을 도로 진청색 천에 감아 두고 빙긋 웃었다.

"어쩐 일로 오셨어요."

"연지 아가씨가……."

그녀는 차마 뒷말을 잇지 못했다. 이미 내가 다 아는데도 불구하고 그들은 만의 일을 입에 잘 담지 않았다. 나는 전래동화에서 집을 두고 떠나는 석공이나 과거 보는 선비의 입장이 된 기분으로 일부러 더 밝은 얼굴을 했다.

"다녀올게요. 오는 길에 지상에서 뭐 선물 사 올까요?"

잘된다면 아주 기분 좋게 올 수 있을 테니 선물로 뭘 못 사 올까. 걸덕 극우는 그러나 내 앞에 덥석 다가앉아 한참 나를 보았다. 나는 점점 부담스러워져 킥킥 웃어 버렸다.

"왜 그렇게 보세요. 저 혼자 가는 거 아니에요. 믿음직한 분들하고 같이 갔다가, 얼른 다시 올 거예요."

혹시 모를 사태의 경우 내 물건에 대해서는 걸덕 극우에게 물어보라고 전 내부 쪽에 전해 두었다. 그러나 그런 말을 그녀에게 하면 정말 초상난 것처럼 우는 얼굴을 볼 것 같아 나는 지금은 그 이야기를 하지 않기로 했다. 그녀는 울먹이는 눈으로 고개를 연신 끄덕였다.

"예, 예, 아가씨. 그야 금세 다시 오실 테지요."

자라를 타고 용궁에 왔으니 이제 산속에서 길을 잃고 하룻밤 묵으려는 집에서 의문사를 당하면 될 듯한 그런 애잔한 말 하지 말아 달라고. 자나깨나 달을 보며 내 안전을 기원하던 천원이 와서 원수를 갚아야 할 것 같잖아. 바다 밖에도 못 나가는 남자인데. 나는 그 생각을 하니 갑자기 기운이 조금 나서 차분하게 그녀의 손을 잡아 주었다.

"이렇게 일부러 보러 와 주셔서 고마워요."

걸덕 극우는 입을 틀어막았다. 이러다간 아무래도 낯간지러운 상황이 발생할 것 같아 나는 잽싸게 칼을 챙겨 일어섰다. 그녀는 금세 따라 일어서서 내 뒤를 쫓아왔다.

"아가씨, 이제 어디로 어떻게 가시는 거여요?"

"해야 용녀님 계신 객당에서 셋이 같이 출발하기로 했어요. 제가 칼을 갖고 있어서 용녀님이랑 남편분은 제 옆이 힘드시다고, 저는 달히에 태우고 가신대요."

전에 천원과 탔을 때 달히는 내 말은 전혀 듣지 않았지만, 설마 자기 신짜 주인이 따라오라고 하면 날 떨어트리지 않고 따라가는 정도야 해 줄 테지.

"가는 데는 저도 잘은 모르는데 바다 한가운데의 돌섬이래요. 혹시라도 지나가는 사람들이나 새들이 피해 입지 않게 외딴곳을 찾고, 근처에는 바다 백성들이 다가오지 못하게 명을 내려 두셨다니 안심이지요. 어디든 용의 모습이 되어서 부르면 나올 거라고 어라하가 그러셨다나 봐요."

"예에, 아가씨."

걸덕 극우는 또 고개를 한참 끄덕였다. 나는 객당의 대청마루로 나서 멈칫했다. 마당에 서서 기다리는 사람이 있었다.

하나로 묶은 검은 머리가 물결에 잠시 흔들렸다. 걸덕 극우는 내가 움직이지 않자 약간 몸을 틀어 나왔다가 깜짝 놀라 절했다.

"용자님."

천원은 침의는 아니지만 간단하고 소매와 바지가 모두 좁은 옷을 입고 있었다. 관도 쓰고 있지 않았다. 그는 나를 빤히 보고 입을 열었다.

"나도 같이 갈 거야."

나는 울컥했다. 솔직히 어젯밤까지 기대했던 말이다. 내가 새벽에 일어나서, 자는 자기를 두고 나올 때는, 그냥 토라진 사람처럼 잠만 자고 있으면서. 어젯밤까지도 가지 말라는 말만 했으면서.

"그런 말 없었잖아."

"네가 안 가기를 바랐으니까. 하지만 네가 반드시 갈 거라면 나도 함께 갈 거야."

어떤 감정에서일지 모를 눈물이 눈에 고였다. 나는 그것이 어딘가 부끄러워 눈을 크게 뜨고 입을 비죽였다. 천원은 웃지는 않았지만 부드러운 표정으로 내게 손을 내밀었다.

"이리 와. 누나와 매형이 기다리겠어."

"기다리다 벌써 왔단다."

밝은 빛을 내며 해야와 레오가 내 객당의 대문으로 들어섰다. 레오의 손에는 달히의 고삐가 들려 있었고 걸덕 극우는 일어날 줄을 몰랐다. 나는 천원의 손을 잡고 섬돌에 내려서 신을 신었다. 그는 내가 칼을 들고 있는데도 피하지 않았다.

"달히는 두고 가. 연지는 내가 데려갈 거니까."

그가 달히를 흘긋 보고 툭 던지자 해야는 방긋 웃으며 말했다.

"그래, 너도 함께 갈 줄을 내 알았단다. 하나 연지 씨는 칼을 들고 싸워야하니 네가 계속 모실 수는 없지 않겠니."

"괜찮아. 안 그러면 내가 안심이 안 돼."

나는 약간 감동을 받았고 다행히도 아까 나려던 눈물은 들어갔다. 레오가 떡 벌어진 가슴 앞으로 팔짱을 끼고 채근했다.

"시간 낭비 할 것이 뭐 있나. 결정했으면 어서 가자."

그렇다. 나는 천원의 손을 놓고 그를 올려다보았다. 그는 내 칼을 가끔 흘끔거렸지만 내 옆에서 떨어지지 않으려고 했다. 믿음직하다. 며칠을 굶고도 부엌에는 안 들어오려고 했으면서.

"연지는 내 위에 타고 있어. 네가 가고 싶은 데로 데려가 줄게."

"알았으니 따라오기나 하거라. 후후."

천원의 말에 내가 대답하기도 전에 해야가 깔깔 웃었다. 그녀는 걸덕 극우를 손짓해 일으키고 달히의 고삐를 맡겼다. 레오가 먼저 몸에서 눈부신 빛을 냈다.

으르르르르르르, 드락, 드르락, 때대댕. 천지가 흔들리는 소리가 나고 지붕이 흔들렸다. 우리의 머리 위로는 어느새 거대하고 날개 달린 용 한 마리가 위협적인 모습으로 몸을 뻗고 있었다. 나는 레오의 본모습을 전에도 본적이 있었지만 그 덩치와 위용에 새삼 감탄했다. 해야도 땅을 가볍게 박차더니 순식간에 시야를 푸른 비늘로 가득 채웠다.

그녀의 비늘은 천원처럼 푸른색이었지만 초록빛이 보다 강하게 돌았고 머리 위의 조각목 같은 뿔은 투명한 붉은색이었다. 그 우아하고 아름다운 몸체가 비늘을 부딪치며 천천히 제자리를 찾아 움직였다. 경외감과 신비함이 느껴지는 근사한 모습이었다.

천원은 허리춤에서 뭔가를 찾아 내게 내밀었다.

"이거 귀에 넣어 둬."

"이게 뭔데?"

그가 손바닥에 올린 것은 조금 구겨진 노란색 꽃 두 송이였다. 나는 그 꽃을 용궁의 어딘가에서도 본 기억이 있었지만 이름은 떠오르지 않았다. 천원이 알려 주었다.

"뱀무야. 이걸 귀에 넣으면 귀가 들리지 않게 돼."

"안 들리면 안 되는 거 아니야?"

"용들이 위로 솟아오르는 건 누구든 귀가 멀게 할 정도로 시끄러운 소리를 내. 네 귀를 지키려면 귀에 넣어 둬."

벌써 꽤 시끄러운데. 객당 기와가 떨어지지 않는 것이 다행이다. 나는 그러나 그의 말을 듣고 그 꽃을 귀마다 한 송이씩 넣었다. 신기하게도 그 납작하고 노랗고 평범한 꽃은 귀를 꽉 틀어막는다는 느낌이 없었는데도 귀 안쪽에 슬쩍 들어가자마자 효과를 발휘했다. 내 양쪽 귀는 이내 아무것도 듣지 못하게 되었다.

조금 기분이 이상하다. 보통은 귀를 웬만한 방법으로 막는다 해도 주변 소리가 어느 정도는 들리는데, 이건 거의 완전한 고요였다. 다만 사방에서 지금 생기고 있는 소리 중 아주 크게 울리는 것은 귀가 아닌 몸으로 바로 오는 듯 심장을 누르며 전해졌다.

근사한 꼬리를 천천히 미끄러트리며 우리를 기다리던 해야가 내려다보며 말했다.

「어서 가요, 연지 씨. 용궁 백성들이 깨기 전에요.」

470

해야가 한 말은, 예전에 천원이 용의 모습으로 내게 말했을 때처럼 벼락같이 세상을 우렁우렁 울리며 내게 거의 심장을 통해 전달되었다. 이렇다면야 의사소통에 대한 걱정은 없을 것이다. 천원은 내 손을 잡고 가볍게 끌어당겼다.

다음 순간 용궁의 상공에는 세 마리의 용이 날고 있었다. 으르르르르르르하며 그들이 내는 소리에 용궁 백성들은 깨어나 밖으로 뛰쳐나왔다가 우리 모습을 보고 엎드려 절했다. 그들이 언제 일어났는지는 알 수 없었다. 그 모습이 꿈처럼 순식간에 지나가 우리는 깊은 바다를 유영하고 있었으므로.

나는 천원의 머리 위에 앉아 있었다. 그 부근엔 앞으로 툭 튀어나온 이마 같은 것이 있었지만 기본적으로 앉기에 불편함이 없었다. 나는 천원에게 소리쳐 물어보았다. 내 입에서 나오는 소리였지만 귀로는 하나도 들리지 않았고, 목 안에서 울리는 부분만이 스며들어 내가 적어도 아주 다른 말을 하고 있지는 않다는 것을 알려 주었다.

"나 아직 칼 들고 있는데 진짜 괜찮아?"

천원은 내가 그의 이마를 쳐서 내 말을 들으라고 해야 하는 것이 아닐까 하고 고민하는 사이에 여유롭게 대답했다. 이렇게 그들이 내는 '소리'가 커서 만약 사람끼리라면 아무리 고함을 쳐도 서로 들리지 않을 것 같은데도.

「괜찮아.」

"왜!"

「너와 함께 가려면 이 정도는 참아야지.」

나는 감동받아 그의 머리를 쓰다듬어 주었다. 앞에서 레오와 해야가 유성의 꼬리처럼 아름답고 반짝이는 흔적을 남기며 나아갔다.

여정은 길지 않았다. 우리는 금세 어느 바다의 수면을 뚫고 날아올랐다. 해야와 천원의 배를 감싸는 상서로운 오색구름이 주위를 물들였고 햇살이 내 시야에 있는 모든 바다에서 거울처럼 번뜩였다. 아무리 멀리 보려 해도 주위에 육지는 보이지 않았고 그저 망망대해였다. 다만 우리 바로 아래에는 새까만 바위로 된 돌섬 하나가 있었다.

천원이 사람의 모습으로 둔갑하며 나를 섬에 내려 주었다. 해야가 말했다.

「천원이가 연지 씨와 함께한다니 이 섬을 만들 필요는 없었는지도 모르겠네요」

찾은 게 아니라 만들었어?

「없는 것보다는 좋지」

레오가 고개를 저었다. 나도 일단 그 말에는 동의하며 섬을 둘러보았다. 그 섬은 아무래도 화산 활동으로 생긴 것 같았다. 새까맣고 뾰족하고 구멍이 많이 뚫린 바위가 사람 대여섯 명이 설 수 있을 정도의 크기로 고개를 내밀고 있을 뿐이니. 식물도 없고 동물도 없고, 심지어 저 물결과 닿은 곳에 해초 하나 보이지 않는 것은 새로 만든 섬이라는 징표일까.

파도치는 소리가 들리지 않으니 기묘했다. 해야가 천원에게 말했다.

「천원아, 언제 그자가 나타날지 모르니 둔갑은 풀거라」

천원은 고개를 끄덕이고 용의 모습으로 변했다. 나도 칼을 감쌌던 천을 풀고 그 손잡이를 꼭 쥐었다. 레오가 약간 초조해하는 목소리로 말했다.

「그자는 어디에 있지? 우리가 물 밖으로 나오면 나타날 거라고 하지 않았나?」

용왕과 용궁부인은 그렇게 말했었다. 만이 원한을 산 자와 원한을 품은 자는 많지만, 그중에서도 아마 해야와 천원은 특별할 거라고. 그래서 그들 남매가 용의 모습으로 나타나 용의 울음소리를 내면 어디서든 듣고 나타날 거라고.

하지만 그가 어디 있을지 알 수 없는 일이니, 정말로 이 남매의 소리를 들을 수 있을지 나는 솔직히 확신이 없었다. 게다가 3 대 1이고 여기엔 쇠칼도 있다. 과연 올까.

「On attend」

해야는 '기다리자'고 하면서 레오를 달랬다. 나는 칼을 들지 않은 손을 번쩍 들어 내가 하고 싶은 말이 있다는 표시를 해 보였다.

「뭔가요, 연지 씨?」

나는 목소리를 높일 수 있는 대로 높여 소리쳤다. 이번에도 역시 내 말이지만 뭐라는지 거의 알 수가 없었다.

"생각해 온 게 있어요. 잠시만요."

레오와 해야와 천원은 모두 나를 내려다보았다. 거대한 용 세 마리의 눈이 집중되어 있으니 기분이 이상했지만 나는 일단 목소리를 가다듬었다. 그리고 땅을 두드리며 준비한 노래를 부르기 시작했다.

이무기야 이무기야 머리를 내어라
그러지 않으면 구워 먹으리

신비한 일이었다. 세계는 정적 속에서 미친 듯이 울리고만 있는데, 그 안에서 '소리'는 내 목에서 내 몸으로 전달되는 오직 그 노랫소리밖에 없었다…….

노래가 두 번을 끝나도록 변화는 없었다. 나는 햇살을 무수하게 반사하는 아름다운 바닷물과 인적이라곤 없는 바위를 훑어보며 인상을 썼다. 그리고 보다 목청을 높여서 노래했다.

이무기야 이무기야 머리를 내어라
그러지 않으면 구워 먹으리

진짜로 구울 거니까 각오해라. 아니, 물론 어느 정도 인도적인 선은 지킬 셈이었지만 자꾸 이렇게 안 나오면 내가 화 나서 이성을 잃을지도 몰라. 용이라고 봐주기엔 이미 내가 너무 많은 걸 봤거든.

이무기야 이무기야……

갑자기 눈앞이 일렁이고 하늘에서 거대한 진동이 일어났다.

마른하늘인데 이상하다, 하고 생각하자마자 온 하늘이 검은 구름으로 뒤덮였다. 빛은 없었다. 내가 그 언젠가 본 적이 있었던 새카맣고 푹 젖은 먹구름. 짙은 안개가 스멀스멀 모여들어 엉킨 것 같은 그 느슨한 어둠.

찢어지고 흉포한 동공.

빛을 잃고 흔들리는 비늘.

반쯤은 부러졌지만 끝이 날카로운 초록색 뿔.

으르르르르르르르……

시야의 모든 것이 굽이치는 새카만 비늘과 살기였다. 나는 잠시 숨을 쉬는 것을 잊었다. 거대하고 위험한 '그것'의 입에서 귀에 선 신음과 함께 저 구름과 같은 검은 것이 나왔다. 그 검은 물안개는 순식간에 우리를 둘러쌌다. 시야가 흐려지다가 이윽고 주변을 전혀 분간할 수 없게 되었다. 그저 저 거대한 것이, 구름 속에 숨은 것이, 목을 울리는 저 포효.

으르르르르르르르르르르르……

만이 내 몸을 울린다. 나는 몸을 떨지 않으려 애썼다. 생각했던 것보다 너무 크다. 그리고 주변의 아무것도 보이지 않는다. 일단은.

"천원!"

우선은 어서 그와 합류해야 했다. 주변에 용이 세 마리나 있으니 아무리 그래도 뭔가 보여야 하는데, 이 검은 물안개는 어느새 마치 악몽을 꿀 때의 암흑처럼 내 눈을 온전히 가렸다. 내 손마저도 높이 들어 눈 가까이 두어야만 선명하게 보일 정도였다.

「연지, 어디에 있어?」

천원의 목소리가 어딘가에서 울렸다. 가까이서 나는 것 같은 그 목소리는 마치 내 모습처럼 안개에 빨려 들어가 뒤가 웅웅 먹혔다. 나는 할 수 있는 한 최대로 목소리를 높여 소리쳤다. 그에게도 내가 보이지 않는 걸까.

"여기! 아까 그 자리야! 앞이 안 보여!"

「크아악」

「레오!」

레오가 괴로워하는 소리와 해야가 비명을 지르는 소리가 바로 천지를 울렸다. 나는 깜짝 놀라 주변을 둘러보았지만 여전히 아무것도 보이지 않았다. 그때, 내 머리 위를 지독하게 뜨겁고 밝고 주홍색을 띤 것이 지나갔다.

나는 눈을 의심했다. 그것은 용궁 주방에서 쓰는 음화였다.

「레오!」

해야가 다시 비명을 질렀다. 불은 그대로 사라지지 않고, 물안개에 엷은 노을처럼 주홍색 그림자를 드리우며 붙어 주변으로 퍼졌다. 저걸로 우리를 모두 태워 죽이려고 물안개를 피운 건가……!

"잠깐, 이게 뭐야?"

「천원아, 마른바람을 불러오너라! 레오의 깃이 타니 치료를 해야겠다!」

나는 사방에서 몰려오는 미친 듯한 열기와 눈이 부신 불꽃에 정신을 차리지 못하고 주춤했다. 문득 심장이 내려앉을 것 같은 비명 소리가 들렸다.

「으아아악!」

그 목소리는 천원의 것이었다. 온몸의 피가 싸늘하게 식는 것 같았다. 나는 답답함과 공포에 손을 떨며 주변을 둘러보았다. 저 불은 나를 둘러싸 금방이라도 태워 죽일 것 같았지만, 그조차도 방금 들은 천원의 고통에 찬 목소리에 비하면 아무래도 좋은 일이었다……!

해야가 다시 비명을 질렀다.

「천원아!」

이번 목소리는 아까 레오가 비명을 지른 직후의 것보다도 절망과 분노와 두려움에 차 있었다. 대체 무엇일까. 레오를 무엇보다 사랑하는 해야가 저런 목소리를 낸다면, 설마. 나는 미칠 것 같은 기분이 되어 아무 데나 악을 쓰기 시작했다.

"이 불이고 안개고 치워! 이 나쁜 놈아, 나하고 붙자! 널 굽는다고 했지 언제 우리가 구워지고 싶다고 했냐?"

심장이 미친 듯이 뛰었다. 이러면 안 된다. 이래선 안 된다……! 설마 용이 세 마리인데 이렇게까지 일방적으로 당할 거라고는 상상하지 못했다. 아주 압도하지는 못하더라도 최소한의 상대는 되어야 하는 것 아닌가……!

나는 다음 순간 들린 신음에 숨이 멎을 뻔했다.

으르르르르르르르르……

훨씬 더, 훨씬 더 작고, 어린아이와 같은.

만에 비하면 차라리 아기 울음처럼도 느껴질 정도로 작고 낮은 그 소리는 그러나 어린 맹수의 흉포함과 끔찍한 파괴 욕구를 띠고 있었다.

'죽기로 싸우겠지.'

'그이가 분노로 저주를 퍼붓고 있을 때.'

천원과 해야가 했던 말이 이렇게 연결되리라고 생각했어야 했다. 천원은 자신이 이럴 줄을 알고 있었을까.

나는 잠시 망연히 서서 가슴을 움켜쥐었다. 심장이 터질 것만 같은데 나는 너무나도 무력했다. 아아, 저들은 지금.

내게 보이지 않는 무엇을 보고 있는 것인가.

「연지 씨, 조심해요!」

해야가 새된 목소리로 경고한 직후 거대한 바람이 몰아쳤다. 나는 그 바람에 실려 오는 음화의 열기에 내가 아주 익는 것이 아닐까 했지만 바람이 끝나 사방이 환해진 후로도 눈으로 세상을 보고 두 다리로 서 있는 걸 보니 죽진 않은 모양이었다. 나는 아까보다 명백하게 어두워진 하늘을 음울하게 보았다.

하늘에 있는 용은 넷. 둘은 빛을 잃어 배에 검은 물안개를 두르고 있었고, 빛이 있는 둘 중 하나는 겉으로 보기에는 멀쩡했지만 다른 하나는 아직 날개에 불이 남아 있어 그것을 떼려고 미친 듯이 날개를 퍼덕이고 있었다.

예의 '만'은 들어서 상상했던 것보다 훨씬 거대했다. 눈대중으로는 천원보다 두 배가량 크다는 사전 지식이 옳았지만 흉흉한 위압감과 쭉 찢어진 눈을 보면 그 열 배는 된다고 해도 이상하지 않을 것 같았다. 천원은 눈을 가늘게 뜨고 만을 노려보며 다시 신음했다.

으르르르르르르르르륵…….

천원의 목에 있는 바늘이 아프게 눈에 들어왔다. 만은 확실히 나이가 많이 들어서인지 비늘이니 뿔의 광택이 젊은 천원과 해야에게 비할 바가 아니었다. 심지어 왼쪽 수염은 오른쪽 수염의 절반 길이밖에 되지 않는 것을 보니 어디서 잘린 모양이었다. 게다가 저 뿔은 아무리 보아도 상서로운 무언가가 아니라 정말로 무언가를 들이받아 죽이기 위한 무기로 쓰이는 것 같았다. 그리고 만의 눈은.

모든 것을 저주해 죽이고 싶어 하는 듯한 분노와 증오로 가득했다. 그 시선이 흘깃 나를 향했다가 천원에게 갔다.

와룩, 에 가까운 짧은 소리가 지축을 울렸다. 나는 만이 웃었다고 생각했다. 그리고 그 웃음소리를 들은 해야가 차갑고 침착한 얼굴을 되찾았다.

「오만이여」

만은 대답할 수 없었다. 그는 그러나 그 자리에 그저 멈춰서 해야를 보았다. 나와 해야 모두가 그것을 그의 대답으로 받아들였다.

「나와 내 아우의 오랜 복수를 하러 왔는데, 네 남편의 복수도 하게 되었구나」

만의 눈이 레오에게 향했다. 간신히 마지막 남은 불꽃도 떨궈 낸 레오는 아주 열이 받은 것 같았다.

「네놈이 내 깃에 불을 붙였으니 나는 네놈의 비늘을 벗겨 줄 테다」

만의 비늘 중 최소 절반은 살짝 역으로 긁기만 해도 다 떨어져 나갈 듯 흔들리고 있었으니 어려운 선언은 아니었다. 만은 또다시 짧게 웃었다. 그러나 그 웃음이 끝난 즉시.

키아아아아아아아악……!

머리가 아찔해지는 소리를 내질렀다. 발밑의 바위가 흔들리고 거대한 파도가 일어났다. 그것을 본 해야가 내게 순식간에 다가왔다.

「빠져 죽겠네요. 일단 내 위에 있어요, 연지 씨.」

예의 차리고 쇠가 싫네 어쩌네 할 때는 아니었다. 나는 그녀의 목 뒤에 앉았다. 해야는 그대로 내게는 전혀 흔들림이 느껴지지 않는 움직임으로 비상했다. 우리 아래서 아까까지 내가 서 있던 바위섬이 몇 번이나 반복해서 파도에 얻어맞다가 3분의 1쯤 부서져 나갔다.

해야가 조금만 늦었으면 나도 그대로 죽었을 것이다. 심장이 벌렁거리고 갑자기 팔다리에 뜨거운 피가 웽웽 돌았다. 나는 화가 나서 소리쳤다.

"이 자식아, 죽을 뻔했잖아! 소리 좀 조용히 질러!"

안 그래도 진동 때문에 몸도 매번 떨린다. 만의 주변에서 다시 스멀스멀 검은 안개가 짙어졌다. 해야가 노호를 질렀다.

「어딜!」

세찬 바람이 다시 불어닥쳤고 물안개는 그대로 날아갔다. 나는 해야 위에 있어서인지 이번에는 그 바람의 영향을 받지 않았다. 만은 목을 쭉 뻗고 입을 활짝 벌렸다.

"레오!"

「크아악!」

만은 그대로 우악스럽게 레오의 몸을 물고 늘어졌다. 레오는 고통스러운 비명을 질렀지만 금세 자기도 입을 벌려 만의 몸을 물었다. 나는 내가 생전할 리가 없으리라고 생각했던 레오의 걱정을 하며 어이없어했다. 해야가 초조한 목소리로 내게 말했다.

「연지 씨, 내 아우와 함께 있어 줘요. 나도 합류해야겠는데 연지 씨가 든 칼 때문에 집중할 수가 없어요.」

"네, 얼른요!"

천원은 아까부터 조용히 신음만 하고 있었다. 너무 아파 아무것도 눈에 들어오지 않는 모양이었다. 해야는 나를 데려다 천원의 머리에 얹어 주었다. 천원은 내가 다가오자 크게 움찔거리고 조금은 몸을 틀어 피했지만 제대로 피할 힘조차 없는 것 같았다.

아까 아무것도 보이지 않는 안개 속에서, 그에게 무슨 일이 생겼을까 얼마나 걱정했는지. 그러나 지금 이렇게 그의 머리에 앉으니 갑자기 사위가 고요해진 것만 같은 기분이 들었다. 귀는 처음부터 아무것도 들리지 않았는데, 이제야.

나는 서글프고 떨리고 다정해진 마음으로 천원의 머리에 속삭였다.

"천원."

으르르르르르르……

그의 머리는 약간 차가웠다. 천원은 나를 보고 있지 않았지만 내가 있다는 것을 알 것이다. 이전에 그랬듯이. 나는 그에게 한숨을 섞어 말했다.

"생판 모르는 너를 부당한 이유로 평생 아프게 하고, 바닷속에 가둬 놓고, 너희 누나도 멀리 가게 해 버린 저 작자가 눈에 보이니까 밉지? 그래서 많이 아프지?"

천원은 으르르, 하고 짧게 한숨 같은 것을 쉬었다. 나라도 그런 놈을 처음 보게 되면 원래 생각해 뒀던 계획이고 뭐고 다 잊고 덤벼들어서 무조건 때려 줄지도 모른다. 정말로, 정말로 죽이고 싶을 만큼 미울 테니까. 밉다는 말이 빛이 바랠 정도로 미울 테니까.

천원의 몸에서 조금씩 빛이 났다. 눈을 보니 아주 간 것은 아니었다. 나는 그의 뿔을 쓰다듬어 주었다. 그리고 툭 던지듯 또 속삭였다.

"아프지 마. 지금도 아프지 말고, 앞으로도 아프지 마."

우리는.

"그러려고 우리는 지금 여기 이 자리에 와 있는 거야."

단순한 분풀이를 하러 저 자를 불러낸 것이 아니니까.

천천히…….

사방이 아까까지보다 밝아졌다. 해가 하나 더 뜬 것 같은 기분이었다. 나는 천원의 배 쪽에서 상서로운 오색구름이 다시 그를 감싸고 있는 것을 보고 약간 안심했다. 천원은 나를 올려다보고 멋쩍은 듯 얌전히 물었다. 그의 눈에서는 맑은 눈물이 흐르고 있었다.

「다쳤어?」

"간지럽고 쓰라려. 화상을 입은 것 같아. 그 불구덩이에 있었으니 그대로 익어 죽지 않길 다행이지. 저 미친놈이 나타나자마자 자연 오븐을 만들어 날릴 줄 누가 알았겠어."

「미안해. 내가 정신 차리고 너를 빨리 데려갔어야 하는데」

"인간적으로 이해하니까 신경 쓰지 말고, 나중에 내가 사과받고 싶으면 이거 끝나고 받는 걸로 하자."

지나고 나서 생각해 보니까 점점 더 무서워지는데. 요리하면서 불에 데는 거야 일상다반사지만 설마 저렇게 거대한 불 속에 통째로 들어가는 경험을 해 볼 줄은 몰랐지. 앞으로 오븐에 뭘 못 굽게 되면 다 저놈 탓이다. 이쪽은 인생이 걸려 있다고.

레오와 만이 서로를 물어뜯는 틈새로 해야가 몸을 불려 이를 세웠다. 해야는 그대로 만의 목을 물어뜯으려고 했지만 그것을 본 만이 몸을 순식간에 부풀려 빠져나가는 쪽이 더 빨랐다.

갑자기 입 속에서 거대해지는 것을 감당하지 못한 레오는 순식간에 만을 놓치고 신음했다. 레오의 몸은 피투성이인데 비해 만은 그다지 다친 것 같지 않았다. 나는 평소의 원한을 담아 야유했다.

"비늘을 다 벗겨 준다며? 가만히 있어도 비늘이 알아서 떨어져 나가게 생긴 노인네도 못 물어뜯냐?"

레오는 분노에 찬 눈길을 내게 보냈다.

"싸움할 때 딴 데 보는 거 아니야!"

「네가 시작하지 않았느냐」

「레오, Arrete(그만).」

시비는 내가 걸었지만 해야는 레오에게만 주의를 주었다. 나는 잠깐 고소한 맛은 즐겼지만 금세 걱정이 되어 눈을 가늘게 떴다. 싸움에 능하네 어쩌네 하는 말을 들을 때는 그래 봤자일 거라고 생각했는데, 확실히 저쪽은 힘이 센 것은 물론이거니와 상황 판단이 빠른 것 같았다. 이쪽이 쓸 수 없는 수를 쓰는 것이 아닌 것 같은데 처음부터 밀리고 있다.

문득 날개를 퍼덕이던 레오의 움직임이 느려졌다. 만이 그 틈을 놓치지 않고 몸을 다시 뻗어 레오의 목을 물려는 것을 해야가 몸통을 부딪쳐 막아 냈다.

「매형이 날개를 다쳤어. 아까 음화에 그을린 곳이 제대로 안 움직이는 것 같아」

"그래 보이네. 저거 치료를 하고 나서 싸워야겠는데."

해야도 같은 판단을 한 것 같았다. 그녀는 우리 쪽에 다급하게 말했다.

「천원아, 레오를 돌보아야겠다. 네 매형의 부상이 심하구나」

「우리가 싸울 테니 섬에 가서 치료하고 와」

「할 수 있겠니?」

「이건 내 싸움이기도 해」

이길 확신을 하고서 싸울 거였으면 이렇게 우리 넷이 오지도 않았다. 해야는 천원의 말에 당장 레오를 데리고 섬으로 날아갔다. 나는 칼을 꼭 잡고 만을 보았다. 만은 레오의 뒷모습을 미련 있는 눈길로 보았지만 이쪽을 경계하느라 일단은 움직이지 않는 것 같았다.

알량한 식칼 하나 쥐고 용을 상대하는 꿈이 이제야 이루어지는구나. 내가 자발적으로 꾼 꿈은 아니지만, 뭔가 신비한 기시감에 오히려 심장이 두근거리며 흥분되었다. 아무래도 아까의 아드레날린이 이상한 방향으로 작용하고 있는 것 같다.

물론 두려워 굳는 것보다 훨씬 낫다. 나는 코웃음을 쳤다.

"거기 파렴치한 아저씨, 아저씨 때문에 우리가 얼마나 피해를 많이 봤는지 알기나 해?"

만은 물론 대답하지 않았다. 눈이야 짐승 같지만 아까부터 행동하는 것이나 웃는 타이밍 따위를 보면 말을 알아듣고 사람처럼 생각할 수 있는 것이 분명한데. 이무기는 말을 아예 못 하는 걸까.

상관없다. 나는 만의 모습을 살폈다. 아까 레오에게 면박을 주긴 했지만 물론 그가 물었던 자리도 아주 멀쩡한 것은 아니었다. 직접 이에 꿰뚫린 곳은 피가 조금 나고 그 근처의 비늘 몇 개가 간신히 자리에 매달려 대롱거렸다.

빠른 몸싸움이 오갈 것을 예비하는 것일까, 만은 몸을 다시 아까의 크기로 줄였다. 천원은 그럼에도 불구하고 아직 그 자신보다 큰 그 덩치를 노려보았다.

키아아아아아악!

천원은 포효하며 만에게 달려들었다. 만은 아마도 나 때문에 주춤거리며 천원의 목을 피했다. 나는 약간의 달성감에 기뻐하며 만의 모습을 더 살폈다. 저, 아까 레오가 문 곳을 공격할 수도 있을 것이다. 혹은 저 목 아래의…… 찾았다.

"역린이다!"

저 거대한 턱 아래로 제대로 난 비늘 몇 개 건너 홀로 거꾸로 난 큰 비늘이 보였다. 만약의 경우에 내 공격이 들어갈 만한 곳은 몇 군데 없고, 그중역린은 그나마 그 알량한 공격이 제일 잘 통할 곳일 터였다. 계속 시야에 두어야 했다.

천원은 만을 물려다가 저쪽이 재빨리 피하는 바람에 그 끄트머리만을 조금 물어뜯고 마는 실패를 반복했다. 그러나 살짝 물어뜯었다고 해도 비늘과 가죽이 투둑 뜯어져 피가 배어 나오는 찰과상이 반복되자 만의 얼굴이 일그러졌다. 그는 나를 잠시 똑바로 노려보았다.

내 몸의 몇 배는 되는 거대한 짐승의 눈이 분노해 나를 보자 소름이 돋았다. 그리고 그 순간을 놓치지 않고 천원은 입을 한껏 벌려 그 목을 물었다.

만이 몸을 뒤틀었다. 날아다니는 생물의 위에 있으면서도 흔들린 적이 없던 나도 그 요동에 천원이 머리를 360도로 회전했을 때는 어떻게 할 수가 없었다.

"으아악!"

그나마 간신히 옆에 있는 것을 잡아 추락은 면했다. 안전벨트는커녕 어디

잡을 만한 끈 같은 것이 하나도 없는 자리임을 생각하면 그야말로 기적이었다. 나는 내가 꼭 붙잡은 것이 천원의 아름다운 뿔이었음을 깨달을 만큼 정신이 돌아올 때까지 그것을 꼭 끌어안고 충격을 버텼다.

"으으으으으으윽!"

흔들림은 한 번으로 끝나지 않았다. 만은 천원을 떼어 내기 위해 온몸을 빙글빙글 돌리며 몸을 계속 뒤틀어 댔고 천원은 그를 물고 버티느라 그와 함께 빙글빙글 돌았다. 새우등이 터지는 것은 나였다.

"흐악!"

용의 뿔이 코끼리 상아처럼 매끄러운 것이 아니라 사슴처럼 중간에 지지할 가지가 있어 다행이었다. 아니었다면 나는 물론 첫 번째 회전에서 튕겨 나가 저 바다에 떨어지거나 아니면 용의 꼬리에 맞아 그야말로 개죽음을 당했을 것이다.

천원도 그것이 불안한 모양이었다. 그는 만을 죽도록 물고도 눈을 돌려 나를 확인했다. 만은 그 틈을 놓치지 않고 몸을 불렸다.

천원은 윽, 하는 비명과 함께 턱의 힘을 놓았다. 만이 이쪽에서 떨어져 부들부들 떨며 쉬익쉬익 검은 물안개를 뱉었다. 나는 천원의 뿔을 더 꼭 안고 물었다.

"괜찮아?"

「턱 빠질 것 같아. 연지, 너는 괜찮아?」

"난 괜찮아. 다음부턴 네 식단에 오징어를 잔뜩 넣어 씹는 힘을 키워 줄게."

천원은 바람 빠지는 소리를 내며 웃었다.

「그건 나중에 생각하자. 연지, 아무래도 네가 거기 있으면 위험할 것 같아. 섬에 내려가 있어.」

"지금 쟤가 널 제대로 못 무는 건 내가 있어서라는 거 알고 하는 소리지? 그리고 지금 어떻게 가. 네가 등을 보이자마자 물릴 수도 있어."

「일단 한번 해 보자. 내가 힘을 빼서 떨어뜨릴 테니까 넌 그때 다시 와.」

나는 일단 천원이 만의 힘을 좀 빼놓으면 여기서 역린을 직접적으로 노릴 생각이었지만 방금의 충격에서 벗어날 필요는 있었다. 손과 다리에서 힘이 빠졌다. 이래서야 요리도 할 수 없다.

다행히 슬쩍 보니 레오의 치료도 끝난 것 같았다. 천원은 만과 눈싸움을 하다 슬쩍 뒤로 물러났다. 만이 캬아아악, 하고 다시 파도를 일으키는 울음 소리를 내며 천원의 허리 쪽을 노리고 달려들었다. 벼락 같은 소리를 내며 해야가 날아와 아까 레오가 물렸던 곳에 이를 세게 꽂아 넣었다.

만은 세상이 뒤집어질 것 같은 비명을 질렀다. 레오도 멀쩡해진 모습으로 날아와 되는 대로 만의 허리를 물었다. 천원은 망설이지 않고 나를 섬에 데 려가 내려놓았다.

용의 머리에서 내려오니 지금 이 주변이 얼마나 차갑게 젖어 있는지 확 느껴졌다. 나는 땅에서 약간 휘청였고 천원은 어느새 둔갑해 내 허리를 잡 아 주었다.

"괜찮아. 고마워."

두렵다. 그것이 당연하다. 그 말을 용궁에 와서 몇 번이나 들었는지 모른 다.

나와 다르고 나보다 강한 것을 몇 번이나 마주했고, 나는 오직 자존심 하 나로 그 앞에서 내가 가진 최대의 평정을 보이며 여기까지 왔다. 지금도 그 럴 때였다. 두렵지 않은 척을 할 필요는 없다. 모두가 내가 두려워할 줄을 알 고 그것이 당연하다는 것 또한 아닌가. 그러니까.

"혼자 설 수 있어. 어서 가. 힘 빠지면 여기로 데려와. 그럼 나한테도 공평 하겠지."

두려워하되, 끝까지 도망치지 않는 용기를 발휘할 수 있도록. 내 믿음을 관철할 수 있도록.

천원은 고개를 끄덕이고 둔갑을 풀었다. 그의 뒷모습 너머로 레오가 만을 칭칭 감으려 드는 것이 보였다.

그르르르르르……!

만은 기괴하게 신음하며 필사적으로 발톱으로 레오의 정수리 쪽을 찍어 내렸다. 나는 깜짝 놀라 얼어붙었다. 레오는 잠시 그대로 만을 물고 있었지만 다음 공격이 적중하기 전에 힘없이 떨어져 입을 다물었다.

그의 날개가 퍼덕이다 천천히 멎고 바람에 힘없이 휘는 것이 영원처럼 느리게 보였다.

해야가 말이 되지 않는 비명을 질렀다.

나는 믿을 수가 없어 잠시 숨을 쉬지 못했다. 내게는 들리지 않는 소리와 함께 레오의 거대한 몸이 바닷물을 쳤다. 추락은 오랫동안 이어졌고 파도는 점점 더 크게 섬을 때렸다. 천원의 눈이 바로 이쪽을 향했다.

「연지!」

아까 굳은 결심을 하고 나를 내려 두고 간 것 같은데, 이렇게나 빨리 다시 돌아오게 되었다. 천원은 막무가내로 내게 날아와 나를 발에 쥐었다. 나는 내가 서 있던 섬이 오랫동안 흔적도 없이 푸른 바닷물 아래 가라앉아 있다가 간신히 모습을 드러내는 것을 보았다.

나는 숨을 헐떡였다.

"레, 레오는? 아직 안 죽었지? 그치?"

레오가 바닷물 속에 들어갔기 때문인지 물 안쪽이 번쩍번쩍했다. 나는 그 망할 빛이 용의 마지막 세포 하나까지 죽기 전에는 계속 나오는 것이 아니기를 간절히 소망했다. 다행히도 천원은 아주 동요하지는 않은 목소리로 대답해 주었다.

「그래. 괜찮으니까 걱정하지 마. 지금 살리면 돼.」

여의주의 효능은 나도 익히 알고 있다. 순식간에 몸의 모든 상처가 그야말로 없었던 것처럼 깨끗하게 낫는다.

다만 저쪽 역시 우리와 같은 생각을 하고 있는 모양이었다. 만은 온몸을 거세게 뒤틀고 부풀려 해야를 막무가내로 떼어 내고 바닷물 쪽으로 달려들었다. 주저할 틈은 없었다. 천원은 그대로 자신의 온몸을 만의 옆구리에 부딪쳤다.

경악할 정도로 커다란 진동과 함께 만은 저 멀리 밀려 났고 그 과정에서 생겨난 충격은 천원과 나 둘 다에게 전달되었다. 나는 지잉 하고 머리와 귀가 다 울리는 데다 허리도 아파 침을 삼켰다. 계속 긴장하느라 머리가 아파서인지 딴생각도 났다. 안전벨트를 설치할 걸 잘못했어. 뭘 타든 역시 안전벨트가 있어야 사고 시 중상을 입을 확률이 낮아지는 건데.

「누나!」

천원은 만을 계속 노려보며 해야의 이름을 불렀다. 해야가 그대로 물에 뛰어드느라 물보라가 길게 쳤다. 바닷물이 환상적으로 빛을 냈고 만은 아까 물린 상처 몇 군데에서 대수롭지 않은 피를 뚝뚝 흘렸다. 그러나 꽤 아픈 듯 얼굴은 엉망이었다.

"저 자식을 물어뜯든 칭칭 감든, 갑자기 덩치가 부풀어도 거기에 맞춰 대처할 방법이 있어야 해."

레오가 죽지 않았다는 말에 겨우 어느 정도 침착함을 찾은 나는 우리가 당면한 문제를 지적했다. 상식적으로 길고 튼튼한 걸로 몸을 감고 있는데 그 몸이 불어난다면 저쪽의 피가 안 통하게 되는 게 정상 아닌가? 그런데도 타이밍과 부푸는 정도가 묘하게 맞아떨어져 이쪽의 턱과 힘이 먼저 못 버틴다.

아까부터 그 수에 계속 당하고 있으니 천원도 꽤 짜증이 난 것 같았다. 대답하는 목소리에서 초조함이 느껴졌다.

「제대로 된 위치만 잡으면 저치가 몸집을 부풀릴 수 없어. 그게 자기한테 불리하니까.」

"제대로 된 위치가 어딘데?"

「목?」

왜 의문형으로 대답하나. 하지만 섣불리 어설픈 곳을 물었다가 방금처럼 발톱에 맞으면 어떤 일이 생기는지는 알았고, 머리는 뿔이 있으니 함부로 물 수 없다. 천원이 이를 갈며 만의 눈을 똑바로 노려보았다.

이제 조그만 쇳덩이 정도는 신경 쓰지 않아도 된다고 판단할 만큼 우리가 우습게 보인 모양이었다. 만은 나를 계속 힐끔거렸지만 그럼에도 불구하고 천원에게 달려들 자세를 취했다. 위로 길게 뻗었던 목이 이쪽을 향해 노도처럼 기울어졌다.

"조심!"

나는 여차하면 눈이라도 찔러 버리기 위해 칼을 꼭 잡고 소리쳤다. 천원은 간발의 차로 그 공격을 피하고 대신 만의 등 쪽을 콱 물었다. 그리고 아까 해야가 그랬던 것처럼 자기 몸을 만의 몸에 둘둘 감았다.

비늘이 서로 부딪치며 떨어져 나가는 험악한 모양이 눈앞에서 몇 겹이나 빙글빙글 겹쳐져 돌아갔다. 만은 괴로운 얼굴로 입과 다리를 쓰려 노력했지만 천원은 죽을힘을 다해 물고 늘어지고 있었다. 나는 왼손으로는 천원의 뿔을 꼭 잡고 있다가 한동안 두 용의 교착 상태가 계속되자 내가 할 수 있는 일을 찾아 살폈다. 만의 두 수염 중 긴 것이 그리 멀지 않은 곳에서 꿈틀댔다.

흔들. 만이 몸을 뒤틀었다. 저쪽도 몸이 빈틈없이 조이니 괴로울 것이다. 생명의 위협에 대한 공포와 분노가 담긴 몸짓에 천원도 잠시 흔들렸다. 아마 두 용 중 누구도 의도한 바가 아니었지만 예의 수염이 내 앞을 횡 하고 스쳐 지나갔다.

"절대 풀어 주지 마!"

이대로 있으면 이길 수 있을지도 모른다. 아니, 최소한 해야가 레오의 치료를 마치고 올 때까지 우리가 무사해야 한다. 나는 천원에게 소리치고 눈을 똑바로 떴다. 흔……들!

이번엔 저 수염은 훨씬 먼 곳으로 기나긴 바람처럼 훌쩍 날아가 버렸다. 나는 입 안에서 욕설을 중얼거리고 몸을 꼿꼿이 세웠다. 아예 만의 몸을 타고 올라가 직접적으로 공격할 생각이었는데 옆에서 천지가 울리는 목소리가 들려왔다.

「연지 씨! 천원아!」

해야와 레오가 함께 떠올라 있었다. 레오는 치료를 마친 데다 바닷물에 피까지 씻어 내서인지 아주 멀쩡해 보였다. 날개의 깃털에선 아까보다 좋은 윤기까지 났다. 레오는 상황을 보자마자 눈을 무섭게 부릅뜨고 만의 얼굴에 달려들었다. 만은 입에서 진한 물안개를 뿜었다.

순식간에 주변이 맨 처음 그랬던 것처럼 어두워졌다. 그러나 레오는 공격 자체에는 성공한 듯 소름이 돋는 비명 같은 떨림이 금세 이어졌다. 나는 왼팔에 눈을 대고 문지르며 성질을 냈다.

"누가 빨리 이 안개 좀 다시 치워 줘요!"

그러나 해야마저도 공격에 바쁜 모양이었다. 말 한마디 할 새 없이 죽어라 힘을 쓰고 있는 천원의 몸에 그 충격은 고스란히 전달되었다. 나는 내 머리 위로 뭔가 거대하고 무시무시한 것이 스쳐 지나가 잠시 어깨를 움츠렸다. 뭔지 몰라도 누군가의 몸의 일부였을 터였다. 그것이 누구의 무엇일까. 제발, 제발.

키아아악, 하고 해야가 무섭게 포효했다. 이렇게 안 보여서야 나는 정신만 없어질 뿐 쓸모가 없었다. 아드레날린이 슬슬 떨어지려는 모양이었다. 나는 덜컥 빠지기 시작한 기운에 정신을 차리려고 오른 주먹으로 내 머리를 쳤다. 생각을 해야 한다.

뭔가 생각을 해야 했다. 문득 레오가 괴로운 비명을 질렀다. 천원에게 전달되던 충격 중 큰 것 하나가 떨어져 나가는 것이 느껴졌다.

"레오! 괜찮아?"

대답은 없었지만 비명이 계속 들리는 것을 보니 아까보다는 훨씬 덜 다친 모양이었다. 나는 그를 걱정하지 않기로 했다. 아마도 해야가 불렀을 바람이 안개를 걷어 냈다.

밝아진 시야에 들어온 만의 꼴은 처참했지만 레오의 턱 쪽에서 나는 피만큼은 못했다. 다행히 해야는 멀쩡해 보였다. 나는 만의 뿔 중 한쪽에 붉은 피가 무섭게 묻어 있는 것을 보고 무슨 일이 있었는지 대강 짐작했다. 흔들. 만은 지금까지보다 더 무섭게 요동쳤다.

나도 아까의 추락할 뻔했던 경험이 떠올라 소심해졌다. 일단 천원의 뿔을 잡고 그 흔들림에 버티는데 눈앞으로 비늘 몇 개와 빠진 털 같은 것이 몇 개 지나갔다. 깨진 비늘이 내 뺨에 상처를 남겼다.

만의 수염이 다시 이 근처로 팔랑거리며 날아왔다. 새하얗고 기운이 다 빠진, 그러나 분명히 뿌리부터 억세서 주인과 딱 어울리는 그런 수염이었다. 그것은 손에 잡힐 듯 가까웠다가도 금세 바람에 팔랑이며 나를 놀리듯 멀어졌다가 또 다가왔다. 나는 문득 천원의 뿔을 놓고 그의 머리 위를 달려가 그것을 허리부터 잘라 냈다.

대단한 느낌도 없었고, 아마도 고통은 없었을 터였다. 그러나 금세 만의 요동이 심해졌다. 나는 그대로 균형을 잃고 넘어졌다. 시계가 360도로 빙글빙글 돌아갔다. 하늘과······.

바다.

다시 하늘.

과 바다.

와 거대하고 피 흐르는 살가죽.

온갖 것이 몇 번이나 눈앞을 정신없이 메웠다. 나는 내가 추락하고 있다는 사실을 알았다. 머리가 아찔해졌다. 높은 곳에 있었기에 추락은 길게만 느껴졌다. 오히려 잠시 동안은 이대로 누구의 몸 위에든 운 좋게 떨어질 수 있지 않을까 하는 생각을 하는데.

「Imbecile!(멍청한 녀석!)」

누가 나보고 바보라고 하는 거야. 이 가는 듯 짜증이 가득한 목소리와 함께 누군가 나를 부드럽고 확고하게 움켜쥐었다. 나는 그 사자 같은 발을 만져 볼 생각도 한 적이 없었지만 일단 인상을 쓰며 감사 인사를 했다.

"고마워."

설마 레오가 날 잡아 줄 줄은 몰랐다. 그는 짜증이 나고 싫어서 견딜 수 없다는 듯 팔을 최대한 뻗어 자신의 다른 모든 부위에서 떨어뜨렸다. 그 뒤로 천원이 바다에 내동댕이쳐지는 것이 보였다.

「네가 죽어도 나는 상관없다만 네 아버지가 마음 쓸 것 아니냐.」

"나는 아까 너 다쳤을 때 걱정했는데. 나빴다."

「……쓸데없는 걱정이다. 용이 셋이다. 이무기 한 마리를 못 이길 것 같나」

"지금이 이기고 있는 걸로 보여?"

내 머리에 비린내가 확 나는 피가 떨어졌다. 나는 열이 받았지만 레오의 책임이 아니라 그냥 눈만 제대로 보이도록 왼팔로 훔쳤다. 올려다보니 레오의 턱 쪽에 난 상처는 꽤 끔찍했다. 나는 인상을 확 썼다. 피비린내 때문에 구역질이 올라왔지만 그런 티는 낼 수 없었다.

"저 뿔을 잘 쓰네. 확실히 이쪽 편이 너무 많은 것도 안 좋은 것 같아. 저쪽은 되는대로 공격만 하면 되잖아."

「네가 수염을 잘랐으니 조금은 둔해질 테지」

소리도 저 수염으로 들을 정도니까 수염이 일부라도 잘리면 좀 주변을 인식하는 감각이 둔해질지도 모른다. 나는 용의 보증을 받고 약간 의기양양해했다. 천원이 바다에서 물을 사방으로 튀기며 날아올랐다. 만은 이쪽을 노려보다 달려들었다.

턱에서 피가 아무리 나도 레오는 분을 품고 만의 목 옆을 물었다. 만도 레오의 목을 물고 있는 대로 흔들어 댔다. 나는 레오가 혹시 손에 힘을 주면 그대로 죽을 목숨이라 긴장했고 해야가 금세 합류해 만의 목 뒤쪽을 물어 댔다. 저렇게 목을 물어뜯는데, 누구 하나 정도는 역린을 건드려 달라고……!

크르르르르!

아무래도 제대로 걸린 것 같았다. 만은 입을 벌리고 고통스럽게 울며 버둥거렸다. 그사이 천원이 내게 다가와 나를 다시 데려갔다.

"저거 바보 아니야? 지금 거 너무 앞뒤 안 보고 달려든 거 같은데?"

그렇게 우습게 보였나? 그럴 만도 하지만, 천원과 해야와 레오 모두가 공격이 가능한 상태였는데 일단 레오를 노려보다 달려들다니. 나는 머리에서 피가 또 흘러내려 성질을 내며 피를 다시 훔쳤다. 천원이 입을 벌렸다 닫았다 하며 세 용의 싸움에 끼어들 틈을 노렸다.

확실히 수염 아래쪽이 잘려 나간 것이 어느 정도 의미가 있는 듯 만의 움직임은 어딘가 어설퍼져 있었다. 나는 해야가 입을 잠시 떼었다가 자리를 옮겨 만의 주둥이를 아래서부터 비껴 문 것을 보고 춤이라도 추고 싶은 기분이 되었다.

"그렇지!"

만은 팔다리를 버둥거리고 꼬리를 흔들어 두 용을 공격하려 했지만 아직은 닿지 않았다. 그는 결국 이미 몇 번이나 쓴 수를 다시 이용했다. 덩치가 확 커진 만의 몸에서 두 용은 미끄러져 떨어져 나왔다. 나는 아까워서 한숨을 쉬었다. 좋은 기회였는데 놓쳤다.

"지금은 좀 제대로 문 거 아니었어?"

「동시에 몸을 흔들어서 틈을 만들었어. 저치의 힘이 너무 세. 매형도 하필 턱에 부상을 입어서 무는 힘이 조금 약했고」

하지만 지금까지의 그 어느 때보다 큰 상처를 입힌 것 같았다. 정말로 이길 뻔했다. 만은 눈에서 독기를 흘리며 우리를 노려보았다. 그러나 그 시선은 레오에게 가장 자주 머물렀다.

잠깐.

나는 갑자기 든 의문에 만의 시선을 살폈다.

그러고 보니 아까부터 계속, 레오만 크게 다치고 있는 것 아닌가?

……그것이 레오가 가장 아슬아슬하게 눈을 뒤집고 달려들었기 때문인지, 아니면 다른 이유가 있는 것인지 관찰해 볼 가치는 있었다. 해야는 몸을 만과 비슷한 크기가 될 때까지 부풀려 그에게 달려들었다. 만의 시선이 해야에게 똑바로 꽂혔다.

크아아아아아아!

레오가 동시에 쩌렁쩌렁 소리치며 그 뒤를 따랐다. 해야는 만의 팔다리를 구속하는 형태로 그 몸을 칭칭 감기 시작했다. 우둑우둑 소리가 날 것만 같은 모습으로 둘의 몸이 꼭 엉켜들었다. 레오는 그 위에서 다시 한번, 아까 물었던 자리에 이를 꽂아 넣었다.

피가 바다에 뚝뚝 떨어진다. 그런데도 만은 아까와 다르지 않은 힘으로 몸을 뒤틀었다. 나는 인상을 찌푸리며 재촉했다.

"우리도 가자."

「너무 흔들려서 네가 위험하겠는데」

"그런 기 다 생각하고 오자고 한 서야. 애조에 저놈을 잡으러 가자고 한 거 나잖아. 나 신경 쓰지 말고 빨리 가자. 내 살길은 알아서 찾을 테니까."

「그럼 잘 잡아」

나는 천원의 뿔을 한쪽 팔로 안았다. 만에게 다가가는 비행 중에는 흔들림을 걱정할 필요가 없었지만, 닿았을 때는 아예 천지가 뒤집힐 수도 있다는 것은 벌써 몇 번이나 경험했다. 순식간에 눈앞에 다다랐을 때.

만의 모습이 재빠르게 작아지더니 레오와 해야의 몸이 만든 포위망을 빠져나갔다. 레오가 내가 알아들을 수 없는 말로 욕설을 지껄였다. 그래, 저런 방법도 있었구나. 그러나 나와 천원은 이미 그가 가는 진로에 버티고 있었다. 만의 끔찍한 시선이 천원의 역린에 문득 머물렀다.

"아저씨, 이대로 계속은 못 버틸 것 같은데. 우리 적당히 하자. 내가 원하는 건 아저씨가 지금 보는 그거 말이야, 이 저주를 풀어 줬으면 하는 거거든."

만은 내 말을 들은 체도 하지 않았다. 나는 승기를 잡았다고 확신하고 있는 것은 아니었지만 이대로 가면 될 것도 같아 한 말이었으므로 칼을 좀 흔들어 보였다. 식칼아, 다시 한번 미안해. 만의 시선이 천원의 역린에서 내 칼로 옮겨 왔다.

이무기가 되었어도 쇠 냄새는 정말로 싫은 모양이었다. 만의 얼굴은 잠시 싸늘하게 전황을 분석하는 것 같다가도 이내 험악하게 일그러졌다. 눈빛이 스친 다음 순간.

키아아아아아악……!

만은 분노한 목소리로 천지를 울리며 거대하게 벌린 입을 들이밀었다. 나는 그 입 속을 보고 소름이 돋아 일단 칼을 높이 쳐들었다.

"어떻게 깨물든 우리를 집어삼키기 전에 네놈 입천장부터 다 갈라놓을 줄 알아!"

다행히 그럴 일은 없었다. 몸 크기를 원래대로 줄인 해야가 만의 몸을 타고 올라가 그의 목을 다시 물었다.

「지긋지긋한 원수, 죽어라!」

드디어 힘이 빠져 가는 것일까, 만은 몸을 있는 대로 또아리 틀어 해야의 몸을 친친 감았다. 그러나 그대로 그녀를 조르는 것이 아니라 계속 꿈틀거리며 몸을 빙글빙글 꼬다가 둘 모두의 머리가 보이지 않게 덮었다. 그리고 그 중간에 걸린 해야의 몸에 있는 힘껏 발길질을 하고 발톱을 세웠지만 보이지 않아서인지 정말로 힘이 없어서인지 별 효과가 있는 것 같지 않았다. 곧장 레오가 다가가 아까 자기 정수리를 쳤던 다리를 물어뜯었다.

비명은 나오지 않았다. 목을 뜯기고 있으니 제대로 입을 열 수도 없을 것이다. 만의 다리는 완전히 뜯겨 나가지는 않았지만 너덜너덜했고 최소한 이번 전투 중에는 더 쓸 수 없을 것 같았다. 레오는 약간 만족한 얼굴로 씩 웃었다. 피와 살점과 비늘이 무시무시한 냄새를 풍기며 떨어져 바다에 물결을 일으켰다.

다음 순간 해야의 앞발이 늘어지고 꼬리가 바다에 빠졌다. 둘 모두의 머리를 가리던 만의 몸이 스르륵 풀리며 위풍당당하게 펼쳐졌다. 레오의 얼굴이 일그러졌다. 나도 온몸의 핏기가 싹 가시는 기분을 느꼈다.

「네놈……!」

「누나!」

해야의 배 쪽이 펄떡거리고 오색구름이 그 근처를 감싸는 것을 보면 죽은 것은 아니었다. 나는 그 사실부터 일단 확인하고 숨을 토했는데, 만이 어느새 날아가 해야의 목을 아까 그녀가 그랬던 것처럼 앞을 향해 비스듬히 물고 있었다. 레오는 아연실색한 얼굴로 질풍처럼 만에게 달려들었다.

"가자!"

내가 재촉할 필요도 없었다. 천원은 날아가 만의 등을 꽉 물고 흔들어 댔다. 끔찍할 만큼 살점이 뜯겨 나가 그 피가 내게도 분수처럼 쏟아졌다. 뜨겁고 축축하고 비리고 끈적했다. 그러나 그런 것은 상관이 없다……! 놀리듯 만은 해야를 입에서 툭 뱉어 내고 사납게 꼬리를 휘둘렀다. 그의 크기가 다시 처음에 봤을 때의 것으로 돌아왔다.

정신이 하나도 없다. 레오는 해야가 바다에 추락하며 우리 근처에까지 솟아오르는 물보라를 만들자마자 바로 그녀를 쫓아갔다. 천원은 만의 몸을 타고 기어올라 갔다. 부딪쳐 서로의 비늘이 허공에 흩뿌려졌다.

「내가 아픈 건 괜찮았어」

천원은 무시무시하게 으르렁거렸다. 괜찮긴 뭐가 괜찮아. 나는 오른손 팔뚝으로 눈과 이마를 자꾸 닦았는데 팔뚝도 피에 젖어 있었으므로 큰 의미는 없었다. 궁여지책으로 눈을 꽉 감았다 뜨자 소금기 때문인지 눈이 따끔거렸다.

「하지만 내 가족을 계속해서 피롭히는 것도 너였어」

사람이라면 팔이 떨어져 나가기 직전에 온몸이 자상인 상태인데도 만은 태연한 얼굴로 우리를 노려보았다. 천원은 만의 몸을 천천히 감으며 그 얼굴 쪽으로 다가갔다. 만 또한 이쪽을 휘감아 버릴 생각인지 자기 몸을 꾸불꾸불 휘었다. 나는 주변을 심각하게 살펴보았다. 뭔가 또 잘라 버릴 만한 게 없을까.

승기를 잡을 수 있는 것을 찾아야 했다.

「이제 그만 우리의 삶에서 사라져」

시야에 들어오는 모든 바다가 눈이 부실 정도로 빛났다. 레오가 해야를 치료하고 함께 올라오는 것이 아닐까, 하고 나는 대강 짐작했다.

천원은 만과 서로의 목덜미를 물고 몸을 휘감은 채 무섭게 싸워 댔다. 중간에 조금씩 자기들이 문 위치를 바꾸려는 시도가 있었지만 거의는 무산되었다.

그들이 몸을 비비 꼬며 밧줄 같은 모양이 되어 하늘에서 수십 번을 빙글

빙글 돌았기 때문에 나는 그저 떨어지지 않기 위해 천원의 머리에만 꼭 붙어 있었다. 서로에게서 나는 피가 처참하게 흘러 각자의 머리와 몸과 바다를 물들였다.

발그스름한 물을 뚫고 구름을 두른 해야와 레오가 다시 날아올랐다. 그들은 그러나 천원과 만이 계속해서 꿈틀거리며 돌았으므로 섣불리 싸움에 끼지 못하고 옆에서 기회를 노렸다.

피가 또다시 커다란 물방울처럼 튀어 내게 떨어졌다. 등골이 오싹했다. 손이 미끄러져, 아무리 힘을 주어도, 내가 버틸 수 있는 데에는 한계가……!

파편이 된 생각이 게의 거품처럼 한없이 허망하게 날아올랐다. 나는 몸이 붕 뜨고 손이 훌쩍 미끄러지는 것을 느꼈다. 정수리 부근이 아찔해졌다. 저 멀리, 높이 있는 곳에서 만과 눈이 마주쳤다. 그는 파도가 치는 것을 보듯 아무 감흥도 없는 시선을 내게 오래 두지 않았다.

투웅. 소리 없이 둔중한 충격이 엉덩이와 허리로 전해졌다. 나는 360도로 회전하는 하늘 아래서 천원과 만, 둘 중 하나의 몸 위에 떨어져 그대로 구르며 미끄러졌다.

"으아아아악!"

아마도 다섯 번쯤 내 몸이 통째로 뒤집어졌을 때에야 비명을 지를 정신이 생겼다. 온몸이 얼얼했고 미친 듯이 요동치는 두 용의 몸을 나는 몇 번이나 갈아타며 굴러갔다. 그 상황에도 칼은 어떻게든 쥐고 있어 다행이었다.

천원은 내가 떨어졌다는 것을 알고 어떻게든 진동을 줄여 보려 애쓰는 것 같았지만 몸을 뻣뻣하게 굳혔다가는 바로 목이든 허리든 졸려 패배할 것이 분명했다. 나는 그가 그 사실을 알고 있기를 바라며 어떻게든 주변에서 붙잡을 것을 찾았다. 왼손에서 천천히 통증이 인식되기 시작했다.

피에 젖은 손은 어디가 찢어져서 아픈 것인지 그저 미끄러져서 아플 뿐인지 알 수 없을 정도로 용들의 새빨간 피와 살점으로 끔찍한 범벅이 되어 있었다. 용들의 기나긴 타래에서 그나마 기울기가 평탄한 지대에 가까워지는지 미끄러지는 속도가 느려졌다. 나는 팔다리를 최대한 벌려 미끄러지는 속도를 낮추다가 눈앞에 비늘이 다 벗겨진 새까만 살가죽이 보이자 생각할 겨를도 없이 칼을 꽂아 넣었다.

비식. 내게 소리가 들렸다면 아마도 그런 소리가 났을 것이다. 주문한 적도 없는 운동 에너지를 점점 늘려 가던 몸은 갑작스러운 방해에 엄청난 충격과 함께 속도를 줄였다. 용의 두껍다는 가죽은 쇠칼에는 아무런 저항도 없이 베였다. 너무 잘 베여서 칼이 들어간 자리가 내 무게와 함께 길고 붉은 선을 그으며 주르륵 밀려 내려갈 정도였다.

나는 가슴에도 통증을 느끼며 칼을 더 그 살 깊이 꽂았다. 하늘이 회전해 내 발 아래로 구름이 보였다. 그리고 순식간에 나는 다시 그 검은 살가죽 위에 내리꽂혔다. 기분 탓일까, 만이 몸을 아까보다 더 심하게 꿈틀거리고 있었다.

「연지 씨! 손 놔요! 내가 아래서 받을게요!」

해야의 목소리가 어딘가에서 들렸지만 처음부터 너무 꼭 쥐고 있었던 오른손은 이제 제 의지로는 펴지지도 않았다. 그리고 나는 내가 여기서 갖고 있는 유일한 무기를 놓을 생각이 없었다. 찔러 보고 알았다. 그와 대적할 수 있는 무기는 이것밖에 없었다……

다음 순간, 나는 다시 한없이 어지러이 추락하고 있었다.

천원아, 하는 누군가의 비명도 한참 후에―혹은 직후에― 몸을 울렸다. 천원에게 무슨 일이 생긴 것일까. 나는 진심으로 그것이 궁금했지만 뭔가를 똑바로 생각하기에는 너무 어지러웠다. 마치 뇌가 어딘가로 부드럽게 빨려 들어가는 기분이었다. 그래, 이대로 정신을 잃으면 편안할 수 있을 것 같은…….

그리고 믿을 수 없는 충격이 덮쳐 왔다.

나는 저승에라도 다녀온 것 같은 기분으로 눈을 떴다. 시야가 암전되었던 것 같다. 겨우 보인 세상은 끔찍하게 고통스러웠고 숨을 쉬기가 힘들었다. 저 멀리, 나에게는 닿지 않았지만 충분히 넓은 범위로 검은 물안개가 펼쳐진 것이 보였다.

그리고 섬세한 눈이 나를 들여다보았다.

나는 그 얼굴을 알고 있었지만 그를 이곳에서 볼 거라는 생각은 해 본 적이 없었다. 물론 그는 지상에도 용궁에도 자유롭게 드나들 수 있지만 이번 싸움과는 상관이 없는 이였다. 무엇보다 그는 용의 피를 얼마 가지고 있지 않은 것이다. 이런 곳에 있기에는 위험했다.

그의 입술이 움직였다. 나는 그가 나를 내려다보는 것으로 보아 우리가 아마 아까의 바위섬에 있는 것이 아닌가 하는 것까지 추론에 성공했지만 왜 내가 함께 싸우던 용 세 마리 없이 여기에 있는지, 그리고 왜 그들 대신 별이 이 자리에서 나를 보고 있었는지는 도저히 이해할 수가 없었다.

별은 내가 아무것도 듣지 못한다는 것을 깨달은 것 같았다. 그는 잠시 난처한 표정을 지었다. 그의 얼굴은 이 상황에 도저히 어울리지 않게 평온했다. 나는 갑자기 치밀어 오른 독한 기침에 몸을 모로 획 누이고 목을 움켜잡았다. 목 안쪽이 불타듯 뜨겁고 등과 다리는 말할 것도 없이 고통스러웠다. 곧 별이 내 등을 천천히 두드려 주기 시작했고 나는 어느 정도 괜찮아지자 손을 저어 그를 제지했다.

바위섬이라 모래에 글을 써서 상황을 전달한다거나 하는 영화 같은 수는 쓸 수 없었다. 나는 일단 내가 죽지 않았다는 것은 확인했지만 다시 제대로 누워 하늘을 보려다가 비명을 질렀다. 왼쪽 다리가 몹시 아팠다. 일단 감각은 전부 있는 것 같지만, 욱신거림이 올라오니 차라리 조금은 없었어도 좋을 뻔했다는 생각마저 들 정도로 끔찍하게 아팠다.

내가 언제 여기로 옮겨진 걸까, 그리고 지금은 어떤 상황일까.

「가만히 있어라. 시끄럽다」

갑자기 심장이 울려 왔다. 나는 눈을 굴려 내 오른쪽에 레오가 떠 있는 것을 확인했다. 레오는 손에 꼭 자기처럼 깜박거리는 거대한 구슬을 들고 있었는데 그것은 아주 빛날 때는 눈이 부셔 도저히 그 근처도 볼 수가 없었다. 잠시 후 몸에서 통증이 씻은 듯이 사라졌다.

안 아픈 것이 이렇게 좋은 줄을 처음 알았다. 나는 벌떡 일어나 앉아 주변을 둘러보다 칼이 없어졌다는 사실을 알고 창백해졌다.

「감사 인사는 안 하나」

"고마워. 그래서 어떻게 된 건데?"

「네가 저자의 꼬리에 맞아 기절했었다」

"얼마나? 오래됐어?

「건져 놓자마자 깼으니 얼마 안 됐다」

"네가 날 건졌다고?"

설마 그런 일이 있었을라고. 역시 레오는 불쾌하다는 얼굴을 했다. 그러나 방금까지 저 위에서 만이 인상 쓴 얼굴을 실컷 보았더니 이제 레오가 불쾌해하는 얼굴은 무섭지 않았다.

「네 옆에 있는 그 자라가 시키지도 않았는데 건졌다. 이제 됐으면 나는 가서 내 아버와 함께하겠다」

잡을 새도 없이 레오는 날아올랐다. 나는 그가 저 물안개가 가득한 곳으로 가는 것을 보다가 별을 돌아보았다. 별은 내게 입을 벙긋벙긋해 보였다. 나는 미안한 얼굴로 말했다.

"죄송한데 제가 지금 귀를 막아 놔서 귀가 안 들려요."

별은 엷게 웃으며 고개를 끄덕였다. 그러나 우리 둘 다 금세 난처한 표정을 지었다. 나는 그에게 묻고 싶고 물어야 하는 것이 정말 많았지만, 아.

"별 주부님은 제 말이 들리세요?"

그는 고개를 또 끄덕였다. 귀를 막고 있어도 이렇게 온몸으로 천지의 진동이 다 전해지는데 내 말이 '들린다'고? 나는 물안개가 점점 넓게 퍼지는 것을 걱정스럽게 올려다보면서도 이상해 멈칫했다. 아니, 그보다 이 부근에는 아무도 오지 못하게 손을 써 두었다고 하지 않았던가?

별은 내게 무언가를 내밀었다.

피가 씻겨 나간 내 칼이었다. 그가 찾아 준 것일까. 만의 몸에 꽂힌 채로 나만 떨어졌다거나 그새 칼만 멀리 흘러가 버린 것이 아니라 정말 다행이었다. 나는 별에게 허리 숙여 감사했다.

"찾아 주신 거예요? 감사합니다."

우르르르릉. 하늘과 땅이 모두 진동하더니 곧이어 세차고 메마른 바람이 휘몰아쳤다. 내가 선 곳에까지 물보라가 희고 거칠게 튀어오르면서 금세 수면이 올라갔다. 나는 기겁해서 굳었다.

"물이……!"

별이 내 앞으로 나서 손을 가만히 내밀었다. 정말로 이상한 일이었다. 그의 머리는 이렇게 바람이 거친데도 휘날리지 않았다. 그리고 다음 순간 섬을 잡아먹을 듯 일어났던 파도가 거짓말처럼 잠잠하게 가라앉았다.

용궁 백성들에게 이런 재주가 있다는 말은 들어 본 적이 없었다. 나는 경악했다. 별은 그러나 평소처럼 엷게 웃으며 내게 하늘을 가리켰다. 물안개가 사라진 자리에 네 마리의 거대한 용이 서로 얽혀 있었다.

천원은 허리에서 피를 흘리고 있었는데 흘깃 내 쪽을 보고 안심하는 것 같았다. 레오가 심장이 소슬해지는 괴성을 지르며 만의 몸에 상처를 냈다. 해야는 만의 뒷다리 바로 위쪽을 물고 몸을 칭칭 감아 졸랐다. 아까부터 세 용에게 꽤 당한 데다 치료를 받지 못했으면서도 만은 여전히 기운차게 반항하고 있었다.

"저길 가야겠어요. 별 주부님은 날 수는 없으시죠?"

별은 내 시야 가장자리에서 고개를 끄덕이며 난처한 얼굴을 했다. 내게 이 땅을 가리키는 것을 보니 가지 말라는 의미인 것 같았다.

"가야 돼요. 아까부터 물고 뜯고 할퀴어도 별로 효과가 없었어요. 효과를 본 게 칼로 찔렀을 때밖에 없었다고요. 이걸로 역린을 찌를 거예요."

별은 더 난처한 얼굴이 되었다. 나도 책에서 분명히 '역린을 만지면 용은 그 사람을 반드시 죽인다'는 부분을 한두 번 읽은 것이 아니었다. 하지만 그렇게 해야 했다. 내가 끝을 낼 수 있는 싸움이었고, 지금까지 넘겨 온 죽음의 고비가 언제 운 나쁘게 누군가의 발을 걸고 넘어질지 모른다. 빨리 끝내고 싶었다.

나는 싸움을 보다 아, 하고 짧은 비명을 질렀다. 천원과 레오가 차례로 얻어맞고 피를 흘리며 떨어져 나갔다. 만의 동작은 아래서 보니 확실히 조준이 어설퍼져 있었는데 그럼에도 불구하고 움직임 하나하나에 실린 가공할 힘 때문에 무시할 수 없었다. 만은 물안개를 성글게 뱉고 거기에 불을 붙였다.

"바람! 바람!"

나는 급해서 팔짝팔짝 뛰며 외쳤다. 레오는 날개 깃털에 또 불이 붙어 분노하며 하늘에서 바르작거렸다. 해야를 몸에 매단 채로도 흉흉한 기세로 레오에게 달려들려는 만을 천원이 약간 그을린 몸을 부딪쳐 제지했다. 누가 불렀는지 곧 바람이 불어와 불을 껐지만 레오의 깃은 상당수가 새까맣게 타 끔찍한 몰골이 되었다.

「내가 여기서 너를 죽이겠다」

레오는 날개를 퍼덕이며 으르렁거렸다. 만은 해야 때문에 움직임이 제한되는 것을 더 못 견디겠다고 판단한 듯 몸을 부풀리려 했다. 그러나 지금까지와는 다르게 해야는 그대로 그에게 매달려 있었고 만은 곧 제 쪽에서 비명을 지르며 도로 몸을 줄였다.

"타이밍을 잡았구나!"

그렇다면 승산이 더 보인다. 만은 이번에는 몸을 줄였고 해야는 그것을 놓쳤다. 대신 그 앞에서 기다리던 레오와 천원이 동시에 위아래로 달려들어 만의 몸을 물어뜯었다. 만은 몸을 뒤틀었다. 그러나 그 시선이 먼저 가는 곳을 보고 나는 이번에야말로 확신했다.

만은 레오를 아주 싫어했다.

이유는 짐작이 갔다. 뻔뻔하고 어이가 없어 소름이 돋지만. 나는 싸우는 쪽에 대고 소리쳤다.

"천원! 그 자식 되게 물어뜯은 다음에 이리 와서 나 데려가!"

입이 비어 있었던 해야가 천원 대신 내게 말했다.

「연지 씨, 이쪽에 안 오는 게 좋지 않겠어요?」

"이대로는 끝이 안 나요!"

「그러면 기다려요, 내가 내 아우와 바꾸지요」

키아아아. 만은 몸을 다시 확 줄였다. 그리고 성한 다리를 써서 레오의 목쪽을 할퀴고 덤벼들었다. 그것을 놓친 천원은 입에 있던 살점을 뱉고 내 쪽으로 날아왔다.

「그럴 필요 없어. 가서 매형 도와줘」

「알았다. 다음엔 네 정인을 떨어뜨리지 아니하게 조심하렴」

천원은 대답하지 않고 나를 잡았다. 나는 그가 올려 주는 대로 그의 머리 위로 기어올라 가 자리를 잡으며 빠르게 말했다.

"좀 무모해도 레오가 눈앞에 보이면 무조건 공격하는 것 같아. 그걸로 어떻게 우리가 원하는 방향으로 유인할 수 없을까?"

천원이 내 말을 제대로 들었는지는 알 수 없었다. 그는 바로 날아오르는 대신 별을 한참 보았다. 거대하고 신비한 용의 모습을 보고도 별은 꿈쩍도 하지 않았다. 천원의 눈이 살짝 가늘어졌다.

「……짐작은 했지」

별이 뭐라고 대답했는지는 알 수 없었다. 별은 그저 너무나도 평이한 얼굴로 빙긋 웃고 입을 몇 번 벙긋거렸을 뿐이었고 나는 그대로 천원과 함께 그 자리를 떠났다. 나는 날아오르는 천원에게 물었다.

"뭘 짐작했는데?"

「나중에 말해 줄게」

"알았어. 아까 한 말은 들었어? 저 녀석, 네 매형을 진짜 싫어해."

「낯짝도 두껍지」

"나도 그렇게 생각해. 대신 그 덕분에 뒤를 노릴 수 있을 것 같아. 네가 저 녀석을 잡고 있다거나 하면 그 틈에 내가 가서 역린을 찔러 버릴 거야. 역린을 찌른다고 죽는 건 아니지?"

「얼마나 깊이 찌르느냐에 달려 있지. 역린은 다른 비늘보다 단단하지만 쇠칼이라면 자를 수 있을 테고. 그건 왜, 연지?」

"용이었다는 녀석을 죽이는 건 살인 같아서 못 하겠어. 솔직히 내 팔뚝만 한 생선도 수없이 잡아 봤지만 느낌이 다르니까. 말은 험악하게 해 놓고 죽이진 못하겠다고 하면 허세가 심하다고 할 거야?"

「못 죽이는 게 당연하지. 함부로 생명을 해하면 안 되는 거야」

"고마워. 당연한 말인데 네가 하니까 위로가 되네. 아무튼 어떻게든 네 저주를 풀어 놓으라고 할 거야. 그걸 위해서 어느 정도 협박이나 치사한 짓은 양심의 가책 안 받고 할 수 있어. 역린을 찌르고 죽기 싫으면 네 저주를 풀어 놓으라고 할 거야. 그러니까 저 녀석이 못 움직이게 잘 잡아."

물론 '못 움직이게' 하는 게 우리 마음대로 되는 일이었다면 벌써 이기고 모든 일이 끝났을 것이다. 나는 눈을 가늘게 뜨고 고민에 빠졌고 천원은 레오가 만에게 득달같이 달려드는 모습을 지켜보았다.

「네가 할 수 있게 내가 잘 잡을게」

"고마워. 그럼 그걸 어떻게 실천할까 잠깐만 생각해 보자."

먹구름 속에서 몇 번이나 빛이 번쩍였다. 용끼리는 벼락이 소용없다고 했으니 누가 불러온 것은 아닐 테고, 자연스럽게 비가 내리려고 그러는 것일까. 시간은 얼마나 흘렀을까. 꽤 오랫동안 싸운 것만 같지만 아마 정말로 긴 시간이 지나지는 않았을 것이다. 이 생물들의 충돌은 아주 순식간에 이루어졌으므로.

"하아."

나는 심호흡했다. 일단 당장의 상황으로 보아 레오와 해야가 만을 쉽게 제압할 수 있을 것 같지는 않았다. 만약 그들이 이긴다면 내가 이런 고민을 할 필요가 없었을 것이므로 약간은 아쉬운 일이었다. 그러나 이 싸움은 처음부터 그들을 상정하지 않고, 나 혼자서라도 시작하기로 한 것이었다. 책임지고 생각해야 했다.

차갑지만 내 몸을 식히지는 않는 바람이 가슴을 채웠다. 긴장한 팔이 떨리고 허리에서 힘이 살짝 빠졌다. 여의주로 치료를 받았는데도 무척 피곤하니 이상한 일이었다.

……그래.

"이러면 어떨까."

쏟아지기 시작한 물방울은 우리를 적시지는 않았지만 금세 바다에 잔무늬를 만들었다. 어두컴컴한 먹구름 아래 몇 개나 되는 거대한 빛이 순식간에 부딪치며 잔상을 남겼다.

소리는 없었다. 나는 머리칼을 팔뚝으로 쓸어 넘기며 눈을 가늘게 떴다. 신경이 너무 곤두서 머리가 아팠지만 가슴속은 신비하도록 고요했다. 쿠구궁 하는 진동이 심장을 정면으로 흔들고 지나갔지만 손에는 힘이 있었다.

언뜻 고동처럼 부풀던 만의 모습이 스르륵 아득해졌다. 여전히 거대한 두 마리의 용 가운데서 홀로 모든 비율을 유지하며 작아지는 검은 이무기는 마술의 눈속임처럼 느껴질 정도로 손쉽게 포위를 풀었다. 나는 내가 가진 모든 기력을 담아 소리쳤다.

"지금!"

우르르르르…….

해야와 레오는 벽력같이 먹먹한 울림을 만들며 순식간에 나와 천원을 포함한 삼각형을 만들었다. 세 마리 용의 한가운데 남은 만은 잠시 멈칫했다가 몸을 물안개로 감쌌다. 마침 노리던 바였다.

"불!"

새파랗게 이글거리는 불이 세 방향에서 쏟아져 검은 물안개에 붙었다. 잠시 파도가 멎을 정도의 험악한 비명이 터져 나왔다. 귀를 막아도 들리는 그 소리에 소름이 돋았다. 그러나 그보다는 경고를 해야 했다.

"조심해, 레오!"

비가 오고 있으니 음화가 옮겨붙지 않도록 주의해서 서로가 멀리 떨어지긴 했지만, 의도적인 공격이 있다면 레오가 가장 위험했다. 나는 천원의 머리에 대고 작게 속삭였다.

"바람 준비해 뒀지? 무슨 일 있으면 불 바로 끌 수 있어야 돼."

천원은 살짝 그르릉거리는 것으로 대답을 대신했다. 불이 점점 노래지며 주변의 모든 것을 끔찍하게 일그러트렸다. 밝은 빛이 너무 이글거려 잠시 후에는 눈을 계속 깜박이지 않으면 견딜 수가 없었다.

키이이이이이이익…….

끝내 불은 둥글게 폭발했다. 나는 그 사이에서 튀어나오며 불꽃을 흩어 버린 거대한 용의 모습을 최대한 빠르게 살폈다. 레오가 물어뜯었던 발은 비늘도 제 기능을 하는 것이 거의 없어 거의 타 버렸고 몸통의 곳곳도 마찬가지였다. 만은 그대로 튕기듯 레오를 향해 달려들었다. 마른바람이 우리 쪽으로 오려는 불을 급히 껐다.

「레오」

해야가 그의 이름을 부르며 만의 뒤를 쫓았다. 불티가 튀어 해야의 몸에 닿았지만 작은 것이라 그녀의 튼튼한 비늘에는 정말로 금세 미끄러져 나갔다. 레오는 지금까지보다 훨씬 커져 버린 만의 덩치 앞에서도 겁먹지 않고 눈을 부라렸다.

「와라. 슬슬 이 지겨운 짓도 끝을 내야겠다」

이미 예측하고 있던 일이라 해야는 침착하게 만의 몸통 아래쪽을 단단히 감았다. 벼락같던 그 속도가 단숨에 늦춰지고 레오가 위협적으로 날갯짓하며 입을 벌렸다.

"하려면 역린을 물어 버려!"

지금까지의 실패로 미루어 보아 역린을 꽉 무는 데에 성공할 가능성은 높지 않았지만 나는 일단 그렇게 우겼다. 만의 시뻘겋게 충혈된 눈이 흘긋 이쪽을 향했다.

"물어, 레오!"

레오에겐 물론 대답할 새는 없었다. 나는 피하고 싶은 것을 견디며 소리쳤다. 레오는 만이 내게 한눈을 파는 틈을 타 눈을 부릅뜨고 그 목덜미를 물었다. 만은 입을 벌리려고 애쓰며 몸을 뒤틀었다.

요동치는 그 몸에 휩쓸려 해야의 꼬리가 수면을 쳤다. 비 내리는 하늘 아래 거대한 울렁임이 노닐었다. 가장 높이 튄 물방울이 비를 잡아먹고 이지러졌다. 용들에게서 나오는 빛 때문에 저 탁하고 소용돌이치는 바닷물의 색만은 기묘하게 밝았다.

잠시 기다렸지만 레오가 만의 역린을 노리는 데 성공한 것 같지는 않다. 나는 혀를 차고 천원에게 말했다.

"이제 가자."

해야나 레오 중 하나라도 만을 놓친다면 또 누군가 다칠 것이라 초조했다. 천원은 그러나 움직이지 않았다.

「지금은 위험해」

확실히 만의 요동이 심했다. 나는 입술을 깨물며 그 거대한 몸싸움을 지켜보았다. 몸을 부풀려서는 해야에게서 빠져나갈 수 없다는 것을 몇 번의 시도에 거쳐 확실히 안 만은 몸을 다시 줄이기 시작했다. 그는 잠시 생긴 틈으로 해야를 떨쳐 내려 했지만 해야는 여기서 보기에도 죽을힘을 다해 그 몸통을 다시 꼭 조였다.

만은 결국 움직일 수 있는 다리를 버둥거려 해야의 몸통을 어디랄 것 없이 공격했다. 해야의 비늘과 살점이 떨어져 나가긴 했지만 그 강도는 만이 처음 나타났을 때에 비하면 눈에 띄게 약한 것이었다.

"힘이 빠졌어. 지금 가자."

천원은 여전히 움직이지 않았다. 만의 비교적 성한 다리가 하늘을 향해 뻗다가 그대로 굳었다. 나는 재촉했다.

"얼른. 지금 가자."

천원은 움직이지 않았다. 순간 오한이 들었다.

어째서? 지금은 이기고 있는 중이다. 그것도 더할 나위 없이 만족스러운 방식이다. 나는 어쩌면 본능적으로 만의 눈을 보았다. 그의 찢어진 동공은 확장되어 있었지만 죽은 것은 아니었다. 아직 다리가 바르작거리고 숨을 쉬어 짧은 수염이 펄럭인다. 그러나 저 시선.

시선은 천원을 보고 있었다.

있어서는 안 되는 일이었다. 만이 이 자리에서 제일 미워하는 것은……! 아아, 그러나 그것이 전략적 선택을 할 수 없다는 말은 아니다……! 나는 마른침을 삼키며 천원의 배를 보았다.

그 자리에는 어두운 물안개가 자리하고 있었다.

"천원, 천원."

덜컥 두려웠다. 나는 이제는 다른 이유로 초조해하고 슬퍼하며 천원의 머리에 대고 속삭였다. 울렁인 파도가 천원의 늘어진 꼬리를 적셨다. 천원은 내 말을 들은 것 같지 않았다.

으르르르르르르르…….

울음과도 같고, 탄식과도 같은 낮은 그르렁거림이 그의 입에서 새어 나왔다. 천원의 몸은 돌처럼 딱딱하게 굳었고 비늘도 아까보다 빛을 잃은 것 같았다. 나는 왼손으로 그의 머리를 쓰다듬었다. 그리고 가슴 아파 하며 다시 속삭였다.

"천원, 아프지 마."

네가 아파야 할 어떠한 당위성도 없으니.

기분 탓일까, 천원의 머리가 차가웠다. 나는 곧 나와 그가 모두 비에 젖고 있다는 사실을 깨달았다. 다리가 뻣뻣하게 굳은 상태로 떨려 아팠다.

"천원, 네가 그랬잖아. 나와 있으면 아프지 않다고."

으르르. 천원은 내 말이 끝나기 전에 신음했다. 만이 지르는 비명은 그 신음의 절반을 잡아먹었다. 나는 잠시 만을 미운 눈으로 노려보고 나서 다시 천원을 내려다보았다. 어두운 물안개의 색이 점점 짙어졌다. 그에게서는 아직 빛이 나왔지만 그 밝기는 볼수록 눈에 띄게 줄고 있었다.

"나 여기 있어. 너하고 같이 있어. 널 만지고 있어."

지금은 이렇게 같이 있다.

"네가 사랑하는 누나도 있고, 네가 사랑하는지는 모르겠지만 네 누나가 사랑하는 건 틀림없는 매형도 있어. 저 바닷속으로 들어가면 너희 부모님도 있어. 아프지 마. 아프지 마, 천원."

나는 그가 아직은 자기 힘으로 돌아올 수 있다는 것을 직감으로 알고 있었다. 아니, 그렇지 않으면 안 되었다.

만이 온 바다에 울릴 듯한 괴성을 질렀다. 레오가 목을 제대로 막지 못한 모양이었다. 나와 천원이 있는 곳에도 거대한 해일이 다가왔다. 천원이 물에 젖는다면 저 해일이 나를 쓸어 갈지도 몰랐다. 나는 슬픈 기분으로 천원의 뿔을 살짝 만졌다.

눈앞까지 다가온 해일은 마치 무너지듯 형체를 잃고 잔잔해졌다.

나는 뿔을 놓고 천원의 머리에 손바닥을 대며 별이 있는 쪽을 보았다. 그는 여전히 바위섬에 서서 우리를 보고 있었는데 이쪽에 고개를 한 번 숙인 것 같은 기분이 들었다. 나는 그에게 인사로 고개를 끄덕여 보이고 천원에게 부드럽게 말했다.

"우리가 언젠가는 헤어질지도 몰라. 언젠가는 네가 날 잊을지도 몰라. 하지만 지금은 아니야. 지금은 내가 여기 있어."

천원은 움찔했다. 그는 여전히 비에 젖고 있었고 나는 그가 조금이라도 따뜻하길 바라 몸을 그에게 붙였다. 그러나 나 자신도 비에 이제 흠뻑 젖은 지경이라 덜덜 떨고 있었으니 그것이 얼마나 효과가 있는지는 알 수 없었다. 손의 감각이 없었다.

나는 뺨을 그에게 대고, 반쯤 닿은 입술로 또 속삭였다. 그는 이렇게나 사랑스럽다.

"이제 얼마 안 남았어. 저주를 풀면 다시는 이렇게 아프지 않아도 돼. 레오 말이 맞아. 이 지겨운 짓을 얼른 그냥 끝내 버리자. 나는 아주 지긋지긋해. 너도 그렇지?"

그가 아프고, 슬프고, 괴로운 것은 정말로 싫었다. 나는 천원의 빛이 어두워지는 속도가 느려졌다는 것을 알고 절박하게 애원했다.

"응? 가지 마, 천원. 날 두고 멀리 가지 마. 네 옆에 있고 싶어. 조금만 더 옆에 있어 줘."

비는 이제 가을비라 아주 찼다. 몸이 식고 칼 손잡이는 미끄러워졌다. 해야가 이를 갈며 포효하는 소리가 간신히 심장 박동을 유지하고 있는 것 같다는 기분이 들었다. 젖은 머리칼이 강풍에 휘날리며 얼음처럼 내 뺨을 때렸다.

혹시 이대로 우리는 죽을까. 천원이 이래서야 우리는 아주 크게 실패해 버린 것인지도 모른다…….

으르르르르르르……

천원의 입에서 길고 탄식 같은 신음이 나왔다. 니는 갑자기 몸이 조금 따뜻해진 것 같아 숨을 멈췄다. 젖어 몸에 달라붙은 얇은 옷이 점점 말랐다.

천천히, 천원의 몸에 빛이 돌아왔다.

그 빛은 평소에 보던 것보다 한순간은 훨씬 밝고 찬란하며 아름다운 것이었다. 나는 그것을 이전에 딱 한 번 본 적이 있었다. 천원을 적시던 물이 미끄러져 튕겨 나갔다. 빛나고 매끈한 비늘에서 구슬처럼 미끄러지는 빗방울은 푸른 광택을 내는 황금처럼 보였다.

나는 여전히 슬프지만 안심한 마음으로 그의 이름을 불렀다.

"천원."

천원은 이제야 대답했다.

「네가 내 옆에 있어」

지금이 그런 말을 할 땐가. 나는 킥킥 웃고 칼을 고쳐 쥐었다. 해야는 만을 놓치고 결국 튕겨 나갔다.

"어떡할래? 우리 타이밍 놓친 것 같은데."

「드디어 기력이 빠졌어. 지금이라면 다시 공력할 수 있어」

확실히 만의 저항은 이제 버르적거림으로밖에 보이지 않았다. 이번에는 레오가 튕겨 나갔지만 대신 그 자리를 해야가 칭칭 감았다. 천원은 내게 물었다.

「그냥 뒤도 이길 수 있을 것 같은데. 어떻게 할래?」

"아냐. 저러다가 언제 또 무슨 일이 생길지 모르고, 역린을 제압하지 않으면 네 저주를 풀어 주지 않을 거야."

체온이 돌아오니 갑자기 기분이 좋아지면서 머리가 돌아갔다. 나는 상쾌하게 마른 몸을 움직이며 똑바로 섰다.

"한 방에 칠 거야. 가자."

해야가 만의 목과 몸통을 우악스럽게 조였다. 만의 머리가 지금까지에 비하면 믿을 수 없을 정도로 힘없이 꺾였다. 그러나 아직 끝은 아니었다.

"지금."

우리는 비가 쏟아지는 하늘을 가르며 달려들었다.

약속대로, 해야와 레오는 우리가 다가오자 만의 턱이 있는 쪽을 비워서 하늘을 향해 돌려 주었다. 아까 힘이 남아 있는 상태였다면 생각도 못 했을 일이 가능해졌다. 만도 무슨 일이 벌어질 것인지 알고 발악해 몸을 흔들었지만 그 정도는 감수할 수 있었다. 천원이 만의 목을 물었다.

키아아아아아아.

나는 요동치기 시작한 천원의 머리를 뛰어 내려갔다. 몇 번이나 구르고 넘어져 긁혔지만 상처에서 응당 와야 할 통증은 느껴지지 않았다. 가슴이 빠르게 뛰고 얼굴이 뜨거워졌다. 내 귀에는 들리지도 않을 함성이 피부를 통해 먹먹하게 전해졌다.

"으아아아아아아아!"

있는 힘껏 소리치자 폐에 공기가 통하는 기분이 들었다. 시원했다. 이상하게도 달리는 발에서는 착실하게 충격이 올라와 정수리까지 아프게 만들었다.

쿵.

쿵, 쿵.

심장이 내는 소리가 점점 더 커졌다. 쿵.

쿵.

나는 천원의 코끝에서 뛰어내려 만의 몸에 착지했다. 어쩔 수 없는 낙차에 오른쪽 발목이 시큰거렸다. 나는 그것을 무시하고 달렸다. 나중에는 후회할지도 모르지만, 지금은 달릴 수 있었다.

쿵.

그의 침실에서 본 천원의 모습이 떠올랐다. 내가 꿈에서 몇 번이나 본 용도. 해야도. 레오도. 용왕과 용궁부인도. 우리 주방 식구들도.

쿵.

그 모두를 아프게 한 이 괴물을 나는 용서할 수 없었다. 해야가 그를 반드시 죽여야 한다고 주장했다면 나는 반론하지 않았을 것이다.

쿵.

만의 몸은 엉망진창으로 피와 비에 젖어 미끄러웠다. 아까 음화에 맞아 화상을 입은 부분은 얼룩덜룩하고 발이 푹 빠지게 되어 있어 디딜 수도 없다.

쿵.

키아아악, 하고 만이 다시 비명을 지르며 온몸을 뒤틀었다. 남은 힘을 다 짜내서 일으킨 그 진동에 나는 잠시 넘어져 주르륵 미끄러졌다. 그러나 움직임이 멎기를 기다릴 수는 없었다. 그사이에 또 무슨 일이 있을지 모른다. 나는 주변의 아무 비늘에나 칼을 살짝 찔러 디디고 일어섰다. 그리고 다시 달렸다.

쿵.

타서 너덜너덜하게 흔들리는 비늘은 그나마 만의 살을 보호하는 데에는 성공했다. 나는 그런 비늘을 디뎠다가 확 미끄러질 뻔하고 겨우 균형을 잡았다. 그 비늘은 내 몸무게에 완전히 뽑혀 떨어져 나갔다. 그것을 멀리 집어던지고 나서 나는 발치의 것이 디뎌도 안전한 비늘인지 아닌지 눈으로 확인하며 성큼성큼 뛰었다.

쿵.

아아, 숨이 턱끝까지 차올랐다. 가슴인지 몸인지 모를 내 무언가가 아파서 견딜 수가 없었다. 나는 다시 함성을 지르고 억지다짐으로 역린을 향해 갔다. 저 거대하여 절벽 같은 턱 아래, 다른 비늘과 달리 깨끗한 역린이 보였다. 해야와 레오가 그렇게 노력해도 저것만은 닿지 않았다. 그러나 지금은.

쿵.

정말로 끝을 낼 시간이었다.

만이 다시 필사적으로 몸을 흔들었다. 그러나 이번에는 요동이 미약했다. 나는 가장 강한 진동이 지나갈 때까지 잠시 멈춰서 균형을 잡았다가 다시 달리기 시작했다. 아마도 스무 걸음.

열다섯 걸음.

일곱 걸음.

쿵, 쿵, 쿵.

세 걸음.

"끝이다!"

역린이 눈앞에 보였다. 나는 생각할 틈도 없이 칼을 내리꽂았다.

지금까지 들었던 그 어느 비명보다도 맑고 고통에 차고 구슬픈 울음에 내 몸이 저절로 스르륵 미끄러졌다. 나는 칼을 꼭 잡고 몸을 낮췄다. 그리고 온 힘을 다해 외쳤다.

"죽일 생각은 없어! 내가 역린을 베어 뜯어내 버리기 전에 반항을 멈추고 몸을 줄여. 말을 잘 듣겠다고 약속하면 살려 줄 테니까."

쿵, 쿵, 쿵.

나에게는 영겁 같았지만 아마도 실제로는 아주 짧은 시간이 흐른 후, 내 발 아래에 있던 모든 것이 빠르게 작아지기 시작했다. 나는 혹시 칼을 놓치지 않도록 조심해서 만의 목에 달라붙었다.

끝내 그 몸은 내가 목을 틀어쥘 수 있을 정도로 작아졌다. 아슬아슬하게 허공에서 추락하려는 순간에 천원이 다가와 나를 받아 냈다. 나는 용이 좁쌀만큼 작아질 수 있다는 이야기를 떠올리고 만에게 경고했다. 이제 만의 역린을 찌르는 식칼은 그저 목젖에 끄트머리를 대고 있는 것으로밖에 보이지 않았다.

"이 크기야. 더 커지려고 하거나 더 작아지려고 하면 목을 베어 버릴 테니까 알아서 해라."

작아진 이무기는 그야말로 비참한 모습을 하고 있었다. 그 눈이 희번득거리며 나를 노려보았지만 기력은 없었다. 나는 막상 이렇게 되니 그 모양이 불쌍하다는 기분이 들어 잠시 자신을 다잡아야 했다. 천원이 말했다.

「섬으로 가자」

"파도 치는데?"

「그 정도는 조절할 수 있어」

"그래. 지금 다 치료도 해야겠고."

눈앞의 풍경이 바뀌었다. 나는 큰 미꾸라지 정도의 크기가 된 만과 눈싸움을 하며 섬으로 내려갔다.

바위섬에 내려서 보니 그 크기는 처음 우리가 왔을 때에 비할 것이 아니게 되어 있었다. 별은 그러나 젖은 기색 없이 평온하게 서 있다가 우리를 맞이했다. 나는 그가 하는 말이 들리지 않았지만 천원은 흥 하고 코웃음을 쳤다. 이내 해야와 레오도 다가와 섬에 인간 모습으로 둔갑해 내려섰다.

레오는 만을 당장이라도 내 손에서 채어 가 죽이고 싶다는 표정이었지만 일단은 가만히 있었다. 사위가 너무 고요해져 기분이 이상했다. 나는 천원을 보고 물었다.

"나 이제 귀에서 이거 빼도 돼? 그래야 말을 할 것 같은데."

천원이 내 귀에 손을 넣어 뱀무를 빼 주었다. 꽃은 그의 손 위에서 여전히 싱싱했다. 갑자기 온 세상의 파도 소리와 빗소리가 들려 나는 잠시 휘청거렸다. 별이 나를 잡아 주려고 내민 손을 천원이 쳐 내고 대신 내 허리를 붙잡았다.

"이 부근에는 오지 말라고 명을 내렸을 텐데."

천원의 무뚝뚝한 말에 나는 한숨을 쉬었다.

"덕분에 살았는데 왜 불평이야? 별 주부님 안 계셨으면 우리 칼도 아까까 잃어버리고 끝이었다고."

"없어도 이길 수 있었잖아."

"있어서 스무스하게 끝났잖아. 조용히 해."

별은 쓴웃음을 지었다. 나는 만을 노려보았다.

"아저씨, 아저씨가 끼친 폐가 지금 이만저만이 아니야. 여기 지금 다 아저 씨 피해자 모임인 거 알아?"

만의 얼굴은 달라지지 않았다. 그러나 그의 시선이 슬쩍 해야에게 가려는 것을 보고 나는 그의 목을 쥐고 흔들었다.

"어딜 눈을 돌려? 아저씨한테 그럴 자격이 있다고 생각해? 아저씬 지금 레오한테 바로 붙잡혀서 맞아 죽어도 할 말이 없어. 내가 하고 싶은 말이 많 은데 아저씨랑 길게 말 섞기 싫어서 본론만 말할게."

만의 머리는 금세 축 늘어졌다. 그야 그럴 만도 하다. 나는 여전히 반항적 인 그 눈에 그나마 안심하며 험악한 얼굴로 요구했다.

"여기 천원한테 건 저주 풀어. 그리고 다시는 용궁 식구들한테 폐 끼치지 말고 얌전히 살아."

"이런 거짓말쟁이에게 그런 말 해 봤자예요, 연지 씨."

해야가 쌀쌀맞게 말했다. 만이 다시 그녀를 보려고 해 나는 그의 목을 또 흔들었다. 레오도 고개를 끄덕였다.

"어차피 놓아주면 어딘가에 가서 또 나쁜 짓을 할 테지. 지금 죽이는 게 옳다."

만의 몸이 굳었다. 나는 투덜거렸다.

"안 죽인다고 하기도 했고, 누가 죽으면 내가 신경 쓰여. 다른 방법 없어?"

"네가 눈을 감고 있어라."

"말이라고 해?"

레오는 나도 죽일 것 같은 눈이었지만 당장 무슨 행동을 할 것 같지는 않 았다. 나는 레오의 그런 눈초리에 익숙해져 있었기 때문에 신경 쓰지 않고 가슴을 폈다.

"아저씨, 어떡할래? 앞으로 얌전히 살 거라는 보장을 안 주면 나는 아저 씨 살려 줘도 여기 다른 용들이 아저씨 죽일 거 같은데?"

만은 이번에는 레오를 증오가 담긴 눈으로 노려보았다. 레오는 울컥했다.

"Toi(너)……!"

"Arrete(그만), 레오. 연지 씨가 정 그이를 죽이기 싫다면 방법은 있지요."

해야가 한숨을 쉬었다. 그녀는 어디서 꺼냈는지 모를 백자 호리병을 내게 내밀었다. 호리병의 매끈한 몸통에는 용궁문이 멋들어진 글씨체로 적혀 있었는데 물론 나는 그 내용을 읽을 수 있었다.

"이게 뭐예요?"

천원은 내 이께에 턱을 대고 호리병을 빤히 보았다. 나는 그가 내 허리를 너무 꼭 끌어안아 답답했지만 싸움 내 그가 불안했을 거라는 생각이 들어 냉정하게 쫓을 수가 없었다. 그리고 그의 부축이 없으면 내 다리 힘이 볼썽사납게 풀릴 것 같다는 불안한 예감도 있었다.

해야는 호리병 뚜껑을 주의 깊게 잡고 우아하게 설명했다.

"봉인의 도술이 걸린 물건이에요. 이이를 이 안에서 살게 하면 불안할 것이 없지요."

처음부터 그런 생각도 하고 챙겨 왔구나. 만은 그 말에 눈을 번쩍 뜨고 다리를 이리저리 휘저었다. 나는 눈을 부릅뜨고 그를 협박했다.

"가만히 안 있으면 더 깊이 찔릴 수도 있어. 아저씨가 지금 뭐 가릴 입장인 줄 알아?"

만의 몸이 다시 늘어졌지만 그의 눈은 나를 험악하게 노려보았다. 그래 봐야 이렇게 작으니 무섭게 느껴지지도 않았다. 나는 인상을 쓰고 해야에게 물었다.

"봉인되면 어떻게 되는 건데요?"

"이 안에 산과 물과 골짜기가 다 있어요. 호리병 밖으로 나올 수 없을 뿐 집을 주는 것이니 오히려 감사를 받아야지요. 호리병은 용궁에 두고 이이의 자연스러운 수명이 다할 때까지 지켜보기로 하지요."

"몸을 막 키우면요? 병이 꽉 차서 깨지진 않아요?"

"몸을 이 세상만큼 크게 부풀려도 봉인의 도술은 깨지지 않아요. 해 보라지요."

원리는 모르겠지만 그렇다니 일단 안심이었다. 나는 만을 마주 노려보았다.

"들었지, 아저씨. 살 집 준대. 지금 여기 아저씨 죽여 버리고 싶은 사람 많아. 나도 아저씨가 원래 용이었대서 차마 못 그러는 거지 그냥 미꾸라지였으면 진짜로 요리했어. 내가 이래 봬도 요리사거든."

손안에서 만의 몸에 맞게 작아진 비늘 몇 개가 초라하게 또 떨어져 바람에 날렸다. 아무래도 마음이 좋지 않아졌다. 나는 딱딱거렸다.

"그러니까 적당히 시키는 대로 해. 저주를 당장 풀어. 안 그러면 봉인의 도술이고 뭐고 아저씨 레오한테 넘길 거야. 어차피 아저씨가 죽으면 저주가 풀린다니 우린 손해 보는 게 없거든."

만도 그 사실은 알 터였다. 그는 나를 노려보던 시선을 천원에게 옮겼다. 나는 그 눈길이 나를 보던 것과 같이 험악해 더 협박을 해야겠다고 생각했지만 천원이 괴로워하는 기색은 없었다. 뭔가 새까맣고 일렁이는 연기 같은 것이 내 어깨 쪽에서 날아올랐다.

나는 나도 모르게 만에게서 눈을 떼고 천원을 보았다. 해야가 대신 만의 입을 쥐었기 때문에 걱정은 되지 않았다. 천원은 몸을 꼿꼿이 세우고 믿을 수 없다는 얼굴로 나를 보고 있었다.

천원의 얼굴은 기묘했다. 마치 태어나서 처음으로 느끼는 격렬한 어떠한 감정에 젖은 것처럼 눈에 눈물이 고이고 입가가 떨렸다. 그의 손이 천천히 올라가 제 목에 닿았다.

"어때?"

나도 그와 같이 이상한 기분으로 작게 물었다. 천원은 고개를 끄덕였다.

"안 아파."

내가 그를 계속 쳐다보자 천원은 반복했다.

"안 아파."

해야가 만의 입을 쥐는 힘이 갑자기 세진 것이 느껴졌다. 나는 그 자리에 주저앉아 해야에게 만의 신병을 넘겼다. 칼이 땅에 떨어져 땡그랑 소리를 냈다.

"……다행이다."

엉엉 울고 싶은 기분이 들었지만 내게 그럴 자격이 있는지는 알 수 없었다. 나는 그렇게 한숨처럼 말을 뱉고 천원을 올려다보았다. 천원은 내 허리를 잡고 들어 올려 안았다.

"연지."

그의 목소리가 내 어깨와 귀를 통해 들렸다. 나는 그의 등을 감싸 안았다.

"다행이다."

뜨거운 것이 내 어깨를 축축하게 적셨다. 나는 천원의 등을 두드리다가 결국 함께 눈물을 흘렸다. 목이 메었다.

"다행이다, 천원."

제13장
달이 잠드는 곳

잘랑. 황금 보요가 찰랑이는 소리는 물소리처럼 맑았다.

올 때와 같은 옷을 차려입은 해야와 언제나 같은 옷을 입는 레오는 오늘따라 빛이 났다. 용왕과 용궁부인은 무척 슬프고 아쉬운 얼굴로 몇 번이나 딸의 어깨를 끌어안았다. 해야는 결국 쿡쿡 웃고 말았다.

"어머니, 아버지. 언제든 또 뵈러 올 거여요."

이제는 그럴 수 있을 것이다. 나는 레오가 가는 것은 하나도 아쉽지 않을 줄 알았는데 의외로 미운 정이 들었는지 섭섭해서 내심 놀랐다. 레오 본인은 아무렇지도 않은 차가운 얼굴이었다.

"잘 가, 누나. 매형."

천원도 무뚝뚝한 얼굴이었지만 가끔 시선 돌리는 걸 보니 섭섭한 것 같았다.

배웅 나온 용궁 백성들 중에는 왠지 절한 채로 우는 이들도 있었다. 해야는 용왕과 용궁부인이 떨어져 조금 위엄을 차릴 수 있는 상태가 되자 손짓하며 그런 이들에게도 인사했다.

"잘 있거라, 아이들아. 울 것 없느니라. 내 언제든 또 오마."

울음소리가 좀 더 커졌다. 나는 약간 한숨을 쉰 다음 웃었다. 해야가 내게 눈길을 한참 주다 종종걸음으로 다가와 손을 잡았다.

"연지 씨, 정말 내 이 고마움을 이루 말할 수조차 없네요. 정말 고마워요. 신세 많이 졌어요."

"아니에요."

해야의 손은 따뜻하고 부드러웠다. 나는 그녀가 손을 놓자 팔을 벌렸다. 해야는 금세 알아듣고 나를 포옹했다.

"조심해서 들어가세요."

그녀에게서 나는 향은 그녀의 동생에게서 나는 것과 역시 비슷했다. 나는 감상적인 기분이 되어 그녀를 필요보다 조금 오래 끌어안고 있었다. 해야는 멈칫했다가 곧바로 팔에 더 힘을 주었다.

"그만해."

"에야."

천원과 레오가 우리를 억지로 떼어 놓았다. 나는 천원에게 억울하게 항의했다.

"지구 반대편에 가는데 서운하잖아. 인사도 못 하게 할 거야?"

"언제까지 여기에서 이러고 있을 거야. 백성들이 일어나질 못하잖아."

해야도 대강 나와 비슷한 불평을 레오에게 프랑스어로 종알거렸고 레오는 한숨을 쉬었다. 천원의 말은 옳았다. 나는 쳇 하고 혀를 찼지만 해야를 다시 끌어안지는 않았다. 이번에는 레오가 천원과 나에게 차례로 악수를 청했다.

설마 레오와 악수할 날이 올 줄은 몰랐다. 나는 가볍고 신속하게 악수를 끝내고 손을 떼는 레오에게 불퉁하게 한마디 했다.

"Bon voyage.(좋은 여행 되기를.)"

여행 잘하라는 인사를 어젯밤에 검색해서 찾아 놓았다. 레오는 나를 희한하게 보고 한쪽 입꼬리만 올렸다.

"Adieu.(천국에서 다시 보자.)"

아듀라면 죽을 때까지 보지 말자는 그런 의지가 담긴 인사인 거냐. 저게 끝까지. 나는 콧방귀를 뀌었다. 그냥 그러고 갈 줄 알았던 레오는 의외로 나를 잠시 더 내려다보았다. 그의 눈은 언제나처럼 사나웠지만 어쩐지 이전보다는 친절해진 것도 같았다.

"……언제든 내 궁에 놀러 오겠다면 환영하지."

나는 갈 생각이 없었지만 일단 그 호의에 예의 바르게 대답했다.

"페루에 갈 일 있으면 참고할게. 잘 지내라."

용궁부인이 우리 옆으로 와서 후후 웃었다.

"곧 경사가 있으면 그때 또 볼 것을."

무슨 경사. 나는 용궁부인을 멍하니 보다가 간신히 그녀가 무슨 이야기를 하는지 알아들었다. 난처해졌다. 의외로 해야가 먼저 말리고 나섰다.

"아이, 어머니. 정해지지도 않은 일을 그리 나서 말씀하시면 연지 씨가 난처하지 않겠어요."

"어머나, 아직 정하지 않은 건가요?"

용왕과 용궁부인은 거의 비슷한 타이밍에 눈을 동그랗게 떴다. 나는 쓴웃음을 지으며 시선을 피했다. 해야는 손짓해 레오를 옆으로 치우고 내게 웃으며 속삭였다.

"신경 쓰지 말아요. 연지 씨가 원하는 대로 결정하라고 내 그랬지 않아요."

분명히 해야는 그런 말을 했었다. 나는 그녀가 하고 싶은 말이 있는 것 같아 가만히 해야의 말을 들었다.

"나는 지금 행복하지만, 다른 생각을 해 보지 않은 것도 아니지요. 연지 씨의 미래에 관한 것이니 부디 생각하고, 또 생각하고, 원하는 것 모두 요구해 손에 넣어요. 양보할 필요는 없어요."

"누나."

천원이 약간 초조한 듯 항의했다. 해야는 천원을 엄격하게 쏘아보았다.

"천원아, 남들이 귀엣말을 하는데 그것을 듣고 끼어들라는 예를 누가 가르쳤느냐? 설령 들린다 하더라도 모른 체하는 것이 옳으니라."

아무렴. 천원은 해야의 박력에 밀려 입을 다물었다. 나는 해야가 내게 다시 눈길을 주자 최대한 결연한 의지가 담긴 얼굴로 고개를 끄덕였다.

"고맙습니다."

그대로 돌아서 곧은 자세로 걷기 시작한 해야의 시선은 그녀가 달히의 등에 타기 전 마지막으로 한 번 더 내게 머물렀다.

우르르르릉. 온 세계가 흔들리며 용궁 온 건물의 풍경이 방울처럼 빠르게 흔들렸다. 해야의 등 뒤에 타 그녀의 허리를 감는 레오는 아주 행복해 보였다. 천원이 내가 넘어지지 않게 잡아 주어 나는 그들의 뒷모습을 똑바로 볼 수 있었다. 달히가 물살을 단단한 바위처럼 가볍게 딛고 우미한 눈으로 앞을 보며 달려 나갔다.

별똥별 같은 빛의 잔상을 남기고, 다음 순간 해야와 레오는 우리 앞에서 사라지고 없었다.

⁂ ⁂ ⁂

"용녀님이 가시니 영 서운하네요."

요즘 나오는 거대하고 묵직한 연근을 나르다가 문 대덕이 울적하게 말했다. 확실히, 늘 5인분 식사를 만들다가 갑자기 3인분만 준비하게 되니 주방은 텅 빈 것처럼 어딘가 공회전을 하고 있었다. 옛날 해야가 해궁의 주인이었을 때도 용궁에 있었다는 주방 식구들은 더 섭섭해 보였다.

나도 동의했다.

"그러게요. 치미추리 만든 거 아직 남았는데."

솔직히 해야 부부가 이렇게 빨리 떠날 줄은 몰라서 아직도 얼떨떨했다. 해야가 처음에 뜬금없이 저 수라간 앞뜰에 내려앉았을 때가 엊그제 같다. 왠지 그대로 레오도 와서 눌러앉아 버렸으니까, 그냥 그대로 한참 더 있을 것만 같았었는데. 당장이라도 그들이 머물던 객당으로 가면 또 마루에 앉아서 차를 마실 수 있을 것만 같은데.

"그래도 금세 또 오실 텐데요, 무어."

지나가던 해 문덕이 밝은 얼굴로 끼었다. 나는 경계했고 문 대덕은 멍하니 되물었다.

"어마, 어째서요?"

해 문덕은 나를 보며 싱글싱글 웃었다.

"곧 경사가 있지 않겠어요? 잔치에 오시겠지요."

그 경사가 혹시 아까 들은 그 경사냐? 나는 모른 척을 했다.

"그래요? 저는 들은 게 없는데, 해야 용녀님을 또 뵐 수 있다니 좋네요."

문 대덕은 연근이 너무 무거워 더 버틸 수가 없어지자 자리를 떴다. 해 문덕이 내게 여전히 웃으며 말했다.

"그리 수줍어하실 것 없어요. 이제 곧 연지 씨도 용궁 손님이 아니라 식구가 된다고 다들 알고 있답니다."

아니, 그거 아는 게 아니라 꾸며 낸 거야. 나는 헛기침했다.

"아직 정해진 건 없어요."

"아, 그리고 보니 길일을 받기 전에 예물이 오가야겠지요. 함부로 이야기해 죄송하네요."

해 문덕은 이번엔 미안한 표정을 지었지만 자신의 믿음에 한 점 의혹이 없는 눈치였다. 아니야, 길일도 안 받고 예물도 안 오가. 어떡하지. 나는 눈을 굴리다 무난하게 이 자리를 넘기기로 했다.

"언제 무슨 일이 있을지 모르니까요. 저는 그럼 오븐에 넣어 놓은 로스트 치킨 상태 좀 보고 올게요."

"예에."

해 문덕은 기분 좋은 얼굴로 떠나갔다. 나는 오븐으로 가 유리창 안쪽을 흘깃거리며 몰래 한숨을 쉬었다. 로스트 치킨은 넣은 지 얼마 안 되었으므로 당연히 볼 것도 없었다. 버터와 허브가 섞인 소스에 닭고기 기름이 끓어

오르는 고소한 냄새가 났다.

문득 열기가 내 얼굴을 향했다. 나는 흠칫하며 뒤로 확 물러섰다. 지나가던 주방장이 나보다 놀라 어, 하고 낮은 비명을 질렀다.

"왜 그래요, 연지 씨? 데었어요?"

"아, 아니에요, 주방장님. 죄송합니다."

나는 뒤돌아서 사과했다. 아무래도 만과의 싸움 이후로 열기에 조금 과민 반응 하게 되었다는 것을 스스로도 알고 있었다. 아주 심하지는 않아서 요리하는 데 문제를 일으킬 정도는 아니었지만 이 공포는 아무래도 시간이 좀 지나야 사그라들 것 같았다. 그야 내가 통째로 저 치킨처럼 구워질 뻔했는데 당연하다, 고 해야도 말했었다.

해야는 지금쯤 자기 용궁에 돌아가 있겠지.

그 생각을 하니 또 얼떨떨해졌지만 미소도 나왔다. 용의 이동은 나도 경험해 본 것이었지만 신기했다. 정말로 눈 깜짝할 사이에 다른 장소에 도착해 있다. 달리는 그만큼 빠르지는 않았지만 순식간에 지구 반대편에 가는 정도는 할 수 있었다. 그러니 해야 부부는 바다 경치를 즐기면서 편안하게 집에 도착할 수 있을 것이다.

그리고 영원히 행복하게 살았으면 좋겠다.

요즘은 아동용 애니메이션에서도 믿지 않는다는 '첫눈에 반해서' '결혼해서' '영원히 행복하게 사는' 이야기가 용들에게는 가능하면 좋겠다. 나는 그렇게 생각하며 내 자리로 돌아갔다. 감자를 삶던 냄비가 딸그락거렸다. 냄비 뚜껑 틈새로 흰 거품이 넘쳐흘렀다.

용왕 식구들의 식사가 끝나고 뒷정리를 마칠 때까지도 어쩐지 우리는 풀이 죽어 있었다. 내일 일찍부터 일을 시작할 것을 대비하고 메뉴를 확인하고 쓰레기를 비우는 모든 과정이 어쩐지 빠르고 공허하게 느껴졌다.

"저희는 그러면 먼저 들어가겠어요."

같이 일하던 사람들이 하나둘씩 앞치마를 벗어 벽에 걸어 놓고 퇴근했다. 내일 일을 시작할 때 아무 문제도 없으리라는 것을 확인한 주방장은 늦게까지 남은 내게 친절하게 물었다.

"연지 씨, 연지 씨도 들어가야지요?"

"아, 저는 좀 더 있다 갈게요. 용자님 야식을 좀 만들어 드릴까 해서요."

"야참이요? 오랜만이네요."

한동안 요리가 잘 안 되질 않나, 만과 싸우기로 결정하고 나서는 정신이 없어서 야식을 못 만들고 있었다. 사실 오늘 남는 것은 순수하게 야식을 만들고 싶어서는 아니지만. 나는 입에 힘을 주어 웃었다.

"저기 밀가루하고 소금, 설탕하고……."

"필요한 거 다 써요."

주방장은 아주 자애롭게 말하며 손을 저었다.

"연지 씨는 용자님과 어라하, 어륙의 은인이시니 내 은인이기도 해요. 용궁을 통째로 요리에 쓴다 해도 어라하와 어륙이 책하지 않으실 거예요."

확실히, 만을 잡아서 돌아온 이튿날에 날 불러서 둘 다 꺼이꺼이 우는 기세가 심상치 않았다. 나는 여의주로 치료를 다 받았음에도 불구하고 정신적 충격 때문에 쉬고 싶었지만 그들이 너무 감격해서 이만 물러가겠다는 말도 못 하고 감사 인사를 몇 시간 동안 받았다. 그리고 그날 저녁에는 우리 용궁에서 제일 귀한 음식을 다 모은 잔칫상이 나와서 내가 상석에 앉아 잔도 받고…….

그리고 둘이 날 대하는 태도가 점점 더 어화둥둥이 되어 부담스러워지고 있다. 확실히 주방장 말대로, 내가 용궁을 통째로 요리한다고 해도 뭐라고 하긴커녕 잘했다고 할 것 같았다.

나는 픽 웃고 주방장에게 인사했다.

"들어가세요. 내일 뵈어요."

"예에. 내일 봐요, 연지 씨."

주방장의 뒤를 이어 다른 주방 식구들도 얼른 수라간을 빠져나갔다. 종일 떡을 찧느라 고생한 경 시덕이 마지막으로 비척거리며 퇴근했다.

나는 주방의 야명주를 몇 개 닫고 부산하게 야식 만들 준비를 했다. 깨끗한 작업대에 저울을 놓고 재료를 계량하고, 크고 신선한 계란을 깬다. 톡 하고 껍질 부서지는 소리와 함께 미끈한 흰자가 흘러나와 볼에 담겼다. 나는 흰자와 노른자를 멋지게 나눠 놓고 노른자를 저었다. 아무도 없는 주방에서 잠시 내가 계란 젓는 소리만 메아리쳤다.

스륵, 하고 주방의 여전히 열린 문 쪽에서 옷자락 스치는 소리가 났다. 나는 그쪽을 돌아보고 빙긋 웃었다. 전에도 이런 일이 있었다.

"어쩐 일이야?"

"네가 안 와서."

그야 그렇다. 천원은 문밖에 선 채로 나를 빤히 보았다. 나는 꿈을 꾸는 듯한 기분으로 그에게 또 웃었다. 그의 모습이 저 어두운 바깥에 뜬 달처럼 보였다. 월수궁에 달이 뜨다니 어울리는 일이었다.

"들어와."

"부엌이잖아."

"그럼 마당에 있어. 마당에서 일 좀 도와."

"나는 요리를 할 줄 모르는데."

"안 해 봤으니 그렇겠지. 나무로 된 걸 줄 테니까 걱정하지 말고 기다려."

나는 반죽을 도마에 얹어 천원에게 가져다주었다. 그는 미심쩍은 얼굴로 그것을 받아 들고 우물거렸다.

"이걸로 뭘 하는 거야? 먹는 거야?"

"구워야 먹지, 안 그러면 배탈 나. 이거 주무르고 있어. 맛있는 거 만들어 줄게."

천원은 머뭇거리다 마당의 평상으로 가 앉았다. 그는 고개를 들고 나와 눈이 마주치자 내게 미소 지으며 말했다.

"앞치마 입은 거 곱다."

"고마워."

천원은 의외로 반죽을 제대로 해 왔다. 내가 주방에 서서 반죽을 면보자기로 덮자 그는 주방 문 앞에 서서 내게 졸랐다.

"언제 끝나?"

"기다려. 원래 요리는 손이 갈수록 맛있는 거야."

"왜?"

"원래 그래."

내 말에 천원은 싫은 얼굴을 했다.

"그럼 언제 자러 가?"

"좀 걸려. 피곤하면 먼저 가서 자. 난 이따 들어갈게."

"피곤하진 않지만 너하고 떨어져 있는 게 싫어."

"그럼 들어와."

나는 기대하지 않고 한 말이었는데, 의외로 천원은 다음 순간 머뭇거리면서도 주방 안쪽으로 한 걸음을 디뎠다. 나는 깜짝 놀랐고 즐거워서 웃었다.

"진짜 들어왔네?"

"쇠 냄새에 좀 익숙해진 것 같아."

쇠칼을 든 나를 이고 한참을 싸웠으니 이전과는 다른 느낌일 수도 있다. 천원은 쇠로 된 도구가 잔뜩 걸린 벽이나 무쇠 도구가 든 찬장 따위는 인상을 쓰며 피했지만 머뭇거리지 않고 내게 다가왔다. 그리고 고개 숙여 내게 입을 맞췄다.

나는 후후 웃었다.

"용감하네."

"네 고집은 잘 아니까, 내가 오지 않으면 안 나와 줬을 거잖아."

"응."

왠지 짓궂은 기분이 들어서 약간 괴롭히고 싶었을 뿐이다. 나는 천원을 주방에서 쓰는 돌의자에 앉히고 칭찬하는 의미에서 이마에 쪽 소리 나게 뽀뽀해 주었다. 천원은 내 양손을 잡고 자기 뺨에 댔다. 그의 눈이 조용히 감겼다.

"나쁘지 않네."

"나도. 좋다."

어차피 반죽이 발효되려면 좀 기다려야 했다. 나는 아예 천원의 옆에 앉을까 싶어 의자를 가져오려고 손을 뺐다. 그러나 천원은 내 손을 놓아주지 않고 눈을 떴다.

"어디 가?"

까만 눈이 나를 똑바로 보았다. 약간 어지러워졌다.

"의자 가져오게. 나도 앉을래."

"그럼 내 무릎에 앉아."

손이 부드럽게 끌려갔다.

시야가 흰 옷자락으로 가득 찼다. 나는 넘어지지 않기 위해 무심코 힘을 준 다리와 허리가 불편했지만 싫지는 않아 킥킥 웃었다. 천원은 내 손을 풀어 주고 허리를 끌어안았다.

어떻게 할까. 직장에서 이러고 있는 것은 어쩐지 내 직업 윤리에 어긋나는 것 같기도 하고, 반면 또 근무 시간 외인 데다 아무도 안 보니 괜찮은 것 같기도 하고. 무릎에 앉는 건 불편할 테지만 굉장히 그렇게 하고 싶다.

잠시간의 고민 끝에 나는 이마를 그의 어깨에 비비며 고개를 끄덕였다.

"알았어. 제대로 앉게 잠깐 놔 봐."

천천히 허리의 팔이 풀렸다. 그 팔은 내가 흰 침의가 흘러내리는 무릎 위에 어설프게 앉자 금방 내 허리와 다리를 감았다. 나는 천원의 가슴에 안겨서 몸이 허공에 뜨자 와, 하고 놀라며 그의 목을 끌어안았다.

웃음소리가 나왔다. 이번엔 내가 놀림당한 모양이다. 나는 숨을 깊이 쉬었다. 좋은 향기와 따뜻한 체온이 느껴졌다. 이대로 계속 있을 수 있다면 좋을 것이다.

"나 모레 휴가라 집에 다녀올 건데, 보고 싶어도 참을 수 있어?"

"다녀와. 내가 데려다줄게."

"넌 일해야지. 별 주부님이 데려다주실 거야."

"안 돼."

"왜?"

"내가 데려다줄 거야."

"그건 이유가 아니잖아."

천원은 입 속으로 혀를 차는 것 같았다.

"아무튼 안 돼. 너 별 주부하고 너무 가까워."

"친구니까."

하지만 질투받는 것도 나쁘지 않은 기분이었다. 나는 그를 향한 애정을 잠시 만끽하고 그의 목을 더 세게 끌어안았다. 뜨거운 목이 이마에 닿았다.

"그래, 말 나왔으니까 이제 얘기해 봐. 별 주부님이 그때 어떻게 그 자리에 온 거였어? 만나서 얘기할까 했는데 바빠서 계속 못 봤어."

답은 바로 나오지는 않았다. 나는 그가 망설이는 동안 조용히 기다렸다.

"······별 주부는 우리하고 혈통이 좀 달라."

"용의 피가 섞인 자라 아니야?"

"정확히는 현무(玄武)의 일족이야."

그게 뭘까. 낯선 단어라 나는 눈을 깜박이며 천원을 올려다보았다. 그는 침을 한 번 꿀꺽 삼켰다. 이마가 더 뜨거워졌다.

"현무는 이 세상이 열리고 처음 나온 신수인데, 지금 지상에 남은 이는 몇 없다고 알고 있어. 물을 마음대로 다루는 힘을 쓸 수 있을 정도로 피가 진한 현무 혼혈은 나도 처음 봤어. 하지만 그래 봤자 본모습도 자라와 그리 다르지 않으니 다른 일족을 따라 북으로 가지 않고 용궁에 남았겠지. 현무로 인정받을 정도로 피가 진하면 꼬리가 뱀처럼 길고 몸집이 아주 커."

나는 별이 그때 바닷물을 잔잔하게 했던 것을 떠올렸다. 여러 가지 의문이 지금 풀린 것 같은 기분이 들었다. 그러고 보면 그간 이상한 일이 많았다.

"잘은 모르겠지만 무슨 피가 진한 거면 높은 사람이야?"

"사람 아니야."

"아무튼."

"용궁에선 용의 피가 얼마나 진한지가 중요해. 용의 혈통과 먼데도 어떻게 그렇게 오랫동안 젊은가 했더니."

천원은 입 속으로 뭔가 투덜거렸다. 나는 천원에게서 머리를 멀리 떼고 눈을 짐짓 부라렸다.

"이번에 별 주부님 안 계셨으면."

"알았어."

성공적으로 그가 입을 다물었다. 전부터 생각했지만 용궁은 혈통을 너무 따진다. 정작 제일 나쁜 짓을 하고 지금은 호리병에 들어가서 죽었는지 살았는지도 모를 악당은 최초의 용의 기질을 제일 많이 물려받았다면서.

"인간적으로, 아니, 용적이든 뭐든 품계 좀 올려 줘라. 그렇게 용궁에서 오래 일했고 성실한데."

"이번에 세운 공을 인정해서 상을 내릴까 의논하고는 있어. 지상에 별 주부만큼 빨리 오갈 수 있는 이가 없으니 업무 내용은 크게 바뀌지 않겠지만."

"그래."

천원은 말하고 싶은 내용이 거기까지였는지 입을 또 다물었다. 나는 다시 그에게 몸을 딱 붙이고 그 체온을 마음껏 즐겼다. 입술이 천천히 그의 입술에 가 닿았다.

부드러운 입술을 친근하게 문지르다 혀를 내밀자 나를 끌어안은 팔힘이 순간적으로 아주 세졌다. 그 힘은 금세 내가 불편하지 않을 정도로 조절되었지만 간신히 유지되고 있을 뿐, 잠시라도 그가 열중하면 저도 모르게 세질지도 모른다는 것을 나는 알았다. 잠깐이라면, 살짝 아플 정도로 강하게 끌어안는 것은 싫지 않았다…….

머리가 뒤로 밀려 나 목이 아팠다. 숨이 가빠지며 머릿속에서 위험 경보가 울렸다. 아무리 그래도 여긴 일터였다. 그것도 음식 만드는 곳.

나는 일부러 킥킥 웃으며 입술을 다물었다. 천원이 몸을 바로 세우고 불만스러운 표정을 지었다. 그의 가늘어진 눈이 눈물에라도 젖은 듯 광택을 냈다.

"왜?"

"부엌에서 이러면 안 돼. 위생법에 걸릴 거야."

"그게 뭔데?"

"나중에 검색해 봐."

천원은 그래도 여전히 납득이 가지 않는 듯 찡그린 얼굴로 내 이마와 뺨과 코에 수없이 키스하며 허리를 끌어안았다. 힘을 잃은 다리가 잠시 오갈 데를 모르고 허공에 흔들렸다. 나도 슬슬 이성의 끈을 나 스스로 놓는 것이 아닐까 불안해하는데 문득 키스가 멎었다.

이번엔 내가 물었다. 얼굴이 뜨겁고 머리가 멍했다.

"왜?"

"할 말이 있었어."

"해."

천원의 눈이 주변을 훑었다. 나는 그를 안심시켰다.

"혹시 나를 화나게 해도 칼을 들지는 않을게. 약속."

그 말에 그는 나를 잠시 빤히 보다가 입꼬리를 올려 웃었다.

"그런 문제는 아니야."

"그럼?"

"좀 더 멋진 곳에서 말하고 싶었어."

아.

무슨 말인지 짐작이 되었다. 나는 천원의 목에 둘렀던 팔을 푸르고 내 눈을 가렸다.

"아."

신음 같은 것이 절로 나왔다. 천원은 내 허리를 잡고 천천히 자기 앞에 세워 주었다. 그리고 내가 눈에서 양손을 떼자 그것을 모아 자기 손에 쥐었다.

그의 검고 맑은 눈이 나를 흔들림 없이 올려다보았다.

"하지만 연지한테 말하기엔 여기가 제일 어울릴지도 모르겠어."

"천원."

가슴이 뛰었다. 나는 그를 내려다보고 슬픈 얼굴을 했다. 그 어떤 말을 하기도 전에 나의 그런 표정을 대답으로 받은 그는 그러나, 강한 미소를 지었다.

"연지, 이번 일로 용궁의 모두가 제일 감사하고 보답하고 싶어 하는 건 너야."

"알아. 나 혼자 한 것도 아닌데."

"하지만 네가 아니었으면 아무도 용기를 내지 않았을 거야."

천원은 내 오른손 손등에 다정하게 입을 맞췄다. 그는 금세 입술을 뗐지만 손 자체는 자기 뺨에 가져가 댔다. 입술의 감촉이 계속 남아 있었기 때문에 이상한 기분이 들었다.

"선계에도 얘기가 됐어. 천도를 준대. 너에게 가져다주러 신선들이 내려온대. 네가 원하기만 하면."

나는 여전히 슬픈 얼굴을 했다.

그간 죽을 만큼 생각했다.

"천원."

"연지, 나는 앞으로 세계가 닫힐 때까지 너하고 함께하고 싶어. 네가 아니면 필요 없어. 네가 내일 나를 잊는대도, 나는 영원히 너를 못 잊을 거야."

"영원은 길어. 짧은 인간들의 삶에서도 부부가 죽을 때까지 함께 사는 일은 많지 않아. 질리지 않겠어?"

"연지, 질리는 것은 삶이 유한한 자들에게 있는 거야. 짧은 삶은 곧 끝나는데 혹 놓치는 것은 없을까, 이것이 최선일까, 시간을 낭비하는 것은 아닐까. 그런 생각 때문에 이전까지는 좋아했던 것에 불안함이 생기는 거야."

그럴지도 모른다. 나는 눈을 감았다. 천원은 내 손을 다시 자기 입술이 있는 곳으로 내려 몇 번이고 연거푸 입을 맞췄다.

"연지, 널 연모해. 널 사모해. 네가 애틋해."

나도 마찬가지다.

가슴이 뜨겁고 답답했다. 나는 끝내 천원의 손을 뿌리칠 수 없었다. 그러나 온 힘을 다해 말을 꺼낼 수는 있었다.

"나는, 나는 용궁에 와서 많이 생각했어. 내가 어떤 사람인지. 내가 용궁에서 뭘 할 수 있는지. 내가 지금까지 뭘 위해서 살아왔는지. 내가 참을 수 없는 게 뭔지. 내가 놓을 수 없는 게 뭔지."

천원은 내 손가락에 대고 말했다.

"그래."

"나는, 나는 요리를 해야 돼. 월수궁 수라간은 아주 좋은 곳이고 배울 것이 많지만 내 수준에는 맞지 않아. 나는 더 많은 것을 보러 다녀야 해. 나 이번에 계약 기간 끝나면 그냥 지상으로 가서 취업할 거야. 나에게 있어 용궁은 너에게 있어 선계 같은 곳인 건지도 몰라. 종착역 같은 곳. 언젠가 이곳에 영원히 있을 수 있다면 좋겠지만, 그 전까지는 나에겐 지상의 삶이 필요해."

"나도 알아."

나는 충격을 받았다. 천원은 나를 보고 부드러운 얼굴을 했다.

"어떻게?"

"지상을 봤으니까. 네 어머니의 목소리를 들었으니까. 지상의 빛나는 상자를 봤으니까. 네가 그곳에 속한 사람이라는 걸 알아."

정말로 그러했다. 그의 얼굴이 너무나도 평온하고 아름다워 나는 눈물 없이 헐떡이기 시작했다. 천원은 이번에는 내 손을 높이 들고 손가락 끝 하나하나에 입을 맞추기 시작했다. 그 동작에는 애정과 경외가 담겨 있었다.

"연지, 너는 나에게 지상이야. 지상의 달이야. 잠들 때는 월수궁에서 잠들 수 있어도 깨어 있을 때는 지상에서 네가 지켜야 하고 얻고자 하는 것이 많다는 걸 그때 봐 버렸으니까. 지금 당장 혼례를 올리고 용궁에서 같이 살자는 억지를 못 부리겠어."

나는 바보처럼 눈물을 흘렸다. 천원은 왜 저렇게 '괜찮아' 보일까. 내가 지금 그의 구애를 거절하고 있는데. 왜 지금 그런 말을 해야 했을까.

그런 나를 보고 천원의 눈이 안타깝게 흔들렸다.

"어째서 그런 얼굴을 해, 연지?"

나는 내 생각보다 훨씬 막힘없이 속삭였다.

"널 사랑하니까."

"그렇다면 웃어 줘, 연지. 나는 네 웃는 얼굴이 좋아. 내가 너를 사모하듯 너는 나를 사랑하잖아."

"하지만 우리는 다른 곳에 살아야 하잖아."

"왜?"

지금까지 내가 한 말을 뭘로 들은 걸까. 나는 어른다운 얼굴을 하기 위해 일부러 퉁명스러운 말을 할까 하다가 문득 머리 한쪽이 시원해지는 것 같은 기분을 느꼈다.

내 표정이 바뀌자 천원은 빙긋 웃었다.

"용궁엔 '지금' 살지 않아도 괜찮아, 연지. 지상에서 네가 원하는 삶을 살아. 우리 지상에서 같이 살자."

✖ ✖ ✖

겨울이 다가왔다.

휴대폰 날씨앱으로 보는 지구 북반구 위도 약 37도에서 38도 사이의 지역, 특히 시베리아 기단의 영향을 받는 땅의 평균 기온은 바야흐로 영하로 내려가고 있었지만 용궁은 늘 그렇듯 덥지도 춥지도 않았다. 다만 뜰에서 나오는 작물은 확실히 계절을 탔고 주방은 얼마 전에 2차 김장을 마쳤다. 나는 밭에 있는 무를 보면 소름이 돋는 지경에 이르렀지만 다행히 천원이 잘 챙겨 주어 몸살을 앓지는 않았다.

그리고 그날이 왔다.

"어서 오십시오."

용궁에서 가장 높은 사람인 용왕과 용궁부인은 벼락같은 소리를 내며 나타난 흰옷의 여자들에게 엎드려 절했다. 나는 약간 충격을 받았지만 모여든 용궁 백성들은 아무도 놀라는 얼굴이 아니었다. 하긴 그들도 어차피 머리로 해구를 팔 듯 깊이 절하고 있었다.

흰옷의 여자들은 용궁의 것과 비슷하지만 어딘가 더 오래되어 보이고 눈이 부실 정도로 새하얀 차림새였는데 얼굴은 둘 다 젊고 고왔다. 그러나 나는 그들의 눈을 보기 전에도 어쩐지 그들을 둘러싼 공기에서 느껴지는 세월의 그림자를 느낄 수 있었다. 그만큼이나 그들은 묘한 분위기를 띠고 있었다.

엄숙하고 무표정하게, 그중 한 여자가 나를 보았다. 용왕과 용궁부인, 그리고 천원은 무릎을 꿇고 손을 모았기 때문에 빤히 일어서서 그들을 보는 것은 나뿐이었다. 나를 잠시 주시한 여자는 내게 다가왔다.

금세 꽃향기 같은 내음이 나면서 가슴이 시원해졌다. 내게 다가온 여자는 나보다 키가 두 뼘은 컸는데 느낌으로는 심지어 그보다도 크게 보였다. 그녀는 곧 내게 빙긋 웃어 보였다.

그 웃음은 친근하고 호의 담긴 것이었지만 여전히 위엄이 있었다. 그녀는 내게 맑은 목소리로 물었다.

"아씨가 김가 연지요?"

나는 여자에게 완전히 압도당한 상태였지만 그런 티를 내지 않기 위해 허리를 꼿꼿이 세웠다.

"네. 제가 김연지인데요."

"용과 만송이꽃이 당한 억울한 일은 선인들도 적이 슬퍼하는 바였으나, 지상의 일에 선인이 함부로 관여할 수 없어 그저 안타까웠다오. 만송이꽃을 퍽 귀애하던 저 아이 이모가 나와 가까운데 이번 일로 시름을 덜었소이다. 내 아끼는 이의 웃음을 볼 수 있게 해 주었으니 이 기쁨을 어찌 말로 표현하리오."

나는 만송이꽃이 누군지 모르지만 만과 이름이 비슷하네, 하고 생각하다가 그것이 아마도 용궁부인의 이름이리라고 짐작했다. 하긴 이름을 억송이나 백송으로 바꾸라는 것도 좀 그렇다.

여자는 진지한 표정을 짓더니 내게 고개를 한 번 숙였다. 나는 어쩔 줄 몰라 얼른 손을 저었다.

"저, 제가 좋아서 한 일인데요."

"기꺼운 마음으로 행한 일이 꺼리며 행한 일보다 가치가 없지는 않을 테요. 그 일이 선행이라면 오히려 상찬을 받아야 함이니."

용궁 사람들도 말투가 나와 다르지만 이 여자의 말은 더 못 알아듣겠다. 나는 그냥 해야 할 것 같은 말을 반복했다.

"저는 그냥 제가 좋아하는 사람의 복수를 했을 뿐이에요."

여자는 고개를 들고 또 웃었다. 아까 저 위에서 내려왔을 때부터 그 자리에서 움직이지 않고 있던 여자도 내게 다가왔다. 그쪽 여자는 먼저 내 앞으로 온 여자와 생김새가 분명히 달랐지만 분위기가 하도 비슷해 잘 구별이 되지는 않았다. 다만 지금 내 앞에 있는 여자의 관모에 나뭇가지 모양 황금 장식이 달려 있는 것과 달리 그쪽 여자는 관모에 새하얀 깃을 꽂고 있었다.

흰 깃을 단 여자가 내게 짜랑짜랑한 목소리로 말했다.

"아씨가 어려운 일을 능히 해냈으니 뽐을 내어도 좋소. 어려운 일이 아니었더라면 이리 우리가 천도를 가지고 내려오지도 않았을 터."

흰 깃을 단 여자는 손에 황금으로 된 상자를 들고 있었다. 그 크기는 내 주먹 여덟 개만 했다. 내가 그것을 힐끔거리자 황금나무를 단 여자가 다시 내게 말을 걸었다.

"아씨, 우리는 오래된 선인으로 나는 월엽, 저이는 아로라 하오. 우리는 이제 사람이었을 적을 거의 잊었다오. 이 천도를 먹고 속세의 것이 허망하게 느껴지면 언제든 선계로 오시게."

"허나 선계에 들면 도로 용궁에 내려올 수는 없을지니."

아로가 덧붙였다. 부부 싸움하고 가출하면 용궁이랑 끝이라는 얘기구나. 무섭다. 나는 복숭아가 들어 있을 상자를 약간 수상해하는 눈으로 보았다. 아로가 후후 웃었다.

"신수를 애모하여 선적에 오르는 이는 고대에는 있었으나 요즘은 듣지 못한 지 오래되었소. 천도가 귀한 것이라 선계 밖으로 가지고 나가는 것을 모두가 꺼리거늘, 이번에 우리가 아씨를 보러 내려온 것은 정히 아씨가 어떤 심성을 가졌기에 용과 만송이꽃이 애써 청하는지 알고자 함이기도 하였소."

내 심성……. 왠지 더 불안해졌다. 내 성격이 나쁘다고 우리 엄마가 많이 그랬는데. 그리고 솔직히 나도 인정한다. 불같고 참을성이 없으니 도를 깨치기는커녕 쑥과 마늘을 들고 동굴에 들어간 지 이틀 만에 뛰쳐나올 것 같은데. 혹시 내 성격이 너무 안 좋아 보여서 모처럼 가져온 복숭아를 도로 가져가는 건 아니겠지.

내 눈이 슬슬 폭주하듯 굴러가려고 하는데 월엽이 부드럽게 말했다.

"연지 아씨, 아씨가 우리 아우면 참으로 좋겠소. 천도를 드시오. 그리고 아끼는 이들이 지상에서 천수를 다하는 것을 보고 오시오."

그러기로 한 것이지만, 어쩐지 그 말에 가슴이 살짝 아팠다. 나는 쓴웃음을 지었다. 내 가족들 모두를 신선으로 만들어 달라고 졸라 봐야 소용이 없을 것이라고, 이미 천원과도 이야기를 해 보았고 나도 마음 정리를 마쳤다.

"감사합니다."

"예 있소."

아로가 내게 상자를 열어 내밀었다. 상자 안에는 내 주먹 두 개만 한 복숭아가 들어 있었는데 그 향기가 얼마나 좋은지 상자를 열자마자 주변에 달콤한 내음이 가득해졌다. 나는 잠시 머뭇거리다 천원을 보았다.

그의 눈을 보자 어쩐지 차분해졌다. 나는 복숭아를 들었다.

❈ ❈ ❈

나는 휴대폰을 들여다보며 고민했다. 천원은 언젠가처럼 내 허리를 끌어안고 목에 입술을 묻으며 물었다.

"기분은 어때?"

"별 느낌 없어."

천도는 아주 맛있는 복숭아였지만 그 이상 내게 특별한 느낌을 주지는 않았다. 하지만 아로와 월엽은 원래 그렇다고 했다. 제대로 안 된 거라면 다음에 또 얘기하면 될 테니 나도 불안할 것은 없었다.

천원은 후후 웃었다.

"네게서 복숭아 냄새가 나, 연지."

"이 복숭아가 향이 강하네."

나는 휴대폰을 든 오른손을 들어 내 손목의 냄새를 맡아 보았다. 확실히 아까 천도를 먹고부터 계속 주변에서 달콤한 복숭아 냄새가 났다. 내게서 나는 것이라면 금세 나는 못 맡게 되어야 했을 텐데, 신비한 일이었다.

하지만 용궁에 신비한 일이 뭐 이뿐일까. 나는 금세 내 손목에 흥미를 잃고 다시 휴대폰을 보았다. 천원이 코를 내 어깨에 얹고 채근했다.

"어서 답신 줘."

"주려고 고민하고 있잖아."

"전에는 금방 준다고 해 놓고서."

"나는 원래 글재주가 없어."

나는 갑자기 '아득하니 어쩌고'에 답장을 하지 않아도 될 것 같은 핑계를 떠올렸다. 얼른 몸을 뒤틀어 뒤를 보자 천원은 살짝 토라진 눈으로 나를 보고 있었다.

"나는 너를 향한 애정을 늘 요리로 승화시키고 있으니까 따로 글을 쓰지 않아도 되지 않을까? 하루 세 끼에 간식까지 나는 다 한 편의 작품으로 만들어서 너에게 보내고 있는걸. 요리사에겐 그게 편지 아닐까?"

이런, 안 넘어가려는 모양이다. 천원은 여전히 토라진 눈이었다. 나는 쓴웃음을 짓고 손을 들었다.

"알았어. 기다려 봐. 나도 좋은 답장을 하고 싶은데 뭐라고 하면 좋을지 몰라서 자꾸 미뤄지는 거야."

"그렇다고 연문에 대한 답신을 이렇게 오래 안 주는 정인이 어디 있어."

"미안."

솔직히 나도 잘못했다고 생각한다. 나는 휴대폰을 잡고 또 한참 끙끙거렸다. 천원은 내가 뭘 쓰는지는 다행히 보지 않고 얌전히 내 목덜미에만 기댔다. 그러나 그의 손이 금세 내 옷 틈으로 들어와 나는 깔깔 웃음을 터뜨렸다.

"잠깐만, 잠깐만!"

천원은 내 제지에도 아랑곳하지 않고 은근슬쩍 손을 움직였다. 나는 침대에 아무렇게나 놨던 발을 굴렀다.

"답장을 쓰는 데 집중할 수가 없잖아! 앗, 아하하, 잠깐만!"

"빨리 안 주면 계속할 거야."

"그만해야 답장을 쓰지!"

손의 움직임은 빨라지지도 느려지지도 않았고 상당히 집요했다. 나는 깔깔 웃다가 얼굴을 붉혔다. 진짜로 집중을 할 수가 없다.

이러면 어쩔 수 없지. 나는 빠르게 판단하고 휴대폰을 옆에 내려놓았다. 그리고 몸을 억지로 뒤로 돌려 천원과 마주 보았다. 그의 손이 잠시 멎었다.

나를 올려다보는 그의 얼굴도 복숭아 끄트머리처럼 붉은빛이 되어 있었다. 그 입에 살짝 걸린 웃음기에 승부욕이 들었다. 나는 씩 웃으며 그의 머리와 팔을 붙잡고 턱에 키스했다. 입술이 천천히 목으로 내려가자 내 아래 깔린 몸이 움찔했다.

"연지, 잠깐만."

"싫어."

"잠, 깐만."

역린이 있는 곳 근처에 살짝 혀끝을 대고 누르자 그의 숨소리가 단숨에 흐트러졌다. 나는 그 목에 입술을 댄 채 즐겁게 후후 웃었다.

"자, 멈췄어. 왜?"

"치사, 해. 연지."

내가 말을 할 때마다 울림이 전달된다는 것을 안다. 나는 일부러 또 웃음소리를 냈다. 천원은 내 허리에 급히 다시 손을 짚었고 나는 그 손을 잡아 그의 머리 위로 올렸다. 우리는 천천히 침대에 쓰러졌다.

힘으로 한다면 내가 이길 리가 없겠지만, 천원은 얌전히 숨을 몰아쉬었다. 나는 잠시 그의 목 부근에 입술을 대고 장난치다 얼굴을 들어 그와 눈을 마주쳤다.

"답장은 나중에 써야겠다, 그치?"

천원은 고개를 끄덕이다가 눈썹을 움찔했다.

잠시 후 세계가 회전하고, 나는 그의 아래에 눕게 되었다.

나를 내려다보는 그의 머리칼이 다른 모든 빛을 가리듯 늘어져 내 시야를 가렸다. 세상에는 그의 얼굴과 목만이 있었다. 그리고 곧 그조차 사라지고 천원의 입술만이 내게 뜨겁게 닿았다.

한참 후에 내가 몽롱한 정신으로 눈을 뜨자 천원은 새빨간 얼굴로도 빙긋 웃었다. 나는 아직 천원의 양쪽 손을 붙잡고 있었지만 그 손을 마음대로 움직일 수는 없었다. 심술이 다시 발동했다.

"우리 내기할래?"

"뭘 걸게?"

"진 쪽이 오늘은 계속 이기는 쪽이 원하는 대로 하기."

"좋아."

답은 빨리 나왔다. 천원은 눈을 휘며 웃었다.

"무슨 내긴데? 고누? 바둑?"

"상대방한테 궁금한 걸 물어서, 대답이 빨리 나오지 않으면 지는 거야. 나부터."

"알았어."

그의 얼굴은 여유로웠다. 확실히 그가 내게 더 숨기는 것이 있을 거라는 생각은 들지 않았다. 하지만 그렇다고 해서 쓸 수 있는 수가 없는 건 아니었다.

"내 얼굴에서 어디가 제일 좋아?"

"보조개. 너는 내 얼굴에서 어디가 제일 좋아?"

대답이 너무 빨리 나왔다. 나는 천원의 눈을 똑바로 보고 웃었다.

"눈. 내 입술이 제일 좋은 게 아니야?"

"입술도 좋지만 네가 보조개를 보일 때가 제일 좋아."

"알았어. 이제 네가 질문할 차례야."

"나 처음 봤을 때 어땠어?"

나는 그를 처음 보았을 때를 떠올려 보았다. 잊을 수 있을 리가 없다. 검은 눈으로 나를 보던, 그 선명하고 사랑스러운 사람.

"짜증 났어. 너는?"

"너무해."

"그거 대답 아니야. 너 졌어."

"아니야. 나는 연지가 곱다고 생각했어. 그러니까 너무해."

"……그거 반칙 아니야?"

"진심인데."

대체 우리의 첫만남의 어디에 그가 나를 예쁘다고 생각할 만한 구석이 있 었단 말인가. 나는 고민하다가 포기하고 그가 흔한 추억 미화를 일으키고 있다고 판단하기로 했다. 원래 누굴 좋아하고 나면 왠지 처음부터 늘 좋아 했던 것 같아지니까.

나는 기분이 좋아진 데다 약간 미안했기 때문에 아양을 떨었다.

"나도 네가 잘생겼다고는 생각했어."

천원의 기분은 풀린 것 같지 않았다. 나는 그가 미간을 찌푸리고 있자 그 냥 화제를 돌리기로 했다.

"그럼 이제 다시 내가 물어볼게. 솔직히 말해 봐. 내가 계속 궁금한 게 있 었거든."

"응."

나는 눈을 최대한 크게 깜박였다.

"달이 예뻐, 내가 예뻐?"

다행히 이번에는 그는 웃음을 터뜨렸다. 곧 나는 잡고 있던 천원의 손을 양쪽 다 놓았다. 그의 목에 매달리며 숨을 들이켜지 않으면 안 되었던 것이다.

"이따 바꿔. 네가 진 거라니까."

※　※　※

짐을 치운 객당은 기묘하게 낯설었다.

내가 지난 1년 중 상당한 기간을 지낸 곳이었고, 내 짐도 처음부터 그리 많지 않았으므로 복잡한 감상이 들었다. 처음 봤을 때 너무 호화로워 놀랐던 객당의 모든 곳이 그동안 내게 얼마나 편안했던가.

그리고 이곳에 나는 다시 돌아올 일이 없는 것이다. 오랜 세월이 지난 후에 용궁에 돌아오더라도 내가 머무는 곳은 월수궁이 될 테니.

내가 트렁크를 세워 들자 솔은 극우와 걸덕 극우가 우울한 얼굴로 한숨을 쉬었다.

"연지 아가씨가 예 드신 것이 어제 같은데."

"그러게 말이어요. 이제 아가씨가 아니 계시면 허전하여 어찌하올지."

그들이 나에게 그간 잘해 준 것에 대해 정말 감사하고 있다. 나는 트렁크를 놓고 그들을 한 번씩 끌어안았다. 그들의 어깨와 가슴과 목은 모두 사람과 똑같이 그저 따뜻하고 부드러웠다.

"감사했어요."

걸덕 극우는 울음을 터뜨릴 것 같은 얼굴을 했다. 나는 분위기가 무거워지는 것이 싫어서 깔깔 웃었다.

"가끔 올 거예요. 명절에 들를 수도 있고요."

물론 명절 요리를 내가 아니라 수라간에서 한다는 전제하에. 솔은 극우는 나를 다시 한번 끌어안았다. 그녀는 곧 웃어 보였다.

"다음에 뵐 때는 객당이 아니라 월수궁에 거하실 테지요."

"아마도요."

"혼례는 곧 치르신다 하시었지요?"

"일단 몇 년 같이 살아 보고 치를까 해요. 해 보고 싶은 건 다 해 보려고요."

"몇 년이면 금세지요."

용궁 기준으로는 그럴 것이다. 한시도 못 떨어질 듯 구는 천원도 결혼하기까지 몇 년이 걸리는 것쯤은 대수롭지도 않다는 반응이었고, 심지어 용왕 부부는 그럼 내 혼례복을 그 몇 년간 온 힘을 다해 짓겠다며 반겨서 내가 말려야 했다.

일단 우리 부모님과 친구들이 와야 하니 결혼식은 지상에서 치를 거고, 그러면 나는 용궁 옷이 아니라 웨딩드레스를 입을 거라고 몇 번에 걸친 설명과 설득과 기타 등등이 오갔다. 다행히 용궁 풍습으로 결혼식은 신부가 사는 지역에서 올리는 것인 모양이라 큰 문제는 없이 그들도 납득해 주었다.

"용자님께서도 곧 처소를 옮기시는 게지요?"

걸덕 극우가 눈가를 붉히며 확인했다. 일단 나는 집에 돌아가면 잠시 다음 일자리를 구할 때까지 텀이 있을 테니 그동안 집에서 쉬기로 했고, 천원은 그사이에 지상에 적당한 집을 구해 지상에 대한 공부를 하기로 했다. 그러니 내게 다음 일자리가 생길 때까지는 같이 살 수가 없었다.

그래도 우리에겐 많은 것이 남아 있었다. 천원은 아무튼 잠깐 지상 공부에 집중한 후에는 아침저녁으로 용궁에 출퇴근하며 후계자로서의 일을 계속한대고, 그 시간엔 나도 뭐든 일을 하느라 나가 있을 테니 괜찮았다. 그러다 내가 일자리를 조금 먼 곳으로 구해서 집을 떠나면 그대로 동거를 시작하기로 했다. 그러면 계속 같이 살 수 있었다.

일하는 중간중간에도 그를 보곤 했던 지금과는 달라 쓸쓸할 테지만, 너무 욕심을 부릴 수는 없다. 나는 고개를 끄덕였다.

"네. 저희 집 근처에서 잠깐 살면서 지상의 분위기를 배운대요."

"어머나, 근사해라."

천원이 잠시 지상의 문화를 배운다는 것은 생각보다 이상하게 받아들여지지 않았다. 그보다는 오히려 멋진 유학 생활 정도로 여겨지는 모양이었다.

생각해 보니 해야도 레오와 프랑스 유학 시절 만났다니 후계자가 용궁을 비우면 안 되는 게 아닌가 했던 나의 걱정은 결국 쓸모가 없었다. 용궁부인은 내게 웃으며 '익숙지 않은 환경에서 살아 보는 것은 타인의 마음을 이해하는 데 도움이 되는 수업'이라고 귀띔해 주었다.

"연지."

문밖에서 나를 부르는 목소리가 들렸다. 걸덕 극우와 솔은 극우는 얼른 내 짐을 들고 마당으로 내려갔다. 나는 아쉬워서 내 침실 바닥을 마지막으로 한 번, 오른발로 꾹 밟았다. 나무가 삐걱거리는 소리가 어렴풋이 났다.

"용자님 납셨어요."

"아씨는 곧 나오신답니다."

기둥과 벽, 문을 살짝 쓰다듬고 대청마루로 나가자 마당에 선 천원과 눈이 마주쳤다. 그는 나를 보고 빙긋 웃었다. 그는 요즘 기분이 아주 좋았다.

"정리 다 됐어?"

"다 됐어."

매끈한 섬돌에 내려서 신을 신으니 더 섭섭해졌다. 주변 사람들은 모두 용궁의 포와 고를 입고 있는데 나만이 처음 용궁에 올 때 입었던 옷에 굽 낮은 구두였다. 어깨가 무겁고 불편했다.

"가자."

나는 천원에게 다가가기 전 친구들을 다시 한번 끌어안았다.

"걸덕 극우님, 솔은 극우님."

"살펴 가시어요, 아가씨."

"모쪼록 지상에서 보중하시어요."

떨어지니 조금 더 허전해졌다. 계속 이러면 어떡하지. 나는 웃으며 내 짐을 그들에게서 받아 들었다. 곧이어 천원이 그 짐을 가져가 제 손에 들었다.

"동이 트기 전에 가야지."

그건 그렇다. 한낮에 강에서 솟아날 수는 없으니까. 나는 천천히 걸어 객당 문을 나섰다.

"연지 씨."

객당 대문 밖에는 어느새 모여든 우리 주방 식구들이 있었다. 주방장이 맨 앞에 서서 내게 고개를 숙였다. 그가 두 손 모아 소매를 머리 위로 올리자 다른 주방 식구들도 그 동작을 따라 했다. 수십 개의 작은 관모에 달린 장식이 흔들리며 맑은 소리를 냈다.

"세상에. 주방장님."

한창 아침 식사 준비를 해야 하는 시간에 이게 무슨 일인가. 게다가 다들 조리복이 아니라 용궁 예복이다. 이런 이야기는 들은 적이 없었는데. 나는 천원을 보았지만 천원은 당연하다는 얼굴이었다.

"연지, 고개 들라고 해. 안 그러면 계속 저러고 있을 거야."

"어? 주방장님, 여러분, 고개 드세요. 민망하게 왜 이러세요. 그보다 수라간에 안 계시고 여기까지 오셨어요?"

주방 식구들은 주방장을 시작으로 일사불란하게 똑바로 섰다. 모두의 얼굴을 보자 가슴이 갑자기 벅찼다. 특히 나와 친하게 지냈던 몇 명은 물론이고, 말을 나눌 기회가 그리 많지 않았던 식구들까지도 서운함이 담긴 얼굴이었다.

내가 모두에게 그렇게 잘해 준 것도 없는데 이런 배웅을 받아도 되는 걸까.

주방장은 눈물 고인 얼굴로 내게 다가섰다.

"연지 씨, 연지 씨가 용궁을 위해 해 준 일이야 더 말할 것도 없지만, 수라간에서 보여 주었던 모습들을 우리 수라간 식구들은 절대로 잊지 않을 거예요."

"제가 뭘 한 게 있다고요."

중간에 요리도 제대로 못 하고 사고친 기억은 난다. 나는 부끄러워서 약간 얼굴이 뜨거워졌다. 주방장은 그러나 이내 펑펑 울기 시작했다. 아이고.

"연지 씨가…… 용자님이…… 영 젓수시…… 감싸 주시고, 흑."

뭐라는지는 모르겠지만 아마 내가 주방에 들어간 첫날 이야기가 아닐까. 나는 주방장의 손을 잡으려다 유부남의 손을 사모님 허락 없이 함부로 잡으면 안 될 것 같아 생각을 바꿨다. 대신 한 걸음 다가서서 그의 커다란 눈을 올려다보며 부드럽게 웃었다.

"저야말로 그동안 정말로 감사했습니다. 서투른 저를 받아 주시고 많이 가르쳐 주시고, 제가 우리 수라간에서 얼마나 많이 배워 가나 몰라요. 다음에 오면 또 가르쳐 주세요."

달래려고 한 말이었는데 주방장은 감동을 받았는지 더 격렬하게 울음을 터뜨렸다. 이 사람 이거 어쩌면 좋아. 아, 사람 아니지.

"연지 씨."

문 대덕이 내게 다가와 손을 잡았다. 나는 그녀를 꼭 끌어안았다. 그녀의 피부는 점점 새까매지고 있었다. 저 뒤에서 울먹이는 해 문덕이 거품을 흘리며 한 다리를 축으로 빙글빙글 돌고 있는 것도 눈에 들어왔다. 경 시덕이 해 문덕의 멱살을 거칠게 잡아 들어 올렸다가 땅에 제대로 내려놓자 회전은 멈췄다.

"자주 놀러 올게요."

"예에, 예에. 꼭 그러셔야 해요."

"그럼요."

문 대덕을 놓고 나는 깊이 심호흡을 한 번 했다. 천원이 또 재촉했다.

"가자."

"그래."

대궁 앞에서 용왕과 용궁부인이 기다리고 있을 것이다. 나는 천원과 함께 대궁 쪽으로 향하는 길을 걷기 시작했고 주방 식구들은 우리 뒤를 조용히 따라왔다. 꺼어엉 곡소리를 내기 시작한 주방장에게 경 시덕이 '재수 없으니 그러지 말라'고 주의를 주는 소리가 들려왔다.

옆을 얌전히 걷던 천원이 문득 말했다.

"아까 누나한테 전화 왔었어."

"그래? 휴대폰 만드셨대?"

"아니. 지상에서 빌려 쓴대."

"그냥 하나 만드시지. 우리 톡방 만들게."

"그게 뭐야?"

"한 명이 편지 하나를 보내면 그 모임에 초대된 사람들은 다 돌려 볼 수 있는 거야."

"연지는 그보다……."

"알았어, 알았어."

나도 생각하는 건 있지만 그건 이따 다른 사람들 없을 때 하고 싶다고. 나는 천원에게 손을 젓고 재촉했다.

"해야 용녀님이 뭐라셔?"

"안부 전화였어. 지상에서 살 때 주의할 점 같은 것도 배웠어."

수상하다. 해야는 프랑스 유학을 하긴 했지만 그쪽 용궁에서 생활한 거 아니었나.

"예를 들면?"

"음식을 사고 싶으면 프랑이라는 납작한 물건이 필요하대. 그리고 인경이 친 후에 산책하면 관에 잡혀갈 수 있으니까 조심하래."

필요한 건 하나도 안 가르쳐 줬구나. 나는 한숨을 쉬었다.

"일단 지상에선 몸에서 빛을 내지 않는 것에 제일 주의해야 하지 않을까."

"그래?"

"응. 사람은 몸에서 빛이 나지 않으니까. 그리고 우리가 사는 데는 한동안은 한국이니까, 프랑이 아니라 원이 필요해."

통화로 프랑을 쓰는 나라가 지금 몇 개 정도 있을까. 프랑스 프랑은 당연히 사라졌고, 스위스가 아직 스위스 프랑을 쓰나? 그외에 몇 군데 자기들 고유의 프랑화를 쓰는 데가 있다고는 들었지만.

"그래?"

이 남자를 데리고 살 생각을 하니까 머리가 약간 아프다. 나는 그러나 천원이 배우면 잘할 것이라고 믿기로 했다. 반죽도 하는데 돈 쓰는 법쯤이야.

"응. 일단 유학 나간 동안에는 용궁에서 체재비가 나오는 거잖아. 다른 건 걱정하지 말고, 일단 집 계약하고 나오면 나 불러. 지상에서 알아야 할 것들을 가르쳐 줄게."

"알았어."

천원은 기대하는 얼굴로 빙긋 웃었다. 기본적인 오리엔테이션은 내 브로커처럼 지상에 살고 있는 용궁 혈연들이 알아서 해 줄 테지만 그래도 걱정이 되었다. 나도 처음으로 외국에 나갔을 때는 얼마나 적응하기 힘들었는지 기억한다.

"고마워."

그러니 이 인사는 해야 했다. 나는 간지러워서 표정을 이상하게 일그러뜨리기는 했지만 명확하게 그렇게 말하고 고개를 돌렸다. 천원은 부드럽게 반문했다.

"뭐가?"

"다음에 말해 줄게."

지금은 너무 듣는 귀도 많고 내 기분이 이상했다. 우리는 그대로 화제를 돌려 요즘 지상에선 눈이 한참 내린다느니, 슬슬 날이 풀릴 때가 됐는데 이상하다느니 따위의 순전히 스마트폰으로 얻은 날씨 정보를 나누며 천천히 걸었다.

저 멀리 웅장한 대궁이 보였다.

용궁에서 가장 중요한 건물인 대궁 앞에는 복숭아나무 한 그루가 잎이 다 떨어진 모습으로 서 있었지만 그 끄트머리는 물이 올라 녹색이었다. 대궁 앞에 예복을 다 차려입고 선 용왕 부부와 그 양옆으로 문신과 무신으로 나뉘어 늘어선 용궁 신하들의 모습은 장엄했다.

해야와 레오가 떠날 때도 이렇게까지 모두가 모이지는 않았다. 나는 입을 벌리고 천원을 보았고 천원은 대충 짐작했다는 얼굴로 심드렁하게 어깨를 으쓱했다.

나는 문신들과 무신들 사이로 난 길고 넓은 길을 어쩔 줄 몰라 하며 걸었다. 우리가 일곱 걸음쯤 앞으로 다가서자 용왕과 용궁부인은 아까 주방 사람들이 했던 것처럼 허리를 숙이고 머리 위로 양손을 공손히 올렸다.

"어라하, 어륙. 이러지 마세요."

아무리 그래도 이건 아니지……! 나는 기겁해 그들을 말렸다. 그러나 절은 그대로 파도처럼 용궁의 모든 신하들에게 번져 나갔다. 삽시간에 나와 천원은 그들 가운데 단둘만 꼿꼿이 서 있게 되었다.

용궁부인이 평소보다 훨씬 감정에 찬 목소리로 내게 말했다.

"우리가 오랫동안 아파해 온 일을 매듭지어 주어 이제 기쁨과 안도가 찾아들었으니 이 어찌 감사를 올려야 할지."

용왕도 떨리는 목소리로 이었다.

"저희 부족한 아들뿐 아니라 딸 부부에게마저 은혜를 베푸시니 일만 번 절을 올리고도 차마 얼굴을 들 수가 없사오이다."

아니, 들어야 한다. 나는 억지로 그들의 손을 잡아 내리고 얼굴을 올렸다. 그리고 용궁부인을 끌어안았다.

"제가 하고 싶어서 한 일이니 그렇게 거창하게 감사하지 마세요. 제가 불편해요. 평소처럼 말씀하세요."

그리고 정말 감사하면 현금으로 보너스나 주세요. 물론 이 댁에서 제일 귀한 아들을 내가 데려가긴 하지만. 용궁부인은 나를 마주 꼭 끌어안았다가 떨어지며 소매로 눈물을 닦았다.

"고마워요, 연지 씨. 연지 씨를 처음 본 게 엊그제 같은데 벌써 간다 하니 아쉬움을 금할 길이 없네요. 하다못해 작은 성의 표시를 하려 해도 받지 않으니."

"집채만 한 황금 덩어리 같은 건 못 받죠."

547

현금으로 그냥 입금해 달라고. 그러나 용궁부인과 용왕이 나의 청렴함에 감동한 표정을 지었기 때문에 농담으로라도 내 욕망을 설명할 수가 없었다. 천원이 무심하게 또 재촉했다.

"동이 틀 때가 됐어."

"알았어. 멋대가리 없기는."

나는 절대 자식을 저렇게 키우지 말아야지. 툴툴거리며 나는 귀에 준비했던 꽃을 넣고 천원의 팔을 잡았다.

잠시 후.

용궁이 한없이 멀어졌다. 나는 나를 머리에 앉힌 용을 쓰다듬으며 종알거렸다. 이제는 우리 둘뿐이다.

"너 이따 들어가면 부모님한테 죄송하다고 해. 아쉬워서 저러시는데 딱 자르기는."

「원하면 당장 오늘 밤에라도 다시 들를 수 있잖아」

"그래도 거기 사는 거랑은 다르지. 이제 아들도 집에서 나오니까 얼마나 허전하시겠어."

「용에게는 잠시야」

"그래도 섭섭하지. 너 내가 잠깐 객당에 들르는 것도 떨어져 있기 싫다고 같이 다니잖아."

「자식과 정인은 달라」

의외로 용은 부부 중심의 가족관을 가지고 있었단 말인가. 하긴 자식이 있든 없든 상관없다는 태도였던 해야 부부도 그렇고, 그들의 말로는 다른 용들도 요즘은 자식을 안 낳는 추세라니 그럴지도 모르겠다. 나는 약간 기분이 좋아졌다.

군청색의 어둠이 위로 갈수록 조금씩 밝아졌다. 천원은 명백히 적절한 속도보다 훨씬 느리게 이동하고 있었다. 내 옆에 얹힌 짐이 전혀 흔들리지 않았기 때문에 나는 휴대폰을 꺼내 만졌다.

좋아, 이렇게 하고 전송이다.

"이따 나 데려다주고 나서 휴대폰 확인해 봐."

「답신 보냈어?」

저 멀리 은색의 거대한 물고기 떼가 천원이 낸 소리에 놀라 연기처럼 흩어졌다. 나는 기분이 좋아 나른하게 말했다. 일찍부터 짐을 쌌더니 피곤했는데 그 때문에 머리가 멍하고 어쩐지 당장이라도 잠들 것처럼 마음이 편안했다.

"확인해 보면 알아."

내가 썼지만 민망해서, 적어도 당장 확인하게 하는 것은 피하고 싶으니까. 이따 내가 집에 들어간 다음에 그 혼자 확인했으면 좋겠다. 천원은 잠시후 말했다.

「연지, 우리가 지상에서 사는 건 어떤 느낌일까?」

"좀 덥고, 좀 춥고, 비도 오고 바람도 불고 먼지도 있고. 하지만 나름대로 재밌어. 네가 휴대폰에서 본 맛집 같은 것도 가고 그러자. 용궁에서 구할 수 있는 것보다 훨씬 싸구려 재료로 만든 거긴 하지만. 이제 네가 편식도 안 하니 뭐든지 먹을 수 있겠네."

용궁 딸기 같은 건 좀 보내 달라고 할까. 역시 용궁 과일이 아쉽다. 천원은 또 잠시 생각하는 것 같더니 말했다.

「지상 사람들은 전부 너 같아?」

"아니. 다 다르지. 너하고 해야 용녀님도 다르고, 너하고 우리 주방장님도 다르잖아."

「응」

천원은 작게 웃음소리를 냈다. 나도 웃으며 그의 머리통에 허리를 숙여 키스했다.

"전세계의 요리를 다 먹어 보고, 좋아하는 사람들도 잔뜩 만들고, 지상에서 볼 수 있는 걸 다 보자. 응?"

「응」

텅 비어 있던 것 같은 마음이 훨씬 편안해졌다. 나는 위를 올려다보았다.

조금씩 위가 밝아지다 곧 햇살이 눈부시게 비쳤다.

나는 요리를 하기 위해서 태어났다.

그러나 그 길에 동반자가 하나쯤 있는 것은 나쁘지 않은 것 같다.

동틀 녘에 헤어진 것이 아득하고 아득하니

해 질 녘에 다시 만나길 기다리지 못하네

입국 게이트를 빠져나오는 사람들의 모습은 언제나처럼 다양했고 피로에 차 있었다. 거대하고 천장 높은 공항에서 햇빛을 받으며 나오는 이들은 작은 트렁크 하나만을 끌고 있기도 했고 거대한 이민가방 몇 개를 카트에 실어서 낑낑거리는 경우도 있었다. 수많은 국적기가 오가는 국제 공항이고 신기한 복장을 한 사람들이 낯선 도시도 아니니만큼, 다들 남이 어떤 모습을 하고 있든 비행의 피로를 풀기 위해 어서 공항을 빠져나가고 싶은 마음은 같을 터였으나.

오늘만큼은 수많은 사람의 눈길이 한쪽으로 쏠리는 경향성을 부정할 수 없었다.

특히 함께 나온 아시아인들─공항에 있던 사람들은 그들이 아마 같은 비행기를 타고 나왔으리라고 짐작했는데─은 기껏 도착한 목적지는 관심 밖에 둔 채 신기해하는 눈길을 주섬주섬 모았다. 그러나 정작 그들의 눈길을 받고 있던 두 사람은 아무렇지도 않게 저들끼리 속삭였다.

"드디어 도착했네."

"피곤하지?"

공항에 있던 사람들 중 그 말을 알아들은 사람들은 그 두 명이 한국인이리라는 것을 짐작했다.

먼저 말을 꺼내고 어깨를 빙빙 돌린 사람은 끄트머리가 목에 내려올 뿐인 짧은 밤색 머리칼에 커다란 선글라스를 끼고 있었고 거기에 답한 사람은 키가 큰 데다 아주 길고 검은 머리칼을 하나로 묶고 있었다. 둘 모두 가슴을 내민 자세가 곧고 당당했거니와 검은 머리칼을 늘어뜨린 사람의 얼굴이 아주 잘생겨, '혹시 유명한 사람들 아닌가' 하는 추측도 오갔다.

개중 스마트폰을 꺼내 오늘 이 공항에 오는 연예인 소식이 있는지 검색하기 시작한 소년을 보고 검은 머리칼 쪽이 눈썹을 슬쩍 들었다.

"여기 와이파이 되나 봐."

"그러니까 된다고 내가 그랬잖아."

"그런데 왜 인터넷 안 된다고 그랬었어? 로딩인가? 그거 해야 한다며."

주변에서 그들의 말을 알아듣고 있던 사람들은 검은 머리칼을 약간 의심스러운 얼굴로 보기 시작했다. 겉보기로는 20대 중반에 잘 잡아 봐야 20대 후반으로 보이는데. 그러나 밤색 머리칼은 짜증도 내지 않고 당연한 듯 설명했다.

"로밍. 와이파이 되는 데는 많지 않을 거야. 서울하고 다르지."

"그래?"

아무래도 검은 머리칼은 외국에 처음 나와 보는 모양이었다. 지나가던 사람들은 그 두 사람이 혹여나 떨어질세라 손을 꼭 잡고 있는 것에도 눈길을 주었다.

막 밀려 나오다 밤색 머리칼과 트렁크 바퀴가 얽힐 뻔한 금발의 코카서스인 남자가 밤색 머리칼에게 사과했다. Excusez-moi.(실례합니다.) 밤색 머리칼은 아무렇지도 않게 빙긋 웃어 보였다. D'accord. Bonne journee.(괜찮아요. 좋은 하루 보내세요.) 코카서스인 남자가 금세 호감을 가진 얼굴로 마주 웃었다가 검은 머리칼을 보고 눈을 동그랗게 떴다. Et lui, il est.(옆의 분은.)

"Boyfriend."

아는 프랑스어가 거기까지였던 것일까, 밤색 머리칼은 당당하게 이번에는 영어로 대답하며 검은 머리칼과 잡은 손을 들어 흔들어 보였다. 코카서스인 남자가 검은 머리칼의 윤기 흐르는 머리채 쪽에 엄지를 들어 보였다.

"Cool! Bon voyage.(멋지네요! 좋은 여행 하세요.)"

"Bon voyage.(그쪽도요.)"

밤색 머리칼은 여유 흐르는 모습으로 인사하고 코카서스인 남자를 보냈다. 검은 머리칼이 밤색 머리칼에게 약간 인상을 써 보였다.

"아는 사람이야?"

"아니."

"무슨 얘기 했어?"

"너랑 나랑 잘 어울린다고."

검은 머리칼의 얼굴에 웃음이 살짝 떠올랐다. 주변에서 검은 머리칼의 얼굴을 슬쩍슬쩍 훔쳐보던 몇 명은 심장을 움켜쥐었다. 심장에 좋지 않은 얼굴이었다.

밤색 머리칼은 검은 머리칼을 이끌고 공항 밖으로 나갔다. 둘의 손은 택시를 잡는 순간에도 결코 떨어지지 않았다.

"아, 좋다!"

연지가 침대에 벌러덩 눕자 손을 잡고 있던 천원은 이끌려 함께 침대에 푹 앉아 버렸다. 연지는 금세 모로 누워 그를 올려다보고 빙긋 웃었다.

"오랜만에 파리 오니까 좋다. 처음 나와 본 외국은 어때?"

"사람들 말을 못 알아듣겠어."

천원은 진지하게 감상을 말했다. 연지는 킥킥 웃었다. 그게 어떤 느낌인지 그녀도 잘 알고 있었다.

"그치, 그런 거 좀 피곤하지. 이번엔 관광 온 거니까 영어로도 대충 통하지만 나 나중에 여기서 좀 살면서 말을 아예 제대로 배우고 싶어. 옛날에 배운 프랑스어를 많이 까먹었어."

"그래, 그럼 여기 집 알아보라고 할까. 사돈도 여기 사시고."

그가 말하는 사돈을 연지는 한 번도 만나 본 적이 없었지만 누구 이야기인지는 알고 있었다. 지금은 페루에서 즐겁게 살고 있는 혜야는 예전에 바로 이 프랑스로 유학을 왔다가 지금의 남편을 만났다. 여기까지 온 김에 인사를 한번 하러 가는 것도 나쁘지는 않았다.

"아니, 집을 당장 알아보라는 건 아니었어. 내가 일자리를 알아봐야지."

"그래?"

"친구들 중에 파리 말고 브르타뉴 쪽에 일하는 애 있는데 걔하고 연락을 좀 해 봐야겠어. 그럼 같이 올 거지?"

천원은 미소 짓고 고개를 끄덕였다.

"당연하지."

연지는 그 미소에 살짝 감동을 받았다. 지금 천원이 하고 있는 한자 자격증 강사 일도 어지간히 고생해서 겨우 적응한 건데, 막상 또 자리를 옮겨야 한다면 얼마나 힘들까. 그런데도 저렇게 당연한 듯이 따라오겠다고 해 준다.

"고마워. 아이, 예쁘다. 이리 와."

그녀의 손짓에 천원은 고개 숙여 그녀의 팔에 안겼다. 연지는 그를 꼭 끌어안고 후후 웃다가 별안간 벌떡 일어섰다.

"내가 그럼 프랑스 음식을 속성으로 먹여 주지! 짐 놨으니까 밥 먹으러 가자."

"벌써?"

"왜?"

"나는 조금 더 여기 둘이 있고 싶은데."

천원은 그렇게 말하고 은근한 눈짓을 던졌다. 연지는 얼굴을 붉히며 이것이 시간과 자원에 신경 써 본 적이 없는 종족의 여유일까, 하고 생각했다. 그리고 '시간'에 대한 것이라면 이제는 그녀도 그와 같은 것이다…….

아니, 넘어가면 안 되지.

"오늘 저녁에 좋은 데 예약해 놔서 안 돼. 모처럼 나왔으니 파인 다이닝에서 스트리트 푸드까지 다 마스터해 주고 한국 들어갈 거야."

이번 휴가 기간에 맞춰서 예약하려고 그녀가 전화를 몇 통 해야 했는지는 신만이 아실 터였다. 천원은 불평하면서도 얌전히 일어섰다. 연지는 깔끔한 호텔 방의 거울에 얼굴을 몇 번 비춰 보다가 방을 나섰다.

크리스마스가 다가온 파리의 시내는 두텁게 입은 관광객의 숲이었다. 그러나 온갖 인종과 온갖 차림의 사람들이 오가는 거리에서도 천원에게는 가끔 모르는 사람의 시선이 향하곤 했다.

연지는 따가운 겨울 햇살 때문에 쓴 선글라스 너머로 흰 입김을 불며 들쑥날쑥한 보도블록 위를 천천히 걸었다. 그러다 천원을 자신도 가끔 힐끔힐끔 살폈다. 사실 이만큼이나 새까만 머리칼을 이만큼이나 길게 길러 늘어트린 남자는 이 파리에도 몇 명 없을 것이다.

아직 전기가 들어오지 않은 꼬마전구가 가로수와 대로변 가게에 사랑스럽게 장식되어 둔한 광택을 냈다. 산타클로스 인형이 장식된 오래된 아파트의 발코니를 올려다보며 천원은 감탄했다.

"여긴 건물 모양이 신기해."

"그치? 한국에서 보던 건물하고는 많이 다르지?"

"응. 그리고 외국인이 많네."

외국이니까. 천원은 지상에 정말 많이 적응해서 극동아시아인의 전형적 외모를 지니고 있지 않은 사람들을 '외국인'이라고 부르고 있었다. 연지는 이제 외모로 사람의 국적을 판단할 수 없는 시대라는 것은 나중에 알려 주기로 하고 맞장구를 쳤다.

"응, 그렇지? 나도 해외에 오랜만에 나와서 신기하다."

"여기가 전에 누나가 유학 왔던 데지?"

"아마 그렇겠지? 루아르강도 나중에 진짜 들를까?"

"나중에 생각해 보자. 남의 집을 방문할 때는 연락을 하고 가는 거잖아."

정말로 평생 '자기 집'에만 있어 봤던 천원이 이렇게 일반적이지만 직접 경험해 보지 않으면 잊기 쉬운 예의를 익혀 가는 것도 지상 공부의 수확 중 하나였다. 연지는 감개무량하게 고개를 끄덕였다.

"그래. 어, 저기서 새우 삶은 거 판다. 먹어 보자."

구름과 섞인 듯 밝은 하늘 아래로 벽에 조각이 있고 아름다운 창틀이 들어간 몇백 년짜리 건물이 늘어섰다. 그런 건물과 보도 사이의 어딘가에는 바이올린 연주자나 노점이 있곤 했다. 가끔 보이는 카페는 프랑스풍으로 창을 열어 두었지만 안에 담배 연기가 자욱했다.

연지는 엄지손가락 한 마디만큼 작은 새우의 살을 삶아서 그대로 잔뜩 담아 주는 노점을 발견하고 그쪽으로 종종걸음 쳤다. 천원도 그녀의 손에 이끌려 성큼성큼 걸어야 했다.

"Un, s'il vous plait!(하나 주세요!)"

연지는 맞는지 아닌지도 모르는 프랑스어를 하며 손가락 하나를 들어 보였다. 새카만 수염이 나고 피부색이 짙은 노점 주인은 이를 보이며 활짝 웃었다.

"Your boyfriend?"

노점 주인의 턱짓에 연지는 웃으며 고개를 끄덕였다.

"Yes."

"Voila!(여기 나왔습니다!)"

새우를 담은 종이 접시가 나왔다. 연지와 천원은 인사하고 꼬치를 집어 들어 새우를 먹기 시작했다. 새우는 원래 해변의 군것질거리를 도시까지 가져와 파는 것이라 그런지 아주 실하지는 않았지만 나름대로 맛이 괜찮았다. 음식을 먹는 도중에도 손을 놓지 않는 두 명을 보고 노점 주인은 한껏 귀엽다는 얼굴을 했다.

"Cute! Love! Right?"

노점 주인이 엄지를 치켜세우고서 그 손으로 연지와 천원의 꼭 마주 잡은 손을 가리키자 연지는 대강 웃으며 감사 인사를 했다.

손을 잡고 있는 이유 중에 '추운 것이 싫어서'도 있다는 것은 역시 말할 필요가 없었다.

흰 반달 아래로 먹물처럼 새까만 강물이 흘렀다.

강을 가로지르는 다리에는 여전히 관광객이 많았지만 한낮의 한창 붐빌 때만큼은 아니었다. 연말을 맞아 즐겁게 취한 사람들이 어깨동무를 하고 노래하며 다리를 건넜다. 연지는 약간 붉어진 얼굴로 자신도 노래를 흥얼거렸다. 천원은 달을 보며 축축하고 찬 공기를 들이마셨다.

"달은 여기나 저기나 똑같지 않아?"

흰 입김이 올랐다. 다리에 밝혀진 가로등에는 밝은 하늘색 전구가 얽혀 계속 반짝였다. 연지의 질문에 천원은 그녀를 내려다보았다. 그의 검은 두 눈에 달이 가는 등처럼 비쳤다.

"조금씩 달라. 공기가 달라서 그럴까."

"그래?"

연지는 천원의 얼굴을 잠시 바라보았다. 달아오른 얼굴에 까맣게 박힌 눈이 잠시 멍해졌다. 대체 이 남자는 왜 이렇게 잘생겼을까. 벌써 반년을 넘게 매일 보는 얼굴인데 도무지 질리질 않는다…….

촉. 연지의 입술이 희미하게 부르던 노래가 멎었다. 천원은 고개를 숙여 연지의 입술에 짧고 부드럽게 키스했다. 떨어진 얼굴 사이로 찬 바람과 흰 입김과 미지근한 열기가 피어올랐다.

"와인 맛이 나."

천원은 그렇게 말하고 슬쩍 웃었다. 훌륭한 레스토랑에서 취할 때까지 술을 마시는 것은 무례한 일이었지만, 연지는 아까 그에게 와인을 좀 더 먹일 걸 그랬나 하고 마음 한쪽에서 아쉬워했다. 취해서 멍한 게 더 귀여운데.

"마지막에서 두 번째 와인 맛있었지."

"응. 마지막에 나온 치즈도 마음에 들었어."

오늘 저녁에 선택한 미슐랭 2스타짜리 식당은 분위기가 좋고 음식은 흥미로웠다. 최근의 유행에 대해서도 생각할 수 있고 재료 다루는 법이 낯선 것이 많아 아주 좋은 공부가 되었다. 게다가 천천히 대화를 나누며 음식을 즐긴다는 기본적인 디너의 요건도 더할 나위 없이 만족스러운 환경에서 충족되었다.

"굉장히 좋았어. 있잖아, 내일은 오늘 아까 그 레스토랑 셰프가 더 싸게 다양한 사람들이 좋은 음식을 먹게 하려고 연 캐주얼한 식당에 갈 거야."

"캐주얼한 게 뭐야?"

"더 편하게 입고 더 편하게 먹을 수 있다고. 오늘보다 포크하고 나이프 수도 적을 거야."

오늘처럼 드레스와 정장을 입는 게 아니고, 하고 연지는 자신이 입은 초록색 드레스의 끝단을 펼쳐 보였다. 천원은 고개를 끄덕였다.

"더 싸게 다양한 사람들이 좋은 음식을 먹게 한다는 건 아주 훌륭한 일이네. 식당이 캐주얼하면 그렇게 할 수 있는 거야?"

"아니, 그건 아니고, 내일 가는 식당은 음식값이 더 싸지."

"그러면 왜 오늘 간 식당의 음식값을 싸게 하지 않고 다른 식당을 여는 거야?"

천원은 이제 지상의 생활에 아주 잘 적응한 것 같으면서도 모르는 게 많다. 연지는 기분 좋게 그의 한쪽 손을 잡고 그 자리에서 빙글 돌았다. 꽃이 피는 것처럼 드레스 자락이 활짝 펼쳐졌다.

"다양성이지. 오늘 간 곳은 조용하고, 첼리스트가 직접 와서 음악도 연주해 주고, 식탁보는 새하얗고 두껍고 서버가 많아서 각 사람이 식사를 쾌적하게 할 수 있게 계속 신경을 써 줬잖아. 그런 환경을 유지하면서 음식도 계속 연구하고 좋은 재료로 내려면 당연히 돈이 많이 들지. 그런 식사를 원하는 사람들을 위해서 파인 다이닝도 계속 유지를 하고, 대신 그런 식사를 하기엔 돈이 없는 사람들도 좋은 음식을 먹을 기회를 주기 위해 내일 가는 것 같은 식당도 따로 하고."

용궁은 화폐 개념이 느슨하고 시장 경제가 그리 발달하지 않았다 보니, 천원은 이런 이야기를 아직 어려워했다. 그러나 '돈이 없는 사람들도 좋은 음식을' 어쩌고 하는 부분은 확실히 알아들은 듯 감명 깊은 표정을 지었다. 연지는 천원과 잡은 손에 힘을 더 주고 다리 아래의 강물을 내려다보았다.

"가난한 자들에게 빵을 나누어 주는 것과 같은 거야?"

"아니, 가장 기본적인 생각은 같을지도 모르지만."

"그게 뭔데?"

"누구나 깨끗하고 안전하고 맛있는 음식을 먹을 수 있어야 한다는 생각 아닐까?"

옅은 먹색의 구름이 흘러갔다.

조각배 모양의 구름은 달을 잠시 반쯤 가렸다가 다시 하늘 저편으로 떠내려갔다. 연지는 크리스마스 조명이 일렁이는 물그림자를 잠깐 보다가 입을 작게 오물거려 노래했다. 나는 거리를 산책했어요, 누구에게나 열린 마음으로⋯⋯.(※ 'Aux Champs-Elysees')

천원은 연지의 옆에 서서 그녀의 허리를 끌어안고 눈을 감았다. 그녀의 목소리는 그에게 언제나 듣기 좋았다.

단순한 노랫말이 몇 번이나 반복되다 밤바람에 작게 사라졌을 때 그는 입을 열었다.

"아직은 잘 모르겠지만, 나는 지상이 참 좋아. 내가 상상한 것과 많이 다르니까 더 재밌어."

연지는 천원의 어깨에 머리를 기댔다. 그의 품은 그녀에게 언제나 따뜻했다.

"네가 좋아해서 다행이다."

"응. 여기서 진짜로 내가 배워야 하는 것을 배운다는 느낌이야. 용도 궁의 후계자도 아닌 평범한 이의 삶이 어떤 건지 내가 느껴 볼 수 있을 줄은 몰랐어. 내 백성들이 평소에 어떻게 살아가는지 생각해 볼 기회가 됐어."

그의 어머니가 지금 이 말을 들으면 어떻게 생각할까. 연지는 쿡쿡 웃고 천원의 팔을 꼭 잡았다. 웃음이 새하얀 입김이 되어 하늘로 날아올랐다. 문득 불어온 겨울바람에 거리의 관광객들이 모자와 옷깃을 잡으며 얼굴을 찡그렸다.

"좋은 공부가 되고 있네."

"응."

다시 입김이 올랐다.

"나는 있잖아, 모든 사람들이 맛있는 음식을 먹고 건강하고 행복했으면 좋겠어. 돈이 없어서 못 먹지도 말았으면 좋겠고, 아파서 못 먹지도 말았으면 좋겠어."

"응."

웃음소리.

"먹으면 슬픈 사람은 기뻐지고, 아픈 사람은 기운이 나고, 영양이 부족했던 사람은 건강해지는 그런 음식을 내가 만들 수 있으면 좋겠다……."

천원은 연지의 귀를 살짝 깨물며 목을 울려 대답했다.

"응."

※　※　※

여행 둘째 날의 파리는 겨울비가 부슬부슬 내렸다.

호텔 창에서 내려다보던 거리도 그랬지만, 번화가의 카페에 앉아서 보는 거리에도 파리로서는 드물게 까만 우산이 몇 개나 어깨를 부딪치고 있었다. 하긴 저렇게 우산을 쓰는 사람들의 상당수는 관광객일 것이다. 연지는 마음대로 짐작하며 흰 커피 잔에 손을 가져갔다. 천원은 그녀의 왼손을 잡은 채 인상을 썼다.

"담배 냄새 나."

일부러 야외 테라스에 앉았는데도 파리 시내의 카페란 카페는 가득 채우고 있는 담배 냄새는 어쩔 수 없이 났다. 잠시 후 실바람이 불어와 담배 냄새를 날리며 그 자리에 비의 젖은 냄새를 채웠다. 연지는 픽 웃었다.

"여긴 다 그래. 힘들어?"

"이젠 괜찮아."

천원이 연지의 왼손을 잡은 것은 그의 오른손이었기 때문에, 그는 자신이 주문한 카페오레를 왼손으로 마실 수밖에 없었다. 그들의 그런 손 역할 분담은 몇 년에 걸쳐 익숙해진 것이었기 때문에 그의 왼손 이용은 문제 없이 능숙했다. 우아하게 들린 저쪽의 커피 잔을 흘긋거리며 연지는 일부러 자신의 커피 한 모금을 아주 느리게 입에 들였다.

투두둑, 피아노 연주 같은 낙숫물 소리가 테라스의 차양 아래서 울렸다. 그보다 더 낮고 굵으면서 짧게 울리는 소리는 차양 위쪽을 두드리는 빗방울이었다. 추위는 느껴지지 않았지만 겨울의 성마르고 잠든 나무 냄새도 젖은 비바람에 실려 코를 스쳤다. 커피의 쏩쌀하고 묵직한 향기가 입과 코를 모두 채우며 한 호흡의 마지막을 장식했다.

천원은 커피 잔을 아예 손에서 떼고 길 건너편의 기념품 가게를 쳐다보았다. 기념품 가게는 차양을 있는 대로 빼서 작은 에펠탑 모양 열쇠고리니 개선문 모양 오브제 따위를 잔뜩 진열해 두고 있었다. 그보다 안쪽에는 파리의 풍경을 그린 수채화 엽서나 야경을 잔뜩 모아 스무 장씩 세트로 만든 사진 엽서도 있었다.

"저런 거 사고 싶어?"

천원은 고개를 순순히 끄덕였다.

"우리 학원 김 선생이 대만 다녀오면서 선물 사 왔거든. 나도 뭐 사 가야 돼."

"응, 여행 다녀오면 당연히 뭘 돌려야지. 근데 저런 기념품 전문점은 너무 비싸고, 이따 저녁에 로컬들이 많이 가는 행사 갈 건데 거기 기념품 할 만한 거 많이 판대. 그때 사자."

천원은 연지가 한 말을 완전히 이해하지는 못한 듯 한 박자 후에야 인상을 쓰며 고개를 끄덕였다.

"그래."

그래도 아무튼 얌전히 동의한다. 그는 연지가 하는 말을 들으면 어쨌든 좋은 결과가 나올 것이라고 순전하게 믿고 있었다.

꼭 그래서만은 아니지만, 사랑스럽다. 연지는 커피 잔을 오른손으로 쥔 채로 천원의 얼굴을 보며 웃었다. 천원은 잠시 멍하니 얼굴을 붉혔다.

"파리 어때?"

연지는 여전히 웃으며 그렇게 물었다. 천원은 시선을 약간 돌리며 대답했다.

"좋아. 신기해."

"다음엔 여기서 진짜 좀 살아 볼까?"

"어제 그러자고 했잖아."

"진짜진짜진짜로. 아, 여기서 요리 학교도 다시 제대로 다녀 보고 싶다."

"그렇게 해, 연지."

연지는 또 웃었다. 천원은 그녀의 얼굴을 모른 척 훔쳐보았다 또 시선을 다른 곳으로 돌렸다. 얼굴이 더 붉어졌다.

"어디든 네가 좋아하는 데를 골라, 연지. 그 어떤 것도 널 방해하지 못하게 할 거야."

"정말?"

잘 버티던 연지도 이번에는 살짝 얼굴을 붉혔다. 그녀는 다음 말을 하기 전에 흐흠, 하고 목소리를 한 번 가다듬어야 했다.

"사실은 있잖아, 나 여기도 정말 좋지만 미국도 얘기가 있어."

"그래?"

그로서는 처음 듣는 이야기였다. 천원은 조금 더 이야기의 내용 자체에 집중하며 눈을 들었다. 반면 연지는 얼굴을 살짝 더 붉히며 설명했다.

"우리 실장님이 나 마음에 든다고, 미국에서 퓨전 한식당 크게 오픈할 계획인데 미국 갈 생각 있으면 와서 해 볼 생각 없냐고 그러시더라. 얼마나 진지하게 말씀하신 건지는 모르지만 한번 비자며 뭐며 알아보려고."

'퓨전 한식' 이 뭔지는 천원도 알았다. 연지는 지상에서도 잠시 그런 곳에서 일한 적이 있었던 것이다. 그는 빙긋 웃으며 진심으로 감탄했다.

"대단하다, 연지. 네 음식은 맛있으니 그럴 만도 하지만."

"정말? 고마워."

그는 '음식을 칭찬해 주는 게 가장 기쁘다' 는 그녀의 말을 여전히 기억하고 잘 지켜 주고 있었다. 연지는 기분이 좋아져 눈을 한껏 휘며 다정하게 웃었다. 잡은 손에 애정을 담아 힘을 살짝 주자 저쪽에서도 신호가 돌아왔다.

"Madame, monsieur."

카페의 종업원이 쟁반에 희고 넓은 그릇을 얹고 다가왔다. 그릇에는 갓 튀긴 감자튀김이 가득 담겨 있었다. 새까맣고 공기 때문에 약간 축축한 테이블 한가운데 그릇을 놓고 종업원은 친절하게 인사했다.

"Bon appetit.(맛있게 드세요.)"

"Merci, monsieur.(감사합니다.)"

연지는 신이 나서 인사하고 감자튀김을 집었다. 그리고 천원이 감자튀김을 한 번에 세 개씩 집어 가자 경고했다.

"여기 감자튀김 맛있다고 너무 많이 먹으면 이따 점심 못 먹는다?"

"나 점심보다 이게 좋을 것 같은데."

"식당에서 감자튀김도 시켜 줄게. 메뉴 봤는데 있었어."

"알았어."

천원은 이미 집은 감자튀김 세 개는 입에 넣었지만 신중하게 자제하려는 눈빛을 지어 보였다. 연지는 그걸 보고 이번엔 깔깔 웃었다.

"프랑스에 왔으면 여기 사람들이 먹는 대로 스테이크 블루도 먹고 해야 하는데 그런 건 체질 때문에 못 먹고, 아까워. 물론 그거 말고도 맛있는 게 많지만."

"레어 스테이크는 한국에서도 먹을 수 있잖아."

"이 땅에서 먹는 건 다르지. 한국에서 먹는 건 어쩌다 식당에서 스테이크를 즐기는 거고, 여기서는 일상적인 음식이니까. 여행을 가서만 느낄 수 있는 것 중 가장 중요한 건 역시 식문화 아니겠어?"

"그건 연지가 요리사니까 그런 거지."

천원은 연지가 입을 비죽거리자 그녀를 보고 웃었다.

비는 그칠 기미를 보이지 않았다. 그는 그 비를 멈출 수 있었지만, 그녀가 이 날씨를 즐기는 것 같았기 때문에 그러지 않기로 했다.

저 먼 어느 나라의 이름도 모를 악기 연주자에게 동전이 쏟아졌다. 우두커니 뒤집혀 놓인 야구 모자는 은색 금색으로 반짝이는 유로 동전과 센트 동전으로 반쯤 차 거센 겨울바람에도 날아가지 않을 것 같았다.

동동, 동도도동동. 연지는 그 악기 소리가 어딘가 용궁에서 들었던 음악과 닮았다고 생각했다. 천원도 그 악기에 흥미를 보이며 주머니에 손을 넣었다.

"저 북은 뭐라고 해, 연지?"

"나도 몰라. 어디 아프리카나 남미 악기 아닌가? 응, 역시 잘 모르겠어."

천원은 2유로짜리 동전 하나와 50센트짜리 동전 두 개를 야구 모자에 가볍게 던져 넣었다. 악기 연주자는 싱긋 웃으면서 두 사람에게 고개를 까딱해 보였지만 손은 쉬지 않고 악기를 계속 두드렸다. 악기는 관리가 잘되었는지 새것 같지는 않아도 반질반질하고 깨끗했다.

자유, 평등, 박애를 뜻한다는 삼색기를 비롯해 온갖 국기와 그 외의 여러 깃발이 꽂혀 팔락팔락 날리는 거리가 계속되었다. 바랜 라임색 벽돌로 지은 섬세한 건물이 줄지어 화사한 테라스를 뽐내었다. 오늘은 날씨가 맑았다.

"어, 그림이다."

이 부근의 광장에서는 흔히 보이는 길거리 화가가 곱슬머리 관광객의 초상화를 그려 주고 있었다. 연지는 슬쩍 천원의 손을 끌고 그 자리를 맴돌았다. 화가는 자기 얼굴을 그린 초상화를 두엇 전시해 두고 그 옆에는 파리의 옛 거리를 그린 수채화를 어지럽게 진열해 두고 있었다.

천원은 그 수채화에 든 맑은 회색이 어쩐지 마음을 끌어 잠시 걸음을 멈췄다. 연지가 금세 그의 옆에 붙어 서서 풍경화를 보았다.

"솜씨가 좋은 화공이네."

천원은 이런 그림을 용궁에서는 휴대폰이나 TV로만 보았기 때문에 처음 지상에 나와 실제로 저런 그림들이 아무 데나 장식되어 있는 것을 보았을 때는 깜짝 놀랐었다. 심지어 화공이 어딘가 대갓집이나 궁에 불려 가 그림을 그리는 것이 아니라 자유롭게 그리고 싶은 것을 그려 파는 것은 지상에 올라오고도 몇 개월이나 지나고서야 처음으로 보았다. 지상의 삶은 용궁의 것과 정말로 아주 많은 부분에서 달랐다.

연지는 천원이 풍경화 중 한 점에 특히 눈길을 주는 것을 보고 속삭여 물었다.

"그림 살까? 집에 가서 액자 사서 걸어 놓으면 계속 이번 여행 생각나고 좋을 것 같아."

"연지는 초상을 그리고 싶은 거 아니야?"

천원은 그녀가 거의 눈치를 주지 않아도 그런 것은 알아채 가끔 그녀를 놀랍게 하곤 했다. ……그녀는 빙긋 웃으며 고개를 저었다.

"저런 사람들은 우리 같은 아시아인 얼굴 특징은 잘 못 잡아. 우리 나중에 한국 가면 초상화는 그때 같이 그리자. 놀이동산 가서."

"그래. 그럼 저 그림이 좋으니 한 점 사 가자."

연지는 화가와 몇 마디 나눠서 그림값을 아주 약간 깎았다. 관광객에게는 모든 가격이 들쑥날쑥하다는 말을 친구들에게 듣고 왔기 때문에 그렇게 한 것이었지만 제 그림을 얼마 받고 팔 것인지는 화가의 마음이고 원래 그림에 대한 심미안도 없어서 오래 옥신각신할 수는 없었다. 화가는 연지가 낸 돈을 받고 빙긋 웃으며 풍경화를 둘둘 말아 주었다. 연지는 그것이 망가지지 않도록 조심스레 쥐었다.

"Merci, madame.(감사합니다.)"

"Merci, madame. Bonne journee.(감사합니다, 손님. 좋은 하루 보내세요.)"

천원이 금세 연지의 손에서 그림을 받아 들었다. 그런 것을 다룰 때는 천원이 훨씬 조심스럽고 섬세했기 때문에 연지는 안심하고 이제 오른손을 편하게 흔들었다.

더 걷다가 문득 1층에 자리한 돼지고기 정육점이 눈에 들어왔다.

"잠깐만, 나 저거 볼래."

천원은 피 냄새 때문에 정육점을 좋아하지 않았고, 연지는 그래서 안으로는 들어가지 않고 밖에서 진열된 소시지와 햄을 실컷 눈으로 보았다. 창과 문에 모두 큰 유리를 붙여 놓은 정육점 안에서 어떤 멋지게 차려입은 할머니가 두꺼운 갈색 종이 봉지를 끌어안고 나왔다. 우연히 연지는 그녀와 눈이 마주쳤다.

"Bonjour.(안녕하세요.)"

머리가 완전히 흰 할머니는 여유롭게 웃으며 인사하고 본인이 갈 길을 갔다. 정리가 전혀 되어 있지 않아 바닥이 울퉁불퉁한 거리를 그 할머니의 우아한 검은색 단화가 균형 있게 밟았다. 연지는 잠시 그 뒷모습에 시선을 빼앗겨 멍하니 입을 벌렸다. 천원은 연지를 보다가 아무 말 없이 손을 당겼다.

연지는 불평하지 않고 눈을 동그랗게 뜬 채 천원이 이끄는 대로 한동안 걸어갔다. 천원은 한참 그녀를 끌고 아름다운 거리를 걷다가 주변에 관광객이 가득하고 음식 냄새는 거의 나지 않는 화려한 거리가 나왔을 때에야 걸음을 멈췄다. 연지는 천원보다 두 걸음 정도 뒤에 서서 잡은 손을 쭉 뻗은 채 가만히 있었다.

견딜 수 없게 된 것은 천원이 먼저였다. 그는 연지를 보고 물었다. 그의 얼굴은 평소와 같으려고 애쓴 흔적이 있었지만 눈은 심장 고동처럼 흔들렸다.

"저렇게 된다고 했던 거지?"

"저렇게 멋있게 늙으려면 노력 많이 해야 돼."

"아무튼."

연지는 두 걸음을 걸어 천원과 나란히 섰다. 둘의 손과 팔이 모두 바싹 붙었다. 그녀는 그를 올려다보며 해사하게 웃었다.

"나 후회 안 해. 물론 저렇게 된 다음에 천도를 먹을 수도 있었지만, 그럼 몸이 너무 아파서 요리하는 데 애로 사항이 많았을 거야."

지금 이 모습이든, 더 변화한 다음의 모습으로든.

네 옆에는 있었을 거라고.

그 말에 천원은 저도 모르게 부드럽게 안심한 표정을 지었다. 연지는 그를 안심시키듯 발돋움을 해 그의 뺨에 입 맞췄다. 그는 약간 얼굴을 붉히고 천천히 다시 걷기 시작했다. 연지는 그와 팔짱을 꼈다.

"이번엔 내가 질문할래."

"뭔데?"

"내가 저렇게 변해도 나 사랑할 거였어?"

"응."

"대답 너무 빨라. 진짜?"

"응."

"내가 머리가 하얗게 세고, 허리가 아프고, 다리가 아프고, 눈이 잘 안 보이고, 손에 주름이 많고, 얼굴 모양이 변해도, 그래도 나 사랑할 거였어?"

"그렇다니까."

"왜?"

"안 사랑할 이유가 없잖아."

"진짜?"

"연지는 내가 이무기로 변했다면 나 안 사랑할 거였어?"

"아니, 사랑할 거였어."

"왜?"

"안 사랑할 이유가 없는데."

연지는 고개를 도리도리 젓고 웃었다. 천원은 그녀를 보고 완전히 부드러워진 얼굴을 했다. 겨울의 하늘은 희게까지 보일 만큼 밝았다.

※　※　※

공항은 연말을 맞아 여전히 붐볐다.

가장 화려한 시즌 중 하나를 맞은 공항의 여러 상점은 전구와 붉은 장식을 달아 손님들을 유혹했고 피곤한 얼굴로 트렁크를 끄는 사람들은 마지막으로 사 갈 것이 없나 주변을 살폈다. 크리스마스 선물을 사 가는 사람들 중에는 아무래도 자신이 가져온 가방의 용량을 제대로 계산하지 못한 이도 있는지, 어떤 트렁크는 명백하게 터지기 직전이었고 어떤 것은 이미 터져 까만 테이프로 둘둘 감겨 있었다.

"안 춥나?"

연지는 지나가던 한국인들이 자신과 천원을 보고 속삭이는 소리를 무시했다. 그들은 주변의 눈을 생각해 대강의 코트 정도는 걸치고 있긴 했지만 기본적으로 추위를 막을 패딩이나 장갑, 모자 따위는 필요 없었다. 저런 말은 한여름에 둘이 손을 꼭 잡고 데이트하면서도 땀 한 방울 안 흘릴 때는 '안 덥나?'의 형태로 수군수군 날아오기도 했다.

"안 무거워?"

요리책과 통조림을 잔뜩 산 덕분에 트렁크가 꽤 무거워진 연지에게 천원이 친절하게 물었다. 연지는 고개를 끄덕였다.

"들 만해. 얼른 맡겨 버리자. 오버차지 안 내면 좋겠는데."

학원의 동료 선생님들과 용궁의 부모님에게 줄 장난감 같은 선물만 몇 개 산 천원은 트렁크가 많이 비어 있었다. 그는 제법 어른스럽게 말했다.

"그게 뭔지 모르지만 힘들면 짐 바꾸자."

"고마워. 그래도 내 거니까 내가 들 거야."

자존심 때문에 그렇게 말한 것도 있었지만, 연지는 정말로 트렁크를 끄는 것이 아주 힘들지는 않았다. 신선이 되면 어떤 신체적인 변화가 있다는 말을 구체적으로 들은 적은 없어도 그녀는 솔직히 그것이 원인 중 하나가 아닐까 하는 의심을 하고 있었다.

둘은 꽤 길게 늘어진 티케팅 줄에 서서 한참을 기다렸다. 파리와 인천을 잇는 항공편을 타려고 하는 사람들은 대부분 머리가 검었고 아이들을 데리고 있는 사람들도 있었다. 여행에 지쳤으면서도 씩씩한 아이들은 부모님이 가진 거대한 트렁크 위에 앉아 발로 장난을 쳤다. 마침내 직원이 살짝 쉰 목소리로 차례를 불렀다.

"다음 분."

결국 연지의 트렁크에 있던 책 중 상당수는 천원의 트렁크로 이사를 가야 했다. 짐 조정을 마친 그들은 트렁크를 모두 부치고 비행기 티켓을 받았다. 입국할 때처럼 어떤 사람들은 천원이 혹 유명인이 아닌가 인터넷을 검색해 보며 눈을 굴렸다.

출국 심사를 마치고 면세점을 둘러보며 연지는 몇 가지 사치품을 더 구입했다. 천원은 그녀가 그중 중고가의 술 한 병을 누구한테 줄 예정인지 듣고 불쾌한 듯 입술을 비죽였다.

"왜 네가 별 주부를 따로 챙겨?"

"친구니까, 친구니까 챙긴다고 몇 번을 말해. 똑같은 거 골소마리 나솔님한테도 드릴 거야."

"둘 다 주지 마."

"모처럼인데 이 정도 선물할 수도 있지. 너하고 둘이 여행 가서 아주 다정하게 손잡고 골라서 샀다고 하면서 드릴 테니까 걱정하지 마. 나는 오천원을 사랑합니다 백 번 말하면서 선물할까?"

천원은 연지의 말에 더 반대는 하지 않았지만 영 불편한 기색이었다. 연지는 그를 붙잡고 몇 번이나 뺨에 쪽쪽 입을 맞춰 주고 나서야 그 기분을 풀수 있었다.

얼마 지나지 않아 탑승 시작을 알리는 방송이 프랑스어와 영어로 나오기 시작했다. 연지는 천원과 함께 급히 탑승구로 달려갔다. 주로 검은색의 두꺼운 패딩을 입은 사람들이 꾸물꾸물 천천히 탑승하며 문 너머로 들어갔다. 갈색 머리를 깔끔하게 넘긴 코카서스인 승무원이 초록색 눈을 친절하게 반짝이며 어린이 손님들에게 손을 흔들어 주었다.

아무리 그래도 표를 확인하고 탑승하는 과정에서는 잠시 손을 놓게 되었다. 연지는 양탄자가 깔린 하늘길을 지나 사방이 막힌 비행기 안으로 들어서자 울상을 지었다. 벌써 불평하는 사람들이 서로에게 날카롭게 던지는 말로 이코노미 클래스 방향이 시끄러웠다. 비행기가 뜨고 어느 정도 시간이 지나면 정리가 될 테지만 당장은 영 답답했다.

"환영합니다. 자리 확인 도와드리겠습니다."

승무원은 친절하게 연지가 앉을 자리가 있는 방향을 알려 주었고 그녀는 주변을 둘러보며 나아갔다. 간신히 본인의 자리에 도착해 앉자 천원도 그 옆에 앉으며 그녀의 손을 도로 꼭 잡았다.

"아, 살겠다."

연지는 천원의 손을 잡자 금세 다시 쾌적한 온도로 돌아간 주변의 공기를 느끼며 기분 좋게 한숨 쉬었다. 천원은 의자 손잡이에 깔린 머리칼을 빼며 말했다.

"다음엔 우리끼리 날아서 오자. 맛있는 거 많았어."

그는 그녀의 얼굴을 한 번 보고 괜히 혼자 찔끔해서 한마디 덧붙였다.

"물론 네가 만든 게 제일 맛있지만."

그녀는 킥킥 웃고 다정하게 대답했다.

"고마워. 그래, 우리끼리도 오자. 언젠가는 살기도 하자. 여기서 맛있었던 거 다 실컷 먹자."

"응."

천원은 안심한 듯 빙긋 웃었다. 안전벨트를 매라는 안내 방송이 나왔다. 한참이나 이어진 탑승이 끝나고 겨우 비행기 앞쪽이 잘 보이게 되었다. 안전벨트를 매는 철컥철컥 소리도 두서없이 한참 이어졌다.

안전 교육과 몇 가지 안내가 이루어지고 나서 비행기는 천천히 움직이기 시작했다. 천원은 숨을 한 번 깊게 쉬고 연지 쪽을 보며 등을 의자에 기댔다. 그의 눈이 곧 슬슬 감겼다.

물론 피곤했을 것이다. 연지는 그의 상아 같은 눈가를 오랫동안 그저 바라보았다. 마음속에서 어쩐지 울음 같은 것이 치밀어 올라왔다.

안 사랑할 이유가 없다고.

그렇게 말할 수 있는 것은 그가 용이기 때문일까, 아니면 그의 본래 성품일까. 그도 아니라면 원래 사랑은 그런 것일까.

언젠가는 답이 나올까. 그녀는 마구 뜨거워지는 무엇인지도 모를 감정을 어루만지며 그의 잠든 얼굴을 보다가, 웃으면서, 그리고 평온한 기분으로 자신도 눈을 감았다.

에필로그 2

결혼식

"엄마, 저 결혼을 할까 해요."

나도 이게 아침 식사 중에 갑자기 꺼낼 말인지는 확신이 없었다. 그러나 동생은 그대로 사레가 들려 밥알을 뱉어 낸 데 비해 엄마의 반응은 심드렁했다.

"그래, 빨리해라."

"어."

일단 이래 봬도 나는 미국에서 일하다가 7월 연휴를 받아 집에 들어온 것이다. 1년에 몇 번 얼굴을 못 보는 딸이 갑자기 결혼 이야기를 꺼내면 조금 더 놀라거나 아쉬워해도 되지 않나. 내가 당황해서 머뭇거리는데 엄마가 젓가락을 놓고 내게 확인했다.

"천원이지?"

천원은 이미 우리 집에 놀러 온 적도 있었다. 나는 고개를 끄덕였다.

"네."

"이번 주말에 올 거야?"

나는 아무 생각이 없었지만 그래야 되게 생겼네.

"네."

"아, 그런 건 빨리 말해야지."

동생은 그제야 재채기를 그치고 내게 투덜거렸다.

"집 청소는 어떻게 하라고."

"지저분해도 걔 신경 안 써."

미국에서 우리가 함께 살고 있는 집은 상당히 엉망이다. 우리 둘 다 출근했다가 집에 들어오면 귀찮아서 누워 있기 때문에 청소는 늘 뒷전이니까.

물론 여의주를 쓰면 기운이 생기지만, 사실 우리 둘 다 기질 자체가 방의 청결에 그다지 신경을 쓰지 않는 쪽이라 굳이 그렇게 해서 깔끔하게 해 놓고 살고 싶지도 않았다. 나름대로 엄마가 청소를 해 두는 이 집과는 당연히 차원이 달랐다.

"쯧."

엄마는 위협적으로 혀를 찼다.

"어떻게 그래. 사위를 처음 맞는데."

"놀러 온 적 있잖아요."

"그때랑 지금은 다르지. 너 그런데 그렇게 엄마가 빨리 결혼하라고, 결혼하라고 할 때는 안 듣더니 왜 지금이야?"

그야 그냥 대충 지금쯤이면 우리나라 평균 결혼 연령보다 약간 빠르긴 하지만 적당할 것 같아서……인데. 이상하게 엄마의 얼굴이 기묘해졌다. 나는 동생의 얼굴이 다음 순간 엄마보다 더 노골적으로 일그러진 것을 보고 기겁했다.

"설마."

"참고로 임신은 아니다."

나는 엄마의 얼굴은 차마 보지 못하고 동생에게 날카롭게 잘랐다. 동생은 건방지게 입술을 내밀었다.

"그럼 그냥 나이 때문에 하는 거야? 더 늙기 전에?"

내가 그 어떤 이유로 결혼을 한다 해도 그것만큼은 절대로 해당 사항이 아닌데. 그러나 나는 얼버무리느라 대강 웅얼거리고 말았다.

"뭐. 엄마 아빠 나이 생각해도 지금쯤 식 올리는 게 좋을 것 같고."

"지금 준비하면 식 언제 올리게? 아무리 빨리 준비해도 가을은 돼야 되는데, 너 일할 때잖아."

엄마는 딸이 사고 쳐서 급히 결혼식을 올리는 게 아니라는 사실을 알고 조금 안정된 것 같았다. 나는 그 어디에서도 혼전 성관계에는 도덕적 문제가 없으며 혼외 임신도 쌍방의 적절한 합의와 계획이 있다면 그저 좋은 일이라고 끝까지 따질 수 있었지만, 엄마 앞에서만은 그런 이야기를 하기가 조금 껄끄러웠기 때문에 화제를 그대로 넘겼다.

"그때 또 잠깐 들어올 수 있어요."

"결혼하면 어디 살게?"

이번엔 동생이 물었다. 엄마가 당연한 듯 말했다.

"미국에 살겠지."

한동안은 그렇긴 한데, 엄마가 어떻게 알았을까. 나는 조금 뜨끔했고 동생은 쨍알거렸다.

"왜? 남친도 자기 일 있다며."

"미국에서 일하는 거 아냐? 언니랑 같이 살잖아."

심장이 내려앉을 뻔했다. 나는 기겁하며 입을 벌렸다.

"네?"

엄마는 여전히 아무렇지도 않게 나를 보았다. 그 표정을 보니 내가 잘못 들은 것은 아니었다.

"너희 동거하잖아. 괜찮아, 엄마한텐 말해도 돼. 시대가 엄마 때랑은 다르니까, 요즘 젊은 사람들이 서로 사랑하면 동거할 수도 있지."

내가 그간 숨겨 왔고 피하고자 했던 화제가 그대로 튀어나왔다! 나는 입 속에서 비명을 질렀고 동생은 입 밖으로 비명을 질렀다.

"어어어! 그게 뭐야! 언니 그런 얘기 안 했잖아! 왜 나한테만 말 안 해 줘?

왜 엄마만 알고 있었어?"

"나 엄마한테도 말한 적 없어!"

"근데 엄마는 알잖아!"

"그러니까! 엄마, 어떻게 아셨어요?"

우리 자매의 쇼를 보다 엄마는 눈썹을 추켜올렸다.

"엄마가 살아온 세월이 있는데 그 정도는 알아야지. 아무튼 그래, 그럼 다른 문제는 없고 그냥 때가 맞아서 결혼하는 거라고?"

"네!"

나는 숫제 비명을 질렀다. 엄마의 살아온 세월 무섭다. 딩동. 마침 내게 구원 같은 벨소리가 울렸다. 딩동.

"제가 나갈게요!"

여동생과 엄마는 일어나려는 기색도 없었다. 나는 벌떡 일어나 현관으로 달려갔다. 그리고 누구인지 확인도 하기 전에 일단 문부터 열었다.

"네!"

"안녕하십니까."

천원이 지상에서 생활할 때 필요한 신분증 따위를 만들어 주며 이제 제법 얼굴이 익은 내 브로커가 멋지고 비싸 보이는 양복을 입고 서 있었다. 나는 일단 문을 닫았다.

딩동. 아무렇지도 않게 벨이 또 울렸다. 문을 열면 너무나 큰 혼돈이 기다리고 있을 것 같아 나는 순간 고민했지만 오른손은 마치 택배를 맞이하듯 문을 반사적으로 열고 있었다.

역시 내가 잘못 본 것이 아니었다. 얼굴 한가득 웃음을 띤 내 브로커가 손에 멋진 상자를 들고 인사했다. 나는 멍하니 그를 쳐다보았다.

"오랜만에 뵙겠습니다, 김연지 씨."

"아, 네."

"누구 왔니?"

엎친 데 덮친 격으로 엄마가 현관 쪽으로 나오는 소리가 들렸다. 나는 당황했지만 내 브로커는 늘 그렇듯 평온했다.

"들어가도 될까요?"

"아니, 저기, 어쩐 일로……."

"귀하신 따님을 맞이하려 하니 예를 갖추어야지요."

혹시 그 따님이 내 동생 말하는 건 아니지? 나는 저번 부활절 휴가 때 내게 우리 부모님은 뭘 좋아하시는지 끝없이 묻던 용왕 부부를 떠올렸다. 이런 건 미리 나한테도 얘기를 해 줬어야 하는 거 아냐. 엄마도 현관에 나오자마자 내 브로커—지금은 중매인—를 보고 인상을 썼다.

"누구시니?"

혹시 신문 권유를 받고 있는 거라면 협공하자, 는 의도가 가득 실린 그 목소리에도 내 브로커는 처음 봤을 때처럼 신뢰감 가는 미소를 지으며 엄마에게 넙죽 인사했다.

"처음 뵙겠습니다. 저는 오가(家)에서 편지를 전하러 온 사람입니다."

"안 봐요."

그렇게 들릴 거라고 생각했다. 엄마는 현관의 슬리퍼를 밟으며 나 대신 문을 닫으려 했고, 나는 한숨을 쉬며 말렸다.

"천원이네 집에서 온 사람이에요. 뭐 예를 갖추러 오셨대요."

"웅? 아아."

엄마는 내 말에 잠시 멈칫했다가 급히 표정을 바꾸었다.

"아유, 안녕하세요. 어서 들어오세요."

"그럼 실례하겠습니다."

내 브로커는 씩 웃으며 현관 안으로 들어왔다. 나는 기묘한 얼굴로 그를 거실에 안내했다. 아침이라 편한 옷을 입고 있었던 엄마와 동생은 당장 방에 들어가서 구멍이나 얼룩이 없는 겉옷을 걸치고 나왔다.

"이 아침 시간에 갑자기 무슨 일이세요?"

나는 엄마가 커피를 준비하는 동안 내 브로커에게 작게 물었다. 그는 내 떨떠름한 얼굴에도 당연히 기죽지 않았다.

"어라하와 어륙께서 길한 시간에 전해야 한다 고집하시어."

"이 시간이 길해요?"

"그렇다더군요."

평범하게 다들 좀 씻고 옷을 제대로 입고 있을 시간에 오면 안 될까. 길한 시간보다 예의가 중요하지 않냐고. 나는 브로커가 자기 무릎 앞에 공손히 내려놓은 아주 화려한 나전 상자를 수상하게 보았다.

"그런데 예를 갖춘다는 건, 지금 뭘 보내신 거예요?"

엄마가 그때 커피를 가지고 나왔다.

"저희 집 커피가 입에 맞으시면 좋겠네요."

"아뇨, 향이 좋네요. 감사합니다."

내 브로커는 커피를 받아 정말 아주 맛있어하는 얼굴로 한 모금 마셨다. 나는 시계를 흘긋 보았다. 엄마가 출근할 시간은 다행히 약간 남아 있었다. 엄마는 방석에 우아한 자태로 앉아 머뭇거렸다.

"저, 그런데 예의를 갖춘다고 하신 게……."

"예. 저희 사장님 사모님께선 오래전에 따님을 해외로 시집보내시고, 늦 둥이로 태어나신 아드님 한 분 기르시는 것을 낙으로 아셨다 보니 이번 혼사 에 할 수 있는 한 정성을 다하고자 하십니다."

엄마의 얼굴이 '정성'에 약간 굳었다. 비즈니스우먼으로 평생을 살아와 표정 연기라면 어디 가서 자신 없어 한 적이 없는 우리 엄마에게는 흔치 않 은 일이었다. 내 동생은 내 브로커에게 보이지 않는 각도로 인상을 썼다.

"예에, 아드님이 참 바르고 심성이 고와서 듬직한 아드님이신 줄은 알았 지요."

"미리 말씀드리는 게 좋을 것 같아 말씀드리는데, 사실 이쪽 집안이 좀 멀 리 떨어진 해안가 마을에서 아주 오래전부터 살아온 전통 있는 가문이라서 요. 귀댁에서 보시기에 조금 특이한 습관이 있을 수도 있습니다. 문화 차이 니 부디 너무 신경 쓰지 마시고, 불편한 점이 있으시다면 개의치 말고 말씀 해 주시면 제가 전하겠습니다."

그게 이 단계에서 할 얘긴가? 하지만 나도 이제 주변에 결혼한 친구들이 많은 나이고, 그 친구들이 결혼할 때 남편이 이쪽 집안 얘기와 저쪽 집안 얘기를 눈치 없이 했을 때 어떤 사달이 나는지는 조금 주워들은 것이 있었다. 그나마 영리하고 사람 말로 잘 구스르는 내 브로커가 중간에 있는 게 나을지도 모른다.

엄마는 잠깐 아빠가 아직 늦잠을 자고 있는 방 쪽을 보다가 매끄럽게 고개를 끄덕였다.

"예, 그럼요. 서로 다른 집안이 만날 때는 당연히 문화 차이가 있는 거죠."

"이해해 주시니 감사합니다."

내 브로커는 치약 광고에 나올 것 같은 미소를 짓고 자기가 가져온 상자를 마침내 엄마에게 밀어 주었다.

"청혼서입니다."

그게 뭔데. 엄마는 천천히 상자를 열었다. 눈이 부시게 화려한 나전 장식이 된 새까만 상자 안에는 뭔가 나뭇잎 같은 것과 고운 연꽃 비단으로 싸인 두루마리 종이가 들어 있었다. 나는 연꽃 비단에서 긴장했다가 다행히 그 두루마리는 지상에서도 볼 수 있는 화선지임을 깨닫고 안심했다.

그리고 청혼서를 펼치자마자 나온 아름다운 용궁문의 위용에 잠시 말을 잃었다.

물론 용궁문이라고는 태어나서 처음 보는 우리 엄마도 말을 잃었다. 내 동생이 결국 궁금해진 듯 엄마 옆에 무릎걸음으로 다가가서 청혼서를 들여다보았다. 내 브로커는 매끈하게 설명했다.

"이쪽 집안에서 전통적으로 전해 내려오는 초서체의 일종입니다. 해석도 같은 집안사람이 아니면 하기 힘들기 때문에 해석본이 같이 들어 있습니다."

그러면 그냥 한글로 쓰란 말이야. 용궁문이 한문 초서체와 비슷하게 생겨서 다행이었다. 엄마는 눈을 껌벅거리며 두루마리를 쫙 펼쳤다. 두루마리 가운데에는 고급스러운 A4 용지가 하나 붙어 있었는데 그 위에 쓰인 것은 일단 한글이었다.

대궁 오가 배상

　삼가 늦여름에 기체후 일향 **만강**하시길 바랍니다.

　저희 아이가 나이가 차 관례를 치렀사오나 아직 합당한 혼사를 이루지 못하고 있었사온데, 귀 가문에 어질고 현명하며 솜씨가 뛰어난 따님이 계시다는 소식을 접하였사오니 저희 혈통의 복입니다.

　모쪼록 사돈의 귀한 연을 맺기를 앙망하온데 귀 가문에서는 어찌 생각하시는지요.

　마음이 급하여 차마 예를 다 갖추지 못하고 사자를 보내오니 부디 너그러운 마음으로 살펴 주소서.

모년 모월 모일

　그러니까, 일단은 한글인데 용궁식 말투를 그대로 한글로 받아 적기만 한 것이었다. 엄마와 동생 모두 반쯤 이해하지 못했다는 얼굴이었고 내가 해석에 나서기 전 내 브로커가 선수를 쳤다.

　"아드님 혼사에 정성을 다하고 싶어서 보내신 안부 편지니 내용에는 크게 신경 쓰지 않으셔도 됩니다."

　이런 걸 받았는데 어떻게 신경을 안 써. 그때 아빠가 차마 눈 뜨고 못 볼 차림으로 거실에 나오려다 딱딱하게 굳었다. 내 브로커는 사뭇 천진하게 넙죽 인사했다.

　"안녕하십니까. 아침 일찍 실례가 많습니다."

　"아뇨, 실례는 무슨……."

　아빠는 웅얼거리다 도로 안방에 들어갔다. 금방 급히 옷 입는 소리가 들렸다.

내 브로커가 떠나고, 엄마와 아빠가 급히 일터로 나가고, 내 동생도 무슨 약속이 있다며 나갔다 들어온 뒤 저녁에 우리 집에서는 가족 회의가 열렸다. 아빠는 아주 당황한 얼굴로 용궁문 청혼서를 짚으며 고개를 갸웃거렸다.

"아빠가 한자는 박산데 이건 이해를 잘 못하겠는데."

한자가 아니니까. 나는 대충 고개를 끄덕였고 엄마는 나를 걱정스럽게 보았다.

"너 괜찮겠니?"

여동생도 거들었다.

"어디 엄청 오래된 종갓집 그런 거야? 아들 하나랬잖아. 그럼 언니 그 집 들어가서 그 뭐더라, 종부 되는 거야? 그럼 막 그 집 전통 음식 배우고 아침마다 사당에 제사 올려?"

"아니거든."

"이 대궁은 어디야?"

아빠가 당연한 의문점을 지적했다. 엄마도 고개를 끄덕였다.

"그래. 여기가 어디야? 엄마는 처음 들어 봤어."

우리 가족 모두의 머릿속에 내가 처음 용궁에 갈 때 그 사기 계약서에 사인하고 나서 느꼈던 것과 흡사한 무언가가 스쳐 지나가는 것 같았다. 나는 일단 모두를 안심시켰다.

"이상한 데는 아니에요. 제가 일했던 덴데 사람들도 다 좋아요. 좀 외부랑 접점이 없어서 못 들어 보신 것뿐이에요."

사실은 여러분 모두가 어릴 때 다 들어 보셨던 그 토끼와 거북이의 용궁이니 못 들어 본 곳은 아닐 테지만. 아빠가 심각하게 물었다.

"그래서 어디쯤인데?"

"동해안 쪽이요."

"너는 뭐가 그렇게 대충이야?"

"강원도……?"

"시댁이 어딘지도 몰라? 아니, 네가 1년간 있었다며."

"기숙사에서 먹고 자고, 뭐 배송받은 것도 없으니 주소에 신경을 쓴 적이 없어요."

"거기까진 어떻게 갔는데?"

"차량 지원 받았는데요."

엄마와 아빠와 동생의 얼굴이 더 수심에 찼다. 내가 들어도 수상하다. 나는 그러나 우리 가족들이 영 알 수 없는 일을 끝까지 파헤치는 성격이 아니라는 것을 알고 있었고, 그러므로 이 사태를 넘길 수 있는 최선의 말을 했다.

"천원이랑 결혼하면 저희 둘이서만 살 거니까 어디든 별로 상관없어요. 엄청 시골이고 아무도 모르는 데긴 한데 천원이네 부모님 엄청 좋은 분들이고 집도 불편함 없이 살아요. 어차피 제 성질 감당할 사람 걔밖에 없다면서요."

가족들은 내 마지막 문장에 제일 설득당한 것 같았다. 동생이 불평했다.

"아니, 누가 결혼 반대한대? 사돈 될 집안에 대해선 좀 알아야 될 거 아냐."

"그래."

엄마도 동의했다. 아빠는 다른 것을 물었다.

"네 남자 친구 부모님은 그래서 뭐 하는 분들인데?"

"네?"

"직업이 뭐냐고."

용왕하고 용궁부인이지.

"두 분 다 회사 경영해요."

"그게 무슨 회사냐고."

"해산물…… 양식……이요."

바다 생물들을 잘 먹고 잘 살아 살찌게 하는 것이 업무의 주목표 중 하나입니다. 내 눈이 흔들리자 엄마가 인상을 또 썼다.

"왜 말을 제대로 못 해?"

"갑자기 단어가 생각이 안 났어요."

가슴이 쿵쾅쿵쾅 뛴다. 나는 내가 거짓말을 잘하지 못한다는 것을 알고 있었다. 하지만 사실대로 말하는 게 훨씬 더 안 믿길 텐데 어떡하지.

아빠는 다행히 내 대답에 대강 만족한 듯 청혼서로 시선을 돌렸다. 엄마는 나를 좀 보다가 아빠에게 말했다.

"우리도 답장을 하긴 해야 할 텐데."

"당연하지."

"이런 편지부터 보내는 집인데 우리가 따라갈 수 있을까?"

"아, 못 따라갈 건 또 뭐가 있어."

"주희네는 이번에 딸 시집보내면서 일억 썼대."

"뭐 그걸 우리가 걱정해. 쟤가 시집가는 건데 쟤가 알아서 하겠지."

아빠는 그렇게 말하면서 나를 빤히 보았다. 동생도 동의했다.

"언니가 늘 얘기하던 독립적이고 작은 결혼식 해. 그럼 되지."

그럴 생각이긴 한데 둘 다 너무하지 않나. 엄마가 나 대신 화를 내 주었다.

"아니, 이런 집안에 들어가는데 애가 저 나이에 벌어 놓은 게 얼마나 있다고. 두고두고 시댁에서 욕먹어."

"저 나이만큼 키워 놨으면 우린 할 만큼 했어. 거 남자 친구한테 잘 얘기하는 것도 자기 능력이지. 야, 그보다 우리는 영어로 답장 쓸까? 그럼 와, 대단하구나 하고 감탄하지 않을까? 김연지, 니가 직접 쓸래?"

나는 한숨을 쉬었다.

"천원이 누나가 유학파라 영어 프랑스어 스페인어 다 해요. 천원이도 영어 잘하고요. 답장하기 부담스러우시면 안 하셔도 돼요. 제가 천원이 부모님한테 따로 연락해서 결혼 허락하셨다고 말씀드릴게요."

"부담스럽긴 누가 부담스러워!"

아빠가 자존심에 상처 입은 얼굴로 청혼서를 짚었다.

"이 아빠가 한문 도사야. 아주 한자로 완벽한 답장을 써 줄 테니까 가만히 있어."

나는 청혼서 두루마리의 고급스러운 심지를 보고 한숨을 쉬었다. 이 집안은 왜 이렇게 편지로 우리 집안을 난처하게 하는가.

아빠는 온 힘을 다해 며칠 동안 한문으로 뭔가 편지를 만들어 냈고 나는 그것을 브로커에게 주어 전달했다. 그리고 내 브로커가 다시 찾아온 것은 채 사흘이 지나지 않은 때였다.

❈ ❈ ❈

"저쪽 집안에선 귀댁의 학문이 뛰어나시다고 많이 감탄하셨습니다."

"네?"

"허혼서의 문장이 너무나도 아름다워 몇 번이고 다시 읽으셨답니다."

아빠는 자랑스러운 얼굴이 되었지만 나는 한문을 일상적으로 쓰는 용궁에서 아빠의 편지가 어설프게 보였을 거라는 의심을 감출 수가 없었다. 하지만 나 본인이 한자에 밝지 않았기 때문에 진실이 어떤지는 먼 훗날에야 알 수 있을 터였다.

이번에 내 브로커가 내놓은 편지는 사주를 포함하고 있었다.

대궁 오가 배상

삼가 더욱 깊어진 여름에 기체후 일향 **만강**하시기를 바랍니다.

저희 부족한 자식의 혼사에 기꺼운 언정을 주셨으니 이보다 큰 복이 없습니다.

이에 기쁜 마음을 억누르지 못하고 서신에 곁들여 단자를 올리오니 부디 어여삐 여기어 택일해 주시기를 청합니다.

모쪼록 높으신 뜻으로 살펴 주시옵소서.

모년 모월 모일

아빠는 신이 났다.

"내가 멋있게 또 편지를 써서 딱 보내 주지!"

"굉장히 지체가 있는 집인 것 같은데, 너 이런 집에 시집갈 수 있겠니?"

엄마는 몇 번이고 한 걱정을 또 했다. 동생도 슬슬 이번에 온 편지가 또 아주 비싸 보이는 상자에 담겨 있자 좀 겁을 먹은 것 같았다.

"저 되게 예뻐해 주시고, 천원이 부모님 외엔 다른 어른 안 계세요. 우리는 식 올리면 또 미국 가서 살 거니까 상관없어요."

"저쪽에 따님도 외국 나가 있다는데 너희도 나가도 되겠어? 자식 보고 싶지 않으실까?"

"엄마는 제가 미국 가 있어도 별로 상관없으시다면서요."

"그건 그래."

너무하네. 나는 한숨을 쉬고 말했다.

"아무튼 식은 이 동네서 올리라고 하시니까 예식장 알아볼게요. 날을 잡아야 답장을 쓰죠."

"그래, 그럼 이번 주말엔 엄마랑 사주 보러 다녀오자."

"익."

신선이 사주를 본다니 뭔가 이상하지 않나. 엄마는 내 반응에 쌍심지를 치켰다.

"왜? 너희가 행복하게 살지 봐야 할 거 아냐. 날도 길일을 잡아서 보내야지, 아무 날이나 예식장부터 가서 무조건 예약하는 거 아니야."

"요즘 누가 그런 거 따져요. 예식장 예약이 하늘에 별 따기라는 뉴스 못 보셨어요?"

"이렇게 더운 시기는 비수기라 괜찮아."

이건 내가 졌다.

나는 하는 수 없이 고개를 끄덕였다.

"네에."

뒤늦게 확인한 사주에 있던 천원의 생년이 몹시 수상했다는 문제와 같은 사소한 장애를 몇 가지 넘겨야 하긴 했지만, 우리의 궁합은 대강 훌륭하게 나왔다. '여자 덕분에 남자가 살 팔자'라든가 '남자의 목에 걸린 가시를 여자가 뽑아 줄 팔자', '남자가 여자를 오래 살게 해 줄 팔자' 같은 표현이 나왔을 때는 솔직히 내 등골이 서늘해졌다.

정작 엄마는 어쩐지 궁합이 적당히 잘 나오니 약간 흥미를 잃은 듯 '복채 잘 주면 잘 살라고 좋게 말해 준다더라. 그런데 오래 살게 해 주는 게 뭐라니, 너무 오래 살아도 힘들지.' 하는 식으로 넘어갔다.

다시 부담스러운 편지를 교환해 날을 잡은 다음에는 나와 브로커가 바쁘게 뛰었다. 천원은 나와 함께 예식장과 드레스를 보러 다니면서도 뭐가 뭔지 모르겠다는 얼굴이었는데 그것 또한 예상 범위 내였다. 내 브로커가 대신 여러 가지 필요한 업체와의 예약을 잡아 주며 결혼식 준비를 도왔다. 나는 내 브로커를 앞으로는 이름으로 부르기로 했다. 물론 그의 이름을 알게 된 다음에야 그럴 수 있을 테지만.

그리고 그제야 다른 지상 사람들이라면 훨씬 이른 단계에 마쳤을 상견례가 어렵게 거행되었다. 역시 내 브로커가 잡아 준 어느 고급스러운 한정식집의 룸에서 양가 부모님은 이제야 얼굴을 마주했다.

"참…… 집안 전체가 미모가 뛰어나십니다."

엄마와 아빠, 그리고 내 동생은 천원만큼 머리가 길고 천원의 터울 큰 형제라고 해도 믿을 법한 외모의 용왕 부부를 보고 명백하게 혼란스러워했다. 그나마 가장 침착하게 대응하고 있는 것은 산전수전 다 겪고 그나마 천원을 제일 많이 본 엄마였다. 나는 용왕 부부가 지상 스타일의 정장과 칵테일 드레스를 입은 것을 보고 약간 안심했다.

아주 행복하게 웃고 있던 용궁부인이 사교적으로 후후 웃었다.

"당치 않습니다. 사돈댁이야말로 이리 뵈니 연지 씨가 어찌 저리 뛰어난

지 알겠어요. 모두 귀댁의 훌륭하신 가르침을 받아 그런 것이었나 보아요."

심지어 용왕 부부는 나름대로 지상의 말투마저 구사하고 있었다. 나는 내 맞은편에서 얌전히 보리차를 마시는 천원에게 눈짓했다. 그는 척 내게 귀를 내밀었다.

"왜?"

"어라하와 어륙이 어떻게 저렇게 지상 사람처럼 말씀을 하시네?"

"요즘 드라마 다시 보기에 빠졌어."

용궁은 어디로 가는가. 물론 나 때문에 지상에 관심이 생긴 것 같긴 하지만. 앗, 용왕 부부가 드라마에서 보여 주는 시댁의 모습을 지상의 표준적인 것으로 받아들이면 어떡하지.

우리 아빠는 그 무시무시한 편지를 보냈던 장본인들이 젊고 아름답고 옷도 어쩐지 번쩍번쩍한 걸 입고 있자 주눅이 든 것 같았다. 뭔가 자기 자신을 유지하기 위해 트집을 잡고 싶은 표정인데. 나는 한숨을 쉬고 밝게 잡담을 건넸다.

"두 분은 그간 잘 지내셨어요?"

"그럼요, 연지 씨."

"연지 씨야말로 잘 지냈나요? 부족한 아들이 폐를 끼치지는 않나 늘 걱정 이랍니다."

"에이, 그럴 리가요. 아드님 덕을 제가 많이 보고 있어요."

그건 사실이었다. 미국에서 둘이 지내는 생활은 몸이 힘들긴 해도 무척 행복했고, 아주 힘들 때는 여의주의 덕까지 보고 있었다. 천원도 코리아 타운의 과외 교사 역할을 하다가 요즘은 어디서 모델 제의가 들어와 그쪽을 고려하고 있는데, 성공한다면 꽤 재미있는 경험을 할 수 있지 않을까.

그리고 이 시점에서 아빠가 내게 태클을 걸었다.

"천원 군이 어디 사는데? 한국에 사는 게 아니야?"

내 동생이 날 보고 바보냐는 표정을 노골적으로 지었다 금방 지웠다. 나는 동생에게 테이블 아래로 주먹을 쥐어 보이고 가식적으로 웃었다.

"천원이도 미국 살아요."

"야, 너."

"다른 데 사니까 걱정 마시고요."

나는 거짓말로 아빠의 입을 틀어막는 데 성공했지만 용왕 부부의 눈은 동그래졌다. 저 둘에게는 물론 우리가 아주 옛날부터 함께 생활하고 있다는 것이 비밀이 아니었다. 아니, 그 정도가 아니라 명절에 같이 인사도 가서 같이 살면서 일어난 이야기를 하며 웃는데.

우리 엄마가 재빠르게 화제를 넘겨 주었다.

"그런데 따님도 계시다고 들었는데 오늘은 바쁘신가 봐요."

"예에, 저희 딸은 오늘 집을 지키고 있어서요."

아니, 그렇게 말하면 안 된다고. 나는 '용왕 부부가 자리를 비운 용궁에 혹시라도 침입자가 들이닥치지 않도록 해야가 용궁을 지키고 있다'는 것을 알고 있었지만 엄마와 아빠와 동생은 모두 표정이 이상해졌다. 나는 재빠르게 설명했다.

"해야 언니는 몸이 안 좋아서 오늘 못 나오신대요."

"아이고."

엄마는 다행히 걱정스러운 얼굴을 충분히 사교적으로 지어 보였다. 나는 소리 없는 한숨을 쉬고 천원을 노려보았다. 야, 너도 좀 수습해. 천원은 내 시선을 보고 살짝 움찔했다.

"아이, 그나저나 연지는 편하게 부르세요. 이제 결혼하면 한 식군데요."

그리고 천원보다 먼저, 우리 엄마가 잠시 쳐들어오려던 침묵을 성공적으로 쳐 냈다. 용왕 부부는 참으로 선량하게 웃으며 고개를 저었다.

"연지 씨는 저희에게 평생 은인이니 그럴 수는 없지요."

"혼인하면 한 식구라 하신 말씀은 지당하십니다만, 그렇다 하여 예를 잃는다면 은혜를 모르는 일이지 않겠습니까."

용궁 말투가 조금 나왔다. 엄마와 아빠는 나와 천원의 연애 이야기를 거의 듣지 못했고 그나마 내가 설명한 부분에는 물론 역린이 어쩌고 하는 챕터는 싹 빠져 있었기 때문에 영문을 모르겠다는 얼굴이었다. 그러나 사회적 경험이 있는 어른들은 그냥 그대로 하하 웃으며 분위기를 따라갔다.

"꿈의 시댁이네?"

동생이 내게 귓속말했다. 나도 그렇게 생각한다. 나는 근엄하게 속삭였다.

"너 하는 말 다 들린다."

동생은 나를 노려보며 입을 다물었다.

※　※　※

새벽부터 일어나 받은 화장은 그야말로 가면처럼 내 얼굴을 바꾸어 놓았다. 1년에 몇 번 보지도 못하는데도 고맙게 찾아와 준 친구들은 나를 보고 으레 하는 인사를 했다.

"너 진짜 하나도 안 변했다."

"아니, 왜. 이뻐졌네."

미안하지만 진짜로 안 변한 거다. 나는 그냥 웃었다. 고등학교 동창인 친구 하나가 내 티아라를 보고 고개를 갸웃했다.

"그 티아라는 앤틱이야? 예쁘다."

아무리 반짝거려도 어디선가 옛것의 느낌이 날 것이다. 나는 내가 오늘 쓴 진주 티아라를 가리키며 설명했다. 자주색 작약과 보라색 라벤더로 만든 부케가 무릎 위에서 통통 구르려는 것을 몇 년 전까지 같은 직장에서 일했던 친구가 잡아 주었다.

"몇 다리 건너서 빌린 진짜 앤티크야. 미국에선 결혼할 때 빌린 것, 파란 것, 새것, 오래된 것이 있으면 행복해진다고 왜 그러잖아."

"들어는 봤어."

친구는 여전히 티아라를 눈여겨보며 고개를 끄덕였다. 내 거라면 꼭 언젠 가 빌리겠다고 말하고 싶어 하는 눈치다, 저건. 나는 손을 휘휘 저었다. 내

거면 나도 빌려주고 싶지만 이건 해야가 어디서 구해다 준 대여품이다. 높은 확률로 이것과 비슷한 시기에 만들어진 다른 물건들은 어디 박물관에서 천문학적인 가격을 배경으로 해서 전시되어 있을 거고.

"에비. 이따 식장 들어갈 때 없으면 너부터 찾으면 되는 거지?"

"그때쯤에 난 블라디보스톡행 비행기를 타고 있을 거야."

고교 동창 친구들이 깔깔 웃었다. 나는 화장 때문에 아주 활짝 웃지는 못했지만 키득거렸다. 이번엔 고교 동창이면서 대학도 나와 함께 다닌 친구가 팔에 테이크아웃 커피 여러 잔을 안고 들어왔다. 다른 친구들이 커피를 받아 신부 대기실의 화사한 테이블 위에 올려놓았다. 커피를 사 온 친구가 목소리를 낮추는 척만 하며 흥분해서 알렸다.

"야, 밖에 지금 완전 잘생긴 고등학생 있어."

"고등학생?"

고교 동창 중 한 명이 심드렁하게 인상을 썼다. 나는 쓴웃음을 지었다.

"그 사람 고등학생 아니야."

높은 확률로. 과연 다음 순간 들어온 것은 내가 익히 아는 '성인'이었다. 커피를 사 온 친구는 신이 난 얼굴로 한 걸음 물러서 자리를 터 주었다. 다른 친구들도 우아하게 자리를 만들어 주면서도 재빠르게 그의 잘생긴 얼굴을 훑어보았다. '성인이라고?' 하고 한 친구가 내게 입 모양으로 확인했다. 나는 그 친구에게 눈짓하며 고개를 얼른 끄덕인 다음 손님을 맞았다.

"어서 오세요, 별 계덕님."

"안녕하세요, 연지 씨. 늘 아름다우셨지만 오늘은 눈이 부시네요."

별은 승진해 이제 계덕이었다. 오늘의 내 결혼식에 참석하는 신랑 측 하객은 기본적으로 갑각류 일족과 파충류 일족, 그리고 포유류 일족이었으므로 그도 올 줄 알았다. 물론 그는 신랑 측 하객이면서 내 하객이기도 했지만.

"감사합니다. 별 계덕님도 오늘도 멋지시네요."

별은 나를 보고 부드러운 눈웃음을 지었다. 내게 입 모양으로 그의 성년 유무를 확인한 친구가 수줍게 그에게 말을 걸었다.

"저기, 연지 직장 분이세요?"

별은 내 친구에게는 살짝 낯을 가리며 수줍은 얼굴로 눈을 내리깔고 대답했다.

"친구입니다."

"어머, 어머."

곧장 내게는 '왜 이렇게 잘생긴 남자 사람 친구를 빨리 소개해 주지 않았냐'는 비난의 눈길이 쏟아졌다. 나는 깔깔 웃었다.

"내 인간관계 사찰하지 말고 커피 좀 줘 봐. 한 모금 마시게."

"많이 마시면 안 된다?"

커피를 사 온 친구가 내게 빨대 꽂은 커피를 가져다 대 주었다. 나는 정말로 한 모금만 마시고 빨대를 입에서 뗐다. 다른 친구가 내게 손짓했다.

"친구분하고 사진 찍어야지."

별은 생각보다 훨씬 태연하게 내 옆에 앉았다. 그는 지상의 자기 조카손주들 결혼식에도 몇 번 참석한 것이 아닐까, 하고 나는 짐작했다. 친구는 휴대폰으로 우리가 활짝 웃는 사진을 찍어 주었다.

"그럼 저는 들어가 있겠습니다."

별은 일어나 내게 정중하게 인사하고 자리를 떴다.

"들어가세요, 별 계덕님."

"결혼 축하드립니다."

그가 신부 대기실을 완전히 뜰 때까지 몇 명의 시선은 계속 그의 등에 꽂혀 있었다. 그중 가장 이런 일에 즐거워하는 친구는 별의 모습이 사라지자마자 내게 잔뜩 흥분해서 말했다.

"진짜 잘생겼다! 몇 살이야? 대학 다녀? 아니다, 직장인이야? 별개떡이 뭐야? 저 남자 여친 없으면 소개 좀 해 봐."

"야, 야, 침 튀어."

다른 친구가 파우더를 가져와 내 얼굴에 살짝 수정 화장을 덧붙여 주었다. 나는 입술을 오므리고 웃었다.

"직장인이야. 근데 우리 신랑네 집안에서 평생 일해 온 사람이라 연애하면 최대 한 달에 한 번 볼걸? 여친은 없는 걸로 알고 있는데."

소개를 원했던 친구는 드라마틱하게 좌절했다. 그 친구의 등을 몇 번 두드려 준 다음 커피를 사 온 친구가 내게 이번에는 진지하게 물었다.

"그런데 너희 시댁 분들 입고 계신 거 뭐야? 신랑 측이 지금 다 저래. 너희 부모님 화나시는 거 아니야?"

"사람들 머리도 다 길어. 너 혹시 이상한 데 시집가는 거 아니지?"

"사람들 말투도 좀 이상해. 혹시 너희 신랑 중국 소수 민족이야?"

"……그런 건 아니고."

내 얼굴에서 웃음이 살짝 사라졌다. 그게 용궁 예복이라고는 내가 말 못하겠고, 그냥 모르는 척하고 싶었는데. ……하지만 왕자의 하나뿐인 결혼식에 용궁 식구들한테 지상에 오는 것도 모자라 지상 옷도 입어야 한다고까지 강요하고 싶지는 않았다고. 솔직히 나 본인은 그것도 싫지 않고.

동생이 한복 상자를 들고 들어와 테이블 한쪽에 올려놓고 뚜껑을 열었다. 내 친구들의 관심은 바로 그쪽으로 쏠렸다. 예쁜 것을 제일 좋아하는 친구가 금세 그 상자 안에서 나온 것의 아름다움에 감탄했다.

"한복 드레스네. 진짜 예쁘다. 원단도 너무 좋고. 어디서 했어?"

그 친구는 이미 결혼을 했으니 대강 어디라고 지명을 꾸며서 대 봤자 소용이 없을 것이다. 나는 사실대로 말하며 다시 미소를 지었다.

"납폐로 시댁에서 받은 비단을 친척 언니네 사돈댁이 한복집이라 거기 맡겨서 맞췄어. 신랑도 이따 한복 대신 저기 시댁 식구들하고 비슷한 옷 입고 나올 거야."

"이거면 그래도 예쁘겠다."

보라색에 금실로 자수가 놓인 연꽃 비단과 새하얗고 빛이 나는 연꽃 비단을 단정하게 조합해서 만든 그 드레스는 솔직히 지금 입고 있는 웨딩드레스만큼이나 내 마음에 들었다. 동생이 내게 와서 불만스러운 얼굴로 속삭였다.

"저 집 식구들이 입은 거 뭐야?"

나는 쌀쌀맞게 속삭였다.

"너네 형부한테 물어봐."

이제 나한테는 해명 그만 시켜라.

구름처럼 아름답고 매끄러운 피아노곡이 양탄자처럼 부드럽게 깔렸다.

"신랑 입장."

천원은 예식장 안으로 걸어 들어가기 전에 내게 한 번 눈웃음을 지어 주었다. 옷이 무겁고 긴장되어 힘이 들었지만 나는 그 웃음에 기운이 나서 혼자 빙긋 웃었다. 그는 내 웨딩드레스를 대여한 곳과 같은 업체에서 제공한 검은 턱시도를 입고 있었지만 부토니에는 부케와 같은 작약과 라벤더를 꽂아 색채가 있었다. 오늘 아침 헤어 디자이너는 그의 머리칼을 어떻게 정리하면 좋을지 아주 즐거워하며 도전에 임했더랬다.

내 드레스는 새틴 리본으로 허리를 살짝 조인 것 외에는 큰 장식이 없이 깔끔했다. 차라리 야외 결혼식이라면 더 어울릴 실루엣이었지만 나는 그것이 아주 마음에 들어 처음 보자마자 선택했었다. 머리 위의 티아라는 원주인이 길을 잘 들였는지 그런 드레스에도 훌륭하게 어울리며 은은한 광채를 냈다.

꼭 바닷속의 야명주 같다.

나는 그런 생각을 하며 부케를 잡았다. 라벤더의 싱그러운 향이 내 주변뿐 아니라 예식장 전체를 감싸고 있었다. 그러나 내 옆에서 도우미 역할을 맡은 친구는 다른 냄새를 맡은 모양이었다.

"이거 향수야? 복숭아 향이 굉장히 좋다."

"그래?"

"응, 머리가 맑아지는 것 같아. 어디서 샀어?"

"수제야."

신선들이 직접 기른 수제 복숭아. 친구는 쳇, 하고 투덜거렸다. 그때 안에서 기다리던 목소리가 들렸다.

"신부 입장."

나는 예식장 입구에 섰다.

팔랑팔랑 가벼운 레이스 베일이 드러난 팔을 간지럽게 스쳤다. 신랑 측 하객석은 친구들이 놀랄 만도 했던 것이 모두 풍성하고 매끈한 용궁 예복을 심지어 품계에 맞춘 색으로 입고 있었다. 신부 측 하객들은 신랑 측 하객석을 힐끔거리다가 내게 눈길을 주며 활짝 웃었다. 처음부터 정말로 정해진 몇 명만 초대하기로 했었기 때문에 신부 측 하객석은 거의 다 내가 잘 아는 사람들이었다.

아빠는 어딘가 쌀쌀맞고 창백한 얼굴이었고 엄마는 내게서 시선을 뗄 줄 몰랐다. 나는 부케를 얌전히 들고 천천히 걷기 시작했다.

결혼식을 준비하면서 나와 천원은 우리에게 결혼식에 대한 특별한 로망은 서로 없다는 것을 확인했다. 그러나 나는 단 한 가지만은 아무리 힘들어도 하겠다고 고집을 부렸고, 그것은 하객들에게 내가 꾸민 메뉴로 된 정찬을 제공하겠다는 것이었다.

손님들의 식성과 체질을 사전에 파악해서 다양한 메뉴를 준비하는 것도 힘들었지만 자꾸 참석 여부를 바꾸는 손님들 때문에 생기는 위기는 훨씬 머리가 아팠다. 하지만 이렇게 당일이 되고 보니 아무래도 뿌듯했다.

화촉은 길고 아름답고 펄이 들어간 보라색이었는데 불꽃이 무척 고왔다. 주례는 내가 대학을 다닐 때 일자리를 여러 군데 소개해 주셨던 고마운 교수님이 맡아 주고 계셨다. 나는 하객석 사람들을 안 보는 척 눈으로 훑고 나서 엄마와 교수님에게 차례로 눈인사를 했다. 내가 빙긋 웃자 엄마는 눈에 화장지를 댔다.

천원은 저 위에 서서 나를 보며 웃었다. 나도 잠시 후에는 그의 눈에서 시선을 뗄 수 없게 되었다.

이게 무슨 일일까. 우리가 함께 산 지 벌써 몇 년이다. 우리는 서로에 대해 무척 잘 알았고 이제 와서 결혼식 한 번 올린다 해 달라질 것은 없었다.

그의 지상에서의 호적은 꾸며진 것이었고 혼인 신고에도 의미가 없었다. 그리고 특별히 이번에 신혼집을 구하거나 혼수를 하는 것도 아니었는데…….

기분이 이상하다. 얼굴이 굳으면서 기묘하게 가슴이 두근거렸다.

일반적인 결혼식이라면 아버지가 내 팔을 잡고 들어와 사위에게 넘겨주었겠지만 우리는 내 강력한 주장으로 그 부분을 뺐다. 천원은 내가 그에게서 세 걸음 정도 떨어진 곳까지 왔을 때 우아하게 걸어와 나를 맞았다. 나는 그의 팔을 잡자 갑자기 더 세차게 두근거리는 가슴 때문에 숨을 천천히 들이마셨다.

신랑 하객석에서도 훌쩍거리는 소리가 들렸다. 나는 그것이 누구인지 소리만으로도 알고 그만 긴장이 탁 풀려 후후 웃었다. 골소마리 나솔은 우리의 식 날짜가 잡혔을 때 내가 주례로 진지하게 고려했던 이 중 하나였다. 용궁식 결혼에는 주례가 없기 때문에 뭐라고 해야 할지 잘 모를 거라는 내 브로커의 의견을 받아들여 그 안은 파기되긴 했지만.

그래도 그는 우리의 결혼식을 가장 기뻐해 주는 가까운 이에 들어갔다. 해우가 포유동물이라 이번에 식에 참석할 수 있어서 정말 다행이었다.

천원이 내게 눈빛과 약간의 입술 움직임으로 전했다. 장모님이 우셔.

나는 쓴웃음을 지어 대답했다. 알았어. 그만 웃을게.

복숭아를 먹었을 때부터 어느 정도는 준비해 온 이별이지만 확실히 엄마의 울음소리를 계속 듣자 허전하니 가슴이 텅 비는 것 같았다. 나는 천원의 팔을 더 꽉 잡고 우리 교수님 앞에 섰다.

"신랑 신부 맞절."

나는 천원의 팔을 놓고 적당한 위치에 섰다. 천원이 먼저, 그리고 내가 더 느리고 부드럽게 허리를 숙였다. 이번에는 신랑 측 혼주석에서 훌쩍거리는 소리가 들렸다. 아무래도 용왕도 울고 있는 것 같았다.

고개를 들자 다시 천원과 눈이 마주쳤다.

저 검은 눈을 처음 봤을 때.

상아 조각처럼 매끈한 얼굴을 처음 봤을 때.

그때처럼, 시선이, 아, 떨어지지를 않았다. 그 또한 그런 것인지 나의 얼굴을 문득 한동안 들여다보았다. 주변의 모든 것이 멀어졌다. 까만 눈. 까만 머리칼. 흔들림이 없는 눈가와 아름다운 콧날.

나는 눈을 무심코 가늘게 뜨고 입술 모양으로 말했다. 소리는 하나도 나지 않았지만 천원은 바로 알아듣고 눈을 휘며 똑같이 입술 모양으로 대답해 주었다.

그래, 꼭 그런 마음으로.

앞으로 나아가자. 우리 앞에 남은 길을.

終.

외전
어느 먼 훗날

유리는 저 위에 펼쳐진 검푸른 바다를 보며 감탄했다. 상상도 해 본 적이 없는 광경이었다. 아니, 그녀는 아직 자신이 꿈속에 있는 게 아니라고 확신하지는 못하고 있었다. 그러니 어쩌면 이것은 그녀 본인의 상상 속인지도 몰랐다…….

"유리 아가씨."

곱고 친절한 목소리가 그녀를 불렀다. 유리는 태어나서 그런 호칭으로 불려 본 것은 처음이라 부끄러워하며 뒤를 돌아보았다. 이 '용궁'의 옷이라는 신기한 의복으로 차려입은 예쁜 여자가 생긋 웃고 있었다.

"이쪽으로 오시어요."

그 예쁜 여자는 자신을 걸덕 진무라고 소개했다. 진무라는 것은 아무래도 이곳의 계급인 모양이었는데 얼마나 높은 것인지 유리에게는 감이 오지 않았다. 그녀는 걸덕 진무가 이끄는 대로 얌전히 걸으며 주변을 살폈다.

방학 중 입주 과외 교사의 제안을 받았을 때는 뛸 듯이 기뻤다. 게다가 본인의 고용주가 미국과 유럽, 아시아 등지에서 수많은 체인 음식점을 경영하고 있는 유명한 한국인 요리사, 김연지라는 것을 알았을 때는 솔직히 어떤 환경에서 일을 시키더라도 무조건 해 보자는 결의가 들었다. 일단 돈은 확실히 지급할 것 아닌가.

그런데 들어온 선금이 너무 많아서 얼떨떨해하자마자 온 곳이 이런 장소일 줄은, 아무리 그래도 예상외였다.

어떤 환경이라도 괜찮다고는 생각했지만 바닷속, 그것도 용궁이 환경일 줄은 몰랐다. 심지어 이곳을 다스리는 이들은 용왕과 용궁부인이라는데 간은 괜찮은 걸까. 토끼를 한 마리 잡아 올 것을 그랬나. 아니, 역시 아직 꿈을 꾸고 있는 것 아닐까.

아까 그녀는 분명히 저 앞에서 수염이 앞으로 쭉 나고 등이 굽은 사람도 봤고 목 양옆에 아가미 같은 것이 열린 사람도 봤고 게처럼 옆으로 걷는 사람도 봤다. 그녀는 잠시 자신을 데려가고 있는 이 걸덕 진무의 정체는 무엇일지도 의심했다.

새로 온 손님이 무슨 생각을 하건 말건 걸덕 진무는 노래처럼 명랑하고 친절하게 말을 걸어왔다.

"유리 아가씨께서 머무실 객당에 미편한 점이 있으시다면 언제든 말씀 내려 주시어요. 부엌도 지상식으로 개조해 두었답니다."

객당이라면 아까 그녀가 안내받아 짐을 두고 온 그 멋있는 한옥을 말하는 걸까. 유리는 눈을 굴리며 어물어물 대답했다.

"아, 네. 감사합니다."

"식사는 월수궁에서 젓수시도록 돌보아 드리라는 연지 아씨의 명이 있었어요. 첨에는 물론 낯선 구석이 많으실 테지만 모쪼록 무어든 말씀해 주셔요."

지금은 다 낯설었다. 유리는 침중하고 진지하게 고개를 끄덕였다.

"아, 네. 감사합니다."

걸덕 진무는 그 대답에 만족한 것 같았다. 유리는 그녀의 허리에서 달랑거리는 노리개가 아주 커다란 진주로 만들어진 것 같아 잠깐 그것에 시선을 빼앗겼다. 저게 진짜 진주라면 믿을 수 없을 만큼 비쌀 텐데. 하긴 바닷속이니 진주는 부족하지 않을지도 모른다.

그때였다.

"으랏차!"

카랑카랑한 기합 소리와 함께 조그만 아이가 별안간 그들의 옆에 있던 담을 넘어 뛰어내렸다. 아이의 손에 들려 있던 종이 두루마리에 맞은 걸덕 진무는 그 순간 입에서 새까만 것을 쭉 뿜었다. 유리는 걸덕 진무가 무슨 종인지 대강 짐작했다.

"물리쳤다!"

아이의 기세 좋은 목소리에 걸덕 진무는 잠시 어이가 없다는 듯 가만히 있다가 급히 아이의 얼굴과 목에 묻은 먹물을 문질러 닦아 주며 꾸짖었다.

"이게 무슨 일이어요, 용녀님! 게다가…… 어머나, 세상에!"

유리는 아이의 목에 묶인 것이 스카프나 담요가 아니라 웬 뱀처럼 길고 가는 데다 발이 달린 파란 것임을 그제야 알고 당황했다. 그러나 걸덕 진무는 당황 정도가 아니라 기절할 것 같은 얼굴로 얼른 그 파란 것을 풀어냈다.

"아우님께 이 무슨 참람한……! 이 일은 반드시 연지 아씨께 고할 터이니 그리 아셔요!"

아이의 옷은 다른 용궁 사람들이 입는 것처럼 새하얗고 허리띠로 여미는 상의에 발목을 묶는 넉넉한 바지였는데 허리띠에 달린 장식은 어쩐지 가짓수가 많았다. 유리는 아이가 아주 예쁘게 생겼다는 것을 먹물이 얼굴에서 다 닦여 나간 후에야 알았다. 게다가 키와 몸집으로 보아 여덟 살이 안 되어 보이는데 눈빛은 대단히 성숙했다. 아니, 잠깐.

아우라고?

걸덕 진무는 아이의 목에서 풀어낸 파란 도마뱀을 안고 도닥였다. 도마뱀은 끼잉끼잉 울었는데 그 소리가 그야말로 천지를 진동하는 것처럼 컸다. 아이는 인상을 쓰고 도마뱀에게 벽력처럼 고함쳤다.

"시끄러우니까 입 다물어!"

도마뱀은 정말로 입을 다물었다. 유리는 머리가 아파졌다. 이게 무슨 일일까. 용녀는 뭐고, 저 도마뱀은 어떻게 해서 저 여자아이의 동생이 되었단 말인가. 그리고 동생을 왜 목에 묶고 다니는 거야.

"용녀님!"

그리고 걸덕 진무는 아이에게 눈을 부라리며 강력하게 경고했다. 아이는 주눅이 든 것 같지는 않았지만 얌전히 입을 내밀며 팔짱을 꼈다. 유리는 그 자세가 제법 어른 같아 또 감탄했다. 그때 다시 담을 넘는 소리가 들렸다.

"끄……응!"

이번에 똑같은 자리를 넘어온 것은 더 어려 보이는 조그만 아이였다. 아이는 성별을 구분하기엔 너무 어렸지만 얼굴이 마치 더 먼저 온 용녀라는 아이보다 더 어른인 것처럼 침착했다. 걸덕 진무는 얼른 고개 숙여 그 조그만 아이에게 절했다.

"모록 니림께서 납신 줄을 모르고 그만. 송구하옵니다."

"아니다. 신경 쓰지 말아라."

조그만 아이는 말투도 어른처럼 침착했다. 유리는 그 아이가 말투만 들어서는 이미 어른이 되고도 수십 년은 지난 사람 같다고 생각했다. 조그만 아이는 용녀라는 아이를 타이르기까지 했다.

"그래 내 말하지 않았느냐. 한아를 묶으면 어머니 아버지께 꾸짖음을 들을 것이라고."

"한아가 빨리 못 따라오는 걸 어떡해."

"비록 쌍둥이라 하나 인간의 모습으로 태어난 너와 달리 한아는 용으로 태어나 너보다 자라는 것이 느리다. 네가 손윗형제로서 찬찬히 가르쳐 주고 인내심을 가지고 이끌어야 하느니."

도마뱀의 이름은 한아고 한아는 사실 도마뱀이 아니라 용이며 용녀라는 아이는 쌍둥이고……. 유리는 이해가 되지 않는 정보가 한 번에 너무 많이 들어와 머리가 복잡해졌다. 그제야 유리를 본 모록은 점잖게 고개를 들고 물었다.

"아이야, 너는 어디서 왔기에 고개를 그리 들고 있누? 의복의 길이는 짧고 소매는 좁으니 궁에 처음 들어온 게냐? 나는 비트카스를 다스리는 용인 해야와 레오의 자식인 모록이니라. 용을 보았으니 어서 예에 맞게 인사하고 네 이름을 밝히거라."

"아, 아닌 거 같아, 오빠."

유리는 모록의 말 중 절반은 이해하지 못했지만 다행히 그녀가 뭘 해야 하는지 결정하기 전에 용녀라는 아이가 나섰다.

"우리에게 지상의 학문을 가르칠 선생이 오늘 온다고 했는데 그런 거 아니야? 지상에서 입는 옷인데."

도마뱀, 아니, 한아도 눈을 도로록 굴리며 이쪽을 보았다. 걸덕 진무가 내려놓자 한아는 놀랍게도 허공에 둥실둥실 떴다. 유리는 한아의 배 쪽에 흐릿하지만 아름답게 발간 오색구름이 끼어 그것이 무척 아름답다고 생각했다.

걸덕 진무가 소개했다.

"영명하시어요, 용녀님. 이쪽 분이 오늘 도착해서 세 분께 지상의 학문을 가르쳐 주실 유리 아가씨랍니다."

모록과 용녀는 모두 유리의 얼굴을 잠시 쳐다보다 예의 바르게 인사했다.

"내가 실례를 했습니다. 부족한 점이 많으니 지도 편달을 부탁드립니다."

"이하 동문이어요, 선생님. 야, 김오한아. 너도 인사해."

한아는 망설이다 누나 말에 따라 천지를 울리며 우우우웅 하는 소리를 냈다. 이번에는 누군가 길을 따라 달려오는 소리가 들렸다.

"용녀님, 용자님! 모록 니리이이임!"

걸덕 진무는 무척 안심한 표정을 하며 새로 나타난 멋진 옷의 남자에게 아이들을 넘겼다. 남자는 아이들의 손을 잡고 떠나가며 유리에게 몇 번이나 고개 숙여 인사했다. 걸덕 진무는 그들의 모습이 모두 사라지자 한숨을 쉬며 유리에게 애교 있게 웃어 보였다.

"놀라셨지요? 첫날부터 이런 모습을 보여 부끄러워요. 먹물을 뿜은 것은 모른 체해 주셔요."

그게 부끄러운 걸까. 유리는 감이 없었지만 일단 예의 바르게 대답했다.

"놀라면 누구나 그럴 수 있죠. 신경 쓰지 마세요. 저는 잊어버릴게요."

"어머나, 마음씨가 참으로 비단결 같으셔요. 지상에서 오신 분들은 어쩜 그리 늘 좋은 분들이신지 모르겠어요."

이건 추가 질문을 해야 했다.

"어, 저 말고도 저 위에서 여기에 온 사람이 있었어요?"

"그럼요."

걸덕 진무는 생긋 웃으며 신이 나서 설명하기 시작했다.

"지금 어라하와 어륙의 아드님이신 천원 용자님의 반려이신 연지 아씨도 원래는 지상의 사람이셨는데 신선이 되어 용자님과 혼인하신걸요. 연지 아씨께서 처음에 용궁에 오셨을 때도 제가 모셨답니다. 그때는 극우의 품계를 가지고 있었지만요. 아이, 연지 아씨께선 그때도 어쩜 그리 상냥하시고 자애로우시고 멋이 있으셨는지……."

신선이라면 옛날 이야기에 나오는 그것일까. 유리는 점점 더 이해가 되지 않아 쓰러질 것 같은 기분이 되었다. 이제 슬슬 여기에서 도망치는 게 좋지 않을까. 아니, 볼을 꼬집어 보는 게 좋지 않을까. 그럼 꿈에서 깨지 않을까. 아아, 하지만 도망치면 선금은 어떻게 되는 걸까. 너무나도 맑고 믿음직한 얼굴로 일은 쉽고 아이들은 말을 잘 들으며 돈은 많이 준다고 하던, 그 브로커 같은 할아버지의 말을 믿는 것이 아니었는데…….

한참 그 연지 아씨를 찬양하던 걸덕 진무는 얼굴을 살짝 붉히며 뺨을 손으로 감쌌다.

"어마, 송구해요. 손님을 뫼시고. 유리 아가씨께서도 곧 연지 아씨를 직접 만나 뵈실 텐데, 보시면 연지 아씨가 얼마나 훌륭한 분인지 아실 거여요. 한서 용녀님과 한아 용자님이 태어날 때에는 산고가 심하셨는데, 그래도 무사히 두 분 아기씨를 출산하시어 용궁의 기쁨이 되었지요. 한서 용녀님께선 무척이나 늠름하셔서 얼마나 훌륭한 어른이 되실지 모두가 기대하고 있답니다."

용녀의 이름은 한서인 모양이었다. 한아를 아까 한서가 '김오한아'라고 불렀으니 한서의 이름은 '김오한서'일 것이다. 잠깐.

"그, 연지 아씨라는 분이 그럼 성이 김씨이신 거예요?"

"예에."

유리는 온라인 미스터리 중 하나가 풀리는 것을 느꼈다. 나이가 최소 오십이 넘는다는 요식업계의 큰손 김연지는 몇십 년 전 사진과 지금 사진의 차이가 크지 않았다. 요즘 세상이야 워낙 과학이 발전해서 돈을 많이 들이면 20대처럼 보이는 50대야 많지만, 아무리 그래도 조금씩 어딘가는 변해야 정상 아닌가. 이런 신비하기 그지없는 세계 사람이었구나.

"저기, 그런데 쌍둥인데 왜 하나는 사람이고 하나는 용이었어요? 이란성이라 그런 거예요?"

"예에? 이란성이 무언가요?"

유리는 약간 포기하기로 했다.

"별거 아니에요. 쌍둥인데 왜 하나는 사람이고 하나는 용이에요?"

걸덕 진무는 또 좋아하는 김연지 가족 이야기를 할 수 있게 되어 즐거운 얼굴을 했다.

"연지 아씨는 사람이셨고 천원 용자님께선 용이시니 두 분의 사이에서 나오는 자녀는 두 분의 모습을 반반 닮지요. 한서 용녀님은 사람의 모습으로 태어나셨고 한아 용자님은 용의 모습으로 태어나셔서 지금은 두 분이 많이 달라 보이시지만 더 자라시면 두 분 다 서로의 모습으로 둔갑하실 수 있게 된답니다. 저도 직접 본 것은 아니고 옛말이 그런 것이지만요."

"그럼 저 모록 니림이라는……."

"모록 니림은 용이신 두 분의 아드님이시니 처음부터 용으로 태어나셨고 사람의 모습으로 둔갑할 수 있게 되신 지는 얼마 되지 않았지요."

그렇구나. 더 모르겠다. 유리는 설명을 더 요구하지 않기로 했다. 방학

두 달 동안 매일 이것저것 가르칠 테니 만나면서 알아 갈 테지. 그보다 지금 더 들으면 머리가 감당을 못 해서 다 섞어서 기억할 것 같았다.

용궁의 밤은 지상과 어딘가 닮아 있었다.

아마도 저 높은 곳의 검푸른 색채를 공유하기 때문일 것이다. 용궁에서 보는 위의, '하늘'이 있어야 하는 자리는 별이나 달이 아니라 수많은 해파리 떼가 밝히고 있었는데 그 흐름의 속도가 별에 비할 것이 아니라 대단히 신비로웠다.

유리는 자신이 앞으로 두 달간 머무를 집의 툇마루에서 다리를 멀거니 흔들다가 실수로 신발을 섬돌에서 걷어차 떨어트려 버렸다. 이 집의 섬돌은 초록색의 단단하고 매끈하면서 따뜻한 무언가였는데 그녀는 그것이 무슨 보석류의 일종이 아닌가 의심하고 있었다. 이곳은 기둥이나 담에도 보석 같은 것이 아무렇지도 않게 박혀 있었고 기와는 광택이 훌륭한 도자기였으니 근거 없는 의심은 아니었다.

산책을 좀 가 볼까.

아까 본 용궁의 구석구석은 무척 아름다웠다. 첫날이라선지 잠이 오지 않는 데다 이곳의 공기—아마 물일 테지만 그녀는 호흡에 장애를 느끼지 않았다—가 좋아 피곤하지도 않았다. 한번 주변을 돌아보고 오는 것도 좋을 것 같았다.

대애애애애애앵.

용궁의 건물 곳곳에 달린 황금 풍경이 맑은 소리를 냈다. 느리고 웅장하며 맑은 그 소리에 기분이 좋아졌다. 유리는 가볍게 뜰에 내려섰다. 심해의 모래가 바스락하고 신발 아래서 서로 부딪치는 소리가 났다.

신발을 제대로 신고 대문을 나서니 객당 앞의 길에는 낮에 본 야명주가 반은 닫히고 반은 열려 시야를 밝히고 있었다. 그녀는 발이 가는 대로 길을 쭉 따라갔다. 수막새에 새겨진 문양이 매끈한 광택을 냈다.

대애애애애앵. 풍경이 내는 소리는 느렸고 용궁 전체에서 시간차를 두고 오케스트라처럼 울렸다. 유리는 눈앞에 나온 뜰의 모습에 걸음을 멈췄다. 이렇게 깊은 바닷속에서 어떻게 키우는 것인지는 모르겠지만 용궁에는 나무와 풀꽃이 상당히 자라고 있었다.

복숭아나무인가?

유리는 어릴 때 시골 할머니 댁에서 자랐는데 그 집의 근처에는 복숭아 농원이 있었다. 그녀는 부근의 나무들에 그러고 보니 작은 열매가 달려 있다는 것을 알았다. 복숭아 숲이 시작되는 구간 정도 되는 모양이었다. 아, 발돋움을 해 보니 저쪽의 어두운 곳에 계속 복숭아나무가 이어지고 있었다…….

발 아래서 나는 바스락 소리는 풍경 소리에 묻혔지만 가끔 바람이 거의 없을 때의 정적 속에서는 대단히 크게 느껴졌다. 그녀는 복숭아나무에 달린 열매 중 어떤 것은 제법 굵어진 것을 보고 군침을 삼켰다. 그리고 이렇게 복숭아나무가 많다면 봄에는 무척 예뻤을 것이다. 분홍색이 도는 흰 꽃잎이 가지를 늘어트리고…….

그녀는 갑자기 즐거워졌다. 낮에 공부방에서 만나 본 세 어린 용은 생각보다 훨씬 마음에 들었다. 두 달간 용궁에서 입주 가정 교사 노릇을 한다고 하면 친구들은 아무도 믿지 않을 것이다. 하지만 최선을 다해서 아는 것을 다 가르치고 가고 싶었다. 밥도 맛있었다. 두 달은 아주 즐거울 것 같았다.

작고 새카만 그림자가 눈에 들어올 때까지 그녀는 앞으로의 생활을 상상하며 그저 즐거워하고 있었다.

복숭아나무 틈에, 도저히 나무로는 보이지 않는 무언가가 있었다. 그것은 사람처럼 보였고 가끔 아무렇지도 않게 발소리를 냈다. 유리는 깜짝 놀라 그 자리에 굳었다. 그림자는 그녀가 있다는 것을 처음부터 알았다는 듯 자연스럽고 빠르게 해파리의 빛이 닿는 곳으로 나섰다.

유리는 그가 아침에 그녀를 용궁으로 데려다준 자라라는 것을 알았다. 별 계덕이라고 했던가, 처음에는 고등학생인 줄 알았을 정도로 어린 얼굴이었는데 자라일 때는 덩치가 아주 컸다. 상당한 미남이라는 점은 마음에 들었다.

잘 모르는 남자와 밤에 둘이서 마주하고 있다는 사실은 불편했지만, 얼른 빛이 있는 곳으로 나와 그대로 가만히 서 있는 모습을 보니 안심할 수 있을 것 같았다. 유리는 머뭇거리다 그에게 인사했다.

"안녕하세요."

별 계덕이 그녀에게 빙긋 웃었다. 그녀는 그 수줍은 미소가 어쩐지 가슴을 베는 것 같다고 생각했다. 심장이 미친 듯이 뛰었다.

"안녕하세요."

"늦게까지 안 주무시네요."

그는 무척 안정되고 여유 있는 얼굴이었다. 낮에 들은 바로는 용궁 사람들은 얼굴로는 나이를 짐작할 수 없는 듯했다. 어쩌면 무척 나이가 많을지도 모른다. 그리고 어쩌면 벌써 결혼해서 아이가 셋일지도 모른다. 저 용왕과 용궁부인도 아들 부부와 크게 나이 차가 나 보이지 않았던 것이다.

유리는 바보처럼 홀랑 넘어가지 않기 위해 애를 썼다. 별 계덕은 그녀에게 부드럽게 대답했다.

"예. 방금까지 야근을 하다 잠시 바람을 쐬러 나온 길입니다."

새벽에 사람 하나를 배달하는 일로 시작해서 밤에 야근까지 하다니. 유리는 용궁의 직원 복지 상태에 약간 화가 나는 것을 느꼈다. 별 계덕은 그녀에게 또 빙긋 웃었다.

아.

"먼저 들어가겠습니다. 천천히 둘러보세요."

아.

가슴이 또 뛰었다. 유리는 이런 기분을 느껴 본 것은 난생처음이었지만, 그것이 무엇인지는 놀랍도록 즉각적으로 깨달았다. 이것을 놓치면 후회할 것이다.

그녀는 자신의 옆을 지나치려는 별 계덕의 앞에 손을 슬쩍 내밀었다. 그리고 별 계덕이 고요한 눈으로 그녀를 바라보자 떨리는 목소리로 말했다.

"저저저저기, 길을 잘 모르겠는데, 괜찮으시면 길 좀 알려 주시면 안 될까요?"

별 계덕은 그녀를 잠시 놀라워하는 눈으로 보았다. 유리는 속으로 자신을 질책했다. 바보, 더 좋은 말이 없었냐고. 그리고 말은 왜 더듬는 거야. 저렇게 멋있는 남자 앞이라면 자신도 더 멋져 보여야 하는데. 말은 우아하고 행동은 고상하고, 표정은 배려가 넘치게. 그런 모습으로 함께 산책하자고 권해야 하는데.

그러나 잠시 후 그는 거절하는 대신 또 수줍게 웃었다.

"예……. 그럼 해파리 빛이 아름다우니 잠시만 더 걷고 들어갈까요. 객당까지 모셔다드리겠습니다."

"그래도 괜찮아요?"

유리는 갑자기 너무 기쁜 나머지 외치는 것처럼 묻고는 본인이 더 놀라 눈을 동그랗게 떴다. 별 주부는 그녀에게 눈을 더 깊게 휘어 보였다.

"예. 저도 유리 씨가 어떤 분인지 더 대화를 나누어 보고 싶었으니까요. ……부디 머무시는 동안 궁금한 게 있으시다면 뭐든지 물어보세요. 계절은 짧으니 후회 없이 즐겨야지요."

풍경이 울리고, 해파리가 스치고, 달이 없고,

용이 몇 마리나 잠들어 있는.

그런 밤이었다.

작가 후기

안녕하세요! 전유림입니다.

저번 겨울에 마지막으로 책을 내고 나서 이 '용용 죽겠지'를 시작하기까지는 고민도 많고 망설임도 많았는데, 이렇게 무사히 완결이 나고 책으로도 나오게 되다니 감개가 무량합니다.

이번엔 제가 시도해 보지 않았던 도구들(특히 액션 신)을 많이 활용해야해서 원고할 때 더 고민이 많았던 것 같습니다. 그래도 저는 무척 즐거웠는데 여러분께서는 어떠셨는지요. 부디 이 책을 집으셨을 때 기대하셨던 것만큼은 재미있으셨기를 바랍니다. 기대했던 것보다 더 재미있으셨다면 더할 나위가 없고요!

연재 중 먹방 소설(심지어 이 글 연재될 때는 처음으로 아침 식사를 챙겨 먹게 되었다는 감상을 남겨 주신 분도 계셨습니다. 감사합니다! 앞으로도 아침 식사 꼭 챙겨 드시면 제가 기쁘겠습니다!)이라는 말을 많이 들었는데, 정작 후기를 쓰고 있는 저는 배가 고파서 슬퍼하고 있네요. 점심은 뭘 먹을까, 인류의 최대 난제와 오늘도 마주합니다. 물론 그다음 난제는 저녁으로 뭘 먹을까입니다.

그런 의미에서 편식 왕자님에게 식단을 짜서 밥을 먹이는 연지는 멋지다고 생각합니다. 그리고 저에게도 연지가 한 명 있으면 좋겠습니다. 1가정 1천연커플 보급 계획 어떨까요. 배고플 때는 연지가 음식을 해 주고, 춥거나 더울 때는 천원이 손을 잡는 거죠. 제가 썼는데 너무 부러워서 약간 배가 아프려고 하네요. 행복해라 얘들아.

용용 죽겠지에는 제가 쓰면서도 '호불호가 갈리겠네'라며 걱정한 요소가 몇 있는데, 그럼에도 불구하고 많은 분들이 이 글을 사랑해 주셔서 정말로 기쁩니다.

연지를 사랑해 주신 분들께 감사드립니다. 천원이를 사랑해 주신 분들께 감사드립니다. 별이를 사랑해 주신 분들께 감사드립니다. 용용을 즐겁게 읽어 주신 모든 분께 감사드립니다. 그리고 정말 열정적으로 글 분석해 주시고 편집해 주신 제 담당 편집자님께도 진심으로 감사드립니다. 그리고 추가로, 글이 막힐 때마다 저에게 도움을 주는 사랑하는 친구들에게 이 자리를 빌려 다시 한번 고마운 마음을 전하고 싶습니다.

책이 나올 때는 내년이겠습니다만, 저는 2017년의 크리스마스를 준비하며 이 후기를 쓰고 있습니다. 모쪼록 모든 분께 따뜻한 연말이 되고 새해에는 올해보다 훨씬 더 좋은 일들이 가득하길 바랍니다.

저는 며칠 전 일본 여행에 갔다가 사랑의 신사에서 연애점 '대길'을 뽑았는데, 과연 올해는 더 재미있는 러브스토리를 쓸 수 있을까요?! 가능하면 좋겠네요! 그때도 여러분을 또 뵐 수 있으면 좋겠습니다.

용용 죽겠지의 모두는 행복해졌네요. 그렇게 여러분도 행복하시면 좋겠습니다. 감사합니다.

2017년 12월 22일,
전유림 드림.